BEST嚴選

奇幻基地出版

刺客系列

蜚滋與弄臣3

The Fitz and The Fool Trilogy

刺客命運・上冊

Assassin's Fate

羅蘋・荷布 著

李鐳 譯

Robin Hobb

瞻遠家族家系表

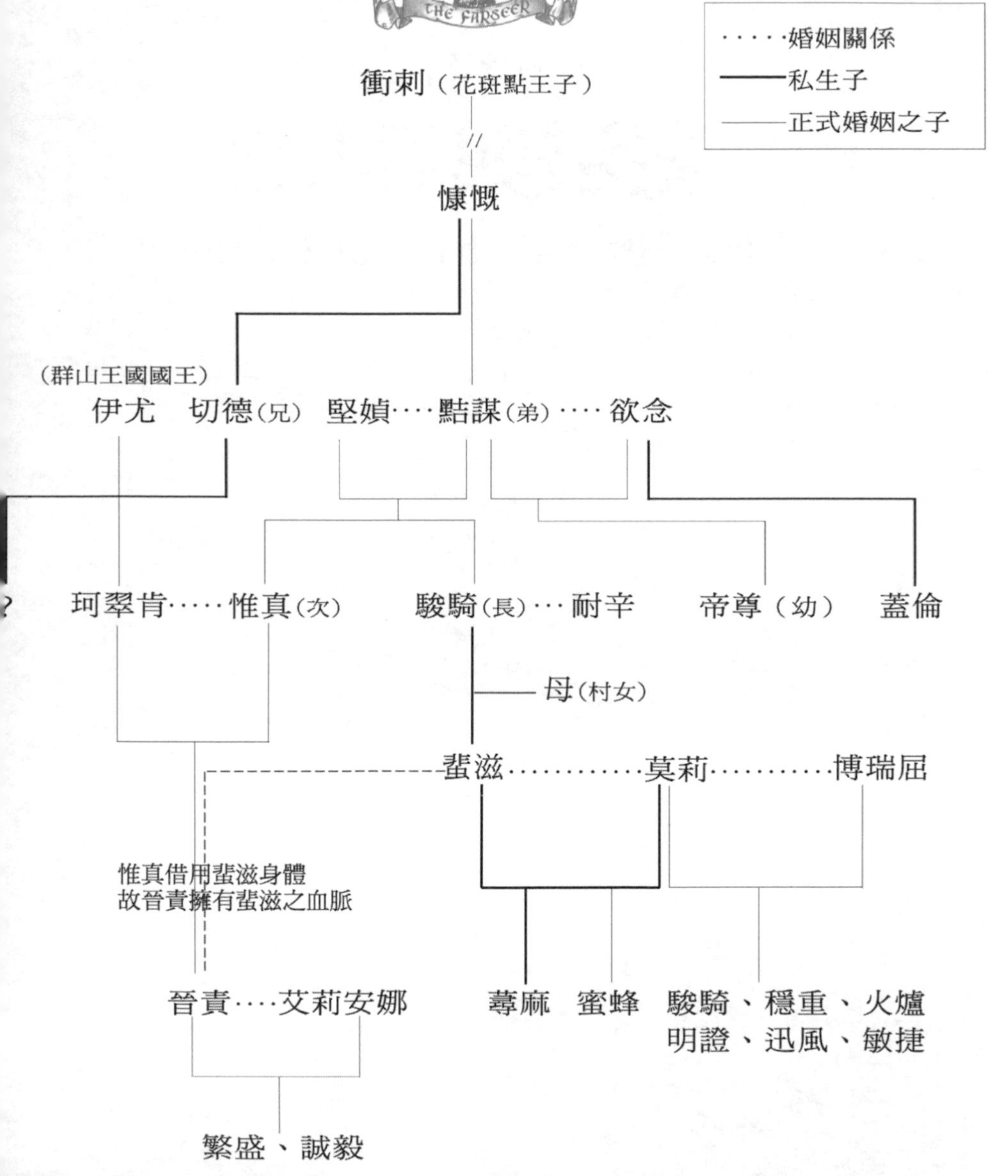

·····婚姻關係
——私生子
——正式婚姻之子

衝刺（花斑點王子）

慷慨

（群山王國國王）

伊尤　切德（兄）　堅beginning貞····黠謀（弟）····欲念

珂翠肯·····惟真（次）　駿騎（長）···耐辛　帝尊（幼）　蓋倫

母（村女）

蜚滋············莫莉···········博瑞屈

惟真借用蜚滋身體
故晉責擁有蜚滋之血脈

晉責····艾莉安娜　蕁麻　蜜蜂　駿騎、穩重、火爐
明證、迅風、敏捷

繁盛、誠毅

獻給蜚滋與弄臣，
與我相識二十多年的兩位摯友。

刺客命運

目錄

上冊

下冊

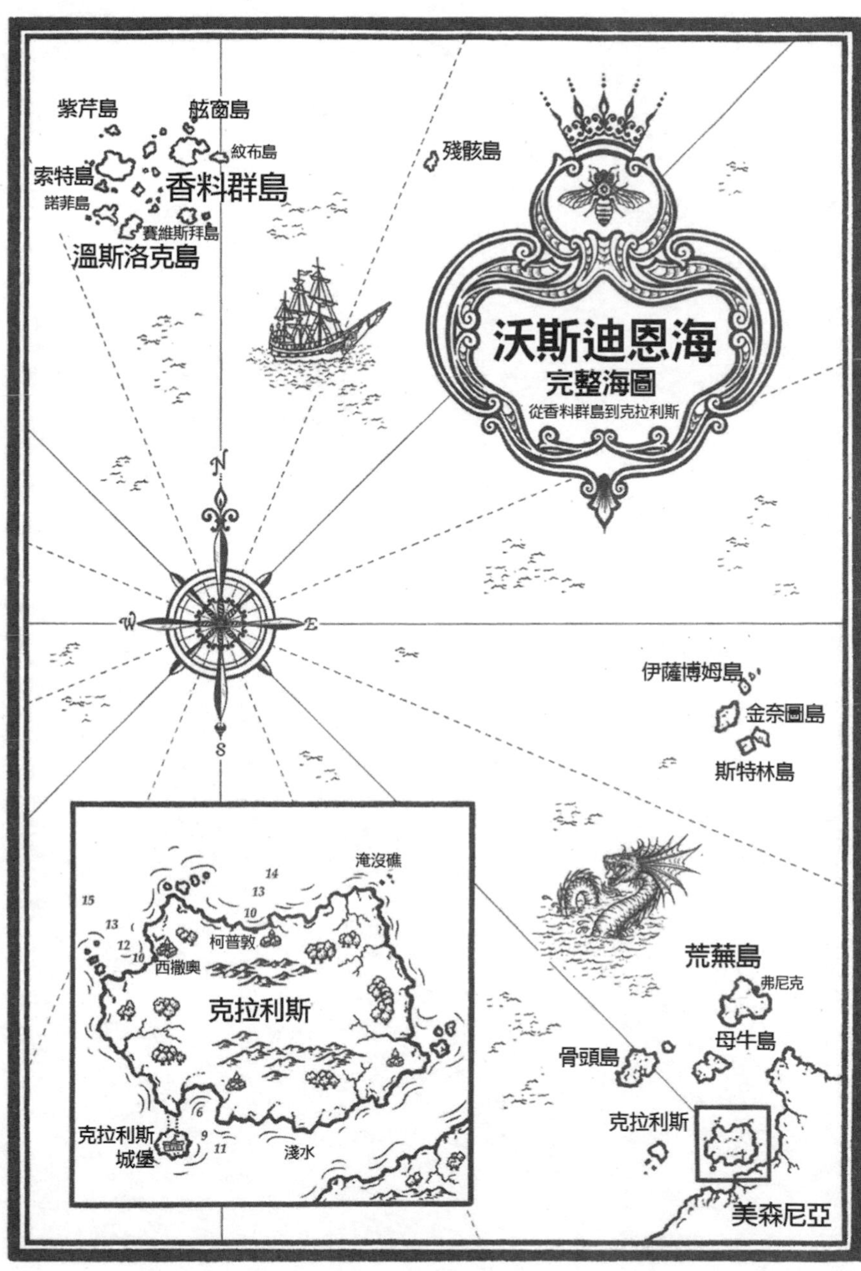
紫芹島
舷窗島
紋布島
索特島
香料群島
諾菲島
賽維斯拜島
溫斯洛克島
殘骸島
沃斯迪恩海
完整海圖
從香料群島到克拉利斯
N
W
E
S
伊薩博姆島
金奈圖島
斯特林島
荒蕪島
弗尼克
母牛島
骨頭島
克拉利斯
美森尼亞
淹沒礁
14
13
10
15
13
12
10
柯普敦
西撒奧
克拉利斯
6
9
11
克拉利斯
城堡
淺水

序言

孩子們手拉手圍成一圈。在他們的正中央站立著一個孤單的孩子。這個孩子的眼睛被手帕蒙住。蒙眼的手帕上描畫著另一雙眼睛。這雙眼睛是黑色的，目光凝聚，邊緣帶著一圈紅色。圓環中心點的那個孩子張開雙手轉了一圈。其他孩子分散開，圍繞著她形成一個更大的圓環，開始舞蹈，同時還唱起了一首歌：

只要這圓環還在，
就能看到未來。
妳必心如鐵石，
將這圓環撕開。

看上去，這是一個愉悅的遊戲。組成圓環的每個孩子都在呼喊著一句或一段話。我聽不清他們在說些什麼，但那個被遮住眼睛的孩子可以。她也開始向他們呼喊，而她的話語被一陣緩緩變強的風撕裂。「全都燒光」、「巨龍墜落」、「海洋將升起」、「寶石散落在天空中」、「一個作為兩個而來」、「那四個必將悔恨」、「兩個作為一個而來」、「你的統治結束了！」、「全部喪命」、「無人倖存！」

當圓環中心處的孩子喊出最後這一句的時候，一陣強風突然從她腳下騰起。那孩子的碎片飛向四面八方。風裏挾著孩子們的尖叫聲，也將孩子們捲起，讓他們散落在遙遠的地方。一切都變成黑色，只剩下一個白色的圓環。在這個圓環中央，是那塊用來遮住眼睛的手帕，畫在那上面的黑眼睛只是圓睜著，瞪視著。

——《蜜蜂．瞻遠的夢境日誌》

蜜蜂螫刺

艾斯雷弗嘉地圖室中的大型地圖上，顯示的地域包括了六大公國的很大一部分、群山王國的一部分、恰斯國的一大部分和雨野原河兩岸的土地。我懷疑這幅地圖所描繪的是古時的古靈們在製作這幅地圖時所擁有的疆土。現在被稱為「克爾辛拉」的那座曾被遺棄的古靈城市中也有地圖室，我尚未有機會去參觀。但我相信，那間地圖室一定和艾斯雷弗嘉的很相似。

在艾斯雷弗嘉的地圖上有許多標記點。它們與六大公國中精技石柱的位置完全相符。我認為我們完全可以就此判定，這幅地圖在群山王國、雨野原，甚至是恰斯國範圍內的標記點也代表著精技石柱的所在。這些位於外國的精技石柱的當前狀況，對我們而言大多是未知的。一些精技使用者提出警告，除非我們以普通的旅行方式找到它們，親眼確認其形態完好，否則就不應試圖使用。還有一項明智之舉：對於六大公國和群山王國境內的精技石柱，派遣精技信使去查看狀況，並要求每一位大公對這些石柱進行妥善維護。前去探勘石柱的精技信使，還應該詳細記錄下石柱每一面雕刻的符文和石柱的具體狀況。

在很少的幾個案例中，我們發現精技石柱的位置與艾斯雷弗嘉地圖上的標記並不一致。我們不知道這是因為那些石柱的豎立時間要晚於地圖製作的時間，還是因為那些石柱已經無法再產生效用。我們必須繼續謹慎地對待它們，正如同我們使用一切古靈魔法時一樣。除非我們能夠完全複製古靈的成就，否則就不能自認為掌握了當中的知識。

——《精技旅行》，切德・秋星

我不停地奔跑，雙手拉著沉重的白色裘皮大衣。我已經非常暖和了，而這件大衣不停地被我經過的每一根樹枝勾住，拖慢了我的腳步。在我身後，德瓦利婭正向某個人高喊著：「抓住她，抓住她！」我能聽到那個恰斯人粗重的喘息聲。他在向我大步飛奔，有一次他和我的距離是那樣近，讓我不得不努力尋找能躲過他的地方。

我的思維比兩隻腳還要快。我記得自己被抓住我的人拖進一座石柱。我甚至記得自己是如何咬了那個恰斯人一口，希望他能夠放開深隱。他放開了，但卻緊緊抓住我，跟著我們進入了石柱的黑暗中。我沒有再看到深隱，也沒有看到我們這一串中最後的那名僕人。也許她和深隱都被丟在後面了。我希望深隱能夠逃脫那名僕人的追捕。或許她真的已經逃脫了？我記得當我們逃亡時，公鹿公國的冬天有多麼寒冷。但現在我們身在異域。這裡也很冷，但已經沒有刺骨的嚴寒，只有在樹蔭深處才能看到如同骯髒手指一樣的殘存積雪。這裡的樹梢枝頭還看不到嫩葉幼芽，不過整片樹林中都瀰漫著早春的氣息。我怎麼會從寒冬直接跳到春天？一定發生了很不正常的事情，只是我還沒有時間細想這些，現在還有更緊急的事情要擔心。該如何在沒有樹葉的森林中躲藏？我知道自己不可能比他們跑得更快。我必須藏起來。

我非常痛恨這件大衣。我想要把它掀起來從頭頂脫掉，但我沒辦法停下來這樣做。我的兩隻手簡直像魚鰭一樣笨拙。穿著這樣一件寬大的白色裘皮衣服，肯定不可能躲過追蹤者的眼睛。所以我只能不停地逃跑，雖然知道無法逃脫，卻又絕對不能讓他們再抓住我。

選擇一個地方進行堅守。不能被他們逼入死角，也不能被他們包圍。找到一件武器、一支棍子、一塊石頭，什麼都可以。如果妳無法逃脫，就要逼迫想要抓住妳的人付出沉重的代價。要與他們全力奮戰。

是，狼父親。我在心中說出牠的名字，以此來激起心中的勇氣。我提醒自己，我是一頭狼的孩子，即使我的牙齒和爪子還很虛弱，但我會奮力戰鬥。

只是我已經這樣累了，我該如何戰鬥？

我無法理解在那塊石頭中的穿行對我產生了什麼樣的影響。為什麼我感到虛弱和疲憊？我只想倒在地上不動。我渴望著讓睡眠佔據，但我不敢這樣。我能聽到他們彼此呼喚，而那每一聲叫喊都是在指向我。該是停止奔跑的時候了，該是奮力作戰的時候了。我選中我的陣地。那是三棵樹組成的一個小樹叢，那三根樹幹緊密地靠在一起，讓我能夠在其中竄躍躲閃，但追趕我的人卻沒辦法輕易跟上我。我至少能聽到三個人正在撞開我身後的灌木叢。這裡到底有多少人？我竭力讓自己平靜下來，恢復思考的能力。德瓦利婭，他們的首領：那個將我從我的家中偷出來時還帶著溫暖笑容的女人。是她將我拉入石柱。還有文德里亞，那個像男孩一樣的男人，他能夠讓人們忘記自己的經歷，他也走過了石柱。科爾夫是一名恰斯傭兵，但他的腦子已經因為我們的精技旅行而混亂了，現在他可能對任何人都不會再有危險，或者可能會殺死我們之中的任何人。還有誰？奧拉利婭。毫無疑問，她會執行德瓦利婭的一切命令，就像睿頻一樣——她在穿過石柱的時候差一點捏碎了我的手。和一開始相比，他們的人數已經少了很多，但現在仍然是五比一，我完全處在劣勢。

我蜷伏在一棵樹後，將雙臂從沉重的裘皮大衣裡褪出來，終於將這件袍子掀過頭頂脫掉了。然後我將這件裘皮衣服盡可能向遠處扔開——但其實扔得並不很遠。我該繼續逃跑嗎？我知道自己已經跑不動了。我的腸胃一直在不安地絞纏、抽搐，我的肋側痛得要命。我只能跑這麼遠了。

一件武器。這裡什麼都沒有。只有一根掉落在地上的樹枝。它最粗的那一端還比不上我的手腕，另一端分成了三杈。一件很簡陋的武器，更像是一根耙子，而不是棍棒。我撿起它，背靠在一棵樹幹上，不合情理地希望著追趕我的人會看到那件大衣，從我身邊跑過去，這樣我就能向回逃竄，去找一個更好的藏身之地。

他們逼近了。德瓦利婭氣喘吁吁地高喊著：「我知道妳很害怕。但不要逃走。沒有我們，妳會餓死在這裡，會被熊吃掉。妳需要我們讓妳活下來。快回來，蜜蜂。沒有人會生妳的氣。」我聽出她話中的謊言——她已經在將怒火發洩在手下身上了，「哦，她在哪裡？奧拉利婭，妳這個蠢貨，快追上去！我們現在的感覺都不好，但如果沒有她，我們就沒辦法回家了！」終於，她對我也抑制不住怒火了，「蜜蜂！不要犯傻了！馬上過來！文德里亞，快一點！如果我能跑起來，你一定也能！找到她，模糊她的意識！」

我站在樹後，竭盡全力平緩恐懼的喘息。我感覺到文德里亞正向我伸展。我努力構築起堅實的心靈牆壁——就像父親教我的那樣。我緊緊咬住嘴唇，把文德里亞擋在外面。他製造出許多甜美的回憶——溫暖的食物、熱湯和香氣撲鼻的新鮮麵包。所有這些都是我最想要的，但如果我依照他的思路去想像，他就會找到空隙進入我的意識。不。生肉，凍在骨頭上的血肉，用我的牙齒將它咬下來。還帶著毛的老鼠，牠們的小顱骨輕易就能被咬碎。這才是狼的食物。

狼的食物。真奇怪，聽起來是那樣美味。我雙手抓住樹枝，等待著。我應該繼續躲藏，希望他們從我身邊跑過去嗎？還是主動攻擊，搶得先機？

我沒有選擇的機會。我看見奧拉利婭跌跌撞撞地從和我間隔幾棵樹的地方跑過去，猛然停住腳步，笨拙地看著地上那件白色裘皮衣服。當她轉回身要招呼其他人的時候，一眼看見了我。「她在這裡！我找到她了！」她用一隻顫抖的手指著我。我將雙腳分開與肩同寬，彷彿是要和父親進行匕首對練那樣等待著。她盯著我，然後身子一軟倒在地上，她自己的白色大衣完全包裹住身體，看上去，她再沒有要站起來的意思了。「我找到她了。」她還在有氣無力地呼喊著，一邊向我揮動著綿軟的手臂。

我聽到左邊傳來腳步聲。「小心！」奧拉利婭喘息著說道。但她的警告來得太晚了。我用盡全力揮出樹枝，正好打在德瓦利婭的臉上。然後我跳回到樹幹之間，背靠在一棵樹幹上，握緊樹枝，再一次做好戰鬥準備。德瓦利婭驚呼了一聲，但我不打算去看她有沒有受傷。也許我很幸運，正好戳瞎了她的一隻眼睛，但文德里亞也在這時撲向我，他愚蠢的笑容點亮了他的臉。「兄弟！你在這裡！你安全了，我們找到你了。」

「後退，否則我會打傷你！」我向他發出威脅。我發現自己一點也不想傷害他。他只是我的敵人的工具。我懷疑他並沒有任何惡意。但即使如此，他還是會傷害我。

「兄——弟，」他拖長了聲音，顯得很哀傷。我知道他在指責我，只不過語氣非常和緩。我意識到他正在向我放射出溫柔與寵愛，他讓我感到友誼和舒適。

不。這都不是他真實的意圖。「後退！」我命令他。

那個恰斯人搖搖晃晃地從我們身邊走過，一邊走還在一邊嚎叫。我不知道他是出於故意還是無意——他狠狠地推了一下那個幼稚的男人。文德里亞想要避開他，卻還是踉蹌一步，哀號著撲倒在地。而德瓦利婭此時已經繞過樹幹。她的手像爪子一樣朝我伸過來。她張開嘴唇，露出鮮血淋漓的牙齒，彷彿要狠狠咬住我。我雙手握緊樹枝揮打她，真希望能把她的腦袋從肩膀上敲掉。但樹枝折斷了，鋒利的斷莖擦過她漲紅的面孔，留下一道血痕。她也向我揮起手臂，我感覺到她的指甲透過我破爛的衣服，扎進我的肉裡。我將自己從她的抓握中撕扯出來。她的手中只揪著我的一片袖子，我則向樹幹之間鑽過去。

睿頻正等在那裡。她魚灰色的眼睛和我的眼睛對視。當她朝我跳過來的時候，那雙眼睛裡的恨意變成一種下意識的欣喜。我向旁邊躲閃，讓她一頭撞上樹幹。但她比我想像的更敏捷——她的一隻腳勾住了我的腳。我向上跳起，要擺脫她，卻因為不平整的地面而踉蹌了一下。奧拉利婭已經重新站起，也瘋狂地嚎叫著向我撲來。她的身體將我壓倒在地上。我剛要掙扎出來，卻感覺到有人重重地踩住我的腳踝，我痛得哼了一聲。隨著踩住我的那隻腳愈來愈用力，我發出一陣慘呼聲。我感覺自己的腿骨正在彎曲，彷彿隨時都有可能折斷。我推開奧拉利婭，但她剛滾到一旁，睿頻就踢了我肋側一腳。她非常用力，而我的腳踝也沒有被鬆開。

她的腳將我體內的空氣全都擠壓了出去，痛恨的淚水湧進眼睛，我掙扎片刻，然後抱住她的腿，努力讓她鬆開我的腳踝，但她抓住我的頭髮，拚命搖晃著我的頭。頭髮從我的頭皮上脫落，我完全無法集中雙眼的焦距。

「打她！」我聽到德瓦利婭的聲音，裡頭帶著某種強烈的情緒。憤怒？痛苦？「用這個。」

我抬起頭查看——這是我犯的一個錯誤。睿頻用我的那根斷樹枝打出的第一下擊中了我的臉頰，正打在我下頜的連接處和耳朵上。棍子一直敲進我的頭側。我聽到一陣高頻的尖利聲音和我自己的尖叫。我感到震驚、憤怒、被侮辱，還有讓我失去行動能力的劇烈疼痛。我掙扎著要躲開，但她還抓著我的頭髮。在我掙扎的時候，木棍再一次落下，打在我的肩胛骨上。我的骨頭上沒有多少肉，衣服也無法提供保護：這一擊的疼痛之後緊接著皮膚破裂的燒灼感。我大聲哭號，扭動身體，要抓住她的手腕，擰開她抓住我頭髮的手。她則更加用力地踩踏我的腳踝。幸好我身下是柔軟的森林土壤，腿骨才沒有斷裂。我尖叫著，拚命想要推開她。

木棍第三次落下，這一次打在我的背上。我突然知道自己的肋骨是如何與脊骨相接的，還知道沿著脊骨有兩條平行的肌肉——所有這些器官都在尖叫著說有災禍發生了。

一切都發生得這麼快，木棍每一次落下都成為我人生中單獨的一起事件，我永遠都會記得的事件。我從不曾被父親嚴厲對待過；我的母親對我的極少數幾次管束也都只是輕輕敲打我一下——那全都是為了警告我注意危險、提醒我不要去碰火苗，或者把頭探到燒開的大鍋上。在細柳林，我也很少會和其他孩子發生打鬥。一些孩子曾經用松果和小石子打過我。有一次，我和一個男孩發生了激烈的打鬥，甚至為此而流血。但我從沒有被成年人打過。從未有成人傾盡全力將她能製造的一切痛苦傾瀉在我身上，完全不在意我會受到怎樣的傷害。我突然知道了，如果她打掉我的牙齒，或將我的一隻眼睛從眼窩裡打出來，除了我之外，這裡沒有人會在乎。

不要害怕。不要去感覺疼痛。戰鬥！狼父親突然和我在一起。牠露出牙齒，渾身每一根毛髮都直立起來。

我不能！睿頻要殺了我！

那就也讓她嘗到苦頭。咬她、踢她！讓她為了給妳痛苦而付出代價。無論如何，她都會打妳，那麼就盡全力去攻擊她、殺死她。

但……

戰鬥！

我不再試圖拉開睿頻扯住我頭髮的手。當木棍再一次落到我背上的時候，我不再閃躲，而是撲向睿頻，抓住她握著木棍的手腕，把它拉向我的嘴。我盡可能張大嘴，再用力咬緊牙齒。我咬她不是為了讓她覺得疼，不是為了留下牙印或者讓她大聲呼痛；我咬她是為了讓我的牙齒刺進她的骨頭裡，咬到滿滿一口皮肉和筋腱，再把它們從她的身體上撕扯下來。她一聲聲地尖叫著，繼續用木棍抽打我。我繼續在牙齒上增加著力量，磨穿她手腕上的肉，同時猛烈地搖著頭。她放開我的頭髮，丟下木棍，不停地蹦跳，在疼痛和恐懼中大聲叫嚷。但我依然用雙手和牙齒控制住她的手腕，任由她拖著我。我的雙腳還在不停地踢踹她的膝蓋、小腿和腳。我將全部體重壓在她的手臂上，並努力讓我的臼齒合攏在一起。

睿頻咆哮著、掙扎著。她丟掉木棍，只希望能夠擺脫我。她不是一個很高大的人，身材也很單薄。我咬住了她前臂上一大塊乾瘦又鬆軟的肉，並且合攏了下頜。她尖叫著：「把她拉開！把她拉開！」同時用手掌按住我的額頭，要把我推開。我任由她這樣做——她在幫助我將一大塊肉從她的骨頭上扯下來。她發出震耳欲聾的尖叫，又開始抽打我。但她的力量已經變弱了。我的牙齒和手都在更加用力地抓緊她。她倒在地上，而我仍然掛在她的手臂上。

小心！狼父親警告我，跳開！

但我只是一頭小狼，沒有看到危險，只注意到我的敵人在我面前倒下了。德瓦利婭狠狠地踢了我，逼我張開嘴，和睿頻一起倒在潮濕的土地上。我的肺裡沒有半點空氣，只能無力地在地上滾動，根本沒辦法站起來逃跑。德瓦利婭不停地踢我，踢我的肚子和背，我看到她穿靴子的腳撲

向了我的臉。

當我醒過來的時候，天又黑又冷。他們生起一堆火，但火光幾乎碰不到我。我側身躺著，背對著火堆，手腳都被捆住。我的嘴裡充滿了血的鹹味，感覺厚重又新鮮。我的身上濕漉漉的，褲子的纖維緊貼著身體，冰冷異常。我尿了褲子，不知道是因為他們打得太狠，還是我太害怕。我已經記不起來了。我是哭醒的，或者也許我是在醒過來之後發現自己一直在哭。全身都痛得要命。我的臉一側腫了起來，那是睿頻用木棍打我的地方。臉上可能流了血，因為有不少樹葉黏在我的皮膚上。我的後背很痛，肋骨包裹著我充滿疼痛的呼吸。

妳能移動手指嗎？能感覺到妳的腳趾嗎？

我能。

妳的肚子是有瘀傷那樣的痛，還是裡面可能有什麼東西斷了？

我不知道。我以前從沒有受過這樣的傷。我深吸一口氣，當吐出這口氣的時候，它變成一聲疼痛的嗚咽。

噓。不要發出聲音，否則他們就會知道妳醒了。妳能把手放到嘴邊嗎？

他們將我緊緊地捆住。我的手腕和手都伸在頭前面。我將它們拉到面前。捆住我的是從我的襯衫上撕下的布條。這也是我會感到這樣冷的原因之一。儘管白天時，春天已經到來，但冬天仍然霸佔著這片森林的夜晚。

咬斷繩子，解脫雙手。

我不能。我的嘴唇被打破了，全都是血。我感覺到自己的牙齒也鬆動了，用力一咬就痛。

妳能。因為妳必須這樣。咬斷繩子，解脫雙手，再解開妳的兩隻腳。然後我們就能離開。我會告訴妳要去哪裡。在離這裡不遠的地方就有我們的親族。如果我能喚醒牠，牠就會保護妳。如果不行，我可以教妳如何狩獵。妳的父親曾經和我生活在這片群山中。也許他為我們建造的巢穴還很完整。我們可以去那裡。

我都不知道我們是在山裡！你曾經和我的父親生活在這片群山裡？

是的，我以前就生活在這裡。夠了，開始咬吧。

我彎曲脖子，搆到捆住我雙手的繩子。這樣做很痛，用力去咬布條的感覺更痛。它曾經屬於一件很好的襯衫。那天早晨，我就是穿著這件襯衫去上書記員機敏的課。是名叫慎重的侍女幫我穿上的。她為我挑選了這件淺黃色的襯衫，然後又給我穿上一件綠色的長外衣。我突然意識到，這是我的房子的顏色。她為我穿上細柳林的顏色，即使束腰長外衣對我來說還有些太大，像裙子一樣幾乎垂到我的膝蓋。那一天，我還穿上了緊身褲，而不是捉住我的人給我穿的棉褲——這條濕透的褲子。我又發出一聲嗚咽。我沒能來得及壓下這個聲音。

「……醒了？」有人在篝火中問。我覺得是奧拉利婭。

「別管她！」德瓦利婭厲聲命令道。

「但我的兄弟受了傷！我能感覺到他的痛苦！」文德里亞用低沉哀傷的聲音說道。

「你的兄弟？」德瓦利婭的話語中滲著毒液，「我早就應該知道，像你這種沒有性別的蠢貨根本不可能分清楚意外之子和白者的私生子。我們花了那麼多錢，浪費了那麼多蟄伏者，卻只得到這麼一個女孩。真是愚蠢又無知——你們兩個都是。你以為她是個男孩，她根本不知道自己是什麼。她甚至根本不會寫字，也無法集中精神注意她的夢。」一種怪異的幸災樂禍充滿在她的聲音中，「但我知道她很特別。」她的這種得意之情在轉眼間又消失了，取而代之的是一絲冷笑，「懷疑我吧。我不在乎。但你們最好還是希望她真的有些特別的地方吧。要想買到四聖的仁慈，她是我們僅存的一枚硬幣了！」然後她又壓低聲音說：「知道我的失敗，寇爾崔會如何喊嚷啊。那個老母狗卡普拉一定會藉此大肆搗亂的。」

奧拉利婭用非常輕的聲音說：「那麼，如果她就是我們能夠倚仗的一切，也許我們應該保證她安然無恙？」

「也許，如果妳當時抓住了她，而不是倒在地上又打滾又哀號，這樣的事情就不會發生！」

「妳聽到了嗎？」一個顫抖的微弱聲音響起，那是睿頻的聲音，「你們聽到了嗎？有人在笑。就是現在……你們聽到那種吹笛子的聲音了嗎？」

「妳的腦子已經不正常了，全都是因為那個小女孩咬了妳！不要再說蠢話了。」

「我都能看到自己的骨頭了！我的手臂全都腫起來了。疼痛像敲鼓一樣擊打著我的全身！」

停頓片刻之後，我聽見火焰的嗶剝聲。不要動，狼父親警告我，只用聽覺捕捉一切情報。狼父親的聲音中流露出一點驕傲，看，即使只用妳幼弱的乳牙，也已經讓她害怕妳了。妳必須讓他們全都怕妳。就連那條老母狗也已經知道要小心對妳。但必須讓他們更加恐懼。妳現在只能有三個想法：我會逃掉。我會讓他們害怕我。還有，如果我有機會，我會殺死他們。

只是因為我要逃走，他們就狠狠打了我！如果我殺死他們之中的一個，他們又會怎麼做？他們會再次打妳，除非妳逃走。但妳也聽到了，妳對他們很有價值，也許他們不會殺死妳。也許？恐懼湧過我的全身。我想要活下來，即使我只是他們的俘虜，我也想要活下來。

妳認為這樣想是對的，但我保證，妳的想法錯了。死亡要比他們計畫中對妳的控制更好。我曾經做過俘虜，做過無心之人的玩物。我讓他們畏懼我，他們因此想要賣掉我。所以妳的父親才能買下我，給我自由。

我不知道這個故事。

這是一個黑暗而哀傷的故事。

思想的速度很快。只是那些白色的人們交談暫停的片刻，狼父親和我之間已經傳遞了許多意念。突然間，一陣喊聲從黑暗中傳來。我感到害怕，加快了啃咬綁縛的速度，但繩索看上去仍然沒有多少磨損。一些凌亂的話語再次傳來，我聽出來那是恰斯語。那一定是科爾夫，受到文德里亞的精神控制，為德瓦利婭效勞的恰斯傭兵。我不知道他的意識是否仍然處在穿過石柱之後的混亂狀態，也不知道他被我咬過的手是不是也腫了。我盡量不發出任何聲音地挪動身體，直到能向黑暗中望去。科爾夫正指著這片空地邊緣的那座古老石柱。我聽到睿頻發出一陣尖叫：「看到了嗎？看到了嗎？我沒有瘋！科爾夫也看到她了！一個白色的幽靈正蹲在那塊石頭上。你們一定都看見她了！她不正是一名白者嗎？只是她的衣服那樣奇怪，而且還在用歡快的語氣唱著一首歌！」

「我什麼都沒看見！」德瓦利婭氣惱地喊道。

文德里亞膽怯地說：「我看到了。這裡有古早以前人們的回音。他們曾經在這裡建起一座市集。現在，隨著夜幕降臨，一位白色歌手就會唱歌為人們取樂。」

「我也聽到了……」奧拉利婭不情願地附和道，「還有……在我走過那塊石頭的時候，人們都在對我說話。他們說了很可怕的事情。」她顫抖著微微喘了口氣，「今天下午我睡著的時候，做了一個夢。必須承認，那是一個感覺非常真實的夢。我們在逃避那些恰斯人的時候丟掉了我們的夢境日誌。我沒辦法記錄，所以我必須把它講出來。」

德瓦利婭厭惡地哼了一聲：「妳的夢有過什麼實際價值嗎？說出來吧。」

睿頻說得非常快，彷彿每一個字都是從喉嚨裡跳出來的：「我夢到一條寬闊的河流中有一粒堅果。我看到有人從水中把它取出來。那一粒堅果被放在地上，又被擊打了許多次。打它是為了敲碎它，卻只是讓它的外殼變得更厚、更硬。然後，有人壓碎了它。火焰、黑暗、一股汙穢的氣味和尖叫聲立刻從裡面爆發出來。火焰寫出了一行字：『你們製造的毀滅者來了！』然後一陣大風吹過克拉利斯，將我們全部吹起，四散丟棄。」

「毀滅者來了！」那個恰斯人在黑暗中用歡快的語調叫嚷這句話。

「安靜！」德瓦利婭向恰斯人喝道，恰斯人發出一陣大笑。「還有妳，睿頻，妳也閉嘴。這不是一個值得分享的夢。這什麼都不是，只是妳在發燒，把腦子燒糊塗了。你們都是一群懦弱的狗崽子！只會在自己的想像中捕風捉影！奧拉利婭和睿頻，去多找些木柴回來。把篝火堆高一些準備過夜，然後去看看那個小鬼。不要再對任何人說妳們的這些胡話。」

我聽到奧拉利婭和睿頻踩著落葉走進樹林裡。我感覺她們的腳步很慢，彷彿是害怕那裡的黑暗。但科爾夫完全沒有注意她們。他正高舉著雙手，圍繞石柱笨拙地跳著舞。我提防著文德里亞的力量，小心地放下保護心智的牆壁。我一直能察覺到的蜜蜂嗡嗡聲變成了嘈雜的人聲。我看見身穿亮色服裝的古靈。他們的眼睛閃閃發光，頭髮如同金銀絲緞般閃亮。他們全都在那個恰斯人周圍，隨著石柱頂端白色歌手的詠唱而翩翩起舞。

德瓦利婭盯著科爾夫，對這個恰斯人的喜悅感到氣惱，「為什麼你不能控制住他？」她問文德里亞。

文德里亞無助地伸手指了指：「他在這裡聽到了太多其他的聲音。他們的聲音又多又強。他們都在歡笑、歌唱、慶祝。」

「我什麼都聽不見！」德瓦利婭的聲音仍然很氣惱，但那其中又有著一絲恐懼，「你真沒用。你控制不住那個小女孩，現在又控制不住一個瘋子。我選中你的時候對你有那麼大的希望。我還給了你那種藥。我竟然把它浪費在你的身上，我真是大錯特錯了！他們是對的。你根本不會做夢，也什麼都看不見，你一點用處都沒有。」

我感覺到文德里亞的意識中有一點寒意向我飄來，他的悲哀像波浪一樣拍打著我。我用力築起牆壁，盡量不去理會他的傷痛和依然連綿不絕的對我的擔憂。我不停地告誡自己，他很畏懼德瓦利婭，這份畏懼太過強烈，讓他不可能給我任何幫助或安慰。如果一個朋友不敢為你而冒險，那他又有什麼用？

他是妳的敵人，就像其他人一樣。如果有機會，妳必須殺死他，就像妳會殺死他們每一個人。如果他們之中有任何人來碰妳，妳都必須盡全力去咬、去踢、去抓。

我全身都很痛，沒有力氣了。如果我要保護自己，他們就會打我。

即使妳只造成了一點傷害，他們也會知道，碰妳是要付出代價的。他們不願意付出的代價。

我可不認為我會咬或者殺死文德里亞。我可以殺死德瓦利婭，但其他人……

他們是她的工具、她的牙齒和爪子。以妳現在的狀況，妳不能有任何憐憫。繼續啃咬妳的綁縛。我會和妳說說我作為俘虜的日子。我被毆打，被關進牢籠，被迫與像我一樣可憐的狗和野豬作戰。忍飢挨餓。張開妳的意識，接受我的故事，妳就會知道我是如何被奴役，妳的父親和我又是如何衝出我們的牢籠。然後妳就會知道，為什麼絕不能放過任何殺死他們的機會。

牠開始了，不是講述，而是和我分享牠的回憶。這就像是回憶往事一般，只是細節更加清晰。牠讓我清楚地看到牠的家人被殺，牠被鞭打、忍受飢餓，蜷縮在冰冷的籠子裡。牠沒有向我掩飾牠是多麼痛恨抓住牠的人，以及一開始是多麼恨我的父親——甚至當我的父親還牠自由的時候也是如此。那時，恨已經成為了牠的習慣。當牠一無所有的時候，是恨給了牠力量，讓牠能夠活下來。

當德瓦利婭派奧拉利婭將我帶到篝火旁時，我甚至連一半的布條都沒有啃斷。我躺在地上裝死，直到她向我俯下身，一隻手按在我的肩頭。「蜜蜂？」

我一挺身子，張嘴就咬。她的手落在我的牙齒之間。但我沒能堅持多久。我的嘴太痛了。她驚呼一聲，抽回她的手，向後跳去，向其他人喊道：「她咬我！這個小兔崽子咬我！」

「踢她！」德瓦利婭命令道。奧拉利婭裝出一副要踢我的樣子。但狼父親是對的。她害怕我，不敢靠我太近。我翻身躲開她。儘管身體各處都在因為用力過度而高聲抗議，我還是坐了起來。我用自己還能視物的一隻眼睛瞪著她，噘起破爛的嘴唇，露出我的牙齒。我不知道在跳躍的火光中，她能看見多少，但她沒有再向我靠近。

「她醒了。」奧拉利婭對其他人說，就好像我剛才是在熟睡中咬了她一樣。

「把她拖到這裡來。」

「她還會咬我的！」

德瓦利婭站起身，僵硬地走過來。我一動不動，準備好躲避她的踢踹，或者盡力用我的牙齒攻擊她。我很高興看到她的眼睛變得青腫，一側的臉頰也裂開了。「聽著，妳這個小混球，」她惡狠狠地向我說道，「妳可以躲過一頓打，但前提是妳必須服從我。聽清楚了嗎？」

她在討價還價。這意味著她害怕妳。

我無言地瞪著她，不讓自己的臉上有任何表情。她向我靠近了一些，朝我的襯衫領子伸出手。我無聲地露出牙齒，她又把手縮了回去。然後她又開始說話，彷彿我已經同意會服從她：

「奧拉利婭會割斷妳腳上的繩子。我們會帶妳到篝火邊。如果妳想逃走，我發誓我會打瘸妳。」她沒有等待我回答，「奧拉利婭，割斷她腳踝上的繩子。」

我向奧拉利婭伸出雙腳，同時注意到她的腰間有一把很精緻的小刀。我開始思考是否有辦法將那把刀拿過來。她用刀刃一點點鋸開捆住我雙腳的布條。我很驚訝地發現這又給我帶來了許多疼痛。當她終於割斷布條，我將布條踢開，感到雙腳在一種非常不舒服的灼熱和刺麻中恢復了生命。德瓦利婭是不是在誘惑我逃走，讓她能夠有理由再痛打我？

還不行。聚集更多的力量。要顯得比妳實際上更虛弱。

「站起來，走過去！」德瓦利婭命令我。她大步從我身邊走開，彷彿在向我顯示她對於我的服從是多麼有信心。

就讓她相信我已經投降了吧。我會找到辦法逃走。但狼是對的。現在時機還未到。我站起身，只是我的動作非常緩慢，我需要時間來維持住身體的平衡。我竭力站直身體，就好像我的肚子裡沒有插滿灼熱的匕首一樣。德瓦利婭對我的踢踹傷到了我肚子裡的某個部分。我不知道那處傷口要多久才能癒合。

文德里亞來到我們身邊。看見我殘破的臉，他哀泣道：「哦，我的兄弟。」我盯著他，他便將目光轉向一旁。我向篝火走去，拚盡全力表現出堅強的樣子，而不是因為疼痛而步履維艱。

這是我第一次有機會仔細觀察一下周圍。石柱將我們帶到了位於一片森林核心地帶的一小塊開闊窪地上。堆積的雪花如同漸漸變細的手指一樣在樹枝上伸展開來。但不知為什麼，這片原來是市集廣場的空地和連接在它周圍的道路上看不到一點積雪。沿著道路生長的樹木都很高大，它們的枝杈越過寬闊的路面，在一些地方交會在一起。而道路上幾乎沒有什麼森林植被。難道其他人都不覺得這種景象很奇怪？德瓦利婭的人用來生火的是這片窪地周圍常綠樹木伸出的低矮樹枝。不，這不是窪地。我感覺到腳下是某種鋪路用的石板。這片開闊地應該是被一堵低矮的石牆和數根石柱環繞著。我在地上看到了一樣東西。看上去，那像是一只手套，在冬日的積雪中度過了一些時日。更遠處，我看到一塊皮革，也許是一條皮帶的碎片，然後又是一頂羊毛帽子。

儘管身體痠痛，我還是緩緩彎下腰，裝作捂住肚子的模樣，將帽子拿起來。在篝火旁，他們就像是貓蜷縮在一個老鼠洞口，都假裝沒有看我。這頂帽子是濕的，但就算是浸水的羊毛也是溫暖的。我想要抖掉帽子上的松針，但我的手臂太痛了。我想知道是否有人將我的那件厚重裘皮大衣帶回了營地。早春寒冷的夜晚讓我全身的傷痕都疼痛難忍。在我襯衫上被他們撕掉的地方，寒冷更是直接撕扯著我的皮膚。

不要理會那些，不要去想寒冷，使用妳的其他感官。

在火光跳動的範圍以外，我幾乎什麼都看不見。我用鼻孔吸氣——從泥土上升起的潮濕氣息中帶有豐富的味道。我嗅到了黑土和雲杉的針葉，還有金銀花的氣味。

金銀花？在一年中的這個時節？

用嘴呼氣，再用鼻子慢慢吸氣。狼父親對我說。

我照牠的話做了。用我僵硬的脖子緩緩轉動頭顱，追尋那股氣味。在那裡。一個白色的細長圓柱體，被一片破布遮住了一半。我努力彎下腰，卻膝蓋一軟，差一點撲倒在地。我笨拙地用被捆在一起的雙手拿起那根蠟燭。蠟燭已經斷了，兩截斷燭只是被燭芯連接著。但我認識這根蠟燭。我將它舉到面前，嗅著媽媽的作品。「它怎麼會在這裡？」我輕聲向黑夜中問道。我又看向原本遮住蠟燭的那塊破布。在它附近有一只女士的蕾絲手套，已經浸透了水，發了霉。我會認錯蠟燭嗎？會不會有別的人收集蜂蠟，再用金銀花將蜂蠟調製成蠟油？會不會有其他人耐心地將長燭芯一次又一次地伸入到蠟油罐裡，做出如此精美的細蠟燭？不，這就是我媽媽做的。有可能還是我幫助媽媽做的。它怎麼會到這裡來？

妳的父親來過這裡。

這可能嗎？

這是我能想到的最有可能的答案。

我將蠟燭折為兩段，收進襯衫裡，感覺到蜂蠟貼在皮膚上的寒意。這是我的。我能聽到文德里亞在向我靠近。用眼角的餘光，我看見德瓦利婭在篝火上暖和自己的雙手。我將自己的一隻好眼轉向他們。睿頻正在使用我的裘皮大衣。她將那件衣服摺疊成一張墊子，圍繞篝火坐在奧拉利婭旁邊。她看到我正在看她，便向我露出冷笑。我看了一眼她的手臂，又抬起眼睛也向她微笑。她露在外面的那隻手變得像一只厚實的墊子，手指都有香腸那麼粗。在她的手指之間和關節的紋路上還凝結著黑色的血跡。難道她不知道要清洗被咬過的傷口？

我緩緩向他們這一圈人之中最大的缺口走過去，坐到那裡。德瓦利婭站起身，來到我身後。

我拒絕回頭去看她。「妳今晚得不到食物。不要以為能從我們手中逃掉。妳做不到。奧拉利婭，妳站第一班崗，然後叫醒睿頻站第二班。不要讓蜜蜂逃走，否則妳們都要付出代價。」

她大步走到他們透過石柱帶過來的幾只背包前。這些物資不算很多。為了逃脫埃里克的攻擊，他們只是在匆忙中搶救出了一點物資。德瓦利婭現在用這幾只背包做了一個簡陋的靠墊。她一屁股靠在上面，完全不考慮其他人的舒適。睿頻悄悄向周圍看了一眼，就攤開我的大衣，躺在上面，又用那件衣服裹住身體。文德里亞盯著她們看了一陣，就像狗一樣蜷起了身體，將自己的大頭枕在手臂上，悲哀地看著火焰。奧拉利婭盤腿坐著，等著我。沒有人留意那個恰斯人。他還在將雙手舉過頭頂，轉圈跳著一支歡快的舞蹈。在幽靈樂曲中，他因為無意識的喜悅而張大了嘴。他的腦子也許是混亂的，但他的確是一名優秀的舞者。

我不知道我的父親在哪裡。他想我嗎？深隱有沒有回到細柳林，告訴他我被帶進了一塊石頭？還是她已經死在森林裡了？如果她死了，父親就永遠都無法知道我遭遇了什麼，也不知道該去哪裡找我。我很冷，非常餓，又無比失落。

如果妳沒有東西吃，就睡吧。現在妳能給自己的只有休息。接受它。

我看著自己找到的帽子。一頂樸素的羊毛帽，沒有染色，不過編結得非常細緻。我晃了晃，確定裡面沒有蟲子，接著用被捆住的手努力戴在頭頂上。潮濕的帽子帶著寒意，但還是慢慢溫暖了我的皮膚。我扭動身子，讓疼痛稍微輕一些的半邊身子著地，背對火焰側躺下來。我嗅著金銀花的芬芳，稍稍彎起身子，裝作要睡覺，然後將手腕放在面前，又開始啃咬我的綁縛。

銀色碰觸

面對自己最後一戰的人會有一種特別的力量。這樣的戰鬥已經不再局限於普通的戰爭，也不決定於參戰者的戰力。我見到過這種力量在咳喘連連的老婦人身上爆發，也聽說過出現在一整個即將餓死的家庭身上。它能夠驅使一個人奮力向前，超越希望或絕望、失血和重傷，甚至超越死亡本身，讓人做出最後的掙扎，只為了拯救他所珍愛的事物。這是在失去一切希望後的勇氣。在紅船之戰時，我看到一個人左臂血如泉湧，卻還在用右手揮劍保護倒下的同袍。在與被冶煉者的一次戰鬥中，我看到一位母親踩在自己的腸子上，尖叫著抓住一個被冶煉者，只是為了阻止他靠近自己的女兒。

外島人有一個詞用來描述這種勇氣——終歃，意思是最後一滴血。他們相信，一種特殊的剛毅之氣存在於人們倒下之前的血液中。根據他們的傳說，只有在那樣的時刻，一個人才能找到並使用這種勇氣。

這是一種可怕的武力，是人類最強大也是最糟糕的力量。當一個人與致命的絕症抗爭時，它會持續幾個月之久。或者我相信，這種勇氣會出現在一個人去執行必將導致死亡卻又絕對無可避免的任務時。終歆以一種恐怖的光芒照亮了一個人的一生。他與整個世界的一切關聯都因此而纖毫畢現，讓一個人能徹底看清這些關聯，並瞭解它們過去的真相又是如何。一切幻象都煙消雲散。虛偽就如同真實一樣無比清晰地顯示出來。

——蜚滋駿騎．瞻遠

隨著草藥氣味在我的口中逐漸散開，周圍騷亂的聲音在我耳中也變得愈發響亮。我抬起頭，竭力睜開刺痛的雙眼，凝聚自己的視線。我正抱著機敏的手臂。精靈樹皮熟悉的苦澀味道瀰漫在口中，我的魔法力量終於被樹皮壓制下去，我也對身邊的狀況有了更加清晰的瞭解。我的左手腕傳來刺骨的疼痛，彷彿因為接觸冰寒的鋼鐵而被凍傷。精技湧過我全身，治療並改變了克爾辛拉的孩子們，我自身的感官也隨之發生了劇烈的收縮。直到現在，我才完全聽見包圍我的人群們的呼喊。這喊聲撞上古靈大廳典雅宏偉的高牆，發出一陣陣回音。我在空氣中嗅到了恐懼的汗味。我被混亂的人群所吞沒，一些古靈正奮力想要從我身邊走開，而更多的人又擁擠過來，希望得到我的治療。這麼多人！所有的手都伸向了我。人們喊叫著：「求你！求你，只要再來一次！」也有人一邊向外擠，一邊高喊：「讓我過去！」曾經在我的周圍和體內沛然奔淌的精技洪流正在消退，但還沒有完全衰竭。機敏的精靈樹皮力量並不很強，從味道上看應該出產自六大公國，而且還有些陳舊了。在這座古靈城市中，精技能流是如此強大，又是如此近在咫尺，我相信就連精靈樹皮，也不可能將我在這樣的精技中完全封閉住。

不過這已經夠了，我能感知到精技，但不會再完全被它佔據。只是剛剛的精技洪流嚴重消耗了體能，讓我的肌肉在我最需要它們時卻變得綿軟無力。拉普斯卡將軍已經將弄臣從我的手中拉走。這名古靈抓住琥珀的手腕，高高舉起她銀色的手掌，一邊大聲吼叫著：「我早就告訴過你們！我告訴過你們，他們是竊賊！看看她的手，這上面全都是巨龍之銀！她發現了那口井！她偷竊了我們巨龍的財產！」

火星緊緊抓住琥珀的另一隻手臂，竭力想要把她從將軍的抓握中拉出來。那個女孩露出了牙齒，黑色的鬈髮散得滿臉都是。琥珀傷痕累累的臉上驚恐的表情讓我感到無力又慌張。弄臣在那麼多年中曾經承受過的折磨完全顯示在他的表情中，讓他彷彿戴上了一副由骨骼、朱紅色的嘴唇和胭脂色的臉頰組成的死亡面具。我必須去幫助弄臣，但我的膝蓋不由自主地彎曲。堅韌不屈抓住我的手臂。「蜚滋駿騎親王，我要做什麼？」我甚至沒有足夠的氣息回答他的問題。

「蜚滋！站起來！」機敏在我的耳邊咆哮著。他的語氣既像懇求，也像命令。我終於找到自己的雙腳，將體重壓在上面。我抽搐、顫抖著，想要雙腿在身子下面伸直。

我們在一天以前剛剛到達克爾辛拉，又過了幾個小時，我就成為了英雄，六大公國的魔法親王治癒了埃菲隆——克爾辛拉國王和女王的兒子。精技在我體內湧流，就像沙緣白蘭地一樣令人陶醉。應國王雷恩和女王麥爾妲的請求，我使用自己的魔法為數個被巨龍碰觸的孩子糾正了身體的問題。我向這座古靈城市中強大的精技洪流敞開自己，讓體內充滿這種令人興奮的力量，為一個又一個人調節身體，打開他們閉塞的喉嚨、穩定他們的心跳、拉直骨骼、清理眼睛中的鱗片。我讓他們變得更像是人。只有一個女孩希望能夠具有更多龍的形態，我幫助她實現了心願。

但精技能流實在是太強、太誘人了。我失去了對這種魔法的控制，成為它的工具，而不是主人。在那些被我治好的孩子由他們的父母帶走之後，人們便向我湧來。他們都是成年雨野原人，因為和巨龍接觸，身上發生了各種不良變化，讓他們變得更加醜陋，甚至生命也受到威脅。他們乞求我的救助，我則慷慨地給予魔法，並深陷在由此而生的巨大喜悅之中。我感覺到我的最後一點自制能力也化為烏有。但是當我完全服從了這股勢不可擋的洪流，接受它的邀請，要與這強大的魔法融為一體的時候，琥珀脫下了她的手套。為了救我，她露出手指上偷竊來的巨龍之銀。為了救我，她將三根滿是傷痕的手指按在我赤裸的手腕上，燒灼著進入我的意識，將我呼喚回來。為了救我，她暴露了自己的盜竊行為。她手指的熾烈吻痕還在我的皮膚上一下一下地脈動著，就像是一道新鮮的灼傷，讓一種深深的痛楚一直滲進我左臂的骨骼、肩膀，直到脊背和脖頸。

我不知道這道傷對我會造成什麼樣的損害，但至少我再一次回到了身體中。身體重新成為我的錨，將我固定在現世。我不知道自己碰觸並改變了多少古靈，但我的身體不會忽略掉他們之中的每一個人。每一次治療都在耗竭體力，每一次重新塑形都奪走了我的一份力量。現在，我要為自己的失控還債了。儘管我竭盡全力，我的頭依然只能垂掛在肩膀上，就連眼睛也幾乎無法睜開。在這一片危險和噪音之中，我卻彷彿在透過一層濃霧看著這座大廳。

「拉普斯卡，不要犯蠢了！」國王雷恩又將他的吼聲加入到這一片喧囂聲中。機敏突然抱住我的胸口，將我提起。「放開她！」他咆哮道，「放開我們的朋友，否則親王就會消除掉他的一切治療效果！放開她，馬上！」

我聽到喘息聲和哭泣聲，一個男人在大喊：「不！他絕不能這樣！」一個女人在尖叫：「放開她，拉普斯卡！放開她！」

麥爾妲的喊聲充滿了威嚴：「這不是我們對待客人和友邦使者的方式！放開她，拉普斯卡，馬上放開她！」她的臉頰變得緋紅，眉毛上方的肉冠也綻放出同樣的紅色。

「放開我！」琥珀的聲音同樣充滿威嚴。她的心中彷彿有一口充滿勇氣的深井。她從這口井中汲取到強大的意志力，開始向抓住她的人進行反擊。她的喊聲衝破了人群的一切噪音，「放開我，否則我就要碰觸你了！」她不只是發出空洞的威脅，而是放棄了從古靈將軍手中掙脫的努力，轉而向拉普斯卡撲了過去。這個突然的反轉讓拉普斯卡吃了一驚。琥珀的銀色手指也差一點就碰到了他的臉。古靈將軍驚呼一聲，向後跳去，放開了琥珀的手腕。但琥珀並沒有就此甘休。「你們全部後退！」她命令道，「讓出空間，讓我看看親王的狀況，否則，莎神在上，我現在就要碰到你們了！」現在她的氣勢就如同一位盛怒的女王，而且這位女王絕無戲言。她伸出自己的銀色食指，指向人群，並緩緩轉動，擁擠過來的人們突然都向後退去，在慌亂之中即使彼此踩踏著也要躲開琥珀的手指。

那個有龍一樣雙足的女孩的母親，用警告的口吻說道：「我會聽她的話！如果她手指上真的是巨龍之銀，只要被碰到一下，就將意味著緩慢的死亡。它會穿透皮肉，一直滲進你們的骨頭，再沿著骨頭進入脊椎，直到顱骨。最終，你們會非常高興死亡能夠降臨。」隨著其他人從我們面前退去，她開始擠過人群，向我們走來。她的身材不算高大，但其他巨龍守護者全都為她讓開了道路。和我們還有一段距離的時候，她停下了腳步。她的龍讓她全身覆蓋著藍色、黑色和銀色的鱗甲，肩頭的翅膀整齊地收疊在背後。當她走路時，腳趾上的爪子不停地敲擊著地面。所有在場的古靈之中，她是被巨龍碰觸改變程度最大的一個。她的警告和琥珀的威脅為我們爭取到了一小片空地。

琥珀退到我身旁，努力平復著自己劇烈的喘息。火星站在她的另一邊，堅韌不屈站在她身前。這時琥珀說話了，聲音低沉而且平靜：「火星，如果可以，請拿我的手套來。」

「當然，女士。」那只手套落在地上。火星彎下腰，小心地將它用兩根手指拈起來，「我會碰到您的手腕。」她警告琥珀，然後輕輕拍拍琥珀的手背，讓她知道手套的方位。琥珀戴上手套，一邊還在不穩定地喘息著。儘管我仍然極度虛弱，但我非常高興能看到她已經在一定程度上恢復了弄臣的力量和沉著鎮定。她用那隻沒有白銀的手挽住我的手臂。我一碰到她的身體，立刻安心了不少。彷彿她這樣做也從我體內抽走了一部分仍在激蕩澎湃的精技能流。當我感覺到和她連為一體的時候，精技對我的衝擊也減緩了。

「我覺得我能站穩了。」我低聲對機敏說。他鬆開了抱住我的雙臂。我不能讓任何人看出我現在有多麼虛弱。我揉搓了一下雙眼，又抹掉臉上的精靈樹皮粉末。我的膝蓋不再彎曲，頭也抬了起來。我挺直身子，現在我非常想要靴子裡的匕首，但我知道，如果自己彎腰去抽出它，我就會直接撲倒在地上。

那位警告眾人後退的女子正站在我們面前的空地上，只是依然和我們保持著一臂的距離。

「琥珀女士，妳的手上真的是巨龍之銀嗎？」她以一種平靜得令人恐懼的聲音問道。

「當然是！」拉普斯卡將軍已經找回了自己的勇氣，來到那位女子身邊，「而且是她從巨龍深井中偷來的。她必須受到懲罰！守護者和克爾辛拉的人們，我們不能因為幾個孩子得到治療就遭受誘惑！我們甚至不知道這種魔法是否能夠持續，或者它只不過是一場騙局。而這名入侵者的盜竊行為是有目共睹的。我們知道，我們的首要責任永遠都必須是守護和我們建立友誼的巨龍。」

「你只能代表你自己，拉普斯卡。」那位女子冷冷地看了將軍一眼，「我的首要責任是守護我的女兒。現在她已經能穩穩地站直身體了。」

「妳這麼輕易就被收買了，賽瑪拉？」拉普斯卡厲聲問道。

那個女孩的父親走進空地，站到被稱為賽瑪拉的女子身邊。有著龍樣雙足的女孩騎在他的肩膀上，俯視著我們。這位父親說話的時候，語氣彷彿是在斥責一個任性的孩子，又帶著一種和拉普斯卡特別的熟識與親近：「拉普斯卡，你應該知道，賽瑪拉在所有人之中是最不可能被收買的。回答我，這位女士的手指染上白銀又傷害了誰？只有她自己。她會因此而死亡。那麼，我們又能對她做出什麼更加糟糕的事？讓她走吧。讓他們走吧，而且還應該向他們致以我的感謝。」

「她是個賊！」拉普斯卡的喊聲變得愈發淒厲，威嚴神態已經蕩然無存了。

雷恩終於用手肘從人群中擠開了一條路。麥爾妲女王緊跟在他身後。她鱗甲下面的臉頰還是粉紅色的，一雙眼睛裡燃燒著明亮的怒火，身上的龍形特徵因為憤怒而變得更加明顯。她的眼睛閃爍著一種不屬於人類的光華，分開她髮際線的肉冠似乎更高了，甚至讓我想到了公雞頭冠。她一走進空地就開口說道：「向您道歉，蜚滋駿騎親王、琥珀女士。我們的人急於得到治療，忘記了應有的禮儀。而拉普斯卡將軍有時候……」

「不要說我！」將軍打斷了女王，「她偷了白銀。我們都看到了證據。不，僅僅讓她毒死自己是不夠的。我們不能讓她離開克爾辛拉，他們都不能離開，因為他們已經知道了巨龍深井的祕密！」

琥珀說話了。她的聲音很平靜，但她加強了力量，讓大廳中的每一個人都能聽到她的話語：「拉普斯卡將軍，我相信，在你出生之前，在你們的巨龍孵化之前，在克爾辛拉建立並復興之前，我的手指上就已經有了白銀。我手指上的奇蹟在六大公國被稱為精技。你的女王能夠證明這一點。」

「她不是我們的女王，他也不是國王！」拉普斯卡將軍的胸膛在激烈的情緒中起伏不斷。沿著他的脖頸，一些鱗片變成了明亮的紅色，「這是他們說的，他們說了一次又一次！他們說我們必須自主獨立，他們只不過是我們面對外在世界的代表。所以，守護者們，讓我們獨立自主！讓我們將巨龍放在第一位，這才是我們應該做的！」他向琥珀女士搖動著一根手指，但仍然和她保持著安全距離，同時向身後的眾人說道：「還記得我們是多麼艱難才找到並恢復了白銀深井！你們願意相信她荒謬的故事，以為她能夠讓白銀停留在指尖上數十年，就這樣一直活到今天？」

麥爾妲女王帶有歉意的聲音插入到拉普斯卡的咆哮之中，「我很抱歉，但我不能證明這樣的事情，琥珀女士。我只是在繽城很短的一段時間裡與您相識。只是當您與眾多貿易商談論貸款事宜的時候，我和您有過幾面之緣。」她搖搖頭，「貿易商可以信賴的只有他口中之言，我不會口出妄言，即使為了幫助朋友也不行。我只能說，當我在那段日子裡結識您的時候，您一直都戴著手套。我從未見到過您的手。」

「你們都聽到了！」拉普斯卡發出勝利的喊叫，「沒有證據！她不可能……」

「我能說話嗎？」多年以前，弄臣還是黠謀國王的小丑時，就能夠讓自己最輕微的耳語傳遍人群擁擠的房間。現在，他經過嚴格訓練的聲音不僅穿透了拉普斯卡的叫嚷，還順利地滲透進眾人嘈雜的議論聲中。一陣不期而至的靜默在轉眼間充滿了整座大廳。他邁步走進面前的空地，看上去一點也不像一個失明的人，卻更像是一位登上舞臺的耀眼明星。他出人意料的優雅身姿和如同說書人一般充滿魅力的聲音，再加上那只戴著手套的手輕輕一揮——他就是我的弄臣，琥珀的外表只是他表演的一部分。

「還記得那個夏日嗎，親愛的麥爾妲女王？妳還只是一個小女孩，生活陷入了一團混亂。妳的家人都希望派拉岡號能夠成功啟航，只有那樣，你們才不會在財政上破產。而那是一艘發瘋的活船。他已經三次傾覆在水中，殺死了所有船員。但那艘瘋船是你們唯一的希望，為了打撈和重

新修整他，維司奇家族已經傾注了他們最後的資源。」

他吸引了大廳中所有人的注意——包括我在內。我也像所有人一樣，全神貫注地傾聽著他的講述。

「妳的家人希望派拉岡號能夠找到並帶回妳的父親和兄弟。他們全都失蹤了那麼長時間。你們也希望能夠藉此找回薇瓦琪號，那是你們家族自己的活船。有傳聞說，她被海盜搶走了。不是普通的海盜，而是傳說中的柯尼提船長本人！妳站在那艘瘋船的甲板上，身穿用舊衣服改成的長裙，舉著去年用過的陽傘，神情中充滿了勇氣。當其他人下到船艙中進行查看的時候，妳仍然留在甲板上，而我就站在妳身邊，依照妳的艾惜雅姑姑的囑託照看著妳。」

「我記得那一天，」麥爾妲緩緩說道，「那是我們第一次真正相互交談。我記得……我們談到了未來。談到了我會有怎樣的際遇。妳對我說，渺小的生活絕不會令我滿足。妳告訴我，我必須去贏得我的未來。妳是如何預料到的？」

琥珀女士露出微笑。她很高興女王還記得孩提時代她所說的話。「我那時對妳說的話，無論在今天還是在那一天，都千真萬確。明天的果來自於妳昨天的因，不會多，也不會少。」

麥爾妲的微笑就像陽光一樣明媚。「妳還警告我，有時候人們會奢望明天不必徹底償還昨天的債務。」

「是的。」

女王向前邁出一步，不甚明智地站到琥珀的舞臺上，成為了這場表演的一部分。她皺起蛾眉，如同身在夢中般說道：「那時……派拉岡號對我耳語。我感覺……哦，那時我還不知道。我感覺到了巨龍婷黛莉雅抓住了我的思緒。我感覺到牠強迫我體會牠身處墳墓的困頓，幾乎要讓我窒息！我昏了過去。那太可怕了。我感覺被困在那條巨龍之中，再也找不到返回自己身體的路。」

「我抓住了妳，」琥珀說，「我碰觸了妳，就在妳的脖子後面，用我的精技手指——或者是你們所說的白銀手指。利用那種魔法，我將妳召喚回自己的身體。但我那樣做也在妳的身體上留下了一個痕跡。就在那一天，我們分享了一個細若游絲的連結。」

「妳說什麼？」麥爾妲難以置信地問道。

「是真的！」雷恩國王的話衝口而出，同時還伴隨著一陣寬慰和喜悅的笑聲，「就在妳的脖子後面，親愛的！當妳的頭髮還像烏鴉羽毛一樣黑的時候，我就看見過它。那時婷黛莉雅還沒有將妳的頭髮變成金色。三枚淡灰色的卵圓形指紋，就像銀色的指紋在漫長的歲月中失去了光澤。」

麥爾妲驚訝地張著嘴。不等丈夫把話說完，她已經將手伸到頸後那濃密燦爛的純金色頭髮下面。「那裡的確一直都有一片柔軟的地方，就像是一直都沒有癒合的瘀傷。」她突然將自己瀑布般的髮髮掀到頭頂，「大家來看一看吧，來看看我的丈夫和琥珀女士所說是否真實。」

我也是走過去觀看的人之一。我只能倚靠著機敏蹣跚而行——女王頸後的確有一處和我的手腕上完全一樣的觸痕。三枚灰色的卵圓形指印，弄臣的白銀之手留下的標記，清清楚楚地就在那裡。

名叫賽瑪拉的女子驚愕地看著女王的脖頸，低聲說：「它沒有殺死妳，這可真是奇蹟。」

我認為這場糾紛應該能就此告終了。但是當拉普斯卡將軍用了別人三倍的時間仔細審視過這處痕跡之後，他從女王身邊轉過頭說道：「她的手上就算是早就有了白銀又如何？她在幾天以前進行偷竊或者數十年前進行偷竊又有什麼區別？井中的白銀只屬於巨龍。她還是必須接受懲罰。」

我挺直脊背，收緊腹部。我的聲音絕不能有絲毫顫抖。然後我深吸一口氣，讓自己的聲音遠遠傳出去。我現在只希望自己說話的時候不會嘔吐：「這不是來自於一口井。它來自於惟真國王的雙手。為了施行他偉大的，也是最終的魔法，惟真國王用精技覆蓋了自己。他的精技來自於一條在清水之河中流淌的精技之河。我們並不稱它為巨龍之銀。它是來自於精技河流中的精技。」

「那條河在哪裡？」拉普斯卡用一種飢渴的聲音問道——這聲音讓我心生警惕。

「我不知道。」我誠實地回答，「我只見過它一次，在一個精技夢境中。我的國王從不允許我跟隨他去那裡。他害怕我會禁不住誘惑，投身於其中。」

「誘惑？」賽瑪拉驚駭地說，「我有為這座城市使用巨龍之銀的權利，但我絲毫感覺不到它在誘惑我投身於其中。實際上，我很害怕它。」

「那是因為妳並非天生就有精技流淌在血液之中。」弄臣說，「而一些瞻遠家族的成員擁有此種特質。就像蜚滋駿騎親王，天生就在身體內擁有精技魔法。他也正是利用這種魔法改造了孩子們的身體，也有人能用這種魔法改造岩石的形態。」

這句話讓整座大廳又陷入了沉默。

「這可能嗎？」肩生羽翼的古靈問道。這是一個真誠的問題。

琥珀再一次提高了聲音。「我手上的魔法正如同惟真國王在偶然間所贈予我的那份禮物。它是屬於我的，絕非偷竊而來。就像流淌在這位親王血管中，又被你們喜悅地分享給你們孩子的魔法力量。也同樣是這種魔法力量改變了你們的身體，又在孩子的身上留下印記。你們如何稱呼它？雨野原的印記？巨龍的改造？如果我手指上的這片銀色是偷來的，那麼，這裡的許多人也同樣分享了這位親王的偷竊所得。」

「這不能作為理由……」拉普斯卡又說道。

「夠了，」雷恩國王發出命令。我看見拉普斯卡的眼睛裡閃耀著怒火，但他沒有繼續說下去，雷恩接著說道：「我們無禮地讓我們的客人付出了太大的力量，現在他已經快支持不住了。我親王慷慨無私地救助，我們卻向他索取甚多。看看他現在有多麼蒼白，他的身子是如何顫抖。我的客人們，請返回你們的房間。我們會為你們送去點心飲料，並向你們報以誠摯的歉意。而最重要的，請讓我們表達感謝之意。」

他走上前，擺手示意堅韌不屈讓開。麥爾妲女王走在他身後，毫無畏懼地向琥珀伸出手臂。雷恩用令人驚訝的力量挽住我的上臂。我感到有些羞窘，但還是非常感謝他的幫助。我用盡力氣回頭，看到麥爾妲和火星護送著琥珀、小堅緩步走在最後，並不斷地回頭瞥向眾人，彷彿在提防危險會追趕上來。不過大廳的門終於在我們身後順利地關上了。我們經過的走廊中站滿了好奇的人們。他們都沒有得到參加此次會見的機會。我聽到身後傳來大門打開的聲音，一陣議論聲從門中湧出來，很快就變成了響亮的咆哮。這條走廊彷彿沒有盡頭。我們來到樓梯前。樓梯在我的視野中搖晃。我不知道該如何爬上去，但我知道，我必須上去。

我做到了，一步接一步，直到我們站在我的客室門外。「謝謝，」我吃力地說道。

「你竟然感謝我。」雷恩苦笑了一聲，「我讓你變成這個樣子，只應該得到你的詛咒。」

「這不是因為你。」

「我應該讓你好好休息。」他和王后都留在了門外。只有我們幾個人走進我的房間。當我聽到堅韌不屈在背後關上房門時，放鬆的心情一下子湧過全身。我的膝蓋又開始不由自主地彎曲起來。機敏用手臂環抱住我，幫助我走到桌旁。我握住他的手，站穩身子。

我犯了一個錯誤。當我們的手握在一起，他突然大叫一聲，跪倒下去。與此同時，我感覺到精技如同撲向獵物的蛇一樣從我的體內飛竄出去。機敏用力捂住了恰斯騎兵用劍在他身上留下的那道傷痕。那個傷口已經閉合，看上去是痊癒了。但在這短暫的接觸中，我知道那傷口內部的狀況並不理想，有一根肋骨錯位了；還有他的下頜部位有一處破裂稍有些感染，到現在依然會讓他感到疼痛。一切修復在轉瞬之間就完成了——如果這樣劇烈的糾正能夠被稱為修復的話。我有些高興地癱倒在他身上。

機敏在我身子下面呻吟著。我想要翻身讓到一旁，卻找不到半點力氣。我聽見堅韌不屈驚呼著說：「哦，主人！讓我來幫你！」

「不要碰……」我只說了三個字，他已經彎下腰握住了我的手。他的喊聲比機敏更加尖利。在這一瞬間，他從一名年輕男子又變回一個男孩。他側身倒下，嗚咽了兩次才控制住自己的疼痛。我終於從他們兩個的身邊翻開。機敏動也沒動。

「出了什麼事？」琥珀發問的聲音幾乎就像是一陣尖叫，「我們遭到攻擊了？蜚滋？蜚滋，你在哪裡？」

「我在這裡！妳沒有危險。是精技……我碰到了機敏，還有小堅。」我只能說出這麼多話了。

「什麼？」

「他……精技對我的傷口做了些什麼。它又流血了。我的肩膀。」堅韌不屈緊張地說道。

我知道那裡會流血。它必須流血，不過不會流很多。我完全沒有力氣說話了，只能平躺在地上，盯著高高的天花板。這裡的天花板模仿了天空的景色。充滿藝術感的繪筆描摹出蓬鬆的雲朵，在開闊的淺藍色天穹中緩緩飄行。我抬起頭，終於找回了自己的聲音：「那不是新鮮的血，小堅，只是淤塞的液體。你的傷口深處還有一小片布，導致那裡在緩慢潰爛。它和它造成的膿水都必須出來，如此你的傷口才能閉合。現在你的傷已經好了。」

我繼續躺在地板上，看著這個典雅華美的房間在我的周圍轉動。如果我閉上眼睛，這種轉動只會變得更快。我睜開眼，森林一般的牆壁就會在眼前搖晃。我聽到機敏翻身趴在地上，又踉蹌著站起來，然後俯身到小堅身邊，輕聲說：「讓我看看。」

「也看一下你自己的傷，」我無力地說道。我又挪動視線，看見火星站在我旁邊，「不！不要碰我。我控制不住它。」

「讓我來扶他，」琥珀女士低聲說。她試探著向前邁了兩步，來到我身邊。

我抬起自己的手臂，將裸露的雙手藏到馬甲背心下面。「不，你們所有人都不能碰我！」

琥珀已經優雅地向我俯下身，就在他蹲坐到自己的腳跟上時，他變成了我的弄臣，再不是什麼琥珀了。他說話的時候，聲音中飽含著巨大的哀傷：「你以為我會接受你不願給我的治療嗎，蜚滋？」

房間還在旋轉，我太累了，根本無法阻止他，「如果你碰我，我害怕精技會像劍穿過肉體一樣穿過我。如果它能做到，它會讓你恢復視力，無論這會給我帶來什麼樣的消耗。我相信為你恢復視力的代價就是失去我的視力。」

弄臣面容的改變令人驚訝。他的面色本就蒼白，現在更加宛如冰雕。激烈的情緒繃緊了他臉上的皮膚，顯露出他面部的骨骼框架。已經消退的傷痕突顯出來，如同精美瓷器上的裂痕。我竭力想要將目光聚焦在他身上，但他彷彿在隨著房間一起移動。我感到噁心、虛弱。我痛恨自己將這樣的祕密告訴了他。但這也沒必要再隱藏了。「弄臣，我們太親密了。我從你身上移除每一處傷痛，我的身上就會出現同樣的傷損。它們不像你的創傷那樣凶險，但當我治療我在你的肚子上刺出的傷口時，我在第二天就感覺到同樣的傷口。當我封閉你背上的潰瘍時，它們就會在我的背上破開。」

「我看到了那些傷！」堅韌不屈吸了一口涼氣，「我還以為是您遭到了攻擊，被人在背上刺了幾刀。」

我沒有因為小堅的打斷而停下來。「當我治療你眼窩周圍的骨裂時，我的眼睛就腫脹起來，第二天視野也變黑了。如果你碰到我，弄臣……」

「我不會！」弄臣高喊一聲，猛地站起身，蹣跚而盲目地向後退去，離開了我，「出去。你們三個都出去！馬上。蜚滋和我必須私下談一談。不，火星，我沒事。我能照顧好自己。請離開，現在就走。」

三個年輕人向屋外走去，但他們的速度並不快。他們聚在一起，不住地回頭看著我們。火星握住了小堅的手。他們就像是兩個哀傷的孩子。機敏走在最後，他凝神注視的目光正是瞻遠家族所特有的，和他的父親那樣相像，任何人都能一眼看出他的血脈傳承。「去我的房間。」他一邊關上屋門，一邊對另外兩個人說。我知道他會盡力保護他們安全。我希望這裡不會有真正的危險，但我還是很擔心拉普斯卡將軍和我們的事情沒有結束。

「解釋吧。」弄臣刻板地說道。

我努力從地上站起來。這要比我想像中困難得多。我翻身俯臥，將膝蓋收到身下，直到能夠用四肢撐起身體，搖搖晃晃地站起來。我扶住桌邊，繞過桌子，最終來到一把椅子前面。我在無意中對機敏和小堅的治療耗盡了最後一點力量。我坐下去，吃力地吸了一口氣。讓我的頭抬起來實在是太難了。「我無法解釋我不明白的事情。在我見到過的其他精技治療中，這樣的事情從沒

有發生過。它只出現在你和我之間。我從你身上消除的創傷都出現在我的身上。」

他站直身子，雙臂抱在胸前。現在他完全恢復了自己的面容，琥珀塗紅的嘴唇和染過胭脂的臉頰顯得很奇怪。他的一雙眼睛彷彿要將我鑽穿。「不，向我解釋你為什麼要向我隱瞞這個！為什麼你不信任我，不將這麼簡單的事實告訴我。你在想什麼？難道我會要求你讓自己失明，只為了讓我能看見？」

「我……不！」我用臂肘撐住桌面，將頭枕在手上。我不記得自己何時曾這樣筋疲力竭過。疼痛在我的額角穩定地脈動著，顯示出心跳的頻率。我急需恢復自己的體力，但就算是一動不動地坐著，這種消耗也不是我能夠承受的。我想要一頭倒在地上，就此睡去，不過我還是竭力驅趕著思維，「你那時是那樣希望能夠重見光明。我不想奪走你的希望。我的計畫是，等到你足夠強壯了，精技小組就能夠嘗試治療你——如果你願意接受他們的治療。我很害怕如果我告訴你，治癒你就必須讓我失明，你將失去一切希望。」最後這個事實如同我口中的一片鋒利刀刃，「我害怕你會認為我是自私的，所以才沒有治好你。」我任由自己的頭低垂到收攏的手臂之中。

弄臣說了些什麼。

「我沒聽清楚。」

「你不用聽到，」他低聲回答，然後他又承認說：「我說你是個傻瓜。」

「哦。」我幾乎無法睜開自己的眼睛了。

他小心地問了一個問題：「你承受了我的傷之後，那些傷口癒合了嗎？」

「是的。絕大多數都癒合了。不過速度很慢。」我的脊背到現在還帶有弄臣的潰瘍留下的粉色凹陷，「或者看上去是如此。你知道，我的身體自從多年以前那次精技小組的狂野治療之後變成了什麼樣子。我幾乎不會變老，任何傷口只要一夜就能痊癒，雖然它們癒合的時候也會耗盡我的精力。但它們的確都癒合了，弄臣。我知道發生了什麼以後，就變得更加小心了。我醫治你眼睛周圍的骨骼時，一直嚴格地約束著自己。」我停頓一下，隨後我要說的話很可怕，但因為我們的友誼，我必須告訴他，「我可以治療你的眼睛，讓你恢復光明。我會因此而失明，不過我們可以看看我的身體是否能修復我的眼睛。這需要時間。我不知道在這裡進行這種嘗試是否合適。也許在我們可以先送其他人回家，然後去繽城，在那裡找一個房間，進行這樣的嘗試。」

「不，別傻了。」弄臣的語氣阻止了我再說任何話。

在長久的沉默中，睡意漸漸侵入了我，滲透我身體的每一部分。身體在向我發出強烈的要求。沒有人能拒絕這樣的要求。

「蜚滋、蜚滋？看著我。你看到了什麼？」

我撬開眼皮，看著弄臣。我覺得自己知道他需要聽到什麼：「我看到了我的朋友，我最長久、最親密的朋友。無論你有著何種偽裝。」

「你能清楚地看到我嗎？」

他聲音中的某種東西讓我抬起了頭。我在朦朧中眨眨眼。過了一會兒，弄臣才出現在我聚焦的目光中。「是的。」

弄臣將屏住的一口氣吐了出來。「很好。我之前碰觸你時，感覺發生了某種事情，某種我意料之外的事情。我向你伸展，召喚你回來，因為我害怕你會消失在精技洪流中。但是當我碰到你的時候，覺得和碰觸別人完全不同。我就像是將自己的雙手握在一起。彷彿你的血突然流動在我的血管中。蜚滋，我能看到你的形體、你坐在椅子裡的樣子。恐怕我已經從你那裡得到了些什麼。」

「哦，太好了，我非常高興。」我閉起眼睛，疲憊得甚至無法感到驚訝，身體耗竭到不懂得何為恐懼。我想到了很久以前的那一天，我將他從死亡中拉回來，把他再一次推進他自己的身體。在那一刻，當我離開那具我為他修復的肉體時，當我們彼此交融、彼此尚未分離的片刻，我也有著同樣的感覺。我們融為一體，彼此圓滿。我回憶著那一刻，卻累得無法將它化為言辭。

我將頭放在桌面上，睡著了。

我在飄浮。這是一種浩瀚無際的存在，我曾經是它的一部分。但現在，我被撕裂，離開了那個將我當做一條管道的偉大目的。我沒有用了，再一次沒有了用處。許多聲音從遠方傳來。

「我曾經做過關於他的噩夢，甚至尿濕了我的床。」

一個男孩笑了半聲：「他？為什麼？」

「因為我第一次遇到他的時候還只是一個孩子。一個自以為只是接到了一個毫無害處的任務的孩子，要給一個嬰兒留下一件禮物。」他清了清喉嚨，「他在蜜蜂的房間裡抓住我，把我變成了一隻被逼進角落的老鼠。他一定早就知道我來了，只是我完全猜不出他是如何做到的。他突然就出現在那裡，用一把匕首頂住我的喉嚨。」

隨後是一陣連呼吸聲也沒有的寂靜。「然後呢？」

「他強迫我脫光衣服。現在我知道他那樣做是為了確保我身上沒有任何武器。他拿走了我攜帶的一切物品。小刀、毒藥、複製鑰匙的蠟模——所有曾經讓我引以為傲的東西，所有我的父親曾經希望我能夠熟練掌握、成就我一生事業的小工具。他拿走了它們，我則赤裸地站在他面前，在他的瞪視下不停地打著哆嗦，等待他決定該如何處置我。」

「你覺得他會殺死你？湯姆．獾毛？」

「我知道他是誰。迷迭香已經告訴我了。迷迭香還告訴我，他的危險是我完全無法想像的。他有很多手段，還有過人的智慧。而且一直有傳聞說他有……特殊的癖好。」

「我不明白。」

又是片刻的停頓。「他也許喜歡男孩，就像他喜歡女人一樣。」

一陣死一般的沉寂。然後是一個男孩的笑聲。「他？他可不是。他只愛一個人，莫莉女士。細柳林的僕人中一直都流傳著一個笑話。」那個男孩又笑起來，喘息著說道：「廚房的女僕們都會笑著說：『敲兩次門，等一等，再敲一次。除非叫妳進去，否則千萬別推門。沒人知道他們會在哪裡就搞起來。』莊園中的男人都以他為傲，他們總說：『那匹老種馬還沒失去火性。』在他的書房裡、花園裡、果樹林裡。」

那片果樹林。那是一個夏天。她的兒子們都去尋找自己的人生道路了。我們漫步在樹林中，看著正在長大的蘋果，談論著即將到來的收穫。莫莉，她的雙手因為剛剛採過野花而散發著芬芳。我停下來，將一枝嬰息花插在她的鬢邊。我們吻在一起，長久的熱吻又變成了另一番激情。

「深隱女士第一次來到細柳林的時候，一個剛來的女僕說這一次要有美人向他投懷送抱了。廚娘肉豆蔻把這話告訴了我。她還說，一聽到這話，她就對那個女僕說：『他可不會接受。他只愛莫莉女士，不會再愛其他人了。他甚至看也不看一眼。』然後她又把那名女僕的話告訴了樂惟。樂惟將那名女僕叫到他的書房，對她說：『他不是格拉班丕徹領主，他是管理人獾毛。我們這裡不接受任何流言蜚語。』然後他就讓那名女僕收拾包袱離開了。這些都是廚娘豆肉蔻告訴我的。」

那時莫莉的氣息就像夏天一樣。她的花束散落在地上，我將她拉倒在我身上。果樹林中的高草如同一堵環繞我們的輕薄牆壁。我們解開衣服。我的腰帶釦顯得格外頑固。然後，她跨騎著我，抓住我的雙肩，用兩隻手撐住身體，把我壓在下面。她俯下身，乳房從上衣中露出來。她的嘴吻在我的嘴上。我撫摸著她被太陽曬暖的皮膚。莫莉。莫莉。

「那麼現在呢？你還害怕他嗎？」男孩問道。

年輕男子緩慢地做出回答：「他本身就是個讓人害怕的人。不要誤會，小堅。蜚滋是一個危險的人。但我會來這裡不是因為害怕他，是父親命令我跟著他、照看他，保護他免於受到他自己的傷害，在一切結束之後帶他回家——如果我能做到的話。」

「這可能不是那麼容易，」男孩不情願地說，「在森林中的那場戰鬥之後，我聽到狐狸手套和謎語說他一心想要傷害自己，結束自己的生命，因為他的妻子死了，孩子也失蹤了。」

「是不容易，」年輕男子歎了口氣，承認道，「非常不容易。」

我做夢了。這不是一個喜悅的夢。我不是一隻飛蟲，但我被困在一張蛛網中。這不是一張普通的蛛網，組成它的不是那種帶黏性的絲線，而是我曾經走過的道路。它們就像是迷霧重重，無法穿過的森林中驟然出現的一行行深深的足跡。我在行進，這並非出於自願，只是我沒有別的選擇。我看不見自己腳下的道路通向那裡，也看不見是否還有其他道路。我曾經回頭去看，但我走過的道路完全消失了。我只能繼續向前。

牠對我說：你竟敢動我的東西。我很驚訝，人類。難道你是太過愚蠢，所以才不怕惹怒巨龍嗎？

巨龍的打擾一向不需要理由。

霧氣被緩緩吹開，我在一個地方，周圍是綠色的草地，草葉中凸出著許多遍布苔蘚的灰色圓形石塊。這裡的風一直在吹著，彷彿從沒有開始，也絕不會有終結。我孤身一人，沒有發出半點聲音，只希望自己不會被注意。牠的意識卻還是找到了我。

那孩子是要由我來塑造的。你沒有這個資格。

我蜷縮成小小一團，一動也不敢動，竭力想讓自己平靜下來。但我非常希望蕁麻能夠和我一起在這個夢境中。她剛剛接觸精技的時候，就承受過巨龍婷黛莉雅的全力壓迫。我向我的女兒技傳，但巨龍束縛住我，就好像我是一隻青蛙，被握在一個男孩滿是老繭的手裡。我孤立無援，完全受到牠的控制。我只能將對牠的恐懼深深藏在心中。

我不知道這是哪一頭龍，不過我知道，最好不要詢問牠的名字。一頭龍會嚴格守護自己的名字，以免人類獲取這名字的力量。這只是一個夢。巨龍不可能對睡夢中的意識做出這樣的事情。我需要醒過來，但牠將我死死釘牢，就像是鷹的爪子按住掙扎的兔子。我感覺到身子下面寒冷堅硬的岩石地面，感覺到冷風奪走我身體的溫暖。我還是看不見牠。也許我能夠用道理說服牠。

「我絕對沒有想要動你的東西，只是做出了一點改變，讓那些孩子們能活下去。」

那個孩子是我的。

「你願意要一個死的孩子，還是一個活的？」

我的就是我的，不是你的。

連三歲孩子都懂的道理，這頭龍卻全然不顧。我胸口的壓力又增加了。一個半透明的形體出現在我的上方。牠閃耀著藍色和銀色的光芒。因為牠和那個孩子的母親共有的身體特徵，我知道了牠宣稱擁有的是哪一個孩子。那孩子的母親曾經說自己有權利使用巨龍之銀。賽瑪拉，那位有著翅膀和利爪的古靈。這頭龍佔有的是那個毫不懼怕改變自己人類形態的女孩，一個現在只剩下少量人類特徵的人。她毫不猶豫地選擇了巨龍的雙足，這樣她就能跳得更高，爬樹的時候也更容易抓住樹枝。一個勇敢而且聰明的孩子。

就是她。

我感覺到這頭龍雖不情願，卻還是流露出了對那個孩子的驕傲。我沒心思和牠分享這份驕傲，但也許奉承一下那個孩子或者這頭龍，能夠為我贏得一點喘息的機會。龍爪在我胸口上的壓力已經讓我的肋骨彎曲到極限，使我感到極度的痛苦。如果牠壓斷肋骨，讓斷骨刺穿肺部，我會醒來還是死去？我知道自己在做夢，但這絲毫無法減少我的疼痛或是大難臨頭的感覺。

死在你的夢裡，變成瘋子醒來。舊日的古靈就是這麼說的。你和這個世界的聯繫非常強大，小人類。你的體內有某種……但你並沒有被我認識的任何龍碰觸過。這怎麼可能？

「我不知道。」

我在你體內察覺到的這條絲線是什麼？是龍的，又不是龍的。為什麼你要來克爾辛拉？是什麼將你帶到了巨龍之城？

「復仇。」我喘息著說道。我能感覺到自己的肋骨已經開始折斷了。隨之產生出令人震驚的劇痛。如果我睡著了，這種疼痛肯定會驚醒我。所以，這是真實的。在某個層面上，這是真實的。如果這是真實的，我的腰帶上應該有一把匕首，如果這是真實的，我就不能像一隻被抓住的兔子那樣死去。我的右臂同樣被龍爪按住了，但左手還是自由的。我伸手去摸索，找到了它，便將它抽出來，用盡剩餘的全部力量刺出去，卻只是撞到了龍爪上的厚重鱗甲。我的刀刃就像是刺在石頭上一樣滑向一旁。而牠甚至都沒有抖動一下。

你要向龍復仇嗎？為什麼？

我的手臂無力地落在地上。我甚至沒有感覺到手指鬆開了匕首。疼痛和缺氧摧毀了我的意志力。我沒有說出一個字，因為我的肺裡已經沒有空氣。我只是向她呈現出我的想法。不是向龍復仇。而是向僕人。我要去克拉利斯，殺死所有僕人。他們傷害了我的朋友，毀了我的孩子。

克拉利斯？恐懼。一頭龍能感到恐懼嗎？令人驚歎，也更出人意料，那似乎是一種對未知的恐懼。

一座用骨頭和白色岩石建造的城市，在遙遠的南方。在一座島上。那座城中全是白色的人，他們相信自己知道全部未來，自認為能挑選出最好的未來。

他們就是僕人！牠開始從我的夢中消失。我記得……一些事。一些非常糟糕的事。突然間，我對牠變得不再重要了。隨著牠的注意力離開我，我又能夠呼吸，並且飄浮在一個深灰色的世界裡。我可能是死了，或者在夢境中獨處。不。我不想繼續睡下去，繼續無力抵抗牠。我掙扎著要醒過來，竭力去回憶自己身體真正的所在。

我向深夜睜開眼睛，眨了眨痠澀的眼皮。一陣微風吹過丘陵，我能看見在風中搖曳的樹木，以及遠方覆蓋著皚皚白雪的群山。月亮又大又圓，是如同舊骨頭的乳白色。獵物一定都在活動。為什麼我還會睡得這麼沉？我覺得自己的腦袋裡塞滿了羊毛。我抬起頭，嗅了嗅空氣。

我沒有感覺到微風，也沒有嗅到森林，只有我自己。汗水，一個有人居住的房間的氣味。床感覺太軟了。我試著坐起身。不遠處傳來衣服摩擦的窸窣聲，有人用有力的雙手按住我的肩膀，「慢慢來，先喝些水。」

那夜晚的原野是個假象，我從沒有感到如此受傷。「不要讓你的皮膚碰到我。」我提醒機敏。他的手退開了。我掙扎著坐起來，從床邊放下雙腿。整個房間旋轉了三次才固定住。我周圍的一切都是那麼昏暗模糊。「拿著這個，」他說道。一個清涼的容器被輕輕放進我的手中。我嗅了嗅。是水。我喝光了杯子裡的水。他將杯子拿走，又給我送來一杯。我又喝光了。

「我覺得暫時夠了。」

「出了什麼事？」

他坐到我身邊的床沿上。我仔細去看他，很慶幸能夠看見他了。沉默了很長一段時間，他才問我：「你還記得什麼？」

「我正在治療古靈的孩子……」

「你碰觸那些孩子，一個接一個。我記得不是很多，應該是六個。他們的身體狀況全都有了改善。每治癒一個孩子，克爾辛拉古靈都變得更加驚羨，而你卻變得更加奇怪。蜚滋，我沒有精技。但就連我都能感覺到你正處在一場魔法風暴的暴風眼中。這場風暴因你而起，充滿在我們周圍。所有孩子都被治好以後，就有其他人向你衝過來。不只是古靈，還有雨野原人。我從未見過那樣畸形的人類。一些人的身上有鱗片、一些人的下巴上掛著長長的肉瘤、一些人有爪子或龍一樣的鼻孔。但那些人的樣子一點也不美，和古靈完全不一樣。他們就像是……生病的樹。突然之間，他們全都有了希望。他們開始向你擁擠過來，求你治療。你的兩隻眼睛全無神采，你沒有回答，只是開始碰觸他們。他們癱倒在地，身體發生改變。但幾乎就是在眨眼之間，你面色變得蒼白，全身都開始顫抖。只是你一直都停不下來，他們也在不停地湧向你，不停地擁擠、哀求。琥珀女士向你大聲呼喊，用力晃動你。你卻只是茫然地盯著前方。形態扭曲的人愈來愈多地撲向你。就在這時，琥珀脫下手套，握住你的手腕，將你從他們面前拉開。」

我的回憶就像是一幅展開的織錦。當我將自己的生命碎片逐一拼接回來的時候，我很感謝機敏一直沒有說話。我回憶起了那些擁擠喊叫的人群：「那以後呢？一切都還好嗎？你們有沒有人受傷？其他人在哪裡？」

「沒有人受重傷，只是有一些抓傷和瘀傷。」機敏有些難以置信地噴了一下鼻息，「而且現在只有火星的身上還有那點傷了。你碰觸我和小堅的時候，我們全身的傷就都好了。自從……自從我那一晚在公鹿堡城被打之後，就不曾感覺過身體是這樣健康。」

「我很抱歉。」

他盯住我：「你因為治好了我而感到抱歉？」

「因為做得如此突然。沒有任何警告。精技……我控制不住它。」

他的目光穿過我的身體。「那種感覺很特別，就好像我被浸沒在冰冷的河水中，又一下子被提起來，身上像平時一樣溫暖又乾燥。」他也開始回憶，聲音愈來愈低。

「他們都在哪裡？琥珀、火星和小堅都在哪裡？」這裡有沒有危險？在我熟睡的時候，他們有沒有受到威脅？

「也許還在睡。這一班崗輪到我了。」

「輪崗？我在這裡睡了多久？」

他微微歎了口氣：「這是第二個晚上了。嗯，也許我應該說是第三天早晨了。天就要亮了。」

「我記得我是趴在桌上睡著了。」

「是的。我們把你抬到了床上。我很為你擔心，但琥珀說讓你安靜入睡就好，不必去找治療師。我覺得她是擔心如果治療師碰到你的皮膚，會發生不測。她一直叮囑我們要小心，千萬別碰到你的皮膚。」

我回答了他沒有問出口的問題：「我覺得我已經控制住自己的精技了。」我又一動不動地躺了一段時間，查看這裡的魔法流動。這座古城中的精技能量非常強大，但我已經能感覺到，它只是迴蕩在我的體外，而不是在身體裡洶湧奔騰了。我又測試了一下自己築起的牆壁，發現它們要比我預料中的更加堅固。

「我給你餵了精靈樹皮粉。」機敏提醒我。

「我記得，」我轉過頭看著他，「我很驚訝你帶著它。」

他將目光從我眼前轉開：「你應該還記得我父親早先對我的希望，還有我接受的訓練。我在這次旅程中帶著許多小東西。」

片刻之間，我們全都陷入了沉默。然後我問他：「拉普斯卡將軍呢？克爾辛拉人現在對我們有什麼樣的看法？」

機敏舔了舔嘴唇。「我覺得他們非常尊敬我們，但在內心裡又害怕我們。琥珀建議我們要謹慎從事，只在自己的房間裡進餐，很少與人交流。我們都沒有再見過拉普斯卡將軍。不過他送來了一張紙條，還有他的一名部下曾經三次邀請我們——那是一個名叫凱斯的古靈。他也對我們很尊敬，不過他堅持說拉普斯卡將軍要單獨和你見面。我們一直都拒絕了他，因為你還在休息，而且我們都覺得你和他單獨見面不安全。那位將軍看上去……很特別。」

我靜靜地點點頭，但我已經在心中決定，我終究要和他單獨見一面，只有那樣才有可能消除拉普斯卡對琥珀的威脅。在見面之後，如果他堅持要懲罰琥珀，他也許就會患上致命的疾病。

「古靈們都很尊重我們閉門不出的決定。」機敏繼續說道：「我懷疑國王和女王為我們擋掉了許多問題和要求。我們在大多數時間裡只需要和僕人們打交道。他們都非常友善。」他又笨拙地補充道：「有一些僕人的身上也有不太好的雨野原印記。儘管國王命令不要打擾你，但我擔心他們之中的一些人還是會向你尋求治療。一開始，我們只是不想丟下你一個人——這樣可能會讓古靈發現你毫無自衛能力。但後來我們開始擔心你會死去。」彷彿是被自己的話嚇到了，機敏突然坐直身子說道：「我應該去告訴其他人你已經醒了。你想要吃的嗎？」

「不，哦，我要。」我不想進食，但我知道，我需要食物。我還沒有死，但也不一定能活下來。我的身體就像是髒汙的破布，因為乾結的泥巴而僵硬，還充滿了汗臭味。我揉搓了一下臉頰。我的鬍子又長出來了。我的眼皮彷彿黏在一起，舌頭和牙齒上都好像有一層膜。

「我替你拿。」

他離開了房間。現在這個房間變亮了一些，依稀是黎明時的模樣。牆壁上的夜晚景色正慢慢消失。我脫下身上的古靈長袍，向水池走去。我一跪到水池邊，水口中就湧出了冒著熱氣的清水。

琥珀走進來的時候，我正全身浸沒在熱水中。堅韌不屈和她在一起，但她徑直走到了水池邊緣，停在我的身邊，完全不需要小堅的引領。不等他開口提問，我已經回答了他最想知道的問題：「我醒了。沒有受傷，開始感到餓了。我能控制住自己的精技。我認為是這樣。在我完全確定之前，請不要碰我。」

「你怎麼樣？說實話？」琥珀問我。我喜歡她的眼睛看著我的樣子，不過我還是忍不住在懷疑自己的視線是不是有點變模糊了。如果弄臣獲得了一點視力，那麼我是否失去了一些？不過我沒有發現自己的視力和原先有什麼不同，至今還沒有。

「我醒了，還很累，但已經不睏了。」

「你睡了很長時間。我們都在為你擔心。」琥珀的聲音中流露出受傷的意味，彷彿我的昏迷傷害了她的感情。

熱水鬆弛了我的肌肉。我開始對自己的身體有了熟悉的感覺，彷彿我的確應該是屬於這具肉體。我再一次將頭扎進水裡，揉搓了一下自己的眼睛。揚起頭時，我還是感覺眼睛有些痛。無論我看上去是什麼樣子，六十歲和三十歲終究是不一樣了。堅韌不屈離開琥珀身邊，為我拿來了乾毛巾和一件長袍。我在擦乾雙腿的時候說道：「這座城市的狀況如何？我有造成什麼損害嗎？」

琥珀說：「顯然沒有——至少沒有造成任何不可挽回的損害。被你碰觸過的孩子現在全都比原先好多了。你碰觸過的雨野原人送來了無數感謝信。當然，還有懇求你予以救治的信。至少有三個人將信從門縫下面塞進來，求你能夠幫助他們修復身體的惡性變化。暴露在龍的身邊，甚至生活在龍曾經長久出現過的地方，似乎都會引發許多人的不良反應。而龍對人體有意進行的改造就要比那些出生時或者成長中發生的變異好得多。許多惡性變異對於嬰兒都是致命的，許多人就算是長大了，也會因之而縮短壽命。」

「現在有五封這樣的信了，」堅韌不屈低聲說，「我們進來的時候，又在門縫下面發現了兩封。」

我搖搖頭：「我現在不敢救治任何人。即使機敏餵我吃了精靈樹皮，我還是能感覺到精技的激流在反覆衝擊我。我不敢再冒險進入其中了。」我將頭從綠色古靈長袍的領口中探出來。我的手臂還是濕的，不過我直接將雙手伸進了袖筒裡，又聳聳肩。長袍無比伏貼地裹住了我的全身。古靈魔法？這件長袍的纖維中也有巨龍之銀嗎？所以它會有作為一件衣服的自覺？古早的古靈就曾經將精技融入到他們的道路中，讓這些道路永遠都記得自己是道路。苔蘚和野草從來都無法淹沒它們。那些道路上的精技和古靈用於創建這座恢弘城市的魔法有什麼不同嗎？這些魔法是怎樣起作用的？這裡有太多的事情是我不知道的，我很高興機敏餵了我精靈樹皮，阻止我實行進一步的試驗。

「我想要盡快離開這裡。」我沒有想到自己會說出這句話：它不由自主地從嘴裡冒了出來。

我一邊說話一邊邁開步子。小堅和琥珀跟隨我走過臥室，進入前廳。機敏正在那裡。

「我同意，」機敏立刻就說道，「就連沒有精技的我都能聽到這座城市的耳語，而且那種耳語聲每天都在變得更強。我需要離開這裡。我們應該在古靈的好意消退之前離開。拉普斯卡將軍也許會煽動那些人與我們為敵。而如果你拒絕治療他們，他們也會開始怨恨你。」

「確實，我認為你說得很對，但我們也不能太過匆忙。即使這裡有前往下游的船隻，我們也必須先妥善地向克爾辛拉道別，以免撇了它的逆鱗。」琥珀的聲音顯示出她正在思考，「我們要在他們的領土上走很長一段路。巨龍貿易商和雨野原貿易商之間更是淵源深厚。他們又都和繽城貿易商有密切的家族血緣關係。我們必須從這裡乘船直到雨野原的崔浩城。從那裡，我們最安全的旅行方式就是乘上一艘沿河航行的活船。直到繽城之後，才能找到一艘船帶我們前往海盜群島，再去遮瑪里亞。這一路上，我們都需要巨龍守護者們的好意，至少在到達繽城之前是如此，也許還要更遠。」她停頓一下，又說道：「我們必須走得比遮瑪里亞和香料群島更遠。」

「然後走到我們見到過的任何海圖之外？」我說。

「對你來說，陌生的水域，很可能是其他人的港灣。我們必須找到去那裡的路。許多年以前，我找到了前往公鹿堡的路。我能再一次找到返回我家鄉的道路。」

他的話沒有給我帶來多少安慰。我現在連站立都感到吃力。我對自己做了什麼？我坐進一把椅子裡，感覺到椅子對我的歡迎。「我本來想孤身輕裝行進，以這樣的方式去追尋目標。我沒有計畫要這樣旅行，沒有想過要帶著任何人。」

一陣輕微的聲音響起，屋門被打開了。一名男僕將一輛附輪子的小方桌推進房間。桌子上放著被蓋住的托盤、一疊碟子。很明顯，這是為我們所有人準備的一餐飯。火星從敞開的屋門溜進了房間。她穿著長裙，經過一番梳洗，但她的眼睛告訴我，她才剛剛睡醒。

機敏感謝了僕人。我們全都保持著沉默，直到屋門在男僕的身後關閉。火星揭開托盤的蓋子，堅韌不屈為我們擺好食碟。「這裡有一只卷軸筒，很沉，上面還有一個有趣的圖案——一隻戴著王冠的雞。」

「戴王冠的公雞是庫普魯斯家族的紋章。」琥珀對我們說。

我的脊背湧過一陣戰慄，「這和公雞王冠不是一回事吧？」

「不是。不過我一直在懷疑這二者是否有某種古早的關聯。」

「什麼是公雞王冠？」火星問。

「請打開信讀一下，」琥珀擋住了她的問題。堅韌不屈把信遞給火星，火星又把信遞給機敏，「這封信的收信人是六大公國使團，所以我認為它是寫給我們所有人的。」

機敏破開蠟封，抽出一張極盡精美的信紙，將上面的內容掃視了一遍。「嗯，關於您已經醒來的傳聞已經從廚房傳到了王座大廳。我們邀請您今晚與克爾辛拉的巨龍守護者們共進晚餐。『如果蜚滋駿騎親王的健康狀況許可的話』。」他抬起眼睛看著我，「就我所知，那些守護者本來都是雨野原人，受到派遣陪同巨龍尋找克爾辛拉，或者至少要找到一個適合巨龍棲息的地方。他們的人數並不多，我相信不會超過二十人。當然，也有別人來到這裡居住。他們是尋找更好生活的雨野原人、曾經的奴隸，以及另外一些人。一些守護者在這些人中找到了妻子。他們的使者在覲見晉責國王的時候自稱來自於一座人口稠密、繁榮昌盛的都市。但我在這裡見到的和從僕人們的口中聽到的卻完全是另一種情形，」他在沉思中繼續說道：「他們算是召集到了能夠維持這座城市的人口，這其中一部分應該是運氣。實際上，這裡真正的人口數量也只有一個村莊的規模。雨野原人發現他們居住在這裡的時候身體發生變化的速度更快了，而且往往不是好的變化。就像你見到的那樣，出生在克爾辛拉的孩子們並不多，他們身體的變化也都不是什麼好事。」

「很確切的報告。」火星的語氣簡直和切德的一樣。堅韌不屈用手捂著嘴噗哧笑了一聲。

「確實。」琥珀表示同意。機敏的臉頰上微微泛起一點紅色。

「他將你訓練得很好，」我說道，「那你覺得他們為什麼要舉辦一場晚宴並邀請我們參加？」

「不是為了感謝你嗎？」堅韌不屈似乎對我竟然想不到這一點感到很驚訝。

「這是和我們進行談判的序幕，是貿易商的行事風格。」琥珀歎了口氣，「我們知道我們需要從他們那裡得到什麼：補給物資，以及送我們前往南方的交通工具。我們要走很遠的路，所以能夠得到的幫助愈多愈好。現在的問題是，他們又會向我們要求什麼作為回報？」

群山之中

這是一個非常短的夢。一個面孔如同白堊的人穿著綠色鑲金邊的長袍，走在一片海灘上。一隻形像怪異的野獸，蜷伏在海灘上方一片生滿綠草的高地上，看著那個人。但那個人卻完全沒有留意那頭野獸。他的身上掛著細長的鎖鏈，就如同某種首飾，只是比裝飾品更牢固。那些鎖鏈環繞在他的一隻手臂上。他來到一個地方。那裡的沙子在震動、膨脹。他看著那裡，露出微笑。震動的東西衝出地面。牠們是粗大的蛇，就像我的手臂一樣長，身體很潮濕，皮膚是鮮豔的藍色、紅色、綠色和黃色。那個人將鎖鏈繞在一顆藍色的蛇頭上，鎖鏈變成了套索。他將那條蛇從地面提起。蛇不住地扭動，卻無法掙脫，只能張大了嘴，露出非常尖利的牙齒。那個蒼白的人又用套索抓住了另一條黃色的蛇。隨後他又試圖抓住一條紅色的蛇。但紅蛇擺脫了他的抓捕，飛快向大海蜿蜒滑去。「我會抓住你的！」──那個人高聲喊道。他追上那條蛇，一腳踏住蛇尾，在蛇頭即將進入波濤的時候抓住了牠。那個人的一隻手提著已經成為俘虜的兩條蛇，另一隻手向紅蛇甩出了套索。

他以為紅蛇會轉回頭撲向他，那時他就能用鎖鏈拴住牠的脖頸。但向他轉回頭的是一頭龍，他正踩在龍尾巴上。「不，」巨龍用震耳欲聾的聲音對他說，「是我會抓住你。」

我為這個夢繪製的圖畫並不是很好，因為我父親的紅墨水不能像那條蛇一樣閃閃發光。

——《蜜蜂・瞻遠的夢境日誌》

我在睡眠中感到寒冷，醒過來是因為德瓦利婭的腳在戳我疼痛的肚子。「妳都幹了些什麼？」她厲聲質問我，然後又回頭吼道：「奧拉利婭！妳應該看著她！看看這個！她在咬繩子！」

奧拉利婭踉踉蹌蹌地小跑過來，裘皮大衣掛在肩膀上，白色的頭髮散亂地遮住了惺忪的睡眼。「我幾乎一整夜都沒睡！我要睿頻看著她……」

德瓦利婭從我面前轉過身。我竭力想要坐起來。我被捆住的雙手像冰塊一樣，幾乎完全麻木了，全身都因為各種瘀傷和傷口而僵硬無力。我倒下去，又試圖翻身離開德瓦利婭，但我沒有能滾多遠。我聽到一記耳光，然後是一聲尖叫。「別找理由，」德瓦利婭嚷道。然後我聽見她大步走開了。

我掙扎著想要站起來，但奧拉利婭的速度更快。她用膝蓋頂住我的脊背。我轉向她，張嘴要咬。她伸手按住我的頭後，將我臉朝下壓在石板地面上。「給我個理由，讓我把妳的牙齒撞下來。」她向我提議。我沒有說話。

「不要傷害我的兄弟！」文德里亞哭叫著。

「不要傷害我的兄弟，」德瓦利婭用尖利的嗓音嘲諷他。「給我閉嘴！」她惡狠狠地哼了一聲。我聽到文德里亞發出一聲驚叫。

奧拉利婭拉起我的長外衣，用她的匕首從上面割下布條。她一邊幹著活，一邊發出含混的咒罵。我能感覺到她的怒火。現在不是挑戰她的好時機。她粗暴地把我翻過來，我看見德瓦利婭留在她臉上的手掌印，在蒼白的皮膚上顯得格外紅豔。「混蛋。」她狠狠地說道。我不知道她說的是我還是德瓦利婭。她抓住我僵硬的雙手，粗暴地拉過去，看也不看就用鈍刀子鋸開已經被磨損的布條。我盡量讓手腕分開，希望她不會割傷我。「這一次，我會把妳的兩隻手捆在背後。」她咬著牙說。

我聽到落葉和細枝被踩斷的聲音。睿頻來到奧拉利婭身邊。「我很抱歉，」她低聲說，「我的手太痛了……」

「沒事。」奧拉利婭的語氣卻表明這絕不會沒有事。

「她真是不公平，」睿頻繼續說道：「對我們這樣殘忍。我們應該是她的參謀，她卻待我們如同奴隸！而且她什麼都不透露。現在她把大家拉到了這個恐怖的地方，卻根本不告訴我們她有什麼打算。西姆菲可不會這樣對我們。」

奧拉利婭則壓著火氣說：「這裡有一條大路。我認為我們應該沿著路走。現在肯定不應該留在這裡。」

「也許這條路能通向一個村子。」睿頻充滿希望地說，然後她又壓低聲音說道：「我需要一名治療師。我的整條手臂都很疼。」

「你們所有人，去收集木柴！」德瓦利婭喊道。她正坐在漸漸熄滅的篝火旁。文德里亞滿臉哀戚地抬起頭。我看到睿頻和奧拉利婭交換了一個叛逆的眼神。

「我說的是『你們所有人』！」德瓦利婭開始尖叫。

文德里亞站起身，卻還有些猶豫地站在原地。德瓦利婭這時也站起來，手中拿著一張被揉皺的紙。她憤怒地看著那張紙，緊緊捏著它。我知道，那正是她怒火的來源。「這個騙子，」她咆哮一聲，「我早就應該知道，不能信任普立卡說出的任何一個字。」突然間，她用捏著紙的手搧了文德里亞一耳光，「快去找木柴。我們至少還要在這裡過一晚！奧拉利婭！睿頻！帶著蜜蜂，看著她。我們需要木柴，許多木柴！你，恰斯人！去為我們捕獵一些食物回來。」

科爾夫甚至沒有抬一下頭。他正坐在一堵矮牆上，看著這片空曠的廣場——當我放下自己的牆壁，這裡突然不再空曠了，一些穿著黑白兩色衣服的雜耍藝人正在進行表演，觀眾是一些頭髮顏色怪異、身材很高的人。一個市集在白天的熱鬧喧囂充滿了我的耳朵。我用力閉住眼睛，牢牢豎起牆壁，再睜開眼睛的時候，所看到的只是一座久已荒廢的廣場。這才是這裡真實的樣子。這片森林中的空地曾經是一個充滿活力的市集。商人們在這個道路交會的地方交換貨物，古靈來此採買商品，尋找樂趣。

「過來！」奧拉利婭對我厲聲說道。

我慢慢站起身。如果我彎著腰走路，肚子就不會痛得那麼厲害。我雙眼看著地面，跟隨她們走過一塊塊古早的鋪路石板。我在稀疏的叢林中看到了熊糞，還有一只手套。我放慢腳步。另一副女士手套，這次是淺黃色的小羊皮手套。還有一些浸透了水的帆布，帆布下面隱約能看到一些紅色的編織物。

我緩慢又小心地彎下腰，從帆布下拉出一條紅色的羊毛披巾。就像我找到的帽子一樣，這條披巾也是濕的，而且有不好的味道。但我很高興能得到它。「妳找到了什麼？」德瓦利婭問道。我打了個哆嗦。我沒有聽到她已經來到了我身後。

「只是一塊破布，」我說道。我的嘴腫了，所以說話有些模糊。

「這裡到處都是垃圾。」睿頻說。

「說明有許多人曾經從這條路上走過。」奧拉利婭也說道。她向德瓦利婭看了一眼，「如果我們沿著這條路往前走，也許很快就能找到村莊，為睿頻找一個治療師。」

「這裡有熊糞，」我說道，「比這些垃圾要新鮮。」我的後半句話也是真的。帆布上的一些糞便沒有被雨水沖走。

「呃！」奧拉利婭正在揪扯一塊帆布。她將手中的帆布丟下，向後一跳。

「那是什麼？」德瓦利婭高喊一聲，推開奧拉利婭，然後蹲下去，掀起帆布，露出下面潮濕的岩石和一樣白色的圓柱形物體。一根骨頭？「哈，」她滿意地高喊了一聲。我們全都看到她從這只白色圓筒的一端拔下一個小塞子，從圓筒裡慢慢抽出一束紙卷。

「是什麼？」奧拉利婭問。

「去找木柴！」德瓦利婭厲喝一聲，將她找到的寶物迅速帶到篝火旁。

「快點，蜜蜂！」奧拉利婭命令我。我急忙將披巾裹在肩頭，跟上了她們。

在那一個上午剩下的時間裡，她們從一些被風暴垂落的樹枝上掰下細枝，堆放在我的手臂上，讓我送回營地。德瓦利婭只是坐在篝火旁，緊皺眉頭盯著她找到的小紙卷。

「我要死在這裡了。」睿頻高聲說道。她縮在她和我的大衣下面，被我咬過的手臂放在大腿上。

「別傻了。」德瓦利婭向她厲喝一聲，就又繼續研究起手中的紙，在漸漸昏暗的天色中細看上面的字跡。我咬睿頻已經有兩天了，我們仍然滯留在這裡。德瓦利婭已經禁止奧拉利婭沿著這些古時舊路走得更遠。睿頻問她下一步要做些什麼的時候，被她搧了耳光。自從她找到那只白骨圓筒，發現裡面的紙卷之後，就只是坐在篝火旁，將那個紙卷和她揉皺的紙相互比較，皺著眉頭，斜睨著眼睛，反覆看著這兩張紙。

我在篝火對面看著睿頻。太陽即將落下，寒意正悄悄爬回這個世界。這座舊日廣場的岩石中積存的熱量很快就會徹底消散。睿頻也許會比我更感到寒冷，因為她發燒了。我一直閉口不言。

她是對的，她就要死了。也許不會很快，但她會死去。狼父親是這樣告訴我的。當我讓狼父親引導我的感官時，就能嗅到她汗水中被感染的氣味。下一次要殺得更快，妳必須找到並咬破一個能夠大量流血的地方。不過就第一次殺戮而言，妳做得很好。只是，這樣的獵物是無法成為食物的。

我不知道我的牙齒能殺死她。

不要後悔。狼父親責備我，一件事無論做或不做，都無法再回頭。妳只擁有今天。今天，妳必須堅決地活下來。每一次做出選擇，妳都必須確保自己活下來，不會受傷。後悔是沒有用的。如果妳沒有讓她怕妳，她就會對妳造成更多的傷害，其他人也會這樣做。他們是一夥的，他們會追隨首領。妳讓那條母狗害怕妳，其他人都能看出來。她害怕的，她們都會害怕。

於是我板起臉，不顯露出任何同情的神色——儘管我很懷疑禁止吃人的規矩絕不是像我這樣飢餓的人定立下來的。在我們來至此地的過去兩天裡，我吃過兩頓飯——奧拉利婭用石頭打下來的一隻鳥身上割下了兩塊肉，被放在一整罐水裡煮了一罐薄湯。我喝了兩碗這樣的湯。其他人吃的比我好。我也曾想要高傲地拒絕他們施捨給我的那一點食物。但狼父親說這樣做不是一個好選擇。吃才能活下去。牠告訴我，活下去才能保持高傲。我聽了牠的話，吃光他們給我的東西，幾乎不說話，卻一直在傾聽。

白天，他們會解開我的雙手，用長繩子套住我的腳。這樣我就能無休止地為他們收集木柴。我的新繩索是從長外衣上撕下來的布條。我不敢再咬它們，以免他們會撕掉我更多的衣服。他們一直都在嚴密地監視我。如果我稍稍遠離奧拉利婭，德瓦利婭都會用木棍打我。每天晚上，她會

將我的手腕和腳腕綁在一起，再和她的手腕拴在一起。如果我在睡覺的時候動一下，她就會狠狠地踢我。

每一次她踢我，狼父親都會發出長嚎，殺死她，盡快殺死她。

那天晚上，在德瓦利婭睡著之後，睿頻悄聲對奧拉利婭說：「現在只剩下妳和我了。」

「我還在這裡。」文德里亞提醒她們。

「我說的是真正的蟄伏者，」睿頻輕蔑地說，「你不是管理夢境捲軸的學者。不要偷聽我們說話！」她壓低聲音，彷彿是要將文德里亞排除在這場對話之外，「西姆菲親口說過，因為我們是最優秀的，所以才會被挑選出來幫助德瓦利婭甄別道路。但從一開始，她就無視我們的諫言。我們全都清楚，那個女孩根本沒有價值。」她歎了口氣，「恐怕我們偏離真正的道路已經很遠了。」

奧拉利婭則顯得有些不確定，「但蜜蜂的確發了燒，皮膚也發生了變化。這一定有某種意義。」

「她只是有白者的血統。她又不能做夢，肯定不是德瓦利婭宣布我們需要尋找的意外之子。」睿頻的聲音微弱得如同耳語，「妳知道她不是！就連德瓦利婭也不再相信這一點了。奧拉利婭，我們必須彼此保護。其他人都不可靠。當西姆菲和德瓦利婭制定這個任務的時候，卡普拉和寇爾崔都堅持我們已經承受了意外之子的打擊。他就是那個釋放了冰華、殺了埃麗絲多的人。『小親親』在返回克拉利斯之後告訴了我們，他的一個催化劑，那名貴族刺客就是意外之子。那名刺客的族群稱埃麗絲多為蒼白之女。她就是被意外之子打敗的。所有人都知道這件事！四聖中有三位都說關於他的那些夢已經實現，現在那些預言都可以被放棄了。只有西姆菲不這樣認為，當然，還有德瓦利婭。」

我屏住呼吸。她們說的是我的父親！我從父親的紀錄中已經知道，弄臣說過他就是意外之子。但我從不曾想到，在某個遙遠的地方，他的行為對應著一種預言。我悄悄向她們湊近了一些。

睿頻也壓低聲音：「西姆菲相信德瓦利婭，只是因為德瓦利婭讓她看到了一些模糊的預兆，表明意外之子將取得絕對的勝利。而那個催化劑的勝利並非絕對，因為小親親回到了我們手中，被我們重新捉住了。要記得，德瓦利婭在過去許多年中一直侍奉埃麗絲多，早已深深迷戀著她。所以她總是在吹噓，如果埃麗絲多能回來，她就能為埃麗絲多贏得無上的權力。」她低聲吸了一口氣才繼續說道：「我認為德瓦利婭只是想要復仇。妳還記得她是如何對待小親親的吧。她認為小親親要為埃麗絲多的死負責。妳知道我們是從誰家裡偷出的蜜蜂？蜚滋駿騎的家。」

奧拉利婭在她的毯子上坐直身體：「不！」

「是的。蜚滋駿騎．瞻遠。」睿頻伸手把她拉回到毯子上，「仔細回想一下，想想小親親的腳被打碎時呼喚的名字？那才是他真正的催化劑的名字。他一直隱瞞著這個名字，說那是一個刺客，一個九指奴隸男孩，一名船長，一個被寵壞的女孩，一名貴族私生子。那都不是真的。他唯一真正的催化劑是蜚滋駿騎．瞻遠。我曾經跟隨德瓦利婭進入那幢房子，在一個裝滿卷軸的房間裡，她站定腳步，盯著一樣東西露出微笑。我順著她的視線看見了一尊雕像。那雕像的一張臉就是小親親！是他接受審問前的樣子。」睿頻在自己的裘皮床鋪中陷得更深了一些，「她想要拿走那尊雕像。但就在那時，埃里克的人闖進來，開始推倒一個個書架，把東西丟得到處都是。他們從那個房間裡搶走了一把劍。於是我們也離開了。但我知道了蜜蜂的身分。她是那個催化劑的女兒。」

「他們說那幢房子屬於獾毛，湯姆．獾毛。蜜蜂說那是她父親的名字。」

「所以，知道那個會咬人的小混球說了謊，妳感到很驚訝？」

「但她不也是白者嗎？」

奧拉利婭的聲音很低。我竭盡全力想要聽到睿頻的回答。

「是的，想想看，怎麼會有這麼巧的事情發生！」她的話語顯得驚訝又得意，彷彿我的存在就是一種恥辱。

「文德里亞在聽，」奧拉利婭提醒睿頻，然後奧拉利婭動了動，將大衣在身上又裹緊了一些，「我不在乎這種事。我只想回家。回到克拉利斯去。我想要睡在床上，醒過來的時候就有早餐在等著我。我希望自己沒有被選中參加這個任務。」

「我的手痛得好厲害。我真想殺死那個小鬼！」

「不要說這樣的話！」文德里亞警告她們。

「你根本就不應該說話。這全都是你的錯！」睿頻惡狠狠地對文德里亞說。

「鬼鬼祟祟的偷聽狗。」奧拉利婭也罵了一句。他們全都陷入了沉默。

那兩個人在深夜裡還說了些別的，只是其中大部分都讓我不感興趣。睿頻一直在抱怨自己的傷口。她們還討論了一些克拉利斯的政治，但提到的名字我都不認識，也無法理解話中的要點。

她們決定一回到家就將承受的苦楚如實彙報，兩人也都同意，德瓦利婭應該受到懲罰。她們兩次提到了關於一個毀滅者的夢。奧拉利婭說那個人會帶來慘事、穢惡的煙瘴和死亡。在一個夢中，一粒橡果被帶進一幢房子裡，突然生長成為一顆火焰和利劍的大樹。我回憶起我自己那個有著橡果頭的傀儡假人的夢，不知道這兩個夢之間是否存在某種聯繫。但我也夢到過一粒堅果在溪水中漂浮。我覺得自己的夢非常令人困惑。幾乎就像睿頻的夢一樣——她夢到了黑暗和一個聲音：「你們製造的毀滅者來了。」

我盡可能從她們的低語中搜集情報。一些重要的人物不同意德瓦利婭執行她的任務。只是在她的堅持之下，他們才予以首肯，而且他們會同意還是因為小親親逃走了。從我父親的紀錄中看，「小親親」還被稱為「弄臣」和「黃金大人」。四聖已經警告德瓦利婭，如果她這次無功而返，會有怎樣的下場。她承諾會將意外之子帶回去。而我就是她所擁有的一切。

文德里亞完全被排除在那兩個人的交談之外，但他是那樣渴求她們的注意，甚至到了可以毫無自尊的地步。有一個晚上，當那兩名蟄伏者在她們的裘皮大衣下面又開始說悄悄話的時候，文德里亞興奮地插進去說：「我也有一個夢。」

「你沒有！」睿頻高聲說。

「我有。」文德里亞就像是一個挑釁的孩子，「我夢到了有人帶著一只小包裹進入一個房間。任何人都不想要那只包裹。但就在這時，有一個人打開了它。火焰、煙霧和響亮的聲音爆發出來，那個房間在所有人的周圍坍塌了。」

「你根本沒有夢到那個，」睿頻的聲音中充滿了輕蔑，「你就是個騙子！你聽到我說過那個夢，就在這裡學我的舌。」

「我沒有聽到妳說這個夢！」文德里亞很氣憤。

奧拉利婭的聲音如同被壓低的咆哮：「你最好不要和德瓦利婭提起這個夢，因為我已經把這個夢告訴她了。她會知道你在說謊，會用棍子打你。」

「我真的夢到了，」文德里亞開始嗚咽，「有時候，白者會有同樣的夢。這個妳們都知道。」

「你不是白者。你一出生就是殘缺的。你和你的姐妹都是殘障。你們應該被淹死。」

我屏住呼吸，等待文德里亞在怒火中爆發。但他只是陷入了沉默。冷風呼嘯，我們真正共有的只有悲傷，還有夢。

我還很小的時候就有了許多非常真實的夢境。而且我憑直覺知道，它們很重要，應該讓別人知道。在家中時，我會把它們記錄在日記裡。自從僕人們把我偷出來之後，我的夢就變得更加黑暗，更加險惡。我沒有再提起它們，也沒有寫下來。所有這些不曾透露的夢都擁擠在我的腦海中，如同骨鯁在喉，不吐不快。每多一個夢，將它們大聲說出來或寫下來的衝動就會愈強。那些夢中的影像都令我感到困惑——我手舉一枝火把，站在十字路口，頭頂上有一隻黃蜂巢；一個傷痕累累的小姑娘抱著一個嬰兒，蕁麻向她微笑，但蕁麻和那個小姑娘都在流淚；一個男人燒糊了他正在熬煮的麥片粥，狼群在痛苦地長嚎；一粒橡果被種在礫石中，一棵火焰之樹隨之拔地而起；大地在晃動，黑色的雨落了又落、落了又落，讓巨龍窒息，拖著殘破的翅膀掉落在地上。這些都是愚蠢的夢，毫無意義，但我要將它們告訴別人的急迫心情，就好像我很想嘔吐一樣。我將手指放在冰冷的石頭上，裝作在書寫描畫的樣子。我心中的壓力緩解了。我仰起頭，看著遠方的星星。沒有一絲雲彩。今晚會非常冷。我努力用披巾把自己裹緊一些，卻沒有感到一絲溫暖。

第三天過去了，然後是第四天。德瓦利婭只是在篝火旁踱步、嘟囔，審視她的文件。我身上的瘀傷開始消退，但全身還是在疼痛。腫脹的眼睛也在慢慢平復，只是我一顆後方的牙齒感覺鬆動了，我顴骨上裂開的皮膚大部分已經閉合。但這些他們絲毫也不在意。

「帶我從那塊石頭裡回去吧，」睿頻在第四個黃昏中說道，「如果我們返回六大公國，也許他們能救我。至少我能死在床上，而不是在塵埃中。」

「失敗者才會死在塵埃中。」德瓦利婭冰冷地說道。

睿頻彷彿被狠狠打了一下，側身躺倒在地上。她收起雙腿，小心地將被感染的手臂抱在懷中。在這一刻，我對德瓦利婭的厭惡足以和我對她的憎恨相匹敵。

奧拉利婭在逐漸凝聚的黑夜中低聲說：「我們不能留在這裡。我們到底要去什麼地方？為什麼不能沿著這條古早的大路走出去？它一定通向哪裡，也許是一個村鎮，那裡會有溫暖的房屋和食物。」

德瓦利婭本來正坐在篝火旁，將雙手伸向篝火取暖。突然間，她將雙臂抱在胸前，瞪著奧拉利婭說：「妳是在提問嗎？」

奧拉利婭低下頭：「我只是在思考。」她不敢抬頭，「難道我們不是應該提出建議的蟄伏者嗎？難道我們的任務不是幫助妳找到真實之道，做出正確的決定嗎？」她的聲音漸漸提高了，「寇爾崔和卡普拉都不希望妳展開這次行動。他們會同意，只是因為小親親逃走了！我們應該去追獵他，殺死他！然後，如果小親親引領妳找到意外之子，我們也許還能抓住那個孩子。但妳卻任由那個瞻遠帶著小親親逃走，只為了能夠洗劫他的家，毫無意義地殺死了那麼多人！現在，我們迷失在森林中，身邊只有妳偷來的這個沒用的女孩。她做夢嗎？不！她到底有什麼用處？我不知道為什麼妳會帶我們到這個地方來，我們只會死在這裡！我不知道那個謠言是不是真的——小親親並非『逃走』，而是被妳和西姆菲釋放了？」

德瓦利婭猛然站起身，俯視著奧拉利婭。「我是一位靈思拓！妳只是一個年輕又愚蠢的蟄伏者。如果妳想要思考，就思考一下為什麼這堆火要熄了吧。去找木柴回來。」

奧拉利婭猶豫了一下，彷彿還想爭辯。但最終，她還是僵硬地站起身，百般不情願地走進愈發黑暗的大樹陰影中去了。過去幾天裡，我們已經將附近的幹樹枝撿拾乾淨。她想要拾柴只能往森林深處走。我有些懷疑她是否還能回來。狼父親已經兩次嗅到了一絲微弱卻又凶暴的氣味。熊。牠早就警告了我。我感到很害怕。

牠不想靠近聚集在火堆旁的人群，但如果牠改變了主意，將這些人嚇得尖叫逃竄，妳跑不快，也跑不遠。所以，一動不動地躺著，不要發出任何聲音。牠也許會去追逐其他人。

但如果牠不追別人呢？

一動不動地躺著，不要發出任何聲音。

這個建議並不能讓我安心。我希望奧拉利婭能夠回來，再帶回滿滿一把乾柴。

「妳，」德瓦利婭突然說，「去跟著她。」

「為了防止我在夜晚亂跑，妳已經捆住了我的腳。」我向她指出，「還有我的手。」我裝出一副生氣的樣子。如果她割開我的繩索，讓我去拾柴，我幾乎確定自己一定能趁著黑夜溜走。

「不是妳。我可不打算讓你在黑夜中逃掉，死在這片森林裡。睿頻，去撿柴。」

睿頻顯露出不可思議的神情：「我的一條手臂都快不能動了。我沒辦法去撿柴。」

德瓦利婭盯著她。我覺得她也許會命令睿頻站起來。但她只是將嘴唇吮進口中，冷冷地說：「沒用，」隨後她轉過頭，「文德里亞，你去找木柴。」

文德里亞緩緩站起身，一雙眼睛始終盯著地面。但我能在他繃緊的肩膀上看到他的忿恨。他緩步朝奧拉利婭離開的方向走去了。

德瓦利婭繼續做她每晚都在做的事：研究那個小卷軸和那張皺巴巴的紙。早些時候，她曾經花費許多時間在廣場邊緣的那些石柱旁轉圈，眼睛在她找到的卷軸和那些石柱上的符文之間來回轉動。我在父親書房中的文件上見過一部分那些石柱上的符文。德瓦利婭是在尋找另一條穿過石柱的路徑嗎？她也曾經沿著廣場大路的兩個方向進行過一番探查，最終卻只是搖著頭走回來，而且顯得異常氣惱。我不知道自己更害怕哪種情況——她是會將我們拉進石柱，還是會把我們餓死在這裡。

在廣場對面，科爾夫正在跳著一支不斷用雙腳踏地的舞蹈。如果我放下自己的牆壁，就會聽到音樂聲，看見古靈在他的周圍起舞。奧拉利婭帶著一些有殘雪的樹枝回來了。看上去，它們是剛剛從樹上折下來的。這種樹枝也許能燃燒，但不會提供多少熱量。文德里亞走在她身後，扛著一根朽爛的原木。那上面的苔蘚要比木質更多。他們來到篝火旁的時候，科爾夫圍繞他們跳起了快速跺腳的舞蹈。「滾開！」奧拉利婭向那個恰斯國人嚷道。但科爾夫只是笑著，轉著圈，再一次加入了那些古靈幽魂的慶典。

我不喜歡在這片廣場的開闊地面上紮營。但德瓦利婭認為那片森林的地面「很髒」。實際上，我覺得和廣場上這些不斷向我喃喃絮語的平滑黑色石頭相比，泥土要好得多。在清醒時，我能緊緊築起自己的牆壁，儘管這樣做會消耗體力。而到了夜晚，當疲憊感最終佔據我的時候，我便完全無法抵抗這些儲存在岩石中的聲音。他們的市集復活了，烤肉在火焰的手指上冒著油煙，雜耍藝人拋擲著閃閃發光的寶石，一名白皮膚的歌手彷彿能看見我。「堅強，堅強，去屬於妳的地方！」她向我歌唱。但歌詞沒有安慰我，反而讓我感到恐懼。在她的眼睛裡，我看到她相信我會做出一件非常恐怖，又非常精采的事情。一件只有我能做的事？那個恰斯人突然蹲在我身邊。我嚇了一跳。我的牆壁是這麼牢固，讓我完全沒有察覺他的靠近。危險！狼父親提醒我。科爾夫抱住雙腿，給了我一個快活的笑容。「真是一個嘉年華的美好夜晚！」他對我說，「妳想要一些烤山羊嗎？味道好極了！」他抬起手向黑暗的森林一指，「就在那個紫色雨棚下面。」

瘋狂讓他變成了一個性情快樂的傢伙。他提到食物，讓我的胃一下子抽緊了。「太好了。」我低聲說著，向旁邊看了一眼，以為這樣的附和是最快結束這場對話的辦法。

他用力點點頭，又向篝火挪近了一點，伸出骯髒的雙手去取暖。即使已經瘋了，他還是比睿頻更懂事一些。一塊從他的襯衫上扯下的破布包紮住了他被我咬過的手指。他打開腰間厚實的皮口袋，在裡面摸索了一番。「給妳。」他將一根小棒子遞給我。我抬起被捆綁的雙手要擋開他。他卻將那根小棒子塞進了我的手指。我突然嗅到了肉的氣味。是牛肉乾。突然湧起的飢餓感和洪水一樣的唾液衝進我的口中，讓我自己也感到震驚。我的兩隻手顫抖著，將牛肉乾放入口中。這塊肉乾實在是太乾太硬了，我甚至沒辦法咬下一片來。我咀嚼它、吸吮它，拚命想要咬下一塊吞進肚子裡——我發現就連呼吸都變得困難了。

「我知道妳做了什麼。」

我更加用力地抓住那塊肉乾，唯恐他會奪走這寶貴的食物，同時我什麼都沒有說。德瓦利婭已經從她的紙張上抬起頭，正在向我們皺眉。我知道她不會奪走我的肉乾，因為她害怕我的牙齒。

他拍拍我的肩膀，「妳想要救我。如果我在妳咬我的時候放手，我就會和美麗的深隱一起留在那裡。現在我明白了。妳想要我留下，保護她、贏得她。」

我繼續咀嚼。盡可能搶在別人奪走之前，從上面多咬下一點東西來。又遲了片刻，我才向他點點頭。讓他相信他所說的一切都是真的，只要他願意給我食物。

他歎了口氣，凝望夜空。「我認為我們來到了死亡的國度。這和我預料中的完全不一樣。我感覺到寒冷和痛苦，卻又聽到音樂，看到了美人。我不知道自己是受到了懲罰，還是得到了獎勵。我不知道為什麼自己還會和這些人在一起，而不是接受我先祖的審判。」他陰鬱地看了德瓦利婭一眼，「這些人比死亡更黑暗。也許正是因為如此，我才會被困在這裡，被卡在死亡的喉嚨裡。」

我又點點頭。我已經努力撕下了一小片肉，正在將它嚼成碎屑。我從沒有如此期待能嚥下一口東西。

他從我面前轉過身，又開始摸索自己的腰帶。當他轉回來的時候，手中多了一把閃著寒光的匕首。我掙扎著從他面前退開，但他抓住我被捆住的腳，將我向他拖過去。那把匕首非常鋒利。它劃過纏結的布條。突然間，我的雙腳鬆開了。我踢開他的手。他又向我伸出手說：「現在該解開妳的手了。」

要不要信任他？那把匕首能夠像割斷我的綁縛一樣割掉我的一根手指。我將肉乾塞進嘴裡，用牙齒咬住。向他伸出了我的手腕。

「好緊啊！疼不疼？」

不要回答。

我靜靜地看著他的眼睛。

「妳繩子周圍的手腕都腫起來了。」他小心地將匕首伸進我的雙手之間。匕首刃很冷。

「住手！你在幹什麼？」德瓦利婭終於發出憤怒的吼聲。

恰斯人幾乎沒有瞥她一眼，只是握住我的一隻手，開始割開綁住我的布條。

德瓦利婭的速度讓我感到驚訝。剛剛她還在將一大捆樹枝放進篝火中，眨眼之間已經兩步就竄了過來，一棍打在恰斯人的後腦上。科爾夫倒在地上，手中仍然抓著匕首。我扯斷最後一點布條，跳起身。剛剛用發麻的腳跑了兩步，德瓦利婭就抓住了我的衣領，讓我無法再呼吸。她的棍子首先打在我的右肩和右側的肋骨上。

我在她的手中扭過身，完全不在乎自己被衣領勒住脖子，無法吸進一口氣，只是用力踢蹬她的小腿和膝蓋。她發出一聲痛呼，但沒有放開我，而是用柴棍狠打我的頭側。我被打壞的耳朵發出尖鳴，嘴裡嚐到了血腥味。但隨之而來的疼痛還不像我收縮的視野那樣給我帶來干擾。我又從她面前轉過身，但這只是讓她能夠用棍子擊打我頭部的另一側。我模糊地知道她正在向其他人叫嚷，要他們來抓住我。沒有人幫她。文德里亞在哀號：「不要，不要，不要。」他的聲音變得愈來愈高。聽到他除了哀號以外什麼都做不了，這讓我感到憤怒。我將疼痛推向了他。

德瓦利婭再一次擊打我頭部的另一側，打破了我的耳朵。我的膝蓋彎曲下去。突然間，我被掛在我的領子上。她的力氣不夠大，不足以支撐我的體重。她壓倒在我身上。我的肩膀爆發出一陣劇痛。我感覺到一陣情緒的波動，就像是蕁麻和我的父親將他們的思維融合在一起的時候，或者是我父親的心神中沸騰著各種思緒，而他又忘記約束它們的時候。不要傷害她！不要傷害她！

德瓦利婭放開我的衣領，發出一陣奇怪的聲音，從我的身上滾開了。我沒有試圖移動自己，只是不停地呼吸，將空氣吸進我的體內。牛肉乾丟了。我的嘴裡全是血的味道。我轉過頭，張開嘴唇，讓血流出去。

不要死。請不要死，不要把我一個人丟下。文德里亞的想法在向我耳語。哦，就是這樣。當我將自己的疼痛推向他的時候，我也為他的思緒打開了一條通道，允許它們進來。這很危險。我用自己能夠控制的每一點力量將他封堵在我的意識之外。淚水刺痛了我的眼睛，是憤怒的淚水。德瓦利婭的小腿就在我的牙齒能碰到的地方，我很想從上面咬一塊肉下來。

不要，小狼。她還有棍棒。爬開。不要出聲。妳不能攻擊這一個，除非妳確信能殺死她。

我竭盡全力蠕動身體，手臂卻不服從，只是毫無用處地甩動著。我的身體壞掉了。我在疼痛中眨眨眼睛，看到許多小黑點在眼前跳動。德瓦利婭用手和膝蓋撐起身體，哼唧著走開了，沒有多看我一眼。她回到篝火的另一邊，坐到背包堆成的軟墊上，繼續看那滿是皺褶的紙和從骨頭裡找出的小紙卷。她慢慢轉動這兩張紙，突然將它們貼近到眼前，又並排放在膝蓋上，目光從一張紙跳到另一張紙。

恰斯人也緩慢地坐起來，伸手到腦後摸了摸，接著放到眼前，揉撚了一下濕濡的手指。他看著我坐起身，朝我掛在身側的手臂搖了搖頭。「它斷了。」我悄聲說道。我疼得要命，非常希望能有人幫我照料一下這隻手臂。

「比死亡更黑暗。」科爾夫低聲說道。他向我伸手，手指按在我的肩膀上，輕輕摸索。我叫喊一聲，顫抖著躲開了他。「沒有斷，」他說，「不過我不知道你們的話是如何形容這種情況的。」他抬起一隻手掌，將另一隻手握拳放入其中，然後又將拳頭從那隻手掌裡拉出來，「一下子就脫開了，」他對我說。他再一次向我伸手，我縮起身子，但他只是朝我的肩膀擺擺手，「脫開了。」

「我的手臂不會動。」惶恐的情緒在我心中升起。我都沒辦法呼吸了。

「躺下。不要動。放鬆。有時候，這樣就能讓它回去。」他抬起頭朝德瓦利婭看了一眼，「那個女人是一隻黃蜂。」我盯著他。他露出一個虛弱的微笑。「這是恰斯俗語。如果蜜蜂叮了妳，牠就會死。牠會為傷害妳付出代價。黃蜂則能夠叮妳，叮妳，再叮妳。對於牠帶來的痛苦什麼代價都不用付。」恰斯人聳聳肩，「所以牠們會一直叮妳。除此之外牠們什麼都不知道。」

德瓦利婭突然跳起身。「我知道我們在哪裡了！」她又看著手中的小紙卷，「這個符文是匹配的。這沒道理，但一定是這樣！」她盯住遠方，又瞇起雙眼。她的面容也發生了改變，彷彿意識到了什麼，「他對我說了謊。他對我說了謊！」她高聲咆哮著。我本以為她會害怕，但她是在發怒。這更可怕得多。「他對我說了謊！普立卡說是一座市集廣場，有人煙稠密的大道。他以為他很聰明。他欺騙我，把我們騙到這裡。他騙了我！」德瓦利婭最後的聲音已經變成了尖叫，她的面孔扭曲變形。「普立卡！」她的口中飛沫四濺，「你總是裝作那麼謙遜有禮，那麼鎮定自若、高人一等。還有小親親，總是那麼沉默，然後突然開始胡言亂語、胡說八道。那些胡說全都是謊話！好吧，我也曾經讓他尖叫。我最終還是將真相從他們兩個的嘴裡撕了出來，難道不是嗎？」

「顯然不是。」奧拉利婭看著她的腳和篝火之間的空地，在呼吸間悄聲說道。我懷疑除了我之外，其他人都沒有聽見她說什麼。

但睿頻的頭扭動了一下，彷彿聽到了奧拉利婭的話。竭力坐直身體。「妳以為妳做到了。妳

以為妳將真相從他的身上撕扯了下來。但他比妳更強大，不是嗎？也更聰明。普立卡騙了妳，讓妳把我們帶到這裡。現在我們被困在了這片荒野之中，只能捱餓、等死！」她的聲音變得破碎而沙啞。

德瓦利婭盯著睿頻，眼神蒼白空洞。然後，她將那張黃色的地圖揉成一團，站起身，塞進自己一直坐著的背包裡。而她重新捲起那個小紙捲，收回到骨頭管中。她向睿頻擺動了一下骨頭管。「不是我們所有人，睿頻。不是我們所有人都會死在這裡。」她露出驕傲的微笑，「我已經破譯了它。普立卡對我說了謊，但真實之道是不容置疑的！」她又將手伸進背包的更裡面，拿出一只小袋子，解開繫住袋口的細繩，從裡面拿出一只精緻的手套。狼父親在我的體內長嚎。牠感覺很不好，卻不知道是為什麼。德瓦利婭緩慢而仔細地戴好手套，讓每一根手指都精確就位。她曾經使用過這只手套，那時她將我們拉進了石柱。她站起身：「帶著包裹和俘虜，跟著我。」

俘虜。我的新稱呼像油膩的水流過我。德瓦利婭沒有回頭去看他們是否服從了命令。她只是以高人一等的傲慢，大步走到一座石柱前，開始查看上面的銘文。「那是通往哪裡的？」奧拉利婭膽怯地問。

「這件事不需要妳擔心。」

恰斯人跟隨著德瓦利婭。他是唯一服從命令的。我從篝火旁挪開身子。我的雙手自由了，腳也不再被捆住。它們的麻木感在慢慢減弱，只剩一些刺痛，和我肩頭凶猛咆哮的痛楚完全不同。我能站起來逃走嗎？我用還能動的一隻手撐住地面，向黑暗中移動全身疼痛的身體。只要我能一點點蹭進黑暗裡，我也許就能爬走。

睿頻踉蹌著站起身，試著用一隻手拿起鋪在地上的我的大衣。「我不知道能不能拿得動一只背包。」她的聲音中帶著歉意，但沒有人回應她。

恰斯人毫不理會德瓦利婭的怒視，逕自走到她身邊，端詳那座石柱，又伸出手指，沿著雕刻的符文進行描繪，「我知道這個，」他露出奇怪的微笑，「我幾乎就跪在它的上面。除了它以外，我幾乎沒有別的東西可以注視。那時我六歲。我們在恰斯大公城堡的傾頹門戶之廳裡為祖父守靈。我祖父的屍體能夠被展示在那個地方是一種榮耀。第二天，他們就在港口附近的火葬堆上燒掉了他的屍體。」

德瓦利婭猛地將目光轉向他，露出微笑：「這是在恰斯國境內，對不對？」

他點點頭。「從我的家族莊園騎馬到那裡有半日路程。據說，大公的城堡建造在一片古早的戰場上。那裡有四根這樣的石柱，全都被推倒在地上，和那座大廳的地面齊平。據說，如果妳能從那些石柱上鑿下一片石頭來當做護身符，就能交到好運。我試了，但它就像鐵一樣硬。」

德瓦利婭的笑容變得更加燦爛。「就像我想的一樣！我們還在真實之道上，我的蟄伏者們。好運正在向我們微笑，對此我充滿了信心。」她將小卷軸筒在手掌上敲了敲，「命運將一張地圖送進我的手中。它的圖案很奇怪，上面的文字也來自於異域，但我破解了它。我知道我們在這張地圖上的什麼地方。現在我知道了這根石柱能夠將我們送往恰斯國。科爾夫會領大家去他的莊園。我們是他的朋友。他的家人會為我們提供回家所需的一應物資。」她將目光轉向文德里亞，

「對不對，文德里亞？」

科爾夫看上去非常震驚。文德里亞肩頭扛著一只背包，手中又拖著一只，看上去疲憊又遲疑。火光在他的五官之間跳動，讓他有時像是一名恭順的僕人，有時又像是一條被打敗的狗。

「我的家人會這樣做？」科爾夫驚奇地問。

「你會要求他們這樣做。」德瓦利婭告訴他。我從篝火旁又挪開一些。在我挪動時，變形的肩膀引發的痛楚讓我幾乎無法站立。我用另一隻手抱住無用的手臂，不知道如果自己邁開雙腿想要逃走，它又會痛得多麼厲害。

「我拿不起來我的衣服，」睿頻對著空氣說道。

「不。」科爾夫搖搖頭，「我沒辦法求我的家人幫助你們。我甚至沒辦法求他們幫我。他們只會想知道，我的那麼多同袍都失蹤了，而我是怎麼回來的。他們會認為我當了逃兵，丟下戰友獨自求生。他們只會鄙視我。」

德瓦利婭繼續擺出笑容，將沒有戴手套的手按在科爾夫的手臂上，同時瞥了文德里亞一眼。

「我相信只要你開口，你的家人就會歡迎我們。我相信他們只會為你感到驕傲。」

我一邊緊緊盯住他們，一邊向黑暗中蹭過去。肩頭的劇痛讓我只想嘔吐。我看到文德里亞的臉鬆弛下來，意識已經飄到了別處。我感覺到他在竭盡全力將思維傾注到科爾夫身上，我彷彿聽見遠方一聲聲嚎叫的回音。我看到那個恰斯人凝視著德瓦利婭，緊皺的眉頭平緩下來。睿頻已經不再試圖從地上拿起我的大衣。她空著手，腳步踉蹌地走到其他人身邊。文德里亞此時正在全神貫注地使用魔法，沒有人注意到睿頻的靠近。睿頻則露出自作聰明的微笑，暗中點了點頭。我彎曲膝蓋，將自己向黑暗深處推去。

「我的家人當然會歡迎你們。我們全都心甘情願地聽憑妳的差遣。」科爾夫對德瓦利婭說，同時露出了溫暖而又篤定的微笑。

「奧拉利婭，帶著她！」德瓦利婭沒有看我，而是在看我的身後。我轉過頭——奧拉利婭臉上邪惡卻又愉悅的神情令我感到膽寒。這段時間裡，當我監視德瓦利婭，試圖從火光中溜走的時候，奧拉利婭一直都在我身後。就是現在，否則永遠都不可能逃掉了。我用還能動的那隻手狠力一推，站起身，將另一條劇痛難忍的手臂抱在懷裡，拔腿就逃。

我剛邁出三步，奧拉利婭就抓住了我。她揪住我的頭髮，用力踢我的腿，彷彿她為這一刻已經等待了一生。我發出尖叫。她繼續揪著我的頭髮搖晃我的頭，就像一隻狐狸搖晃獵捕到的兔子。然後她將我甩到一旁。我摔在地上的時候剛好壓在自己受傷的肩膀上。紅色和黑色的閃光遮蔽了我的雙眼。我無法將空氣吸進肺裡。她抓住我背後的襯衫，將我提起到幾乎站立的程度。我一動也不能動。「自己走！」她衝我高喊，「自己走，否則我還會踢妳！」

這個命令很難服從，但要違抗她是不可能的。她比我更高大強壯，最近也沒有受過傷。她一直抓著我的衣服，高高地提起我。我們向德瓦利婭走去，在半路上，我掙扎著用腳趾維持住平衡。這時我發現原來痛如刀割的肩頭變成了一陣陣的鈍痛，我又能活動手臂了。看樣子，我得回它了。

在石柱旁，德瓦利婭正在安排僕從們的次序。「我第一個，」她高聲宣布——實際上沒有人會和她搶這個位置，「我會抓住文德里亞的手，他抓住科爾夫的。」德瓦利婭帶著溫暖的笑意向恰斯人點點頭。我明白了，這兩個人對她的生存而言是最重要的。她要確保她的魔法奴隸和這個在恰斯國有家的士兵和她在一起。「然後是那個小鬼。科爾夫，緊緊抓住她。不要抓她的手，她會咬你。抓住她脖子後面。這樣就沒事了。奧拉利婭，妳是最後一個。緊緊抓住她的上臂，用力抓緊。」

奧拉利婭很高興這樣做。虛弱無力的我只能暗自慶幸，她沒有抓住我那條依然疼痛的手臂。科爾夫抓住我的後脖頸，剛才他向我顯露的一切善意都無影無蹤了。現在他又變成了文德里亞的傀儡。

「等等！我是最後一個嗎？」睿頻問道。

德瓦利婭冷冷地看著她：「妳不是最後一個，而是沒必要存在的人。妳不能去拾柴，是妳選擇讓自己變得無用。奧拉利婭，去把那件大衣拿起來。在恰斯國，它也許能值些錢。還有睿頻的背包。」

睿頻瞪大了眼睛，臉上毫無血色。奧拉利婭則放開我，去執行德瓦利婭的命令。恰斯人已經牢牢地抓住了我。奧拉利婭的速度很快。她是想要向德瓦利婭顯示她多麼有用嗎？沒過多久，她就回來了。睿頻的背包掛在她的一側肩頭，曾經潔白如雪的兩件厚重大衣搭在手臂上。她用力捏住了我的上臂。

「妳不能把我丟在這裡，我需要我的背包！不要丟下我！」睿頻蒼白的面孔在火光中如同死人一般。她被我咬傷的手臂彎曲在胸前，另一隻手伸向奧拉利婭，想要抓住同伴空出的一隻手。奧拉利婭轉開頭，將曾經屬於我的大衣緊緊按在胸口上，不讓睿頻碰到自己，同時抓住我的手指又勒緊了幾分。我不知道她是在讓自己硬起心腸來丟下睿頻，還是感到鬆了一口氣。也許她只是很高興被丟下的那個人不是自己。我終於看清了德瓦利婭統治這些人的手段。殘忍對待一名部下意味著其他人暫時能鬆一口氣。蟄伏者之間毫無忠誠可言，只有對德瓦利婭的恐懼和可能得到這名女暴君恩賞的貪婪。

「求妳！」睿頻向黑夜中發出尖叫。

文德里亞發出一點聲音。有那麼一瞬間，他的專注被打斷，科爾夫抓住我脖子的手放鬆了一些。

「她沒有用了，」德瓦利婭吼道，「她就要死了，而且只會不停地抱怨，還侵佔了已經非常稀少的資源。不要質疑我的決定，文德里亞。想一想，上次你不服從我的命令時，我們身邊都發生了些什麼。看看有多少人死了，這全都是你的錯！集中注意力，聽從我的命令，抓緊我，否則你也會被丟下！」

科爾夫用力抓緊了我。奧拉利婭的手指嵌進我手臂的肉裡面，緊緊掐住我的骨頭。

我突然明白了這件事的危險。「我們不應該這樣做！我們應該沿著大路步行，它一定會通向某個地方！這些石柱很危險。我們也許沒辦法再出來，或者變得像科爾夫一樣瘋！」

沒有人留意我高聲發出的警告。德瓦利婭戴著手套的手按在石柱的銘文上。石柱將她吸了進去，就像是一塊薑沉進熱蜂蜜中。被我們遺棄的篝火將她的側影映照在石柱上。文德里亞緊隨其後，驚恐地喘息著，看著自己的手、手腕、臂肘消失在石頭中。他被徹底吸進去的時候發出了一聲哀號。

「我們在死者之中游泳！」科爾夫大聲喊叫著，瘋狂淒厲的臉上露出了笑容，「我們要去一座倒塌的宮殿，去見一個死亡的大公！」他進入石柱的速度看上去比文德里亞更慢一些，彷彿岩石本身在抗拒他。我向後縮起身子。但他牢牢地抓住我的脖頸，就算全身都沒入岩石中也不曾放鬆。被拉向石柱的我抬起了頭，因為自己見到的恐怖景象而無法呼吸。有一樣東西是後加到石柱上的，它已經很陳舊了，卻又不像最初的銘文那樣被深深雕刻進岩石中。但它的用意是確定無疑的——有人故意在那些銘文上用力鑿出一道筆直的深痕，彷彿是禁止其他人使用石柱的這一面進行傳送——至少是在發出某種嚴重的警告。「爸爸！」我用力高喊，但沒有人能聽到這絕望的喊聲，「爸爸！救我！」下一刻，我的臉頰碰到了冰冷的岩石表面，我被拖進了焦油一般的黑暗中。

恰斯國

因為我們對許多古老卷軸的研究，包括進行的翻譯工作，我相信在我國神話傳說中的古靈是一個真實存在過的族群，而且曾經繁衍許多個世代，佔據了大片國土。只是在公鹿堡建成之前很久，他們的城市和文明就已灰飛煙滅。後來我們又從被我們稱為精技石柱的實物中得到了更多資訊，進一步證實我們是正確的。

為什麼擁有非凡智慧和強大魔法的古靈會這樣隕落，徹底從我們的世界中消失？我們能夠將這個文明的毀滅和巨龍的消失聯繫起來嗎？這兩件事都是需要我們去探索的未解之謎。而現在，有兩頭巨龍，也許還有古靈已經回到了這個世界上，這又會對人類的未來造成何種影響？

那麼，瞻遠家族和古靈的古早聯盟又是什麼樣一段傳奇？惟真國王對雨野原進行的探索遠征正是為了恢復這一聯盟。他在那裡遇到的是活著的古靈嗎？還是他們儲存在那裡的記憶？如果我們繼續對那些充滿古早回憶的立方體進行發掘，也許能找到這些問題的答案。

——《消失的古靈》，切德・秋星

我的母親曾經這樣對我，當她想要移動我的時候。

一個模糊的回憶。一個巢穴，一位母親抓住我的後脖頸。這不是我的意念，但這是我得到的第一個想法。有人抓住了我的頭髮、皮膚和襯衫衣領。勒緊的領口是我窒息的原因之一。我被拖著離開一片泥潭。有人在大聲抗議：「這裡的空間不夠了，放開她！這裡的空間不夠了。」

眼前只有絕對的黑暗。有風吹在我的臉上。我眨眨眼，想要看看面前是不是開闊的空間。是的。沒有星星，沒有遠方的火光，什麼都沒有，只有黑暗。還有某種厚重的東西一直想要把我拉回去。

我突然非常高興它勾住我的衣領，儘管它也在讓我窒息。在慌亂中，我抓住了一個人的襯衫，向上爬去，落在科爾夫身上。他正側臥在我身下。我抬起頭，結果頭頂撞上了什麼東西。更糟糕的是，有人還抓著我的手臂要向我爬過來，結果反而把我扯了過去。我身下的人翻身仰臥，我從他身上滾落，擠在他和一堵石牆之間。這裡非常狹小，我本能地開始推那個人，想要為自己爭取到多一些空間。但我推不動他碩大的身軀。我聽見奧拉利婭在喘氣，然後發出一聲又一聲微弱的尖叫，掙扎著落在我剛才壓住科爾夫的位置上。

尖叫聲變成了一陣喘息：「放開！放開我！」她在科爾夫身上不停地踢打著。

「你踢到我了。」文德里亞在一旁抗議。

「放開我！」奧拉利婭還在叫嚷。

「我沒有碰妳！不要踢了！」德瓦利婭命令她，「文德里亞，從我身上滾開！」

「我不能，我被卡住了！這裡太小了！」文德里亞在驚惶地喘息著。

我們在哪裡？我們出了什麼事？

德瓦利婭試著讓自己的聲音充滿命令的威嚴，結果失敗了。她同樣喘不過氣來。「所有人，安靜！」

「我覺得噁心。」我聽到文德里亞乾咳的聲音，「這太可怕了。他們全都在抓我。我想要回家。我做不到。我恨這樣。我要回家。」他語無倫次，就像個小孩子。

「放開我！」奧拉利婭的聲音變成了尖叫。

「救救我！我要沉下去了！求求妳，給我一點空間！我沒辦法從妳身上爬過去！」我聽到並嗅到了睿頻。她手臂上的感染正散發出一股惡臭。她也許在掙扎中撕裂了自己的傷口。「我的手臂……我爬不出去。求你們把我拉上去！不要把我丟在這裡！不要把我丟給他們！」

我們在哪裡？

鎮定。確認妳身邊發生了什麼，制定一個計畫。我感覺到狼父親安定的力量充滿了我。我的呼吸不斷變成從胸膛中爆發出來的喊叫。但牠的聲音如此冷靜地迴蕩在我的意識裡。聽、碰觸、嗅，妳能發現什麼？

那些人在我的右側身邊踢打喘息、拚命掙扎，讓我很難鎮定下來。奧拉利婭的聲音變成了哀求：「放手吧！這裡沒有空間！不要把我拉回去！啊！」

睿頻沒有喊叫。她發出一聲長長的呻吟。呻吟聲又突然被一個奇怪的聲音吞沒——就像是將一塊沉重的石頭從淤泥中拔出來的聲音。我的身邊陷入一片寂靜，只能聽到奧拉利婭的喘息。

「她被吸回到石柱裡了。」德瓦利婭的話音不是詢問，而是陳述。聽到她的話，我才想起是她把我們拉進了一座石柱。

「我只能把手拔出來！只能推開她！這裡的空間已經不夠了！是妳命令我留下她，這不是我的錯！」奧拉利婭的語氣更像是為自己辯護，其中沒有絲毫的歉意。

「安靜！」德瓦利婭的聲音仍然帶著窒息的尖利，「聽我的命令，文德里亞，從我身上下去！」

「我很抱歉。我被卡在這裡了。科爾夫在爬出來的時候把我推到妳身上。我一點都挪不動。一塊石頭正壓在我的身上。」文德里亞已經陷入了歇斯底里的邊緣。「我好想吐。我看不見！我瞎了嗎？靈思拓．德瓦利婭，我瞎了嗎？」

「不。這裡很黑，你這個白癡。不許吐在我身上。你壓到我了，給我讓開。」我聽到掙扎和身體移動的聲音。

文德里亞嗚咽著說：「我根本沒有地方挪動。我也被壓住了。」

「如果你不能幫忙，就不要動。恰斯人呢？」她大口喘著氣。文德里亞的個子不小，德瓦利婭完全被壓住了。「科爾夫？」

恰斯人在咯咯地傻笑。在一片黑暗中，這笑聲從一個男人深厚的胸膛中傳出來，顯得格外可怕。

「不要這樣！德瓦利婭，他在摸我！」奧拉利婭既生氣又恐懼。

科爾夫繼續咯咯地笑著，我感覺到他正在從我身下抽走手臂。他又給了我一點空間，我覺得他是抱住了奧拉利婭。「很好，」他用喉音說道，我感覺到他向奧拉利婭挺起了腰。

「停下。」奧拉利婭哀求著他，但他的回答只是一陣咆哮，再加上一陣低沉的瘋狂笑聲。恰斯人的上臂肌肉緊貼著我。我感覺到它們繃緊。科爾夫正在將奧拉利婭抱得更緊，呼吸也變得更加沉重。在我身邊，他開始有節奏地律動身體，將我牢牢頂在牆上。奧拉利婭開始哭泣。

「不要理他，」德瓦利婭冷冷地命令奧拉利婭。

「他要強暴我！」奧拉利婭尖叫著，「他在……」

「他沒有足夠的空間，不用理他。他連自己的褲子都脫不下來。更不要說是妳的了。就把他當做一條小狗在磨蹭妳的腿。」德瓦利婭的聲音中是否有一種殘忍的幸災樂禍？奧拉利婭的羞恥是否在讓她感到愉悅？「我們被困在這裡，妳卻因為一個男人碰了妳就尖叫個不停。那根本算不上是危險。」

奧拉利婭發出一陣恐慌的哭泣，正應和著科爾夫挺起身子撞擊她的節奏。

「那個女孩，蜜蜂。她過來了嗎？她還活著嗎？」德瓦利婭問道。

我保持著沉默。我已經將仍然在感到疼痛的手臂從擠壓中抽了出來。儘管受傷的肩膀一再抗議，我還是伸手去摸索，探查這座牢獄的邊界。我的身下是石頭，左邊是科爾夫的身體，右邊是一堵石牆——暫時就摸到了這些。當我向上伸出手，我能用指尖摸到另一片石頭。那是經過雕琢的石塊，就像拋光地板一樣平滑。我用雙腳探索了一番，也是石頭。即使一個人待在這個地方，我也不可能坐起來。我們在哪裡？

恰斯人抽動身體的速度在加快。他已經張大了嘴，開始大口喘氣了。

「奧拉利婭，摸一摸周圍。那個女孩過來了嗎？」

「她……一定……過來了。哦！我是……抓住她……才過來的。」奧拉利婭的聲音變得更微弱、更高亢。那個恰斯人還在不斷挺起自己的身體。「這太討厭了！」她哭號著，「他在親我的臉。他可真臭！停下！」奧拉利婭又尖叫一聲，但恰斯人只是在她的身下哼著。

「妳能摸到她嗎？她還活著嗎？」德瓦利婭堅持問道。

我一動不動地躺著。儘管科爾夫還在熱情如火地繼續他的動作，我還是感覺到奧拉利婭摸過來的手。我屏住呼吸。她碰到了我的臉，然後是我的胸。

「她在這裡，沒有動靜，不過她的身體是熱的。文德里亞！讓他停下來！」

「我不能。我想吐。非常想吐。」

「文德里亞，你最好記住，是我，只有我一個人能向你下命令。奧拉利婭，閉嘴！」

「他們在這裡有這麼多，」文德里亞呻吟著，「他們全都在拉我。我好想吐。」

「想吐也給我閉嘴！」德瓦利婭吼道。

奧拉利婭在恐懼中喘息著。她沒有在說話，但我聽到了她發出的微弱哭泣聲，還有那個恰斯人低沉的呻吟聲——他似乎終於感到滿意了。奧拉利婭竭力想從他的身上挪開自己，但我感覺到他的手臂肌肉再次繃緊，讓知道他還在抱著奧拉利婭。這對我來說沒什麼壞處，我不想讓奧拉利婭翻身壓住我。

「盡可能摸一摸，」德瓦利婭命令道，「有沒有人能夠在這個墳墓裡摸到一個出口？」

這個代稱用得真是很糟糕。「墳墓。」文德里亞重複了一遍，又發出一陣絕望的長聲哀號。

「安靜！」德瓦利婭喘息著命令他，「在頭頂上摸一摸。有沒有開口？」

我聽到他們在黑暗中移動，聽到手指摩擦石頭的聲音，還有靴子蹬踏石頭的聲音。我仍然保持著安靜。

「有沒有？」德瓦利婭在黑暗中問。

「沒有，」奧拉利婭沉悶地回答。「只有石頭，我只能摸到石頭。我幾乎沒辦法抬起頭。妳身邊有一點空間嗎？」那個恰斯人的肌肉終於鬆弛了下來。聽到他響亮的呼吸聲，我判斷他已經睡著了。也許他是個瘋子，但從某種角度來看，這可能也是他得到的某種命運的仁慈。

「如果我能夠動彈一下，我會讓文德里亞躺在我身上嗎？」德瓦利婭質問道。

這個黑暗的地方又歸於沉寂。隨後，奧拉利婭提出建議：「也許妳應該帶我們回到剛才的地方去？」

「很不幸，那個恰斯人一出現就把我推到了一旁，還把文德里亞推到我身上。現在他正躺在能夠傳送的石柱上，我碰不到那座石柱了。」

「我們就像是被塞進木桶裡的醃魚，」文德里亞哀傷地說，然後他又用更小的聲音補了一句：「我想，我們全都會死在這裡。」

「什麼？」奧拉利婭用有些尖利的聲音問：「死在這裡？餓死在這片黑暗中？」

「是的，我們出不去了，」文德里亞愁苦地說。

「安靜！」德瓦利婭命令他們。但她的命令下得太晚了。奧拉利婭崩潰了。她開始在喘息中哭泣。又過了不久，我聽到文德里亞也在悶著聲痛哭。

死在這裡？誰會先死去？一陣尖叫聲開始在我的胸中膨脹。

這不是一個有用的想法。狼父親責備我，呼吸，安靜地呼吸。

我感覺到惶恐在自己體內噴薄欲出，卻又被狼父親嚴厲地鎮壓下去。

想想該如何逃脫。妳認為自己能夠單獨進入石柱嗎？妳能不能鑽進恰斯人身下，打開通道，讓我們返回那片森林？

我不確定。

試試看。

我不敢試。如果我卡在石柱中呢？如果我只是一個人去了某個未知的地方呢？

如果妳留在這裡餓死呢？當然，在此之前其他人還會發瘋、相互攻擊。現在，試試看。

我從科爾夫身上滑下來的時候是脊背著地。我扭動著側過身。為了做到這一點，我必須把還在作痛的肩膀壓在下面，而且必須嘗試用這隻手臂插進科爾夫和奧拉利婭兩個人的身體之下。我緩慢地進行著，將手從科爾夫的腰部伸進去——他那裡和石頭貼得不是那麼緊。我發出一點呼痛的聲音，奧拉利婭的啜泣一下子停止了。「那是什麼？」她叫喊著向我伸出手，「她在動了。蜜蜂活著，而且醒了。」

「我還會咬人呢！」我提醒她。她的手立刻躲開了。

現在他們知道我已經醒了，繼續保持隱祕已經沒有意義。我盡可能將手伸到科爾夫身下。他微微動了一下，壓住了我的手臂，然後打了個嗝，又繼續開始打鼾。我忍著肩膀的痛楚，繼續在科爾夫身下探摸，感覺到手指摩擦到粗糙的岩石。我聽到自己恐懼的喘息聲，便閉上嘴，用鼻子呼吸。現在我發出的聲音小多了，但我還是感到恐懼。如果我碰到某個符文，突然被吸進去呢？它能夠拖著我擠過科爾夫嗎？科爾夫和奧拉利婭會不會一同和我掉進去？就好像我在我們身下開了一道門？恐懼感對我的膀胱產生了壓力。我將它封鎖住。我封鎖住一切，只留下在岩石上推動我的手的力量。我手指下面的岩石表面突然出現了一小片凹陷的紋路。我小心地用指尖摸索它。是符文。

妳有沒有摸到什麼？妳能讓什麼事情發生嗎？

我在進行嘗試。我不想這樣做，但還是將手指推進符文中，用指尖摩擦那些雕刻出來的條紋。沒有，什麼都沒有發生，狼父親。

很好。我們應該另外想辦法。牠的聲音很平靜，但在話語深處，我感覺到暗中燃燒的恐懼。

將手臂從科爾夫身下抽出來要比插進去的時候更痛。我的手臂自由之後，突然感覺到一陣慌亂。這裡的一切都在壓迫我——科爾夫溫暖的身體、我身下堅硬的岩石，還有背後擠住我的石牆。我非常想要站起來，伸展身體，呼吸清涼的空氣。不要掙扎。狼父親堅持。掙扎只會讓圈套變得更緊。安靜並且思考，思考。

我試著照狼父親的話去做。但所有東西還是在壓迫我。奧拉利婭又開始哭了。科爾夫在打鼾。他的肋骨隨著每一次鼾聲向我擠過來。我的長外衣纏住身體，束縛住我的一隻手臂。我覺得有些太熱了，而且很渴。我無意中從喉嚨深處發出一點聲音。而另一個聲音正在我的體內漸漸積聚，那是想要出去的尖叫。

不，這些都不需要。閉上妳的眼睛，小狼。和我在一起。我們在森林中。還記得森林中清冷夜晚的氣味嗎？靜靜地躺著，和我在一起。

狼父親將我拉進牠的回憶中。我身處在一片森林裡，黎明即將到來，我們簇擁在巢穴之中。該睡覺了。牠說道，睡吧。

我一定是睡著了。當我醒過來的時候，我還緊緊依附著牠給我的平靜，除此之外，我再沒有什麼可以依靠了。在黑暗中，我參照其他受困者的行為估算時間的流逝。科爾夫在奧拉利婭變得歇斯底里的時候醒來了。他用雙臂抱住奧拉利婭，低聲向她唱歌。也許他唱的是恰斯國的搖籃曲。一段時間以後，奧拉利婭安靜下來。後來，德瓦利婭發出憤怒卻又無力的尖叫，因為文德里亞在她的身上撒了尿。「我實在是忍不住了。」文德里亞哀號道。尿液的氣味讓我也很想小便。

德瓦利婭悄聲對文德里亞說了些什麼。她的聲音就像毒蛇吐信一樣細微而又恐怖。文德里亞又哭了起來。

後來，文德里亞的哭聲停止了。我認為他是睡著了。奧拉利婭一直都很安靜。科爾夫的歌聲變得響亮。不再是搖籃曲，而是某種行軍歌曲。他在唱到一半的時候突然停住：「小女孩。蜜蜂。妳還活著嗎？」

「是。」我做出回答，因為我很高興他能夠停止唱歌。

「我很困惑。當我們走過石柱的時候，我確信我們死了。但如果我們沒有死，那這樣讓妳等待死亡肯定很不好。我認為我能夠摸到妳的脖子。妳願意讓我掐死妳嗎？這樣的速度不會很快，但還是要比餓死更快。」

他還真是為我著想。「不，謝謝，現在還不用。」

「妳不應該等待太久。我會變得虛弱。而且這裡的環境很快就會變得非常令人不快。撒尿、拉屎，大家都會發瘋。」

「別說話。」我聽到了一個聲音，「噓！」

「我知道我的話聽起來會讓人感到哀傷，但我只是想要警告妳。我也許現在還有力氣擰斷妳的脖子。這樣總要比餓死更快些。」

「不，還不是時候。」還不是時候？我在說什麼？就在這時，一種聲音從遠處傳來。「聽，

你聽到了嗎？」

聽到我的話，奧拉利婭動了動，向我問道：「聽到什麼？」

「妳聽到什麼聲音了？」德瓦利婭厲聲質問我。

「安靜！」我以我父親的憤怒語氣向他們吼道。他們服從了我。我們全都開始仔細傾聽。那聲音很微弱。是蹄子在緩慢地敲擊鋪路的鵝卵石。接著是一個女人短暫的唱誦聲。

「是祈禱嗎？」奧拉利婭猜測著。

「是早起的小販。她在吆喝：『麵包，早晨新烤的麵包。剛出爐的、熱氣騰騰的麵包。』」科爾夫有些傷感地說。

「救救我們！」奧拉利婭絕望的尖叫聲刺痛了我的耳膜，「救救我們，天啊，救救我們！我們被困住了！」

當她終於因為喘不過氣而停止尖叫的時候，我的耳鳴還在持續。我努力去聽麵包商販的吆喝或者是緩慢的蹄聲，但什麼都聽不到。「她走了。」文德里亞哀傷地說。

「我們在一座城市中，」科爾夫高聲說道，「只有城市裡才會在黎明的時候有在街上吆喝的麵包小販。」他停頓了片刻，又說道：「我以為我們死了。我以為正因為是這樣，你們才會想要進入那位死去大公倒塌的宮殿。你們要死在這裡。如果我們死了，還會聽見麵包小販的吆喝嗎？我不這麼想。死人為什麼會想吃新鮮麵包？」他的問題只換來了一片沉默。我不知道其他人在想什麼，但我在仔細思考他說過的話。一座倒塌的宮殿。我們的墳墓上有多少石頭？「所以我們還沒有死，」他費力地做出推測，「但如果我們不能逃出去，很快就會死了。也許等到這座城市完全醒來的時候，我們還會聽到其他人的聲音。如果我們高聲呼喊，也許他們會聽見。」

「所以，現在就閉嘴好了！」德瓦利婭警告我們，「安靜，仔細聽。我會告訴你們什麼時候喊救命，到時候我們一起喊。」

我們在令人窒息的沉默中等待著。模糊的城市噪音不時會傳入我們耳中。一座神廟的鐘聲響起。一頭牛在叫。又一次，我們自以為聽到了一個女人在叫一個孩子。德瓦利婭命令我們一起呼喊求救。但在我聽來，那些聲音距離我們都不近。我懷疑我們是在一座高出城市的山丘上，而不是在這座城市裡面。過了一段時間，文德里亞又撒尿了，我覺得奧拉利婭也是。這座牢獄中的氣味變得愈來愈糟——尿液、汗水和恐懼混和在一起。我竭力想像自己是在細柳林的一張床上，房間裡很黑，很快的，父親就會來看我。他總是以為他在深夜入睡之前來看我，那時我是睡著的。我盯著黑暗，想像他來到了走廊中。因為注視黑暗太久，我開始看到了一些光點。然後我眨眨眼，意識到這樣的一個光點變成了一條狹窄的縫隙。

我盯著它，不敢心存希望。慢慢地，我盡可能抬起腳。我的腳擋住了一部分光。當我把腳放下的時候，光重新出現，而且變得更強了。

「我能看見光了。」我悄聲說。

「在哪裡？」

「就在我的腳邊，」我說道。不過就在此時，那道光已經開始照進來。我能看到困住我們的石塊是多麼散亂。這些石頭都經過雕琢，但只是在我們周圍傾倒成一堆，沒有任何建築結構。

「我看不見。」德瓦利婭說。就好像我在說謊。

「我也看不見。」科爾夫附和道，「我的女人擋住了我。」

「我不是你的女人！」奧拉利婭憤怒地說。

「妳剛剛睡在我的身上，還在我身上撒了尿。我佔有了妳。」

我抬起的腳只能勉強搆到那一道光。我用腳趾頂住那裡，用力去蹬。我聽到碎石在這座牢獄外面滾動。裂縫稍稍變大了。我盡可能側過身，用雙手去推科爾夫，讓我距離那道光更近一些。我能將一整隻腳抵在那道光下方的石塊上了，我這樣做了，更多更大的石塊開始掉落，一些石塊落在我的靴子上。光變得更強，我用力去踹，光柱變得有我的手那麼大。我不斷用雙腳去蹬踏，彷彿我正在一座爬滿咬人螞蟻的山丘上跳舞。但沒有碎石再掉落下來，我在踢踹形成這座牢獄基礎的石塊，這樣一點用都沒有。我在沒有了力氣之後停了下來，這才意識到其他人都在大聲向我提問或者呼喊著鼓勵的話。我不在乎。我拒絕接受狼父親的鎮定。我盯著光線昏暗的墳墓頂，開始哭泣。

恰斯人有了動作。他將我推到一旁，雙臂舉過頭頂，撐在那些石塊上。突然，他呻吟一聲，重重地跌在我身上。他的屁股壓在我的肋骨上，將我擠在牆壁上，讓我幾乎無法呼吸。奧拉利婭被他擠在墳墓頂上，不停地尖叫。他收起膝蓋，將我壓得更狠。然後用力哼了一聲，突然狠狠地踹了出去。

碎石掉落，灰塵飛進了我的眼睛和鼻孔裡，落在嘴唇上。科爾夫還在壓著我，我沒辦法抹掉臉上的灰塵。從臉頰上滾落的淚水又把它們沖到了我的衣領和脖子之間。然後，隨著灰塵落盡，我終於能吸一口氣了。但他又踹了一腳。一道垂直的光線縫隙突然又重疊在第一道縫隙上。

「這是一整塊石頭。再試試，小傢伙。這一次不要踢，用力去踩它。我會幫妳。把妳的腳放低，放在它的底部。」

「如果它落到我們身上呢？」

「那麼我們也能死得更快。」科爾夫說。

我蠕動著，讓身體靠近那道裂縫，然後彎曲膝蓋，雙腳踩在那塊石頭上。恰斯人大腳踩在比我的腳稍稍高一點的地方。「蹬。」他說道。我開始用力。石塊發出不情願的摩擦聲，但它還是動了。我們休息一下，再次用力。裂縫變得有一隻手掌那麼寬。又蹬了一次之後，石塊碰到了什麼。我們第三次用力蹬踏，石塊開始移動了，並最終向左邊轉開。下一次的蹬踏要更容易一些。我挪動身體，讓自己更容易用力。

下午的陽光正在黃昏的籠罩下漸漸褪去。這時，這座牢獄的開口已經大到能夠讓我擠出去了。我首先將雙腳伸出去，在一個勉強能讓我的身體通過的開口中盲目地向前蠕動。我感覺到臀部的皮膚被蹭破，長外衣也被撕裂。終於，我能夠坐起來，撣掉身上的塵土，抹去臉上的泥巴。我聽到其他人在喊叫，要求我搬開更多的石頭，要求我告訴他們現在身處何方。我沒有理睬他們。我不在乎身處何處。我能夠呼吸了，也沒有其他人在壓迫我。我深深吸了一口子清涼的空

氣，又用袖子抹了抹臉上的沙子，活動了一下沒有受傷的肩膀。我出來了。

「妳能看到什麼？」德瓦利婭的聲音中帶著急迫和惱怒，「我們在哪裡？」

我向周圍掃視了一圈。感覺只有廢墟。現在我能完整地看到這座墳墓了。它完全不是我曾經想像的那樣。巨大的石塊堆積在一起。一座石柱本來要倒在地上。但一塊大石板也在同時掉落，正好將它撐住，它們周圍還有許多石塊。只是因為好運使然，這些石塊才阻止了這座石柱完全倒下。我抬起頭，越過犬牙交錯的斷壁殘垣看了一眼夜空，又低頭看看石柱上的符文。這裡還有另一根石柱倒在地上。我小心翼翼地繞開了它。

其他人還在向我叫嚷著互相矛盾的命令：去找人幫忙、說出我看見了什麼。我都沒有回應。我聽到遠方廟宇的鐘聲再次響起。我又走出三步，確定他們看不見我了，然後蹲下來小解。我站起身的時候，聽到石塊摩擦的聲音——那個恰斯人的兩條腿從擴大的開口中伸出來了。我急忙提起褲子，看著他用腳繼續踹開石塊。尖叫聲又從墳墓中傳出來：「小心！」「你會讓它塌下來！」但恰斯人似乎也沒有理會那些聲音。

「我應該跑。」我悄聲對自己說。

現在還不必，狼父親在我的意識中悄聲說，留在妳所知道的危險旁邊。那個恰斯人基本上對妳是友善的。如果我們身在恰斯國，妳又不會說恰斯語，也不懂得他們的行事風格。也許好運會眷顧我們，讓那些石頭落下，把其他人都砸死。藏起來，繼續觀察。

我躲到亂石中間，蜷起身子，讓我能看到他們，卻又不會被看到。科爾夫仰臥著蠕動了出來，一邊咕噥著，一邊踢開石塊，用雙手把自己向前推。他出來時，全身都是灰色的灰塵沙粒，看上去就像是一尊活過來的雕像。屁股鑽出洞口之後，他就側過身，像蛇一樣扭動身體，先拱出一個肩膀，再拱出另一個，然後坐起身，在黃昏的暮色中眨眨眼。在他如同灰色岩石的臉上，那一雙淺色的眼睛閃爍著亮光。他舔掉嘴唇上的塵土。那條紅色的舌頭也顯得很怪異。然後他看看自己，踏上一塊石頭，掃視周圍。我將身子蜷得更低了。

「外面安全嗎？」奧拉利婭喊道。此時她已經將雙腳從開口中伸出來了。她的身量要比恰斯人瘦小，也更加靈活。不過身上也一樣髒。沒有等科爾夫回答，她已經鑽出洞口，呻吟著坐了起來，抹掉臉上的灰粉。「我們在哪裡？」她問道。

科爾夫咧嘴一笑。「恰斯國。我差不多算是到家了。我知道這個地方。只不過這裡的變化實在是太大了。我們曾經在這裡哀悼我的祖父。大公的王座就在一座大廳的盡頭。我想應該是在那裡。這是老大公舊日的宮殿，只是巨龍已經把它變成了一堆石塊，大公也被埋葬在其中了。」他打了幾個噴嚏，用手臂擦了擦臉，自顧自地點點頭，「是的。然後女大公宣布這裡是邪惡之地，立誓永遠不會重建這座宮殿。」他微微一皺眉，彷彿尋找那段記憶是一件困難或者痛苦的事情。他像做夢一般，以非常緩慢的速度說道：「埃里克大公曾經發誓，這裡會是他重新建起的第一座建築，他將在這裡施行統治。」

奧拉利婭掙扎著站住腳，然後悄聲對自己說：「恰斯國？」

他向奧拉利婭轉過身，咧嘴一笑：「我們的家！我的母親見到妳一定會高興的。她一直希望我能帶一個女人回家，分擔她和我的姐妹們的工作，再給我生些孩子。」

「我不是你的妻子！」

「現在還不是。但如果妳證明自己是一個勤勉能幹的人，還能夠生出強壯的孩子，也許我就會娶妳。許多戰利品最終都成為了妻子。」

「我不是戰利品！」奧拉利婭喊道。

科爾夫搖搖頭，翻個白眼，對於她的無知感到很困惑。奧拉利婭的樣子像是要尖叫、抓撓科爾夫，或是逃跑，但這些事她都沒有做，而是將注意力轉移到另一雙從石塊墳墓中探出來的腳上。

文德里亞的兩隻腳不停地亂踢亂踹。「我被卡住了！」他慌亂地叫喊著。

「讓開，不要擋道！」德瓦利婭的聲音顯得很沉悶。「我早就告訴你，讓我先出去！」

「沒有地方能讓妳先出去！」文德里亞帶著哭腔說，「我只能先出去，才能從妳身上離開。妳對我喊的是『從我身上下去』，我只有這樣才能從妳身上下去。」

德瓦利婭繼續咒罵她的奴僕，各種汙言穢語被石塊擋住，顯得有些模糊。文德里亞卻仍然沒有多少進展。我趁著這陣混亂，後退到距離他們更遠的地方，躲在一堆傾倒的圓柱後面。從這裡，我能夠窺視他們的動靜，卻不會被他們看見。

文德里亞努力地向外擠，兩隻腳無能為力地拍打著地面，就好像他是一個正在發脾氣的孩子。真的被卡住了。很好，我殘忍地想道。就讓他變成塞子，永遠地把德瓦利婭堵在裡面吧。無論他對我有什麼樣的感情，我知道他才是我真正的危險。如果我逃走了，德瓦利婭永遠也不會抓住我。但如果文德里亞控制那個恰斯人來抓我，我就完了。

「兄弟！我的兄弟！請搬開石頭，救我出去！」

我伏在地上，沒有出聲，只是用一隻眼睛觀察他們。科爾夫來到那堆石塊旁。「別把灰踢起來！」他一邊向文德里亞高喊，一邊彎下腰，用肩膀頂住洞口的石頭。我聽到石塊摩擦舊日地板的聲音，看見一些小石頭和碎屑消失在那個石堆頂端逐漸變寬的一道裂縫裡。德瓦利婭發出尖叫。不過掉下去的那些石頭頂多只會在她身上砸出幾塊瘀青。科爾夫抓住文德里亞粗胖的雙腿，把他拉出洞口。我看見他坐起身，全身都是塵土，臉上還刮出了一道血痕。

「我自由了！」他高聲說道，彷彿其他人都還不知道一樣。

「讓開！」德瓦利婭喊道。我沒有再等待看她鑽出來，而是伏低身子向遠處跑去。我在亂石瓦礫堆積成的迷宮中穿行，就像老鼠一樣悄無聲息。春季傍晚低斜的陽光拉出了一道道細長的影子，我來到一個地方。這裡有一堵傾頹的牆壁靠在歪倒的柱子上，就像是一頂石砌的帳篷。我迅速鑽了進去。

隱藏自己。他們在這片亂石中很難進行搜索。如果胡亂行動反而更容易讓他們看到妳，或聽到妳的腳步聲。

我孤身一人，又飢又渴，在一座遠離家園的城市裡。而且我根本聽不懂這裡人們的語言。但我自由了。我擺脫了他們。

5 契約

一條蛇在一只石碗裡，浸沒在湯汁中。它的味道很可怕，所以我知道這不是一道湯。這是一碗非常髒的水，充滿了蛇尿與蛇糞。一個怪物來到碗邊。我這才突然意識到這條蛇和這只碗有多麼巨大。蛇的長度超出那個怪物的身高許多倍。那個怪物伸手穿過圍繞大碗的柵欄，舀了一些髒水。它發出聲音喝了幾口那充滿汙穢的水，咧開醜陋的大嘴，露出微笑。我不喜歡它的樣子，它身上沒有一寸地方是正常的。大蛇盤捲身子，想要咬它。它大聲笑著緩步走開了。

——《蜜蜂・瞻遠的夢境日誌》

古靈長袍的感覺非常舒適，但只有再穿上自己的衣服，我才覺得自己是以得體的穿著與守護者們進行會見。當我扣上皮帶時，注意到自從離開公鹿堡之後，我的腰帶已經收緊了兩個扣眼。我的皮背心完全可以被看作是一副輕皮甲。我並不認為這裡會有人對我用匕首，但以防萬一還是有必要的。而且藏在我暗兜裡的那些小東西將幫助我完成任何危險的任務。我發現有人在我的衣服被送去洗滌時卸下了那些暗兜，又在衣服送回來之後將它們原樣縫了回去。這讓我不由得露出了微笑。我什麼都沒有對火星說，只是拉直皮背心，拍了拍藏著一條極細絞索的暗兜。火星朝我挑了挑眉毛。這就足夠了。

我走出房間，讓火星去打理琥珀女士的衣裙和帽子。我發現機敏已經做好了準備，堅韌不屈陪在他身邊。這不由得讓我開始去回憶他們兩個之間的一場非常模糊的對話。不過我很快就放棄了這個努力，過去的事已經過去了，機敏似乎不再害怕我了。切德命令他照看我，那麼我就需要在私下裡和他談談。

「那麼，我們準備好了嗎？」機敏一邊問，一邊將一把扁平握柄的小匕首插進藏在腰間的刀鞘裡。這個動作把我嚇了一跳。這個人是誰？我立刻就得到了答案。這是謎語和蕁麻都很欣賞並喜愛的機敏。我突然明白了切德為什麼會要他來照看我，這雖然不會令人高興，卻奇怪地讓我感到安慰。

堅韌不屈卻擔憂地皺緊了眉頭。「我要和你們一起坐在餐桌旁嗎？這感覺非常奇怪。」在這幾個月中，他已經從一名細柳林的馬僮轉變為我的貼身僕人。但事實上，他已經成為了我的同伴。「我不知道。如果他們讓你和火星坐到另一張桌子旁，就一定不要離開火星。」

他嚴肅地點點頭。「主人？我能問你一些事情嗎？」

「什麼？」我有些戒備地問道。和守護者們的會談已經讓我有些緊張了。

小堅瞥了機敏一眼，彷彿是有些不好意思問出自己的問題：「是關於灰白的。有時候你會稱他為弄臣，不過他現在是琥珀女士。」

「是的，」我應了一聲，等待他把話說下去。

機敏在一旁保持著沉默。他也像這個男孩一樣，對於弄臣的眾多身分感興趣。

「灰燼現在是火星了。」

我點點頭。「這也是事實。」

「火星是一個女孩。」

我又點了點頭。

小堅抿起嘴唇，彷彿要鎖住自己的問題。但他還是衝口說道：「你一點也不覺得……這很奇怪嗎？不覺得不舒服嗎？」

我笑了：「我認識他已經有許多年了，也見過他的許多身分。當我還是個孩子時，他是黠謀國王的小丑。他是弄臣，是黃金大人，是灰白，現在是琥珀女士。他們全都是截然不同的人物。但也都是我的朋友。」我誠懇地說，「但當我還在你這個年紀的時候，我也感到非常困擾。現在我不再困擾了，因為我知道他是誰、我是誰、我們對於彼此又是誰。無論他使用什麼名字，穿上什麼樣的衣服，這一點都不會改變。不管我是管理人湯姆·獾毛還是蜚滋駿騎·瞻遠親王，我都知道他是我的朋友。」

小堅寬慰地歎了口氣：「那麼我也應該這樣對待火星吧？我不應該因為她而感到困擾，因為這樣的事情也不會困擾你。」不過他還是困惑地搖搖頭，又說道：「她是火星的時候，真的很漂亮。」

「說得沒錯。」機敏低聲說。我努力不讓自己笑出來。

「所以那才是真正的她？一個名叫火星的女孩？」

這是一個更加難以回答的問題。「她就是火星。有時候，她會成為灰燼。那就像成為父親、成為兒子，也許是成為一個丈夫。所有這些身分都可以屬於同一個人。」

小堅點點頭。「但還是和火星聊天會輕鬆一些。我們還能彼此開開玩笑。」

一陣叩門聲表明琥珀女士和火星就等在門外。琥珀女士竭盡所能讓自己變得更加絢麗奪目——她做得很成功。現在她身上的長裙、蕾絲緞帶上裝和刺繡胸衣都體現出標準的公鹿堡風格。琥珀——或者更有可能是火星對於描繪出她唇形的胭脂，和掩飾她臉上疤痕的脂粉都格外有所注意，她失明的雙眼被畫上了黑色的眼線，以強調它們失去的功能。

火星是一個美麗的女孩，但今天並沒有做什麼特殊的打扮，顯然是在避免引來太多的注意。她的頭髮不再被結成灰燼那樣的戰士髮辮，而是被梳理成黑色的波浪，一直垂到肩頭；高領上衣呈現出淡奶油的色澤，一件樸素的罩衫套在外面，遮住了豐胸和細腰。琥珀的臉上帶著饒富興致的微笑。她能感覺到小堅和機敏在瞠目結舌地盯著她們嗎？

「這身衣服看上去要比穿在百里香女士身上的時候漂亮多了。」我恭維她。

「希望它們的氣味也能更好一些。」弄臣回答。

「百里香女士是誰？」機敏問。

片刻之間，房間裡誰也沒有說話。然後弄臣和我都大笑起來。當弄臣還在喘氣的時候，我差不多恢復了過來。「是你父親。」然後我們兩個又控制不住地笑了一陣。機敏看上去既困惑，又感覺受到了冒犯。

「我不明白這有什麼好笑的？」火星問道，「我們洗劫了一位老婦人的衣櫥，把她的衣服全拿走了……」

「這可是一個非常長的故事，」琥珀以淑女的風姿回答道，「一點提示：百里香女士的房間有一個祕門直通切德的工作室。在過去的日子裡，當切德偶爾決定要走出隱祕生活的時候，就會成為百里香女士。」

機敏微微張大了嘴。

「百里香女士是你父親最精明的策略之一。不過這個故事只能換一個時間講了。現在，我們必須下去了。」

「難道不用等到主人宣布我們出席嗎？」

「不，雨野原禮儀是依照繽城傳統建立的，而不是遮瑪里亞貴族風格。這裡的人更講求平等、實際和直奔主題。你在這裡是蜚滋駿騎親王，他們自然會尊重你的意願。但我對於他們的行事風格比你更瞭解。請讓我和他們進行談判。」

「談什麼？」

「我們該如何在他們的國土範圍內旅行，也許還會涉及到更遠的路程。」

「我們沒有任何東西可以用來交換他們的幫助。」我向琥珀指出。我的大部分錢幣和另外幾樣珍貴物品都在受到熊攻擊的時候散失了。

「我會想出一些的。」琥珀說。

「而且我不可能再治療任何人，我做不到了。」

琥珀向我挑了挑描畫精緻的眼眉。「又有誰能比我更清楚這一點呢？」她一邊回答，一邊伸出一隻戴手套的手。我邁步過去，將那隻手挽進臂彎裡。

我看到機敏在笑。堅韌不屈則走上前，向火星送出臂彎。火星似乎是吃了一驚，不過她很快便接受了小堅的手臂。我深吸一口氣，警告所有人：「要上場了。」

一名年輕女僕正等在樓梯下。她引領我們走進一座華美典雅的大廳。這裡沒有壁掛織錦，沒有畫像地毯，但這裡的牆壁和地面完全不需要這些裝飾。我們彷彿在一片開闊的原野上進餐，身邊環繞著綠色和金色交織的秋季丘陵。我們的腳踩在蔥翠的綠草地上，星星點點的野花散落於其中，只有腳下石板地面的感覺和寧靜無風的空氣讓我們知道這只是幻象。我聽到火星悄聲向琥珀描述周圍的場景。琥珀露出了充滿希冀的微笑。

四張長桌被圍成一個開闊的正方形。椅子全都擺在桌子周邊，朝向內裡。餐桌沒有首席或主席。一些守護者們已經到來，或站或坐結成一個一個小群體。他們和我孩提時代臥室中那些壁掛上描繪的形像非常相似——身材纖細高䠷，有著金色、黃銅色，或是閃閃發光的藍色眼睛，身上全都覆蓋著鱗片，一些人的鱗片更是格外多一些。每一個人都有奇異的標記——這些標記花紋就如同鳥雀羽毛或者蝴蝶翅膀那樣精緻而特別。他們有一種奇異的美麗，是令人驚歎的神奇存在。我想到了我治療過的那些孩子，和我在這裡遇到的那些雨野原人。他們的改變都是隨機的，經常只是怪異，說不上好看。古靈和他們有著巨大的差異。想到那些因為接觸龍而導致身體發生隨機變化的人們，我心中不禁略過一絲寒意。

引領我們的僕人不見了。我們微笑著站在原地，有些不知該如何是好。我應該讓火星和堅韌不屈離開嗎？還是他們也屬於「六大公國使團」的一部分，同樣受到了出席宴會的邀請？火星低聲向琥珀描述著整個大廳，還有大廳中人們的穿著。我沒有打斷她。

拉普斯卡將軍即使是在身高過人的古靈之中也是高個子，肩膀要比許多人都更寬。今晚，他的衣著不再有那麼強悍的軍人風格。他穿著藍色束腰外衣、黃色長褲和一雙淺藍色的鞋子。我沒有看到他攜帶武器。不過我知道這並不意味著他是赤手空拳。他的身邊還站著早先就跟隨著他的那兩名古靈。我推測他們中的一個就是凱斯。這兩名古靈身上的鱗片全都是橙色的，轉向我的眼睛則是黃銅色，兩個人都有一身發達的肌肉。我打賭，如果受到煽動，他們一定會大打出手。

那位藍色的古靈女子今晚將她的雙翼放在一件藍色束腰長外衣的外面，服貼地收疊在背後。那對翅膀上如同羽毛一般的鱗片呈現出藍銀兩色，其間還夾雜著一點黑色和白色。看到她那曾經屬於人類的細瘦骨架要承擔這麼大的一雙翅膀，我禁不住有些狐疑它們到底有多重。她的黑色長髮被梳成了許多細辮子，上面點綴著小珠子和精緻的白銀飾物。她身邊的古靈男子有著綠色的鱗片和黑色頭髮，正直視著我們，一邊在和他的伴侶說話。接著他們徑直向我們走過來。當他向我問好時，我只能竭力不去看他臉頰上古怪的刺青花紋。

「蜚滋駿騎親王，很高興向你介紹我自己。我是刺青。賽瑪拉和我非常感謝你為我們的女兒所做的一切。她的腳和腿還有些痛，但現在走路已經輕鬆多了。」

「我也很高興能有所幫助。」名叫刺青的古靈沒有向我伸出手，所以我也只是將手留在身側。

賽瑪拉說話了：「很感謝你。這是許多個星期以來，她第一次不必忍受著痛苦入睡了。」她猶豫一下，又說道：「她曾說過胸部感覺有些異樣。對此她從沒有過多抱怨，但現在，她說呼吸變得輕鬆了，皮膚也不再像以前那樣緊繃了？」賽瑪拉的語調從陳述變成了疑問。

我微微一笑，只是說：「很高興她能夠更舒服一些。」我那時依稀感覺到一根只有鳥才會有的胸叉骨……他們的孩子長出了那樣的骨頭？我已經無法清晰回憶起精技透過我對她做了些什麼，所以承認這件事似乎並不明智。

賽瑪拉以誠摯的目光看著我的眼睛，然後又轉向琥珀，輕聲說：「你們應該得到相對應的回報。」

一陣圓潤動聽的鐘聲響起。賽瑪拉又向我微微一笑：「那麼，我們要就座了。再次感謝你，這份謝意將持續到永久。」他們以優雅的身姿從我面前走開。這時我才發覺，就在我們說話的時候，已經有更多古靈進入了大廳。我曾經是一名精神時刻都處在高度警戒狀態的刺客，從不會錯漏身邊的任何變化。但今晚，我沒能做到這一點，這不只是因為我的精技牆是如此牢固，而是我已經失去了保持極端警惕的習慣。從什麼時候開始，我不再是切德訓練的那名頂尖刺客了？那應該已經是很久以前的事了。我和莫莉生活在細柳林時，我的這種能力退化到變成一段關於往昔歲月的笑話。而此時此地，這是我的一個嚴重失誤。

我低聲對機敏說：「保持警惕。如果注意到任何不正常，立刻讓我知道。」他有些狐疑地看了我一眼，那種眼神差一點變成一陣笑意。不過他很快就控制住了自己的面容。我們不疾不徐地向桌邊走去。我沒有發覺任何與就座有關的提示。雷恩國王和麥爾妲女王已經走進大廳，不過他們兩個正在和一名身材頎長、帶有藍色鱗片的古靈密切交談。菲隆跟隨在他們身邊，顯得活潑多了。他們的交談似乎與我們有關，因為雷恩國王兩次指向了我們。我們應該坐在哪裡？如果坐錯位置肯定會造成尷尬——還有可能引發一場外交災難。賽瑪拉向我們瞥了一眼，和她的伴侶說了幾句話，又快步走回到我們身邊。「你們可以隨意選擇座位。你們想要坐在一起？還是和別人混坐？」

我很想和琥珀交換一個眼神。不過我只是親暱地拍了拍她搭在我臂彎裡的手。琥珀立刻就回答道：「如果可以，我們想坐在一起。」

「當然。」但我發現桌邊已經沒有五個連在一起的座位了。賽瑪拉這時卻平靜地喊道：「埃魯姆、希爾薇、潔珥德、哈里金，挪一下位子，讓出一些地方來！」

被她叫到的古靈們都只是對她的唐突付之一笑，就迅速移動位置，讓出了相鄰的五把椅子。「好了，請。」在賽瑪拉的邀請下，我們坐了下來。賽瑪拉和她的丈夫也就座。麥爾妲和雷恩則

和我們坐到同一張桌前。沒有王室儀仗隊進入大廳，也沒有司儀宣告客人的姓名。這些守護者們沒有頭銜，沒有明顯的等級之分，只有拉普斯卡將軍除外。

僕人們送上來盛放餐點的盤子。古靈們都自行取用各種食品。宴會上的肉食基本都是野味，鹿肉或鳥肉。麵包種類並不豐富，不過有四種魚和三種根莖類蔬菜。這次宴會讓我知道克爾辛拉在食物上能夠自給自足，但種類算不上豐盛。

堅韌不屈和火星在和一個名叫哈里金的古靈交談。坐在哈里金另一邊的是一位古靈少女。我知道她的名字叫希爾薇。她身上的鱗片是粉色和金色的。頭頂髮絲稀疏，不過鱗片在她的頭皮上形成了一種細膩美麗的圖案。他們在討論捕魚。希爾薇毫不掩飾地描述起當他們從崔浩城啟程，開始克爾辛拉的發現之旅時，要餵飽她的龍是多麼困難。機敏不住地微笑、點頭，不過他的眼睛經常會警覺地掃過大廳。在我的右手邊，琥珀的身邊是諾泰爾。他在向我們解釋，我們在那些泉水附近初次遭遇的正是他的巨龍——火絨。他希望火絨沒有表現得太過凶蠻。不過這裡的巨龍們的確很不習慣受到驚擾。琥珀點點頭，同時優雅地享用著食物，就好像她完全能看見一樣。

我們不停地吃喝，同時盡量和古靈們進行交談。只是現在大廳裡隨時都有十幾個人在說話，這讓我們的談話顯得有些吃力。在這種密集的交流活動中進行觀察和藏在牆後進行刺探非常不同。處在旁觀者的有利位置上，我能夠迅速甄別出盟友、競爭對手和敵人。但身處在喋喋不休的話語風暴之中，我只能進行猜測。機敏坐在我們正中，兩側分別有我和琥珀以及小堅和火星的阻隔，我希望他能夠禮貌地避免各種社交干擾，收集更多的情報。

餐桌被清空，又被擺上白蘭地和甜葡萄酒。我選擇了白蘭地。這不是沙緣白蘭地，不過也還算醇美。古靈們從座位上站起身，在大廳中來回走動、交談。我們也依樣而行。麥爾妲女王再一次前來致歉，希望我能夠盡快復元。菲隆向我表達了他熱忱的感謝和對於拉普斯卡將軍的氣惱，這多少讓我有些尷尬。我兩次看見拉普斯卡向我們走來，只是被其他古靈在中途攔住。我們回到自己的座位上。哈里金站起身，用指節在桌面上敲擊三下。大廳中立刻安靜下來。

「守護者們，請歡迎六大公國的蜚滋駿騎親王、機敏大人和琥珀女士。他們是代表晉責國王和艾莉安娜王后的使者。今晚，我們熱烈地歡迎他們！並向他們致以最深摯的感謝。」

很樸實的話語。沒有華麗的辭藻，沒有提及過往的恩情、條約與合作。對此我頗為吃驚，不過琥珀似乎早已料到會是這樣的情形。她也站起了身。儘管雙目失明，她還是用看不見的眼睛掃視了一遍自己的聽眾。她會感覺到他們朦朧的身形散發出來的體溫嗎？然後她精準無誤地轉向了哈里金。

「感謝你們的歡迎盛宴和熱情招待，以及給我這個發言的機會。我會讓發言盡量簡短，只強調重點。」她讓臉上現出一抹微笑，「我猜，自從我們到來之後，一定已經有許多傳聞在這裡飛速傳播。相信你們大多數人都已經知道了我們的事情。確實，我們是六大公國的使者，但同樣的事實是，克爾辛拉並非我們最終的目的地。蜚滋駿騎親王剛剛恢復了你們一些孩子的身體健康，所以你們一定能夠想像，自己的孩子被偷走會是怎樣一種痛苦。蜜蜂·瞻遠就是那個被偷走的孩子。我們必須離開你們再次啟程，這是一次復仇之旅，而我們復仇的對象乃是白者的僕人們。」

在琥珀吸氣的時候，麥爾妲女王用輕柔的聲音插嘴道：「琥珀女士，是否能容我說一句話？」女王的聲音中沒有責備的意思，她只是在真心地提出一個簡單的要求。琥珀有些吃驚，但很快就緩緩點頭表示同意。女王深吸一口氣，將雙手交疊在桌面上。「昨天，我們，也就是克爾辛拉的守護者們舉行了一場會議。我將你們的情況告訴了大家。孩子們的父母和一些孩子們述說了蜚滋駿騎親王所做的一切。我們的心中充滿了感激，並且全體同意親王所說的話。我們孩子的生命不是可以用來討價還價的籌碼。無論多少金錢、多少貿易優惠，都無法與親王給予我們的恩惠相比。我們只能向你們致以無盡的感謝，並向你們承諾，我們會永遠將這份謝意銘記心中。現在，我們是一個長壽的種族，」麥爾妲停頓一下，環顧四周，「但你們的到來又給了我們另一件禮物，那就是長久以來都渴望完成的復仇。我們也禁受過恰斯國毀滅性的攻擊。我們的巨龍和親族都曾為此付出慘痛的代價。恰斯間諜和殺手一直要殺害巨龍，牟取牠們的身體器官，以延續他們衰老大公的生命。瑟丹——我的弟弟，和我們巨龍所鍾愛的吟遊歌者，就曾經被恰斯大公和埃里克殘忍虐待。我們全都知道，在恰斯國對我們的巨龍發動的攻擊中，埃里克擔任著軍事統帥的角色。巨龍最終對恰斯國進行了復仇，摧毀大公的堡壘，殺死了他。埃里克卻逃走了。現任的恰斯女大公如果知道你最終結束了那個傢伙的狗命，她毫無疑問會像我們一樣高興。殺死他，你也就是為我們的家人報了仇。這是我們欠你的另一份恩情，我們迫不及待要償還！

「所以，生於雨野原貿易商庫普魯斯家族的雷恩和生於繽城貿易商維司奇家族的我，非常理解你最終完成這一場復仇的渴望。我們身為兩大家族的貿易商，很高興能幫助你們以牙還牙，以此來報答你對我們所做的一切。我們有責任安排好你們前往遮瑪里亞的一切事宜。如果你們願意，等到柏油人號在這裡靠岸的時候，就能乘坐那艘船前往崔浩城。在崔浩城，活船派拉岡號會等待你們。他將帶你們前往繽城，如果你們願意，還可以乘坐他沿貿易線路直達遮瑪里亞。我們已經送出信鴿安排你們的全部行程。我們代表整個家族，希望你們能夠接受我們的招待，乘坐這些活船。」

「活船，」堅韌不屈帶著孩子氣的敬畏驚呼一聲。「他們是真的？」

菲隆笑著向他說：「這件事留給你們自行判斷。」

我忘了自己曾答應過琥珀，一切發言都交給她。「我的感謝難以言喻。」我說道。

麥爾妲露出微笑。在那一瞬間，我瞥到了昔日的那個女孩。「就這樣吧。我還有話要對你們說。守護者們也還有更多的禮物想要送給你們。」她猶豫了片刻，「這些禮物都是古靈製造的。它們非常有用，但在緊急情況下，也可以出售用來換取財富。」她吸了一口氣，「談論一件禮物的價值是不恰當的，但我必須讓你們知道，這些物品通常只能被貿易商擁有，並在繽城以極高的價格出售。」她抿起嘴唇，又停頓了一下，「我們將它們贈送給你們，實際上已經打破了一條長期被堅守的傳統。雨野原和繽城貿易商如果知道這件事，可能會認為受到了冒犯。」

琥珀點點頭，臉上的笑容也褪去些許。「我們會非常謹慎地保管。除非有最緊迫的需要，否則絕不會讓它們離開身邊。」

麥爾妲的臉上流露出明顯的寬慰神情，這一點即使是她奇異而美麗的容顏也無法掩飾。「非常感激你們的理解。」她點點頭。哈里金走到門旁，向門外的人說了幾句，隨後接過一個小木箱，把它放到我面前的桌子上。他打開帶鉸鏈的箱蓋，從裡面的一只布口袋中拿出一串手鏈——在極盡精緻的白銀鏈環上鑲綴著綠色和紅色的寶石。他微笑著將手鏈捧到我面前。我從這個動作中就明白了這串手鏈的價值。

「它……很美麗。」我說道。

「你不知道這是什麼，」哈里金饒有興致地說。然後他將手鏈放回到布袋裡，把布袋遞給我，「看看裡面。」

我向布袋中望進去——裡頭亮起了綠色和紅色的光。「它們是火焰寶石，」麥爾妲告訴我們，「能夠自己發光。這串手鏈上的寶石都很完美，非常罕見。」

哈里金又從木箱中拿出一樣東西，看上去像是多孔的灰色磚塊。他讓我們看到這塊磚的一面塗成了紅色。「當你將紅色的一面向上擺放的時候，它就會釋放熱量。平時存放時一定要注意讓灰色那面朝上，它釋放的熱量足以燃起火焰。」他看著我的眼睛，又將手鐲和磚塊放回到木箱裡，「我們希望你能收下這些，連同我們的感謝。」

「深感榮幸。」我回答道。這只小箱子裡的魔法物品都是國王才有財力購買的珍寶。「我們帶著謝意接受這一切。在使用它們時，永遠都會記得此次拜訪。」

「歡迎隨時回來。」麥爾妲女王對我們說。

琥珀感激地將一隻手按在箱子上。她的臉上顯露出果決的神情。「你們對我們真是慷慨有加，但我還要另外索求一份贈禮。在我說出它之前，懇請你們瞭解，我們絕沒有任何冒犯之意。」

餐桌旁的人們都流露出困惑的眼神。我也想不出琥珀想要什麼。守護者們的慷慨已經超出了我們貪婪的希望。我不知道她還能要些什麼。琥珀則用輕柔微弱的聲音說：「我要求的是巨龍之銀。不是很多，只要能裝滿這兩只瓶子。」她從裙子的口袋中拿出兩個玻璃瓶，每一個都被塞子緊緊地塞住。

「不。」雷恩堅定地回答道，毫無猶豫和歉意。

琥珀卻彷彿完全沒有聽到他的話。「蜚滋駿騎親王被用來治療你們孩子的魔法，也就是我們所說的精技，即是以巨龍之銀為基礎所施展。我們還不清楚這二者之間的明確關係，但它們的確互為表裡。克爾辛拉的魔法來自於滲入到岩石中的巨龍之銀。居住在這裡的人會留下回憶、建築物會閃耀光芒、池塘中能夠流出溫水，這一切都來自於……」

「不，我們不能。」雷恩國王最終說道，「巨龍之銀不是我們能夠給予的。它是巨龍的珍寶。」他搖搖頭，「即使我們答應了，巨龍也不會允許你們取走它。這只會雙方帶來災難。我們不能給你們巨龍之銀。」

我看到拉普斯卡有了動作，彷彿是想要說話。他眼睛裡憤怒的閃光，說明他已經被琥珀的要求激怒。我需要轉移人們的注意力。於是我急忙說道：「我還有另外一個要求，這部分對你們來說更加容易。此事對六大公國有益，也許對克爾辛拉也是一樣。」說到這裡，我停頓了一下。

「請說，」麥爾妲女王做出了決定。要從她覆蓋著鱗片的臉上分辨表情是很困難的事，但我覺得她也很想盡量避開剛才的尷尬。

「我想送一封信給六大公國的晉責國王，告訴他我們已經平安抵達，並得到你們的幫助，即將開始下一階段行程。如果我寫一封信，你們有辦法將它遞送給晉責國王嗎？」

「這很容易。」雷恩回答道。我這個簡單的要求顯然讓他鬆了一口氣，「如果你能用小字寫在輕薄的信紙上，一隻鴿子就能將信帶往繽城。繽城有許多商人和公鹿堡城之間有信鴿來往。我可以保證，這封信最終一定會到達你的國王手中。春季的風有時會減慢信鴿的飛行速度，但牠們都是堅強的鳥類。」

「對此我非常感激，」我回應道。猶豫了一下，決定把話說完。切德會禁止這樣做，但珂翠肯一定會贊同。「雷恩國王、麥爾妲女王，在我的故鄉，在我的國王的宮廷中，還有一些人和我一樣能夠使用精技魔法。他們之中有人在治療技術上遠比我更加精通嫻熟。」我環顧周圍一圈，「這裡有許多人請求我的幫助。我不敢這樣做。巨龍之銀的魔法力量在克爾辛拉的流動非常強大，甚至已經到了讓我無法控制的程度。如果我當時能夠控制住局勢，一定不會選擇用這樣……」我思索著合適的用辭——暴力？狂亂？「……倉卒的方式治療孩子們。一位比我更加優秀的治療師一定能採取更加溫和的手段。而一整支精技小組就能更精準地控制魔法，不僅可以救治古靈孩子們，還有那些天生就……」

所有人都在盯著我，「……就與眾不同的人。」我的聲音變低了。他們看起來都很驚恐，或者說是震驚。我有沒有冒犯到他們？和巨龍共同生活，對這裡的人們造成了一些明顯到完全無法忽略的變異，但也許明確將這種現象提出來，會被他們視作為一種冒犯。

賽瑪拉說話了。她就坐在離我不遠的地方。但她提高了聲音，讓在場的每一個人都能清楚地聽到她的發言：「那些天生的被改變者也能……得到治癒？」

琥珀在桌子下面抓住我的腿，以示警告。我不需要她的提醒。對於我無法確定的事情，我不會隨意做出承諾。「我認為，」我說道，「有些人是可以的。」

賽瑪拉抬起雙手。我以為她要用手捂住臉，但她只是將雙手在面前搭成山尖形狀，眼睛盯住了自己的手指。她的手指尖上不是指甲，而是黑色的爪子。她將這些爪子相互敲擊，陷入了沉思。

整個大廳裡都陷入沉默，但彷彿有許多可能性正在這沉默中閃爍。麥爾妲女王說：「只要你寫好了信……」她沒能把話說完，彷彿話語被卡在喉嚨裡。

哈里金突然說道：「蜚滋駿騎親王向我們提供了一個一直以來都是不可想像的機會。」他環顧坐在餐桌旁的同伴們，「也許我們應該向他表達出同樣的慷慨。我們一直都接受繽城和雨野原對於我們疆域的限制。我們的古靈寶物只能在那些地方的市場上進行貿易。也許現在應該是拋棄這種觀念的時候了。」

麥爾妲顯露出震驚的表情。雷恩緩緩說道：「你是在建議打破從雨野原殖民地建立以來就已經存在的傳統。的確，我們之中有許多人都不認為我們應該對雨野原貿易商保持忠誠，而對於繽

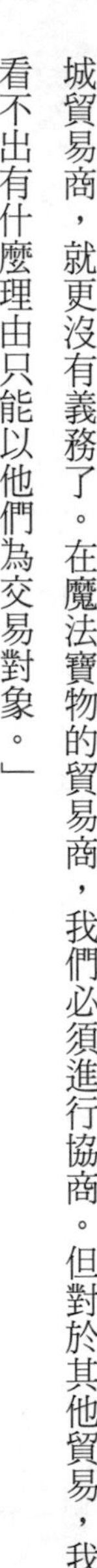

城貿易商，就更沒有義務了。在魔法寶物的貿易商，我們必須進行協商。但對於其他貿易，我也看不出有什麼理由只能以他們為交易對象。」

隨著他的這番話，守護者們都開始緩緩地點頭。

雷恩國王又轉向我們。「這座城市中的古老地圖表明，曾經有一些道路連接了克爾辛拉和群山王國。也許我們應該重新打通這些大道，真正成為我們自封的貿易商了。」

「六大公國有許多可以進行貿易的物資。綿羊和羊毛、穀物在我們那裡有足夠的出產，還有牛和皮革，我們還有可供貿易的鐵。」我用微笑掩飾了我的疑慮——晉責會尊重我這次計畫外的談判嗎？

「可供貿易的足量穀物。只是這一點就足以值得我們慶祝了。再過一個月，我們就會派遣代表團前往公鹿堡！我們是否應該為打開新邊疆而乾一杯？」

那天晚上，我們乾了不止一杯。堅韌不屈的臉頰被葡萄酒染紅了。我看到機敏和火星交換了一個眼神。火星一隻手扶住堅韌不屈的肩膀，引領他走出了宴會廳。小堅的步伐已經有些不穩，不過最終也沒有任何失態之處。不久之後，我就以疲勞為由，在琥珀的陪伴下離席而去，只留下機敏代表六大公國，在那裡度過晚宴剩餘的時間。

當我們緩步走上樓梯時，琥珀低聲對我說：「在雷恩國王的家族內部，就有受到雨野原的影響而發生嚴重變異，並深受其害的人。他的妹妹……」

我知道她想要說什麼：「就算是他的妹妹，我也不敢……」

「不，我只是要和你說說她。她正在崔浩城拜訪家人。即使你願意冒這個險，在這裡也遇不到她。但如果六大公國的治療師能夠救助雨野原人，六大公國就能獲得強有力的盟友。」

我一直在書桌後面坐到黎明，才寫完給晉責國王的信。我知道，這封信在遞交到晉責手中之前會被不止一個人仔細讀過，所以我必須仔細斟酌信中的每一個字。慎重起見，我只是說我們到達了克爾辛拉，並即將啟程前往遮瑪里亞。我請晉責分別向機敏、小堅和火星的家中送去音訊，並告訴他，最近將有巨龍貿易商的使者前去與他洽談兩國的通商事宜。另外我還叮囑，精技女士蕁麻也有必要全程參與這次會談。

我還想再多說一些，卻又不敢再提起任何事情。我緊緊捲起這封信，將它在火漆中蘸了一下，放進拴在信鴿腿上的小筒中。我希望自己能夠用精技警告蕁麻，讓她先一步知道這些自稱為古靈和克爾辛拉繼承人的巨龍守護者。如果他們知道了艾斯雷弗嘉和那裡殘存的寶藏，又會有什麼樣的反應？會宣稱那些寶藏屬於他們嗎？還是會提議將他們關於那些魔法的智慧與我們共用？切德一定會將對方視作競爭對手，珂翠肯則會視為盟友。晉責和蕁麻呢？我不知道他們會如何看待，也不知道自己在這裡使用精技是否會像一枚觸發雪崩的石子那樣，最終引發一場大規模的戰爭；還是會成為第一塊磚石，建立起一個共用魔法的傳奇時代。我能在信中說的事情實在太少了，少到讓我苦惱不已。而且我也許要到許多天後才能嘗試使用精技，這一點同樣讓我的心中充滿焦慮。

柏油人號到來的日子尚無法確定。在積雪融化的日子裡，這條河的水位會變得更高，水流也更加湍急。

我們全都在以自己的方式應對這段等待的日子。我需要時刻保持自己精技牆的牢固，警惕精技洪流和這座城市中種種回憶對我的侵襲，這些都讓我感到疲憊。我在自己的房間中用餐，態度和藹地拒絕掉盡可能多的來訪者。令人心力耗竭的精技侵襲讓我很少到這座城市中探訪。我記得在我尋找惟真的時候第一次遭遇這座城市，那時克爾辛拉還是一片廢墟。那也是我第一次體驗穿越精技石柱的旅行——那一次穿行完全是偶然發生的。那時，這座城市對我來說非常危險。諷刺的是，在我對精技魔法已經有了深入研究之後，這座城市中注滿精技的牆壁和街道對於現在的我反而更加危險了。

而且這座城市中的精技能流還不是我唯一要承受的危險。拉普斯卡將軍三次來敲我房間的門。他似乎總是在其他人離開的時候拜訪我。第一次，我裝作身體還格外虛弱。他堅持需要和我談談，但我站在他面前，晃動著身子向他道歉，然後就緩慢卻毫不留情地關上了門。那以後，再有人敲門的時候我就不會開門了。琥珀女士基於自身安全考慮，一直保持著對拉普斯卡將軍的警惕，也因此從不踏出迎賓大廳。她去拜訪麥爾妲，將她們老友重逢的閒聊和繽城與崔浩城最新的訊息都轉述給我。機敏、火星和堅韌不屈完全被克爾辛拉迷住了，就像是嬰兒得到了一件新玩具。守護者們似乎很願意向他們介紹這座城市的種種奇蹟，並且同樣樂在其中。我警告他們要小心，不過並沒有阻止他們的探索。小堅的肩頭一直站著那隻名叫小丑的烏鴉，他們很快就得到了僕人們的喜愛，當他們晚上聚在一起閒聊時，那些僕人不假思索的談話，讓小堅得到了大量關於克爾辛拉內部運作的情報。夜晚時分，在我們的房間裡，琥珀和火星縫補著她們被熊撕破的衣裙。琥珀會講起舊日公鹿堡的故事，包括聲名卓著的百里香女士的冒險。

有一次，小堅問起了她小時候的事情。她便開始講述一個農莊家庭，一位得知自己終於會有弟弟或妹妹，因而喜不自勝的長姐。她說那裡有連綿起伏的山丘，到秋季就會變成金黃色。她還照料過溫順的褐色乳牛。這時，她停止了講述。我知道她故事的下一部分一定是在克拉利斯了。那一晚，她沒有再講任何故事。這讓我非常擔心——恐怕再過不久，我就必須讓弄臣回憶克拉利斯的每一點細節了。他早已將這些記憶完全封鎖，而我卻必須想辦法撬開它們，只有如此，我們的復仇計畫才能成功。

弄臣是第一個要求我去克拉利斯的人，而且他要我「把他們全殺光」。甚至在蜜蜂被綁架之前，他就已經在渴望著自己的復仇了。在德瓦利婭帶蜜蜂進入精技石柱，將她丟失在那裡之前，弄臣就已經在計畫對他們的殺戮。我非常謹慎地結束了自己在公鹿堡的生活，打算一個人啟程去尋找那座遙遠的城市，進行我的復仇。那以後我是否還能活下來，完全不在考慮之中。

但現在，不僅是弄臣，還有火星、小堅和機敏都追上了我。我可以將他們中的三個人送回公鹿公國，但對於弄臣，我必須將他對克拉利斯和白者僕人的回憶全部壓榨出來，每一點一滴都不能落下。

只是我該怎麼做？我要如何將這些關鍵的情報，從如此善於隱藏和混淆事實的弄臣口中挖出來？

在一個更像是暮冬，而不是早春的日子裡，我們大部分人都選擇留在溫暖的房間中，但小堅一直都有些煩躁不安。他不停地不停地來回踱步、伸懶腰和歎氣，直到我最終屈服，允許他自己出去探索這座城市。

那天下午晚些時候，他衝進房間，滿面通紅、頭髮散亂地喊道：「小丑有新朋友了！」

我們全都驚訝地轉向他。

「小丑遇到了另一隻烏鴉？記得提醒我把牠的白毛再染黑一些，否則這段友誼肯定持續不了多久。」我回答道。

「不！不是另一隻烏鴉！」他幾乎是用全部力氣在大喊，之後又平緩了一下呼吸，開始仔細向我們講述：「我一直都聽從您的吩咐，時刻保持小心警惕，只有在別人找我說話的時候才會回話，而且言詞精簡。今天很冷，所以出來走動的人也不多。小丑找到我，站在我的肩膀上。我們一起向一座有一匹駿馬雕像的廣場走去，這時一陣大風吹到我身上，風非常冷。小丑從我的肩頭飛起。然後牠就像吟遊歌者那樣高唱起來：『哦，美麗啊，就像朱紅的漿果掛在被冰霜親吻的藤蔓上！』牠真的很像是在吟唱一首詩！那一陣風吹起的原因是一頭紅龍落在我面前！牠的爪子一下下敲擊著鵝卵石路面，尾巴來回甩動。再往前一點，牠就要踩到我了。我急忙向後退避，結果跌倒在地上，還擦破了手掌！」他舉起紅色的雙手給我們看。

「那頭龍要攻擊你嗎？」機敏喘著氣問。

「不，完全沒有。牠只是降落在那裡。不過我還是被嚇壞了，決定要溜走。我叫小丑回來，牠卻飛過去，落在巨龍的面前。這一次牠說：『哦，美麗啊，緋紅的女王，烏鴉的餵食者！』那頭龍探下頭，我覺得牠要吃掉小丑了，而小丑卻跳起了一支舞。」

小堅張開手臂，揚起頭，晃動著身體，就像是一隻求歡的鳥。

「然後呢？」火星也喘著氣問。

「那頭龍的眼睛轉動著，就像是春季慶上的陀螺。牠的頭放在地面上，小丑跳了上去，開始用喙為牠梳理臉上的鱗甲，不停地輕啄牠的眼皮和鼻翼。龍發出很奇怪的聲音，就像是罐子裡被煮沸的水！」

「然後呢？」火星似乎很懊悔自己錯過了這一幕奇景。

「我站在一旁，等待小丑下來。當我的腳被寒風吹得麻木時，我再次召喚小丑，但牠甚至沒有轉一下頭。那頭龍半閉著眼睛，就像是一隻睏倦的大貓。於是我離開小丑，自己一個人回來了。」說到這裡，小堅皺起眉毛問我，「你覺得牠安全嗎？」

「我認為牠會很安全。小丑是一隻非常聰明的鳥。」我不知道龍和烏鴉的祖先是否有某種關係。烏鴉是著名的食腐禽類，經常會跟隨在真正的捕食猛獸身後。烏鴉和龍之間建立密切關係似乎應該是很自然的事情。「非常聰明。」我重複了一遍。我知道小丑是一個謎，只有在牠願意向我展露自己的時候，我才能看清牠。

「牠的確很聰明！」小堅自豪地喊道，「正是如此。」

在陽光和煦的一天，我在午睡之後醒過來，發現房間裡只有我一人。我感覺神智模糊，身體倦怠，希望能夠去城中走一走，讓自己恢復一些活力。披上精緻的六大公國親王斗篷，我走出了屋門。克爾辛拉背後遠方是一片遍布樹林的丘陵。那些白色的樹枝上都已經生出了茵茵綠意。那些可能是柳樹。綠色的葉芽彷彿是有人在它們的細枝上點綴的綠色珍珠。更遠處的高山已經卸下了白雪頭巾。我和夜眼一同在山麓中的生活已經是多少年前的事情了？那時的我像狼一樣狩獵，每一覺都睡得很香。那彷彿已經是我的上一個人生，也許是兩個人生以前的事情了。

過去的古靈留下的記憶正從這些浸潤精技的建築物中向我低聲耳語。一開始，那些聲音還很遙遠，就像是蚊子的嗡嗡聲，但很快它們就變得愈發急迫，如同蜂群的合唱。我的精技牆開始承受愈來愈大的壓力。它們要掃除我的一切防禦。我在聽到清晰的交談聲時轉回頭，看見了古靈的身影。精技能流在我的周圍洶湧呼嘯，如同大海的波濤般要將我推倒，帶我遠遠離開海岸。我真是個白癡，竟然孤身一人進入這座城市。我轉身向迎賓大廳走去。就在這時，我發覺拉普斯卡正在跟蹤我。為了抵擋古早古靈的喧囂，我對於周圍的警惕性也降低了。我放慢腳步，有些蹣跚地向前行進，讓拉普斯卡以為我要比實際上更虛弱。說實話，我認為現在的自己就連一個孩子認真的攻擊都擋不住，更不要說是一名古靈軍人了。

拉普斯卡迅速來到我身邊。「蜚滋駿騎親王，很高興看到你從使用魔法的消耗中恢復過來了。」

「感謝你的關心，拉普斯卡將軍。但即使是這樣一次短暫的散步也讓我感到疲憊。我回去之後就要躺到床上去了。」

「啊，嗯，真讓人失望。我本希望能夠和你說幾句話。是很重要的話。」說到最後，他壓低了聲音，彷彿害怕有人會偷聽。他想要在暗中威脅我嗎？但是當我瞥向他的時候，他卻用一種幾乎有些歉意又帶著懇求意味的眼神看著我，「我錯怪了你。荷比已經要求我必須改變自己的想法。」他的語氣變得愈發嚴肅，「牠做了一個夢，或者也可能是牠記起了什麼。牠告訴我，你的目標應當得以實現。牠支持你。」拉普斯卡的聲音幾乎變成了耳語，「牠希望我盡全力幫助你，摧毀那些僕人和他們的城市。盡全力。」他靠近我，伸手按住我的手臂，彷彿我們兩個是同謀。他的眼眸中閃爍著不屬於人類的光澤。我的謹慎一下子變成了警覺。這時他說道：「你的烏鴉和荷比成為了非常親密的朋友。」

「荷比？」我口中問著，臉上盡量向拉普斯卡報以微笑。我的烏鴉？

「我的龍。相信你一定已經認識荷比了吧？牠是我的紅色愛人。」片刻之間，拉普斯卡的笑意更加燦爛，他彷彿變成了一個孩子，「牠喜歡你的烏鴉。我記得牠叫那隻烏鴉小丑。小丑讚美牠，讓牠知道自己是多麼美麗。在那隻烏鴉到來以前，只有我懂得欣賞牠的美。荷比現在已經非常喜歡小丑了。但我想說的不是這件事。你的任務是殺死白者的僕人。荷比贊同你。」

我試著理解他的話：「你的龍做了一個夢，或者記起了牠想要我們殺死白者的僕人？」

拉普斯卡的笑容變得更加開朗。他咧開嘴——變形成有龍族特徵的面孔上，露出了白色的人類牙齒。「是的，正是這樣。」看到我理解了，他非常高興。

我停住腳步，將一隻手按在一幢石砌建築上，想要靠在那裡休息一下。這是一個錯誤。我所在的街道上突然充滿了古靈，藍色、銀色和綠色的身影，身材高眺、五官分明的人們，臉上閃爍著幻彩迷離的鱗片，身上穿著極具藝術美感的衣服。今天這裡在舉行一場音樂家的競賽，就在女王廣場，由女王親自頒發獎章。

「嗨？醒一醒，親王。我在帶你回迎賓大廳。那裡的聲音不是很大。」

我在走路。拉普斯卡將軍正用有力的手臂攙住我。音樂家的競賽已經如同一個夢一樣漸漸模糊。拉普斯卡引領著我。也許他一直還在和我說話。

「我的狀態不太好……」我聽到自己說。

「你沒事，」他在安慰我，「你只是沒有準備好。如果你選擇自己要聽到什麼聲音，準備好分享古靈的生活，你就能學到很多。我就是如此！在我接受一位舊日古靈戰士的記憶之前，我只是一個錯漏百出、蠢笨不堪的男孩，我的守護者同伴們關懷我、容忍我，卻從不曾尊敬過我。不曾尊敬過。」

他突然閉嘴，顫抖的話語也就此終止。我覺得自己原先對他的年齡估計有些太老了。

他清了清嗓子。「我的龍荷比也承受過類似的痛苦。牠曾經在很長時間裡都沒有與其他龍和牠們的守護者說過什麼話。當牠第一次來到我面前時，牠很小，還顯得很笨拙。其他龍都瞧不起牠。牠甚至想不起自己的真名。我不得不給了牠一個。但在所有龍之中，牠是第一個飛起來的，也是第一個自己殺死獵物的。」將軍因為自豪而挺起了胸膛，就好像荷比是他的孩子。他看到我正在注視他，便生硬地向我一點頭。原來我們又停下來了。

「請帶我去房間，」我低聲說，「我需要休息。」我說的是實話。

「當然，」他說道，「很高興能為你帶路。」他拍拍我搭在他手臂上的手。在這短暫的一次碰觸中，我從他身上感覺到的東西遠遠超過了我的期望。我們開始前進——速度比我所希望的要快，但我咬住牙，跟上他的步伐。我盼望機敏會在房間裡，然後又自問——我從什麼時候開始指望機敏保護我了？

突然間，我很想念謎語。

「那麼，」拉普斯卡彷彿是在說出結論，我不知道自己在胡思亂想的時候錯過了什麼，只是聽他繼續說道：「所以荷比的記憶和夢才會如此重要。」

我們已經到了迎賓大廳。和外面明亮的陽光相比，大廳中相當昏暗。兩名古靈轉過身，目不轉睛地盯著攙扶我上臺階的拉普斯卡。「我們要上去了。」拉普斯卡歡快地說。他比看上去還更加強壯。

「感謝你幫忙。」走進我的房間之後，我對他說。我很想在門口和他告別，但他扶著我直接進了房間。

「來，坐到桌子邊。我會讓人拿食物來。」

我別無選擇，只能坐下。為了將古靈的聲音擋在意識以外，我已經耗盡了體力。我假裝要坐穩身子，暗中確認了謎語給我的那把小匕首穩妥地藏在褲腰裡。如果有必要，我可以抽出來。我的力氣也許能切割軟奶油。我竭力激發自己的怒火，希望能以此從疲憊不堪的身體中喚醒一些力量。但我只找到了恐懼。這讓我的膝蓋更加無法確定它們的功能了。拉普斯卡表現出來的友善並不能消除我對他的警惕。我判斷他的脾氣很不穩定，而且還很精明。當克爾辛拉的人們以真誠的熱情對待我們的時候，只有他一個人看出我們並沒有回報以同樣的真誠。但我要對付的到底是一位冷酷無情，會採取一切必要手段保衛克爾辛拉的軍事統帥？還是一個多愁善感，只關注自己的愛龍做了什麼夢的年輕人？

他按下了門上的花卉雕刻，然後和我一起坐到桌邊。「那是怎麼運作的？」我問道，我希望能夠獲得多一些情報，讓我對他有更準確的評判，「你按一下那朵花，廚房的人就會知道？」

「我也不知道。它的功能就是這樣。在下面的廚房裡有一朵同樣的花，那一朵花會發光並發出蜂鳴聲。每一個房間都有這樣一朵花。」他聳聳肩，算是回答了我的問題，「這裡有許多東西我們都還無法理解。其實在六個月前，我們也才剛發現下面那些房間是廚房。那裡有一個大盆，裝滿在裡面的水可以很燙，也可以很冷，但沒有火爐和火灶，所以那是一個特別的廚房。我的母親從沒有過火爐，我更不記得她擁有過廚房。」

片刻之間，他陷入了憂鬱的沉默。街道上的精技喧囂已經遠離了我們。現在我想要多知道一些他的巨龍之夢。但我還必須在其他人走進這個房間之前向他們發出警告。我不信任拉普斯卡，一點也不信任。他所謂的巨龍之夢會不會只是為了混進我們的房間而編出來的一個詭計？我等待了三次呼吸的時間，然後問道：「你的龍有一個關於克拉利斯的夢？」

他彷彿突然回過神來一樣：「克拉利斯，是的！牠回憶起了這個名字。所以那是一個關於真實的夢，來自於牠祖先的回憶！」他的聲音一下子又興奮起來。

「我有些不明白。牠祖先的回憶？」

拉普斯卡微笑著用拳頭撐住自己的下巴。「這已經不再是一個祕密了。當海蛇蛻變成巨龍的時候，牠的巨龍祖先的記憶就會甦醒。這些記憶讓牠知道要去哪裡狩獵、在哪裡築巢，還會讓牠知道許多祖先們經歷過的事件和名字。這是巨龍應當得到的資源。

「但我們的巨龍作為海蛇的時間太久了，而在繭中孵化的時間又太短。牠們完成蛻變的時候，只得到了零星的記憶片段。我的荷比對於自己的祖先幾乎什麼都想不起來。不過有時候，記憶會進入牠的夢境。我希望這意味著當牠逐漸長大的時候，牠能夠回憶起更多祖輩的生活。」拉普斯卡睜大了眼睛。那雙眼睛裡閃過一絲光亮。是淚光嗎？這個殘酷無情的人也會流淚？他用一種受傷的聲音，格外輕柔地說：「我愛現在這樣的牠，我一直都愛著牠，永遠都會愛牠。但能夠回憶起自己的祖先，對牠來說是那樣重要。」他看著我的眼睛，我看到了一位深受打擊的父親，「我總是期待著牠能夠回憶起那些事，我對牠是不是太嚴厲了？我是覺得，這樣會讓牠變得更好……不！牠實在是太完美了，無論什麼事都不可能讓牠更好了！為什麼我還要這樣苛求牠？我

是不是根本不懂得如何好好待牠？」

一名刺客最糟糕的錯誤就是和他的目標有共同的立場。但我實在是太理解這個問題了。我曾經有多少次睜著眼睛躺在莫莉身邊，懷疑自己是不是一個怪物，因為我竟然希望我的女兒不是那樣柔弱，能夠像其他孩子一樣健康有力。有那麼一瞬間，我覺得自己和拉普斯卡的心臟流淌著同樣的血。但切德的訓練很快就對我悄聲耳語：「注意，這是他盔甲上的裂隙。」

我有我自己的任務要思考。而且還有弄臣。我需要情報，也許這個男孩將軍就有我要的東西。我裝作被他的故事打動，向他傾過身子，帶著虛偽的善意和溫暖的口氣輕聲說：「那麼，牠能夢到那些僕人和克拉利斯是一件多麼神奇的事啊！我相信，無論是你還是牠，肯定都沒有去過那個地方吧？」將我掌握的資訊給他一些，看看他又能透露出什麼來。最重要的是，我必須保持平靜，裝作這只是一次社交性的閒聊，而不是一場對於彼此力量的評估。

我的策略奏效了。拉普斯卡的臉上閃動起喜悅的光芒。「當然沒有！也就是說，那個地方是真實存在的？那些名字也都是真的？那麼牠一定是回憶起了古早的事實，並不只是因為渴望祖先的記憶而做了一個虛幻的夢！」他的胸膛因為興奮的呼吸而一起一落，曾經那樣充滿戒備的眼睛突然睜大，顯示出他已經放下心防。我覺得有某種東西從他的體內放射出來，那既不是精技，也不是原智。是這兩種魔法特殊的混合嗎？它會不會就是守護者和巨龍之間的連結羈絆？這也讓我知道，當我們交談的時候，他一直豎起障壁，而現在他放下障壁，開始與荷比交流，告訴他的紅龍那個夢是真實的記憶。在克爾辛拉的某個地方，一頭龍發出喜悅的長嘯，緊接著又有一隻烏鴉用鳴叫應和那一陣陣龍吟，這是我的想像嗎？

我繼續用言辭挑逗拉普斯卡：「克拉利斯是真實的，那些僕人也是真實的。但恐怕除此之外，我就沒有什麼可以告訴你了。我們前方的旅程仍然是一片未知。」

「為了復仇？」他低聲問我。

「為了復仇。」我向他確認。

拉普斯卡皺起雙眉。片刻間，他看上去幾乎就像是一個人類，「那麼，也許我們應該和你們一同行動。在荷比的記憶中，那裡是一個黑暗而險惡的地方。牠對那裡既恨又怕。」

「牠都記起了什麼？」我溫和地問。

拉普斯卡繼續皺著眉頭：「幾乎沒有什麼細節，那裡只有背叛和欺詐，是對一切信任的褻瀆之地。巨龍們死在那裡，或者可能是在那裡遭到了屠殺。」古靈將軍盯著牆壁，彷彿在看著極其遙遠的某個地方，然後他猛地將雙眼轉回向我，「這些牠也不是很清楚。所以這才更讓我們感到困擾。」

「其他巨龍能夠回憶起更多事情嗎？」

他搖搖頭：「就像我告訴你的那樣，所有克爾辛拉的巨龍在從繭中孵化出來的時候，記憶都是殘缺的。」

婷黛莉雅，還有冰華。我的表情沒有絲毫變化。這兩頭巨龍並不屬於克爾辛拉族群。婷黛莉雅的孵化比克爾辛拉巨龍們要早很多年。那時牠相信自己是這個世界上唯一倖存的巨龍。我和牠的交往對我而言是一段極度令人不快的經歷。牠折磨蕁麻、入侵蕁麻的夢，威脅她，還有我。這一切都是為了指使我們把冰華挖掘出來。那頭真正的遠古巨龍也曾經相信自己是世界上最後一頭巨龍，所以牠選擇將自己深埋在冰川之中。弄臣和我打破堅冰，恢復牠的自由，將牠重新帶進這個世界。牠應該記得其他巨龍都遭遇了什麼。而根據我對牠的瞭解，從牠那裡獲得情報的機會實在是微乎其微。

拉普斯卡將軍仍然在念叨著他的龍。「我的荷比和其他龍都不一樣。牠總是比牠們更小一些，也許有人會說是發育不良。我很擔心牠永遠也無法長得像其他龍那樣高大。牠很少說話，就算說話也總是只對我說。對於交配飛行，牠也沒有表現出任何興趣。」拉普斯卡停頓一下，又說道：「牠比其他龍更年輕，無論是作為海蛇的時候還是現在，都是如此。我們相信，在上一次的終結災難毀滅巨龍族群時，牠是最後存活的巨龍的後代。那時的巨龍數量眾多，每年都會有龍卵孵化成為海蛇。那些海蛇會迅速進入大海，在海中游弋、進食，跟隨魚群遷徙，在成長到足夠大的時候返回雨野原河，一直上溯到崔浩城附近的結繭河灘。許多巨龍都有幫助海蛇結繭和進入繭殼的回憶。在結繭之後的夏天裡，巨龍會從繭殼中孵化出來，得到強壯成熟的身體，準備好飛上藍天，進行牠們的第一次狩獵。」

他哀傷地搖搖頭：「但我們的巨龍不是這樣。牠們……迷失了。牠們在海蛇形態中滯留了太久。因為巨大的災難大幅改變了海岸線和河流，讓牠們無法再找到返回結繭河灘的路。荷比和我相信，有數代海蛇被困在那場災難中，在海洋裡白白耗費了太長的生命。」

我點點頭。各種想法在我的腦海中劇烈地沸騰著。但我知道，現在最重要的是傾聽他說的每一個字。我不需要告訴他，對於那兩頭年長的巨龍，我有著比他更多的瞭解。

「荷比懷疑在古靈城市傾覆時，巨龍一族並沒有盡數死去。冰華因此倖存。」他的聲音變得非常陰鬱，「我知道，有這種懷疑的不是只有牠一個。從表面上看來，所有曾經居住在克爾辛拉的古靈都死了。但實際上並非如此。我曾經走進一位古靈的記憶，他就活著度過了那場徹底毀滅這座城市的災禍。透過他的眼睛，我看見大地顫抖、古靈逃散。但他們去了哪裡？我想到了高塔中那張地圖上標示出的其他地點。」他停頓一下，看著我。我必須用盡全部自制力才能裝出因為他的話而陷入沉思的樣子，「我不知道那種魔法是如何運行的，但他們是穿過那些矗立的石柱逃走的。就是我第一次遇到你們時，你們身邊的那種石柱。」

「他們是穿過石柱逃走的？」我裝作不太明白自己聽到了什麼。

「穿過石柱。」他說道，並小心地看著我。我讓自己的呼吸緩慢平穩，表現出好奇的模樣。我們之間的沉默在延續，直到他開口說：「蜚滋駿騎親王，我本來只是一個無知的男孩。但我不傻。這座城市要向人們講述它的故事。當其他人都唯恐會迷失在這些石塊所儲存的記憶中時，我一直在探索它們。我已經學到了很多。但我獲取的一些資訊只是給我帶來了更多的問題。難道你不覺得奇怪嗎？只是一場災難，這個世界上的所有古靈和巨龍就都滅亡了。」

他是在對我說話，也是在自言自語。我只是讓他不斷地說下去。

「一些古靈聚落被摧毀了，這個我們都知道。崔浩城人早就在挖掘埋藏在那裡的古靈城市。

也許還有其他城市也被徹底毀滅了。但這場災難沒有毀滅人類，也沒有毀滅鸚鵡和猴子。那麼，古靈和巨龍又是如何從這個世界上徹底消失的？一個族群可能會經歷成員數量的驟減，但怎麼可能徹底滅絕？這太奇怪了。我看到這座城市死亡的時候，許多古靈逃走了。那麼他們又遭遇了什麼？當這座城市滅亡時，那些不在這裡的巨龍遭遇了什麼？」他撓了撓覆滿鱗片的下巴。他的指甲呈現出彩虹的顏色，在和面孔接觸時發出金屬摩擦的聲音。他向我抬起眼睛，「荷比回憶起背叛和黑暗。一場地震是災難，但不是背叛。我不相信古靈會背叛他們的巨龍。那麼，又是誰的背叛？」

我試著提出一個問題：「冰華對於你的問題有什麼回答？」

他輕蔑地哼了一聲。「冰華？什麼都沒有。對於巨龍和古靈們，牠只是一個無用的惡霸。牠從不對我們說話。婷黛莉雅別無選擇，只能將牠當做伴侶。但牠根本配不上婷黛莉雅。我們在克爾辛拉很少看見牠。不過我聽到過一名吟遊歌者唱起過冰華脫離冰川重獲自由的讚歌。那首歌裡提到一個邪惡的白皮膚女人想要殺死牠。有人稱她為白色先知。那時我就在想，如果是有人殺死了巨龍和古靈們，那些人會不會也想要殺死冰華？」

冰華和蒼白之女的故事一直傳到了克爾辛拉。那時我被稱為湯姆・獾毛，幾乎沒有吟遊歌者知道我在蒼白之女的毀滅中扮演的角色。但拉普斯卡是對的，冰華肯定有理由憎恨蒼白之女，也許牠同樣也會憎恨僕人。有沒有辦法喚醒這種憎恨，說服冰華幫助我進行復仇？對此我表示懷疑。如果牠甚至沒有因為自己的遭遇而尋求報復，那麼也不會在乎一個區區人類的厄運。

我將拉普斯卡的思路從冰華身上引開：「你告訴我的事情，我都不太明白。克爾辛拉巨龍的年紀是不一樣的？但我以為所有克爾辛拉的巨龍，都是在同一時間從繭殼中孵化出來的。」

古靈將軍露出寬容的微笑：「外部世界對我們的巨龍所知實在是太少了。從巨龍交配到誕下龍卵，再到海蛇進入繭殼，這段時間比人類的一生更加長久。如果海蛇在海洋中一直都沒有能獲得豐富的食物，或者被風暴吹散，迷失路徑，牠們就要耽擱更長的時間才能有機會結繭。那些在婷黛莉雅的引領下終於到達結繭地的海蛇們，全都是一場恐怖災難的倖存者，其中有一些在海洋中遊蕩的時間更是比其他海蛇多上百年。從龍族滅絕時起，牠們就是海蛇，而沒有人知道巨龍離開這個世界已經有多久了。荷比和我相信，牠是到達雨野原河岸的海蛇中最年輕的一個。牠對古代的記憶雖然少得可憐，卻保留了最接近巨龍滅絕時期的歷史。」

是時候問出我最重要的問題了：「荷比還記得任何關於克爾辛拉或者僕人的具體事情嗎？這有可能幫助我完成毀滅他們的任務。」

拉普斯卡哀傷地搖搖頭。「牠痛恨他們，但也畏懼他們——我想不出牠還畏懼過什麼。牠有時希望我召集全體巨龍和你一同進行遠征；有時卻又很想警告我，要我們遠遠躲開那個地方。如果牠的夢能夠提供一個清晰的回憶，也許牠就能下定決心，親自去進行復仇了。」古靈將軍聳聳肩，「或者，如果那些記憶真的非常恐怖，牠也許就會決定要永遠避開克拉利斯。」

拉普斯卡突然站起身，讓我不由得向後滑動椅子，同時繃緊了全身的肌肉。看到我的警覺，他露出歉意的微笑。我的個子不矮，但即使我站起來，他也能夠俯視我。他很有禮貌地說：「即使我的龍現在還不能下定決心，為了牠的種族向那些『僕人』復仇，我自己也很想殺光他們。這都是為了牠。」他直視著我的眼睛，「我不會為我第一次和你們遭遇時所做的一切道歉。我的謹慎是有必要的，而且我現在還是對你們的故事有頗多懷疑。沒有人看到你們從山丘上下來，進入克爾辛拉。你們隨身攜帶了大量行李，這很不利於長途跋涉。你們的臉上也沒有那種在荒野中遠行的人們所應有的風霜痕跡。我不可能不對你們多加提防。我原先一直相信，只有舊日的古靈能夠將那些石柱用作傳送的通道。」

他閉上嘴。我看著他的眼睛，什麼都沒有說。一點憤怒的火星在他金屬質感的眼睛中閃耀。

「好吧，繼續隱瞞你們的祕密吧。我來找你不是為了我自己，而是為了荷比。是牠要我幫助你們。所以，儘管我對你們的看法還有所保留，但為了牠，我會給你們一件禮物。而且我不得不信任你，希望你們不會將這件事洩漏給任何人──無論是人類、古靈還是巨龍──直到你們遠離克爾辛拉。我無法想像你們會使用這件禮物做什麼。琥珀女士將手指蘸上巨龍之銀，也蘸上了她的死亡，她又透過碰觸你而將死亡印在你的身上。我絲毫不羨慕你們兩個人。但我衷心希望你們在死去之前能夠完成任務。」

他一邊說話，一邊伸手到馬甲背心中。我的手指碰到了謎語的匕首。但他從衣兜裡抽出來的不是常見的武器。我覺得他手中的粗管子是金屬製成的，直到我發覺在那裡面緩緩流動的銀色液體。「巨龍之銀操作者使用過的容器極少被留存下來。這種玻璃非常沉重，它的玻璃塞被纏上絲線，以確保能緊扣住瓶口。但我還是提醒你要小心地拿著它。」

「你給我看一根玻璃管的精技？」我相信那不可能是別的東西。

他將那根玻璃管放在桌子上，管子開始滾動，直到他用手指擋住它。這根玻璃管就像一支船槳的握柄一樣粗，能夠被牢牢握在手掌中。他再一次伸手到馬甲內兜裡，拿出第二根玻璃管。這兩根玻璃管碰在一起的時候發出了微弱而清脆的響聲，管中的銀質流體開始盤旋流動，就像被攪拌的熱湯上面融化的油脂。

「給你看？不。我把它給你。在荷比告訴我那些事之後，我認為你的琥珀女士是要用它來對付那些僕人。所以，我把它給你們。這是你們的武器。或者是你們的魔法源泉。無論你們要如何使用都可以。它是荷比的，是一頭巨龍的贈禮。只有龍能夠贈予你們巨龍之銀。」

一陣敲門聲響起。他拿起巨龍之銀，遞到我面前，急促地對我說：「這件事一定要保密。」大吃一驚的我有些不知所措地接過兩根玻璃管並握緊。它們是溫熱的，比我想像中沉重得多。因為一時沒有其他地方可以藏匿它們，我將它們塞進襯衫裡，雙手交握放在桌邊，擋住衣服上的凸起。拉普斯卡此時已經向門口走去了。

「啊，你的食物，」他朗聲宣布，拉開門讓僕人進來。送餐的僕人驚訝地向古靈將軍瞪大眼睛，愣了一下，才將一只大托盤送到桌上，為我排擺飯菜。這名僕人的眉毛和顴骨上都覆蓋著鱗片。他的嘴唇很扁，抿在一起有些像魚嘴。當他稍稍張嘴的時候，我瞥到了一條扁平的灰色舌頭。他抬眼看我時，眼珠的移動方式也很奇怪。我轉開視線，沒有接受他無聲的懇求。我很想向他道歉，告訴他我無法幫助他，卻又不敢開啟這樣的談話，只能無聲地向他表示感謝——這讓我

感到恥辱。他也默默地點點頭，退出房間。最後他的眼睛又向拉普斯卡閃動了一下。關於我的拜訪者的訊息很快就會進入廚房，並以只有街談巷議能夠達到的速度傳遍全城。

「願意和我一起用餐嗎？」我問將軍。

拉普斯卡搖搖頭。「不，我相信幾分鐘之內，就會有你的一兩個隨從衝進來，確保我沒有傷害你。真可惜。我很想知道你們是如何借助那些石柱旅行的，還有為什麼荷比會說你嗅起來就好像你有一位巨龍同伴，卻不是牠所認識的任何一頭巨龍。我覺得我應該還知道一些對你們有用的事情。」他歎息一聲，「如果沒有信任，就會有許多損失。再見，蜚滋駿騎・瞻遠親王。我希望你向我們提出的貿易和魔法聯盟能夠為我們帶來繁榮。我希望這一切不會以戰爭結束。」

這些令人不寒而慄的話就是他的告別語。當他在身後關上屋門的時候，我站起身，打算將兩管精技放進我的背包。我若有所思地把那兩根玻璃容器舉到眼前，將它們傾斜，看著精技緩慢盤旋，又仔細查看每一根玻璃管的塞子。它們都很緊，感覺稍稍黏手，似乎為了加強密封性，上面還塗了松香。我將每一根玻璃管都放進一只厚短襪裡，將襪子的收口繫起來，又把它們放進一頂厚羊毛帽子裡，塞進我的背包底部。這兩根玻璃管感覺沉重且牢固，但我不會心存僥倖。實際上，我已經答應了拉普斯卡，不會讓任何人知道它們的存在，首先要瞞住的就是弄臣。我不知道為什麼弄臣會索取巨龍之銀。在他透露計畫之前，我絕不打算將這種東西交由他處置。他將自己的指尖重新塗上巨龍之銀，這一點已經讓我感到警惕了，而我至今都無法分辨自己對於再一次落到手腕上的那些指印有什麼樣的感覺。我歎了口氣。我知道我的決定是理智的，卻又不知道為什麼會感到愧疚——比愧疚更糟——我覺得自己是一個狡詐的騙子。

在那天下午快要結束的時候，其他人紛紛回到了房間裡，帶回許多關於這座城市的故事。在一座古早的植物園裡，樹木早已凋零枯朽，但留在那裡的雕像卻在緩慢地改變著身姿。一座噴泉中發出孩童快樂的笑聲。機敏和火星都看到了古靈模糊的身影在綠樹與藤蔓的幽影中移動。琥珀對於他們的描述頻頻點頭。堅韌不屈卻顯出一副被遺棄的樣子。「為什麼我什麼都沒聽到也沒看到？」他問道，「就連琥珀都能聽到他們的細碎話音！當巨龍從天空中飛過的時候，他們都說能聽見那些龍在彼此交談，談話的內容大多是相互喝罵和警告對方不要進入自己的狩獵領地。我卻只能聽見龍發出銅號一樣的吼聲，和麋鹿在發情期的吼聲沒有什麼太大區別。」小堅聲音中的不平幾乎已經有些像是憤怒了。

「我也很希望你能像我們一樣聽到和看到那些。」火星低聲說。

「為什麼我不行？」小堅繼續問我。

「我無法確定。但我懷疑這是你天生的特質，或者也可能是生來不具備某種能力。一些人和魔法有著密切的血緣關係，比如精技，或者原智。他們就能發展出掌握這種魔法的能力。這就像是牧羊犬天生就懂得聚攏綿羊、獵犬的幼犬擅長於追蹤氣味，甚至在接受訓練掌握技巧之前，牠們就已經擁有這樣的能力了。」

「但狗都能被訓練成牧羊犬或者獵犬，即使牠們本來沒有那樣的血統。你不能教我看到和聽到那些人嗎？」

「恐怕不能。」

小堅瞥了一眼身邊的火星。我感到一種可能是帶有競爭意味的氣氛，或者也許只是他想要分享他們的感受。機敏低聲說：「我也看不到、聽不到他們講述的許多事。」

「但我什麼都看不到也聽不到！」小堅的話衝口而出。

「這也許是一種天賦，而不是一種缺陷。也許你應該將它看作是對抗魔法的鎧甲。正因為你完全不會受到魔法影響，在細柳林遭襲的那個夜晚，你才沒有像其他人一樣聚集在房屋前，才能幫助蜜蜂藏起來，幫助她逃走。你對精技和克爾辛拉魔法的無感也許是一面盾牌，而不是一個弱點。」

如果我說這段話的目的只是為了安慰他，那麼我肯定是失敗了。「不管我做了什麼，」他哀傷地說，「他們還是搶走了她，他們還是毀掉了她。」

他的話澆熄了我們，房間中陷入一陣悲哀的沉默。每當想起我們為什麼會來到這裡，這座魔法城市給我們帶來的一切喜悅就都蕩然無存了。「拉普斯卡將軍今天來拜訪我。」我的話如同一顆石子落進寂靜的池塘。

「他想幹什麼？」琥珀問，「他威脅你了嗎？」

「一點也沒有。他說，他希望我們的復仇任務取得成功。他的巨龍荷比夢到了僕人，還有克拉利斯。」我將拉普斯卡拜訪的細節向他們講述了一遍。

我說完之後，房間裡又是一陣長久的沉默。小堅是第一個說話的：「這意味著什麼？」

「拉普斯卡懷疑巨龍一族遭遇過某種巨大的災難。他相信荷比痛恨克拉利斯的僕人是因為他們殺害了災後餘生的巨龍，幾乎徹底滅絕了牠們。」

琥珀女士的面孔鬆弛下來，變成弄臣的五官。他以弄臣的聲音悄然說道：「這樣就能解釋許多事情了！如果僕人們預見到了巨龍和古靈將會遭受劫難，他們就能做出落井下石的計畫。如果他們的目標是殲滅這世界上的全部巨龍，那他們的確成功了。然後他們也許預見到我們會將巨龍帶回到世界上，於是他們創造了蒼白之女，又將我囚禁在學校裡，並派遣蒼白之女替代我的位置，以此來確保巨龍再無復興的機會。」他的雙眼轉向遠方，開始回憶我們做過的一切，「這個答案是合理的，蜚滋。」他的臉上閃過一抹奇怪的微笑，「但他們失敗了，我們還是將巨龍帶回到這個世界上。」

一陣戰慄掠過我的脊背，讓我的頭髮倒豎起來。僕人們的計畫到底覆蓋了多麼久遠的未來？弄臣曾經提示我，他們是利用他將我引出細柳林，才能趁機偷走蜜蜂。他們的夢和預兆是否已經示警，讓他們知道我們要去復仇？他們還會為我們設置什麼樣的障礙或誤導？我努力壓下這些恐懼。「我們還不知道他們為什麼想要毀滅巨龍。」

弄臣用他那種特有的嘲諷眼神瞥了我一眼：「我說了，這能夠解釋很多問題，但不是全部的問題。僕人們在和這個世界，以及世界上的全部生靈，玩一個時間跨度非常久遠的遊戲。他們所做的一切只是為了牟取自己的利益。我會與這個荷比談談，看看牠還能回憶起什麼來。」

「我不認為這樣做是明智的。我想，我們所有人都應該盡可能迴避拉普斯卡將軍。他似

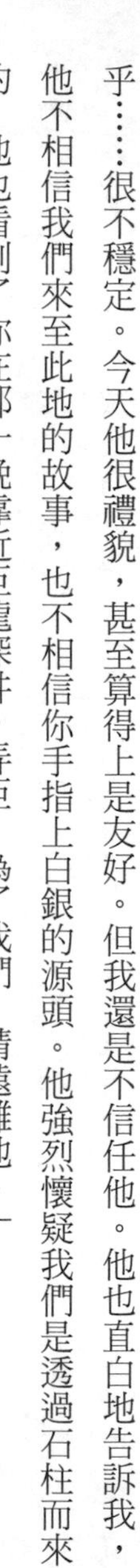

乎……很不穩定。今天他很禮貌，甚至算得上是友好。但我還是不信任他。他也直白地告訴我，他不相信我們來至此地的故事，也不相信你手指上白銀的源頭。他強烈懷疑我們是透過石柱而來的，他也看到了你在那一晚靠近巨龍深井。弄臣，為了我們，請遠離他。」

很長一段時間裡，弄臣都沒有說話。然後他的五官恢復成琥珀女士的樣子。「我想，這樣的確是更明智一些。你說荷比只和他說話？你覺得還有其他龍會回憶起關於僕人的情況嗎？」

「我認為應該沒有了。但我們怎麼可能知道呢？」我認真思考了一下，「冰華知道，牠在龍族毀滅的劫難中倖存，是自願被封凍進冰川的。牠應該能回憶起那個時代。如果僕人們在巨龍的滅絕中起了作用，牠一定知道。我認為牠有可能將這些事告訴婷黛莉雅。」

「但牠不在這裡。許多龍都去溫暖的地方過冬了。有一些龍在兩、三年以前就已離開。據我所知，冰華在離開以後就不曾回來。」

一種冰冷恐懼的感覺在我的身體裡蔓延。我竭力不讓它顯露在表情中。「弄臣，琥珀女士，白島上的氣候是怎麼樣的？靠近它的地方氣候又如何？」

琥珀用失明的雙眼盯住我：「溫暖宜人。在我前往北方的六大公國之前，我從來都不知道還有冬天。」她微微一笑，面孔又鬆弛成弄臣的線條，「蜚滋，那裡很美。不只是白島，不只是克拉利斯，我說的是那裡的所有島嶼和遼闊的大路。那是一個非常宜居的地方，要比你知道的每一處都更加令人愉悅。是的，公鹿堡很美，有著它野性的風韻。但那裡畢竟是一個氣候嚴酷的蠻荒之地，會讓居住在那裡的人鍛鍊出和它一樣的剛強風骨。而我的故鄉擁有的是細浪一般平緩的丘陵、寬闊的河谷和成群的牛羊。那些牛和你們在六大公國熟悉的那種乾瘦的牛完全不同。牠們是身材肥大的褐色乳牛，有著長角和黑色的口唇，脊背足有一個人那麼高。蜚滋，那裡真是一片富饒而適於生存的土地。往內陸走，就能看見許多有著金色湖岸的湖泊，湖水中游弋著肥美的魚群。在森林山丘中還有許多冒熱氣的泉水。」他歎了口氣，似乎沉浸在自己的兒時回憶中。突然，琥珀向我揚起頭，「你認為當寒冬凍結這片土地的時候，巨龍們是去了那裡？或者以前牠們會去那裡？」

我想像著綿延起伏的草原，肥碩的牛群在驚恐中四散奔逃，巨龍從天空中俯衝而下。「所以僕人們想要徹底剷除牠們。巨龍在六大公國並未受到歡迎。也許僕人們發現牠們已經不再只是個小麻煩了。」僕人們是否知道該如何殺死巨龍？那些龍再也不會回到克爾辛拉了嗎？

「我要認真思考這個問題，好好回憶一下我所知道的那一點與龍有關的夢境預言。」琥珀突然面色一沉，變回成弄臣說道：「為什麼我從沒有想過，關於巨龍的夢境預言竟然如此稀少？而關於龍族崛起和隕落，更是沒有任何預言提及？這樣的夢是不是遭到了壓制？」

壓制，我心中想道，就像弄臣壓制了自己關於克拉利斯的記憶。我需要將這兩個謎團全部解開。一個計畫慢慢展現在我的腦海中。

6 啟示

我還在艾斯雷弗嘉島上的期間，第一次夢到毀滅者。小親親的催化劑第二次回來了。我相信正是他的出現，觸發了我的夢和關於毀滅者的預兆。在那個夢中，毀滅者是一個握住火焰的拳頭。那隻手張開，火焰高高騰起，卻沒有放射光芒，而是帶來了黑暗。我所知道的一切都被摧毀了。

我已經很長時間不曾有過關於未來的夢，所以我告訴自己，我認為它很重要只不過是自己的想像。難道我不是才剛實現了自己的一切目標嗎？為什麼在我贏得輝煌勝利時，卻會做這樣一個黑暗的夢？無論如何，我已經讓白色先知和他的催化劑知道，他們分別的時間到了。至少他們之中的一個人已經認知到我所說的千真萬確。但我能看出來，他們兩個都缺乏足夠的意志力去做他們必須做的事。我必須將他們分開。

——黑者普立卡的紀錄

數十年來，我受過許多次傷，但沒有一次恢復速度這樣緩慢。很明顯，不斷治療我肉體的精技不會治療精技本身對我的耗竭。現在就連集中精神對我都是一種挑戰。我很容易就會感到疲憊。和拉普斯卡將軍共度的那個下午嚴重消耗了我的體力。即使是在這幢被認為是「安靜」的建築裡，精技能流也不斷歌唱著，在我周圍洶湧澎湃。但這並不意味著我做不了任何事。無論有什麼障礙，無論多麼疲憊，我至少還能收集情報。

那天晚上，我派堅韌不屈去樓下廚房，要一些白蘭地和一個杯子。他拿回來了一大瓶沙緣白蘭地。「卡羅特是雨野原人，他的臉上和手上有太多鱗片，給他造成了很大的妨礙，」他一邊說，一邊放好酒瓶和杯子，「他說您應該得到最好的款待，還求我把他的事告訴您。」我歎了口氣。我一直在拒絕向我求助的人，但這並不能阻止那些因為巨龍而身體發生變異的人向我發出求告乞憐。小堅理解地聳聳肩，將我一個人留在房間裡，自己上床去了。

我坐在床上，酒瓶放在身邊，手中拿著杯子。這時琥珀回來了。她剛剛與麥爾妲共進晚餐，顯然她們在飯後又聊了很長時間。我喝光杯中的最後一滴白蘭地，遲緩地向她問道：「晚上過得愉快嗎？」

「很愉快，不過沒有什麼可說的。冰華已經離開許多個月了，實際上麥爾妲也不清楚牠是何時離開的。所有人都知道，荷比只會對拉普斯卡說話。麥爾妲也聽說了拉普斯卡來找你，她很擔心。」

「希望妳已經告訴她，我一切都好。但說實話，我真不應該到城裡去。那裡的精技能流就像是一條決堤的大河，裹挾著無數礫石沖向我。我不知道這是因為我一直接受訓練要感知它、使用它，還是因為這裡有太多的巨龍之銀。也許我在進行那些治療的時候，毫不限制地讓它在我的體內奔湧，也因此讓自己變得對它毫無抵抗力。」我舉起酒瓶，「想要來一些嗎？」

「一些什麼？」琥珀嗅了嗅空氣，「是沙緣白蘭地？」

「沒錯。我只有一只酒杯，不過桌上應該還有茶杯。」

「那我就來一點。讓你一個人喝可不太好。」

我踢掉靴子，任由它們落在地板上，然後就向杯子裡又倒了一點酒。我躺到床上，盯著昏暗的天花板。在那裡，一片深藍色的天空中，星星正一下一下地閃爍著。它們不是這個房間裡唯一的幻象。這裡的牆壁變成了森林中的景色。白色的花朵在低垂的樹梢上閃爍著微光。我朝著那些星星說：「這麼多精技流淌在這座城市裡，我卻完全不敢使用它。」

我沒有看琥珀脫下裙子，卸去臉上的妝容。一段時間之後，我感覺到有人坐到床沿上，那是穿著樸素長褲和襯衫的弄臣。他從桌上拿了一只茶杯。「你仍然不敢冒險幫助那些被龍碰觸過的人？甚至連輕微的疾患都不敢治療？比如覆蓋住眼睛的鱗片？」

我歎了口氣。用酒瓶頸輕輕敲了敲他的茶杯，以此來提醒他，然後向茶杯中倒了不少白蘭地。「我知道你說的那個人。他已經來找過我兩次了，一次是乞求我，一次帶來了金錢。弄臣，我不敢。我正在遭受精技的圍攻。如果我向它敞開自己，我就會徹底淪陷了。」我在床上挪了挪身子。他輕輕吮了兩口酒，讓茶杯空一些，然後躺倒在我身邊。我將酒瓶放在我們兩個中間。

「你完全不能聯絡蕁麻和晉責嗎？」他靠在我旁邊的枕頭上，將茶杯捧到胸前。

「我不能，」我重複了一遍，「你可以這麼想——如果有水潑進了我的船裡，我不會在船底鑽一個洞讓水漏出去，那樣只會讓海洋徹底將我吞沒。」弄臣沒有回話。我在床上轉個身，又說道：「我希望你能看到這個房間有多麼美麗。現在這裡正是夜晚，星星在天頂閃爍，牆壁變成了陰影中的森林。」我猶豫一下，這個話題需要慢慢進入，但該說的還是要說。「我為艾斯雷弗嘉感到哀傷。蒼白之女的士兵在那裡摧毀了那麼多美麗。真希望能看到它原先的樣子。」

弄臣沉默了許久，然後說：「普立卡經常會提到，當蒼白之女入侵艾斯雷弗嘉，將那裡據為己有的時候，那裡的美麗也被毀於一旦了。」

「那麼他在蒼白之女到來之前就去過那裡？」

「哦，很久以前就去過。他非常老了。當然，現在他已經不在了。」弄臣的聲音因為恐懼而變得黑暗。

「他有多老？」

弄臣發出一點笑聲。「非常古老，蜚滋。在冰華將自己埋葬之前，他就已經在那裡了。得知巨龍竟然要那麼做，他大吃了一驚。但他不敢反對冰華。那時冰華一心只認為自己必須融身於寒冰之中，死在那裡。普立卡到達艾斯雷弗嘉的時候，冰川已經覆蓋了大部分地區，還有少數幾個古靈在那裡活動，但他們的時間也不會很長了。」

「怎麼有人能活那麼久？」我問道。

「他是一名真正的白者，蜚滋，要比我出生的那個時代所有的白者都更加古早，血統更純粹得多。白者的壽命極長，而且非常難以被殺死。想要殺死一名白者或是永久地讓他殘廢，你必須費一番工夫，就像蒼白之女對我那樣。」他出聲地吮了一口酒，然後又傾過茶杯，喝了一大口，「他們在克拉利斯對我做的一切……那足以殺死你，蜚滋，或者任何其他人類。但他們知道我的極限，總是很小心地不會突破那個極限太遠。儘管我非常希望他們能殺死我。」他又喝了一口酒。

我終於開始探索我所關心的話題，卻不是以我所希望的方式。我已經能感覺到他的緊張了。我向周圍看了一眼，然後問道：「酒瓶在哪裡？」

「這裡。」他在身邊摸索了一下，把它交給我，我向杯中倒了一點酒。他也伸出茶杯，我隨意地再次倒滿他的杯子。

他皺起眉頭，甩掉沾在指尖上的白蘭地，吮了一口，讓杯中的酒不至於溢出來。片刻之間，我們都沒有說話。我數著他的呼吸，聽到他的呼吸聲漸漸變慢，愈來愈沉。

在我身邊的黑暗中，弄臣舉起自己戴手套的手。他將茶杯放在胸口上，小心地用另一隻手揪起手套的每一個指尖，將銀色的手指露出來，向一側轉動，又向另一側轉動。「你能看見嗎？」我好奇地問他。

「不能像你那樣看見，但我能察覺到它。」

「那樣做痛嗎？賽瑪拉說那會殺死你。火星告訴我，賽瑪拉是極少數幾個能夠使用巨龍之銀的古靈之一，對於巨龍之銀，她要比任何人都更加瞭解。而且就連她也還沒有能掌握舊日古靈的技藝。」

「真的？我倒是沒聽說過。」

「她一直在努力學習留存在這座城市中的智慧。但過於仔細地傾聽它們是危險的。機敏聽到這座城市在耳語。火星聽到它在歌唱。我已經警告他們要盡量避免與這些記憶被儲存的地方接觸。」說到這裡，我歎了口氣，「但我相信，他們至少都嘗試著體驗了一些這裡的記憶。」

「哦，是的。火星告訴我，這裡的一些年輕女僕閒下來的時候，就會跑到一尊古靈雕像那裡去，因為那尊雕像所表現的古靈，在當中儲存了許多關於性愛的記憶。麥爾妲和雷恩對此都很不以為然，當然，他們的反對是有原因的。多年以前，我聽到過一個關於庫普魯斯家族的傳聞——雷恩的父親曾經在一座被深埋的古靈城市中度過了很長時間，最終死在和這裡一樣的眾多石砌建築中。或者毋寧說他是完全沉浸在那些遠古巨石裡，結果他的肉體因為缺乏照管而死亡了。他們稱之為沉溺於記憶中。」他又端起茶杯吮了一口。

「我們稱之為沉溺於精技中。威儀．瞻遠。」我高聲說出這個久已失蹤不見的堂親之名。

「還有惟真，他的方式更戲劇化。他沒有沉溺於他人的記憶，而是化入巨龍之中，同時也帶走了他的所有記憶。」

我沉默了一段時間，思考著弄臣的話。我將酒杯舉到唇邊，停了一下，又說道：「曾經有一名鄉野女巫對我說，一切魔法都是相互關聯的——就像一個輪迴。人們也許能掌握它的這一段或者另一端弧光，但沒有人能全部得到。我得到了精技和原智，但我不能占卜。切德能夠占卜，或者說他過去可以。他從不曾完全向我承認過這一點，但我認為他有這種能力。吉娜能夠為人們製作護符，卻蔑視我的原智，認為它是骯髒的魔法……」我看著弄臣轉動銀色的手指，「弄臣，為什麼你要在手指塗上巨龍之銀？為什麼你還要更多？」

弄臣歎了口氣。他的另一隻手抖開手套，將沾有精技的手伸了進去，然後用雙手捧起茶杯。「為了得到魔法，蜚滋。為了能夠更加容易使用精技石柱、能夠再一次塑造木材，就像我以前那樣。能夠在碰到某人或某物的時候就徹底瞭解他，就像我以前那樣。」他深深吸了一口氣，長歎一聲，「當他們折磨我的時候……當他們剝下我手上的皮膚……」他的話音停了一下。他慢慢地吮了一口白蘭地，用一種淡然的口氣說：「當我的手指上沒有精技的時候，我想念它。我想要回它。」

「賽瑪拉說這會殺死你。」

「對於惟真和水壺嬸，這意味著緩慢的死亡。他們明白這一點，所以他們盡全力雕鑿巨龍，在精技殺死他們之前就進入到巨龍之中。」

「但你的手指上帶著巨龍之銀活了許多年。」

「你的手腕上也在多年前就留下了我的指紋，你並沒有因此而死。麥爾妲也沒有因為我碰到她的脖頸而死。」

「為什麼？」

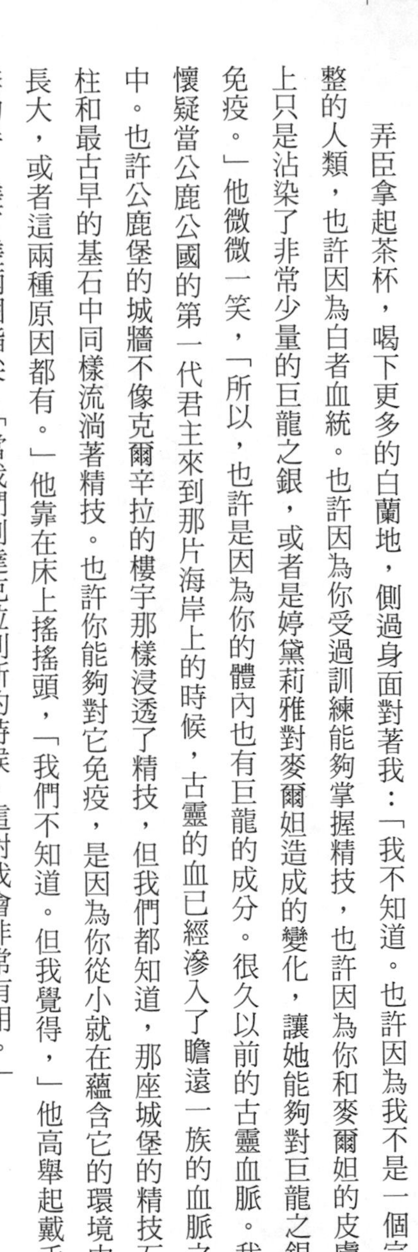

弄臣拿起茶杯，喝下更多的白蘭地，側過身面對著我：「我不知道。也許因為我不是一個完整的人類，也許因為白者血統。也許因為你受過訓練能夠掌握精技，也許因為你和麥爾妲的皮膚上只是沾染了非常少量的巨龍之銀，或者是婷黛莉雅對麥爾妲造成的變化，讓她能夠對巨龍之銀免疫。」他微微一笑，「所以，也許是因為你的體內也有巨龍的成分。很久以前的古靈血脈。我懷疑當公鹿公國的第一代君主來到那片海岸上的時候，古靈的血已經滲入了瞻遠一族的血脈之中。也許公鹿堡的城牆不像克爾辛拉的樓宇那樣浸透了精技，但我們都知道，那座城堡的精技石柱和最古早的基石中同樣流淌著精技。也許你能夠對它免疫，是因為你從小就在蘊含它的環境中長大，或者這兩種原因都有。」他靠在床上搖搖頭，「我們不知道。但我覺得，」他高舉起戴手套的手，搓了搓兩個指尖，「當我們到達克拉利斯的時候，這對我會非常有用。」

「那你為什麼還要得到兩瓶巨龍之銀？」

「說實話，我是為了一個朋友才提出這個請求的。我希望大幅度拓展他的生命。也許還能讓他欠我一個人情。」

我給自己倒了一些白蘭地，又重新倒滿他的茶杯。我們各自喝了一口。「我認識這個朋友嗎？」

他大聲笑了起來。聽到這暌違已久的笑聲，我也露出微笑，儘管我還不知道他為何而笑。

「不，你還不認識他，但你會的。」他用淡金色的眼睛看著我，我感覺到他能看見我，「你也許會發現，你們有許多共同之處。」他又笑了起來，這一次的笑聲又多了一點放蕩。我沒有再問下去。我知道，不要期待弄臣會明確地回答一個問題。而讓我吃驚的是，他突然問我：「你難道從未考慮在你的手指上沾一點精技？」

「不。」我想到了惟真。他的手和前臂都裹滿了巨龍之銀，這讓他無法擁抱，甚至無法碰觸他的愛人。我回憶起一根蕨草或者一片樹葉擦過弄臣以前在我手腕上留下的指印，讓我完完全全地感知到它，那時我又是多麼倉皇失措。「不，精技給我的麻煩已經夠多了，我不打算讓自己對它更沒有抵抗力。」

「但你在許多年中一直留著我的指紋。當我除去它們的時候，你非常不安。」

「是的。因為我想念這一點和你的聯繫。」我吮了一口白蘭地，「你是如何將它們從我的皮膚上除去的？你怎麼能夠將精技召回你的指尖？」

「我只是能那樣做而已。你能告訴我你是如何技傳，找到蕁麻的嗎？」

「你不會明白的，除非你也有精技。」

「就是這樣。」

一段時間裡，寂靜落到了我們兩個之間。我豎起自己的牆壁，感覺到這座城市的竊竊私語變成輕微的呢喃，又漸漸消失，被愜意的靜謐所取代。片刻之間，我的心中充滿安寧。但負罪感立刻湧上，充塞在曾經被這座城市的噪音所佔據的我的內心中。安寧？我徹徹底底地辜負了蜜蜂，我有什麼權利享受安寧？

「你想讓我把它們召回來嗎？」

「什麼？」

「你手腕上的指紋。你想讓我把它們召回來嗎？」

我短暫地想了一下。我想嗎？「上一次，我非常不希望你抹去它們。那麼這一次呢？我害怕如果你將手指按在我的手腕上，我們都會滾滾洪流沖走。弄臣，我告訴過你，我一直感覺自己在受到魔法力量的圍攻。我最近一次和精技的接觸讓我變得非常虛弱。我想到了切德，想到他在最近這幾個月中的衰竭。如果我突然也變成那樣呢？記不住任何事情、無法有條理地思考。我不能讓這樣的事情發生。我必須保持精神集中。」我吮了一口酒，「我們——我——有任務要完成。」

弄臣沒有回應。我盯著天花板，但從眼角的餘光中，我看到他喝光了茶杯中的酒。我將酒瓶遞給他，他為自己倒了更多。現在問應該是最合適的：「那麼，和我說說克拉利斯。那座島，那座城市，那個學校。我們該如何進去？」

「我要進去不是問題。只要我提出一個他們認得的身分，他們就會迫不及待地將我抓回去，完成先前已經開始的事情。」他試著想要笑，卻突然陷入了沉寂。

我不知道他是否嚇到了自己。於是我試著找一個話題讓他分心。「你的氣味很像她。」

「什麼？」

「你的氣味很像琥珀。這有一點讓人不安。」

「像琥珀？」他將手腕舉到鼻子前嗅了嗅，「幾乎沒有一點玫瑰油的痕跡，你是怎麼聞到的？」

「我想我的體內還有一點狼的痕跡。而且你通常都是沒有任何氣味的。哦，如果你很髒，我就會嗅到你皮膚和衣服上的汙漬。但我嗅不到你本身。夜眼有時候會稱呼你沒有氣味的人。牠覺得這非常奇怪。」

「我已經忘記了。夜眼。」

「敬夜眼。敬舊日的朋友。」我說著，舉起酒杯一飲而盡。他也是依樣照做。我立刻重新倒滿他的杯子，與他碰了一下酒杯。

我們全都沉默了一段時間，回憶我的狼。但這是完全不同的另一種沉默。弄臣清清喉嚨，像教授公鹿公國歷史的費德倫一樣說道：「在遙遠的南方，再向東方，在大海的彼岸就是我原來所在的地方。我出生在一個務農維生的小家庭中。我們的田地很好，流經那片土地的溪水極少乾涸。我們養了鵝和綿羊，母親會紡羊毛，紡出的線由我的父母染色之後，將它們織成布。很久以前的那段時光就像是一個古早的故事。我出生時，母親已經有些年紀，我長得很慢，就像蜜蜂一樣。但他們一直養育著我，我和他們一起生活了許多年。當他們老了，便帶我去克拉利斯的僕人那裡。也許是認為自己太過老邁，無法再照顧我了。他們告訴我，我必須成為命中注定的那個人，他們擔心已經將我羈留在身邊太久，這會妨礙我完成自己的使命。在世界的那個角落裡，所有人都知道白色先知的傳說，只是並非所有人都相信。

「我出生在大陸上，在梅森尼亞，但我們從一個島嶼旅行到另一個，最終才到達克拉利斯。那是一座非常美麗的城市，它所在的大島古代語名字是科爾斯，現在則被稱為克拉利斯。一些人稱它為白島。在那裡的海岸和周圍幾座小島的海灘散布著許多巨大的骨頭。它們是那麼古老，甚至已經變成了岩石。我親眼見過。一些這樣的石化骨骼還被用來修築克拉利斯的城牆。在僕人出現之前，克拉利斯就已經是一座築壘城市了。曾經有一座狹長半島一直延伸到克拉利斯城堡。但在克拉利斯修建城堡的人削去了這座半島，只留下一條狹窄的堤道與它連通。這條堤道會在漲潮的時候消失，在落潮時才會重新出現。而且堤道的兩端全都修築有高大工事，由重兵守衛。誰能出入克拉利斯，完全由僕人們決定。」

「所以他們是有敵人的？」

弄臣又笑了。「我從未聽聞他們這樣做只是為了控制商業貿易。朝聖者、商人和乞丐——克拉利斯會吸引各種各樣的人。」

「所以我們應當從海上靠近那裡，在夜晚乘一艘小舟過去。」

弄臣搖搖頭，又喝了一口白蘭地。「不。那座城市高聳的塔樓上隨時都駐守著優秀的弓箭手。許多石柱都朝向海面豎立，一到晚上，那些石柱頂端的燈盞就會被點燃，將黑夜照亮。要從海上靠近那裡是不可能的。」

「繼續。」我歎了口氣說道。

「就像我告訴過你的那樣。那裡有各種人物進出。來自於遙遠港口的商人、急於知曉未來的香客，希望成為白者僕人的普通人，還有想加入衛隊的傭兵。我們會在白晝裡藏身在那些人當中，沒有人會注意你。你能夠與那些尋求財富或幸運的人混雜在一起，趁著每天的低潮從堤道進入城堡。」

「我更願意在黑暗中潛行進去。」

「可能也有這樣的辦法，」弄臣承認，「堤道下方有一條古早的隧道。我不知道這條隧道兩端的出入口在哪裡。我告訴過你，一些年輕的白者將我從那裡的祕密地帶了出來。」他搖搖頭，喝了一大口白蘭地，語帶苦澀地說：「我以為他們是朋友。但我現在不得不懷疑，他們是否在為四聖效勞。我認為他們釋放我就像是打開籠子放出一隻信鴿，知道這隻信鴿會飛回家。我很害怕他們早已料到我的行動，那麼，便同樣會預見我將要回去，並為了應對而做好準備。蜚滋，我們要做的事會打亂他們計畫中的每一個未來。他們對此一定已經有了許多預兆之夢。」

我轉頭看著他。他正露出奇怪的微笑。「當你第一次從死亡中將我帶回來時，我告訴你，我活在一個從未遇見過的未來裡。我從不曾夢過任何發生在我死亡之後的事情。我知道，我的死是注定的。當我和普立卡一同回到克拉利斯時，我沒有做任何夢。我確信我作為白色先知的時代結束了。難道我們不是已經獲得了我們能夠想像的一切嗎？」

「我們做到了！」我高呼一聲舉起酒杯，「敬我們自己！」我們一同喝下杯中的酒。

「隨著歲月流逝，我的夢卻又回來了，只是斷斷續續並不連貫。當灰燼餵我服食了龍血，我的夢就如同洪水一般奔湧回來。那些是充滿力量的夢。各種幻景警告著會有巨大的異變發生。蜚滋，我兩次夢到一個毀滅者來到克拉利斯。那就是你，蜚滋。但如果我夢到了這件事，那麼就會有其他人也夢到了。僕人們也許早就預料到了我們的行動。他們甚至也許是故意促使我回去找他們，還帶著我的催化劑。」

「那麼我們就必須確保他們不會看見你。」我違心地裝出一副樂觀情緒。一名刺客得到最糟糕的訊息，就是他的目標已經有所準備。這時，我問出了一個已經好奇了很久的問題：「弄臣，當我們改變世界，依照你的話，將它帶入『更好的軌道』的時候……你怎麼知道我們應該或不應該做什麼？」

「嚴格來說，我不知道。」弄臣重重地歎了口氣，「我在我想要的未來中看見過你。但並不是經常如此。一開始，你似乎很難存活。所以我的第一個任務就是找到你，讓你盡可能長久地活下來，創造出更大的可能性，讓你存在於更有可能實現的未來中。你明白我的意思嗎？」我不明白，但我贊同地點了一下頭，「所以，如果要保護一名私生子活下來，我就必須找到一個強有力的人，讓他成為我的盟友。於是我在黠謀國王的腦海中植入一個想法，讓他認為你在未來會非常有用，不應該任由帝尊毀掉你，否則他就不可能讓你變成一件有用的工具了。」

我回憶起帝尊第一次見到我時所說的話，不由得說道：「不要做你不能做的事，但只有在你做過之後，才會明白什麼是不能做的。」

「差不多就是這樣，」弄臣打了個嗝，然後又笑著說：「哦，黠謀國王，我從未預見過自己會那樣在意他，更沒有預見到他會那樣喜愛我，還有你，蜚滋！」他打了個哈欠，又說道：「但他的確是那樣。」

「那麼，我們能做些什麼，使他們不太可能預料得到？」

「我們可以不去。」

「是的，但我們還是必須去。」

「我們可以等到二十年以後再去。」

「我那時可能已經死了，或者非常老了。」

「確實。」

「我不想把其他人也牽扯進來。機敏和那兩個孩子對此沒有責任。我根本希望你不要來，更別說他們了。我希望在繽城，我們能把他們送上一艘回家的船。」

弄臣搖搖頭，對這個方案不以為然。然後他問道：「你認為你能把我也丟下嗎？」

「我希望可以，但恐怕我必須帶著你，讓你幫我找到進去的路。弄臣，你實在是太有用了。和我說說那條隧道。它也有人守衛嗎？」

「我認為沒有，蜚滋。對於它的情況，我幾乎沒什麼可以告訴你。那時我雙目失明、精神崩潰。我甚至不知道那些帶我出去的人是誰。當我意識到他們在移動我的時候，我還以為他們是要帶我去地牢最底層的化糞池。那是一個骯髒的地方，永遠都充滿了汙穢和死亡的臭氣。城堡中的所有廢水汙物都會流進那座地下大坑中。如果你受到了四聖的厭惡，他們就會將你的屍體碎塊扔進那裡。每天兩次，漲潮的海水都會淹沒那個大坑，大量海水從城牆下衝進去。當海潮退去時，就會帶走那裡的垃圾、糞便和他們認為不值得養育而被勒死和丟棄的嬰兒……」

弄臣的聲音變得沙啞：「我以為他們要帶我去那裡，切碎我，扔進垃圾堆中。但是當我開口呼喊的時候，他們叫我不要出聲，告訴我他們是來救我的。然後他們將我捲進一條毯子裡，把我抬了出去。當我有意識的時候，我能聽到滴水的聲音，嗅到海洋的氣息。他們抬著我下了一段臺階，走了很長一段路。我嗅到油燈。然後又轉而向上，最終走出地面，來到一片山坡上。我嗅到了綿羊和潮濕的青草。那一路的顛簸讓我痛得厲害。我們又在崎嶇的道路上走了很長時間。我繼續承受著顛簸的苦楚，直到一座碼頭。他們將我交給了一艘船上的水手。」

我將他給我的這一點資訊全部儲存在腦海中。堤道下的一條隧道，最終是一片牧羊的草場。這沒有多少用處。「他們是誰？會願意幫助我們嗎？」

「我不知道。即使是現在，我也無法清楚地回憶起那時的細節。」

「你必須回憶起來。」我對他說。我感覺到他的畏縮，便擔心自己有些太過分了。我用更加溫和的口吻說道：「弄臣，你是我擁有的一切。而我需要詳細瞭解那所謂的『四聖』。我必須知道他們的弱點、愛好、朋友，還有他們的習慣、缺陷，他們的日常活動和欲望。」

我等待著。弄臣一直保持著沉默。我又試了另一個問題：「如果我們只能選擇殺掉一個人，你最希望哪一個人死？」弄臣繼續沉默著。片刻之後，我低聲問：「你還醒著嗎？」

「醒著，是的。」聽起來，他比剛才更加冷靜，「蜚滋。你和切德就是這樣的嗎？你們兩個就這樣進行商討，計畫著每一次殺戮？」

我不想討論這件事。這太私密了，我甚至不想將它告訴弄臣。對於莫莉，我也從不曾提起。唯一見證過我重操舊業的只有蜜蜂。我清了清嗓子：「今晚就這樣吧，弄臣。明天我會向守護者們要來紙筆，這樣我們就能按照你的記憶繪製那座城堡的結構。今晚，我們要睡了。」

「我沒辦法睡著。」

他的聲音中帶著絕望的哀傷。我已經將他所埋藏的一切都挖了出來。我將酒瓶遞給他。他就著瓶口直接喝了起來。我拿過酒瓶，也這樣喝了一口。我也很難睡得著。我沒有打算讓自己喝醉。酒精本來是我的一種手段、一個詭計，用來誘騙我的朋友。我喝了更多的酒，喘了口氣，「你在那裡有朋友嗎？在那道城牆裡面？」

「也許。我最後一次見到普立卡的時候，他還活著。但就算是他活到了現在，也肯定是一名囚徒了。」停頓片刻之後，他又說道：「我會盡力將那裡的一切狀況想清楚，告訴你。但蜚滋，這很難。有一些事我的確回憶不起來了。那些事只會在噩夢中再找上我……」

他陷入沉默。從他的口中挖出情報，就好像從傷口中挖出碎骨一樣殘忍。

「當我們離開艾斯雷弗嘉，返回克拉利斯的時候？」他突然問道，「那是普立卡的主意。那時我還沒有從過去所發生的一切中完全恢復過來，對於規劃自己未來的道路，我只覺得心有餘而力不足。他一直都想回克拉利斯去，這種渴望已經在他的心中縈繞了許多年。對於那個地方的回憶，他和我完全不同。他來自於一個僕人尚未腐化墮落的時代。在他的時代中，僕人仍然忠心耿耿地侍奉著白色先知。當我將自己的經歷告訴他，讓他知道我曾經受到過怎樣的對待，他大吃了一驚。這反而讓他更加堅定了回去的決心。他說我們必須回去，必須將那裡的一切撥亂反正。」

弄臣的身子突然動起來。他用雙臂抱住自己，向前縮起肩膀。我向他翻過身。在穹頂星辰灑下的微光中，他看上去非常衰老又瘦弱。「我被他說服了。他那時……我希望他現在依然是那樣……非常慷慨而仁慈，蜚滋。就算已經見到了埃麗絲多所做的一切，他還是無法相信現在的僕人早就成為了貪婪和憎恨的奴隸。」

「埃麗絲多？」

「就是你所認識的蒼白之女。」

「我不知道她還有別的名字。」

一抹淡淡的微笑彎曲了弄臣的嘴唇。「你以為她從小就被稱作蒼白之女了？」

「我……嗯，不。我從沒有想過這個問題。你一直都稱她為蒼白之女！」

「是的。這是一個古早的傳統，或者也許是一種迷信。如果你不想引起什麼東西的注意，就絕對不要直呼其名諱。也許這種習慣可以追溯到巨龍和人類共同生存的時期。婷黛莉雅就不喜歡人類知道牠的真名。」

「埃麗絲多。」我輕聲說道。

「她已經不復存在了，即便如此，我還是會避免提及她的真名。」

「她早就死了。」我想起最後見到她的樣子——她的手臂變成了兩根凸出黑色斷骨的殘肢，頭髮散落在臉上，一切虛偽的美麗都消失了。我不想再去回憶那一幕。當弄臣再次開口時，我很慶幸他的聲音變得柔和。

「我和普立卡最初返回克拉利斯時，僕人們全都……很驚愕。我告訴過你，那時我有多麼虛弱。如果不是那樣，我會更加謹慎。但普立卡心中只期待著和平與安慰，還有返回家園的驚喜。我們一同走過堤道。所有見到他閃閃發光的黑色皮膚之人，都知道他是誰：一位完成了自己畢生工作的先知。我們走進城堡。他拒絕再等待。我們徑直進入了四聖的覲見廳。」

我在昏暗的光線中看著弄臣的臉。他想要露出微笑，但笑紋很快就褪去了。「他們一時都瞠目結舌，也許是被嚇到了。普立卡明白地向他們宣布，他們的偽先知已經死了，我們將冰華帶回到這個世界上。他說話的時候毫無畏懼。」弄臣轉向我，「一個女人尖叫一聲跑出房間。我不確定那是誰，不過我覺得應該是德瓦利婭。那時她得知了蒼白之女的手是如何被吞噬，她如何死在寒冷、飢餓和冰凍之中。埃麗絲多一直都很鄙視我。在那一天，我又贏得了德瓦利婭的恨意。

「但四聖馬上就為我們舉行了一場名副其實的歡迎盛宴。在極盡精美的筵席中，我們和他們一同坐在高臺上，欣賞各種餘興節目，美酒和美女輪番被送到我們面前。在他們想像中能夠讓我們高興的一切東西都被獻上。我們得到萬眾的歡呼，彷彿是勝利歸來的英雄，而不是兩個將他們計畫中的未來摧毀殆盡的敵人。」

又是一陣沉默。弄臣喘了一口氣。「他們很聰明，求我將做過的一切事情都詳細記錄下來。當然，沒有人會覺得這有什麼不妥。他們為我指派了書記員，準備了最好的紙張、上等墨水和筆，讓我能夠專心寫下在這個廣闊世界中所經歷的一切。普立卡則被尊為全部白者中最年長的長者。」

弄臣停止了敘述。我以為他是在打瞌睡。我喝的白蘭地遠沒有他多。我的詭計有些成功過頭

了。我從他鬆開的手中拿走茶杯，輕輕放在地上。

「他們為我們準備了華麗的房間。」弄臣終於繼續說下去，「有治療師照料我。我恢復了體力。他們是那樣謙恭，因對我的懷疑而深表歉意，虛心地向我討教。他們問了我那麼多問題……有一天，我意識到，儘管回答了許多問題，承受了種種恭維，我還是成功地……隱瞞了你的作用。在我的講述中，你從一個人變成了幾個人：一名馬僮、一名私生王子、一名刺客。我在他們面前隱藏了你，讓你變成我的一個無名催化劑。我終究還是無法信任他們。我從未忘記、也沒有原諒他們對我的虐待和羈押。

「普立卡也對他們有著種種憂慮。他親眼看到蒼白之女對艾斯雷弗嘉的多年統治，看到她如何用各種禮物取悅自己的催化劑科伯．羅貝——白銀項鍊、鑲嵌寶石的黃金耳環，這說明她擁有大筆財富。正是克拉利斯的財富，讓她能夠將這個世界推到他們所謂的真實之道上。蒼白之女不是擁有自我意志的先知，而是受命於僕人、實現僕人意志的使者。她要摧毀冰華，終結讓這個世界得回巨龍的最後希望。普立卡問我，為什麼他們會歡迎兩個毀掉了他們計畫的人？」

「我們開始認真思考這個問題。我們一致同意，絕不能向他們提供任何能夠指向我的線索。普立卡推測他們正在尋找所謂的連接點——曾經幫助我們改善這個世界未來的地點和人。按照他的推測，僕人能夠再利用同樣的地點和人，將世界拉回到他們想要的『真實之道』上。普立卡認為你是一個非常強大的連接點。我們必須保護你。那時，四聖仍然將我們待為上賓。我們享有最好的一切，並能在城堡和市鎮中自由行動。就在那時，我們派出了最初的兩名信使。他們的任務是找到你並向你發出警告。」

我竭力轉動著自己模糊的頭腦。「不，那個信使說你想讓我找到意外之子。」

「那是後來的信使了，」弄臣輕聲說，「是我在很久以後派出的信使了。」

「你以前一直都說，我是意外之子。」

「我曾經是那樣以為的。普立卡也是如此。你一定還記得他是多麼真誠地建議我們分開，以免我們在不經意間，合力對這個世界造成意料之外的改變——既無法預期，也不能控制的改變。」他不自在地笑了兩聲，「終究還是發生了。」

「弄臣，別人如何看待這個世界、認為它有如何的未來才會更好，我都不關心。僕人毀掉了我的孩子。」我朝著黑暗說道，「我只要他們沒有未來。」我在床上動了一下，「你什麼時候開始認為我不是意外之子？如果那些預言不是關於我的，那我們在一起都做了什麼？如果我們一直在受到你的夢境的指引，而我卻不是你夢中預言的那個人……」

「這也一直讓我感到困擾。」弄臣重重地歎了口氣，我感覺到他的氣息吹到了我的臉上，「預言之夢全都是一個個謎語，蜚滋。是需要我們破解的謎團。你經常責備我直到事後才說明它們的意思，甚至任意曲解，讓它們和現實相符。那麼關於意外之子的預言呢？對這件事，我做過許多夢。我並沒有全部告訴你。在一些這樣的夢中，你頭上生出了鹿角。在另一些夢裡，你發出狼一樣的長嚎。這些夢說你將來自於北方，來自於白色皮膚的母親和深色皮膚的父親。所有這些預言都符合你的情況。我曾經認為這些夢都證明了我幫助的私生王子正是意外之子。」

「你幫助我？我還以為我是你的催化劑。」

「你是我的催化劑。不要打斷我。就算你不打斷，我都已經很難把這件事說清楚了。」弄臣又停頓一下，提起了酒瓶。他鬆開手時，我在酒瓶落下之前抓住了它。「我知道你是意外之子。我從骨子裡知道。但他們堅持你不是。他們嚴重地傷害了我，讓我已經無法相信自己所知道的一切。蜚滋，他們扭曲了我的意識，就像他們讓我的骨頭變形。他們說，一些克拉利斯血統白者仍然會夢到意外之子。在那些夢中，意外之子變成了黑暗的復仇者。他們說，如果我實現了那些預言，這樣的夢就不會繼續，但它們的確又出現了。」

「也許這些夢中所說的仍然是我。」我塞住酒瓶，小心地將它放在地上，然後將我的酒杯放到它旁邊，翻過身面對著弄臣。

我說這句話本來只是想開個玩笑。但弄臣猛吸了一口氣，讓我知道這對他毫無幽默可言。「但……」他想要反對，卻又閉上了嘴。他突然向前低下頭，幾乎撞到我的胸口上。就像是害怕說出這些話的聲音太大一樣，他悄聲對我說：「那麼他們就會知道。他們一定會知道。哦，蜚滋。他們真的來了，並且找到了你。但他們卻劫走了蜜蜂，同時他們認為已經找到了意外之子。他們曾經宣稱，那些夢已經確定他們會找到意外之子。」在說到最後幾個字的時候，弄臣完全哽咽了。

我將手放在他的肩膀上。他在顫抖。我低聲說道：「所以他們才會找到我。我們會讓他們為此而後悔萬分。你不是對我說過，你夢到我是毀滅者嗎？這才是我的預言：我會毀滅那些毀滅了我的孩子的人。」

「酒瓶在哪裡？」弄臣的聲音中帶著極度的氣餒。我決定待他好一些。

「我們已經喝光了，也說夠了。睡覺吧。」

「我不能。我害怕做夢。」

我喝醉了，所以話語不由自主地從口中冒出來。「那就夢到我，夢到我殺死了四聖。」我發出愚蠢的笑聲，「我會有多麼高興能殺死德瓦利婭啊。」我深吸了一口氣，「現在我明白了，你為什麼會因為我從蒼白之女身邊走開而生氣。我知道她會死。但我明白了你為什麼希望我殺死她。」

「你那時正抱著我。我死了。」

「是的。」

我們全都沉默了一段時間，回憶那一刻。我已經有很長時間沒有喝這麼醉了。我開始放任意識溜走。

「蜚滋。我的父母將我留在克拉利斯時，我還是一個孩子。那時我需要有人照料、保護我，但沒有人那樣做。」他的聲音一直都受到謹慎的控制，現在卻充滿了落淚的感覺，「為了找到你，我第一次逃出克拉利斯，前往公鹿堡。我必須做一些事，必須承受一些事——所有這一切都是為了能夠到達公鹿公國，找到你。」他在喘息中啜泣著，「那時，我遇到了黠謀國王。我本來只希望操縱他、實現我的目的——讓你活著。我變成了僕人教我變成的那種人——冷酷又自私，

只憑自己的意志擺布人和事。我來到他的王庭，衣衫襤褸，腹中空空，隨身只有一封大部分墨水都已經被沖掉的信，上面說明我是一件被送給他的禮物。」

他吸了吸鼻子，用手臂抹了一下眼睛。我的眼中充滿了為他湧出的淚水。「我翻倒在地上，揚起頭，用雙手支撐身體前行。我以為他會嘲笑我。只要能夠借助他贏得你的生命，我已經準備好讓他對我為所欲為。」他高聲抽噎起來，「他……他命令我停下。帝尊那時正在他的王座旁，因為像我這樣的怪物竟然被放進了王座大廳而驚恐萬分。但黠謀呢？他命令一名衛兵：『帶這個孩子去廚房，讓裁縫找些合適他的衣服，還有鞋。讓他穿好鞋。』

「他的命令都得到執行。我卻因此心生警惕！哦，我不信任他。卡普拉一直教導我要畏懼他人沒來由的和善。我一直在等待著毆打、等待著命令。當他對我說，我可以睡在他臥室中的壁爐邊時，我相信他會……但他的本意和言語一樣簡單。當欲念王后不在的時候，我就是他晚上的同伴，為他變戲法、講故事、唱歌，然後睡在壁爐邊。早晨他起床的時候我也起床。蜚滋，沒有理由對我這樣好，完全沒有。」

他發出了一陣陣哭聲。他為自己內心築起的牆完全塌陷了。「他保護了我，蜚滋。他用了幾個月時間才贏得我的信任。但沒過多久，每當欲念王后出外旅行時，我睡在他的壁爐旁，都會感到安全。我感到很安全。」他又揉搓了一下雙眼，「我想念那個時候。非常想念。」

我想，我做了任何人都會為朋友做的事，尤其是當我們兩個都喝醉的時候。我也回憶起博瑞屈，想起他的力量是如何庇護兒時的我。我伸手抱住弄臣，拉近他。片刻之間，我感覺到一種無法承受的連結。我挪開手，動動身子，讓他的臉能枕在我的襯衫上。

「我那時就感覺到了。」他虛弱地說。

「我也是。」

「你應該更小心一些。」

「我的確應該更小心。」我向他豎起精技牆。我希望自己不必如此。「睡吧，」我對他說，做出了一個連我自己都懷疑是否能夠遵守的承諾：「我會保護你。」

他最後抽泣了一聲，用手腕擦擦眼睛，深深歎了一口氣，然後伸出戴手套的手勾住我，手腕勾手腕，是戰士之間的致敬禮。一段時間之後，我感覺到他癱軟在我身上，也鬆開了我的手腕。我則依舊握住他的手。

保護他。我還能保護自己嗎？我有什麼權力給他這樣蒼白無力的承諾。我未能保護蜜蜂，難道不是嗎？我深吸一口氣，在心中想著她。不是那種對甜蜜時光的淺薄遐想，而是我的全部心神都回到了久遠的過去。我想到她的小手握住我的手指，回憶起她在麵包上塗抹厚厚的奶油、雙手握住茶杯的樣子。我讓一陣陣痛楚衝擊自己，在新鮮的刀傷上撒下鹽粒。我回憶她在我肩頭的重量，她抓住我的頭穩定住身體。蜜蜂。那麼小。屬於我的時間是那麼短暫。現在她走了，就這樣走了，永遠失落在精技的洪流中。蜜蜂。

弄臣發出一點痛苦的聲音。片刻之間，他的手握緊了我的手腕，然後又鬆落下去。

一段時間裡，我注視著虛幻的夜空，又低垂下醉眼看著他。

乞丐

一個如此短暫卻又色彩燦爛的夢，讓我無法忘懷。這個夢很重要嗎？我的父親正在在和一個有兩顆頭的人交談。他們完全沉浸在彼此的對話中，無論我如何大聲喊叫，他們也不回應。在那個夢裡，我說：「找到她，找到她。現在還不太晚！」在那個夢裡，我是一頭霧氣形成的狼。我發出一聲又一聲的嚎叫，但他們不曾回頭看過我一眼。

——《蜜蜂．瞻遠的夢境日誌》

我從未如此孤獨、飢餓。甚至狼父親也不知道我應該做什麼。我們要找到一片森林。在那裡，我能教導妳成為一頭狼，就像妳父親教我的那樣。

這片廢墟佔地非常廣闊，到處都是被熏黑和融化的石頭。一些方形大石塊的邊緣凹陷消失，就如同在太陽下化開的冰塊。我必須手腳並用爬過一堵堵倒塌的牆壁。一路上，我都很害怕自己會落進岩石的裂縫中。我找到兩塊靠在一起的大石頭，爬進這兩塊石頭中間的縫隙裡，蜷縮在陰

影中，竭力聚集我的思緒和力氣。我需要躲開德瓦利婭和其他人。我沒有食物，也沒有水；但身上有衣服，衣兜裡有一根蠟燭，潮濕的披巾和羊毛帽子都在上一次遭受毆打的時候丟掉了。我該如何返回公鹿公國？或者該說，我該如何到達六大公國的邊境？我能走回家嗎？恰斯國的環境很嚴酷。熱量會直接從這裡的土地中湧出。這裡有沙漠。我似乎還記得……有一連串低矮的山脈。我搖搖頭。這沒有用。我的肚子在叫嚷著要求食物，我的嘴在不停告訴我它有多麼乾燥，這些都讓我的神智無法正常運作。

那一整個下午，我都躲藏著，專注地傾聽周圍的動靜，卻完全沒有聽到德瓦利婭和其他人的聲音。也許她已經離開了這片亂石廢墟，也許文德里亞再一次控制住那個恰斯人的意志，讓他完全服從德瓦利婭的命令。他們會幹什麼？也許是進入城市，或者去科爾夫的家。他們會來找我嗎？這麼多問題，卻一個也沒有答案。

隨著夜色臨近，我尋路走過這座城市中一片被龍焰燒毀的地區。曾經華美高大的房屋沒了屋頂，只剩下殘破的牆壁，窗口和門口只剩下黑色的窟窿。這裡的街道上幾乎看不到什麼堆積的礫石。拾荒者和清潔工一直在這片廢墟中工作。許多牆壁上都有石塊缺損。高大的野草和矮小的灌木就從這些缺口中生長出來。走過一個花園倒塌的圍牆，我終於在一座爬滿苔蘚的噴泉池中找到了水。我用雙手舀起水，努力地喝著，又潑在臉上。在我洗手時，被擦傷的手腕傳來一陣陣疼痛。我將叢生的灌木推到一旁，尋找一個能夠過夜的地方。當我走過一片草叢時，嗅到了被踩破的薄荷氣味。我吃了一些，只是為了讓肚子裡能有一點東西。我的指尖又識別出雨傘狀的旱金蓮葉片。我撕下滿把旱金蓮，塞進嘴裡。在一片掛滿藤蔓的柵欄後面，找到了一座被遺棄的房子。

我爬過一個低矮的窗口，抬頭望向屋頂。我看見了天空。今晚會是晴朗寒冷的一天。我找到一個碎石不算多，並且還有一部分屋頂遮蓋的角落，縮進黑暗中，蜷起身體，就像一隻流浪狗。我閉起眼睛，很快便睡了過去。夢境斷斷續續地出現在睡眠中。我在細柳林喝著茶、吃著麵包。父親將我扛在肩頭。我醒過來，哭泣不止，在黑暗中將身體縮得更緊，竭力思考一個能讓我回家的計畫。我身下的地板很硬，肩膀還很痛，肚子也是，不僅是因為飢餓，還因為被踢了許多次。我摸了摸耳朵。血凝結在耳朵周圍的頭髮上。我的樣子也許很嚇人，就像我在水邊橡林要幫助的那名乞丐一樣。所以，到了明天，我就會成為一個乞丐女孩，要不惜一切代價取得食物。我背靠在牆壁上，把身子蜷得更小。我睡得很不安穩。那個晚上其實不算很冷，但對於睡在室外，身上只有一些破爛衣服的我來說就不一樣了。

當太陽升起，我看見了一片白雲掠過的藍天。我全身僵硬，又餓又渴，孤身一人，但我是自由的。一種奇怪的氣味飄散在空氣中，其中還夾雜著城市中烹飪灶火、下水道和馬汗的氣味。是退潮，狼父親悄聲對我說，波濤退去時海洋的氣味。

我攀上這幢房子殘存的石牆，眺望周圍的情況。

我身處一座低矮山丘上，周圍是一片寬闊的山谷，隱約能看到下方城市周邊有一條河。在我身後，各種房屋建築和道路如同大片傷口上結出的痂殼，覆蓋在地面上。煙氣從數不清的煙囪中冒出來。在靠近城市的地方，褐色的細碎波浪環繞著許多停泊的船隻。一座海港。我以前就知道

這個詞，但現在才真正看懂了它的意思。這是一片受到庇護的水面，兩條陸地如同相對伸出的食指和拇指。這座海港以外還有更大的水面，一直延伸到天邊。我經常聽說深藍色的大海，卻又很難理解吟遊歌者描述的那種綠色和藍色，還有銀色、灰色和黑色交融在一起的水面。吟遊歌者們還總是會歌頌大海的誘惑，我卻對此毫無感覺。那一片水看上去遼闊、空曠又危險。我轉過身不再看它。在城市的遠方是低矮的黃色山丘。「他們沒有森林。」我悄聲說道。

啊，怪不得恰斯人會是那種樣子。狼父親回答道。透過我的眼睛，牠審視著一片遍布房舍和鵝卵石街道的土地。這是另一種不同而又危險的荒野。恐怕在這裡，我對妳沒有什麼用處。小心前行。一定要非常小心。

恰斯國醒了。下方的城市中也能看到一條條被摧毀的狹長痕跡。不過巨龍們的怒火還是集中在宮殿廢墟所在的這片區域。科爾夫說這裡是大公的宮殿。各種記憶在我的腦海中呈現出來。我曾經在父母親交談時聽過這場毀滅。克爾辛拉的巨龍來到恰斯國，攻擊了這座城市。年老的大公也死在這一役中。他的女兒繼位成為恰斯女大公。沒有人還能記得在此之前有哪個女人曾經統治過恰斯國。我的父親曾經說：「我懷疑恰斯國不會就此太平。不過至少他們現在要忙著進行內戰，不會再來打擾我們了。」

但我沒有看見內戰。服色鮮亮的人們在和平的街巷中走動。驢子或者特別高大的山羊拉著的大車開始充滿了街道，大車之間的行人往往穿著有大量冗贅布料的寬鬆外衫和黑色長褲。我看到一艘正在靠岸的小船上翻騰的魚閃耀點點銀光。另一艘船正在被纜繩拖入深水。它的船帆舒展，就如同鳥雀突然張開翅膀，隨後就開始了無聲的行駛。我看到兩座市集，一座靠近碼頭，另一座在寬闊的大道旁。後者的商舖都撐起了色彩鮮豔的雨棚。相較而言，靠近碼頭的那一座市集就顯得單調寒酸多了。新鮮的烤麵包味和燻肉香味進入了我的鼻孔，儘管氣味很淡，我還是流出了口水。

我評估了一下自己的外表——身為一個啞巴乞丐女孩，乞討錢幣和食物。但我破爛的外衣褲子和毛皮靴子在那些鮮豔的衣服和寬鬆的袍服中，一定會立刻顯示出我來自於外國。

我沒有選擇，繼續藏在廢墟中餓死，或者去街上試試運氣。

我整理了一下自己。我會做一名乞丐，但不會成為令人嫌惡的人。我希望我的淺色頭髮和藍色眼睛能夠讓我看上去像恰斯人。我能夠偽裝成啞巴。我摸了摸自己的臉，碰到臉頰上的瘀傷和幾乎還沒有癒合的傷口，疼得哆嗦了一下。也許這可憐的樣子能夠幫助我。但我不能只依靠它。

我脫下毛皮靴子。這裡的春天已經太暖和，這雙靴子穿不住了。我撣去靴子上的塵土，盡量讓它們乾淨一些，又脫掉破爛的襪子，看著蒼白皺縮的雙腳。我已經想不起自己上一次赤腳是在什麼時候了。我必須習慣這樣。我將靴子抱在胸前，邁步向市集走去。

有人賣東西的地方，就一定有人買東西。我走到市集上時，雙腳已經被石頭擦傷，還沾上了很多泥土。但我的飢餓超越了這些疼痛。走過販售早熟水果、烤麵包和肉食的攤子讓我痛苦。我沒有理會那些人向我投來的怪異目光，竭力讓自己顯得平靜輕鬆，而不是這座城市中的一個陌路人。

我找到了出售紡織品和衣物的攤子，還有堆滿了二手衣服和布料的大車。我一言不發地將靴子捧到幾個貨攤前，直到有人對它們產生興趣。那個從我手中拿起靴子的女人轉動它們，將它們看了一遍又一遍，又沉下臉衝我皺起眉頭，再轉頭看著靴子，然後給了我六枚銅幣。我沒有辦法討價還價。無論好壞，我只能得到這些，於是我接過銅幣，向她鞠了一躬，便從她的貨攤前退開了。我竭力將自己隱藏在過往的人流中，但我能感覺到她的視線一直在跟著我。

我無聲地向一個麵包攤子遞出兩枚銅幣。買麵包的商販問了我一個問題，我指指自己閉住的嘴巴。那個年輕男人看看錢幣，又看看我，吮了一下自己的嘴唇，轉向一只被蓋住的籃子，從裡面拿了一個硬麵包捲給我。那也許是幾天以前的了。我接過麵包捲，雙手因為渴望而不住地顫抖。我向他一低頭表示感謝。他的臉上掠過一種奇特的神情。他突然抓住我的手腕。我只能竭力不發出尖叫。但他只是從他面前寬闊案臺上的新鮮麵包中，挑出一個最小的甜麵包捲遞給我。我覺得是我充滿感激的眼神讓他有些不好意思。然後他就發出噓聲趕我走，彷彿我是一隻流浪的小貓。我將食物塞進長外衣兜裡，和斷蠟燭放在一起，然後就逃開去找一個安全的地方用餐。

在市集街道的末端，我看見了一口公用水井。我以前從未見過這樣的設施。溫暖的水從井中湧出來，流入一個石砌池塘。溢出的水又通過一道水槽流走。我看到女人們在井邊打水，又看到一個孩子站在池塘邊，用雙手捧了水來喝。我就學著她的樣子，跪在水邊舀了一捧水。這水聞起來有些味道，喝進口中更是有一股怪味，但它能潤澤我，也沒有毒性，我在意的只有這些。我喝了一肚子的水，又潑了一點在臉上，清洗一下雙手。很明顯，這樣做是粗野無力的。一個男人發出厭惡的聲音，向我皺起眉頭。我急忙爬起來跑開了。

市場外有一條商店林立的街道。這裡沒有市集攤舖，而是鱗次櫛比地排列著用石料和木材建成的高大房屋。在這個溫暖的日子裡，商店大門都敞開著。我從這些大門前走過，嗅到了烤肉的煙火氣息，聽到了一名木匠打磨木料的聲音。在這名木匠店鋪的旁邊和後面的開闊場地上都堆積著大量未加工的木材。我朝那邊看看，便溜進了木料堆的陰影中。那些交叉重疊的木板遮住了我，讓街上的人不可能看見我。我坐到地上，背靠在一堆發出香甜氣息的木料上，拿出麵包，首先開始吃那個不新鮮的麵包捲。這個麵包又老又硬——卻美味得不可思議。我一邊吃一邊顫抖。吃光之後，我靜靜地坐著，用力喘息，感覺到最後一塊麵包從我的喉嚨落進胃裡。我能夠再吃十個這樣的麵包捲。

我將那個小的甜麵包捲放在手中，嗅著它的香氣，告訴自己將它留到明天吃才是明智的。然後我又告訴自己，如果我拿著它，也許會搞丟，或者讓它掉下碎屑。我很容易就說服自己吃掉它。在這個麵包捲上面盤繞著一根蜂蜜做成的細線，在烤爐中融入到麵包皮裡，麵包裡面還有細碎的水果和香料。我忍受著貪婪的痛苦，一點點慢慢地吃它，讓我的舌頭享受它的每一點甜蜜。但它消失得太快了。我的飢餓得到了滿足，但那種甜美的回憶卻開始折磨我。

又一段回憶進入到我的腦海中。那是另一名乞丐，滿身傷痕和破損，凍餒不堪，可能比我現在還要飢餓。我曾盡力善待他。我的父親卻用匕首刺他，一次又一次，然後又拋棄了我，將他帶去公鹿堡進行治療。我竭力將這些資訊的碎片拼在一起，再加上我聽到的另一些資訊碎片。但將

它們拼合起來只會得出完全不可能的結論。現在我只是奇怪，為什麼沒有人看到又小又餓又孤獨的我，給我一粒蘋果。

想到我給那名乞丐的蘋果，我的嘴裡流出了口水。哦，那一天的栗子，剝開來是那麼溫熱，在我的口中是那麼香甜。我的胃在扭結，彎下了腰。

我還有四枚小銅幣。如果明天那個麵包商販能像他今天這樣和善，我就還能再吃兩天。然後我也許只能捱餓，或者就要偷竊了。

我該怎麼回家？

太陽正變得愈來愈熱，天空也愈來愈明亮。我低頭看著自己。我的赤腳上全都是土，腳趾甲也很長。我的棉褲早已非常骯髒。曾經對我來說有些過長的細柳林綠色外衣，現在遍布髒汙，破爛的下襟只能垂到腰部。我的襯衫在領口處全是黑泥。真是個徹頭徹尾的乞丐。

我應該到碼頭上去，看看是否有船前往公鹿公國，或者是至少能到達六大公國。我不知道自己該怎麼問船上的那些人，我又能做些什麼才能讓他們願意帶著我。陽光很亮，我的衣服在這種溫和的天氣裡有些太熱了。我挪到陰影深處，靠在木頭堆上，蜷起身體。我不想睡去，但我還是閉上了眼睛。

當我醒來時，時間已經接近黃昏。木料堆的陰影從我身上轉開，直到陽光落在我閉起的眼睛上，才驚醒了我。我坐起身，感覺自己病了，頭很暈，嘴很乾。我踉蹌著站起來，開始行走。積聚在我心中的一點點勇氣很快就用光了。我沒辦法去碼頭上，甚至沒辦法去探索一下這座城市的情況。我向昨晚寄居的那片廢墟走去。

在一個充滿陌生人的城市中，我只能從我所知不多的一點東西裡尋求慰藉。在太陽下，那座廢墟花園中舊噴泉的水呈現出綠色，水下有黑色的小生物來回亂竄。但那畢竟是水，而且我很渴。我喝過水，又脫下衣服，盡可能洗乾淨身體，再把衣服也洗淨。這份工作的困難讓我吃了一驚。我再一次意識到自己在細柳林過著怎樣輕鬆而舒適的生活。我想到那些供給我一切所需的僕人。我對他們一直都很禮貌，但我從沒有真正感謝過他們所做的一切。我想到慎重，想到她把蕾絲袖口借給我。她還活著嗎？會不會偶爾想起我？我想要哭，但我沒有。

我倔強地執行著自己的計畫——將我的衣服沾上水，刷洗乾淨，再擰乾。德瓦利婭以為我是一個男孩，裝作自己是一個男孩也許會更安全。前往六大公國的船上會需要男孩嗎？我聽說過船上的男孩狂野精采的冒險故事。有一些男孩成為了吟遊歌者詩歌中的海盜，或者找到寶藏，成為船長。明天，我會用兩枚銅幣購買更多麵包，吃下它。我非常喜歡自己計畫的這一部分。然後我就必須到港口去，看看是否有船去六大公國，船上的人是否會給我一份工作。我知道自己很瘦小，看上去還很像幼童，也不是很強壯，還不能說恰斯語，但我將這些想法都推到了一旁。我能克服這些問題。

我必須克服它們。

我將衣服掛在一堵殘破的石牆上晾乾，然後在這片荒園中被太陽曬暖的石頭上伸展赤裸的身體。媽媽的蠟燭顯得更加殘破，蠟燭表面留下了被布料壓過的痕跡，斷開的兩截蠟燭只依靠燭芯連在一起。但它依舊散發著媽媽的氣息。就像家，像安全溫柔的雙手。我在一棵半倒下的大樹灑落的斑駁陰影中睡著了。當我第二次醒來時，我的衣服快乾了，太陽正在落下。我又感到飢餓和對寒冷夜晚的恐懼。我已經睡了這麼久，身體卻還是虛弱無力。我懷疑穿過那些石柱的旅行是否從我身上奪走了更多我還不知道的東西。我爬到那棵歪斜大樹更深處的樹蔭中，在那裡，許多個秋天的落葉在石頭上鋪成了一張毯子。我不讓自己去想蜘蛛和其他會咬人的蟲子，只是將身體蜷縮成一團，再一次睡了過去。

在夜晚的某個時候，我失去了勇氣，被自己的哭聲驚醒。一旦醒來，我就再也止不住自己的抽噎了。我將手指塞進嘴裡，不讓哭聲湧出來。我在為失去的家園哭泣，在為那些死在大火中的馬兒哭泣，在為倒在我面前血泊中的樂惟哭泣。這麼多事都發生在我的眼前，我看見他們，卻沒有時間對這洪水猛獸般的景象做出反應。我的父親為了一個失明的乞丐丟下了我。堅韌不屈可能死了。我留下深隱，希望她能平安無事。她有沒有活下來，回到細柳林，告訴他們我出了什麼事？會不會有人來找我？我記得蜚滋機敏，他紅色的鮮血融化了大片白雪。

突然間，回家彷彿變成絕不可能的事情。回家去做什麼？還有誰會在那裡？他們會不會全都對我恨之入骨？因為那些白色的人是來抓我的。難道德瓦利婭或者她的同夥不知道我要逃回家去？他們會不會再次來抓我，再一次放火和殺人？我在庇護我的大樹下更緊地蜷起身體，輕輕搖晃著，知道沒有人會保護我。

我會保護妳。狼父親的話音比耳語還要輕。

牠只在我的腦海裡，只是一個意念。牠怎麼能保護我？真實的牠又是什麼？是我從父親的寫下的殘章斷句中得來的想像嗎？

我是真實的，我和妳在一起。相信我。我能夠幫助妳保護自己。

我感覺到一陣突然的怒意：「他們抓住我的時候，你沒有保護我；德瓦利婭打我、將我拖過石柱的時候，你沒有保護我。你只是一個夢。是我的想像。我會想像你，只因為我很幼稚、很害怕。你現在沒辦法幫我。現在沒有人能夠幫我。」

沒有人，除了妳自己。

「安靜！」我向那句話喊道，然後恐懼地捂住嘴。我需要隱藏自己，絕不應該在黑夜中朝一個想像的存在大喊大叫。我向樹下縮得更深，直到身子擠在一堵倒塌的牆壁上，再不能後退半分。我將自己縮得很小，用力閉緊眼睛，在自己的意識周圍豎起牆壁，睡了過去。

第二天我醒來時，臉上帶著哭泣留下的泥痕。我的頭一下一下地痛著，肚子在因為飢餓而泛著噁心。我用了很長時間才說服自己從樹蔭中爬出來。我覺得自己的狀況不夠好，沒辦法走到市集去，所以我先在廢墟中走了走。我看見蜥蜴和蛇在石塊上曬太陽，便想要吃掉牠們。但我一靠近，牠們就都飛快地溜到石頭下面去了。我兩次看見有其他人似乎居住在這些殘破的房子裡。我嗅到他們煮食的篝火氣味，看見曬在外面晾乾的破爛衣服。我一直躲避著那些人，不讓它們看見。

飢餓終於將我趕回到市集上。我找不到昨天去過的那個麵包攤了。我蹣跚著，一瘸一拐地走過一個個攤位，尋找那個買麵包的人。但最終，狂躁的飢餓還是逼迫我走到另一個食物攤前。一個臉色很臭的女人正在用一只大平底煎鍋烹飪一種夾了餡料的油酥麵餅。她用來加熱食物的火焰來自於一只小金屬罐子。她用一支頂端分岔的工具靈巧地翻動那些麵餅，讓它們兩面都煎成褐色，然後堆在一面格柵上，讓麵餅上多餘的油滴落下來。

我遞給她一枚銅幣。她搖搖頭。我走到一座馬廄後面，從打結的襯衫裡面拿出另一枚銅幣。做麵餅的女人拿走兩枚銅幣，將一個麵餅放在一片寬大的綠樹葉上，用葉子包住它，再用一根細木條穿過葉子固定住，遞給我。我鞠躬向她道謝，但她沒有再理睬我。她的目光已經越過我的頭頂，去尋找下一個可能的顧客了。

我不知道這片樹葉能不能吃。我小心地咬了一點樹葉的邊緣，味道不算很糟。我推測食品小販應該不會用有毒的東西包裹食物。我在一處無人使用的貨攤後面找到一個安靜的地方，坐下來吃飯。這個麵餅不是很大，只是剛好能鋪滿我的手。我想要慢慢地吃它。麵餅中的餡料很細碎，嚐起來有一點像黏膩的羊肉。我不在乎。但在咬了第二口以後，我開始察覺到一個男孩正透過兩個貨攤之間的缺口看我。我從他面前轉回頭，又咬了一口。當我回頭再瞥過去時，一個更小的男孩穿著遍布一道道汙泥的襯衫，擠到了第一個男孩身邊。他們的頭髮、腳和光著的腿上全都是汙泥，衣服全都凌亂不堪，眼睛裡閃爍著飢餓的小掠食獸的光芒。我盯著他們，感覺到一陣暈眩。這種感覺讓我想起了水邊橡林的那個乞丐握住我的手的時候。我看到各種事件在盤旋、各種可能在迸發。我無法分辨清楚，無法辨別它們的好壞。現在我能夠確定的就是必須躲開他們。

一頭驢子拉著大車從我們中間經過。我快步繞過貨攤，將剩下的麵餅全部塞進嘴裡，我的嘴裡根本容不下這麼多東西，但這樣能空出我的雙手。我站起身，盡量讓自己融入到來往的行人之中。

衣服讓我太過惹眼，很多人都向我投來好奇的目光。我一直低垂著雙眼，竭力不引起任何人的注意，一邊向前走，一邊回頭瞥了幾次，沒有再看到那兩個男孩，但我相信，他們在跟蹤我。如果他們搶走我剩下的兩枚銅幣，我就一無所有了。我努力壓下這個想法給我帶來的恐慌。不要像獵物那樣思考。一個來自於狼父親的警告，或者這只是我自己的想法？我放慢腳步，找到一個地方，蜷縮在一輛垃圾車旁邊，開始觀察來來往往的行人。

這個市集上有一些像我一樣的人。那些年輕乞丐在這個身分上比我更有技巧。三個年輕人——兩個女孩和一個男孩正在一個水果小販的攤位前糾纏。不管那名小販怎樣轟他們走，他們一直賴在那裡。突然，那三個人全都箭一樣的跑開了，每個人都抱著他們搶到的戰利品，朝不同的方向竄去。小販則又喊又罵，還派他的兒子去追其中一個人。

我也看見了應該是城市衛隊的人物。他們的橙色長袍只垂到膝蓋，下身穿著帆布長褲和短筒靴，以輕質的皮革束腰外衣作為護甲，手中擎著帶節的短棍，腰間佩劍，四個人一隊在人群中大步前行。沿路的商販們都會向他們奉上烤肉、麵包捲和盛在麵餅中的魚肉。我不知道商販的這種饋贈是出於感謝還是恐懼。無論如何，我還是盡快從他們的視野中溜走。

我終於來到了碼頭。這是一個喧囂而忙碌的地方。男人們推著小車，成隊的馬匹拖著重載車輛。一些貨物被運上航船；另一些貨物則被卸下來運走。這裡還充滿著濃烈的氣味——最主要的是焦油和腐爛的海藻味。我猶豫著，看著眼前的景象，不知道該如何確定哪一艘船是即將離開的。我可不想登上一艘會讓我離六大公國更遠的船。我睜大眼睛看著一臺我說不出名字的機械吊起一張大網。網裡兜著幾只大木箱，從碼頭上直接被吊上了船甲板。我看見一個年輕男人在牽引這份搖搖晃晃的貨物落在甲板上時，赤裸的脊背上被一根棍子響亮地打了三下。我不知道他做錯了什麼，為什麼要挨打。但想像著那根棍子打在我身上，我不由得畏縮了一下。

我在碼頭上沒有看見像我這樣小的人在做工。不過我猜，那幾個勞作的男孩應該和我年齡相仿。他們都赤裸著上身和雙腳，在滿是碎片的碼頭上來回奔跑，顯然是要去完成很緊急的任務。一個男孩的背上有一道流膿的傷口。一個推小車的人向我叫喊，要我讓開路。另一個人則直接把我推到了一旁，他的肩膀上扛著兩捲沉重的繩子。

氣餒的我逃過市集，登上山丘，向廢墟跑去。

我離開市集時，一個年輕男人帶著微笑向我叫喊。他身上穿著裝飾有黃色玫瑰花的美麗長袍，一邊呼喊，一邊招手要我過去。我走過去，在和他還有一段距離的時候就停下了腳步，心中猜測著他想要我做什麼。他俯下身平視著我的眼睛，又側過頭說了些溫柔的、很有誘惑力的話。但我聽不明白。他看上去很和善，頭髮比我的更黃一些，長度剛好垂至下巴。他的耳環上鑲嵌著碧綠的翡翠。我猜他是一個出身很好的富人。「我不明白。」我猶豫著用通用語回答。

他驚訝地瞇起一雙藍眼睛，臉上的微笑變得更加燦爛。他帶著沉重的口音說：「漂亮的新袍子。來吧。給妳食物。」然後他輕輕向我邁出一步。我能嗅到他頭髮上的香水。他伸出手，手掌向上，等待我的手。

跑！馬上就跑！

狼父親的催促沒有任何猶豫。我最後瞥了一眼那個微笑的男人，一搖頭，轉身就逃。我聽到他在我身後呼喚，不知道自己為什麼要跑。但我還是在不停地奔跑。他再一次呼喚我。我沒有再回頭。不要直接回妳的巢穴。藏起來，看看後面。狼父親提醒我，我照牠的話做了，卻沒有看見任何人。那天晚上，我蜷縮在樹蔭下，尋思著自己為什麼要逃跑。

食肉獸的眼睛。狼父親對我說。

明天我該做什麼？我問牠。

我不知道。牠非常遺憾地說道。

那一晚，我夢到了家，還有廚房中的烤麵包和熱茶。在我的夢中，我太小了，根本搆不到桌面，也沒辦法扶起翻倒的凳子。我叫慎重來幫我，但當我轉過頭去找她時，她正躺在地上，全身都是血。我尖叫著從廚房中跑出來，但到處都只有死人。我打開大門，想要藏起來，但大門後面藏著那兩個乞丐男孩。德瓦利婭站在他們身後放聲大笑。我醒過來，在黑夜中啜泣。讓我感到恐懼的是，我聽到了別人的聲音。一個人發出帶有疑問口氣的喊聲。我壓抑住自己的抽噎，竭力讓自己的呼吸也沒有聲音。一點昏暗的光亮出現在我眼前。那是一盞油燈正經過我藏身的破敗花園外面的街道。兩個人在用恰斯語交談。我躲藏在暗處，保持著清醒，直到天明。

上午已經過去了一半，我才找到勇氣返回市集。我找到了那個我在第一天遇到的麵包貨攤。但那個年輕人不見了，取而代之的是一個女人。當我將我的兩枚銅幣捧給她的時候，她只是厭惡地揮手讓我離開。我再一次舉高，以為她只看見了一枚，但她狠狠地向我噓了一聲，帶著威脅的意味一拍雙手。我向後退去，決定另外去找一些食物。但就在那一刻，昨天那兩個男孩中的一個打倒了我。轉眼間，另一個男孩搶走了我的錢。他們全都衝進了市集的人群中。我在塵土中坐起來，依然感覺喘不過氣。然後，讓我感到羞恥的是，我開始抽噎起來。我就這樣坐在塵土裡，捂住眼睛，痛哭流涕。

沒有人在乎。市集上的人們在我身邊來來往往，彷彿我是湍流中的一塊石頭。停止哭泣之後的一段時間裡，我只是孤單地坐在地上。我餓壞了，肩膀痛得要命，無情的太陽照在我身上。我的頭很疼，已經沒有了計畫。我甚至不知道該如何度過這一天，我又該怎麼去想回家的事。

一個人牽著驢車走過市集，用他的鞭子敲了我一下。這是一個警告，不算是真正的毆打，但我立刻就從連滾帶爬地跑開了。我看著那個人走過去，用袖子抹去臉上的塵土和淚水，又向這個市集掃視了一圈。現在攻擊我的飢餓彷彿已經聚集了幾個星期的力量，而不僅僅是這一天。當我每一天都能預見到會有一點食物果腹的時候，我就能控制住飢餓，無論那是多麼少的一點。但現在，飢餓控制了我。我挺起肩膀，再一次擦了擦眼睛，然後小心地離開了那個麵包攤。

我在市集中緩步前行，觀察每一個貨攤、每一名商販。當我嚥下被食物的香氣勾引出的唾液時，我的一切道德約束都不存在了。昨天，我已經見識過他們是怎麼做的。沒有人掩護我，如果商販打算追我，我會是唯一被追獵的兔子。飢餓似乎在加快我的思考速度。我必須選定一個貨攤、一個目標和一條逃跑路線。然後我就必須等待，希望發生一件事，吸引商販的注意力。我的身子很小，速度很快。我能做到。我必須做到。現在我感覺到的飢餓是無法忍耐的。

我在市集中徘徊，專注於我的盜竊行動。不能只偷一點小東西。我不想只為一點水果就浪費掉這次機會。我需要肉，或者一塊麵包，或者是一條燻魚。我盡量顯出對身邊事物全都毫不在意的樣子。但是當我盯住一個女人販售的一條條紅色鹹魚的時候，那個女人身邊的小男孩威脅性地朝我舉起了一根鞭子。

我終於找到了目標：一名麵包商的貨攤。它比我見過的其他貨攤都要更大更滿。一塊塊甜美的棕褐色和金黃色堆積在他貨攤前地面上的籃子裡。他面前的案臺上則擺放著更加昂貴的麵包，上面點綴著各種香料和蜂蜜，還有布滿堅果的美味蛋糕。我看中了一種像枕頭一樣大的金黃色麵包。麵包貨攤旁邊的貨攤出售的是圍巾。掛在那裡的絲巾在海風的吹拂下不停地飄動。幾個女人正聚在那裡專心地討價還價。在熙熙攘攘的街道對面，一名匠人正在出售匕首和小刀。他的搭檔在一塊旋轉的磨石上打磨各種刀具。一個滿頭大汗的學徒正推動搖杆，確保磨石轉動不休。我讓自己的嘴微微張開，彷彿腦子裡空無一物。我相信，帶著這樣的表情，再加上我破爛的衣服，人們根本不會在意我。而我則專心等待著市集中發生一件事情，讓麵包商人將目光從他的商品上轉開，讓我有機會偷走我的目標。

彷彿是在回應我的想法，我聽到遠方傳來的號角聲。所有人都朝那個方向望去，片刻之後又開始忙碌他們的事務。又一陣號角聲，距離更近了。人們再次轉過身，彼此擁擠著。終於，我們看見四匹白馬披掛著華美的黑色和橙色馬具緩緩走來。騎在馬背上的衛兵們同樣身著華服。他們的頭盔上和馬籠頭上都插著羽毛。他們向我們走來，人群都向街邊的貨攤擠去，為他們讓開道路。隨著那些騎士們再一次將號角舉到口邊，我看到了我的機會。當我衝過去的時候，所有人都在看著那些騎士。我抓起一個金黃色的圓麵包，又朝騎士們經過的方向竄回去。

我只是專注於自己的盜竊勾當，卻沒有發覺那些騎士背後的街道上依舊空無一人。站在街道兩邊的人們全都已經跪倒。我在空曠的街道上飛快地奔跑。而麵包商人此時已經開始大聲呼喊。當我想要鑽進跪倒的人群中躲藏起來時，人們叫嚷著抓住了我。另一隊衛兵步行走過來——六名衛兵組成一橫排，他們背後還有另外兩排。在這些衛兵的身後，是一個騎在配有黃金鞍韉的黑馬背上的女人。

跪在地上的人們如同一堵堅實的牆壁。我拚命想要鑽進去。一個男人用有力的雙手抓住我，把我推倒在塵土裡，又向我吼叫。我聽不懂他的話，只覺得那是一個命令。我掙扎著要站起來。他卻狠狠一掌拍在我的腦後。我看到了星星，身子癱軟下去。片刻之後，我意識到周圍所有人都一動不動。他是在命令我不許動嗎？我躺倒在地上，就像他推倒我的時候那樣。那塊麵包還被我用雙手和下巴緊緊抱在胸前。麵包的香味讓我感到暈眩。我不假思索地低下頭，張開嘴，咬在它上面。我就這樣趴在塵土飛揚的街道上，像老鼠一樣咬著大麵包。衛兵、騎黑馬的女人和另外四排衛兵從我身邊走了過去。始終都沒有人動一下，直到第二隊騎兵過來。他們停住腳步，敲響黃銅鈴。直到他們走過之後，附近的商人和顧客才站起身，繼續做自己的事情。

我等待著，匆忙地啃咬著我的麵包。當鈴聲響起的時候，我跳起雙腳準備逃跑。但那個剛才按下我的人抓住了我的外衣後襟，又一把抓住我的頭髮。他搖晃著我，一邊高聲叫喊。麵包商人這時也衝了過來，從我手裡搶走麵包，因為上面的泥土和被咬過的痕跡而大呼小叫。我哭了出來，以為他肯定要打我了。但他只是高喊著一個詞，一遍又一遍，還憤怒地將麵包摔在地上。我是多麼想要把那塊麵包再撿起來啊，但抓住我的人讓我一動都不能動。

城市衛隊——他在喊他們。兩名衛兵跑了過來。其中一個露出得意的笑容，幾乎是帶著和善的表情看著我，就好像他無法相信自己被叫過來是為了這麼小一個賊。但另一名衛兵則是個公事公辦的傢伙。他抓住我的長外衣背部，將我直接提了起來，開始問我問題，那個賣麵包的人則開始大聲向他控訴。我搖著頭，不停地指自己的嘴，想要讓他們相信我不能說話。我覺得情況進展還算順利，直到那名和善的衛兵湊到他的同伴身邊，突然捏了我一下，讓我尖叫了一聲。

然後，一切都完了。我被用力搖晃。當那個提起我的衛兵抬手要打我的時候，我用通用語衝口說道：「我太餓了，所以才會偷竊。我還能怎麼做？我實在是太餓了！」然後，我又做出讓自己羞愧的事情——我的眼淚湧了出來，還用力指著那塊麵包，想要拿到它。第一個抓住我的那個人彎下腰，把麵包撿起來，放進我的手中。麵包商人想要將麵包從我的手中打掉，但仍然提著我的衛兵轉身躲開了他。然後，讓我感到非常丟臉的是，他將我抱起，夾在腰間，彷彿我是一個比實際年齡小很多的孩子，就這樣大步走過了市集。

我用雙手抓住麵包，卻無法控制淚水和抽泣。不過這些都沒有能阻止我用最快的速度吃掉它。我不知道下一步會發生什麼，不過我決定無論發生什麼事情，都要先確保用這塊給我帶來了這麼多麻煩的麵包填滿肚子。

夾住我的人踏上一幢石砌建築的三個臺階，來到一扇沒有任何標誌的門前。這時我手中還捏著最後一點麵包皮。他推開門，將我帶進去，扔到地板上。他的同伴也跟了進來。

一個年長的人穿著更加精緻的制服，從一張桌子後面抬起頭看著我們。他的午餐正擺放在桌上。看樣子，他有些生氣自己在進餐時被打擾了。他們越過我的頭頂上方談論我。我則環顧這個房間。在這裡的一面沒有裝飾的牆壁下有一張長凳。一個女人正坐在上面，雙腳被鐵鍊鎖住。在長凳的另一端，一個男人坐在那裡，將臉埋在雙手中。他抬起頭看了我一眼，嘴裡全都是血，一隻眼睛腫得睜不開了。很快，他就把臉放回到手掌裡。

那個帶我進來的衛兵抓住我的肩膀，晃了我一下。我抬起頭看著他們。他對我說話。我搖搖頭。桌後面的人對我說話。我又搖搖頭。然後，他用通用語問我：「你是誰？你迷路了，孩子？」

聽到這個簡單的問題，我的淚水又奪眶而出。那個人顯得有些警覺。他向另外兩名衛兵打了個手勢，那兩名衛兵便離開了。帶我進來的衛兵在走出門的時候又回頭看了我一眼，幾乎有些像是在為我擔憂，但這時桌子後面的那個人又開始說話了。

「告訴我你的名字。你的父母會為你拿的東西付錢，帶你回家。」

這可能嗎？我吸了一口氣：「我的名字是蜜蜂．瞻遠。我來自於六大公國。我是從那裡被偷來的，我要回家。」我又吸了一口氣，做出一個非常大膽的承諾：「我的父親會付錢讓我回去。」「我毫不懷疑他會的。」那個人將一隻臂肘撐在桌面上。他的手臂旁邊就是一塊圓形的小乳酪。我盯著那塊乳酪。他清了清喉嚨，「你怎麼會在恰斯國的街道上亂跑，蜜蜂瞻遠？」

他把我的名和姓合在一起。我沒有糾正他。這沒關係。只要他能聽我的述說，把訊息送給我的父親，我知道他一定會付錢讓我回去。或者蕁麻會這樣做。她肯定會的。所以我向他講了我的故事，盡量省去那些不可信的部分。我告訴他，恰斯人劫掠了我的家，我被劫走。我沒有解釋自己是如何到達恰斯國的，只說了我從科爾夫和他的同伴手中逃走，因為他們對待我很殘忍。所以我現在到了這裡。我只想回家。如果他願意送信給我的父親，我相信一定會有人帶錢來接我回家。

聽到我能夠清楚地講述自己的經歷，他看起來有一點困惑。但最終他還是鄭重地點了點頭。「好的，現在我明白了，也許比你自己還要更明白。」他敲響了放在桌角的一只鈴鐺。一扇門被推開，一個睡眼惺忪的衛兵走了進來。他非常年輕，顯得很無聊。「逃亡奴隸。主人是一個名叫科爾夫的人。帶他去最裡面的牢房。如果三天之內沒有人來領他，帶他去拍賣行。底價是一個波輪麵包，此麵包當歸屬麵包商人瑟辛。做好紀錄，那個科爾夫如果要領走他，就必須付這個麵包的錢，否則就由拍賣中願意付這個價錢的人領走。」

「我不是奴隸！」我反對道，「科爾夫不是我的主人！他是將我從家中偷走的幫凶！」

桌後的人捺著性子看著我。「戰利品，戰爭劫獲，無論他怎樣稱呼你，你就是他的。他能夠保留你作奴隸，或者用你換取贖金。這全都由科爾夫決定。如果他來領走你的話。」他歎了口氣，靠進椅子裡，拿起茶杯喝了一大口水。

我知道流淚一點用處都沒有，但它們還是再一次流了出來。那名無聊的衛兵低頭看看我，用清晰的通用語對我說：「跟我走。」我轉過身向門口跑去。他邁步絆倒了我，並大笑起來。他抓住我的上衣背後，把我提起來，將我當做一只口袋一樣提過了他走進來的那道門，滿不在乎地任由我撞在門框上。他在我身後踢上門，將我扔到地上，對我說：「你可以跟著我，或者我可以一路把你踢過去。對我來說都一樣。」

這對我來說則完全不一樣。我站起身，僵硬地向他一點頭，然後就跟上了他。我們繞過一個拐角，下了一段臺階。這裡的空氣感覺更涼，光線更昏暗。唯一的光源只有牆上的幾個小窗口。我跟著衛兵走過幾道門。他打開最後一道門說道：「進去。」我猶豫了一下。他用力一推我，接著就在我的背後關上了門。

我聽見門被拴上的聲音。

這個房間很小，但不算可怕。光線從一個非常小的窗口透進來。那個窗口實在是太小了，就算我能爬到那裡，也不可能從那裡鑽出去。房間的角落裡有一張編織的稻草墊。在對面的角落裡，地上有一個窟窿。那裡的汙漬和氣味告訴了我它是做什麼用的。草墊旁邊擺著一個闊口水壺。裡面有水。我嗅了嗅，確定那的確是水。於是我將襯衫下擺在那裡蘸了蘸，擦去臉上愚蠢的淚水。最後我坐到了稻草墊上。

我坐了很長時間，然後躺倒下去。我也許睡了一會兒。聽到門閂的響聲，我站起來。一個人小心地打開牢門，向房間中掃視了一圈，最終視線落在我身上。看到我是這麼小，他似乎很驚訝。「吃的。」他遞給我一只陶碗。我接過碗，捧著碗驚訝地站在原地。等到送飯的人離開牢房，關上牢門，我才低下頭向碗中看去。是一碗穀物稠粥，上面漂著幾片橙黃色的蔬菜。我拿著碗回到草墊上，仔細地用手指將粥撥進嘴裡。有人在這只碗裡盛了足夠一個成年人吃的粥。這是我很長時間以來吃過分量最多的一餐。我盡量以非常緩慢的速度吃著，想著自己下一步該做什麼。食物吃完以後，我又喝了一些水，然後用襯衫下擺擦淨手指。照進小房間的光線更加微弱了。我猜測著還會有什麼事情發生，但沒有。當我的牢房變黑之後，我躺倒在草墊上，閉起眼睛。我想到了我的父親，想像著他會怎樣對付那些衛兵，或對付德瓦利婭。我想像父親扼住她的喉嚨，不由得握緊拳頭，發出滿足的喘息聲。他會讓他們知道厲害。他會為我殺死他們。但我的父親不在這裡。他不可能知道我身處何方。沒有人會來救我。我哭了一段時間，之後就睡著了，手中握著母親的蠟燭。

我醒來時，這個小房間的地板上出現了一個方形的小光斑。我使用了地上的那個窟窿，又喝了一些水。我等待著。什麼都沒有發生。過了彷彿很長一段時間，我開始叫喊、撞門。什麼都沒有發生。當我無法再喊叫和撞擊時，我坐到墊子上，向狼父親伸展過去，卻找不到牠。這個時刻真的非常糟糕。我決定認為牠一直都是我編造出來的。而現在我已經太老，這個世界對於我又太

過真實，我已經什麼都編造不出來了。我需要你的時候，你卻不在，就像其他人一樣。

妳把我擋在外面，我沒辦法讓你聽到我。

我把你擋在外面？

妳關閉了自己的意識。看樣子，我們又在一個籠子裡了。至少俘獲妳的人暫時還是仁善的。

暫時？

妳會被賣掉。

我知道。我該做什麼？

現在？吃、睡，讓妳的身體復元。當他們把妳從這裡帶走去出售的時候，一定要時刻記得我。我們也許能逃出去。

牠的話只給了我很少一點希望。但在這以前，我已經完全絕望了。我哭著，直到那天晚上入睡。

當我第二天早晨醒過來的時候，我覺得自己的狀態比這麼多天以來的任何時候都更好。我檢查了一下腿上和手臂上的瘀傷。原本黑色和深紫色的傷口正漸漸淡化，變成了黃色和淺綠色。我的肚子也不那麼痛了，而且能夠用手臂畫一個完整的圓圈。我用手指梳理了一下自己變長的頭髮，又用牙齒將指甲咬短一些。另一名衛兵給我送來了一碗食物，並裝滿我的水壺，帶走了空碗。他沒有對我說話。這又是一大碗食物。這一次，粥上有一些絲絲縷縷的綠色和一大塊黃色的蔬菜。我把它們全都吃了，然後看著方形的光斑在地板上移動，爬上牆壁，最終消失。又到了晚上。我又哭了，也睡著了。我夢到父親很生氣，因為我沒有收拾好墨水。我醒來時，天還黑著。我知道這樣的事情從沒有發生過，卻很希望它能夠發生。我又躺倒在墊子上睡了過去，做了一個重要的夢——一頭正在游泳的龍抓住了我的父親。我醒過來，看著方形的光斑，希望我能把這個夢寫下來。但這裡沒有可以書寫的紙張，也沒有墨水和筆。我用了一個下午的時間想辦法將我的折斷的蠟燭綁在內衣的下擺上，這樣它就不會丟失了。

一整天過去了，又是一碗食物。他們很快就會把我賣掉了嗎？他們是如何計算三天時間的？是從捉住我的那一天開始，還是之後的一天？我心中想著誰會把我買走，我必須去做什麼樣的工作。我能夠說服他們給我的父親送去訊息嗎？也許我會成為家庭中的奴隸，然後說服購買我的人用我換取贖金？我聽說過關於奴隸的生活，但並不清楚他們是如何被對待的。買我的人會打我嗎？會不會把我養在狗舍裡？我還在思考這些事的時候，聽到了門閂的響聲。一名衛兵打開牢門，又向後退去。

「這一個？」他問道。科爾夫探頭進門，遲鈍地盯著我。

「正是。」德瓦利婭說，「這就是我們要找的人。」

看到科爾夫的時候，我幾乎有些高興。但我隨後就聽到了德瓦利婭的聲音：「這個小壞蛋！她惹了什麼麻煩？」

「她？」衛兵驚訝地說，「我們還以為她是個男孩。」

「我們原來也是這麼以為的！」文德里亞喊道，「她是我的兄弟！」他將頭探進牢門，向我

露出微笑。他的臉頰已經不像原先那樣豐滿了，稀疏的頭髮也失去了光澤。但友誼的火焰依然跳動在他的眼睛裡。我恨他。如果不是他為德瓦利婭控制了科爾夫，他們永遠都不可能找到我。他出賣了我。

衛兵盯著他。「你的兄弟。看來倒是有些相似的地方。」沒有人因為他的笑話而發笑。我感到一陣噁心。「我不認識這些人，」我說道，「他們在說謊。」

衛兵聳聳肩。「我可不在乎，只要有人替妳交罰金就行。」他轉頭看著科爾夫，「她偷了一塊波輪麵包。你必須為此而繳付罰金。」

科爾夫遲鈍地點點頭。我知道文德里亞在控制他。不過控制得不是很好。科爾夫現在顯得很癡呆，似乎必須仔細思考之後才能說出話來。科爾夫一直都對自己的決定很有信心。是文德里亞失去了自己的魔法力量，還是科爾夫出了什麼問題？也許兩次穿過石柱的旅行對他造成了影響。

「我會付錢。」科爾夫終於說道。

「先付錢，然後你就能帶走她。你還應該交她在這裡四天的留宿費用。」

他們關上牢門，走開了。聽到他們撒謊說我多住了一天，我感到一種刺痛的快意，但我又立刻開始擔心自己也許真的已經在這裡住了四天，只是失去了對時間的概念。我等待他們回來，害怕要再次和他們在一起，但一想到會有別人來管我，我幾乎感到有些寬慰。我覺得過去了很長時間，終於，我聽到門閂抽動的聲音。

「來吧。」德瓦利婭對我喊道，「妳的麻煩真是要比妳的價值大得多。」

看她的眼神，我知道自己肯定又會挨一頓打。但文德里亞還在愚蠢地對我笑。我希望自己知道他為什麼喜歡我。他是我最險惡的敵人，卻也是我唯一的盟友。科爾夫看樣子是喜歡我的，但只要文德里亞牽著他的轠繩，我就不可能希望從他那裡得到幫助。也許我應該試著和文德里亞建立友誼。也許，如果我聰明一些，我從一開始就應該這樣做了。

德瓦利婭帶了一捲很長的細繩。不等我表示反對，她已經將繩子拴在我的脖子上。「不！」我喊道。但她只是將繩子扯緊。我伸手去抓繩子，卻被科爾夫抓住我的左手，德瓦利婭抓住了我的右手，並將我的手擰到背後。我感覺到自己的手腕被繩子捆住了。她很快地完成這件事。毫無疑問，她以前就這樣做過。我的手被拉得很高，這讓我感到很不舒服。如果我將手放下，就會揪扯勒住我脖頸的繩子。她將繩子的一端握在手中。試著扯了扯，我不得不向後仰起頭。

「我們走了，」她心滿意足地說，「不要再耍小花招了，我們走。」

經過了牢房的昏暗陰涼，明亮的太陽讓我感到痛苦，而且很快就讓我覺得有些太熱了。科爾夫和德瓦利婭走在我前面。我的繩索幾乎是緊繃著。我必須加快腳步跟上他們。文德里亞在我身邊小跑著。他怪異的體型給我留下了深刻的印象——他的身體有些像一顆豆子，兩條腿特別短。我記得德瓦利婭說他「沒有性別」。我懷疑德瓦利婭閹割了他，就像人們閹割山羊，為了讓那些山羊長出更多的肉。還是他出生的時候就是這樣？

「奧拉利婭在哪裡？」我低聲問他。

文德里亞給了我一個悲慘的眼神。「被賣給了一個奴隸主。為了換取錢、食物和船上的位置。」

科爾夫抽搐了一下。「她是我的。我想要帶她去見我的母親。她本來會成為一個很好的主婦。為什麼我要那樣做？」

「文德里亞！」德瓦利婭喝道。

這一次，我張開自己的知覺，感覺到了文德里亞對科爾夫所做的事情。我竭力去理解它。我知道如何豎起牆壁，將父親的思緒擋在外面。從我小時候開始，我就必須這樣做。只為了能夠讓自己的內心獲得平靜。但我覺得文德里亞就像是將一堵牆推進了科爾夫的意識，擋開了科爾夫的想法，讓科爾夫只能感受到他的想法。我推了推文德里亞的牆壁。那堵牆不是很牢固，但我不知道該如何打穿它。我只能聽見他對科爾夫的耳語。不要擔憂，跟著德瓦利婭走。做她想做的事。不要懷疑任何事。一切都會好的。

不要碰他的意識，不要打破他的牆。這個警告來自於狼父親。傾聽，但不要讓他感覺到妳。

為什麼？

如果妳進入他的思想，也就打通了一條道路，讓他能進入妳的思想。碰觸他的意識一定要非常小心。

「我們要去哪裡？」我大聲問。

「閉嘴！」德瓦利婭的喊聲制止了想要開口的文德里亞，「去我們要乘的船。」

德瓦利婭的命令讓我在沉默中向前走去。有那麼一瞬間，我感覺到在德瓦利婭身後小跑，又要控制科爾夫的文德里亞很難說話。他很餓，後背很疼，需要休息。但他知道，最好別要求德瓦利婭停下來。我保持著沉默，感覺到文德里亞對科爾夫的控制變得更緊、更強。也就是說，外界的干擾會削弱他的控制。這是一個很小，但很有用的情報。狼父親的聲音在我的腦海裡幾乎只是一點耳語。磨礪自己的爪牙，妳要學習，小狼。我們會活下來。

你是真的嗎？

牠沒有回答。文德里亞卻轉過頭，奇怪地盯著我。我豎起牆壁，將他擋在我的意識之外。我現在要一直保持警惕。我強化了對自己的防衛，並知道，當我將文德里亞擋在外面的時候，同時也擋住了狼父親。

8 婷黛莉雅

這個夢就如同一幅移動的繪卷。它的底色暗淡，就像淺灰色或者藍色的顏料經過了水的沖洗。色彩鮮豔的彩帶緩慢地移動著，來了又走，來了又走，起伏不定。它們是金色、銀色、猩紅色、碧藍色和嫩綠色的細長旗幟。如同鑽石或眼睛一般的明亮圖案和不斷轉動的漩渦在每一面旗幟的末端閃動著。

在我的夢裡，我向它們靠近，輕鬆自如地飄向它們。我聽不到聲音，臉上也感覺不到風。就在這時，我眼前的景象發生了變化，我看見巨大的蛇頭——牠們是鈍吻蛇，眼睛像蜜瓜一樣大。我離牠們愈來愈近，儘管我並不想如此。終於，我能夠看到一張網微弱的閃光。

這張網困住了所有這些怪物。彷彿牠們是一群落進網中的魚。編織成這張網的絲線幾乎是透明的。不知為什麼，我知道這些大蛇是同時衝進了網中，被困在那裡，也將被淹死在那裡。

這個夢中存在著一個注定發生的事情，而且不止發生了一次。它還會又一

次地發生。我無法阻止它，因為它已經成為現實。而且我知道，它還會再發生的。

——《蜜蜂·瞻遠的夢境日誌》

第二天早晨，我們很早就聽到了一陣敲門聲。我從床上翻身站起。弄臣則完全沒有動。我赤著腳走到門口，稍作停頓，將頭髮從臉上撥開，然後才打開門。門外，雷恩國王掀起兜帽的斗篷。水滴還在不停地掉落在他周圍的地面上。雷恩的眉宇間閃爍著雨水的光澤，稀疏的鬍鬚上也還掛著水滴。他向我露出笑容，白色的牙齒和他臉上細小的鱗片顯得很不協調。「蜚滋駿騎！有好訊息，我希望能夠馬上告訴你們。一隻鴿子剛剛從河對岸過來。柏油人號到了。」

「河對岸？」白蘭地造成的頭痛突然開始撞擊我的腦袋。

「就在村子那裡。那艘駁船停靠在那裡比較容易，而且萊福特林船長將村子所需的貨物在那裡卸貨，也要比我們用渡船一點點運送過去要方便。柏油人號是滿載來到這裡的。船上有來這裡農場耕作的勞力、十幾頭山羊、成袋的穀物、三十多隻雞。我們希望那些山羊在這裡能夠繁育得比綿羊更好。那些綿羊簡直就是一場災難。我相信在上一個冬天裡，只有三頭綿羊活了下來。這一次，我們會把雞放在圍欄裡蓄養。」他一歪頭，帶著歉意說：「抱歉這麼早叫醒你們，但我覺得你們一定很想得到這個訊息。那艘船需要進行清潔才適合搭載乘客。這要一天時間，也許兩天，最遲三天。總之，你們很快就能出發了。」

「這的確是令人高興的訊息，」我對他說，同時努力撥開自己的頭痛，搜索禮貌而恰當的言辭：「儘管您的招待盡善盡美，但我們還是期待著能夠繼續我們的行程。」

雷恩點點頭，又甩落了幾顆雨滴。「我還必須將這個訊息告知其他人。請原諒，我必須走了。」

隨後他便轉身離開，在走廊裡灑下了一路雨水。我試著去想像晉責將這樣的訊息帶給一位客人的模樣。看著他離開，我忽然很羨慕這些巨龍貿易商從容和諧的相互關係。也許一直以來，我都想錯了。也許身為一名私生子，我才擁有了真正的自由。這份自由是受到各種禮制規則束縛的親王所不可企及的。

我關上屋門。弄臣這時爬到了床邊，不高興地問：「出了什麼事？」

「雷恩國王帶來訊息。柏油人號已經在河對岸停泊。我們能夠在一兩天後出發了。」

弄臣將雙腳從床上放下來，坐起身，用雙手撐住頭。「你讓我喝醉了，」他抱怨說。

我已經太累了，甚至懶得撒謊：「有些事情我必須知道。無論如何，弄臣，你都需要和我談談。」

弄臣慢慢移動身體，小心地從手心裡抬起頭。「我對你非常生氣。」他低聲說，「但我應該預料到你會這樣做。」他又將臉埋回到手掌裡，用被捂住的聲音說：「謝謝你。」

他從床上爬下來，走路的樣子就好像唯恐腦子從頭殼裡漾出來。然後他用琥珀的聲音說：「賽瑪拉請我去拜訪她。我認為她對於我手上的巨龍之銀非常好奇，很想知道它對我會有什麼影

響。我想，我今天可以去見見她。你會叫火星來幫我穿衣服嗎？」

「當然。」我注意到她沒有要求我陪她一起去。也許我理應得到這樣的懲罰。

那天下午，當大雨止息之後，我和機敏一同離開了房間。我希望能去看看地圖塔。我第一次見到那座建築物還是在許多年以前。那時我偶然踏進一座精技石柱，來到了克爾辛拉。切德和珂翠肯送給我的那些精細地圖，在我們遭受熊的攻擊時都遺失了。也許我能在克爾辛拉的地圖塔中找到有用的地圖。我們剛離開房間沒走多遠，我就聽到巨龍銅號般的狂野吼聲，然後是人們興奮的叫喊聲。

「出了什麼事？」機敏問我。緊接著他又說道：「我們應該去找其他人。」

「不。那些是歡迎的喊聲。一頭龍回來了。一頭離去已久的龍。」微風將一個名字帶入我的耳中，「婷黛莉雅回來了。」我對機敏說。「我能再一次見到牠了。」

「婷黛莉雅，」機敏的聲音中帶有一種溢於言表的敬畏。他的眼睛也瞪大了，「謎語說起過牠。那位巨龍女王曾經幫助你們解救出冰華，隨後便成為了牠的配偶。是婷黛莉雅強迫冰華將頭枕在艾莉安娜王后母屋的爐前石上，完成了艾莉安娜為晉責設下的挑戰。」

「這些你都知道？」

「蜚滋。六大公國的每一個孩子都知道。幸運・悅心一直在傳唱關於巨龍們的歌謠。我清楚地記得他的歌詞：『比藍寶石更藍，比黃金更加閃耀。』我一定要親眼看看牠！」

「我相信我們會的。」我向機敏喊道，但我的喊聲還是被一陣巨龍的同聲長吟淹沒了。巨龍們正紛紛從城市中飛起，或者是去迎接，或者是去挑戰。那實在是一幅壯觀的景象，美麗與恐怖同時在天空展現。攝人心魄的龍如同暴風雨前的燕子在雲端翻飛，只不過這些「燕子」要比整幢房屋更大。在烏雲密布的天空中，牠們全身光芒閃耀，看上去更像燦爛奪目的寶石，而不是生物的鱗甲。

這時，我看到了婷黛莉雅。牠正在飛過遠方的樹梢。片刻之間，我還無法判斷牠距離我們有多遠。當牠向我們更靠近一些時，我發現自己完全錯估了。牠是那樣巨大——與牠相比，我們在克爾辛拉見到的所有龍都顯得小了許多。牠比我上次見到牠的時候又大多了。

巨龍女王很清楚自己在這座城市中引發的轟動。牠在我們頭頂上方做著半徑很大的旋轉。隨著牠轉了一圈又一圈，我發現自己幾乎沒有辦法讓眼睛離開牠了。我的心中充滿了對牠的仰慕，發覺自己的臉上綻放出笑容。我向機敏看了一眼，看到他將雙手捂在胸前，正在向巨龍女王露出微笑。「巨龍的魅力，」我用沙啞的嗓音說道，但我還是無法抑制自己的笑容，「小心，機敏，否則你就要開始唱歌了！」

「哦，比藍寶石更耀眼，比黃金更輝煌！」他的吟誦中已經帶著樂韻，「任何吟遊歌者的歌曲都不足以讚美牠。牠全身都是金銀，還有美麗遠超寶石的天空之藍！哦，蜚滋，我的目光永遠也無法離開牠了！」

我什麼都沒有說。關於巨龍魅力的故事早已在六大公國家喻戶曉。一些人從不會受到這種魅力的影響，但有一些人只要被巨龍從遠處一瞥，就會沉浸於其中不能自拔。機敏現在已經不會聽我的警告了。但我猜他只要不再看見婷黛莉雅，就立刻會恢復清醒。如果我不是已經豎起自己的精技牆來抵禦婷黛莉雅的魅力，很可能我也會像機敏一樣神魂顛倒。

很快我就看出，婷黛莉雅打算降落在迎賓大廳前的廣場上。機敏快步向那裡跑去，我跟在他身後，但巨龍女王還是在我們到達之前就已經穩穩落在廣場上。古靈和體型較小的龍已經在向那裡聚集了。機敏竭力向前衝去，但我抓住他的手，把他拉了回來，並提醒他：「麥爾妲女王和雷恩國王，還有他們的兒子。他們將是首先迎接婷黛莉雅的人。」確實如此。就連克爾辛拉的巨龍們也都尊敬地保持著和婷黛莉雅的距離——這一點是我沒有料到的。婷黛莉雅閒適地收起翅膀，將它們抖動兩次，確保上面的每一片鱗甲都已就位，才慢慢將它們摺疊好。現在牠已經成為了無數道欽敬目光的焦點。當雷恩和麥爾妲帶著菲隆趕過來的時候，我能明顯看出麥爾妲匆匆進行了一番修飾，雷恩也換了一身乾淨衣服並梳理了頭髮。菲隆的臉上滿是敬畏和驚奇的微笑。麥爾妲的表情則顯得很保留，甚至可以說是面色木然。她走下臺階，站在婷黛莉雅面前，看來格外瘦小。我發覺自己已經將這一幕場景看作是兩位女王的會面，儘管她們的身形相差巨大。

雷恩走在妻子身邊，但比妻子落後半步。婷黛莉雅審視著麥爾妲。牠的脖頸完成一道圓弧，一雙龍睛在緩緩地轉動。麥爾妲的表情絲毫沒有改變，她只是冷冷地說：「您終於返回克爾辛拉了，婷黛莉雅。這一次您離開了很久。」

「是嗎？也許對於你們來說是這樣吧。」巨龍銅號一般的聲音充滿韻律感，但牠散播出來的意識甚至完全壓倒了牠的聲音，「妳一定還記得，巨龍不會計算一天一日的丁點時間，儘管這對於人類而言可能非常重要。不過，是的，我回來了。我是來痛飲白銀甘泉的。我還需要被好好梳洗一番。」彷彿是厭倦了麥爾妲的責備，巨龍女王沒有理睬雷恩，直接轉頭俯視著菲隆。那個男孩正敬慕地凝視著牠。龍睛裡轉動著憐愛的光芒。她俯下身，氣息直接噴到菲隆身上。我看到那個男孩的衣服隨著巨龍的呼吸而被掀動。突然間，婷黛莉雅揚起頭，憤怒地瞪視著所有人。「這個孩子是我的！誰對他進行了干涉？是哪頭愚蠢的龍膽敢改變屬於我的人？」

「您的意思是誰竟敢拯救他的性命？誰竟敢糾正他的身體，讓他不必在呼吸和進食之間只選擇其中一者？您問的是這個嗎？」麥爾妲問道。

婷黛莉雅的目光猛地轉回到麥爾妲身上。各種光色在牠的喉嚨和臉頰上形成一片片漣漪。牠脖子上的鱗片突然炸起，變成一連串鋒利的冠飾。我以為麥爾妲女王至少會後退一步。但她卻向前邁了一步。雷恩也邁步向前，和妻子並肩站在一起。我驚愕地看見麥爾妲額頭上的肉質頂冠也閃耀著同樣的光澤。麥爾妲雙手扠腰，揚起頭。她臉上的鱗片花紋和婷黛莉雅的非常相似。

巨龍瞇起一雙碩大的眼睛，再次問道：「是誰？」

顫慄爬上我的脊骨。我屏住了呼吸。沒有人說話。冷風在我們之間徘徊，吹起頭髮、咬紅鼻子，讓人們心中更多了一絲寒意。

「我認為您應該為了看到我還活著而感到高興。如果不是我受到的改變，我懷疑自己也許會活不下去。」菲隆走上前，站在自己的父母和巨龍中間。麥爾妲伸手要去把兒子拉回來，但雷恩按住了她的手腕，慢慢壓下妻子的手臂，握住她的手，向她說了些什麼。我看到一絲痛苦的神情閃過麥爾妲的臉，之然後麥爾妲就只是靜靜地站立著，讓她的兒子繼續一個人面對這頭曾經重塑了他們一家人的巨龍。

婷黛莉雅保持著沉默。牠是否會承認自己在乎這個男孩的生命安全？但牠畢竟是一頭龍。「誰？」牠繼續問道。巨龍女王喉嚨上的顏色變得更加明亮。沒有人回答牠。牠將自己的長吻抵到菲隆的胸前，推了男孩一下。菲隆踉蹌著後退，不過沒有跌倒。我受夠了。

「離我遠一些。」我囑咐過機敏，便向前邁出三步，來到巨龍女王周圍的空地上。我牢牢築起精技牆，提高聲音喊道：「婷黛莉雅。我在這裡！」

巨龍的速度比發動攻擊的蛇還要快。牠猛地轉過頭，緊緊盯住我。我幾乎能感覺到那道目光產生的實質壓力。牠開口說道：「你是誰，竟敢直呼我的名字？」

「妳認識我。」我控制住自己的聲音，但語調還是難免有些高亢。菲隆瞥了一眼自己的父母，卻沒有退到他們身後尋求庇護。

婷黛莉雅哼了一聲，低下頭，和我四目相對。牠的呼吸中充滿了腐肉的濃烈氣味。「我認識的人類很少，小蟲子。我不認識你。」

「妳認識我。那是在多年以前了。妳希望知道那頭黑龍在哪裡。妳在我的夢中追獵我，希望冰華能夠從牠的牢獄中解脫出來。是我做了妳做不到的事情。我打破冰川，將冰華從冰川和蒼白之女的折磨中解救出來。所以，巨龍，妳認識我。就像妳也認識我的女兒——蕁麻。而且妳不僅認識我，還欠我一份人情！」

我的話語伴隨著一連串喘息。從眼角的餘光中，我看見琥珀出現在臺階上方，身邊還跟隨著火星和小堅。我祈禱她不會前來干涉，同時會保護那兩個年輕人的安全，不讓巨龍知道他們的存在。婷黛莉雅瞪著我，眼睛裡盤旋著金色和銀色的光澤。我感覺到牠的意識對我產生的重壓。在一眨眼的時間裡，我向牠打開我的牆，讓牠看到蕁麻在她的夢中身披蝴蝶翅膀。然後我又用力關閉意識的大門，將牠擋在門外，滿心焦慮地希望我的精技牆能夠抵擋住牠。

「她。」婷黛莉雅讓這個字充滿了詛咒的意味，「不是一隻蟲子，而是一隻牛虻，一個叮咬我的，在『嗡嗡』聲中只會吸血的……」

我從未見過這頭龐大的生物會有無話可說的時候。突然間，我為蕁麻感到一陣驕傲。是蕁麻利用了自己的精技和操縱夢境的技巧對這頭龍進行反擊，用她自己的武器來對抗牠。那時蕁麻還沒有接受過瞻遠魔法的正式訓練，卻不僅讓婷黛莉雅屈從於她的目的，更說服這位意志力強大的女王，讓冰華支援晉責王子的承諾，使得那頭黑龍將頭放在艾莉安娜爐火的火爐磚塊上。冰華在進入貴主的母屋時，曾經對那裡的門樑造成了巨大的破壞。不過晉責的承諾還是得到了實現，他終於贏得了自己的新娘。

竟然有一頭龍記得我的女兒！在這個令人欣喜的時刻，我更是因為得意而心旌搖盪。在此之前，還沒有人類能夠對如此強大不朽的猛獸取得這樣的成就！

婷黛莉雅向我走過來。在牠身上耀動的奪目光華如同吞噬木柴的烈火。「你對我的古靈下了

手。你冒犯了我。我什麼都不欠你。龍不會欠下任何債務。」

我不假思索地說：「龍有債務。牠們只是不會償還。」

婷黛莉雅坐在牠的後腿上，高高抬起頭，揚起下巴。牠的眼睛在飛快地轉動，全身光澤閃爍不定。不必用眼睛去看，我就能感覺到人群和巨龍們都從牠周圍向後退去。

「蜚滋。」機敏著急地悄聲說道，語氣中充滿懇求。

「後退，快退開！」我悄聲說道。我就要死了，或者受到重傷、變成殘廢。我親眼見過巨龍的酸液噴吐會把人和石頭變成什麼樣子。我挺起胸膛。如果我逃走，如果我躲到其他人身後，他們也只會和我一起死。

一陣風從我身邊吹過，一頭全身如同一顆紅寶石，比婷黛莉雅嬌小很多的紅龍如同以烏鴉一樣的動作從天而降，落在我和死神之間。片刻之後，我感覺自己的肩頭突然一沉。「蜚滋！」小丑向我問好，「你好啊，傻瓜！」

紅龍摺疊起翅膀，彷彿正面對著一個非常重要的任務，必須以極為特殊的方式完成。我以為婷黛莉雅會向這頭小龍噴出凶猛的強酸，以報復牠的打擾。但巨龍女王只是有些困惑地看著這頭紅龍。

「荷比，」烏鴉對我說，「荷比、荷比。」小丑轉過頭，突然狠狠啄了一下我的耳朵，又叫道：「荷比！」

「荷比。」為了讓烏鴉平靜下來，我附和著牠的叫聲，「拉普斯卡將軍的龍。」

我的回應讓小丑穩住了心神，牠又歡快地叫起來：「荷比，好獵手，許多肉。」

機敏抓住我的手臂，低聲對我說：「快躲開，你這個傻瓜！趁牠和紅龍說話的時候趕快離開牠的視線。牠要殺死你。」

但我只是甩掉了機敏的手。那頭小得多的紅龍正在與這頭巨大的藍龍對峙。荷比的頭在牠細長的脖子上晃動著，全身閃耀著人類能夠想像的每一種紅色。牠的身姿無疑充滿了挑戰的意味。我能夠感覺到兩頭巨龍之間正在進行溝通，但我無法從紅龍低沉的話語中分辨出任何人類詞彙——那種話語就像是空氣中的一種壓力，一股我能夠感覺到，卻無法理解的思想的洪流。

婷黛莉雅的頭冠和脖子上立起的剛羽向後落去，就像豎起頸毛的狗收起惡意、平靜下來。牠的弓形長頸也放鬆了。隨後牠轉過雙眼，我立刻感覺到那道彷彿能穿透一切的目光。婷黛莉雅說話了，所有人都能清楚地聽到牠的聲音。牠的質問充滿了指控的意味：「對於那些白色的人和他們的僕人，你都知道些什麼？」

我深吸一口氣，讓聲音盡量嘹亮清晰，以便讓聚集在這裡的所有龍和人都能聽見：「我知道僕人們偷走了我的孩子。我知道他們毀掉了她。我知道我會找到他們，在他們毀掉我之前盡可能地殺死他們。」我的心在狂跳。我咬緊牙關，又說道：「我還需要知道些什麼？」

荷比和婷黛莉雅都一動不動地站在我面前。我再一次感覺到牠們之間交流的思緒。我不知道其他龍和古靈是否也參與到牠們的交談之中。拉普斯卡將軍擠過人群。他的穿著非常簡單，只有一條長褲和一件皮革短上衣。他的兩隻手很髒，似乎是突然中斷了某種勞作，匆匆趕來。

「荷比！」他在看到自己的紅龍時喊了一聲，然後就止住腳步，環顧了一眼聚集於此的古靈和巨龍，看見了我，便快步向我跑來。他一邊跑，一邊抽出了腰間的匕首。我也伸手去拿自己的匕首，卻被機敏向後推去。我驚訝地看到機敏擋在拉普斯卡和我之間。拉普斯卡毫不在意氣勢洶洶的機敏，只是衝我喊道：「荷比叫我來保護你！我是來幫你的！」

機敏驚詫地瞪著古靈將軍。我卻在這時看到小堅也插了進來，這讓我又吃了一驚，隨即更感到憤怒。「到我身後去！」我向那個男孩喊道。小堅卻只是回答說：「您的背後，是的，主人，我會替您守住後背！」

這不是我的意思，但至少這樣能夠讓他避開拉普斯卡的刀刃。

「我不明白，」我向拉普斯卡喊道。而古靈將軍也只是同樣困惑地搖搖頭，「我也不明白！我正在採掘古老的回憶，荷比突然非常著急地召喚我到這裡來保護你。然後牠就從我的意識裡消失了。就好像被殺死了一樣！我嚇壞了，但我必須完成牠的心願。只要我活著，就會保護你。」

「你們閒聊夠了吧！」婷黛莉雅沒有向我們咆哮，但伴隨這段話的強大精神壓力差一點讓我昏厥過去。荷比依然警惕地擋在巨大藍龍和我之間。不過牠沒有辦法給我多少庇護。婷黛莉雅遠遠高過了牠。如果願意，巨龍女王噴出的強酸完全能夠同時籠罩小紅龍和我。但牠只是側過頭，緊緊盯住我。我感覺到牠的存在，還有那雙不停轉動的龍眼睛對我造成的強大壓力。我的精技牆不可能完全擋住洶湧撲來的巨龍魅力。

「我決定允許你做出的變化。我不會殺死你。」

就在我為這個好消息而長吁出了一口氣、我的守護者們匆匆收起他們的匕首時，婷黛莉雅又側過巨大的頭顱，向我俯下身，用力嗅了嗅我。「我不認識那頭在你身上留下標記的龍。也許以後牠需要為你的任性而負責。現在，你不必害怕我了。」

在一陣頭暈目眩中，我的心中充滿了慶幸和對於這位巨龍女王的敬畏。我集中起自己的全部意志力才提起自己的聲音：「我只是想要幫助那些需要幫助的人，那些被他們的龍所忽略的人，或者是那些身體被龍肆意修改的人。」

婷黛莉雅張開大口。隨後的一段時間裡，我的心臟幾乎都停跳了。我看到了比利劍還要長的牙齒閃耀著黃色的光亮，還有牠喉嚨口的紅色毒囊。牠再次對我說道：「不要刺激我，小人類。我沒有殺你，你已經應該心滿意足了。」

這時荷比豎起身體，前爪離開地面，讓牠能夠比先前稍稍高一些。我再一次感覺到了一股無聲的交流力量。

婷黛莉雅向荷比冷笑一聲——牠的嘴唇揚起，露出長長的利齒。但牠還是對我說：「你和那些像你一樣的人可以去干預那些不屬於巨龍的人。我可以允許你們這樣做，他們對於我毫無意義。隨你怎樣去改變他們都可以。但我的，你不要碰。我賜予你這個恩惠，因為你和你的人過去曾經為我效勞。但不要以為我這是在償還你們的債務。」

我幾乎忘記了肩膀上的小丑。我沒想到烏鴉能夠耳語，但小丑的確用低沉沙啞的聲音在我耳邊說：「放聰明點。」

「我當然不會那麼想！」我急忙表示贊同。現在可不是胡言亂語的時候。我深吸一口氣，意識到自己將要說出一番更加糟糕的話，但我別無選擇，只能把它說出口，「我還想要向妳請求第二份恩惠。」

婷黛莉雅再一次向我展示了牠的利齒和毒囊。「我不要死在今天。」小丑說著從我的肩頭飛走了。我的保護者們都縮了縮身子，但沒有一個人逃跑。我能看到他們心中真正的勇氣。

「用你的命接下一個恩賜還不夠嗎，跳蚤？」巨龍問道，「你還想向我要什麼？」

「我請求得到資訊！白者的僕人們不只是要殺死冰華，他們要藉由冰華的死徹底終結整個龍族。我想要知道，他們以前是否就與巨龍為敵。如果是這樣，我想知道是為什麼。更重要的是，我想要知道一切能夠幫助我徹底消滅僕人的資訊！」

婷黛莉雅挺起長長的脖頸，一動不動地仰著頭。這時，荷比用孩子一般膽怯的聲音說：「牠不記得了，我們都不記得了，只有……我偶爾會想起。」

「哦，荷比！妳說話了！」拉普斯卡驕傲地悄聲說道。

這時，婷黛莉雅發出一聲無言的長嚎。我驚恐地看到荷比蜷縮身子，撲倒在地。拉普斯卡再次抽出匕首，站在自己的紅龍身前，將匕首指向婷黛莉雅。我從未見過比這個更加愚蠢和勇敢的行為。

「拉普斯卡，不！」一名古靈喊道。但古靈將軍絲毫沒有退縮的意思。我看不出巨龍女王是否注意到了這個瘋狂的挑釁行為——就算牠看見了，也絲毫沒有理會的意思。牠又將注意力轉回到我的身上。從牠口中發出銅號般的低沉吼聲，震顫著我的肺葉。牠的言辭中充滿了憤怒和沮喪。「我應該有這樣的資訊，卻無論如何也找不到。我要去找到它。人類，這不是給你的恩賜，而是我必須讓冰華吐露實情。牠早就應該將這些告訴我們，而不是因為一段我們不知道的歷史而嘲笑我們。巨龍在卵中，或者作為海蛇游弋在海洋中的時候，都不可能知道這個世界發生了什麼。」牠轉身離開我們，絲毫不在意那些紛紛向遠處退開，以躲避牠的長尾掃蕩的人類和古靈。「我需要去痛飲銀汁。等我喝飽了，我要梳洗鱗甲。一切都要給我準備好。」

「一切都會準備好的！」菲隆在聲威煊赫的巨龍身後喊道。然後他轉身看著自己的父母，臉頰變成了粉紅色——這是古靈臉頰最大程度的血色變化了，「牠實在是太偉大了！」男孩高聲喊道。人們紛紛大笑著附和他的慨歎。

我無法分享人群的這份喜悅。我只覺得自己的腸子至今還在顫抖。想到我剛剛竟然如此接近死亡，這讓我不由得又生出一份寬慰和慶幸。但我又能慶幸什麼？對於僕人，我仍然是一無所知，也無法奢望婷黛莉雅會接受蕁麻和晉責派來的精技治療者，我本來還希望晉責能夠依靠修改巨龍錯誤的塑造，而贏得這些人的盟友關係。

但我知道了冰華還活著。我至少可以希望婷黛莉雅能夠將牠從冰華那裡得到的資訊告訴我。我推測龍族和僕人之間有著淵源久遠的仇恨。古代的古靈會不知道這樁仇恨嗎？我不相信，只是我們至今都還沒有能發現相關的證據。

或者我們已經發現了？我回想起蒼白之女對艾斯雷弗嘉的佔領。弄臣說那個女人的名字是埃麗絲多。那座冰封的古靈城市成為了她強大的堡壘，也是監視外島和六大公國之戰絕佳的戰略要地。她在那裡還能夠折磨那頭被冰川困住的巨龍，徹底摧毀它和它的種族。蒼白之女竭盡全力破壞那座城市的風貌；藝術品遭到損毀、收藏在圖書館中的精技珍寶被搜羅出來，毀於一旦……難道這些不正說明了深深的恨意？她不正是在抹除敵人的一切文化痕跡嗎？

我沒有想到巨龍會支持我攻擊僕人。如果冰華真的痛恨那些僕人，牠在多年以前就會發動攻擊了。我懷疑當牠摧毀艾斯雷弗嘉的寒冰廳堂，消滅蒼白之女的勢力時，已經發洩了胸中的全部怒火。牠甚至把蒼白之女的性命留給我去結束。甚至蒼白之女和科伯．羅貝一同製造的那頭石龍也是被我消滅的。也許那頭黑龍並不像婷黛莉雅那樣凶暴。「雌性遠比雄性更加凶猛殘忍，這種情況並不罕見。」

「真的？」小堅問我的時候，我才意識到自己把這句話說出了口。

「真的。」機敏替我做了回答。我有些好奇他是不是想起了他的繼母對他的謀害。在我們面前開闊的廣場上，拉普斯卡正在高興地和荷比玩著遊戲，彷彿那頭紅龍是他鍾愛的一隻小狗。麥爾妲、雷恩和菲隆開始了一場激烈的討論，看上去甚至像是爭吵。我突然又感到一陣天旋地轉。

「我想要回我們的房間。」我低聲說著。實際上，我現在根本沒有力氣拒絕機敏扶住我的手臂。發生在精技治療後的極度虛弱再一次襲擊了我，我不知道是為什麼。琥珀和火星來到我們身邊。陪著我上了臺階，回到我們的房間。在房門口，琥珀攔住其他人。「稍後我會和你們談談。」她高聲說完這句話，就讓小堅和火星離開了。

機敏一直把我扶到桌邊的一把椅子上。然後我聽到他走出房間，輕輕關上房門。我將頭枕在交叉的手臂上，聽見弄臣對我說：「你病了嗎？」

我就這樣枕著手臂搖搖頭。「虛弱。就像使用精技過度而脫力一樣。我不知道是怎麼回事。」我發出一點不情願的笑聲，「也許是昨晚的白蘭地酒勁還沒有過去。」

弄臣輕輕將雙手按在我的肩膀上，幫我揉捏肌肉。「婷黛莉雅釋放出了強大的魅力光環，我完全被震懾住了。而牠向你釋放出的怒氣更讓我心膽欲碎。我能感覺到，卻看不到，這種感覺真的很奇怪。我知道牠就要殺死你了，而我完全無能為力，我還能聽到你，你就堅定地站在牠的面前。」

「我豎起了精技牆。當時我也以為自己就要死了，不過我們還是獲得了一點情報——冰華還活著。」弄臣的雙手按得我很舒服，卻又讓我清晰地想起了莫莉。我聳肩擺脫了他的手。他無聲地坐到我身邊的椅子裡。

「今天你很可能會死。」他一邊說，一邊搖搖頭，「我不知道我能做什麼。你簡直就是故意要惹怒牠，讓牠殺死你。你想要死嗎？」

「是的，」我承認，「但現在還不行。」我又說道：「我必須先讓這個世界中的其他許多人去死。弄臣，我需要武器。刺客最好的武器就是情報，更多的情報。」我歎了口氣，「我不知道冰華是否掌握著什麼有用的情報。我也不知道牠是否會將所知道的事情告訴婷黛莉雅。就算牠說了，我們又該如何從婷黛莉雅那裡獲得這些情報。弄臣，我從沒有感到對一個任務如此缺乏準

備。」

「我也是。但我從未如此堅定的決心要去完成這個任務。」

我將身子坐直了一點，用一隻臂肘靠在桌面上，碰了碰他戴著手套的手。「你還生我的氣嗎？」

「不。」接著他語氣一轉，「是的，你讓我想起了我不願去回憶的事情。」

「我需要你為我想起這些事。」

他從我的注視下轉開眼，但沒有抽回他的手。我等待著。「問我吧，」他嚴厲地命令我。

這將是讓我的朋友痛苦不堪的一段時間，那麼我最需要知道的是什麼？「克拉利斯城內有沒有可能幫助我們的人？有沒有人可能協助我們行動？有沒有辦法能夠送信給這些人，讓他們知道我們來了？」

沉默。弄臣畏縮了嗎？我知道，白蘭地的策略沒辦法再用了。「沒有，」他終於咬著牙說道，「沒有辦法送信進去。普立卡也許還活著，但他們開始對我們用刑的時候就將我們分開了。我相信，他一定也遭受了和我同樣的酷刑。如果他還活著，應該也只是一名囚徒。我認為在他們的眼中，他非常有價值，是不會被殺掉的，但我也有可能錯了。」

「我知道你懷疑那些幫助你逃出來的人。但你和普立卡的確曾經派出過信使。他們是忠誠的嗎？克拉利斯是否還存留有那樣的人？」

弄臣搖搖頭。他的臉依舊轉向一旁。「我們在克拉利斯的最初幾年還能這樣做。那時我們已經開始對四聖感到不安。但他們還沒有發覺我們的不信任。我們先是派人去警告你，讓你知道四聖也許會對你不利。當我們這樣做的時候，四聖還在不斷派人來轉變我們的思想。也許他們真的以為那些核校者和操縱者能夠讓我們相信我們錯了。」弄臣露出狡猾的微笑，「實際上，情況完全在朝著另一個方向發展。我認為那些被派來說服的人發現我們的故事非常有趣，因為他們對於那道城牆以外的生活實在是所知太少了。我們告訴他們孤立世界以外的事情，當中便有人開始質疑僕人們教給他們的一切。我覺得四聖在一開始沒有察覺到我們造成了多麼巨大的影響。」

「核校者?操縱者?」

他厭惡地哼了一聲。「都是些無聊的頭銜。核校者定義夢境，尋找那些夢的聯繫和線索。操縱者尋找關鍵人物或者即將發生的事件，探索他們的最弱一點，以改變未來，讓世界變得對四聖和他們的僕人更加有利。正是他們在努力說服普立卡和我，讓我們相信自己錯了。他們努力否定我們所經歷的一切事情，尤其是關於我的一個催化劑已經實現了意外之子的夢境預言。他們告訴我們關於一位新的白色先知的夢，按照他們的說法，那位先知是『野生』的。關於那個孩子的夢和關於意外之子的夢極為相符，這一點無庸置疑，即便是我也無法否認。他們提到了一個夢，那個夢中有一個出生時便擁有狼之心的孩子。

「你問我，如果你不是意外之子，那麼我又怎麼能確定我們所做的一切、改變的一切是讓世界回到了正確的軌道上?他們正是一直在用這個問題攻擊我們。我看到這個問題讓普立卡的信心出現了裂縫。在隨後的一段日子裡，我們曾私下討論過這件事。我一直堅持，你就是那個意外之

子。但他只是問我：『那麼那些新的夢又該如何解釋？』對此，我沒有答案。」弄臣嚥了一口唾沫，「完全沒有答案。」

他繼續說道：「一天晚上，在享受過葡萄美酒和友善的交談之後，我們的小朋友們悄聲對我們說，必須找到那個在自然環境中出生的孩子，控制住他，以免他會對這個世界的進程造成任何妨害。他們知道，四聖要找到這個孩子。四聖並非全都相信新預言中的孩子就是意外之子，但至少其中一個是這樣相信的——那就是西姆菲。每當我們和四聖共進晚餐時，她都會就這個問題質問我。她的質問非常難以辯駁，就連我的信念也被動搖了。日復一日，四聖授命對所有相關夢境進行梳理，以找到那個孩子，並對其予以『控制』。我開始擔心他們會找到我已經找到的那些線索，並借助那些線索，在多年前就找到你。所以我又派遣了其他信使。那些信使帶去的訊息是要你找到意外之子。因為他們已經讓我相信，會有一個『野生』的白色先知。看樣子，他們是正確的。他們在我之前很久就已經知道了蜜蜂的存在。德瓦利婭說服他們相信，他們所感知到的那個孩子就是意外之子。」

弄臣的話讓我不寒而慄。他們已經「感知」到了蜜蜂的存在？我將他的話在腦海中拆解成碎片。我需要充分理解他告訴我的每一個字，「他們所說的『野生』是什麼意思？」

弄臣垂下肩膀。我等待著。「普立卡記憶中的克拉利斯——」他終於開了口，卻又咳嗽一聲，止住了話頭。

「你想要喝杯茶嗎？」我問他。

「不。」他突然緊緊抓住我的手，然後他問道，「還有白蘭地嗎？」

「我去看看。」

我在一個枕頭下面找到了那只塞著軟木塞的瓶子。瓶子裡還有一些酒，不是很多了。我找到他的茶杯，為他倒滿一杯酒，放在桌子上。他沒有戴手套的手貼著桌面向茶杯伸過去，舉起茶杯喝了一口。當我回到自己的座位上時，我注意到他戴手套的手還在我剛才握住它的地方。我又把它握進手心裡。「普立卡記憶中的克拉利斯？」

「那是一座圖書館。所有關於白者的歷史，所有被記錄下來經過仔細整理和分析的夢境，還有其他各種文獻。那是一個供歷史學家和語言學家流連的地方。在普立卡的時代，所有白色先知都是『野生』的。人們會認出那些……特別的孩子。他們會將這樣的孩子帶往克拉利斯。或者那個孩子在長大以後會知道他必須踏上前往克拉利斯的旅程。那個時代的白色先知會在克拉利斯接觸到其他白色先知更加古老的夢境和歷史，在那裡接受教育和庇護，被撫養長大，做好準備。當白色先知感覺到自己已經準備好，可以開始在這個世界上的工作時，他就會得到足夠的物資：錢、坐騎、外出行裝、武器、筆和紙。隨後他們就會出發上路，就像普立卡一樣。僕人們則會留在克拉利斯，記錄下他們對於這位先知所知道的一切。他們和其後代將會耐心地等待下一位先知到來。」弄臣又喝了一口酒，「那時沒什麼『四聖』。只有僕人。等待侍奉的人們。」

一陣長久的靜默之後，我試著說道：「但克拉利斯對於你來說並非是這種樣子。」

弄臣搖著頭，一開始很慢，但後來愈搖愈用力。「不，完全不是了！在我的父母將我留在那裡以後，我就驚訝地發現，我對於克拉利斯根本就不是唯一的！他們接受了我，一開始對我很親切溫和，讓我住在一個美麗花園中的小屋裡。那裡有噴泉，還有葡萄架。他們在那幢小屋裡把我撫養長大，我又在那裡的其他小屋中遇到了另外三個孩子，他們幾乎全都像我一樣白。

「但他們都是同父或同母的兄弟，皆出生在克拉利斯，一直在克拉利斯長大。僕人們已經不再侍奉白色先知。他們只會侍奉自己。他們不停地搜集孩子。這些孩子的血脈可以上溯到每一位白色先知——堂親、侄孫，甚至是親孫子。僕人們聚集他們，讓他們住在一起，像養兔子一樣養育他們。讓他們在彼此全然不知的情況下相互交配。或早或遲，他們的罕見性徵就會顯現出來。你也見過博瑞屈這樣做。在馬和狗身上有效的規律在人身上也同樣有效。他們不再等待野生的白者，而是自己製造，並收割他們的夢。曾經堅信白色先知生來就是為了將世界導入正軌的僕人們已經忘記了自己的使命，開始只在意自身的財富和舒適。他們的『真實之道』只是一個能夠給他們帶來最大的財富和權力的陰謀！他們的家養白者完全按照命令行事，通過各種關鍵點改變未來——更換鄰國王位上的君主、當滅絕羊群的大瘟疫即將到來的時候，不向農人報警，反而大量囤積羊毛。直到最終，他們可能是決定要除去世界上全部的龍和古靈。」弄臣喝光了杯中的白蘭地，把茶杯放到桌面上，發出響亮的敲擊聲。

終於，他轉頭面向我。淚水已經沖壞了琥珀精心敷施在臉上的粉底和妝容，眼影變成了臉頰上的兩道黑線。「夠了，蜚滋。」他用結束的語氣說道。

「弄臣，我需要知道……」

「今天夠了。」他伸手摸索，找到了白蘭地瓶子，以對於一名盲人來說相當俐落的動作將瓶中剩下的白蘭地全部倒進他的茶杯裡，「我知道，我必須把這些事告訴你。」他用沙啞的聲音說道，「我都會告訴你的。但要以我的節奏。」他搖搖頭，「我把這一切弄得一團糟。我毀了白色先知。而我卻在這裡，雙目失明、身體殘破，還要再一次把你拖進來。這是我們為了改變世界而進行的最後一次努力了。」

我悄聲對自己說：「我不是為了世界而這樣做，我是為了我自己。」然後我靜靜地站起身，把弄臣和白蘭地留在桌邊。

兩天後，柏油人號離開村子，駛過河面來接我們。我沒有再看見婷黛莉雅。機敏聽說那頭藍龍喝下了大量巨龍之銀，獵殺了一頭野獸，填飽了肚子，然後就沉沉睡去。牠的古靈們在冒著熱氣的巨龍浴池中為牠刷洗鱗片。然後牠再一次痛飲巨龍之銀，隨即離開。牠是去狩獵，還是去尋找冰華，沒有人知道。我放棄了從牠那裡獲取情報的希望。

弄臣履行了他的承諾。在我房間的桌子上，他製作了包含白島、克拉利斯城堡和城堡外城鎮的地圖。組成這幅地圖的是我們進餐時用的盤碟、餐具和餐巾紙。弄臣摸索著用勺子排列成牆壁，用食碟堆成高塔。用這種特殊的方法，我繪製出了克拉利斯的草圖。克拉利斯的周邊防禦工事主要是四座堅固的塔樓。每座塔樓都有一個巨大的骷髏形穹頂。到了晚上，骷髏的眼睛裡就會亮起燈火。技藝高超的弓箭手一直會在這些周邊塔樓設有箭孔的牆壁後面巡邏。

在城堡白色的高大城牆後面，還有第二道城牆環繞著許多精雅的花園、養育白者的小屋和一座用白色岩石與骨骼建造的堡壘。這座堡壘也有四座塔樓，每一座都要比外城牆的四座塔樓更高更細。我們將一張邊桌拖進主屋，在這張桌子上製作了一幅僕人城堡主層區的地圖。

「這座城堡在地上有四層，地下有兩層。」弄臣用餐巾紙疊成牆壁，將茶杯擺成塔樓。「這還不算四聖居住的那些高大塔樓。那些塔比外城牆的望塔更高。這座城堡的頂端是平的，上面是舊日的宮殿。過去克拉利斯曾經同時是城堡和宮殿。現在那裡則被用於囚禁更重要的罪犯。那些塔樓提供了監視整座島嶼和港口的極佳視角，甚至城鎮以外的丘陵地區也都能盡收眼底。蜚滋，那是一座非常古老的建築。我相信沒有人知道那些塔樓怎麼會被建造得那樣細長，而在它們的頂端卻又有著那樣龐大的屋宇。」

「就像是蘑菇？」我一邊問，一邊嘗試去想像。

「也許就像極其精緻優雅的蘑菇。」弄臣幾乎露出了微笑。

「那些蘑菇的莖有多細？」我問他。

弄臣想了一下，「最下面的基座和公鹿堡大廳差不多。但上面就只有基座的一半大小了。」

我暗自點點頭，清晰地想像出那種圖景：「四聖晚上就睡在哪裡？在高塔上的房間裡？」

「差不多。眾所周知，費洛迪總喜歡住所保持新鮮感，所以他一直在幾個地方之間輪流住宿。卡普拉幾乎總是住在她的塔樓寓所中。我覺得西姆菲和寇爾崔大部分時間裡也都是睡在塔樓上。蜚滋，我已經多年不曾瞭解過他們的生活和習慣了。」

克拉利斯城矗立在一座白色岩石的島嶼上。島上除了那座城以外別無他物。從城堡的外牆到島嶼陡峭的邊緣之間只有平坦的岩石地面——任何入侵者都必須經過這一片空曠地帶才能到達城牆邊。而且還有專門的衛兵負責觀察水面和狹窄的堤道。堤道每天在低潮時開放兩次，讓奴僕們進出城堡，並放進前來尋求自身未來的香客。

「一旦香客走過堤道進入城牆，他們就會看見一道高聳的城牆。城牆表面布滿了在漫長時間中雕刻出的藤蔓花紋。城牆後面的堡壘中，全部最寬大的房間都位於地面一層：覲見大廳、舞廳、宴會廳，這些廳堂全都用純白色的木板作為室內壁板。有幾間教室也在這裡，不過大部分教室都在第二層，年輕的白者在那裡接受教育，他們的夢也在那裡被收割。第二層還有一些極盡奢華的房間，富有的客人們可以在其中安閒地品嚐葡萄酒，傾聽核校者朗讀為他們挑選出來的卷軸，並有靈思拓為他們闡解這些卷軸中隱藏的奧義。當然，這樣的服務絕對價值不菲。」

「那麼靈思拓和核校者全都是白者嗎？」

「他們絕大多數都有白者的血統，出生在克拉利斯，從幼年時起就被培養成四聖的僕從。他們還負責『侍奉』那些能做夢的白者，就像是被放在狗身上的蝨子，他們孜孜不倦地吸取白者們的夢和思想，將這些訊息解釋成可能的未來，誘使那些富有的傻子前來向他們尋求答案……」

「所以，他們只不過是一些花言巧語的騙子。」

「不，」弄臣以微弱的聲音說，「蜚滋，這才是最可怕的地方。富人購買關於未來的訊息，讓自己變得更加富有。靈思拓能夠知道未來何時發生乾旱，以此來建議某個人囤積穀物，以高價

出售給他飢餓的鄰居。瘟疫同樣能讓一個家族一夕暴富，只要他們知道它會爆發。四聖早已不再致力於讓世界進入更好的軌道，只是專心於預知災難和意外，以此為自己謀求利益。」

他深吸了一口氣。「堡壘的第三層是僕人們的寶物庫房。那裡有六個堆滿卷軸的房間。其中一些卷軸的歷史已經久遠到無從考察。而每天都會有新的夢被記錄下來，加入其中。只有最富有的人能夠在那裡散步。有時候，一名富有的莎神祭司也許會被允許在那裡進行單獨研究。當然，能那樣做的祭司也必須為四聖提供足夠誘人的財富和權勢。

「最後，第四層是受到四聖寵信的僕人們的居住區。那裡還住著一些衛兵——最受信任的衛兵。他們負責守衛通向每一座四聖私人塔樓的入口。做夢最多的白者也被豢養在那一層，方便四聖很容易從他們高高在上的塔樓下來，與這些白者進行交談——這是費洛迪最為關注的事情。不過這些交談並非總是能出現非凡的思想和智慧。」弄臣說到這裡的時候停了下來。我沒有問他是否也曾經成為四聖所關注的犧牲品。

他突然站起身，走過房間，一邊回頭說道：「再登上一道階梯，你就會來到堡壘頂端。那曾經是一座古老的後宮，現在則成為了關押反抗白者的牢房。」他遠遠離開我們製作的地圖模型，「也許普立卡現在還被囚禁在那裡。或者是他還殘留在這個世上的那部分。」他突然深吸一口氣，隨後，琥珀說話了：「這裡好悶。請叫火星來。我想要出去呼吸一下新鮮空氣。」

我滿足了她的請求。

我和弄臣的交談一直都斷斷續續，也很簡短。我聽的遠比說的更多。如果他一言不發地站起身，變成琥珀離開房間，我就會任由她離開。他不在的時候，我便繪製草圖，記錄下關鍵資訊。我很重視弄臣所說的一切，但我還需要更多。弄臣沒有他們的缺陷和癖好的最新情報，不知道他們的愛人和敵人的名字，對他們的日常生活規律也不瞭解。等我到達克拉利斯的時候，這些情報都需要我去自己刺探出來。現在不能著急。無論怎樣著急，也不可能把蜜蜂帶回來了。這將是一場冰冷的、經過精心謀劃的復仇。當我發動攻擊的時候，我會滴水不漏地完成每一個步驟。我相信，如果他們在死亡的時候知道自己是因為什麼樣的罪行才會落得這種下場，那種感覺一定會很甜蜜。不過就算他們不知道，也終究只能是死路一條。

勢所必然，我的計畫一定是簡單的，我使用的計謀肯定不會很多。我逐一安排這次出征所需的各種物資，思考各種可能。切德的火藥罐在熊的攻擊之後還剩下五個。其中一個裂開了，漏出一些粗糙的黑色粉末。我烤軟蠟燭，將它補好。我還有一些小刀、舊投石索、一把尺寸過大，不可能被帶進和平城市的斧頭。我懷疑這些武器到時候根本派不上用場。我有粉末狀的毒藥，可以混和在食物中，或者直接撒在食物的表面，只要塗在門把上或者杯子邊緣就能生效的毒油、沒有味道的液體和藥丸——我所知道的每一種形態的毒藥。熊的攻擊讓我損失了大量毒藥。現在我不可能採取汙染城堡水源或大批食物的策略了。如果我能讓四聖坐下來和我玩一局骰子，我手邊的毒藥就還足夠毒死他們。但我知道自己不可能有這樣的機會。如果我能夠進入他們的個人居所，我就有可能結束他們的生命。

在房間裡的邊桌上，那些代表高塔的小茶杯中，我放了四粒黑色的石頭。我的手中握著第五粒石頭陷入了沉思。這時小堅和火星隨同琥珀女士和機敏走了進來。「這是什麼遊戲嗎？」小堅驚訝地盯著滿桌的杯盤和被我整齊地排列在地板上的殺戮工具問道。

「如果刺殺是一場遊戲的話，」火星低聲說道，她來到我的身邊，「這些黑石頭代表什麼？」

「切德的罐子。」

「它們有什麼用？」小堅問。

「它們會爆炸，就像原木在爐膛裡燃燒時，裡面的汁水會遇熱爆開。」

「只是爆炸威力更加強大。」弄臣說。

「強大得多。」火星低聲說，「我和切德進行過測試。那時他還很健康。我們在靠近海邊的岩石崖壁上炸出了一個大洞。碎石四散崩飛。」她摸了摸自己的臉頰，彷彿在回憶一片割傷了自己面龐的石屑。

「很好，」弄臣說道。他坐到桌邊，手指優雅地跳過各種精心布置的物品。琥珀早已從他的身上消失了，「每一座塔一個火罐？」

「這樣也許能成功。這些罐子的安放位置和高塔牆壁的支撐力是關鍵。必須將這些罐子放在塔中足夠高的地方，確保高塔在四聖入睡的時候倒塌。而且罐子必須同時爆炸。所以我需要不同長度的引線，逐次將它們點燃，又能確保它們同時引燃火藥罐。」

「同時還可以給你留下撤退的時間。」機敏說。

「是的，如果是這樣當然最好。」不過我並不很期待這些罐子真的能夠同時爆炸，「我需要一些製作引線的東西。」

火星皺起眉頭。「引線不還在罐子頂上嗎？」

我盯著她，「什麼？」

「請給我一個。」

我不情願地將那只由我修復的罐子遞給火星。她朝這只罐子皺了皺眉。「我不知道這只罐子還能不能用。」然後她拉開這個罐子的頂蓋。我才看出它的頂蓋是由厚厚的一層樹脂固定在罐子上的。那裡面有兩根細繩。其中一根是藍色，另一根是白色。火星將兩根繩子打開。藍色的長度是白色的兩倍，「這根藍色的更長，而且燃燒速度更慢。白色的燃燒速度更快。」

「有多快？」

她聳聳肩。「這根白色的，只要點燃就能飛速燒盡，在緊急狀態中讓罐子迅速爆炸。藍色的被點燃之後，你大可以將它藏起來，和你的敵人喝上一杯酒，在祝酒並道別之後再平安地走出屋門。」

機敏從我的身後探過身子。我聽出了他聲音中的笑意。「我們兩個一起行動，放置它們就容易多了。一個人絕不可能把它們全部放置好、在它們仍然沒有爆炸前離開。」

「是我們三個要一起行動，」火星堅持道。我再次盯住她。她的表情變得憤憤不平，「使用這些東西，我比這裡的任何人都更有經驗！」

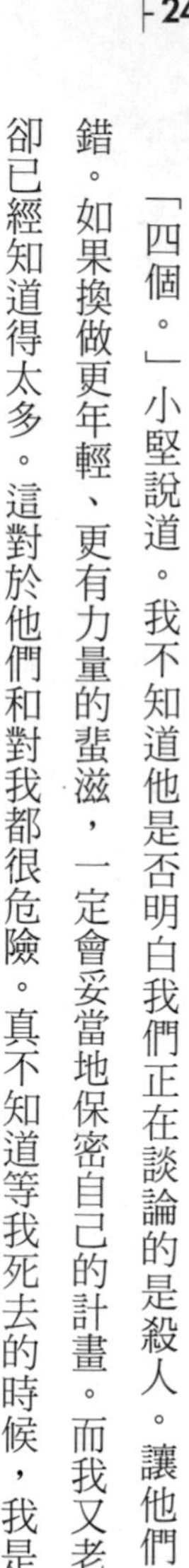

「四個。」小堅說道。我不知道他是否明白我們正在談論的是殺人。讓他們捲進來是我的錯。如果換做更年輕、更有力量的蜚滋，一定會妥當地保密自己的計畫。而我又老又疲憊，他們卻已經知道得太多。這對於他們和對我都很危險。真不知道等我死去的時候，我是否還有任何祕密能夠不為人知。

「到時候我們再看吧。」我知道，如果我簡單地說一個「不」字，他們一定會和我吵起來。

「我可看不見。」弄臣在寂靜中忽然開了口。片刻之間，房間裡陷入一陣沉默。就在這時，小堅笨拙地笑了起來。我們也紛紛發出了笑聲——儘管我們的笑聲都是苦澀多於歡樂，但我們至少還活著，還在向我們的殺戮目標前進。

柏油人號

點謀國王決定將精技教導嚴格限制在王室成員內部。這是一個很不明智的決定。而在此之前，精技魔法已經開始衰微了。我二十二歲的時候，一種咳血瘟疫橫掃了全部海岸公國。無論青年還是老人，都成批喪命。許多年邁的精技使用者也死在了這場瘟疫中。隨著他們的去世，那些魔法智慧也都失傳了。

當帝尊王子發現關於精技魔法的卷軸能夠在外國商人那裡賣出高價的時候，他開始祕密地劫掠公鹿堡的圖書館。他是否知道，這些珍貴的卷軸最終將會落進蒼白之女和紅船劫匪的手中？這件事在很長時間裡都是公鹿堡貴族們爭論不休的一個話題。在帝尊死去多年之後，很可能再也不會有人知道他當時真正的想法了。

——《點謀國王統治時期精技智慧的衰落》，切德·秋星

我們一同來到碼頭上，觀看來到克爾辛拉的柏油人號。我是在公鹿堡城長大的，那裡的碼頭

用沉重的黑色木材搭建而成，上面塗滿了焦油，彷彿在埃爾將大海帶到我們的岸邊時起就矗立在這裡。而這裡的碼頭似乎是最近才建起來的——淺色木板再加上一些堆砌的石塊和一些粗大的原木。看上去似乎是在古早古靈的遺跡上加蓋了新的建築——這是我的推測，因為我不認為現在克爾辛拉港口選擇的是最佳位置。河岸邊那些半沉入水中的建築讓我知道，這條河的河道經常會發生遷移。現在，新的克爾辛拉古靈們需要將目光從過去抽離回來，認真考慮一下這條河和這座城市今天的狀況了。

在這座城市背後殘破的懸崖上，在最高的山峰頂端，積雪沿著蜿蜒的山脊堆積成細長彎曲的手指。我能看到遠方的樺樹林上綻放的粉紅花朵，柳樹枝條上也生出了紅色的芽尖。吹過河面的風又濕又冷，但冬季寒風中那股凜冽的刺痛感已經不復存在。季節正在轉變，正如同我生命的方向。

隨著柏油人號的到來，一點雨水也隨之落下。小丑站在堅韌不屈的肩膀上，在雨水中縮起了頭。機敏站在小堅身後。火星站在琥珀旁邊。我們的位置能夠清楚地看到駛來的船隻，又不會太過靠近岸邊，對碼頭上的人造成妨礙。琥珀戴著手套扶著我抬起的手腕。我壓低聲音對她說：

「這條河很湍急，又很深。毫無疑問，河水很冷。水流中夾雜著淺色的淤泥，散發出一股酸味。這裡的河岸曾經比現在更寬闊。百餘年來，這條河一直在侵蝕河岸，向克爾辛拉逼近。這裡還停泊著另外兩艘船。看上去，它們暫時都無事可做。

「柏油人號是一艘內河駁船，有船槳和船篙，船身很長，吃水很深。一名強悍的女子正在掌舵。這艘船先在河對岸逆流上溯了一段路，然後再橫穿河流，順著水流駛向我們。它沒有船首像。」最後這一點讓我感到有些失望。我早就聽說過活船上的船首像能夠說話，做出各種動作。「它的船殼上畫著一雙眼睛。它隨著水流走得很快。有兩名甲板水手正在幫助掌舵的女人。那些船員在全力對抗急流，將船駛過來。」

隨著柏油人號靠近碼頭，船上的纜繩也被扔給了碼頭上的人們。碼頭工人們一接住纜繩，就將之纏繞在碼頭前的木墩上。這艘駁船對抗水流的方式有些奇怪，但我又說不出具體奇怪的地方。水花在船周圍激蕩。纜繩和碼頭承受著河流拉扯的力量，發出輕微的「吱嘎」一聲。

一些纜繩被繫緊，還有一些被鬆開，直到船長最終對柏油人號的停泊狀況感到滿意。碼頭工人們早已推著小車等在岸邊。一名身材頎長的古靈正站在碼頭上，臉上全都是期待愛人歸來的甜蜜笑容。我知道他的名字是埃魯姆。我向船上望去，迅速找到了埃魯姆前來迎接的那位女子。她正在忙個不停，發布一個個命令，讓柏油人號在岸邊停穩。不過我已經兩次看到她的目光掃過歡迎的人群。當她看見她的古靈愛人時，臉上都會煥發出光彩，一舉一動也會變得更加輕盈迅捷，彷彿是在炫耀自己的活力。

一塊跳板從船上搭下來，大約十來位乘客帶著大包小包下了船。這些移民站在岸上，帶著好奇（或者也有可能是沮喪）的神情望向這座半是廢墟的城市，顯得很不知所措。我不知道他們原先是如何想像這裡的，更不知道他們是否會留下來。在另外一塊跳板上，碼頭工人已經開始像成串的螞蟻一樣，將船上的貨物不斷搬運下來。

「這就是我們要乘的船？」火星有些懷疑地問。

「是的。」

「我從沒有坐過這樣的小船走遠路。」

「我以前乘過小船。比如細柳林的划艇。但不是這樣的。」堅韌不屈的眼睛掃過柏油人號，下巴稍稍垂了下來。我不知道他的心情是憂慮還是渴望。

「不會有事的，」機敏向他們保證，「看這艘船走得多麼穩。我們只不過是乘著它走過一段河流，又不是漂洋過海。」

我注意到機敏對他們兩個說話的模樣，彷彿當他們是自己的弟弟妹妹，而非僕人。

「你們看到船長了嗎？」

我回答了琥珀的問題：「我看到一個已過中年的男人正在向雷恩走去。我覺得他以前應該更胖一些，現在看上去憔悴了許多。他們親熱地互相問候。我猜那就是萊福特林，他身邊的女人應該就是愛麗絲。她有著濃密的紅色鬈髮。」琥珀已經將愛麗絲拋棄她合法卻不忠的繽城丈夫，與這名活船船長在一起的謠傳故事告訴了我，「他們正在對著菲隆大呼小叫，看起來很高興。」

琥珀輕輕捏了一下我的手臂，臉上凝固著一個微笑。

「他們過來了。」我低聲說。機敏來到身邊。在我身後，小堅和火星都閉上嘴。我們靜靜地等待著。

雷恩微笑著為我們作了介紹：「這就是我們來自六大公國的客人！活船柏油人號的萊福特林

船長和愛麗絲女士，請允許我介紹六大公國的蜚滋駿騎・瞻遠親王、琥珀女士和機敏大人。」

機敏和我向他們一鞠躬。琥珀優雅地行了一個屈膝禮。萊福特林生硬地鞠了一躬。愛麗絲則滿懷敬意地向我們行過屈膝禮，隨後便站起身注視著我，目光中盡顯驚訝。片刻之後，一絲微笑掠過她的面龐，彷彿想起了自己應有的禮儀。「我們很高興能用柏油人號送你們前往崔浩城。麥爾妲和雷恩已經告訴我們，菲隆能恢復健康全要仰仗你的魔法。謝謝你。我們沒有孩子，菲隆就像是我們的孩子。」

萊福特林船長鄭重地點點頭，粗聲粗氣地說：「我妻子說得沒錯。請給我們一天時間，將貨物運上岸，再讓我們的船員享受一下岸上時光，然後我們就會載上你們順流而下。柏油人號不算有多寬敞。我們會盡全力為你們提供舒適的起居環境，但我相信，這不會是一位親王所習慣的旅行，同樣也不會是女士和大人所習慣的。」

「我相信你們為我們提供的居所一定會讓我們非常滿意。而且我們的目的不是舒適，而是抵達目的地。」我回答道。

「柏油人號能夠幫助你達成心願。它比這條河上其他任何船隻都更加靈活迅捷。」萊福特林的聲音中充滿了一位船長的自豪，「我們很高興能歡迎你們現在上船，看一下我們準備的房間。」

「樂意之至。」琥珀熱切地回答道。

「這邊請。」

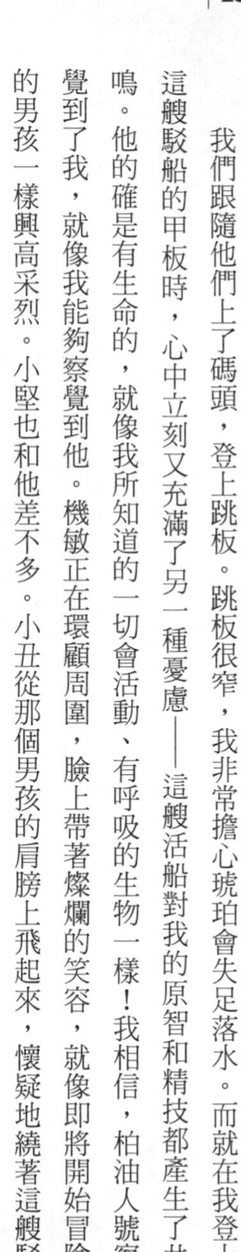

我們跟隨他們上了碼頭，登上跳板。跳板很窄，我非常擔心琥珀會失足落水。而就在我登上這艘駁船的甲板時，心中立刻又充滿了另一種憂慮——這艘活船對我的原智和精技都產生了共鳴。他的確是有生命的，就像我所知道的一切會活動、有呼吸的生物一樣！我相信，柏油人號察覺到了我，就像我能夠察覺到他。機敏正在環顧周圍，臉上帶著燦爛的笑容，就像即將開始冒險的男孩一樣興高采烈。小堅也和他差不多。小丑從那個男孩的肩膀上飛起來，懷疑地繞著這艘駁船飛了一圈又一圈，一邊努力搧動翅膀，對抗著河上的強風。火星比機敏和小堅顯得更矜持，幾乎可以說是有些警覺。琥珀一到船上就讓我挽住她，並且緊緊抓住了我。愛麗絲也來到船上，萊福特林跟在她身後。他們兩個突然停住腳步，彷彿遇到了一堵牆壁。

「哦，天啊。」愛麗絲輕聲說道。

「的確令人很驚訝，」萊福特林有些緊張地說道，然後他的神情變得很僵硬，他開始和他的船進行溝通。他們之間往來交流的訊息就像是一根被繃緊的弦不斷被彈撥，他的眼睛則牢牢地盯住了我。「我的船……我必須問一下。你曾經被一頭龍佔有過嗎？」

我們全都僵在原地。難道這艘船感覺到弄臣飲下的龍血？琥珀放開我的手臂，獨自站立著，準備接受對於她的一切指控。「我認為你的船對我的感覺的確是……」

「請原諒，女士，讓我的船感到不安的不是妳，而是他。」

「我？」就連我自己都覺得這一聲問得實在是太愚蠢了。

「你。」萊福特林向我確認。他咬住嘴唇，向愛麗絲瞥了一眼，「親愛的，也許妳能夠帶女士們去周圍看看，讓我和親王談談這件事？」

愛麗絲瞪大了眼睛。「當然可以。」我知道，船長是要讓我的同伴們暫時迴避，但我卻猜不出為什麼。

我轉向我的幾位隨行人員，「火星，我和船長談話時，妳能否為妳的女主人引路？機敏、小堅，也請你們離開一下。」

火星聽出了我沒有說出口的警告，立刻攙住了琥珀的手臂。機敏和小堅已經沿著甲板走開了，一邊走，一邊欣賞船上的各樣東西。「和我說說這艘船都是什麼樣子，火星。」琥珀用悠閒從容的語氣說道。她們跟隨著愛麗絲緩步離開了。我聽到火星在愛麗絲每次做過介紹之後都會再詳細向琥珀做一番描述。

我向萊福特林轉回身問道：「你的船不喜歡我？」我自己還沒有感受到柏油人號的反感，不過我以前也從不曾接觸過活船。

「不。我的船想要和你說話。」萊福特林將雙臂抱在粗壯的胸前，然後似乎又意識到這樣是多麼不友善，便鬆開雙臂，在自己的褲腿上抹了抹手心。「請到船頭去。他在那裡能夠更適合說話。」隨後他就晃動著壯碩的身子走向了船頭。我緩步跟在他身後。他回過頭對我說：「柏油人會和我說話，有時候也會和愛麗絲說，也許還對亨納西說過話，或者在夢裡也和別人說過。具體我沒有問過他，他也沒有告訴我。他和其他活船不一樣。他更加自我……嗯，你不會明白的。你沒有貿易商的血統。簡單說吧，柏油人從不曾要求和陌生人對談。我不知道他今天是怎麼了，但

我明白他說了什麼、想要做什麼。巨龍守護者們和你做了一筆交易，但如果柏油人說他不想讓你待在他的甲板上，那麼也就只能如此。」船長深吸一口氣，又補了一句，「抱歉。」

「我明白。」我說道。但其實我一點也不明白。愈靠近船頭，我對於柏油人的感覺就愈敏銳。這讓我很不舒服。這種感覺就像是被一條狗嗅來嗅去。一條很大的、無法預料的狗。他已經向我露出了牙齒。我壓抑住自己露出牙齒的衝動，現在不能顯示出任何敵意。柏油人號正在愈來愈強烈地壓迫著我的精技牆。

當他的感知進入到我的意識中時，我明白地告訴他：我允許你這樣做。你有權力拒絕嗎？你踩在我的甲板上。我能夠清楚地感知你。是哪一頭龍碰觸了你？在現在這種環境裡，說謊只能是愚蠢的。一頭龍闖進了我的夢裡。我覺得牠的名字是辛泰拉，牠自稱佔有古靈賽瑪拉。我曾經與婷黛莉雅和荷比非常接近。也許你感覺到的是牠們。不。你的身上這頭龍的味道是我從來不曾感覺到的。靠近一些，將你的手放在欄杆上。

我看著面前的船欄杆。萊福特林船長正冷冷地盯著河對岸。我不知道他是否知道他的船對我說了什麼。「他想要我將雙手放在欄杆上。」

「那我建議你這樣做。」船長用粗啞的聲音回答道。

我看著這艘船。建造這艘船的木料是灰色的，紋理很細，是一種我非常陌生的材料。我摘下手套，將雙手放在欄杆上。

是了，我嗅到了牠。你用雙手碰過牠，對不對？你為牠梳洗過。

我從沒有為一頭龍進行過梳洗。

你有過。牠將你認定為牠的人。

惟真。我沒有想要將這個想法讓別人知道，但這艘船決意要擠進我的意識。我的牆壁滑開了。我鞏固了邊界，試圖透過細微的調節讓這艘船不會察覺到我將它封鎖在外面。但好奇心讓我的熱血奔湧。擁有血肉的巨龍真的會將惟真視作一頭龍，認為他佔有了我？我的確曾經掃去他背上的落葉。這就是這艘船所感覺到的「梳洗」？如果龍會將惟真看做一頭龍，那麼這艘駁船會將自己看作是一頭龍嗎？

駁船陷入沉默。他在思考。然後他說道：是的，那頭龍，牠佔有了你。

小丑在我的頭頂上方高聲鳴叫。

這個世界上最困難的事就是什麼都不想。我想到了風，想到河面的流轉。我渴望觸摸到惟真，這種渴望幾乎超過了我對呼吸的需求。我要伸展出去，用我的神智和心靈觸摸那冰冷的石頭，感覺到他仍然守衛著我的背後。駁船打斷了我的思緒。

牠佔有了你。你否認嗎？

我是他的。我驚訝地發現這一點千真萬確。很久以前，我就已經屬於他了。

人類怎麼可能知道什麼是「很久以前」？不過我接受你是屬於牠的。依照萊福特林和愛麗絲的心願，我會載你們前往崔浩城。但現在你要怎麼做，全都由你自己決定了。我不會和一個被龍佔有的人打交道。

我很想知道一艘活船「接受」我，相信我屬於一頭石龍意味著什麼。我還想知道惟真是如何標記我，令我屬於他。他知道自己做了這件事嗎？十幾個問題湧入我的腦海，不過柏油人號沒有再理睬我。就好像一家喧鬧的酒館在我面前關上了大門，把我丟在黑暗與孤寂中。我同時感到無與倫比的輕鬆和孤獨，同時又因為那些他沒有告訴我的事情而倍感失落。我伸展出自己，卻完全感覺不到柏油人號。在我這樣做的時候，萊福特林船長立刻就知道了。他盯住我，審視我的一舉一動。然後他笑著說：「他和你的談話已經結束了。想要看看你前往下游時睡的床鋪嗎？」

「我，呃，好的，請。」他的態度突然發生了轉變，就像是在風暴肆虐的日子裡，太陽突然從重重疊疊的烏雲後面露出了臉。

他帶領我向後面走去，經過甲板艙室之後，他帶我來到搭建在甲板上的兩個方形房屋前面。「它們要比我們第一次使用的時候好多了。柏油人原先只是用來運貨的，我從沒有想過它還會搭載乘客。不過時代在改變，我們也會隨時代一同改變。就連雨野原也會改變，儘管改變的速度很慢，有時候也遠遠說不上是體面。這一間是為你、機敏大人和你的小男僕準備的。」片刻之間，他顯得有些尷尬，「如果你和那位女士能夠有私人房間當然是最好，但我該把你們的小女僕安排到哪裡？習慣在岸上生活的女孩不可能會喜歡船員艙房，哪怕在我的船上她們不會遭遇任何危險。所以只能讓你們沒有私人空間了。另一個房間是為兩位女性準備的。我相信這遠遠不是一位親王所期待的，不過這已經是我們能夠提供的最好的環境了。」

「我們只想要趕路，就算是睡在甲板上，我也會很高興。這也不會是我一生中第一次睡甲板。」

「啊。」這名船長顯然放鬆了下來，「太好了。聽到你這樣說，愛麗絲肯定會放心不少。自從我們得到訊息要迎接你們登船之後，她就一直憂心忡忡。『六大公國的親王！我們該如何招待他，他要睡在哪裡？』她不停地這樣念叨著。這就是我的愛麗絲。她總是希望盡可能把事情做到最好。」

船長打開屋門。「曾幾何時，這兩個房間就像是兩只大號的貨箱。不過經過了將近二十年的改造，我們已經把它們變得相當舒適了。我想，其他人應該還沒有到這裡來，所以你可以先挑選中意的鋪位。」

生活在船上的人都很懂得該如何充分利用狹小的空間。而我早已做好了心理準備，打算迎接撲面而來的黴腐氣味，並看到帆布吊床和裂縫的地板。但我看到的是陽光透過兩扇小窗戶，落在閃閃發亮的黃色木製家具上。靠著兩面牆壁放置了兩副雙層單人床，每張床都不寬。整個房間散發著拋光木材的新鮮油脂氣息，聞起來令人愉悅。有一面牆上裝滿了櫥櫃和抽屜格。小窗戶的周圍排布著置物小格。兩幅藍色的窗簾從敞開的窗口上被拉開，讓陽光和新鮮空氣得以進入。「我完全沒想到能住進如此舒適宜人的水上小屋！」我轉身對船長說道，發現愛麗絲正站在船長身邊，因為我的話而容光煥發。機敏和堅韌不屈站在她身後。小堅的臉頰被冷風吹成了亮紅色，兩隻眼睛閃閃發亮。他望著我們的小屋，笑得很開心。

「女士們也很喜歡她們的房間。」愛麗絲高興地說。「那麼，歡迎登船。你們今天隨時可以把行李送過來，也可以在船上隨意走動。船員們至少要在這裡休息一天。我知道你們迫不及待地

想要到下游去，但……」

「一天甚至兩天都不會干擾我們的計畫。」我回答道，「我們的任務會等待我們的。」

「但派拉岡號不能等。所以這次我至多只能給我的船員們一天半的時間。」萊福特林一邊說，一邊向愛麗絲搖搖頭，「即使是這樣，我們也只能在崔浩城剛好與派拉岡號碰頭。親愛的，時間和水流都不會等人，兩艘船都有自己的計畫表要遵守。」

「我知道，我知道。」愛麗絲說道。但她這樣說的時候，臉上仍然帶著微笑。

萊福特林微笑著轉向我。「還有另外一些船會沿這條河定期來往於克爾辛拉和崔浩城之間，但是在春季漲水期，沒有任何一艘船能夠像柏油人號那樣平穩迅速地行駛在這條河上。一旦積雪消融結束，河面恢復平靜，柏油人號和他的船員就能夠好好休息一下。其他船隻將接替他的工作。當河流在融雪期變得湍急難行，或者主河道中奔淌著強酸性的白色河水，我們就要將那些漂亮的小船收起來。向這裡運送貨物的責任就要由柏油人號來承擔了。」這位船長的語氣中，驕傲遠遠多過了遺憾。

「去下游的時候，我們還要和乘客們擠在一起嗎？」愛麗絲問道。她的聲音中流露出一絲焦慮。

「不。我和哈里金說過了。如果有任何新來的人受不了這座城市的嘟囔，都會被送到河對岸的村子去，等待我們下次回來。我覺得哈里金是希望他們能夠安頓下來，代替那些逃回去的人。」船長說到這裡，又轉向我，「二十年裡，我一直將人們送到這裡來，然後將其中半數人再送回去。這讓我的船上總是很擁擠，甚至在廚房吃飯也得排隊。不過這一趟，船上只會有你們、乘客和一點貨物。如果天氣一直晴朗，這應該是一趟愉悅的旅程。」

第二天早晨，天色湛藍如洗。河上的風很強，充滿了寒意，不過已經是確定無疑的春風了。我能夠嗅到新鮮樹葉在枝頭展開，以及黑色泥土甦醒的潮濕氣息。空氣中還飄蕩著一種新鮮的青蔥混和著煎蛋捲和炸馬鈴薯的香氣。我們正在同巨龍守護者們共用早餐。他們齊聚一堂為我們送行。希爾薇高興地告訴我們，她堅持要養在溫室花園中過冬的雞，現在又開始穩定地產蛋了。

參加這場告別會的還有孩子們和守護者的伴侶們。他們都再一次向我們表達感謝，並贈送給我們許多告別禮物。一個名叫卡森的人顯然很懂得旅行。他送給我們一整個皮製袋子的乾肉。「只要不讓水進去，它就能保存很久。」我感謝了他。那一刻，我感覺到一種和他們之間的關係，一種深深的友誼。

琥珀和火星全從一位名叫潔珥德的女子那裡各得到了一副耳環。「這裡面沒有魔法，但它們很漂亮，在困難的時候，妳們可以賣掉它們。」我治好了潔珥德的小女兒。但奇怪的是，這個孩子是一位名叫塞德里克的古靈和卡森共同養育的。「我很喜歡那個女孩，但我從沒想過要當媽媽。」潔珥德歡快地對我們說。那個小女孩正騎在塞德里克的肩膀上，兩隻手緊緊抓住他的頭髮，顯得心滿意足。塞德里克對她顯然非常關心。「她已經能夠發出聲音了。現在我們說話的時候，她也會轉過頭來看我們了。」這個孩子濃密的古銅色頭髮遮住了她非常小的耳朵，「現在芮普妲已經明白了她的問題，願意幫助我們解決這個問題了。我們的龍並不殘忍，只是牠們不太理

解一個小人類是如何成長的。」

古靈女王送給我們一個裝有各種茶葉的小盒子。她微笑著將這只盒子遞給琥珀。「在長途旅行中，一點小小的愉悅能夠帶來了很多慰藉。」琥珀感激地接下了這份禮物。

我們在中午之前上了船。我們的行李已經先一步被送了上去。堅韌不屈推著的一輛小車裡放著我們剛剛得到的禮物。刺青送給小堅一條古靈圍巾。小堅非常小心地疊好它，並低聲問我是否能夠從繽城將這條圍巾寄給他的媽媽。我向他做了保證。賽瑪拉將琥珀拉到一旁，送給她一個編織口袋。我聽到賽瑪拉又為了琥珀手指上的巨龍之銀叮囑了她一番。

碼頭上的告別彷彿永遠也不會結束，不過萊福特林終於高喊一聲說時間到了，如果我們要趁著天亮時啟程，那現在就應該上船了。我看到埃魯姆親吻了他的愛人，然後那個女孩就快步跑上船，開始向甲板上的船員們發號施令。萊福特林發現了我在觀察那些水手。「絲凱莉是我的侄女。總有一天，她會成為柏油人號的船長。那時我將躺在他的甲板上，將我的記憶注入到他的木材裡去。」

我揚了揚眉毛。

萊福特林船長猶豫一下，然後自顧自地笑著說：「活船已經不再像過去那樣神祕了。活船和操船的家族關係非常密切。孩子們都被生在家族的船上，長大就成為船員，然後是船長。他們死去的時候，船會吸收他們的記憶。我們的祖先一直生活在我們的船上。」說到這裡，船長給了我一個古怪的笑容，「也算是一種奇特的不朽。」

很像是將記憶注入一頭石龍——我心中想道。這的確是一種奇特的不朽。

萊福特林搖了搖生滿灰髮的頭，邀請我們與他和愛麗絲一同去廚房喝一杯咖啡。此時船員們都已經各就各位，開始工作了。「你們不需要在甲板上嗎？」堅韌不屈問萊福特林。

船長笑著說：「如果我現在還不能信任絲凱莉，我今天就應該把自己的喉嚨割開。我的船員們都很愛這艘船，柏油人號也愛他們。沒有什麼問題是他們應付不了的。我很樂意和我的夫人一起享受片刻悠閒的時光。」

於是我們就擁擠在傷痕累累的餐桌周圍。雖然有些擠，但這個小房間中充滿了友好的氣氛，還有多年來烹煮食物留下的香氣和一股濕羊毛的味道。咖啡香氣讓這裡的氣息變得更加濃郁。我以前喝過這種飲料，知道它是什麼味道。我看到小堅驚訝地皺起了嘴唇。愛麗絲立刻拿過他的杯子。「好了，孩子，你不需要喝這東西！我可以再煮一壺茶，很快的。」船長夫人將小堅杯子裡的咖啡倒進咖啡壺中，又向一只有凹痕的銅壺裡舀進一些水。廚房裡的小鐵爐散發出的熱量讓這個狹小的房間幾乎有些無法待下去了。愛麗絲很快就讓銅壺嘶嘶作響地坐到了爐子上。

我看了一眼周圍，大家是這樣友好地圍繞在桌邊。在公鹿堡，火星和小堅只能坐到僕人的桌子旁邊，也許機敏和我也不能和這對地位低下的船長夫婦同桌就餐。這個房間將這些拘束全都打破了。小堅瞪大了眼睛，火星明顯壓抑住自己的呼吸。湍急的河流帶著我們向下游奔去。我探出脖子，向小窗外面望去，只看到一片灰色的河水。

萊福特林滿足地歎了口氣。「好了，我們上路了。我要去看看大埃德爾是不是需要有人幫他

掌舵。他是一個好人，只是有些頭腦簡單。他對於這條河很熟悉。不過我們還是很想念斯沃格。過去三十年裡，那位舵手一直讓我們穩穩地行駛在這條河上。而現在他已經融入柏油人號了。」

「我們最終也全都會融入其中。」愛麗絲帶著微笑如此說道，「我也必須離開一會兒了。我要去問問絲凱莉，她把最後一桶糖放到哪裡去了。」她看了一眼火星，「等到水開的時候，希望妳來煮點茶。茶葉就在窗邊架子上的盒子裡。」

「謝謝，愛麗絲女士，我會做好的。」

「哦，愛麗絲女士！」愛麗絲的臉頰變成了粉紅色。她笑著說：「我已經有許多年不曾被稱為女士了！我只是愛麗絲。如果我忘記給你們加上尊稱，還請原諒我。我已經在河上生活了將近二十年，恐怕繽城禮儀都已經忘光了。」

我們全都笑著向她保證，我們在她的船上感覺很舒服。這是真心話。在柏油人號上，我感到比在巨龍之城中更加安心愜意。

一股河風從被打開的艙門中吹進來，隨後艙門便又被走出去的愛麗絲關上了。船艙中只剩下我們幾個。我聽到琥珀微微地吁了一口氣。

「你覺得，如果我到甲板上去看一看，他們會介意嗎？」小堅充滿渴望地問，「我很想看看舵手是怎樣工作的。」

「去吧，」我說道，「如果你妨礙了工作，他們會跟你說的。如果他們要你躲開，就快一些躲開。不過我猜他們更有可能會給你找些事情做。」

機敏和那個男孩一同站了起來。「我會盯著他。另外我也想出去看看。我過去常常和朋友們一起去公鹿堡海灣釣魚。不過我從沒有欣賞過河流的風景，更不要說是這樣水流湍急的一條大河了。」

「你們還想要喝茶嗎？」火星問道。銅壺上已經開始冒出蒸氣了。

「非常想。相信外面應該很冷，畢竟這裡的風很強。」

他們開門走出去的時候，冷風再一次灌了進來。「我們變成了一個奇特的小家庭。」琥珀說道。這時，火星從愛麗絲所說的盒子裡拿出一只可愛的海水綠色茶罐。琥珀又微笑著說，「我不用茶，咖啡讓我很滿意，我已經有許多年不曾品嚐過好咖啡了。」

「如果這就是『好』咖啡，那我可要害怕咖啡了。」我對她說。隨後我照愛麗絲的樣子，將我並不想喝的一整杯咖啡倒進了爐子上那只黑色的大罐子裡，等待著茶煮好。

我們很容易就適應了船上生活，為自己找到了一種打發時日的新節奏。船員們很高興地接納了小堅，為他安排了一些小任務。我們的小子如果不和貝琳（她是一位身材高大、沉默寡言的女子，操縱船篙的技術不亞於任何男人）學習結繩技術的時候，就會去做一些打磨抛光、上油和清潔的工作。他做這些事就像鴨子划水一樣遊刃有餘。有一天下午，他告訴我，如果不是已經對我立誓，他可能會很高興地成為一名水手。對此，我感到一陣嫉妒，不過看到小堅這樣快樂地忙碌著，我也感到一陣欣慰。

柏油人剛剛離開克爾辛拉，小丑就回到了我們身邊。這隻烏鴉很快就放棄了警惕心，站到船頭的欄杆上。當牠第一次高聲叫著「柏油人！柏油人！」的時候，立刻就贏得了船員們的心，也讓堅韌不屈的臉上容光煥發。

在狂風大作、天色不好的時候，牠就成為了一個能夠讓人心情愉悅的存在。小堅完成各種工作時，牠會興高采烈地站在那個男孩的肩頭。但每當琥珀女士走上甲板的時候，小丑都會飛到她那裡去。現在這隻烏鴉已經學會了咯咯笑，而牠有一種神祕的能力，就是每次笑得都正當其時。牠模仿聲音的能力變得不可思議地優秀。但是每當我用原智向牠伸展過去時，都只能發現一片模糊的霧靄——表明牠是一隻驕傲的、對牽繫毫無興趣的生靈。「妳到底明白多少？」一天下午，我這樣問牠。牠向我側過頭，看著我的眼睛問道：「你到底明白多少？」然後牠咯咯笑了兩聲，就飛到柏油人號船頭前方去了。

在船上旅行或者無聊，或者可怕。在柏油人號上，我很高興生活開始變得無聊了。距離巨龍之城愈遠，精技湍流對我的精技牆的衝擊也就愈微弱。每天晚上，舵手都會穩穩地將船停泊在河岸邊。有時候，如果遇到淺灘，我們還可以在陸地上過夜。不過柏油人號經常只能在布滿糾結樹根的岸邊停靠。從第三天開始，河床變得更窄更深，水流也更湍急了許多。兩岸森林密布，我們再也看不見地平線了。在河岸邊密排的樹牆伸展出高蹺一般的氣根。那天晚上，我們就將船纜繫在這些樹根上。天開始下雨，而且一直不停。小丑進了廚房。我在狹小的居室和蒸氣氤氳的廚房之間來回走動。我的衣服和床褥總是有一點潮濕。

我竭力以建設性的方式打發時間。琥珀建議我學一下梅森尼亞語，那是克拉利斯的古早語言。「大多數人都會對你說通用語，但當他們以為你聽不懂的時候，反而會透露更多有用的訊息。」讓我感到驚訝的是，我的同伴們也都加入了學習異國語言的行列中。在這段漫長而潮濕的日子裡，我們全都擠在窄小的鋪位上，從琥珀那裡學習生詞和語法。我一直都很擅長於學習語言，但小堅在這方面更勝於我。機敏和火星也都在努力學習，不過始終沒能超越我們。我讓機敏幫助小堅掌握字母拼寫和數字計算。他們都不喜歡這個任務，不過也都有進步。

在停船後的晚上，機敏、火星和堅韌不屈會和船員們一起玩玩骰子、紙牌和用一些雕花木棒進行的遊戲。想像中的財富經常會在桌面上迅速易手。

他們進行遊戲時，琥珀和我就會在一起待在她的房間裡。我勇敢地對萊福特林和愛麗絲曖昧的微笑視而不見，希望能夠在那些笑容中找到一點幽默感。但實際上，我只覺得我和弄臣單獨相處的時間是對他的一種折磨。弄臣很想幫我，但他在克拉利斯承受的種種殘忍傷害，讓他很難連貫有序地表述自己的記憶。我從他口中挖出來的那些充滿痛苦的過去，讓他愈來愈不願意深挖自己的內心。不過我知道，我必須這樣做。我一點一點瞭解了四聖的一些情況。這是弄臣竭盡全力才讓我知道的。

四聖中唯一讓我有詳細瞭解的是卡普拉。卡普拉是四聖之中最年長的一個，這似乎是讓她感到驕傲的一件事。她留著銀色長髮，身穿綴滿珍珠的藍色袍服。在人們面前，她顯得溫和、仁慈和睿智。弄臣最初前往克拉利斯的時候，她就是弄臣的導師。每天完成基本課程之後，弄臣都會被邀請到卡普拉的高塔去。他們會在卡普拉房間的地板上促膝而坐，就在爐火前，弄臣在厚實柔軟，如同雛菊花蕊一樣的黃色紙張上寫下自己的夢。他們會分享美味的小糕點、來自異域的水果和乳酪，用帶有金邊的小高腳杯小口飲用葡萄酒。卡普拉會教導他如何品鑒這些酒的美味，還有如何賞鑒各種茶。有時候，她會讓雜耍藝人為他們表演，只為了讓他快樂。當他想要親自表演那些雜耍的時候，卡普拉就會讓他們教導他。當卡普拉稱讚他時，他會臉紅得像鮮花。卡普拉每次叫他「小親親」的時候，他都衷心相信自己是她所喜愛的。我很羨慕他講述的那段青春時光。寵溺、讚美、教育——這是任何孩子的夢。但我們都已經從夢中醒來了。

在船上的小房間裡，我經常是坐在地板上，弄臣坐在雙層床的下舖上，說話的時候就用沒有聚焦的雙眼盯著遠方。雨滴打在房間的小窗戶上。一根弄臣看不見的蠟燭為我提供了昏暗的光亮。這種環境倒是很適合他的黑暗故事。在我們這樣獨處時，他是弄臣，身上穿著胸前有蕾絲的寬鬆罩衫和樸素的黑色長褲。琥珀的長裙落在地上，如同一朵萎蔫的花。這時他的衣著和一舉一動都很像是我們年輕的時候。他用膝蓋撐住下巴，戴手套和不戴手套的手都抱住膝頭，看不見的眼睛凝視著很久以前的時光。

「我努力學習，只為了取悅她。她讓我閱讀各種夢境紀錄，傾聽我絞盡腦汁做出的解釋。我和她一同坐在火爐前，從一份可能隨時都會碎裂的古早卷軸中讀到了關於意外之子的預言。我以前從沒有讀過這樣的夢。我全身都開始顫抖。於是我只好用顫抖的聲音告訴了她一個童年時代的夢。我的夢和這個古早卷軸中的夢完全拼合在一起，就像是十指緊握的雙手。我真誠地告訴她，我非常不願意離開她，但我是這個時代的白色先知。我知道我需要到這個世界中去，為我必須造成的改變做好準備。我真是一個傻瓜，竟然擔心我的離去會讓她受傷。」

弄臣發出一點微弱的聲音。「她認真傾聽我說的每一個字。然後她搖搖頭，哀傷而溫柔地對我說：『你錯了。這個時代的白色先知已經出現。我們已經訓練了她。很快她就會開始執行任務了。小親親，每一名年輕的白者都希望自己是白色先知。克拉利斯的每一個學生都做過這樣的宣稱。不要傷心，你在這裡還有別的任務。你應該謙遜行事，努力輔助真正的白色先知。』

「我無法相信自己聽到的話。我的耳朵發出一陣陣尖鳴，視野在晃動。她竟然否認了我。但她是這樣睿智、慈祥而又年長，我知道她一定是正確的。我竭力接受自己是錯的，但我的夢不允許我這樣。從她否認我的那一刻起，我的夢就在每天晚上化作一場、兩場，甚至三場風暴。我知道，如果我寫下它們，一定會讓她很不高興。但我無法隱瞞。她則接過我的每一份紀錄，向我解釋它們所指的並不是我，而是另一個人。」

他緩慢地搖搖頭。「蜚滋，我無法解釋我的苦惱。那就像是……就像是透過一片做工非常糟糕的玻璃去看這個世界，就像吃到了腐壞的肉。她的話語中有一種腐壞的氣息，讓我的身體都感覺很不舒服。我的耳朵都知道這些話中有著多麼大的謬誤，但她是我的導師。她是那樣愛我。她怎麼可能不正確？」

弄臣認真地向我提出這個問題。他戴手套和不戴手套的手緊握在一起。他的眼睛轉向一旁，躲避著我，彷彿我能夠從他被雲翳遮蔽的瞳仁裡看到什麼一樣。「有一天，她帶著我登上了塔頂房間。蜚滋，那個房間很大，要比公鹿堡的王后花園更大。那裡堆滿了財富、各種令人愛不釋手

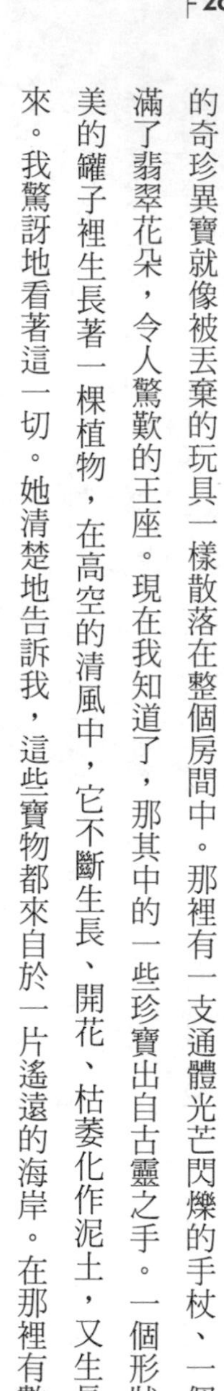

的奇珍異寶就像被丟棄的玩具一樣散落在整個房間中。那裡有一支通體光芒閃爍的手杖、一個嵌滿了翡翠花朵，令人驚歎的王座。現在我知道了，那其中的一些珍寶出自古靈之手。一個形狀優美的罐子裡生長著一棵植物，在高空的清風中，它不斷生長、開花、枯萎化作泥土，又生長出來。我驚訝地看著這一切。她清楚地告訴我，這些寶物都來自於一片遙遠的海岸。在那裡有數不清的這種寶物。只要她足夠慷慨，那個地方的許多商人就會把整片海洋的珍寶出售給她。

「我還想聽到更多這樣的故事，但她只是牽著我的手，把我拉到窗前，讓我低頭去看。我看到了下面圍牆中遍布鮮花、藤蔓和果樹的花園。花園中有一名年輕女子。她的皮膚就像我的一樣白。我也在克拉利斯遇到過其他像我一樣幾乎沒有顏色的人——只是幾乎沒有顏色。他們全都出生在這裡，而且彷彿都有親緣關係，是彼此的兄弟姐妹、表親叔侄。但他們沒有一個像我這樣白。只有她和他們都不一樣。

「那裡還有另外一個女人，留著紅色長髮，手握長劍。她正在教導那名白色的女子如何使用用劍。旁邊有一名侍女在不斷高聲鼓勵她們。白色女子拿起長劍，如風般揮舞。隨著她美麗的身姿，一頭長髮也飄蕩起來。這時卡普拉說道：『那就是她。真正的白色先知。她的訓練就要完成了。你已經親眼見到了她。我們不要再犯傻了。』」弄臣聳聳肩，「那是我第一次見到蒼白之女。」隨後，他又陷入了沉默。

「今晚你和我說的已經夠多了。」

弄臣搖搖頭，抿緊了嘴唇，抬起雙手用力揉搓臉頰。片刻之間，那些已經消退的傷疤又清晰地顯現出來。「於是，我沒有再向她說過我的使命。」他用有些沙啞的聲音說，「我寫下我的夢，但不再試圖解釋它們。她從我的面前拿走它們，放到一旁。我相信，她也沒有去解讀那些夢。」弄臣又搖了搖頭，「我不知道自己將多少智慧交給了她。日復一日，我研習學問，努力讓自己感到滿足。蜚滋，那時我的人生很美好，一切要求都能得到滿足。珍饈美味、忠順的僕人、晚間的音樂和娛樂消遣。我以為我對於卡普拉非常有用，儘管她不再將我留在身邊，而是派我去分揀古代卷軸。那只是文員的工作，但我很擅長此道。」他將布滿傷疤的雙手握在一起，十指相互絞纏，「在我這一族人中，我仍然只是一個孩子。我想要快樂的生活，我想念被卡普拉寵愛的時光。所以我努力進行了嘗試。

「當然，我失敗了。在我的文員工作中，我遇到了一些關於意外之子的紀錄。我做了一個夢，夢到一個小丑唱起一首大意是『只費肥油』的愚蠢歌曲。蜚滋，那個小丑是在向一頭小狼唱起這首歌。那隻小狼的頭頂生出了鹿角。」弄臣沉悶地笑了一聲。但我手臂上的毛髮卻立了起來。他真的在一場夢中看見了我？在我們相逢的那麼多年以前？那不是我。那只是一個謎題，一個指向我的謎題，或者，那是一個答案。

「哦，我不喜歡這個故事，我覺得自己是把它嘔吐給了你。真希望我沒有提起過它。有那麼多事情，我們從來不會提起；有那麼多事情，如果我只是知道它們，也就不會給我帶來那麼多恥辱。但我會將這一切完成。」他定定地看著我，沒有光澤的雙眼中溢出了淚水。我走過去，握住他戴著手套的手。他露出微笑，但那笑容同樣在不住顫抖。「那時，我不可能永遠否認我自己。

我的憤怒和怨恨與日俱增。我寫下了我的夢，也開始引證和參考其他夢，其中有些很古早，有些剛出現不久。我用證據建立起一座卡普拉無法否認的堡壘。我不再堅持自己是白色先知，但我開始向卡普拉提出問題。那並非是無意中提及的問題。」他微微一笑，「蜚滋，我知道你永遠也想不到，但我可以變得非常頑固。我決定迫使卡普拉承認我是誰，承認我的使命。」

他再次停頓。我沒有說話。這樣的詢問就像是從一個感染的傷口中剝除木刺。他從我的手心裡抽出手，抱緊自己的身體，彷彿感覺很冷。

「蜚滋，我的父母甚至不曾打過我一巴掌。我不是一個容易管教的溫順孩子。不，我相信我不是。但我的父母一直在耐心地糾正我，所以我認為成年人都會這樣對待我。我的父母一直會認真傾聽我的話，當我告訴他們一些新東西的時候，他們總是為我感到驕傲！我以為自己很聰明，能夠從我的夢和我讀到的其他人的夢中找到問題，詰問卡普拉，讓她啞口無言，只能承認我是正確的，讓她無可逃避地認同我才是真正的白色先知。

「於是我開始了自己的計畫。每天一、兩個問題，第二天再多一、兩個。直到有一天，我一連串問了卡普拉六個問題，迫使她必須承認我的使命。那時她抬起手說道：『不要再問了！我會告訴你，你的人生應該是什麼樣子。』我秉持著人生中只能有一次的年輕銳氣，不假思索地問道：『我的人生是什麼樣？』她一言不發地拉響了一只鈴鐺。一名僕人來到我們面前。她讓僕人去找另一個人——一個我那時還不認識的人。他的名字是克斯托。那是一個非常高大、肌肉糾結的壯漢。他走進來，把我按在地上，一隻腳踏住我的脖子，揮起皮鞭抽打我的全身。我尖叫著、乞求著，但卡普拉和克斯托都只是保持著沉默。我的懲罰結束了，就像開始時一樣突兀。卡普拉命令克斯托退下，然後坐到她的桌子旁邊，給自己倒了一杯茶。我能夠動彈的時候，就從她的房間裡爬了出去。我一直記得爬下她的高塔時那漫長的一級級石砌臺階。鞭痕布滿了我的大腿，纏繞住腳踝，鞭梢不止一次刺進我的肚子。試圖站起來的時候，我更會感到一陣陣難以忍受的劇痛。我只能用雙手和膝蓋撐住身體，竭力不去扯動身上的鞭傷。就這樣，我一直爬進我的小屋，在那裡待了兩天。沒有人來看我。沒有人問起我，或者給我送來水和食物。我等待著，以為總會有人出現。但始終都沒有。」弄臣搖搖頭，舊日的迷惑又出現在他的臉上，「卡普拉再沒有召喚過我，也再沒有直接和我說話。」說到這裡，弄臣微微歎了口氣。

在隨後的沉默中，我問道：「你覺得這件事會有什麼樣的後果？」

弄臣搖搖頭，滾落的淚珠在臉頰上散開。「我從來都不知道。甚至沒有人提起過她對我做了什麼。兩天以後，我一瘸一拐地走到治療師的房間，等了整整一天。其他人往來不息，但治療師一直沒有叫過我的名字。沒有人，甚至是其他學生也不曾詢問我發生了什麼。就好像這件事從沒有在他們的世界裡發生過，只出現在我的世界裡。終於，我開始跛著腳去上課、用餐。但我的導師對我也充滿了蔑視，斥責我蹺課，用禁食來懲罰我。當其他人都在吃飯的時候，我被勒令坐在餐桌旁研習功課。就是在那樣的一個日子裡，我再一次看見了蒼白之女。她走過我們的餐廳。其他學生都在用羨慕的眼神看著她。她穿著一身綠色和褐色的衣服，就像一名獵人。她的白髮被用金線結成長辮。她是那樣美麗。在她身後還跟隨著一名僕人。我覺得……認真回想一下，我覺得她的僕人就是德瓦利婭，那個擄走蜜蜂的人。一個為我們準備飯菜的人快步跑過去，遞給德瓦利婭一只食品籃子。然後蒼白之女就走出了餐廳。她的僕人手提籃子跟隨著她。當她從我身邊經過的時候，忽然停住腳步。蜚滋，她向我露出微笑，就好像我們是朋友。然後她說道：『我是，而你不是。』然後她繼續向前走去。所有人都放聲大笑。那對我心靈的折磨要比我全身遭受的鞭打更可怕。」

弄臣需要平靜一段時間，我沒有打擾他。終於，他又開了口：「他們都很聰明。他們在我的肉體上造成的痛苦只是一道門，他們可以通過這道門直接傷害我的精神。蜚滋，卡普拉必須死。為了結束對白者的腐化，四聖必須死。」

我感到一陣惡寒。「她的僕人是德瓦利婭？就是偷走蜜蜂的那個德瓦利婭？」

「我是這樣認為的。我可能錯了。」

一個我不想提出來的問題，一個不明智的問題終於脫口而出：「但既然發生了這樣……這樣的事情，還有你告訴我的所有那些事情……你還是跟隨普立卡回去了？」

弄臣發出苦澀的笑聲。「蜚滋，我已經不是過去的自己了。你將我從死亡中帶了回來。普立卡強大且鎮定，他有十足的信心，能夠讓克拉利斯恢復正確的傳統，重新成為白者真正的僕人。他來自於一個白色先知統御僕人的時代。對於我們應該做些什麼，他非常明確。而對於面前完全出乎預料的人生，我根本就毫無頭緒。」

「我記得我的人生中也有類似的時刻。那時博瑞屈會替我做出所有決定。」

「所以你應該能理解。我那時根本無法思考。我只是跟隨普立卡，一切都照他說的去做。」弄臣咬緊牙關，然後又說道：「現在，我第三次回來了。而比起以往任何時候，我都更加害怕自己會再一次成為他們掌心裡的玩物。」他突然猛吸了一口氣。但即使這樣，他彷彿仍在感到窒息。他就像跑了很長一段路一樣吃力地呼吸著，幾乎無法說出一個字，「沒有任何事能夠更加可怕。沒有。」他用雙臂緊緊抱住自己，在床上前後搖晃。「但……我……必須……回去……我必須……」他更加猛烈地前後甩頭，「要看見！」他突然放聲吼道，「蜚滋！你在哪裡！」他的呼吸頻率也愈來愈快，「感覺……不到，我的手！」

我跪倒在床邊，伸出手臂摟住他。他叫嚷著、拚命掙扎著，不住地毆打我。

「是我，你是安全的。你在這裡。呼吸，弄臣。呼吸。」我不讓他逃開。我的動作並不粗暴，但我的手臂非常有力。「呼吸。」

「我……不行！」

「呼吸，否則你會暈過去，你能做到。我在這裡，你是安全的。」

突然間，弄臣身子一軟，停止了抗爭。他的呼吸終於慢慢平緩下來。當他將我推開的時候，我沒有再制止他。他蜷起身體，用力抱緊膝蓋。當他終於又開口時，語氣中充滿了羞愧。「我從來都不希望你知道我對這件事有多麼害怕，蜚滋。我是個懦夫。我寧可死，也不願讓他們抓住我。」

「你不必回去。這件事大可以交給我。」

「我必須回去！」弄臣立刻向我發了火，「我必須回去！」

我低聲說：「那麼，我們就回去。」然後我又非常不情願地說道：「我能夠給你一些可以離開這個世界的東西。如果你……願意，就能迅速了結自己。」

弄臣凝視著我的臉，彷彿能看見我一樣。隨後他也壓低了聲音：「你會這樣做，但你對此並不贊同。而且你並沒有為自己準備這樣的手段。」

我點點頭說道：「是的。」

「為什麼？」

「很久以前，我聽過一段話。當我年輕的時候，並不覺得那些話有什麼意義，但是隨著年齡增長，我便愈發感覺到了它的睿智。那是帝尊王子對惟真說過的話。」

「你竟然看重帝尊的話？帝尊只想要你死。從他知道你的存在時起，他就想要你死。」

「確實。但帝尊只是在引用黠謀國王對他說的話。也許是在帝尊提出殺死我是最簡單的解決辦法時，我的祖父對他說：『無論是什麼事，如果你還無法確定做出之後會產生怎樣無可挽回的後果，那麼就不要做。』」

一抹溫柔的笑容緩緩出現在弄臣的臉上。「啊，這的確是我的國王會說出的話。」看著他漸漸開朗的面容，我感覺到他心裡一定藏著沒有告訴我的祕密。

「自殺會讓其他一切可能性徹底消失。我一生中不止一次認為死亡是我唯一的逃脫之路，或者以為自己必死無疑，不如就此放棄。但我發現自己是錯的。每一次，無論我走過了看似必將把我燒成灰燼的烈火，都會發現隨後的人生中依然充滿了美好。」

「即使是現在？即使在莫莉和蜜蜂都死去之後？」

儘管這樣說似乎顯得對她們不夠忠誠，但我還是說道：「即使是現在，即使當我感覺到自己的絕大部分都已死去，但生命還會突破重圍，繼續向前。食物是美味的、小堅的話會讓我發笑、一杯熱茶能夠安慰又濕又冷的我。弄臣，我曾經想到過結束生命，這一點我不否認。但無論受到何等傷害，身體還是會努力堅持。如果身體還活著，那麼意識就會緊緊跟上。最終，無論我多麼不想承認，但我的生活中還是存在著甜蜜的片段，像是一場和老朋友的交談，還有其他許多我依然喜歡的事情。」

弄臣伸出戴手套的手，摸索著來找我。我向他伸出我的手。他握住我的手腕，也讓我這樣做。我們像戰士一樣握手。我將力量注入到手指上。「對我來說也是如此。你是對的。儘管我絕不想承認這一點，即使對自己也不想。」他鬆開我的手腕，向後靠去，又說道：「不過，若你真的為我準備了這樣的逃脫手段，我還是會接受。因為如果他們抓住我，我將無法……」他的聲音開始顫抖。

「我能夠為你準備這種東西。你可以把它塞進襯衫袖子裡。」

「這樣很好，謝謝你。」

我們就在這樣愉快的對話中度過了黃昏。

我一直沒有想到，我們其實只是航行在一條支流上——終於，我們離開了那條支流，進入了喧囂奔騰的雨野原河。現在船下激蕩的水流變成了灰色，夾雜著泥沙，顯然具有很強的酸性。我們已經不再從河中汲水，而是只是用船上木桶中的水。貝琳警告堅韌不屈，如果他從船上掉下去，「我們就只能把你的骨頭從河裡拉上來了！」不過這完全沒有影響到小堅的熱情。即使在強風驟雨中，他還是會在甲板上跑來跑去。船員們都有意無意地在縱容他，彷彿他會讓每一個人的心情變好。火星則不太能忍受這種壞天氣。不過她和機敏有時候會站在船艙頂部的平臺上，在油布棚子的庇護下觀看順流而下的沿途景致。

我有些想知道是什麼樣的景色吸引了他們。實際上，河兩岸的情形已經很久沒有過什麼變化了。樹林，愈來愈多的樹林。它們的規模是我從來沒有想像過的。許多樹的樹幹如同高塔一般粗大。也有一些樹，一個根上就生出了上百棵細長的樹幹。一些寄生在粗大樹枝上的小樹傾斜下來，掉落在河邊的沼澤裡。許多樹上都爬滿了藤蔓。這些藤蔓又如同簾幕一般垂下來。我從未見過如此密不透風的森林，更想不到植物能夠在如此潮濕的環境下生存。遠處的河岸都被霧氣所遮蔽。白天，我們能夠聽到更多的鳥雀鳴叫，還有一次看到了一群不斷尖叫的猴子。那讓我感到非常奇怪。

這裡和我熟悉的公鹿公國是如此不同。它在吸引著我，讓我很渴望進入那片密林中去一探究竟。但我心底更深處只是想要回家。我的思緒經常會回到蕁麻身上。她正懷著她的第一個孩子。當她還在莫莉腹中的時候，我就拋棄了她，只為了服從我的國王的急切召喚。而現在，我又丟下她一個人懷著我的第一個孫兒——為了滿足弄臣的要求。切德的境況如何了？他有沒有屈服於自己的年邁和游離的神智？有時候，為逝者復仇卻要捨棄生者，這實在是一種過於沉重的代價。

這些念頭一直藏在我的心裡。而精技給我留下的陰影還沒有完全消退。我在克爾辛拉所感覺到的壓力已經大幅度降低，但我腳下的活船還在持續不斷地在我知覺的牆壁以外發出噪音。我向自己承諾，再過不久就會用精技和他們聯絡。哪怕只是片刻的技傳，傳達的訊息也遠遠不是一隻信鴿腿上的紙卷能夠寫下的。不過，還是再等一下，一下就好。

當我們在那一晚停船的時候，絲凱莉從桌邊站起來，走進船員艙室，拿出一張弓和一袋箭，踏著響亮的腳步上了甲板。隨後是一段時間的平靜。突然，甲板上傳來她的喊聲：「我射中了一頭河豬！新鮮的豬肉！」一緊接著就是一陣腳步紛亂的跑動聲，大家開始了收穫獵物的繁雜工作。我們就在狹窄的泥質河岸上宰殺了那頭豬。

那一晚，我們大吃了一頓。船員們堆起篝火，又撒上綠色樹枝，將切成條的豬肉在火焰和煙氣上燻烤。新鮮的肉食讓大家的情緒一下子高漲起來。堅韌不屈很高興能夠和船員們一同開著玩笑，相互戲耍。在吃過烤肉之後，篝火被堆得更高，趕走了黑暗與夜晚咬人的蟲子。機敏去找木柴。回來的時候，他抱著滿滿一把藤蔓，上面開滿了芬芳誘人的花朵。火星在琥珀的手中放了一些花，又給自己編了一只花環戴在頭上。亨納西唱起一首有些色情意味的歌曲。船員們也紛紛和他一同唱了起來。我微笑著，想要裝作自己既不是刺客，也不是一個正在因為失去孩子而傷心欲

絕的父親。但要加入到他們簡單粗俗的歡慶中，讓我覺得是一種對蜜蜂的背叛，彷彿我真的忘記了她幼小的生命是如何結束的。

琥珀說自己累了。我告訴火星，她應該與機敏和堅韌不屈在一起，享受一下這個夜晚。我則引領琥珀走過泥濘的河岸，來到柏油人號船舷邊的一道粗繩梯下面。對於穿著長裙的琥珀，要爬上這道搖搖晃晃的繩梯並不容易。

「如果你不再偽裝成琥珀，很多事情不是會變得更加容易得多嗎？」

琥珀上了甲板，一邊將長裙整理伏貼，一邊問：「那麼我又該偽裝成什麼人呢？」

像以往一樣，這句話讓我感到一陣刺痛。弄臣真的也只是另一個偽裝嗎？一個為我而創造出來的、想像中的伙伴？彷彿是聽到了我的心思，弄臣說：「蜚滋，你比其他任何人都更瞭解我。我已經將我敢於交出的真正的自己都交給你了。」

「好啦。」我一邊說，一邊扶住他的手臂，在甲板上站穩。然後我們都脫下了滿是泥巴的鞋。萊福特林船長總是為了甲板清潔而大驚小怪——這自然是他的權利。我將我們鞋上的汙泥甩到船外，提著鞋，引領弄臣回到他的房間。岸上突然傳來一陣哄笑聲。一團火星升上夜空，應該是有人將沉重的木頭扔進了篝火堆。

「他們能夠樂上一陣子，這可真不錯。」

「是的。」我回答道。火星和堅韌不屈的童年都被偷走了。就連機敏也一直被封錮在悲劇的高牆後面，現在他總算是在那堵牆上遇到了一個通向快樂的窗口。

我走進船上廚房，點亮了一盞小油燈。當我回到船艙裡的時候，弄臣已經脫下了琥珀繁瑣的裙裝，穿上簡單的衣服，又用布巾擦去臉上的妝容，才帶著舊日弄臣的微笑轉向我。但在小油燈的光亮中，我還是能看到種種酷刑在他臉上和手上留下的痕跡，還有他白皙皮膚上的一縷縷銀色痕跡。他的指甲已經重新變得厚實牢固了。我對他的治療和他服下的龍血正在幫助身體復元，現在他的恢復狀況甚至超過了我最大膽的期望，但他永遠也不會是過去的弄臣了。

實際上，我們都無法再回到過去了。

「你歎什麼氣？」

「我在想，這件事如何改變了我們的人生。我……我正要變成一個好父親，弄臣。我想應該是這樣。」是的，在夜晚殺死信使，並燒掉她的屍體。對於一個正在成長的孩子，這真是一種精采的體驗。

「是的，是的。」弄臣坐到了雙層床的下鋪上。上鋪的床單已經被整齊地鋪開了。另外一副雙層床成為了弄臣和火星放置他們攜帶的大量衣服的儲藏間。他歎了一口氣，承認道：「我又做夢了。」

「哦？」

「顯然是非常重要的夢。需要被大聲說出來，或者記錄下來的夢。」

我等待著。「然後呢？」

「迫切要分享重要的夢境——這種壓力很難描述。」

我竭力體會他的感受。「你想要將它們告訴我？也許萊福特林或愛麗絲有紙和筆。我能夠為你把它們記錄下來。」

「不！」弄臣急忙捂住嘴，彷彿這個吐口而出的否認洩漏了什麼，「我將它們告訴了火星。當我醒來，狀態極其糟糕的時候，她就在我身邊，我告訴了她。」

「關於毀滅者。」

沉默片刻之後，弄臣才說道：「是的，關於毀滅者。」

「你對此有負罪感？」

弄臣點點頭。「這是一個可怕的重擔，我卻要讓那個孩子來背負它。火星已經為我做了那麼多。」

「弄臣，我不認為你需要對此感到擔心。她很清楚，我就是毀滅者。我們正在摧毀整個克拉利斯的征程中。你的夢只是重複了我們都已經知道的事實。」

弄臣在大腿上擦了擦手掌，然後將它們握在一起，用沉悶的聲音重複道：「我們都已經知道……」突然間，他又說道：「是了。晚安，蜚滋。我認為我需要睡一下。」

「那麼，晚安。希望你能有一場平靜的夢。」

「我希望自己完全不要做夢。」他回答道。

站起身離開他的感覺很奇怪。但我還是提著油燈走出房間，將弄臣留在黑暗中。當然，現在的他一直都在黑暗裡。

蜜蜂的書

只有非常穩定的手才能準備這樣的特製箭頭。進行準備的時候不能戴手套，所以更需要格外小心，因為手指上最小的傷口都會立刻被感染，那些寄生蟲會迅速在體內擴散，無藥可救。

我發現，蛆的卵和能夠在人體肚子裡化成長蟲的卵同時使用，是一種最為有效的方法，能夠造成漫長而且充滿痛苦的死亡。這兩種卵中的一種只會折磨受害者，卻無法導致死亡。只有兩種蟲豸的雙重攻擊，才會殺死那些竟敢背叛克拉利斯的懦夫和叛徒。

——《我所設計的各種機關》，四聖議會

在柏油人號上的日子裡，我逐漸開始適應這艘船的意識對於我造成的輕微壓力。儘管還是不習慣一艘活船會知曉我用精技發出的所有訊息，但在和自己一再爭論之後，我終於決定冒險和家鄉進行聯絡。

琥珀女士坐在我對面的鋪位上。那張床鋪的小架子上擺著一杯熱氣騰騰的茶。在這個小空間裡，我們的膝蓋幾乎都碰在一起。琥珀歎了口氣，從潮濕的頭髮上解下一塊手帕，晃動頭頸甩開頭髮，然後弄臣又伸手把頭髮撥散，讓它們能夠乾得更快一些。他的頭髮已經不再是他少年時那種蒲公英絨毛的樣子，也不是黃金大人的金色髮絲。讓我驚訝的是，現在他的頭髮是白色和淡金色夾雜在一起，就像是一位老人的髮色。白髮都是從他頭皮上的傷疤中生出來的。他在琥珀的裙子上擦擦手指，給了我一個疲憊的笑容。

「準備好了嗎？」我問他。

「準備得很充分。」他向我保證。

「如果我需要你的說明，你怎麼能知道？如果我昏過去，你會做什麼？」

「如果我對你說話，你沒有回應，我會搖晃你。如果你仍然沒有回應，我會把我的茶潑到你的臉上。」

「我一直沒想到為什麼你要火星為你準備一杯茶。」

「它本來不是這個用途。」弄臣吮了一口熱茶，「不完全是。」

「如果這樣也無法把我叫回來呢？」

弄臣在身邊的床鋪上摸索了一陣，拿出一只小口袋。「精靈樹皮。是機敏好心為你準備的。它已經被磨成了粉末，可以混在我的茶水裡灌進你的喉嚨，或者直接被塞進你嘴裡。」弄臣側過頭，「如果精靈樹皮也不起作用，我會用我的手指按住你的手腕。但我向你保證，這就是我最後的手段了。」

「如果你這樣做不僅沒有能把我拉回來，還被我拖下去了呢？」

「如果柏油人號撞上一塊礁石，我們全都淹沒在雨野原河的強酸河水中呢？」

我一言不發地盯著他。

「蜚滋，行動，或者放棄，但不要耽擱。我們已經距離克爾辛拉很遠了。嘗試一下精技吧。」

我集中自己的精神，讓視野渙散，呼吸平靜下來，緩緩降下自己的精技牆。隨即就感覺到精技洪流的衝擊，如同柏油人號下面的河水一樣冰冷強大，也同樣危險。它也許沒有克爾辛拉城邊的水流那樣湍急，但我知道，它的深處更是暗流洶湧。我在精技洪流的邊緣猶豫良久，才涉水進去，摸索著尋找蕁麻。我沒有找到她。於是我又向阿憨伸展過去。遠處有一陣悠揚的樂聲，那可能是他，但樂聲彷彿被強風吹散，轉眼就消失得無影無蹤了。*晉責？*不在。我再一次嘗試尋找蕁麻，感覺到手指似乎摸到了女兒的臉，卻又滑開了。*切德？*不。我可不想在精技洪流中和我的老導師一同支離破碎。當我終於看到那位老人的時候，他片刻的敏銳就如同一片模糊的大海中轉瞬即逝的零星島嶼。他的精技魔法曾經是那樣微弱，現在卻偶爾能夠形成咆哮的洪濤。他使用這股力量的時候毫無謹慎之意。我們最後一次在精技中聯絡時，他差一點將我一同拉走。我絕不能嘗試向切德伸展……

切德抓住了我，就像是一個狂躁的玩伴突然從背後抱緊我。我一頭撞進了一股狂野的精技裡面。*哦，我的孩子，你在這裡！我是這麼想念你！*他的思緒如同充滿愛意的羅網，將我緊緊裹纏。我感覺到自己變成了切德想像中的那個人，就像是黏土被壓進磚塊砌成的模子裡。他所不知道的我的每一個部分都在被削去。

停住！讓我走！我有話要對晉責和蕁麻說，是克爾辛拉和巨龍貿易商的訊息！

切德發出熱情的笑聲，我卻在他思緒的溫柔壓迫中不寒而慄。不要管那些了。把那些都丟下，加入我們，留在這裡。我們這裡沒有孤獨、沒有一切隔閡；沒有痠痛的骨頭、沒有疲憊的身體。蜚滋，他們對我們說的都是錯的！所有那些警告和所謂的恐怖可能——呸！就算是沒有我們，這個世界還是會繼續下去，還是會那樣對待我們，只要放手就好。

這是真的嗎？他的話顯得那樣篤定無疑。我在他的擁抱中放鬆下來，任由精技洪流從我們身邊流過。我們並沒有支離破碎。

我緊緊地抱著你。讓你成為我的一部分。這就像是學習游泳。除非你完全進入水中，否則就不會知道該如何去游。不要再緊抓住岸邊了，孩子。無論你多麼用力，最終只會讓自己被撕裂。

切德一直比我睿智，總是在向我提出建議，教導我、命令我。他是那樣平靜滿足，甚至可以說是高興。我以前有沒有見過切德滿足和高興的樣子？我向他移動過去，他更加熱情地擁抱了我。或者是精技抓緊了我？到底何處是切德，何處是精技？這兩者之間的界限在哪裡？他已經淹沒在精技中了嗎？他是不是在將我拉下去？

切德！切德．秋星！回到我們這裡來！晉責，幫幫我。他在和我抗爭。

蕁麻抓住她，試圖將他從我身上拉開。我用力抓緊他，努力讓蕁麻知曉我的存在。但她只是集中精神要把我們分開。蕁麻！我的思想咆哮著，竭力要從我們周圍的精技和精神的亂流中突顯出自己。思想？不，不要去想，要存在，存在。

我將一切疑慮拋到一旁，不再攀附著切德，而是將他向蕁麻推過去。我抓住他了！蕁麻對我幾乎無法察覺到的晉責說。然後，她突然一震，爸爸？你在這裡？你還活著？

是的。我們全都很好。我們會從繽城給送信鴿給你們。然後，我就和切德分開了。精技的湧流開始撕扯我。我竭力向後退去，但精技像一條狗一樣緊緊咬住我。無論我如何掙扎，它都吸住了我，將我拉向更深的地方。存在。這股洪流就是一個強大的存在，竭盡全力要將我裹挾在其中。我凝聚起自己的力量，和這無盡的洪流抗爭，堅定地豎起自己的牆壁。猛然睜開眼睛，我慶幸地看到了這個狹窄潮濕的小房間。我激烈地喘息著，上半身撲倒在膝蓋上，不住地顫抖。

「怎麼了？」弄臣問。

「我幾乎迷失了自己。切德在那裡，他要把我也拖進去。」

「到底出了什麼事？」

「他告訴我，我對精技所知的一切都是錯的，我應該將自己完全交給精技。他說：『只要放手就好。』我差一點就那樣做了，我差一點就放了手。」

弄臣戴著手套的手握住我的肩膀，輕輕搖晃。「蜚滋，我甚至沒想到你已經開始了。我要你不要再胡思亂想，你就不說話了。我還以為你生氣了。」他側過頭。「從我們剛才說話到現在，只過了片刻。」

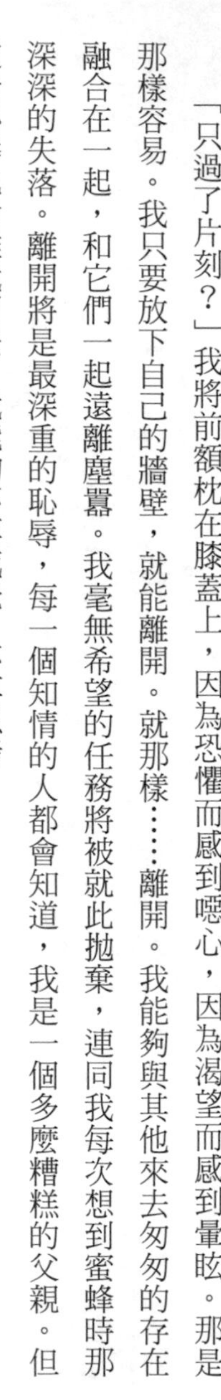

「只過了片刻？」我將前額枕在膝蓋上，因為恐懼而感到噁心，因為渴望而感到暈眩。那是那樣容易。我只要放下自己的牆壁，就能離開。就那樣……離開。我能夠與其他來去匆匆的存在融合在一起，和它們一起遠離塵囂。我毫無希望的任務將被就此拋棄，連同我每次想到蜜蜂時那深深的失落。離開將是最深重的恥辱，每一個知情的人都會知道，我是一個多麼糟糕的父親。但這份恥辱也會離我而去。我能夠不再感覺，不再思考。

「不要走。」弄臣輕聲說。

「什麼？」我緩緩坐起身。

他緩慢地用力抓緊我的肩膀。「不要去我無法跟隨的地方，不要丟下我。我依然不得不繼續前行，依然不得不返回克拉利斯，竭盡全力去殺死他們。即使我會失敗，即使他們會再一次將我捏在他們的手心裡。」他放開我，雙臂交抱在胸前，彷彿是要支撐住自己。我一直沒有感覺到他的觸碰，直到他將手抽回去。「總有一天，我們注定會分開。這一天無可逃避。我們之中的一個人將不得不孤身前行，再也得不到另一個人的陪伴。這一點我們都知道。但是蜚滋，求你，現在不要，不要在這個艱難的時候。」

「我不會離開你。」我不知道自己是否在說謊。我的確曾經試圖離開。如果我單獨上路，這個瘋狂的任務也許還會更容易一些。也許它仍然不可能完成，但我一個人的失敗不會那樣恐怖。對我來說，也不必如此痛惜。

弄臣沉默了一段時間，盯著遠方。他的聲音格外嚴厲，彷彿他已不顧一切：「答應我。」

「什麼？」

「答應我你不會放棄自己，接受切德的誘惑。我不會發現你變成了一只空口袋，你的神智已經遠在天邊。答應我你不會企圖丟棄我，就像丟棄無用的行李。你不會把我留在身後，只為了我的『安全』，為了讓我不會對你造成妨礙。」

我努力尋找適切的言辭，但我顯然耽擱了太長時間。弄臣絲毫不掩飾自己受到的傷害，他用充滿苦澀的聲音說：「你不能，是嗎？好吧。至少我知道了我的位置。好吧，我的老友，我可以向你做出承諾。無論你做什麼，蜚滋——無論你是堅持還是倒下、溜走還是死亡——我都必須返回克拉利斯，以我最大的力量毀滅他們的一切。就像我告訴過你的一樣。無論你是否在我身邊。」

我做出了最後的努力。「弄臣，你知道我是完成這個任務的最佳人選。我知道自己一個人行動是最為有利的，你應該讓我以我的方式做這件事。」

弄臣一動不動。他忽然問道：「如果我這樣對你說，而且如果這是真的，你會允許我單獨進入那個地方嗎？你會袖手旁觀，等待我救蜜蜂回來嗎？」

說出這個謊言很容易。「我會的。」我急切地說道。

他什麼都沒有說。他知道我在說謊嗎？也許，但我們必須看清現實。他是不可能完成這個任務的。他那種令人膽寒的恐懼，早已讓我的心中產生出強烈的疑慮，如果他在克拉利斯城中被自己的恐懼壓倒……我不能帶著他。我知道他的威脅是真實的。他會找到辦法前往那裡，不管是否有我。但如果我能夠在他之前完成任務，如果那裡的一切事情都已結束，他就不必再做什麼了。

但那時他是否會原諒我？

在我沉默的時候，他將那一小袋精靈樹皮放進自己的衣袋裡，又吮了一口茶。「我的茶水涼了。」他一邊說，一邊站起身，手中端著茶杯和茶碟，又梳了梳頭髮，整理了一下裙子。弄臣便消失不見了。琥珀的手指沿牆壁找到了屋門。隨後她就走出屋子，只留下我一個人坐在窄床上。

弄臣和我在那一段旅程中有過一次激烈的爭吵。一天傍晚，我在約定的時間來到琥珀的房間。這時火星正走出屋門。她面色蒼白而緊張，在離開的時候，又可憐兮兮地看了我一眼。我不知道是不是琥珀責備了她，又很害怕會遇到琥珀正在發脾氣，但無論如何，我只能走進房間，慢慢關上屋門。

房間裡，黃色的蠟燭火苗在玻璃燈盞中跳動著。弄臣坐在床鋪上，灰色的羊毛睡袍看上去很陳舊，也許是從切德的衣櫥中拿出來的。他眼睛下面的陰翳和低垂的嘴角讓他顯得蒼老了許多。我坐倒他對面的床鋪上，等待著。這時，我看到自己匆匆縫就的背包就在他身邊。「把這個拿來做什麼？」我問道。片刻間，我以為它只是因為某種偶然的原因才被拿過來的。

弄臣伸手按住那只背包，嗓音沙啞地說道：「我已經答應過，這件事的一切罪責都由我來背負。即使如此，我很擔心也許我還是破壞了和火星的友誼。是她將這只背包拿給我的。」

寒意從我的肚腹中蔓延，穿過我的每一根血管。我做出一個審慎卻又困難的選擇。不要發怒。怒火衝擊著我的意志力的封鎖。明知這是為什麼，但我還是問道：「為什麼你會要她做這種事？」

「因為堅韌不屈和她提起過，你有蜜蜂的書。小堅不止一次看到你閱讀蜜蜂寫在那些書上的文字。一共是兩本，一本上有色彩明亮的浮雕封面，另一本則很樸素。他從你身邊經過，爬上他的鋪位時認出了蜜蜂的筆跡。」

弄臣停頓一下。我的身體開始顫抖，因為我很害怕自己會爆發出什麼樣的憤怒。我像切德教導的那樣控制住自己的呼吸——那是刺客在即將開始殺戮時的無聲呼吸。我用這種方法抑制住自己的情緒，壓下讓我感到無比巨大的暴力衝動。

弄臣輕聲說道：「我相信蜜蜂有自己的夢境日誌。如果她是我的孩子，她就一定有白者的血脈，就一定會做夢，會有說出或記錄這些夢境的使命感。這種使命感將促使她採取行動。她一定會這樣做的。蜚滋，你怒火中燒。我能感覺到你的情緒，就像風暴的怒濤在衝擊我的海岸。但我必須知道她寫了什麼。你必須把這些書念給我聽。從頭至尾。」

「不。」只說一個字。只說一個字，我還能保持聲音的平穩鎮定。

弄臣的肩膀抬起又落下，顯現出他的呼吸是多麼用力。他在像我一樣努力控制住自己嗎？他的聲音被抽緊了，就像絞索的繩圈。「我本可以完全瞞著你。我本可以讓火星偷來這兩本書，讓她偷偷念給我聽。但我沒有。」

我鬆開拳頭和喉嚨。「你不這樣做是對的，但這並不能減少你對我的傷害。」

弄臣從背包中抽出戴手套的手，將兩隻手掌心朝上放在膝頭。我必須俯下身子才能聽到他的悄聲耳語：「如果你以為這只是一個小孩子寫下的胡言亂語，那麼你的憤怒是正當的。但你自己也不可能相信事情會這樣簡單。這些是一位白色先知的紀錄。」他將聲音壓得更低，「蜚滋，寫下這些文字的是你的女兒，你的小蜜蜂，但她也是我的女兒。」

就算弄臣用手杖狠狠戳在我的肚子上，我遭受的衝擊也不可能比他的這幾句話更重。「蜜蜂是我的女兒。」我發出狼的咆哮，「我不要她再有別的父親！」事實就像是一種疥瘡，總是在你最不走運的時候爆發。在我高聲呼喊之前，是否知道自己憤怒的來源？

「我知道你不想，但你必須如此。」弄臣輕輕將手按在背包上，「這是她留給我們的全部。我曾經抱住她，透過她看見周圍的一切可能，那就像是一縷光在沉沉黑夜噴薄而出。但那一束光在轉瞬間就消失了。我對她所知，只有那一束光。求你，蜚滋，求你，讓我對她知道得更多一些。」

我沉默了。我不能。這兩本書中記下了太多的東西。在蜜蜂的日記裡，我的出現實際上非常少。自從她在我身邊完全獨立之後，就很少會再寫下和我有關的文字。那裡面有太多內容是一個小女孩如何孤獨地與其他細柳林的孩子進行醜陋而幼稚的戰鬥。太多內容讓我感到自己只是個可恥的懦夫、一個盲目的父親。她記下了與機敏的衝突，還有我在那以後是如何向她承諾，會永遠支持她，而這些只是證明了我是多麼嚴重地辜負了她。我怎麼可能向弄臣念出這些？我怎麼能如此暴露我的羞恥？

弄臣知道我不可能和他分享這些日記，甚至在他提出要求以前就知道了。他非常瞭解我，知道在一些事情上，我是不可能讓步的。為什麼他還敢提出這樣的要求？他雙手捧起背包，抱在自己的胸前。淚水從他的金色眼睛裡溢出來，沿著臉頰上的傷疤一滴滴掉落。然後他伸手將背包交給我。我覺得自己就像是一個蠻橫的孩子，最終就連父母也不得不屈從於我的凶暴。我拿過背包，立刻將它打開。背包裡除了蜜蜂的書和莫莉的蠟燭以外，幾乎沒有什麼東西。我已經將我的絕大部分衣服、古靈火磚和其他物件放到了我的房間的小壁櫥裡。背包底部用我的一件襯衫包裹著盛有巨龍之銀的玻璃瓶。我一直將這只背包放在自認為是最私密的地方。背包裡的東西放置得和原先一樣。弄臣說的是實話，他沒有翻揀它們。一縷芬芳飄進我的鼻孔。我呼吸著莫莉蠟燭上傳來的香氣，逐漸讓自己平靜下來。我知道該怎麼做。我將背包中的兩本書拿出來，又把蠟燭挪到安全的位置上。

弄臣的聲音中帶著猶豫：「如果我傷害了你，我很抱歉。請不要責備火星和堅韌不屈。小堅只是無意中提到了這件事，而火星是被我逼著這樣做的。」

莫莉的平靜。莫莉對於公正的頑固堅持。為什麼都是這樣難？在這些書中對我的描述，難道不都是弄臣早已經瞭解的？我又能失去什麼？難道我不是已經失去了一切嗎？

難道弄臣不也和我一樣，在承受著這份失落的苦痛？

雪水曾沾濕蜜蜂夢境日誌的一角。現在那一角乾了，但皮革封面起了一點皺褶，讓皮面上的浮雕也稍有些變形。我試著用拇指將它撫平，但它並不那麼聽話。我緩緩打開夢境日誌，清了清嗓子，開口說道：「在第一頁上，」我的聲音有些尖銳和緊繃。弄臣將一雙盲眼轉向我，淚滴掛在他的臉頰上。我又清了清嗓子。「在第一頁，畫著一隻蜜蜂。它的大小和體色都與真正的蜜蜂完全一樣。在這隻蜜蜂的上面有一行圓拱形的文字，筆跡非常精細，這一行字是：『這是我的夢境日誌，是我重要的夢。』」

弄臣屏息凝神，正襟危坐。我站起身，三步就走過了這個房間。某種東西——不是傲慢，不是自私，而是某種我無法形容的東西讓這三步成為我所經歷過的最艱難的攀登。我坐到了弄臣身邊，將蜜蜂的書攤開在膝頭。弄臣完全沒有呼吸的聲音。我捏住他的羊毛衣袖，提起他沒有戴手套的手，將這隻手放在書頁上，讓他低垂的指尖撫過那一行拱形文字。「這是她寫的那一行字。」我又讓他的指尖移動到那隻蜜蜂上，「這是她畫的蜜蜂。」

弄臣露出微笑，抬手抹去臉上的淚水。「我能感覺到她留在紙上的墨水。」

我們一同閱讀我們女兒的日記。這樣稱呼蜜蜂仍然會讓我感到刺痛，但我強迫自己接受這個事實。我們讀的速度並不快——這是出於弄臣的決定，而不是我的。讓我感到驚訝的是，弄臣沒有要求我給他讀蜜蜂的生活日記。他想要聽的是蜜蜂的夢。這變成了我們每晚獨處時都要做的事。每一次，我會為他朗讀不超過三或四個夢。我經常會將每一個夢讀上十幾次。我看著弄臣的嘴唇無聲地歙動著。他顯然是要將這些夢牢記在自己的腦海中。當我讀到可愛的夢境，讀到群狼奔跑，弄臣就會露出微笑。一個關於蠟燭的夢讓他猛然坐起身，隨後又陷入了長久的沉思之中。蜜蜂關於成為一粒堅果的夢讓他和我都深感困惑。當我在一天傍晚讀起那個蝴蝶之人的夢時，弄臣哭了。「哦，蜚滋，她是有的。她擁有那珍貴的天賦。他們卻毀掉了它。」

「所以我們一樣要摧毀他們。」我向弄臣承諾。

「蜚滋。」弄臣的聲音叫住了剛走到門邊的我，「我們能夠確信她已經被毀了嗎？你離開艾斯雷弗嘉之後，在精技石柱中耽擱了很久，但你最後還是回到了公鹿堡。」

「放棄這個希望吧。我是一個受過訓練的精技使用者。我出來了。蜜蜂進入精技石柱的時候完全沒有受過訓練，也沒有具備經驗的人指引。而和她一起進入精技石柱的是一連串沒有訓練的人。這是深隱告訴我們的。蕁麻的精技小組去追趕她，連他們的影子都沒有發現。我們在數個月之後也沿著那條路線穿過石柱，同樣毫無發現。她已經走了，弄臣。徹底粉碎，化作虛無了。」我只希望弄臣不要逼我說出這樣的話：「現在留給我們的只剩下復仇。」

在柏油人號上，我睡得很不好。從某種角度來講，這就像是睡在一頭巨獸的背上，而且我的原智一直都能夠察覺到那頭巨獸。我也曾常常抱著狼一同入睡，讓狼靠在我的肚子上。但夜眼永遠都會給我帶來安慰，讓我能夠擁有牠的野性直覺，感知到周圍的各種風吹草動——這是遲鈍的人類感官完全無法做到的。有牠在我身邊，我總是能睡得很好。在柏油人的身上就完全不同了。他是一種和我截然不同的生靈。而我就算在熟睡時也覺得他彷彿正在緊盯著我。我沒有感到惡意，只是這種持續不斷的探察讓我有些神經過敏。

所以，有時候我在夜深人靜的時候仍然只能睜著眼睛，無法休息，直到黎明前天空變成深灰色。在雨野原河上，黎明是一個奇怪的時刻。只有到白天的時候，我們才能夠在河道上方看到一條帶狀的藍天。高大的林木完全擋住了日出和日落的景色。但我的身體知道黎明在何時到來。我經常會在黎明前醒來，走出小屋，來到寂靜潮濕的甲板上，注視包圍我們的這一片寂靜悠緩、尚未醒來的叢林。在這段時間裡，我終於能夠在空間狹小的船上生活中擁有一段最接近於孤身一人的時間，這讓我能夠稍稍找到一點平靜。這時的船上總會有一名水手負責看守船錨，不過他們大多會尊敬我的平靜，不來打擾。

在這樣一個黎明前的時刻，我正站在船左舷，回頭向我們所經過的河道望去。我的雙手捧著一杯騰起熱氣的茶。溫暖的茶杯讓我覺得很舒服。我輕輕吹了一下杯口，看著蒸氣緩緩飄動。就在我打算吮上一口的時候，耳朵聽到身後的甲板上傳來一陣腳步聲。

「早。」我低聲對站到身邊的火星說道。我沒有轉過頭去看她。對於我察覺到她的出現，她也沒有顯露出驚訝，只是在我的身邊站定，將雙手放在欄杆上。

「我不能說我很抱歉，」她說道，「那樣是在說謊。」

我吮了一口茶。「謝謝妳沒有對我說謊。」我是真心這樣說的。切德總是強調謊言是任何間諜都需要的基本技巧，並要求我不斷練習偽裝的真誠。這個念頭讓我有些好奇火星是否真的在說謊，也就是說，她真的在對我感到抱歉。不過我很快就打消了這個奇怪的想法。

「你生我的氣嗎？」火星問。

「一點也不，」我說了謊，「我知道妳應該忠誠於妳的女主人。如果妳對她不忠，我將無法信任妳。」

「但難道你不認為我應該對你更加忠誠，而不是對琥珀女士？我認識你的時間更久。切德訓練了我，並告訴我要聽你的話。」

「當他不得不拋棄妳的時候，妳選擇了一位新導師。一定要對琥珀女士忠誠。」我給了她一點事實，「能夠知道有妳這樣有能力的人一直陪在她身邊，我感到很安慰。」

火星點點頭，看著自己的雙手。那是一雙很好、屬於間諜或者刺客的靈巧的手。我試著提出一個問題：「妳怎麼知道那兩本書的？」

「從堅韌不屈那裡。他從沒有想過要出賣任何祕密。那時你說過，我們都應該學習。小堅後來和我說，他很不喜歡一動不動地坐著，盯著紙張學習閱讀。但他又提到了你有一本蜜蜂寫的書。蜜蜂曾經教過小堅一些字母的寫法，所以小堅能從字跡上認出那本書是蜜蜂的。他和我提起那本書，是因為他希望如果自己能夠學會閱讀，有一天就能讀懂他的朋友到底寫了什麼。」

我點點頭。我從沒有對那個孩子說過這本書是私密的。當熊摧毀我們的營地時，蜜蜂的一本書就是他拯救的。蜜蜂甚至也把他寫進了自己的書裡。我不能責備他將這件事告訴火星。但我發現自己還是會責怪火星刺探我，從背包中發現了那兩本書，並將它們交給琥珀。她有沒有把莫莉的蠟燭也交給琥珀。她知道我藏在襯衫和襪子裡的那兩瓶巨龍之銀嗎？我什麼都沒有說，不過我相信她還是覺察到了我的責備之意。

「是她告訴我要去哪裡尋找，並把書帶給她。我該怎麼做？」

「就像妳做過的那樣，」我簡短地回答了一句。我在思考她為什麼要來找我，進行這次對話。自從她將我的書交給弄臣之後，我沒有責備過她，對待她也不曾和以前有過任何變化。我們之間陷入了長久的沉默。我冷卻心中的怒火。突然間，火焰變成了冰冷潮濕的灰燼——讓它冷透的是我們的那個絕望的任務。這又有什麼關係？或早或遲，弄臣都會找到辦法取得那兩本書。現在他終於得到了，而讓他瞭解蜜蜂的夢境日誌應該是正確的。火星只是完成這件事的工具，我因為她感到憤怒或受傷都毫無邏輯。但……

火星清清嗓子說道：「切德傳授給我一些祕密。那些都是很強大的祕密。而且如果讓他人知曉，它們將會變成危險，而不再是力量之源。」火星停頓一下，又說道：「我知道該如何尊敬不屬於我的祕密。我希望你知道這一點。我知道如何保守不能被洩漏的祕密。」

我用犀利的目光看了她一眼。弄臣也有祕密。我只知道其中一部分。難道她要向我透露弄臣的一些祕密，作為她盜取蜜蜂書籍的賠罪手段？如果她以為我會接受朋友的祕密作為賄賂，那麼她就是在侮辱我。很有可能我已經知曉了那些祕密，但即使我還不知道，也絕不想透過她的背叛來獲得這種情報。我向她一皺眉，轉過眼不再去看她。

火星沉默了片刻，然後以非常謹慎，又有些無奈的語氣說道：「我希望你知道，我對你也是忠誠的。我和你之間沒有我對琥珀女士那樣的強烈感情，但我知道，當切德大人開始消散在精技中時，是你在盡可能保護我。我知道你將我安排在琥珀女士身邊是為了她，同樣也是為了我。我欠你的。」

我緩慢地點點頭，但還是高聲說：「妳能夠報答我的最好方式就是好好侍奉琥珀女士。」

她靜靜地站在我身邊，彷彿在等待我多說些什麼。看到我閉緊了雙唇，她微微歎口氣說道：

「沉默才能保守祕密。我明白。」

我繼續望向岸邊。這一次，她如同幽靈一般從我的身邊消失了。我完全聽不見她的半點聲音。只有原智告訴我，我又是孤身一人了。

在一個晴朗安靜的下午，我們來到了一處雨野原聚落。這裡的河岸並不比主河道的其他地方更適合登陸。茂密的叢林一直生長到水邊。或者更加確切的說，應該是漲起的河水侵入了森林邊緣。那些在河面上生長的樹木都萌發了新葉。羽毛鮮豔的鳥雀尖聲鳴叫著，為了築巢的位置而爭鬥不休，也吸引了我的目光。我看到了平生僅見的最大的鳥巢，又看到一個孩子從那個鳥巢中鑽出來，腳步輕快地沿著樹枝向樹幹走去。我看得目瞪口呆，不敢發出一點聲音，唯恐那個孩子會被我的喊聲嚇到，跌落下來。大埃德爾順著我的目光望過去，招了招手。一名成年男子又從那個大鳥巢中鑽出來——現在我才看出，那其實是掛在樹上的一個小房子。走出來的成年人也向大埃德爾揮揮手，然後就跟著前面的孩子走了過去。

「那是獵人的小屋嗎？」我問大埃德爾。他只是盯著我，彷彿我在說什麼傻話。

貝琳正好從甲板上經過。「不，那是一處民居。雨野原人都把房子蓋在樹上。這裡沒有乾燥的地面。他們的房子全都又小又輕。有時候，一棵樹上會懸掛五、六個小房子。那可比一個大房子更安全。」然後她就走過我身邊，去完成她的操船工作，只留下我繼續張大了嘴觀看那座點綴在大樹上的村莊。

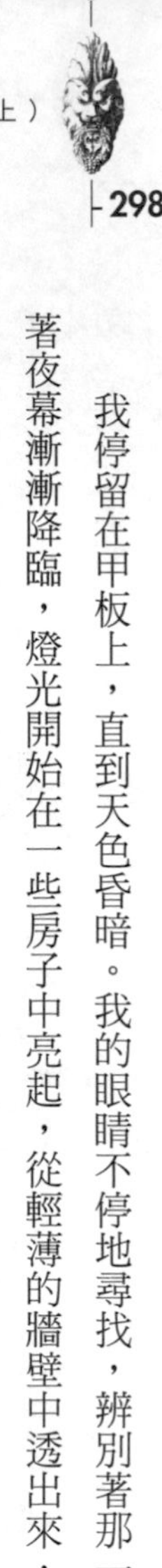

我停留在甲板上，直到天色昏暗。我的眼睛不停地尋找，辨別著那一個個懸掛的小房間。隨著夜幕漸漸降臨，燈光開始在一些房子中亮起，從輕薄的牆壁中透出來，讓那些小屋彷彿變成了許多掛在樹頂的燈籠。那天晚上，我們和幾艘小船一同停泊在岸邊。人們從樹上下來，向船員們打聽外界的訊息，並做一些小生意。咖啡和糖是最受他們歡迎的貨物。他們作為交換物的貨品是少量的綠色樹葉，可以作為提神茶飲，還有一串串色彩鮮亮的蝸牛殼。貝琳用這種蝸牛殼做了一串項鍊送給火星。火星顯得十分高興。這也讓貝琳露出了微笑。

「我們距離崔浩城已經很近了。」那天晚上，萊福特林在船上廚房的餐桌旁對我們說，「也許明天早晨我們就能經過卡薩里克，下午就可以到達崔浩城了。」

「你們不在卡薩里克停留嗎？」堅韌不屈好奇地問，「我還以為龍都是在那裡孵化的。」

「的確如此。」萊福特林面色一沉，又說道：「那裡是叛徒的巢穴。當地居民背叛了貿易商之道，卻完全沒有為此承擔任何責任。卡薩里克人庇護了打算屠殺巨龍、劫掠他們的鮮血、骨骼和鱗片的歹徒。我們給過他們機會，讓他們能夠贖罪，對那些叛徒進行公正的判決。但他們沒有接受。任何巨龍貿易商的船隻都不會在那裡停泊和進行貿易了。除非坎達奧和他的同夥得到處罰。」

火星的臉上沒了血色。我不知道她將從切德那裡偷來的那一小瓶龍血藏得有多麼隱祕，還是弄臣已經把那瓶血都用光了。我從沒有聽萊福特林有過如此激烈的語氣。但琥珀的聲音顯得很平靜，甚至還有些愉悅。「如果能再次見到艾惜雅和貝笙，我一定會很高興的。也許我現在和他們之間只能用『會晤』這個詞了？我能再見到他們嗎？還有歐仔。」

萊福特林船長顯得很有些吃驚。「我都忘了妳和他們是認識的。不過妳應該見不到歐仔了。幾年前，他去薇瓦琪號服役，就再也沒有回來。薇瓦琪號有權徵召他，但我知道，放他離開對於艾惜雅和貝笙來說是一件相當心痛的事情。不過他已經長大了，同樣有權利選擇自己的生活。現在他也許會用『德雷』這個姓氏，但從母系而言，他是維司奇家的人，薇瓦琪號和他之間有著剪不斷的關係，儘管海盜群島也許對此會有異議。」說到這裡，萊福特林壓低聲音，「派拉岡號也很不喜歡讓他離開。那艘活船宣布必須有人來代替他，而且派拉岡號已經指定了人選——派拉岡・大運。他是大運家的人。不過我聽說在海盜群島，他們都稱他為柯尼提。」萊福特林撓了撓臉頰上的鬍鬚，「其實，柯尼提是海盜群島女王的兒子，女王也不願意讓那個孩子離開。派拉岡號說自己被騙了。他堅持要求交換這兩個人，後來他很快又指出，他更有權利同時擁有這兩個人。但海盜群島的依妲女王乾脆地拒絕了他。我們甚至聽到有傳聞說，柯尼提正在追求自己的佳人，很可能會和一位來自於香料群島的富有女士結婚了。嗯，如果這是依妲女王的打算，她最好快一點結成這門親事。柯尼提早就過了結婚的年紀了！而且如果他有了妻子，我懷疑他更不會踏上派拉岡號的甲板了。派拉岡號也因此變得鬱鬱寡歡，每當提起這件事的時候更是會情緒激動。所以，也許在他面前還是愈少提起歐仔愈好。」

「我不明白。」我輕聲說道。不過琥珀顯然對這些事情一聽就懂。

萊福特林猶豫了一下，「啊，嗯。」他慢吞吞地說著，彷彿是在透露一個重要的情報，「現

在派拉岡號的船長是艾惜雅和貝笙夫婦，但數個世代以來，他都屬於大運家族。他被偷走了，有一段時間，海盜伊果用他幹過各種骯髒勾當。他逃出海盜的手心，全身傷痕累累，但終於尋路回到了一片繽城的海灘。然後，他又被扶正，被拉出大海，拋擲在海灘上許多年。貝笙．德雷和維司奇家族接納了奄奄一息的派拉岡號。他們對他進行改造，讓他重新揚帆出海。但在內心裡，他仍然是大運家的船。有一段時間，海盜柯尼提．大運重新佔有了他，並最終死在派拉岡號的甲板上。這艘船很想要柯尼提的兒子，還有歐仔。」

「那麼艾惜雅呢？」琥珀問，「對於讓柯尼提的兒子登上派拉岡號，她有什麼話要說？」

萊福特林看著琥珀。我感覺到這位船長有些事情沒有說出口。最終他只是說道：「這是另一樁最好不要在派拉岡號的甲板上提起的事情。他們已經不再稱派拉岡號為瘋船了，但我也不敢去捋他的逆鱗。冒犯艾惜雅同樣也是不明智的。他們在一些事情上絕對是有分歧的。」

琥珀感激地點點頭。「感謝你的警告。一條不夠謹慎的舌頭能夠造成許多傷害。」

那天晚上，我再一次難以入睡。另外一艘活船和我們旅程的下一個階段正隱隱然出現在我們的面前。我必須深入完全未知的世界，身邊還帶著一些乳臭未乾的年輕人。我在小屋中，對著面前的黑暗說道：「堅韌不屈，我有些想問問萊福特林船長，他是否願意接納你作為船上的水手。看上去，你很適合這個工作。你是怎麼想的？」

這番話語之後只有一段沉默，然後小堅的聲音從黑暗中傳出來，其中流露出一絲警惕。「你是說，在任務完成之後？當我們踏上歸途的時候？」

「不，我是說明天。」

小堅的聲音被壓低了。「但我發過誓，要效忠於您，主人。」

「我可以為你解除這個誓言。這樣你能夠走上一條更加光明和乾淨的道路，而不必再跟著我走下去。」

我聽到堅韌不屈長長地吸了一口氣。「您可以拒絕我的效忠，主人。實際上，如果您決定趕我走，我將無法再自稱是您的人。但只有蜜蜂能夠解除我為她復仇的承諾。如果你願意，就趕走我吧，主人，但我還是會繼續走腳下這條路，直到最終。」

我聽到機敏在舖位上翻身的聲音。我本以為他睡著了。他的聲音有些厚重，也許剛才真的是睡了。「不要和我說這種話，」他警告我，「就像這個孩子說的，我也向我的父親做出了承諾。你不能要我違背它。蜚滋，我們追隨你，直到最後，無論這條路有多少痛苦。」

我什麼都沒有說，但腦子在飛快地轉動著。對於機敏，什麼才是「最後」？我能否說服他，讓他認為自己的責任已經完成，可以帶著榮譽返回公鹿堡了？我知道如果沒有一名監護人，就算把火星和小堅放到返回家鄉的船上也是不安全的。我可以聲稱晉責發出了緊急的精技召喚，要機敏回家去見切德。等到他發現這是個謊言的時候，他已經到家了。是的，我收起膝蓋，讓身子在這張小床上躺得更舒服一些，然後閉起了眼睛。至少這個問題已經解決了。在繽城泡製一個方便的小謊言，至少能讓機敏乘上一艘返家的船。現在我只需要找到方法讓堅韌不屈離開我，還有火星。

第二天，一切就像萊福特林所說的那樣。船員們在早餐時開始向我們道別。「哦，我會非常懷念你們在船上的時光。」愛麗絲對琥珀說道。

貝琳將一對貝殼耳環留在火星的食碟旁。這名嚴厲的水手愈來愈喜歡這個女孩了。小堅正和水手們依次互道珍重。

在柏油人號上的最後幾個小時，我們一直待在艙頂平臺上。天氣相當平靜，只要繫好外衣的釦子，就一點也不冷。烏雲都已退去，河道上方是一線碧藍的天空。我們經過了巨龍孵化的河灘。絲凱莉將那片河灘指給我們看。再向後就是樹上城市卡薩里克。我們沒有停留，萊福特林也沒有回應岸上問候的喊聲。在卡薩里克和崔浩城之間的河道兩旁，掛在樹上的小民居就像精心維護的果園裡的蘋果。我完全不知道船長該如何判別這兩座城市間的邊界在哪裡。但從某一個位置上，船長就開始回應樹上居民們友善的揮手。我們開始看到拴在樹幹上的漂浮碼頭。還有許多小船停泊在那些碼頭上。那裡有人在釣魚——他們跨坐在水面上方的樹幹上，將釣線垂直地放進水中。柏油人號都會遠遠躲開他們，以免撞上懸垂的釣線。我被頭頂上那些吊橋和鋪在樹枝上四通八達的步道迷住了。火星坐在琥珀和我的身邊，指著那些大樹，不住地因為一些飛跑的小孩子而高聲驚呼。那些小孩子腳下的樹枝都很細，就算小心翼翼地走過也難免發生危險。

「崔浩城碼頭就在下一個拐彎處！」絲凱莉在走過甲板船艙的時候向我們喊道。大埃德爾正在引導柏油人號駛過近岸的密集樹叢。這裡的河水變得更淺，也更加平靜。很快，船員們就拿起船篙，開始讓柏油人號減速，不斷對航向進行微調。這艘船行進的模式讓我感到有一點奇怪，彷彿它是借助船篙的指點自行前進，卻根本不必借助船員們撐篙的力量。當我提出自己的疑惑時，火星說：「柏油人號是一艘活船。也就是說，他能夠與船員們同心協力抵達目的地。」

「他是怎麼做到的？」我饒有興致地問。

火星笑了笑。「你可以在今晚我們停泊的時候研究一下他的航行軌跡。」看到我困惑的眼神，她又說道：「想像一下青蛙的腿踢蹬的樣子。」

我們繞過那個轉彎。見到崔浩城的第一眼，我就將柏油人號的「腿」置之腦後了。這是雨野原最古老的城市之一。在寬闊的灰色河道旁，一株株巨樹被吊橋和步道連在一起，上面綴滿了各種尺寸的住宅。這片古老森林下方的沼澤泥潭經常有洪水氾濫，不可能存留任何永久性的建築。崔浩城這座城市本身幾乎完全被建造在河岸邊高低錯落的樹枝上。

如同富人宅邸一般的大型房屋被建造在底層粗大的樹枝上。它們讓我多少想到了群山王國的房子。在那裡，樹木是建築的一部分，與房屋渾然一體。不過這裡的建築風格和它們周圍的叢林景色並不是那麼協調。我幾乎能夠以為有一場風暴將法洛公國的某幢大宅捲入半空，又丟在了這個地方。這些房屋由大量木材構建而成，上面嵌著玻璃窗，看上去宏偉而又笨重，和支撐它們的枝杈顯得格格不入。我正在欣賞一幢完全包裹住一株巨樹幹的大房子，絲凱莉對我說道：「這是庫普魯斯的家。也就是雷恩的家族。」我注視著這幢矗立在半空中的建築。這可真是財富和地位的象徵。在雷恩成為克爾辛拉「國王」之前很久，他的家族就已經是這裡的統治家族了。古老的財富在飽經風雨的蒼勁枝幹上得到了盡情的展現。我用心記住了這一幕奇景。這裡有許多頗具價值的情報，我非常想在公鹿堡將它們一一陳述。等我到達繽城，我會向晉責派出數隻信鴿。我想告訴他的事情肯定無法在一封信中寫完。

「哦，看啊！你們有沒有見過這樣的東西！他可真壯觀！」堅韌不屈的喊聲將我的目光從巨樹上吸引過去，讓我望向了前方的長碼頭。一艘活船正停泊在那裡。他的風帆捲起，正平靜地漂浮在繫錨地上。組成他船殼的銀色木材表明這絕不是一艘普通的船。和柏油人號不同，這艘活船有著華麗的船首像。那個滿頭黑髮的船首像正抱起雙臂，將頭低垂在肌肉糾結的胸口前，彷彿昏昏欲睡的樣子。對於船首像而言，這真是一個奇怪的姿勢。當他慢慢抬起頭來的時候，我頭皮和手臂上的毛髮也隨之豎了起來。

「他在看我們！」火星喊道，「哦，琥珀女士，如果妳能看見就好了！他真是活的！那個雕像正轉過頭來看著我們！」

我盯著那艘船，張大了嘴。火星和堅韌不屈的目光則在船首像和我之間游移不定。我張口結舌。但機敏大聲說出了我要說的話：「甜美的艾達啊。蜚滋，他有你的臉，還有你鼻子上的斷痕。」

琥珀清了清喉嚨，有些喘息地對著被驚呆在原地的我們說：「蜚滋，別這樣，我可以解釋這一切。」

11 通道

這是我最可怕的夢。我夢到它就像一根藤蔓分成枝支。在其中一枝上，有四根蠟燭正在生長。它們一根接一根被點燃，但無法照亮任何東西。旁邊有一隻烏鴉在說話：「四根蠟燭的光帶妳去床上。四根蠟燭點亮，他們的孩子死亡。四根蠟燭為他們的末路燃燒。狼和小丑浪費了他們的時日。」

在藤蔓的另一枝上，三根蠟燭突然被點燃，發出幾乎令人目盲的強光。同樣一隻烏鴉在嚎啼：「三團火焰比太陽更亮。他們的強光吞沒邪惡的勾當。他們的憤怒為既定的目標哀慟。他們不知道孩子還活著。」

然後，那隻烏鴉突然有了一根斷裂的蠟燭。牠丟下那根蠟燭，我接住了它。牠用緩慢而且恐怖的聲音說：「孩子，點燃火焰，燒盡未來和過去。這就是妳生來要做的事情。」

我醒過來，全身顫抖著下了床，跑向父母的房間。我想要和他們睡在一起。但媽媽將我帶回到床上，躺在我身邊。她為我唱了一首歌，直到我能夠再次入睡。我做這個夢的時候還非常小，剛剛學會如何下床。但我從沒有忘記這個夢，還有那隻烏鴉充滿節奏的啼叫。我抽出牠遞給我的蠟燭。那根蠟燭已經折斷，只是被中間的燭芯連著。

——《蜜蜂・瞻遠的夢境日誌》

我們在海上航行中最好的一件事就是德瓦利婭的暈船。我們四個擠在一個小房間裡。這個房間中有兩張窄床。德瓦利婭佔據了其中一張。連續幾天，她都躺在上面。她用來嘔吐的桶子和被她的汗水浸透的床褥都散發出一股臭味。在這間沒有窗戶的艙室中，味道濃重的凝滯空氣如同一碗濃湯，將我們浸沒在其中。而且每天這碗湯都變得更濃更深。

在我們航程中的最初兩天裡，我也遭遇了嚴重的暈船。然後德瓦利婭尖叫著說我們的噪音和動作讓她覺得更加難受。她命令我們全都離開船艙。我小跑著跟在文德里亞和科爾夫身後，走過甲板下方，貨艙上面的黑暗走廊。油燈在這裡的橫樑上輕輕晃動。床鋪沿著彎曲的船壁排列。走廊中央還懸掛著吊床。一些床上有人，一些床則空著。這裡充滿了柏油、燈油、汗水和腐壞食物的氣味。我跟在科爾夫身後，踏上一段梯子，從一個方形艙口中鑽出去。在船艙外，當一陣冷風吹過我的臉頰，我立刻感覺好多了。

等到我的胃接受了整個世界都在我的周圍躍動傾斜之後，我就沒事了。德瓦利婭知道我無法從大海環繞的船上逃走，同時她又病得很厲害，根本無暇顧及其他。我們隨身帶了一些食物，不過有時候，我們也會和其他旅客共進晚餐。這艘船上有廚房，還有一個被叫做髒棚子的餐廳。那裡的長餐桌邊緣有一道矮圍欄，能夠阻擋盤碟和杯子滑落下去。這裡的食物不好不壞，經過之前的飢餓掙扎以後，我很高興接受任何品質的飲食，只要它們能夠有規律地提供給我。

我說得很少，只是服從德瓦利婭給我的不多的命令，同時認真觀察這艘船上和我的兩名旅伴的每一個細節。我希望他們能夠相信我已經放棄了反抗，並因此而放鬆對我的警惕。我希望能夠在下一座港口發現一條逃跑的路。鼓滿船帆的風帶我一步步遠離家鄉。日復一日，時復一時，我曾經的生活真正地離開我了。沒有人能夠救我，沒有人知道我在哪裡。如果我要逃脫這種命運，就必須自己採取行動。我懷疑是否能夠再回到六大公國，但我還可以希望為自己贏得一個自由的人生，即使那是在距離家鄉有半個世界之遙的異國港口。

德瓦利婭命令文德里亞讓船員和其他乘客都對我們「不感興趣」，文德里亞只是用一個微弱的魔法稍稍影響了他們。當我們在船上各處行走的時候，沒有人對我們說話，甚至沒有人看我們一眼。這艘船上大部分乘客都是恰斯國商人，攜帶貨物前往其他地方販賣。還有幾個人來自於繽城或者雨野原，有一些是遮瑪里亞人。有錢的乘客都住在小船艙裡。大艙裡的帆布吊床上睡滿了年輕人。船上還有奴隸，其中一些相當有價值。我看到一個美麗的姑娘，舉手投足之間帶著種馬一般的驕傲，但她戴著奴隸項圈，鼻子旁邊還有淺色的刺青。我有些好奇她是否擁有過自由的人生。我也看到了一個彎腰駝背的垂暮老者被賣出了一口袋金幣的價格。他是一位學者，能夠說六種語言，也精通這六種語言的讀寫。當一個女人費盡心機用他討要高價時，他只是肅然端坐。然後他俯下身，在紙上寫下出售自己的價格。他的鼻子幾乎要碰到了那張紙。我不知道他那滿是節瘤的手指還能寫下多少字，當他變得更加老邁的時候，他的人生又會如何。

一艘船上的時間和陸地上是不一樣的。在這裡，無論白天黑夜，水手們總是要完成一個又一個任務。一個鐘將時間一段段分開。我的睡眠似乎不能跨越時段。當鐘聲在夜晚將我喚醒。躺在小艙室中破裂的地面上，呼吸著因為德瓦利婭的嘔吐而變得酸臭的空氣，我渴望著能夠逃到甲板上去。但鼾聲如雷的科爾夫就橫在窄小的艙門前。在德瓦利婭上面的鋪位上，熟睡中的文德里亞不停地嘟囔著夢話。

如果我睡著了，就會做夢。有時候這些夢會在我的體內翻滾沸騰。當我從夢中醒來的時候，我就把它們畫在木板地面上，拚命想用這種方法讓它們離開我的腦海。它們都是一些黑暗的夢，其中充滿了死亡、鮮血和煙塵。

有一個晚上，當我躺在地上，被我們不多的幾件行李所環繞，我聽到文德里亞呻吟著說出一個詞：「兄弟。」他歎了一口氣，又深深沉入到他的夢境中。我試著讓自己在白天時牢牢砌就的牆壁倒塌下來，敞開對他的防禦，然後穩住自己的意識，去感覺他的邊界。

那和我預料中完全不同。

即使在熟睡中，他依然控制著科爾夫。那個恰斯人變得像乳牛一樣馴順聽話，和他剽悍的戰士風格以及身上的傷疤顯得很不協調。他在索取食物的時候總是畢恭畢敬，那些女性乘客完全不必害怕他的目光。就連那些被拴成一串，每天一次牽到甲板上去放風的女奴隸在他面前也是安全的。今晚，我能夠感覺到文德里亞如何讓他沉浸在漠然的心態中——只有一步之遙，他就會陷入絕望，一切勝利和喜悅的記憶都被隱藏了起來。他只能回憶起自己為各種瑣碎任務而忙碌的灰暗日子，每一天都只不過是服從指揮官的命令，而他的指揮官就是德瓦利婭。

我試著去感覺文德里亞對我的控制。但如果他真的有這樣做，那種控制也太過微弱，甚至讓我無法找到。但我沒有想到竟然會發現一片罩住了德瓦利婭的朦朧薄紗。

也許是德瓦利婭要求他這樣做的？是因為德瓦利婭想要好好睡一覺？但無論如何，如果願意接受暗示，她肯定不想每天都這樣病懨懨地躺在床上。也許是德瓦利婭無意中讓文德里亞知道了她是多麼厭惡他。她向文德里亞口出惡語的那一天，文德里亞在她鄙視的目光中蜷縮成一團。那是德瓦利婭第一次對文德里亞顯露惡意嗎？我開始仔細探索文德里亞對德瓦利婭的暗示：她能夠信任文德里亞，讓文德里亞管理我們；文德里亞已經因為自己短暫的背叛而深感悔意；文德里亞是她的僕人，完全忠誠於她；在她休息的時候，文德里亞能夠控制好科爾夫，並在眾人面前將我隱藏好。我踮起腳尖，透過這一重暗示的迷霧向裡面望去。文德里亞謹慎的挑戰產生了多大效果？德瓦利婭從暈船中恢復過來以後，是否會猜出文德里亞的手段？

首先，必須是文德里亞允許她從暈船中恢復過來！我考慮了一下這個設想。真的是文德里亞在讓德瓦利婭不斷嘔吐嗎？德瓦利婭臥病在床，讓我們能夠逃避她的耳光、擰掐和踢踹。文德里亞是否已經開始反抗德瓦利婭了？如果他不再效忠於德瓦利婭，如果他想要得到自己的自由，我是否能助他一臂之力？我是否能贏得他的幫助？能夠逃走，返回家鄉？

這顆種子一旦落在我的意識裡，我便立刻盡全力築起自己的牆壁。絕不能讓文德里亞懷疑我知道了什麼，更不要說是我的希望了。我該如何贏得他的忠誠？他最想要的又是什麼？

「兄弟。」我在氣息間說道，聲音只是略微比耳語更響一點。

文德里亞響亮而有節律的呼吸聲停頓一下，遲疑片刻，便又開始了。我質問自己，這還可能讓我的境況更加惡劣嗎？

「兄弟，我睡不著。」

文德里亞的鼾聲停止了。在很長一段時間的沉默之後，他有些驚奇地說：「妳叫我『兄弟』！」

「就像你這樣稱呼我一樣。」我回應道。這對他意味著什麼？我必須非常小心地一步步試探。

「我做夢的時候這樣叫妳，妳也會這樣叫我。」他從捆紮起來當做枕頭的衣服上轉過頭，哀傷地說：「但其他事情都和我的夢不一樣。那是我唯一的夢。」

「你的夢？」

「是的。」他承認道，然後又害羞而驕傲地說：「其他任何人都沒有夢到過這個，只有我。」

「他們怎麼可能夢到？這是你的夢。」

「妳對於夢還真是無知。許多白者都會有相同的夢。如果有許多白者做了同樣的夢，那麼這個夢對於道路就是非常重要的！如果一個夢只出現一次，那它可能就不會發生。除非一個勇敢的人竭盡全力讓它發生。那個人還要在其他的夢中尋找通向這個夢的路徑，就像德瓦利婭為我做的

一樣。」

德瓦利婭在她的床鋪上翻了個身，發出一陣恐怖的聲音。我真是個蠢貨！她當然有可能是清醒的。那條老毒蛇從不會真正睡著。她一定聽到了我們的談話，會徹底摧毀我根本還沒有建立起來的計畫！

就在這時，我感覺到了——深沉而幸福的睡眠包裹住我，就像是最柔軟的毯子，溫暖卻又不壓身子，讓肌肉舒緩，頭痛消失，讓我擺脫了充斥整個船艙的腐臭。雖然築起了牆壁，我卻幾乎還是沉浸在其中。我不知道這種暗示對德瓦利婭有多強的影響，也不知道科爾夫是否同樣沉浸在這種暗示裡。我是否應該告訴文德里亞，我知道他做了什麼？我能不能威脅他，如果他不幫我，我就會把他所做的一切告訴德瓦利婭？

「妳感覺到了我做的事情，妳堅守住自己，不受我的影響。」

「是的。」我承認。否認這種事沒有什麼用處。我等待著他繼續向我講述，但他沒有。在我的眼中，他一直都是那樣蠢笨昏聵，但現在，在他的沉默裡，我開始好奇他是否也在思考著自己的策略。我該用什麼辦法才能讓他開口？「你要和我說說你的夢嗎？」

他側過身來。我能夠從他的聲音判斷出他現在正面對著我。他讓細微的聲音穿過這個小船艙。「每天早晨，薩米索都會要來紙筆。他和我是雙胞胎兄弟。我們的父母是兄妹，他們的父母也是兄妹。所以，有時候我會裝作我也有做夢，和他同樣的夢。但他們總是說我在撒謊。他們知道。薩米索擁有全部的夢，而我只有一個。就連奧黛莎——我的雙胞胎姐妹也有夢，儘管她像我

一樣生來就有缺陷。但我只有一個夢。沒用的文德里亞。」

兄妹交配？他的父母讓我感到驚駭，但這不是他的罪過。我壓抑住自己煩亂的想法，只是說道：「但你還是有一個夢？」

「是的。我夢見自己找到了妳。在一個白雪皚皚的日子裡，我稱妳為『兄弟』，妳來到我面前。」

「那麼，這件事成真了。」

「夢不會『成真』。」文德里亞糾正我，「如果夢在真實之道上，我們就會走向它。四聖知曉真實之道的走向，他們會找到正確的夢，派遣僕人開拓真實之道，讓整個世界跟隨於其後。找到夢中的那一刻就像是找到路上的一個路標。它能夠確認道路是真實的。」

「我明白了。」我這樣說道，但其實我並不明白，「那麼你的夢把我們聚在一起？」

「不。」文德里亞哀傷地說，「我的夢非常渺小。德瓦利婭說它只是一塊細小的殘片，並不很重要。我不應該以為自己很重要。有許多人都擁有比我更好的夢，那些核校者會分揀不同的夢，將它們按照次序排列好。他們知道我們應該去哪裡，應該做些什麼，才能開拓出真實之道。」

「所有那些夢裡都說我是一個男孩嗎？」這個問題只是出於我的好奇心。

「我不知道。大多數夢裡都稱妳是『兒子』，或者並沒有說妳的性別。在我的夢裡，妳是我的兄弟。」我聽到他在抓撓自己，「德瓦利婭是對的。我的夢很小，又不是很正確。」他的語氣就像是一個失望的孩子期盼著有人能夠對他的結論表示反對。

「但你看見了我，而且的確稱我為『兄弟』。還有別人夢到了這個情景嗎？」

我從來都不知道一陣沉默會有這樣漫長。但文德里亞現在的沉默的確是如此。滿足感和自我辯白在他的聲音中發生了激烈的衝突：「不，沒有其他人夢到了。」

「所以，也許你是唯一能夠找到我的人，兄弟。也許沒有其他人能夠實現那個夢？」

「是……吧。」他在咀嚼著這個回答。

隨後又是一陣沉默，彷彿整個世界都需要在此刻暫停一下。這是一段屬於文德里亞的時間，他大可以利用這個時刻得出一些結論，只是他自己還沒有意識到。我盡可能克制住自己，但最終還是問道：「那麼，既然是能夠證明真實之道的真實的夢，這其中就一定會有你。但為什麼又必須有我？」

「因為妳就是那個人。那個意外之子。那個出現在許多夢中的人。」

「你確定？奧拉利婭和睿頻都對此表示懷疑。」

「妳一定是！妳必須是。」文德里亞的聲音中，急迫更多過篤定。

當他第一次找到我的時候，就稱我為「意外之子」。於是我又做了一點探究。「那麼，在你的夢裡，你就是那個找到意外之子的人。而意外之子就是我。」

「我夢到了……」文德里亞的聲音愈來愈小，「我夢到我找到了妳。德瓦利婭需要找到意外之子。」他的聲音顯得既害怕，又憤怒，「如果不是她一直在尋找他，我就不會找到妳。她要我去尋找他，於是我找到了妳，並且從我的夢中認出了妳！所以，妳就是意外之子。」他用力噴了一口氣，因為我對他有懷疑而感到氣惱。

他知道他的邏輯是有瑕疵的。我在黑暗中看不見他，無法解讀他的表情。為了避免激怒他，我溫和地說道：「但這具體是怎麼回事？你是如何知道的？而我卻完全不知道。」

「我知道我夢到了妳。我知道我找到了妳。我的體內沒有多少白者血液。有人譏笑我，說我根本就不是白者。但如果我真的能以白者的身分做一件事，那就是找到妳。我做到了。」滿足的情緒讓這番話變得熱切。他突然打了個哈欠，聲音也變得軟弱下來，「當我走在真實之道上的時候，就能感覺到它。這是一種很好的感覺。安全。妳不是真正的夢人，所以妳不會知道這些事。」他歎了口氣，「這對我毫無意義。在他們向我引證的所有夢中，意外之子是一個平衡點，在他之後，一切都能恢復秩序，或者一切都將陷入混亂。在某個點上，妳會將我們全部帶上一條錯誤的道路。而意外之子所創造的這個分歧點有可能充滿了恐怖的毀滅，或者是美好的奇蹟。妳創造的道路通向一千種可能的未來，這些都是別人無法開啟的……」他的聲音愈來愈弱。他歎了一口氣，「我需要睡了，兄弟。我在白天根本無法休息。科爾夫睡著的時候，我才有可能睡一下。」

「那就休息吧，兄弟。」

那一整個夜晚，我都一動不動地躺著。我睡得很少，籌畫了很多，將我珍貴的零星情報整合起來。文德里亞已經開始將力量用在德瓦利婭的身上了。控制科爾夫會讓他感到疲憊。他相信我非常重要，也許德瓦利婭也是這樣相信的。但德瓦利婭還會以為我是意外之子嗎？我用一點和善的話語讓文德里亞感到高興。也許再多一些交談，就能把他拉攏到我這一邊？我建立起一個脆弱的希望。如果文德里亞能夠幫助我，我們就能在下一個港口從德瓦利婭的手中逃走。他肯定能夠利用他的魔法讓我一路順風地回到家鄉。我露出微笑，想像著騎馬走在細柳林的馬車大道上。堅韌不屈會來迎接我。也許還會有我的父親。樂惟會打開大門，走下……

但是樂惟死了，馬廄被燒毀了，書記員機敏死了。也許小堅也死了，我不知道深隱是否能活著回到家，她曾經證明自己比我想像的更加堅強。如果她回去了，她能否告訴他們，這些壞人是怎樣將我拉進一塊石頭的？如果得到她的訊息，他們會不會試著走進石頭來找我？我的心中保存著一個搖搖欲墜的希望。我的父親如果知道我穿過那些石頭，他一定會來找我的！

我在地板上蜷縮成一團。一絲憂慮在牽動著我的神經。父親是否能猜到我們後來又進入了另一塊石頭？母親的蠟燭一直被藏在我的襯衫前襟裡。它的香氣飄進我的鼻孔。片刻間，我得到了撫慰。隨後一個確定無疑的想法又突然讓我心生警覺。我會找到這根蠟燭，只能是因為我的父親把它帶到了那裡。深隱回到家，將他們帶走我的事情告訴了父親，他已經追過來了，不單是追過來，而在那塊石頭裡超過了我。他丟掉了這根蠟燭。丟掉它，卻又沒有再將它撿起？我想到在那裡零星散落的各種東西，那一頂破爛的帳篷。那些熊糞！他是不是在那裡遭到了攻擊？他死了嗎？他是不是已經變成了零散的屍骨，沉入到那片樹林下深深的苔蘚落葉之中？

我向狼父親伸展過去。如果我的父親死了，你會知道嗎？

我沒有感覺到回應。於是我在我的牆後蜷縮得更緊。如果我的父親死了，就沒有人會來救我了。永遠也不會有了。我的那個可怕的夢就會變成現實，我就會變成那個夢中的樣子。

除非我拯救自己。

12 活船派拉岡號

許多個世代中，活船有生命的祕密只掌握在特定的貿易商家族手中。到了和恰斯國戰爭的末期，隨著巨龍婷黛莉雅的出現，這個祕密已經有一部分難以被保守了。在過去的二十年中，活船派拉岡號雖然依舊忠誠於製造他的家族，但這個家族正是摧毀了他本應該成為的偉大生物才造出了他，這一點已經愈來愈清晰地為世人所知。

活船的創造開始於巨龍的繭。當雨野原人第一次發現那些非同尋常的巨大原木時，他們根本想不到這就是孕育了巨龍幼體的繭殼。這些「原木」被儲存在一個玻璃屋頂的大廳裡。而這座大廳已經連同它所在的城市一同被埋進層層淤泥下面。後世的人們就在這座古早的廢墟上建起了新的城市——崔浩城。最初找到這些龍繭的人認為他們只是特別珍貴而奇異的木材。那時，雨野原人迫切需要一種能夠抵抗雨野原酸性河水的材料。他們的普通船隻無論被多麼妥當地塗滿油脂，或者進行日曬火烤，都無法抵抗雨野原河持續不斷的侵蝕。當白色洪水氾濫的時候，雨野原河的酸度更是會強得嚇人。一些船直接就溶解在這種水中，貨物和乘客也隨之落進毒水裡，轉瞬間便化為烏有。而在被淤泥埋葬的古靈城市中所發現的這種特殊「木材」，正好滿足了雨野原開發者的需求。他們給這種木材命名為「巫木」。它有極為細膩的紋理，本身密度非常高，是一種極為適合建造船隻的材料，而且酸性河水更是無法傷害其分毫。

只有用這種材料建造的船隻才能夠在雨野原的酸性河水中長期航行。這些寶貴的航船成為了古靈寶物貿易的重要支撐。只有通過它們，從雨野原各城鎮所在的古早廢墟中挖掘出來的古靈寶物，才能夠被送到市場上，以極高的價格出售到世界各地。

在這些航船建成的數個世代之後，活船上的第一個船首像才「甦醒」過來。活船的建造者和擁有者對此全都感到大為驚愕。金色黃昏號是第一個有了生命的船首像。和這個船首像的交談讓人們很快就發現，活船吸收了生活在它上面的人們的記憶，尤其是他的船長們以及其家族的記憶。正因為如此，這艘活船擁有了豐富的航行智慧，知道該如何應對各種氣候，還能夠提醒人們對自己進行必要的維護。這樣一艘船的價值是無法估量的。

那些將這樣的「原木」加工成材的人們一定早就知道它們並非木材。在每一根這種原木的中心處，工人們一定能發現一頭部分成形的龍。即使他們可能

辨別不出這是什麼生物，一定也能猜出這是一種怪獸的繭殼。但這件事成為了他們嚴格保守的祕密。活船家族只會將這個祕密告訴他們的直系親屬。現在我們可以相信，在巨龍婷黛莉雅鑽出巫木以前，沒有人會承認活船和龍族的關係。

——《繽城活船》，貿易商寇達・瑞溫德

我站在柏油人號的甲板上，盯著派拉岡號的船首像——我的面孔。而且他的胸前還用皮帶拴著一把斧頭。機敏和堅韌不屈完全愣住了。火星悄聲嘟囔著：「他在看我們。」

他的確是在看我們。那個船首像看上去就像我一樣感覺受到了冒犯。派拉岡號真的是被雕刻得和我一模一樣。「你不可能解釋這種事。」

「我可以，」琥珀向我保證，「但不是現在。等以後，我們單獨相處的時候。我保證。」

我沒有回答。隨著兩艘船的距離逐漸靠近，柏油人號的船員都在忙著撐篙領航，不疾不徐、遊刃有餘地指引柏油人號向河邊靠近。崔浩城是一個忙碌的貿易中心，碼頭上幾乎沒有什麼空曠的水面。無法直接貼住碼頭的船隻就依照停泊傳統，靠住貼岸的船。船上的人們可以通過其他船的甲板上岸。我相信我們也只能這樣做。派拉岡號附近有一片空出的水面，不過根據我的判斷，那裡太過狹小，無法讓柏油人號停泊。隨著我們來到派拉岡號近前，他直接盯住了我，雙眉緊皺。

「為什麼他會有一雙藍眼睛？」我高聲問道。我的眼睛是深褐色的。

琥珀的臉上呈現出一種略帶感傷的奇怪微笑。她將雙手交握在胸前，就像是一位老祖母在看著她鍾愛的孩子，用親切的口吻說：「是派拉岡號這樣選擇的。許多大運家的人，包括柯尼提在內，都有藍色的眼睛。大運是他最初的家族。蜚滋，是我雕刻了他的面孔。或者說，是我重新雕刻了它。他曾經雙目失明，眼睛被斧頭挖去。折磨他的人在他身上留下了標記……哦，這是一個漫長而恐怖的故事。我雕刻他的臉時，按照他的意願為他雕了一雙閉起來的眼睛。很長一段時間裡，他拒絕睜開它們。而當他睜眼時，就露出了一雙藍色的眼眸。」

「為什麼是我的臉？」我問道。我們這時離碼頭已經很近了。

「以後我再告訴你。」琥珀低聲對我說。

她的話語幾乎完全被淹沒在柏油人號和派拉岡號靠近時的一片喊聲之中。柏油人號的船員正忙著進行停泊前的準備。我的四名同伴和我一起站在甲板船艙的頂部，旁觀眼前這番忙碌的景象。我們的舵手操動舵柄，對抗著水流的衝擊。其他人都用手中的船篙防止柏油人號撞到碼頭上。在另外兩艘已經停好的船上，憂心忡忡的水手們都做好了將我們撐開的準備。但柏油人號精準地駛進了那片空出的水面，就像劍刃被收入鞘中一樣分毫不差。絲凱莉從柏油人號的甲板縱身跳到碼頭上。下一刻，她已經接住了一條拋給她的纜繩，迅速將纜繩纏在一根停船樁上，隨後又在碼頭上跑動，抓住了另一根拋過去的纜繩。

我們低矮的駁船和那艘高大的風帆航船形成了鮮明的對比。柏油人號的扁平船身讓他能夠一

直行駛到這條河上游的淺水區域。這是有著深龍骨的派拉岡號無法做到的。派拉岡號的風帆船體更能夠適應波高浪湧的深水航線。和他相比，我們登時矮小了許多。那個一直盯著我們的船首像足有普通人的幾倍大。突然間，他的目光從我轉向了我身邊的女士，一直因為審慎評判而緊皺在一起的雙眉也舒展開來，臉上綻放出難以置信的微笑。「琥珀？是妳嗎？過去二十多年妳都去哪裡了？」他向琥珀伸出一雙巨大的手，彷彿我們就在他面前一樣。我覺得他會將琥珀直接從柏油人號的甲板上提起來。

琥珀也向他伸出手，彷彿是要和他擁抱。「我去了很遠的地方，我的朋友，非常非常遙遠！能夠再一次聽到你的聲音實在是太好了。」

「但妳沒辦法看見我。妳的眼睛瞎了。是誰幹的？」活船的關心中洋溢著憤怒。

「的確是瞎了，就像你曾經的那樣。這是一個漫長的故事，老朋友，我答應你，會把這個故事講述給你聽。」

「妳當然要講給我聽！妳身邊的人是誰？」活船的聲音中是否流露出指責的意味？

「是我的朋友們。他們來自公鹿公國，也就是六大公國。不過還是等我登上你的甲板，再向你述說這些故事吧。在兩艘船之間這樣喊叫實在不是交談的好方式。」

「同意！」這一聲喊叫來自於一名身材嬌小的黑髮女子，她正俯身在派拉岡號的船欄杆上。在她飽經風霜的臉上，因為歡笑而露出的兩排牙齒顯得格外潔白。「歡迎你們，請到船上來。萊福特林和愛麗絲會把你們的行李運過來。然後我希望他們能夠和我們一起喝上一兩杯。琥珀，幸會！我幾乎無法相信鴿子帶來的訊息。快上船來吧！」她將目光轉向我，臉上的笑容變得更加燦爛，「我一直都期待能夠見一見和我們的船有著相同容貌的那個人。」說完這句話，她就退回到船上去了。

聽到那個女人的話。派拉岡號的微笑消退了。他將雙臂交叉抱在胸前，轉開頭，用眼角覷著琥珀。琥珀向我笑了笑。「那位是艾惜雅．維司奇，麥爾妲女王的姑姑。她是派拉岡號的船長，也是這艘船的同伴，這取決於你怎麼看待他們的關係。」然後琥珀轉過頭正視著我。「你會喜歡她的，還有貝笙．德雷。」

停泊和登陸是一個相當緩慢的過程。萊福特林船長一定對船員們的工作非常滿意。很快，他就命令把跳板放到碼頭上。派拉岡號上也為我們放下了一道繩梯。萊福特林領頭，機敏和堅韌不屈輕鬆地跟在後面。火星的裙子讓她在攀登的時候多了一點困難。我站在柏油人號上，抓緊繩梯，等待琥珀上去。「不需要，」船首像一邊說，一邊靈活地扭動腰腹，俯下身向琥珀伸出了雙手。

「船首像朝妳伸出手了，小心！」我壓低聲音警告她。

琥珀則完全沒有壓低聲音。「在老友中間不需要小心。為我領路吧，蜚滋。」

我不太情願地照著她的話去做，當船首像雙手抱住琥珀的腰肢，就像抱起一個小孩子的時候，我只能驚訝地盯著隨那雙巨手緩緩升起的琥珀。那是一雙膚色和男人一樣的手，因為一直暴露在陽光下而顯得有些黝黑。但我還是能夠看到上面的巫木紋理。在所有古靈魔法中，有生命的船首像是最令我感到震驚，也是最讓我不安的。我能夠理解一頭龍。那是有著熱血骨肉的生物，也有著和其他野獸一樣的需求和食欲。但一艘用有生命的木材建成的航船，會動、會說話，顯然擁有自己的思想，卻不需要食物和飲水、沒有對異性的衝動、沒有繁殖的欲望？這樣一個生靈的行為又該如何去預料？

我是最後一個站在碼頭上、派拉岡號繩梯旁邊的人。這時我能聽到琥珀在說話。但她壓低了聲音，顯然只想讓派拉岡號聽見，所以我完全無從分辨她說了些什麼。派拉岡號捧著她，就像捧著一只布娃娃，一雙藍色的眼睛專注地看著她的臉。派拉岡號也曾經雙目失明，他是在對琥珀表達同情嗎？一艘用龍繭製造出來的船會有同情心嗎？這已經不是我第一次感到自己對弄臣的人生是多麼缺乏瞭解了。在這裡，他被看作是琥珀，一位聰慧而堅強的女子，借出她的財富，重建了繽城，幫助曾經的奴隸們在雨野原建立起自己新的人生。在我們旅程的這一段，這就是她的身分。琥珀。一名對我而言依然非常陌生的女子。

「蜚滋？」機敏靠在派拉岡號的欄杆上喊道，「你不上來嗎？」

「好的。」我爬上了繩梯——這種事從不像看起來那麼容易。我的雙腳一落在派拉岡號的甲板上，就感覺他和柏油人號完全不同。派拉岡號更接近於人類。透過原智和精技，我都能感覺到他的生命。現在他的注意力完全集中在琥珀身上，我可以有一點時間來觀察一下周圍了。

我已經很長時間不曾登上過這種規模的大船。這讓我想起了前往外島的旅程，還有那時阿憨持久不退的暈船。我希望那樣的經歷不會再有了！派拉岡號要比那艘船小一些，也更加細長。我

推測他可能更適合在海上航行。總而言之，派拉岡號是一艘非常優秀的船。他的甲板非常乾淨，纜繩整齊平順。船員們顯然都很盡職。

「火星和堅韌不屈在哪裡？」我問機敏。

「去四處探索了。當然是得到了貝笙船長的許可。你和我得到邀請，將前往船長和艾惜雅女士的艙房，享用餐點和閒談。」

我向船頭看了一眼。派拉岡號仍然捧著琥珀。我很不願意將琥珀留在這艘船的手心裡（這種說法在此時沒有任何誇張的成分），但我同樣不願意冒犯熱心招待我們、免費送我們前往繽城的船長夫婦。我們前方還有一段很長的旅程，在沿著雨野原河順流而下之後，我們還要經過情況不明、沼澤遍布的天譴海岸，最終到達商人灣。我希望能夠和這艘船上所有的人都融洽相處。對於那個船首像，我懷疑弄臣根本不會有任何提防之心。很明顯，琥珀早已全心全意地信任他了。

「蜚滋？」機敏用臂肘碰了我一下。

「我這就來。」我又回頭瞥了一眼琥珀。我能看見她的臉，但看不見派拉岡號的。河上吹來的風掀動了她的裙子，撥弄著從她的頭巾中落出來的幾縷髮絲。她正在聽派拉岡號說話，臉上帶著微笑。她的手臂輕鬆地放在派拉岡號的手指上，彷彿正坐在一把舒適的扶手椅中。我決定信任她的判斷，便跟隨機敏去了船艙。

船長艙室的門敞開著，讓春日的和風不斷吹入其中。我聽見裡面傳來活潑的說話聲。火星在因為某件事而放聲歡笑。我們走進去，看見萊福特林扯住了小堅脖頸後面的衣領，幾乎要把他從地面上提起來。「他是個淘氣的蠢貨。你一定要讓他認真幹些活！」柏油人號的船長高聲宣布道。就在我繃緊了全身的肌肉時，萊福特林大笑著將這個咧著嘴的男孩半推半扔地丟給了一個肌肉發達的中年男人。那個人抓住我的小子的肩膀，也在咧嘴笑著，從他修剪整齊的鬍鬚中露出了雪白的牙齒。他拍拍小堅的後背，「我們管那個叫跑纜繩。沒錯，你能學會。但你必須先得到樂符、艾惜雅或者是我的許可。我們會告訴你什麼時候你能上去，還有你上去要做些什麼。」那個人抬頭瞥了一眼萊福特林，「他知道怎麼打繩結嗎？」

「知道一點。」我插嘴道。我發覺自己也在向德雷船長微笑。

「哦，可不是只知道一點，」萊福特林表示反對，「貝琳每天晚上都會讓他去幹打繩結的活。那時你和你的女士總是單獨待在你們的小屋裡。他在我們的教導下已經順利地邁出了成為水手的第一步。不過德雷是對的，小子。就算是你有膽子爬上那些帆索，一開始也一定要跟著知道自己在幹什麼的人一起上去，而且要好好聽話！聽到什麼就做什麼，只能做你聽到的事。聽到了嗎？」

「是的，先生。」小堅看著兩位船長，眼神中充滿了笑意。如果他是一隻小狗，一定會歡快地搖起尾巴來。我感覺到驕傲，同時也有一點嫉妒。

德雷向我走過來，同時伸出了手，我們像貿易商那樣相互握手。他的黑眼睛注視著我，臉上全是坦誠開朗的神情。「我的船上還從未有過一位親王，不過萊福特林已經告訴我，您是一個隨和親切的人。我們會竭盡全力為您效勞。但派拉岡號是一艘活船，我們不能像對待普通人那樣對待他。」

「請不必擔心，我也不會在乎什麼貴族身分。紅船之戰期間，我曾經在盧睿史號上當過很長時間的划槳手。那時我的全部財產都放在我的凳子下面。而且有半數時間，那張長凳就是我的床。」

「如果是這樣，您應該很適應船上生活了。請讓我介紹艾惜雅．維司奇。我曾經試圖讓她改姓德雷，不過她堅持使用維司奇這個姓。她的家族女性全都是以頑固而著稱的。如果你已經見過麥爾妲，應該已經知道這件事了。」

艾惜雅正坐在桌旁。桌子上有一只正冒出大股熱氣的茶壺、茶杯和一只裝滿小蛋糕的大盤子。那只茶壺肯定是古靈寶物。它閃閃發光，有一種金屬質感，而且上面裝飾著許多蛇的圖案。不，那些一定是海蛇，旁邊還有一些小魚。小蛋糕上裝點著乾果和小塊的亮粉色水果。艾惜雅欠身站起，探過桌面和我握手。「不用介意他的話。不過我的侄女的確有不少維司奇的『血性』——這是我們的說法。」她滿手的老繭刮蹭著我的手心，微笑在眼角形成一道道紋路，夾雜著些許白色的一頭黑髮被完全束到腦後，結成一根緊實的辮子，垂在她的背上。她手上的力量不亞於任何男性，我感覺到她在用握手來衡量我，正如同我也在衡量她。隨後她坐下去，又說道：「嗯，這真是一種奇異的幸事，竟然能夠看見和我的船相貌完全一樣的人……毫無疑問，你肯定會以另一種角度來看待這個問題。請和我們一起坐在桌邊，喝一杯咖啡，告訴我們，看到琥珀親手雕刻的船首像，竟然和奪取了她的芳心的人一模一樣，是一種什麼樣的感覺？」

整個艙室隨即陷入了沉默，我不得不尷尬地想要找到一種回應的方式，哪怕只是一些無聊的胡話。我可以發誓，我能聽到機敏在屏住呼吸，並且真切地感覺到了火星和小堅都睜大了眼睛瞪著我。我在匆忙中抓出一段謊言：「有咖啡嗎？太好了！現在雖然已經是春天，但河上的冷風還是一直颼進了我的骨頭裡。」

艾惜雅笑了：「你根本就不知道她按照你的容貌，重新雕刻了這艘船的臉，對不對？」誠實是不是變成了一種危險的習慣？對於這種事，切德會怎麼想？我允許自己發出一陣困窘的笑聲，承認道：「我的確是在不久之前剛知道。」

「哦，甜美的莎神啊！」艾惜雅嘟囔了一聲。壓抑已久的貝笙終於大笑起來。我聽到身後傳來一聲輕微的驚歎，轉過頭，看見愛麗絲走進了艙室。

「哦，看看我們的女人都為我們做了什麼！」貝笙高聲說著，走過來拍了拍我的肩膀，「坐下，坐下，艾惜雅會給你倒一杯咖啡。這裡還有白蘭地，也許它才能幫你驅走寒意！愛麗絲！機敏大人，願意和我們一起喝一杯嗎？還有，如果我邀請你的僕人和我們坐在一起，算不算有失禮儀？這些事你直接和我說就好。」

「我們結伴走了很長的路，早就不在意什麼禮儀了。堅韌不屈、火星，你們願意和我們一起喝一杯咖啡嗎？」

堅韌不屈不由自主地做了個鬼臉。「不，主人，非常感謝。但我很想出去看看這艘船，可以嗎？」

「可以，」艾惜雅和貝笙不約而同地說道。然後貝笙又轉向我，「如果你的主人許可的話。」

「當然。小堅，如果有人對你說不要礙事，就快一點躲開。」

「我會的。」堅韌不屈這時已經向艙口走去了。而火星又說了話。

「我想……」她剛一開口便停住了，臉頰也變成了紅色。

艙室中的所有成年人都在看著她。愛麗絲微笑著說：「說吧，親愛的。」

火星張開口，用強自克制的聲音說：「我應該去整理一下琥珀女士的行李了。」

「或者，」愛麗絲提出建議，「妳可以去和小堅一起參觀一下這艘船。對一艘船感興趣不是什麼壞事。從雨野原到繽城，女人的地位都與男人完全相當，這裡早已是如此了。即使有人偶爾會忘記這一點，但事實絲毫不會改變。」她又微笑著看向我，「你們在房間裡忙著的時候，火星問了貝琳和我許多關於柏油人的問題。她學得很快。我向你保證，讓女孩知道緞帶和縫紉以外的事情肯定不會有錯。」

我為六大公國進行辯護：「我也向妳保證，在六大公國，我們完全不會限制我們的女人。她們能夠成為吟遊歌者和軍人、書記員和獵人，或者從事其他任何適合的職業。」

火星終於找回了自己的舌頭。「我不是請求這個許可。不過，我也想問一下，如果我在船上時穿著長褲，是否會不合適？因為我也想爬到帆索上去看看。剛才我爬繩梯的時候，裙子就給我添了不少麻煩。」

堅韌不屈的臉上掠過一絲怪異的神情。他握著門把停住腳步，回身看著火星，彷彿火星變成了一隻貓。

艾惜雅站起身，在磨損嚴重的褲子上撣了撣雙手。「我想，我們能夠在船上給妳找些男孩的衣服。」

火星笑了一下。驀然間，我看見了灰燼的表情。「我從家裡拿了一些。只要沒人介意我穿它們就好。」

「沒有人會注意的。我甚至不知道愛麗絲是怎樣掌控那些可愛的裙裝，成為淑女佳人的。」艾惜雅微笑著看了一眼她的朋友，才向火星點點頭，「去把妳的衣服找出來吧。現在行李應該都已經放進你們的船艙了。我們的船比柏油人號更大，不過這艘船在最初建造的時候只是為了運貨，而不是承載旅客。我安排蜚滋駿騎親王和琥珀『女士』一同居住在她曾經與潔珂和我共住的艙室裡。機敏大人，樂符請你分享他的艙室。他會將舖位讓給你，我們可以給他掛一張吊床。我們讓小堅和船員們一起住在甲板下面。」她帶著歉意看了我一眼。「暫時我只能讓你的侍女與你和琥珀住在一起，不過……」

「實際上，我一點也不介意和堅韌不屈一起睡在甲板下面的吊床上。這要比睡在甲板上好多了。」

「哦，我們可以安排得更妥當，不必讓你和你的女士分開。」貝笙說道。

艙室中又陷入一陣尷尬的沉默，我搜腸刮肚地尋找合適的回答。但一聲幾乎要震動船板的吼叫突然響起：「艾——惜——雅！」

「派拉岡。」艾惜雅向我們做著不必要的解釋，「我最好去看看他有什麼需要。不必等我，儘管享用咖啡和蛋糕就好。貝笙，你能帶他們去看看他們的艙室嗎？」

「當然。」

「恐怕我們也要告辭了。」愛麗絲挽住了萊福特林的手臂，「還有許多貨物要運上柏油人。我們必須對貨物進行登記和收儲。這些工作是不能耽誤的。這批貨物中還有栽種在盆裡從繽城運來的果樹苗、鴨雛和鵝雛。把這些活物放在船上可能不是什麼好主意，但牠們不可能比羊群更糟了。再見！很高興能和你們一路同行。」

在匆匆道別之後，他們就離開了。

艾惜雅也離開之後。德雷低聲說：「我們的船最近脾氣很不好。我的兒子現在去了另一艘活船——薇瓦琪號。那是維司奇家族的船。派拉岡非常想念他。有時候，這艘船就像是一個被寵壞的孩子。如果他對你說了什麼特別的話，請一定讓我知道。」德雷看上去很是苦惱。我只能努力不讓自己的臉上顯露出警覺的神情，暗中卻又不由自主地開始擔心，一艘活船發起脾氣來會是什麼樣子？德雷避開我的眼睛，又說道：「讓我帶你看看周圍吧。那個壺會讓咖啡一直是熱的。」

我們離開船艙的時候，機敏向我挑了一下眉毛，我則聳了聳肩。

貝笙將小堅交給一個名叫樂符的水手。這名水手的鼻子旁邊有一片陳舊的奴隸刺青。一根塗了柏油的長辮子垂掛在他的背上。「我們把行李送下去。」他對小堅說。他說話的時候帶著很濃重的異國口音，讓他的吐字幾乎有些聽不清楚。他們一同離去的時候，我微笑著看到小堅在下意識地模仿那名水手行走的姿勢。機敏跟在他們身後。貝笙領著火星和我走到一個堆滿了琥珀和火星行李的艙房。與那些鼓脹的大口袋相比，我自己的行李立刻小了很多。我有些好奇，他們是不是在克爾辛拉又得到了更多的衣服。而當我們不得不將這些包袱扛在背上的時候，我們又該怎樣趕路。我的小背包中收藏著蜜蜂的書和莫莉的蠟燭，也被安全地放在這裡，另外還有古靈火磚。我舉起那塊磚，看到被謹慎包裹的切德火藥罐下面，我的襯衫還緊緊纏繞著存放精技的玻璃瓶。琥珀則已經開始掌管起那只漂亮的手鐲。

火星立刻翻揀了一遍她的包袱，就像是獵犬尋找牠記憶中的骨頭。我們把她留在那裡，自己離開了艙室。

當我們向船頭走去的時候，德雷向我介紹了派拉岡號的船員，他們紛紛向我點頭微笑，卻片刻也不曾停下手中的工作。吉特爾、蔻德、特萬、哈弗、安黛、喬克、西普洛……我將這些名字儲存在自己的記憶中，同時盡量記住他們的臉。安黛正爬上桅杆。看到她向我揮舞雙手，我的心跳都加快了。德雷更是一點也不感到有趣。「把一隻手交給船，妳自己只能用一隻手！」船長咆哮道，「不要在我的甲板上做這種危險又沒必要的事情！我會把妳馬上送回到妳的樹上去！」

「是，長官！」她答應了一聲，就像躲避惡狗的松鼠一樣竄上了桅杆。德雷翻翻眼睛。「如果她能夠更成熟些，她會成為一名偉大的水手。但她根本不懂得害怕。這會要了她的命。」說到這裡，船長又指了指崔浩城，「對於在那裡長大的孩子，桅杆似乎都不算長。」

我順著他的手望過去。那些支撐起崔浩城的高大樹木，的確讓派拉岡號上的桅杆顯得有些矮

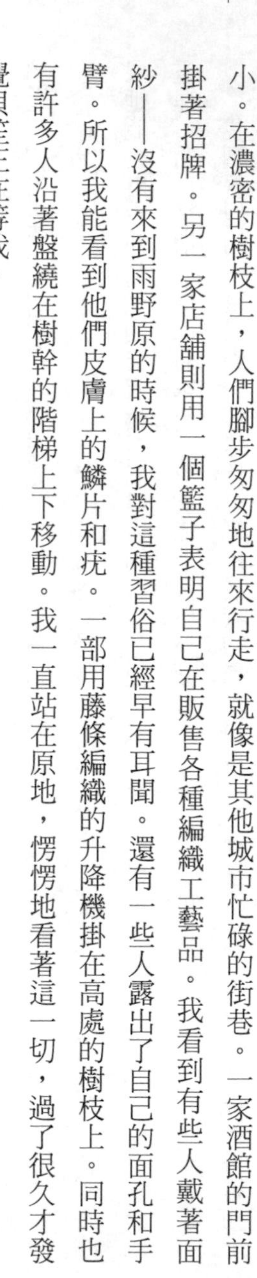

小。在濃密的樹枝上，人們腳步匆匆地往來行走，就像是其他城市忙碌的街巷。一家酒館的門前掛著招牌。另一家店鋪則用一個籃子表明自己在販售各種編織工藝品。我看到有些人戴著面紗——沒有來到雨野原的時候，我對這種習俗已經早有耳聞。還有一些人露出了自己的面孔和手臂。所以我能看到他們皮膚上的鱗片和疣。一部用藤條編織的升降機掛在高處的樹枝上。同時也有許多人沿著盤繞在樹幹的階梯上下移動。我一直站在原地，愣愣地看著這一切，過了很久才發覺貝笙正在等我。

「你是在這裡長大的嗎？」我問貝笙。

「這裡？哦，不。我出生在繽城，在那裡長大。我的家族是一個著名的貿易商家族。不過我是羊群中的黑羊，無法繼承家業。所以我來到了這裡，成為一艘活船的船長，而不是致力於開採家族財富。」聽語氣，他對於這種改變非常滿意。

「這和我的故事很相似，」我對他說，「琥珀也許會說我是親王，但我的名字清楚地說明了事實。『蜚滋』的意思是我出生在錯誤的地方。所以，我屬於瞻遠一族，但是一個私生子。」

「是這樣？所以你才會在戰船上划槳。」

我笑了。「是的。私生子不像王子們那樣寶貴。」這番交談讓我們在彼此面前都從容了許多。我們信步向船首走去。我能夠聽到說話的聲音。是琥珀、艾惜雅和派拉岡號在交談，但從背後吹來的風和樹上城市的各種噪音讓我聽不清他們在說些什麼。

「……復仇？」艾惜雅問道。這時我們又向他們靠近了幾步。

「不只是復仇，」琥珀回答道，「我們要去摧毀一個殘忍的囚籠，消滅一個每一年都在變得更加貪婪腐敗的宮廷。」她壓低聲音，說出了我經常聽她說起的一句話：「我們要成為道路上的石塊，當馬車的輪子壓到我們的時候，就會轉到一條全新的道路上去。」

我的眼前出現了一幕不可能更加怪異的情景——艾惜雅俯身在船欄杆上。派拉岡的臉轉向河面，讓我看到了自己更加年輕的側像。琥珀坐在船首像交叉在一起的手指上，雙手輕輕搭住活船的拇指，穿著靴子的兩隻腳優雅地晃動著，腳踝交叉在一起，冰冷的酸性河水就在她的腳下奔湧而過。她的編織帽子下面，鳥羽一般的短髮垂在臉頰兩側，脂粉和彩妝掩飾住了她臉上的傷疤和龍血誘發的鱗片。經過一番修飾偽裝，弄臣變成了一位窈窕迷人的女子。

艾惜雅的聲音變得有些微弱。「我從沒有聽過妳這樣激動地說話，甚至在我們共同面對死亡的時候。」

琥珀的臉因為恨意而扭曲。「他們奪走了我們的孩子，毀掉了她。」

聽到琥珀這樣提起蜜蜂，我感到一陣心痛。而且我知道艾惜雅和貝笙會怎樣以為。就算是弄臣自己一定也是這麼想的。但聽到他這樣和陌生人談論蜜蜂，我還是覺得自己心上的傷口被碰到了。莫莉，我激動地想道。她才是蜜蜂的母親，絕不是其他人。我不希望這些人以為是琥珀為我生下了蜜蜂。不，莫莉才是那個承受了懷孕之苦的人。那時她是那樣孤立無援，又是那樣珍愛和保護了我們的孩子——當我們其他人都對此不以為然的時候。琥珀不應該就這樣抹煞掉莫莉。痛苦燒灼著我的心。同時我意識到這股烈火還來自於另一個源頭。

「我的孩子也走了！」派拉岡號高聲怒吼。我感覺到強烈的情緒湧過整艘活船。他的憤怒和失落更成為了我心中火焰的燃料。德雷鎮定地說：「派拉岡，歐仔現在很好。薇瓦琪號絕不會讓他受到傷害。他只是暫時離開了你。他會回來的。這個你也知道。」

「他會嗎？」派拉岡號厲聲說道，「他已經走了兩年了！他還會回來嗎？薇瓦琪號難道不會徹底佔有他？他出生在這裡，在我的甲板上！他是我的！還是說，我是唯一無家可歸的活船？是唯一沒有人繼承船長位置的活船？就連我的維司奇兄弟也要奪走我的孩子，而應該屬於我的孩子也不來見我！柯尼提的兒子呢?!」

「是依姮女王留下了派拉岡．柯尼提，而不是溫特羅。」艾惜雅的聲音很緊張。我能夠聽出，這不是她第一次向派拉岡號說出這些話了。我看見貝笙挺起肩膀，向前邁了一步，準備負責平息活船的怒火。

「派拉岡，」琥珀輕聲說，「我的朋友，我感覺到你的痛苦。這種痛苦太過強烈，幾乎無法承受。請不要這樣。」然後，她用有些窒息的聲音說：「你將我握得太緊了。請把我輕輕放到你的甲板上吧。」

我無可奈何地看著這一切。我的身上藏著兩把小匕首。對抗這樣一個巨大的敵人，它們不會有任何用處。而且如果我攻擊派拉岡號，他不會將琥珀丟進河水中去嗎？我看向貝笙，他的臉色已經變得煞白。艾惜雅把身子壓在欄杆上，又向前探了探，用低沉而理性的聲音說：「捏壞你的朋友不可能讓你贏得柯尼提的兒子。一定要冷靜。」

一艘木船怎麼會需要呼吸？哪怕他是用龍鱗建成的。但派拉岡號的胸膛的確在劇烈地起伏，彷彿他是一個情緒激動的孩子。他瞇起眼睛，一雙抓住琥珀的大手不住地顫動著。琥珀乳白色的雙眼沒有看我，而是盯著莫名的遠方。她的面孔因為無法呼吸而變得通紅。派拉岡號將雙手貼近到胸前，向琥珀低下頭。我很擔心他會一口咬掉琥珀的頭。但他只是轉動肩膀，將琥珀猛地放到甲板上，讓她踉蹌了一下，摔倒下去。艾惜雅單膝跪在琥珀身邊，抱住她的肩頭，將她向後拉去。

「妳不需要讓她遠離我！」派拉岡號沙啞著嗓音抱怨道，「我不會傷害她的。」

「我知道你不會。」琥珀喘息著說。

艾惜雅身材嬌小，卻將琥珀的手臂擔在肩頭，一下子就扛著她站了起來。「我要帶琥珀去我們的房間。」她平靜地說。不等我插手，貝笙已經托起琥珀的另一隻手臂，幫助她向船艙走去。我跟在他們身後，但活船突然說道：

「你，有我的臉的那個人，不要走。」

我停住腳步。貝笙也停下來回頭看我。他的一雙眼睛睜得老大。然後他微微一搖頭，眼神中充滿了警告。機敏的目光從我轉向琥珀。我向琥珀略點了一下頭，讓機敏知道要跟著她。於是機敏迅速接替了貝笙的位置。船長則抱起雙臂，看著船首像。

「公鹿之人，我想要和你談談，到這裡來吧。」

活船沒有看我。只是盯著寬闊的雨野原河。我聽到河水的流淌、船隻在碼頭旁的晃動。遠處河邊城市的喧鬧人聲，就像是叢林中的啁啾鳥鳴。

「公鹿之人？」

我向活船走去，提高了聲音：「我在這裡，活船。」

「不！」

貝笙的警告來得太遲了。船首像猛一轉身，讓船體撞到了碼頭上，他則伸出雙手要抓住我。我向後跳去，但船首像已經抓住了我的左肩和左臂。我用右手抓住他的一根手指，想要掰開它。毫無用處。他將我從甲板上提起，按在船欄杆上。

「放開他，派拉岡！」貝笙吼道。

活船的劇烈動作驚動了船員們。樂符跑過來，又猛然煞住腳步，緊緊盯住我。面色蒼白的小堅就跟隨在他身邊。另外兩個人──蔻德和哈弗也奔向我們，卻又停在半道上。仍然在扛住琥珀的艾惜雅也停住了。我聽不見她說了些什麼。但琥珀立刻轉回頭，用失明的眼睛望向我們。

派拉岡的聲音很鎮定，但他所說的每一字一句都穿透了我的身體：「這和你們任何人都無關，去做你們的事情吧。」

「派拉岡。」艾惜雅哀求道。

派拉岡號收緊手指，將我舉起來。他的拇指和手指捏住了我的左側胸膛。我沒有掙扎。面對一場不可能勝利的戰鬥，首先要做的就是避免激怒對手，不要給他施加更多暴力的理由。

「我沒事。」我喘息著說道，同時用力推著他的手指，希望身體承受的壓力能夠輕一些。

「我們談談你的責任。」派拉岡愉快地用建議的口吻說道。我用力點頭，表示對此非常同意。

艾惜雅繼續扛起琥珀向遠處走去。琥珀走得很不情願，不時會回過頭來看我。但我看不清她的表情。樂符抓住小堅的肩膀，也要把他拉走。機敏走過去幫了樂符一把。貝笙緊緊抿住嘴唇，從我身邊向後退去。派拉岡將我放到甲板上，但仍然把我的身體壓在船欄杆上。「好了，」他用非常輕柔的聲音說，「我們要談一談，你和我，我們要確定我們之間沒有什麼事情。你在聽嗎，公鹿之人？這就是你在這次談話中要做的事情，你要認真聽。」

我有些窒息地做出回答：「我在聽。」

「很好。琥珀似乎很喜歡你。也許她喜歡你已經有許多年了。」他停頓了一下。

我點點頭。「我們從小就是朋友。」

活船的壓力輕了一些。「朋友？」

「從我們……從我還是個男孩的時候。」

活船從喉嚨深處發出一陣聲音，我覺得那聲音震撼了我的全身。然後他說道：「明白了。我們有著同一張臉，但我的更年輕，也更英俊。我當時請她為我雕刻一張她會愛上的臉。她就把你的臉給了我。但她只是『會』愛上這張臉，而不是『真正』愛上了它。記住，她對我的愛遠多過對你的。她終究會愛上我。」

說出最後這句話的時候，活船抓住我的手指又捏緊了。我在窒息中點了點頭。

我聽到頭頂上方傳來一陣充滿憂慮的烏鴉叫聲。我無法抬起頭，但我知道是小丑正在天空中轉圈。我祈禱牠不會攻擊這艘船。請不要那麼做！我將思緒向小丑射去。

派拉岡號突然鬆開手指，我抓住了船欄杆才沒有倒下去。片刻間，我覺得他回應了我的原智。然後他向我露出充滿威脅的微笑。「那麼，我們算是彼此認識了？」

「是的。」我壓抑著逃跑的衝動。我不想背對著他，即使他曾經一直背對著我。他將目光轉到水面上，在胸前交叉起雙臂，弓起肩膀。碩大的肌肉隨之隆起。我真不知道自己是不是那種樣子。

他保持著沉默。我一步一步向後撤退，同時緊緊盯住他，直到有人突然抓住我的衣領，把我向後拉去。我在甲板上踢蹬著雙腳，讓自己的移動速度能夠更快一些。結果我們沒跑幾步就跌成了一團。貝笙被我壓在身下，肺裡的空氣全都被擠走了。當我從他身上翻下來，掙扎著站起身的時候，他喘息著說道：「幸好你沒事。」

「謝謝。」我回應道。

「你還好嗎？」琥珀立刻來到我身邊。艾惜雅則向貝笙伸出了手。小堅跑到我的另一邊，抓住我的手。

「可能身上有些瘀傷，但不會很糟。更加受傷的應該是我的驕傲。」我轉向艾惜雅和貝笙，「你們警告了我。但我沒想到他的動作能這麼快。更沒想到……」我沒有把話說完。

「他會耍詐，」貝笙替我把話補全。然後他歎了口氣，「他最近變得很難以相處。」

「比平常要難相處得多。」艾惜雅也說道。她握住琥珀的手，把琥珀拉起來。「這對妳而言真是一場奇怪的歡迎儀式，琥珀。不過我相信妳一定還記得派拉岡的脾氣。他能夠整月甚至整天處在平靜狀態，卻又會因為某些特別的事情而大發雷霆。」

「嫉妒。」我用非常小的聲音說，「琥珀，他不想和別人分享妳。」

「我會盡全力讓他平靜下來。但情況沒有這麼簡單。派拉岡號的船殼和船首像是用兩根巫木『原木』製成的。他同時擁有了這兩頭龍的天性和部分回憶。他的甲板上曾經發生過許多暴力和殘忍的事情。他曾經被惡名昭彰的海盜伊果俘虜，被當做那名海盜的私人船隻使用。柯尼提・大運作為大運家族的兒子，每次登上他卻都會飽受折磨，甚至身體神智也被扭曲。」琥珀悄聲說道：「殘忍總是會招來更多的殘忍。」

「而有意的殘忍是絕對無法被忘記的。」艾惜雅直率地說道。

琥珀點了一下頭。「現在我明白了，也許比以往的任何時候都更加明白。」

我們從前甲板上下來。貝笙朝盯著我們的船員們一揚下巴，他們突然都動了起來。我輕輕將手從小堅的手中拉出來，對他說：「我沒事，去學習如何駕駛帆船吧。如果我需要你，就會去叫你。」

小堅看上去有些猶疑。但樂符吹了一聲尖利的口哨，這個男孩立刻像聽到召喚的狗一樣昂起了頭。「去吧。」我對他說。我知道這正是他所渴望的，也是現在對他最合適的安排。小堅跑了過去。小丑在一連串的叫聲中抖開黑色的羽毛，落到小堅的肩膀上。樂符被嚇了一跳。小堅笑了起來。剛才的緊張氣氛如同一片泡沫一樣被戳破了。我相信小堅能夠向樂符和安黛解釋清楚這隻

鳥的由來。

我們還沒有走出十幾步，灰燼突然出現在我們面前。「一切都還好嗎？」他焦急地問道。現在他的聲音完全像是一個男孩子。我知道，他在更換衣服的時候也將自己的身分完全換了過來。我感到一陣不忍——當切德最需要這名優秀的間諜時，我們卻把他偷了過來。而且我很清楚，火星的雙重身分不應該被用在這艘船上。

「是的，火星。」我對她說。她奇怪地看了我一眼，「妳可以放鬆一下，」我又說道，同時指著樂符說，「去和小堅一起探索一下這艘船吧。」

她給了我一個屬於女孩的欣慰笑容，便向她的同伴跑去了。看著她迫不及待的樣子，我知道自己對她的勸導是正確的。

艾惜雅在船艙門口突然站到我面前，眼睛裡閃爍著憤怒的火星，「你不能對這艘船如此掉以輕心！我們已經警告過你了。」

「的確。」我表示同意，「他先是讓我放鬆警惕，把我引誘進他雙手所及的範圍內。這是我的失誤。」

我的認同讓艾惜雅稍稍平靜下來。琥珀伸出手，我把我的手臂遞給她。她將我緊緊抓住。

「啊，蜚滋。你不瞭解派拉岡號的歷史，所以你不可能知道我有多害怕。」

「我們需要啟航去下游。大家都在看著我們。我們離崔浩城愈遠，他們的閒話也就愈少。」

貝笙簡明扼要地說道。

我向那座城市看了一眼。是的，人們都在向我們指指點點。還有一些人仍然驚訝地張大了嘴巴。我不知道有多少人見證了剛才發生的那些事，派拉岡的嫉妒又會被這些不明就裡的人傳說成什麼。

「請帶我去我的房間。我對這艘船還有些害怕。」琥珀撒了個謊，優雅地為我找了一個離開的藉口。

「他們甚至沒有問一問他對我說了些什麼。」我低聲說。

「我們聽到了一部分你們的對話。我根本不知道他是那樣想要佔有我。」

「妳一定很高興吧？」我問道。

琥珀笑了。「我一直在擔心他會把我忘記。」

「在妳為他雕刻出面孔，還給他雙眼之後？」

「派拉岡號是善變的。片刻之前，他還像是一個討人喜歡的孩子，轉眼間就會變成一個凶野憤怒的少年。有時候，他充滿了男子氣概，勇敢而富有騎士精神。但我絕不會過度依賴他的任何一種情緒，因為我知道他的變化會有多快。」

「妳真的忘記在這艘船上該怎樣走了？」

弄臣的嘴角露出一絲懊悔的微笑。「蜚滋，你對我的信任實在是太讓我吃驚了。我已經幾十年不曾登上過這艘船。我能夠回憶起他的結構布局，但我是否還知道從船頭走到船尾一共是多少步、每一道階梯是多少級、每一道艙門都在哪裡？不。只是我必須顯出一副充滿信心的樣子。我

知道，當我在艙壁上摸索時，我就不再是一個完整的人，而更像是一個障礙。所以，我必須裝作能夠看得更清楚。」

「我很抱歉。」我的確對弄臣感到抱歉。而且現在我滿心都是沮喪。我再次想起他冒著大雪，千里迢迢來到細柳林，雙眼失明，滿身都是可怕的創傷。

「是這扇門嗎？」琥珀問道。

「我想應該是。」我很不想承認自己竟然是如此慌亂。我真是蠢透了。這一路上，我只是在想著派拉岡抓住我的時候，我都應該做些什麼。

「我以為你是在給我帶路。」

「我只是在我們前行的時候讓妳挽住了我的手臂。」我敲了敲門。沒有人應門，我便將門推開，「我看到了妳的東西在這裡擺放得到處都是。這個房間裡有三個鋪位和一張摺疊桌子。火星的背包被打開了。她顯然從裡面翻出了一些東西。」

琥珀走進房間。這時她開始容許自己摸索牆壁了。我關上艙門。她小心地在這個小房間中走動著，仔細用步伐測量距離，又伸開雙臂。「我想起這個地方了。」她坐到一張下鋪上，「我曾經與艾惜雅和潔珂共用這個房間。我們三個人擠在這個小空間裡，有時候的確會讓人感到有些緊張。」我從最低處的床鋪下面拖出我的背包，將我的衣服袋子放在門旁邊。

「擁擠的空間裡總是會這樣。」我坐到琥珀身邊。這艘船的晃動方式發生了變化——我並不覺得這樣很有趣。我們駛出了碼頭。河水正帶著我們流向下游。我朝小舷窗外面望去。我們正漸漸加速，離開河邊，進入深水航道。這裡的水流更加湍急。我從來都不喜歡離開陸地的感覺。馬匹在行進中總是伴隨著穩定的節律。而一艘船隨時都可能朝任何方向顛簸。我只能竭力壓抑住自己的腸胃，接受這種不可預料的晃動。

「出什麼事了？」琥珀輕聲問。

「我沒有暈船，但我不喜歡這種感覺。我才剛剛適應柏油人的顛簸，但派拉岡號……」

「不。真正讓你擔憂的是什麼？」他用弄臣的聲音說道。

我沒有看他。這世上還有其他人能讓我承認這件事嗎？也許沒有了。「我……不再是過去的那個我了。我犯下了更多更嚴重的錯誤。我自認為非常機警，為一切意外做好了準備。但我並沒有。無論是船還是人，都能做出完全出乎我的預料的事。貝笙從後面抓住了我，而那時我的注意力全在派拉岡號上，就連我的原智都沒有能察覺到他。雖然得到了警告，這艘船還是幾乎毫不費力地將我引誘進他的攻擊範圍。他完全可以殺死我。只是一眨眼的時間。」

「蜚滋。你幾歲了？」

「精確的年紀？我不確定。這一點你是知道的。」

「大概猜一下。」他繼續追問我。

我吁了一口氣，壓抑下對這個問題的厭惡。「六十二，也許是六十三歲，也許六十四歲。只是我看上去沒有那麼老，絕大部分時間裡我也並不覺得自己有那麼老。」

「但你的確已經是那麼老了。年紀仍然會給你帶來壓力。你有過很好的人生。在過去一段時間裡，你過得輕鬆而且幸福。和莫莉在一起。平靜安逸的生活會讓一個人變得遲鈍，正如同沒有盡頭的戰鬥和嚴酷的生活會讓靈魂變得粗糙。」

「那是非常美好的人生，弄臣。我希望它能持續到永遠。我想要變老，死去的時候有她坐在我的床邊。」

「但你沒有能得到這樣的結果。」

「沒有。我得到的是另一種結果。穿越半個世界，去殺死我不認識的人。他們同樣不認識我，卻還是來摧毀了我僅存的小小平靜與喜悅。」當我這樣說的時候，感覺到一陣怒火衝上頭頂，讓我很想擰斷一個人的脖子。德瓦利婭。我可以徒手將她撕成兩片。怒火很快就過去了，我只感覺到自己愚蠢又空虛。而最糟糕的是我對這一切都無能為力。我用充滿愧疚和恐懼的聲音說：「他們要引誘我離開細柳林，對不對？這樣他們就能趁我不在發動襲擊。」

「恐怕是這樣。」

「他們怎麼可能制定出這樣的計畫？」弄臣曾經向我解釋過這個問題，但我希望他再對我說一遍。

「他們從上百名年輕白者那裡得到了成千上萬個預言之夢。這讓他們能夠營建出正確的局面，將你引向他們所希望的道路。」

「那麼你呢？」

「也許我正是他們詭計的一部分。我到底是逃出來的？還是被他們釋放的？那些把我抬出來

的陌生人是真的對我好？還是僕人們的同謀？我不知道，蜚滋。但我不認為你要為此而責備自己。」

「我犯了太多錯誤！我曾經將劍架在埃里克的脖子上，而我的力氣卻用光了。當我應該追趕蜜蜂進入精技石柱的時候，我的魔法卻不見了。那麼多錯誤，弄臣。我又是多麼粗暴地『治療』了那些兒童。」我看著他空洞的眼睛，「而現在，在派拉岡號上……愚蠢，愚蠢，愚蠢。」我伸手抓住弄臣戴手套的手，「弄臣，我並不能勝任你的任務。我將會辜負你，讓你和我一起落入折磨和死亡之中。機敏、小堅和火星是否也會和我們一起遭難？我們是否會聽到小堅的慘叫？看見火星被虐待、被撕碎？我受不了這樣的結果。我不能去想這種事。我想要將他們送回家，我害怕帶領任何人去完成這個任務。這是不是讓你覺得很奇怪？我害怕辜負你們所有人。我一生中不曾有過任何時候比現在更害怕！我會倒在他們的詭計中……他們也許早就知道了我下一步會做什麼。我怎麼可能和這樣的人作戰？他們甚至可能早就知道我們要去殺死他們。」

「嗯，我認為這是有可能的。」弄臣冷酷地說道，然後他又低聲說：「你弄痛我了。」

我鬆開手。他揉搓著自己的手掌。他的話熄滅了我最後一點勇氣的火星。在我們的沉默中，我只能聽見顛簸的船隻在我們耳旁絮語，以及潺潺流水和巫木材料發生摩擦時的「吱嘎」聲。我感覺到他的知覺所帶來的壓力，便收緊了我的牆壁。「這太瘋狂了，我不能這樣做。我們兩個全都會死，而且可能會死得非常悲慘。」

「也許是這樣。但我們的餘生又還能做什麼呢？」

我思考著這件事，就像一頭狼咀嚼一根沒有肉的骨頭，或者是咀嚼自己被捕獸鉗夾住的腿。

「夜眼。」他說道。

「牠已經走了，」我陰鬱地說，「如果我還有牠，就不會感覺自己這樣孱弱。牠的感官是那樣犀利，而且將自己的一切都和我分享。但牠已經徹徹底底地走了。以前，我偶爾還能感覺到牠就在我的體內，我幾乎能夠聽到牠常常在嘲諷我，但我已經不再有這樣的感覺了，牠走了。」

「聽到你這樣說，我很傷心，但我並不是這樣的意思。不，我在回憶夜眼在牠生命走向終結的時候。你想要治療牠，卻被牠拒絕了。我們追蹤花斑幫的時候，你努力想把牠留在安全的地方，牠卻只是要追上你。」

我微微一笑，回憶起我的狼堅定的求生意志，直到牠死去。「你想要說什麼？」

弄臣嚴肅地說：「這是我們最後一次狩獵，老狼。就像我們以前那樣，我們要並肩前行。」

13 風帆全張

當夢境無法理解，卻又顯然無比重要的時候，我是那樣困擾。一個完全沒有順序、沒有情節的故事是很難被寫下來的，更不要說是畫出我的夢向我展示的情景了。但這種情況的確存在。

一個滿身火焰的男人遞給我的父親一杯酒。他喝下去，全身搖動，就像一頭浸透了水的狗。碎木片四散紛飛。他變成兩頭龍飛走了。

我幾乎確信這個夢將會發生。一個我完全不明白的夢！

——《蜜蜂．瞻遠的夢境日誌》

這是一個寒冷陰雨的日子。我將舊外衣套在廉價的寬鬆襯衫和褲子外面——這是德瓦利婭很不情願地在恰斯國為我買的。冗贅的布料裹在身上很不舒服，但我沒有更厚實的外衣了。科爾夫、文德里亞和我都逃出了那個瀰漫著臭氣的小艙室。我們在甲板船艙窄小的屋簷下擠在一起，看著波濤起伏的灰色大海、沒有盡頭的陰沉雨滴。商人們在這種天氣裡都不喜歡到船艙外透氣。

不過還是有兩名乘客從我們面前走過。他們興致正濃的閒聊一下子讓我的心隨著希望跳動起來。「再六天就到羊毛集了。到了那裡，我就會出售沙緣白蘭地，小小地賺上一筆。我想要看看他們的紅醋栗利口酒。那種酒有一種能夠喚醒舌頭的鋒利感，而且對男人有很好的進補作用，又能愉悅女士們的心情。」他的個子不大，動作就像老鼠一樣靈活，又穿著一身鼠灰色的衣服。

他身邊是一個身材高䠷的女人。她笑著搖了搖頭。她的耳環幾乎蹭到了肩膀。一頭黃色髮辮像鳥巢一樣盤捲在頭頂。在雨水中，她卻沒有戴帽子。「我沒有什麼貨物要在這裡售賣，但我希望能夠買上一兩樣東西。這裡被稱作羊毛集不是沒有原因的。他們的紡織匠人能夠製作非常漂亮的毯子。如果我用這裡的毯子當做禮物，送給我在香料群島的買家，他在使用客戶的資金時也許會更自由一點。我會很願意下船走上一圈。畢竟我們會在那裡稍作停留。如果風勢不變，我們啟航之後再過七天就能到卡斯斯寇夫了。」

「現在的風很好，不過我真希望不要再這樣下雨了。」

「我覺得這場暴風雨還不錯，」女人抬起頭，讓雨水落在臉上。鼠灰色的男人盯著她暴露出的喉嚨，「這樣海盜和徵稅艦隊都不太可能發現我們。不過我也很期待能夠在陸地上過兩天。」

在港口中停留兩天。我有兩天時間找辦法離開這艘船，逃出德瓦利婭的控制。在此之前，我還有六天時間贏得文德里亞的幫助。如果他和我一起逃走，用他的能力把我們兩個藏起來，德瓦利婭還有什麼機會找到我們？我知道，引誘文德里亞離開他的『真實之道』就像是引誘野鳥離開果樹林。只要說錯一句話，就有可能徹底嚇跑他。我必須非常小心。我為自己制定了嚴格的計畫。隨後三天裡，我會奉承他、建立和他的友誼。只有到了第四天，我才會開始勸說他幫助我。

科爾夫蜷縮在我身旁。他的肩膀弓起，暴露在雨水中。因為完全被文德里亞蒙蔽了神智，他的臉上只有一片茫然。我有些為他感到難過。他看上去就像是一匹曾經高傲的種馬，現在卻被拴在了糞車上。到了晚上，當他脫掉衣服睡覺的時候，我注意到他手臂和胸前鬆弛的肌肉。在文德里亞的暗示中，他的活動愈來愈少，變得不再像是戰士，倒更像是一名僕人。再這樣下去，他就會失去作為保鏢的作用。我有些好奇德瓦利婭是否也能看出這一點。

在我的另一邊，文德里亞顯得無精打采。他有一張古怪的面孔：有時候看上去像是小孩，另一些時候又像是一名失望的老者。今天，當他盯著灰色的海浪時，臉上堆滿了淒涼的皺紋。「離家那麼遠。」他哀傷地說道。

「和我說說我們的目的地，兄弟。」如果有人請他說話，他總是會感到受寵若驚。我已經成為他最熱心的傾聽者，從不會糾正他，或叫他閉嘴。「我們到那裡的時候，都會看見些什麼？」

「哦，」他長長地呼了一口氣，彷彿不知道該從何處開始，「這要看我們在哪裡上岸了。我們也許會停靠在島嶼另一邊的深水中，也許會在西撒奧登陸，或者也許是柯普敦。德瓦利婭知道那裡。我只希望能夠在一家舒適的客棧過夜，好好吃上一頓。也許能吃上小羊肉配薄荷。我喜歡小羊肉，再加上一個溫暖乾燥的房間。」他停頓了一下，彷彿已經在品味那些簡單的快樂了。「她也許會僱一輛車，帶我們到克拉利斯。我想她不會打算騎馬趕路。我的屁股一直都沒辦法適應馬背。」

我同情地點點頭。

「我們會去克拉利斯。也許我們可以直接讓船在那裡靠岸……這要看我們能找到什麼樣的船。我們到那裡的時候，應該已經是盛夏了。妳會覺得那裡很熱，畢竟妳是個小北方人。我很喜歡那裡。太陽光會把疼痛從我的關節中曬出去。克拉利斯在夏季會閃耀起白色的光。它的一部分是用古早巨獸的骨骼建成的，其餘的部分用的是純白色的石頭。」

「骨骼？這聽起來很嚇人。」

「是嗎？我一點也不覺得。經過雕刻的骨頭是很好看的。我們到那裡以後，等待低潮時堤道露出海面，然後我們就能回到島上的庇護所去了。妳肯定聽說過那座島吧！那裡有高高的瞭望塔樓。塔樓頂端的形狀就像是古代怪獸的頭顱。到了晚上，塔樓裡的火炬會讓怪獸的眼睛閃耀起橙紅色的光芒，就好像牠們正在監視四方。那真是又壯觀，又強大。」文德里亞停止了講述，撓了撓自己潮濕的臉頰。雨水從他的下巴上滴落下來。然後他貼到我身邊，壓低聲音，彷彿是要告訴我一個重要的祕密，「那四座塔樓中的器具都是用巨龍的骨頭做成的！西姆菲有一組杯子，是用龍牙雕成的，外面還鑲了白銀！它們都非常古早，從西姆菲傳給西姆菲，傳了許多個世代。」

「從西姆菲傳給西姆菲？」

他揚了揚淺色的眉毛。「就是北塔的那個女人。她一直都被稱作西姆菲。這些事妳怎麼可能不知道？我還很小的時候就要學習這些智慧了。克拉利斯是世界的心臟，這個世界的心跳必須一直保持穩定。」他說出最後這句話的時候，彷彿是在朗誦一段全世界都應該熟知的箴言。

「在你們劫走我之前，我對克拉利斯的僕人一無所知。」這不應該算是一個謊言。我的確在父親的紀錄中讀到過一點關於這些僕人的描述，但這完全不足以讓我為現在這場災難做好準備。

「也許這是因為妳還很小，」文德里亞若有所思地回答道，然後又憐憫地看了我一眼。

我搖搖頭。現在我的頭髮已經長到尾端捲起，讓雨滴沿著它們滑落下來了。「我不認為他們像你以為的那樣聲名遠播。科爾夫，你在受到僕人僱用之前聽說過克拉利斯嗎？」

科爾夫緩緩地轉向我，一雙藍色的眼睛睜大著，裡面流露出遲鈍和驚惶的神情，就像是一頭困惑的母牛。

「噓，」文德里亞警告我，「不要問他問題！」

文德里亞皺起了眉毛。他這樣做的時候，科爾夫的面孔又恢復成平時沉悶的模樣。警覺的光亮從他的眼睛裡消失。我突然站起來，挺直身子。我會這樣做是因為兩名年輕水手正從我們面前跑過去。他們都避開了我，但還是有一個人轉回頭驚訝地看著我。我也直視著他，面帶微笑。他踉蹌了一步，又急忙站穩腳步，轉回身。我相信，如果不是有人向他喝罵，他一定會和我說話的。那個充滿威嚴的喊聲伴隨著一根繩子抽打在船欄上的聲音。兩個男孩全都飛快地跑去工作了。我緩緩坐下。文德里亞用鼻子喘著粗氣，彷彿剛剛全速狂奔了一段路。整個世界又在我的周圍平靜下來，彷彿趴在海面上，正一動不動地沉入波濤之下。我一邊躲避著文德里亞的瞪視，一邊重複他剛剛說過的話：「克拉利斯是世界的心臟，這個世界的心跳必須一直保持穩定。」

我透過突然變大的雨幕看著文德里亞，不知道在他臉上滾落的是雨水還是淚水。他的下巴微

微顫動了一下，「我們侍奉僕人，就是為了幫助他們保持心臟穩定地跳動。所以我們要服從命令，我們要走在真實之道上。」

「但你的願望又有什麼害處？」我問他，「如果你想要參加節慶、吃烤堅果、喝香料蘋果酒，這些又有什麼錯？這其中沒有任何邪惡之處。」

他渾圓的小臉上充滿了哀苦。「但這也不會有任何好處。我只能做可以確保世界走在真實之道上的事。傷害可能來自很簡單的小事。我吃了蛋糕，就會有另一個人吃不到蛋糕。就像一顆小石頭的滑動可能導致整片山坡的垮塌，最終造成一場浩劫。」

我是不是在很久以前聽過這樣的話？文德里亞的言辭讓我有一種奇怪的感覺，儘管我痛恨它們的意義。如果他相信德瓦利婭知曉他的目的地，只需要跟隨那個女人就好，那麼我就不可能爭取他幫助我逃亡。

彷彿是聽到了我的心聲，他說道：「所以我不能幫助妳挑戰她。如果妳想要逃走，我就必須阻止妳，將妳帶回來。」他又搖搖頭，「當妳在那座城裡逃走的時候，她非常生氣。我告訴她，我無法讓妳順從。的確，我做到過一次，那是我第一次對妳施加影響。那一天，我的精神很好，力量很強。她早已讓我為那個艱巨的任務做好了準備。但從那以後，我就再也無法讓妳服從我了。她說我在撒謊。為此她抽了我許多耳光。」文德里亞的舌頭在臉頰後面蠕動著，彷彿是在尋找受傷的地方。我忽然對他有了一點同情和愧疚。

「哦，兄弟，」我握住他的手。

那種感覺就像是把手伸進冰冷的流水中。我感到這股水流非常強勁，就像是我在學會保護自己以前碰觸到我的父親未加封錮的思緒。我感覺到文德里亞的急流裹挾住了我的無數意念，感覺到他對科爾夫的控制，就像是一根絞索套住科爾夫的心智。科爾夫不是孱弱的人。那根絞索被勒得很緊，就像是拴住一條不斷想要撲躍的狗。我抽回手，竭力掩飾住驚慌，帶著同情的神態拍拍他的袖子，「很抱歉她因為這樣的事情而懲罰你。」

文德里亞盯住我：「妳想到了妳的父親。」

我的心急驟地跳動著。牆壁，牆壁，牆壁。「我經常會想念我的父親。」我說道。

他向我伸出手，我站起來。「我好冷。我要進去了。科爾夫，你不冷嗎？」

科爾夫的眼睛閃爍了一下。文德里亞為了拉緊想要跳起來的狗，暫時被分了神。等到他控制住科爾夫，讓他站起身跟上我的時候，我已經遠遠離開他，向艙口走去了。一名正在捲起纜繩的水手停住手上的工作，盯著我。看樣子，文德里亞在控制科爾夫之餘還一直在隱藏我。但在同時做這兩件事非常耗費他的心神，這是一個有用的情報。

無論如何，我也給了他一件武器，這不是我所希望的。他是否猜到了，如果他碰到我，皮膚接觸皮膚，他就能進入我的意識？我沒有回頭看他，也沒有讓我再多想這件事。我必須更加努力地看守我的思想。現在我懷疑自己沒有能力引誘文德里亞或者科爾夫幫助我。一名老水手從我的身邊走過，潮濕的襯衫貼在他的背上，赤裸的雙腳踩著甲板上的積水。他甚至沒有瞥我一眼。

我來到艙口，爬下通往船腹的梯子，前面就是我們那個可悲的小房間。我走過懸掛成串吊床和放置儲物箱的大船艙，同時仔細研究我經過的一切地方。幾個恰斯商人正聚在一起，低聲咕噥著關於天氣和海盜的事情。我在他們身旁停了一下。沒有人看我，但從他們的交談中，我知道我們的船號稱是恰斯海船之外最快的船。儘管海盜曾經不止一次追獵這艘船，但還從未有海盜登上過它的甲板。它還曾經躲開過那些所謂的徵稅艦隊，並且神不知鬼不覺地溜過了海盜群島，沒有向依妲女王和它的割喉者們繳稅。

「追趕這艘船的海盜船也是徵稅艦隊的一部分嗎？」我高聲問道。但沒有人轉過頭來看我。

不過，片刻之後，那群人邊緣的一個年輕人說道：「我覺得這真是諷刺，一位統治海盜群島的女王現在卻因為海盜而飽受困擾。」

一名灰色鬍鬚的商人大笑著說：「的確是很諷刺，不過至少我們都很滿意。還記得我們曾經在海盜群島的狹窄航路上沒命地奔逃，只為了能躲開柯尼提國王的注意。他會奪走船隻、水手和貨物，讓這一切供他使用。任何無法為自己支付贖金的人最終只能定居在海盜群島了。」

「是柯尼提？還是伊果？」那個年輕人問。

「柯尼提。」老者堅定地回答，「伊果早於我出海之前的時代，而且他是一頭更加殘忍得多的怪獸。他會奪取貨物、屠殺和強姦船員，然後鑿沉船隻。他有一艘活船，沒有任何船隻能逃過他的追殺。在許多年裡，海上貿易都被他阻斷了。然後有一天，他突然消失了。」那名商人朝提問的年輕人瞪大了眼睛，露出半是取笑，半是恐嚇的神情，「有人說，在暴風雨的夜晚，你就能瞥到他的幽靈船出現在遠方，他的船帆閃耀著火光，船首像會發出極度痛苦的尖叫。」

船艙中陷入沉默。那個年輕人死死地盯住灰鬚商人，直到眾人突然爆發出一陣大笑。

「你覺得我們能避開依妲女王的徵稅艦隊嗎？」那個年輕人又問道。他正竭力挽回尊嚴。

老商人將手插在布滿裝飾花紋的腰帶裡，咬住嘴唇，露出一副哲人的派頭。「我們有可能躲過，或者可能躲不過。我簽的契約是，如果這艘船能夠平安躲過徵稅艦隊，我會將我需要付出稅金的一半給船長作為酬勞。這是一份不錯的契約，我以前就和他簽過這樣的契約。每五次航行中，我們能有三次從徵稅艦隊的眼皮底下溜走。我想，為此而賭一把是值得的。而我相信，我支付的金錢也讓船長更願意冒一點風帆被撕裂的危險。」

我聽到笨拙的腳步聲從梯子上下來，抬起頭，便看見科爾夫爬進大船艙。文德里亞跟在他身後。「你們來了，」我用輕快的聲音說，「我想要少淋一些雨，所以跑在了前面。」

科爾夫什麼都沒有說，但文德里亞只是緊皺眉頭看著我。「我們最好回船艙去，」他僵硬地說完這句話，就帶著科爾夫從我身邊走了過去。我還站在原地。

「我會怎麼樣？」我高聲問道，「德瓦利婭到底想要我幹什麼？為什麼她要走這麼遠、做這麼多破壞、流這麼多血？為了離開恰斯國，她把奧拉利婭賣做奴隸，對那個一直追隨她左右、經歷過那麼多艱難困苦的人甚至沒有多看一眼。為什麼她不賣掉我？或者是你？」

「噓！」文德里亞悄聲說，「我不能在這裡和妳說話！」

「是因為他們聽不見我、看不到我？所以他們會把你當做是一個自言自語的瘋子？」我提高聲音，清晰地說出每一個字。

我看到文德里亞對科爾夫的控制在滑脫。我們旁邊的一個人轉過頭，皺起眉，彷彿是聽到了什麼。片刻之後，文德里亞又讓科爾夫變得雙目無神。他看著我，因為過度用力而顫抖。當他說話的時候，聲音也在不停地抖動：「兄弟，求妳。」

我只應該對他感到憎恨。正是因為他，我才會成為俘虜，並且俯首貼耳地任由他們把我擄走。他一直藏起深隱和我，讓我們無法得到他人的援助。直到現在，他依然讓我只是一個隱形人。我是德瓦利婭的囚徒，而他正是看守我的獄卒。

要我對他感到可憐，簡直是不可理喻，但事實的確如此。我竭力讓自己的目光變得冰冷。淚水卻已經湧出了他淺色的眼睛。「求妳……」他再一次開始喘息，我終於打破了僵局。

「那就回船艙以後告訴我吧。」我用更加微弱、更真切的聲音說道。

他的聲音則因為恐懼壓迫而變得格外尖細：「她會聽見的。不。」

一名商人從人群中轉身，帶著責備的神情向文德里亞說道：「先生！你在偷聽我們聊天嗎？」

「不，不！我們剛剛從外面的雨水中回來，想要先乾乾身子。僅此而已。」

「那麼你一定要站在我們旁邊嗎？」

「我……我們這就離開。馬上。」文德里亞給了我絕望的一瞥，然後又頂了頂科爾夫。那名商人一定會覺得很奇怪，因為他們回到艙口梯子前，又到風暴肆虐的甲板上去了。我磨磨蹭蹭地跟在後面。文德里亞打著哆嗦，領我們走回甲板船艙旁邊。但一個甲板水手已經佔據了我們剛才所在的地方，正在那裡吹笛子。他向文德里亞瞥了一眼，就將目光轉向一旁。我大聲清了清喉嚨。那個男孩連動都沒有動一下。

「兄弟！」文德里亞責備我一聲，便向前走去。科爾夫無精打采地跟著他。雨愈下愈大，風也愈來愈強。我們已經沒有了避雨的地方。文德里亞停下腳步，悲哀地倚著船欄杆。「如果她發現我回答妳的問題，一定會殺掉我。」他又向身旁瞥了一眼，「如果我不回答，妳又會突破我的能力極限。現在要藏住妳已經愈來愈難了。我曾經藏住一整隊人，讓他們穿過一座城鎮也不會被發現。為什麼妳這樣難以隱藏？」

我不知道，也不在乎。「為什麼是我？」我問他，「為什麼你們要摧毀我的家，毀掉我的人生？」

他緩慢地搖搖頭，似乎是因為我的不理解而感到深深受傷。「這不是要毀掉妳的人生，」他完全不贊同我的指責，「這是為了讓妳走上真實之道，為了控制妳，以免妳會創造出錯誤的道路，給我們所有人帶來一個恐怖的未來。」

我盯著他。

他歎了一口氣。「蜜蜂。這讓妳變得非常重要！妳是真實之道的一部分！這麼久以來，關於意外之子的夢不斷出現。成百上千的夢境卷軸提到了他，其中一些卷軸的歷史非常久遠，意外之子是無數條道路的交會點，他本身就是整個世界的岔路口。西姆菲說，他是一個連接點。妳會創造出愈來愈多的岔路。妳非常危險。」文德里亞彎下腰，看著我被雨滴擊打的臉，「妳明白嗎？」

「不。」

文德里亞將雙手按在頭側，用力擠壓，彷彿是要把那裡的痛苦擠出去。水從他的臉上滑落下來，可能是眼淚，可能是雨滴，也可能是汗水。科爾夫如同蠢牛一般盯著海面，完全不知道遮擋一下砸落到臉上的疾雨。暴風雨變得愈來愈猛，強風拍打著船帆，不斷發出撲簌簌的聲音。整艘船隨之起伏不定，讓我的腸子都擰在一起。

「關於一件事的夢愈多，就意味著它發生的可能性就愈大。」文德里亞繼續說道：「意外之子會為整個世界帶來改變。如果妳不受到控制，就會讓世界進入一個不恰當的軌道。對於僕人、對於克拉利斯，妳是一個危險！在所有夢中，意外之子會讓許多事都發生劇烈的改變，形成無人能夠預料的未來。妳必須被阻止！」說到這裡的時候，文德里亞猛然閉上了嘴。

「你認為我就是意外之子？」我難以置信地問。我張開雙臂，讓文德里亞清楚地看到我是多麼渺小，「如果你們不阻止，我就會毀掉這個世界？」一陣風吹在我的臉上，「你們要如何阻止？殺死我？」船突然猛地晃了一下，我不得不抓住船欄，風還在咆哮，大雨狠狠地擊打著我們。

「妳一定就是意外之子。」文德里亞的聲音就像是哀苦的求告。我覺得他馬上就要大哭著撲倒在地上了，「德瓦利婭說，如果我找錯了人，她就殺了我。她發現妳是一個女孩的時候完全被氣壞了。就是從那時開始，她對我有了懷疑，也不再堅信妳是意外之子。但這對我來說是最明白不過的了。如果妳不是，妳又會是誰？我夢見我找到了妳，那是我唯一真正的夢。妳就是他，除非我們把妳帶到克拉利斯，否則妳就會改變整個世界的道路。」他突然用非常嚴厲的語氣說，

「我們到達克拉利斯的時候，我們必須讓所有人都相信妳就是意外之子，我們做了一件好事。妳必須讓他們相信妳就是他。如果我們不……」

然後，他又猛地閉上了嘴，因為用力過度，甚至發出了牙齒撞擊的聲音。他睜大了眼睛，目光越過我的頭頂，死死盯住遠方。當他將視線轉回到我臉上的時候，我看見他發光的眼睛裡燃燒著遭到背叛的怒火。「妳正在這麼做，對不對？就是現在，妳逼迫我說出各種祕密，然後妳就能知道一切事情的來龍去脈，妳就會改變它們。因為妳正是意外之子。當我竭力隱藏妳的時候，妳卻在和我對抗。妳讓德瓦利婭生我的氣。妳逃走了，然後就有許多人死了。我們又捉住了妳，但睿頻死了，奧拉利婭被賣掉了。現在只剩下了德瓦利婭和我，還有這個科爾夫。其他所有人……妳改變了他們所有人的人生，讓他們都死了！這就是意外之子會做的事情！」他看上去完全是一副怒不可遏的樣子。

恐懼緊緊抓住了我。文德里亞曾經差一點就是我的盟友了。現在我卻被失望的情緒噎住了喉嚨。「兄弟，」我說道，我的聲音在顫抖，「會發生這些事，全都是因為你們偷走了我！」我不想哭，但啜泣聲還是從胸腔裡湧了出來。我從繃緊的喉嚨裡喊出要說的話：「這不是我幹的！是德瓦利婭！她來了，殺死了許多人。她將那些蟄伏者帶來，讓他們全部死掉。不是我，不是我！」我跪倒下去。文德里亞肯定是錯的。所有那些死亡絕不可能是因為我。蜚滋機敏、小堅的父親、樂惟，我不可能是他們死亡的原因！

風暴隨著我的恐懼而驟然加強。彷彿它直接來自於我的胸中，在我們周圍瘋狂地咆哮。一陣海浪越過船欄杆，拍打在我的身上，我下意識地抓住了科爾夫的腿。我聽到有人在呼喊命令，三個人從我們身邊跑過去。船頭翹了起來，我們像是要攀上一座陡峭的山丘。一個跑過去的人向文德里亞喊道：「下去，你這個白癡！」

我直起身，在甲板上站穩。風暴推擠著我們，讓我們舉步維艱。

就在這時，船身再一次傾側。我們沿著濕漉漉的甲板滑落下去。我尖叫著從文德里亞身邊經過。文德里亞命令科爾夫：「抓住她。帶她回艙裡去。」

科爾夫俯身抓住了我背後的襯衫，就像拖一只口袋一樣拖著我，踉踉蹌蹌地向艙口走去。文德里亞此時也抓住他，和他一起移動。在甲板上跑動的人們紛紛避開我們，一邊還在不斷地咒罵著。雖然我無從分辨那些呼喊的命令，不過他們的行動明顯是井然有序、各有目的。水手們爬上桅杆，進入到密集的纜索之中。風暴不停地抽打他們。船帆也隨著每一陣強風發出爆裂般的拍擊聲。甲板再一次傾斜。我們到達了艙口，但艙門已經關上了。文德里亞匍匐在艙門旁，用力敲打門板，尖叫著要求進去。科爾夫丟下我，單膝跪倒，高聲呻吟著提起了艙門，把它挪到一邊。我們連滾帶爬地下了梯子。在我們頭頂上有人用力關上艙門，讓我們落入一片昏暗之中。

片刻間，我感覺安全許多。然後身下的粗木板地面開始傾斜。黑暗中，我聽到一聲慌亂的叫喊，但立刻就有人笑著嘲諷：「孩子，如果一點風浪就讓你這麼大喊大叫，你永遠也當不了商人。」

「把燈吹熄！」有人這樣喊道。遠處的黑影變得愈來愈沉。整個世界都在我的周圍搖擺不定。

我不知道我們那個可憐的小艙室在哪裡。不過科爾夫知道。文德里亞在我的耳邊說：「跟著我們。」我照他的話去做，抓住文德里亞的襯衫，邁著小步向前摸索，一路上不斷撞到柱子、吊床和箱子，終於磕磕絆絆地走過了一個門口——這應該是我們小艙室的屋門。地面是傾斜的。我彎腰坐倒下去，用我的手掌撐住地板，試圖固定住身體。當科爾夫竭力要關閉屋門的時候，我發現自己的身子正把門擋住。我急忙把屁股蹭進屋裡。現在我很害怕站起來。我摸索著將身子挪進一個角落裡，依靠艙壁撐住身子，然後就這樣坐在黑暗中，用帶著擦傷的手抱住膝蓋。我全身都濕透了，頭髮上的水一直滴進衣領裡。儘管艙門已經關上，但我還是覺得很冷，也沒有任何希望。就讓德瓦利婭去發怒吧，我需要一個真正的答案！

「為什麼你們要偷走我？你們到底要對我做什麼？」我的聲音在黑暗中顯得響亮又清晰。

我聽到德瓦利婭在床上翻身。這時船又朝另一個方向歪過去。「讓她安靜！」德瓦利婭命令文德里亞，「讓她睡覺。」

「他做不到！我能夠將他擋在我的意識以外。他不能控制我。」

「好吧，我能！我能用棍子控制妳，所以妳最好還是給我閉嘴。」這是一個威脅，但德瓦利婭可悲的聲音裡聽不到什麼怒火，甚至還有一絲恐懼。船隻突然的晃動將我壓在角落的艙壁上。我覺得自己就像是一隻被關在箱子裡的小貓，而且還有人在不停地搖晃這只箱子。我一點也不喜歡這樣。但我提醒自己，甲板上的水手們無論怎樣忙碌，都在大膽迎接挑戰，絲毫沒有害怕。我拒絕讓自己感到害怕。「妳沒有棍子，就算妳有，也看不見我，更打不到我。妳害怕回答我嗎？為什麼妳要偷走我？妳到底打算對我做什麼？」

德瓦利婭突然從床上坐起——我知道這件事是因為我突然聽見了床板的「吱嘎」聲和「砰」的一聲響。那一定是她的頭撞到了上鋪。我試圖壓抑自己的笑聲，卻還是讓它爆發了出來。在這一團黑暗和肆虐的暴風雨中，我公然反抗她，突然之間，我不知為何便感覺到自己很有力量。我將話語拋擲給她：「我不知道這艘船會不會沉。如果它沉了，妳的一切計畫就都完了。想像一下，當它沉沒的時候，我們也只能被困在船艙裡。即使逃出去，我們在這一片黑暗中也絕不可能找到通向甲板的梯子。冰冷的海水會灌進來，我們全都會死。還是說這艘船首先會翻過來？」

我聽見文德里亞顫抖的呼吸聲。對他的憐憫和滿足的恨意在我心中爭鬥不休。我能不能讓他們感受到我被偷走時的恐懼和哀痛？

船再一次傾斜過來，彷彿撞上了什麼東西，又衝了過去。片刻之後，我聽見德瓦利婭在嘔吐。她的鋪位旁邊有一只桶子，但我聽到少量膽汁濺落在地板上。而她一直在發出緊張的「呃呃」一聲。房間裡的氣味更濃了。

「妳以為我是意外之子。後來妳才發現我不是！其實，我相信我就是意外之子！現在我正在改變世界。妳永遠都不會知道我將如何改變它，因為我認為妳會在我們到達港口之前就死掉。妳正愈來愈瘦削，也沒有了力氣。如果妳死了，文德里亞一個人被丟給我們，結果又會怎樣？當然，我懷疑我根本就不會去克拉利斯。」我又笑了。

隨後房間中陷入一片絕對的寂靜。彷彿風暴和船都停住了。德瓦利婭在這種死寂中說：「我該拿妳怎麼辦？我會像對待妳父親一樣對妳。我會把妳撕成碎片。我會把妳心裡的每一個祕密都掏出來。哪怕我必須一寸寸撕掉妳的皮膚。妳沒有用處之後，我會把妳交給飼養員。他們肯定早就想要妳這條血脈了。無論我把妳毀成什麼樣子，相信他們都能找到願意強姦妳、讓妳懷孕的人。妳很年輕。我相信他們能夠用妳的肚子繁育出二十個嬰兒，直到那時，妳的身子才會沒有用處。」這時，德瓦利婭的喉嚨裡發出一陣烏鴉般的聲音。

我從沒有聽德瓦利婭笑過，但我知道她正在笑。冰冷的恐懼從我心中升起，比我們的艙壁對面那狂野的海水更加冰冷。一陣困惑充滿了我的內心。她到底在說什麼？我再一次試圖找到信心。「妳對我的父親做不了任何事。妳甚至從未見過我的父親！」

在一陣沉默中，我身下的地板又朝另一個方向歪斜。我靜靜聽著這艘船的木料在彼此哀歎。然後，德瓦利婭說話了。她的聲音彷彿就是黑暗本身。「看起來，妳甚至不知道妳的父親是誰！」

「我知道我的父親！」

「真的？妳知道他的淺色頭髮和眼睛嗎？妳知道他戲謔的笑容和纖瘦的雙手、長長的手指嗎？妳肯定不知道。但我知道。我弄瞎了他的眼睛，我從那雙眼睛裡永遠抹去了那嘲諷的眼神！我還剝掉了他長手指上的皮膚，那是在我拔掉他的指甲以後——每次我只會撕掉他的一小片指甲。他再也沒辦法玩雜耍了，沒辦法讓一粒蘋果憑空出現。我也結束了他的舞蹈和雜技生涯。我剝掉了他腳上的皮，也是慢慢剝去的。我將他的左腳放在大鉗子裡，非常非常慢地收緊控制鉗齒的螺絲，每問一個問題只收緊不到四分之一圈。無論他回答或者不回答，都沒有關係！我提問，他就尖叫或者痛哭著喊出幾句話。然後我就收緊螺絲。愈來愈緊，直到他的腳背凸起來，最終

『喀嚓』一聲！」她又發出烏鴉的叫聲。

我能聽到文德里亞在黑暗中的喘息聲。他是在努力不讓自己笑出來嗎？還是馬上就要開始痛哭了？

「骨頭都斷了。一根骨頭從他的腳背上豎起來，就像是一座小象牙塔。哦，他竟然會發出那樣的尖叫。我站在他身邊，看著我所做的一切，等待著，等待著，直到他叫不出聲。然後我又將螺絲擰緊了四分之一圈！」

很長一段時間裡，整個世界都在我的周圍停頓，就連這艘船彷彿也只是一動不動地懸浮在水面上。一個我不知道的父親？一個被她凶殘折磨的父親。她折磨過一個人——這一點是我可以確認的。她談論自己的罪行，彷彿這是她曾經品嚐過的最美味的珍饈，或者是聽過的最動聽的歌曲。但那個人是我的父親？我知道我的父親。他也是蕁麻的父親，這麼多年來都是我母親的丈夫。他當然是我的父親。

但我的世界也在像這艘船一樣搖晃，而這個問題就從這個被動搖的世界中冒出來。如果他不是我的父親呢？他會不會從來就不是？博瑞屈就不是蕁麻的父親。我也不會是第一個由繼父養育長大的孩子。但莫莉是我的母親。對這一點，我確定無疑。除非……我思考著一件關於我的母親不可思議的事情。難道這不正解釋了為什麼我的樣子一點也不像他？不正解釋了他為什麼在那一天那樣輕易就丟下了我？他說，他必須走，必須去救那個身軀殘破的乞丐。那個瞎子乞丐，有著破碎的手和殘疾的腳……

這時，船開始緩慢地傾斜成一個令人作嘔的角度。我覺得這艘船一定是頭朝下倒立起來了。我們還在行駛嗎？我無從判斷。這時我突然感到一個可怕的撞擊聲，聲音不大，但撞擊的力道一定很重——有什麼東西撞上了我身邊的艙壁，又落在地板上——船正在努力讓自己恢復平穩。我感覺到我們在下沉，又像軟木塞一樣猛地浮起來。雖然身處於甲板之下，我還是能夠聽見一連串破碎斷裂的聲音和人們的喊叫。我不知道發生了什麼事情。

「聽起來，可能是我們失去了一些帆索，甚至可能是一根桅杆。」科爾夫的聲音從黑暗深處傳來，顯得異常緩慢。然後，他又帶著更加急切的語氣問道：「我們要去哪裡？我們什麼時候上了船？我還要帶著我的戰利品、我的女人回家，去見我媽媽！她在哪裡？我們怎麼到這裡了？」

「控制住他！」德瓦利婭狂暴地警告文德里亞，但文德里亞沒有任何回應。我在黑暗中探出腳，找到了一個蜷縮起來的肉團。

「文德里亞應該是撞到頭了。」我說道，然後又立刻咒罵自己真是個傻瓜。現在文德里亞失去了知覺，根本不可能阻止我。科爾夫也不會在意我要做些什麼。這是我最好的機會——殺死德瓦利婭，解救我們所有人。航船在我們的周圍震顫，毫無警告便再次開始爬升。我聽到文德里亞的身體滑過地板的聲音。

武器。我需要一件武器。房間裡沒有任何能夠作為武器的東西。我沒有能夠用來殺死德瓦利婭的東西。

除了科爾夫。

「你成了俘虜，就像我一樣。」我竭力讓自己的聲音變得沉穩鎮定。我需要讓自己的話聽起來理智、成熟，而不是像一個被嚇壞的孩子。「他們從你手中奪走了奧拉利婭，將她當做奴隸賣掉了。在那以前，他們已經永遠丟掉了你的深隱女士。那時你本打算送深隱回到安全的家中，卻受到他們的詭計欺騙，要把深隱帶給劫走她的人。還記得嗎，科爾夫，還記不記得他們將你拖過一座魔法石碑，讓你幾乎完全失去了意識？他們又這樣做了一次。現在，他們又欺騙你離開了恰斯國，你的家鄉。」儘管我努力要控制住自己，用鎮定的語調刺激科爾夫回憶起他所遭受的磨難，我的音調還是愈來愈高，就像是小孩的尖叫。

科爾夫沒有回應我的話。我開始不顧一切地冒險：「我們必須殺死她。我們必須殺死德瓦利婭。這是我們能夠阻止她的唯一辦法！」

「妳這條邪惡的小母狗！」德瓦利婭朝我尖叫。我聽見她在掙扎，拚命想要從床上下來。但傾側的航船讓我處於高處。她從我面前滾落了回去。我無法再等待科爾夫了。那個戰士還處在一片混亂之中。我竭力在黑暗中悄無聲息地移動，半是爬行，半是滑動地向德瓦利婭靠近。我只有很短的時間能夠靠近她。用不了多久，這艘船就又會在波峰處打平了。

我滑到床舖邊緣，努力站起身，伸手去摸索德瓦利婭。她也正在掙扎著想要起來。我盡量不去碰她，不要讓她知道我在哪裡、打算做什麼。我必須猜測她脖頸的位置，再向她的頭猛然伸出雙手。我一隻手碰到了她的鼻子和下巴，立刻雙手下探，抓住她的喉嚨，拚命收緊十指。

她不停地拍打我的頭側。我的耳朵在鳴叫。我的兩隻手實在是太小了，至多只是捏住了她的頸側，卻無法像我希望的那樣阻止空氣進入她的喉嚨。她尖聲向我叫嚷我聽不懂的話，但我能夠聽出那些話語中的憎恨。我探出頭去，想要咬住她的喉嚨，卻只是找到了她的臉頰。這樣無法殺死她，但我還是咬了下去，在她多肉的臉上全力收緊自己的牙齒。她尖叫著，用拳頭捶我。我突然明白了，她這樣打我是想讓我自己鬆口，因為她不敢把我從她的臉上硬扯下來，知道那樣做會讓我撕下她的一塊肉。生肉要比熟肉堅韌得多。我在她的臉上用力磨動自己的牙齒，心中同時充滿了狂暴和勝利的喜悅。她在傷害我，但這也會讓她付出代價。這一點我看得非常清楚。我咬緊牙關，撕扯她的皮肉，就像一頭狼甩動一隻兔子。

科爾夫撞了過來。我的心中湧起一股希望。如果有他的幫助，我們一定能殺了德瓦利婭。這時船又擺正了。這名戰士能夠抽出自己的佩劍，一下便將德瓦利婭刺穿。我想要高喊提醒她，但我沒辦法鬆開牙齒。就在這時，令我恐懼的事情發生了，他抓住了我。「放開。」他用夢遊一般的遲鈍聲音說道。

「把她拉開。」文德里亞在命令他。剛才文德里亞畢竟只是暫時暈了過去。

「不！不，不，不！」德瓦利婭尖叫著。她抓住我的頭，拚命讓我的嘴貼在她的臉上。但科爾夫力氣更大。我感覺到牙齒碰在一起，之後他猛地將我連同德瓦利婭臉上的一塊肉扯了起來，又將我當做垃圾一樣扔到一旁。我落在地面上，將德瓦利婭的臉頰肉吐出去，隨著傾側的船向一旁滑開，在角落中撐起身子。德瓦利婭歇斯底里地尖叫著。文德里亞不停地向她念叨著什麼，問她是不是受了傷，出了什麼問題，他又能為她做些什麼？我還在因為剛才所做的事情而不住地乾

嘔。德瓦利婭的血染紅了我的下巴。我用舌頭擦淨牙齒，又把德瓦利婭的血啐在地上。

文德里亞在德瓦利婭身邊忙碌著。我不知道科爾夫在哪裡，正在做什麼。我應該出去。只要德瓦利婭恢復冷靜，就一定會狠狠毆打我。現在我知道了她能夠透過折磨我而獲得多麼大的樂趣。現在已經沒有任何事情能夠阻止她殺死我了。

在搖擺不定的黑暗中，我失去了方向感。當這艘船將我壓到艙壁上的時候，我像蜘蛛一樣爬行，卻沒有找到門框。這艘船撞上了浪牆，歪向一旁。驚慌的喊聲從甲板上忙碌的水手中間傳來。看樣子，現在有些事情要比德瓦利婭更加可怕了。但我還是決定要等到走出艙室，擺脫掉德瓦利婭之後再去擔心這艘船沉沒的事。

船再一次傾斜的時候，我隨著它的角度滑到了對面的艙壁上。某個人的靴子讓我暫時停住了一下。可能是科爾夫的。我撞上艙壁，感覺到了門框，便撐起身子，打開門，爬過門框，直到自己掉出去。我聽到門在我身後落回到門框中的聲音。德瓦利婭還在尖叫著咒罵我。我不知道再過多久，他們就會察覺到我已經不在房間裡了。

我在黑暗中，沿著傾斜的地面爬行。頭頂上全是來回晃動的吊床。我聽見咒罵聲、祈禱聲，還有成年男人的哭泣。我撞上一根柱子，便抱著它停頓了片刻，讓自己鎮定下來，強迫自己回憶以前在這個大船艙裡所見到的情景。然後，當船翻上又一道波峰的時候，我向下一根柱子走去，抱住它，等待著，又向前走，撞過一個人。就這樣不斷移動。如果我會在船沉的時候淹死，我絕不會淹死在德瓦利婭身邊。

派拉岡的契約

關於被稱為小親親的野生白者：

我們無法確認他所出生的村莊。所有他來到克拉利斯的紀錄若沒有得到正確的收藏，可能就是被毀了。在我看來，小親親已經找到方法潛入了我們的檔案室，找到關於他和其家族的檔案紀錄，也許將之藏起，或直接毀掉了。

當我們最初接收他時，他很馴順，易於管教，但漸漸變得無法控制，對一切事情都喜歡追根究底，滿心都是欺詐和懷疑。他始終堅信自己是真正的白色先知，完全不顧我們的教誨，不明白僕人會在數個候選人之中挑選最適合完成此任務的人，使其成為白色先知。無論親切的勸慰還是嚴厲的約束，都無法動搖他的信念。

儘管當他成熟，可以配種的時候，會為我們提供一份有價值的白色血脈，但他的脾氣和有話便說的狂妄風格，讓他對其他人產生危險干擾。我們絕不能再允許他無拘無束地與其他人進行交流了。

我在此向我的三位同儕提出建議。繼續對這個男孩進行寵溺嬌縱實乃一個錯誤。讓他平靜地接受管束，收穫他夢境的計畫只會鼓勵他進一步反抗我們，並使他對自己的夢加以保密；繼續允許他自由活動，前往村鎮，結交我們管轄中的其他人只會為我們自己招來災禍。

我的建議如下：正如同我們的白色先知所提議的，我們應當用刺青清晰地標明他的身分。

限制住他，繼續在他的食物中添加造夢藥劑，為他提供足夠的紙、筆和墨水。

將他約束二十年。滿足其虛榮心。告訴他，將他隔離是為了確保其夢境不會被他人的言語所汙染。告訴他，儘管他不是真正的白色先知，但他的夢仍然會持續為這個世界和真實之道所服務。允許他進行娛樂，但不讓他與其他白者混跡在一起。

如果，在二十年後他仍然無法管束，就毒死他。這就是我的建議，若不接受，我將不為他做出的任何事而負責。

西姆菲

將恐怖的任務交給一個人，又讓他只能束手等待，那麼這種等待就會像任務本身一樣令人難以承受。當那個人完全無事可做，又很少有獨處的機會，時間對他而言就會像是完全被凍結的河流。對此我有深刻的感受。

我竭力讓自己在派拉岡號上的時日更充實一些，能夠實現一些有意義的目標。琥珀和我會單獨在她的房間裡閱讀並討論蜜蜂的夢境日誌。這本日記上的每一個段落都讓我感到痛苦。貪婪的弄臣一遍遍傾聽日記的內容，完全不理會我愈來愈深的創傷。「把這段再讀一遍！」他會這樣命令我，或者更糟，「難道這個夢不正是和你四天前給我讀的那個夢有關聯嗎？還是五天前的那個？蜚滋，求你，往回翻一翻。你必須將這兩個夢一起讀給我聽。」

他一直努力品味著一些夢，並宣稱這些夢就是蜜蜂是他的孩子的證據。而我則在朗讀的過程中回憶起那些我的小女兒生活過的時光，並因為自己竟然會忽視和遺忘那些時光而深深地痛悔。蜜蜂一個人仔仔細細地寫下了這些文字，又用從我的書桌上拿走的筆和墨水畫下它們。她竟然記錄了這麼多。每一筆一劃都是如此精細準確，每一個字母都是這樣細緻典雅。我對她的這份努力卻一無所知。她是不是在我睡下的深夜裡做這些事？還是當我無視她和莫莉，在我的私人書房裡冥思苦想地寫下自己的回憶時，她也在進行著自己的書寫？我不知道，也永遠無法知道了。每一個被記錄下來的夢，每一首別致的小詩和每一幅栩栩如生的繪畫，都是對我這個父親的責備。我可以為她的死復仇。我能夠為她而殺戮，也許還能死在這個任務裡，結束我的羞恥。但我無法再去補償我對這個孩子的忽視。每一次弄臣為蜜蜂筆下優美的文字韻律而驚歎，稱讚蜜蜂是那樣聰明的時候，彷彿都會有一塊燃燒著羞恥的熱煤堆積在我的心上。

河上的天氣一直都很好。船隻行駛非常順利。我在甲板上走動的時候，就會感覺到身邊的船員們別致而複雜的腳步，彷彿他們正在和著一首只有他們自己能夠聽到的樂曲而翩翩起舞。河水帶著我們走過了這段旅程的第一階段，幾乎不需要求助於帆篷的力量。河兩岸茂密的綠樹高牆要比任何桅杆都更高。有時候，河水變得更深更急。岸邊的大樹是如此靠近我們，我們甚至能夠嗅到樹上的花香，聽見不同高度上鳥雀和各種樹棲生物的尖聲鳴叫。一天早晨，我遲遲醒來，發現這條河又有一條支流匯入，讓河道立時變得寬闊了許多。船左側的森林已經遠離我們，變成了地平線上的一片朦朧綠霧。「那邊有些什麼？」我問正在我身邊工作的樂符。

樂符瞇起眼睛。「不知道。那裡的水太淺，派拉岡號和其他大船都過不去。這裡只有一條航道。我們的運氣很好，派拉岡對這裡非常熟悉。河水在那邊會愈來愈淺，最終變成冒著臭氣的灰色泥塘，人一落進去就會一直沒到腰部。就算向岸上走一天甚至兩天可能也走不出那片沼澤。而那裡的樹林都在那片沼澤後面。」他搖搖頭，嘟囔起來，「雨野原有許多地方都不適合人類活動。我們最好記住，這個世界並非完全是為人類造出來的。嘿！嘿！你不能那樣捲繩子！」他一邊喊著一邊向遠處跑去，只留下我繼續眺望河對岸。

這條河一天天將我們向海岸送過去。我的原智和精技都在告訴我，派拉岡號在我們的旅程中絕不僅僅是一件被動的工具。白天時，我總是能感覺到他的意念。「他會自己掌舵嗎？」我問琥珀。

「從某種角度上來講，是這樣沒錯。他和水接觸的每一部分都是用巫木製成——或者更確切地說，是用龍繭做成的。雨野原人這樣建造船隻，是因為這條河的水會迅速腐蝕掉其他一切材料。至少曾經是如此。我知道遮瑪里亞人已經找到一個處理木材的方法，讓普通船隻也能在這條河上通行，而不必擔心被蝕穿船底。我聽說，他們稱那種船為無損船。一艘活船能夠在一定程度上控制自己的航行，但也只是一定程度。派拉岡能夠控制他船殼上的每一塊船板，能夠讓它們變緊或者變鬆。如果有滲水，他會警告船員。巫木似乎能夠以某種方式『癒合』自己的創傷。如果一艘活船的船底受到刮蹭，或者撞上了另一艘船，這種功能就會有所顯現。」

我驚奇地搖搖頭。「真是一種神奇的創造。」

琥珀臉上的一點微笑很快就消退了。「活船不是由人造出來的，更與造船匠無關。每一艘活船本來都應該是一頭龍。有一些活船的記憶會更加清晰。蜚滋，他們擁有真正的生命。也許他們之中有一些一直處於困惑中，或者憤怒，或者迷亂，但他們都真正地活著。」彷彿這一番話給了她一些新的想法，她從我面前轉過身，雙手按在船欄杆上，雙眼越過寬闊的灰色河面，盯住河對岸。

我們的船上生活很快就形成了明顯的規律。我們與貝笙或艾惜雅一同吃早餐。不過他們夫婦很少同時出現在餐桌上。他們兩個之中總需要有一個人留在甲板上，用敏銳的雙眼監視一切情況。火星和小堅也一直在忙碌著。帆索上的生活讓他們感到畏懼，卻又對他們充滿了誘惑。他們每天都會相互比試。結果每天抓住他們，把他們按在書桌前學習讀寫和其他知識，就成為了機敏的任務。火星已經能夠流暢地進行讀寫，但對於六大公國的歷史和地理知識還非常有限。幸運的

是，她似乎很喜歡接受機敏的教導。而小堅則完全無法忍受圍繞紙筆的生活，尤其是當火星已經能夠在船上四處晃悠的時候。他們的學習課程經常會在甲板上進行。同時琥珀和我則躲在房間裡謀劃設想中的殺戮。

午餐就沒有那麼正式了，而且我經常沒什麼胃口。畢竟每天上午，我都只能努力打發無聊的時光。讓我深感困擾的是，我曾經在公鹿堡費盡心力鍛鍊出的各種技藝現在都生鏽了。而我在這艘船上卻想不出辦法能夠練習一下斧頭或長劍，同時又不至於引來猜疑或警惕的目光。到了下午，琥珀和我經常會仔細研讀蜜蜂的日記。然後，我們貝笙和艾惜雅共進晚餐。那時派拉岡號常常是已經下了錨，或者是被繫在河岸邊的大樹上。

吃過晚餐之後，我一般可以擁有一段獨處的時間。琥珀幾乎每天傍晚都會和派拉岡號在一起。她會披上一條圍巾，走到前甲板上，盤腿坐在船頭的最高處，與派拉岡號聊天。有時候，派拉岡號會將她捧在手中——這總是會讓我感到不安。琥珀坐在他的手掌心裡，雙手按住他的大拇指，這樣就能與派拉岡號正面相對了。他們會一直聊到深夜。在派拉岡號的請求下，琥珀從樂符那裡接了一副小排簫，為他吹奏——低沉雋永的旋律彷彿敘述著無盡的孤寂與失落。我曾經有一、兩次走到前面去，看看能否加入他們的交談。我承認，我很好奇他們之間都有些什麼事情，能夠談論這麼多個晚上。但情況很明顯，我要插進這樣的談話之中只會對他們造成冒犯。

船上的廚房和後甲板是船員們活動的區域。在派拉岡號上，我不僅是一個陌生人、一個外國人和一位親王，我還是打擾了船首像、讓它公開威脅我的白癡。船員們在後甲板進行的各種充滿

了粗俗趣味的賭博遊戲同樣不會歡迎我這種人參加。所以我在傍晚時分總是會一個人待在我與火星和弄臣同住的房間裡，盡可能為自己找些事情做。我最常做的事就是翻閱蜜蜂的書。有時候，我會接受艾惜雅和貝笙的邀請，去他們的房間，一同品嚐葡萄酒，閒聊一陣。不過我很清楚，我和我的同伴只是他們要運送的貨物，而不是他們的客人。所以，當一天傍晚，我禮貌地拒絕了船長的邀請，讓我感到有些驚詫的是，貝笙直白地對我說：「不，我們需要談談，這很重要。」

沉默片刻之後，我跟隨貝笙去了他的房間。艾惜雅已經在房間裡，正忙著將葡萄酒和三只玻璃杯布置在桌子上。暫時我們三個都裝作這不過是一次分享美酒、在一天結束時稍事休息的閒聊。已經落錨的船在河水中輕輕晃動，從敞開的窗戶能看到河面，森林中夜行動物的聲音不斷傳入我們的耳中。

「我們明天下午就會離開內河，駛向繽城了。」貝笙突然宣布。

「相信我們前進的速度一定很快。」我附和道。我也不知道這樣的航行一般需要多少時間。

「是的，快得令人驚訝。派拉岡號喜歡這條河。有時候他會故意把航行的時間拖久一點。但這次他完全沒有這麼做。」

「這樣不好嗎？」我困惑地問。

「他的行為方式發生了改變。他的任何改變幾乎都值得我們擔憂。」貝笙緩緩地說。

艾惜雅喝下杯中的酒，把玻璃杯用力放在桌面上。「我知道琥珀一定和你說過一點派拉岡號的歷史——實際上，他是兩條龍共處在一艘船體內——但還有一些事你應該知道。他曾有過一段極為悲慘的人生。活船會吸收他們家人的記憶和情緒，也就是生活在他們身上的船員們。在他剛剛擁有知覺的早期時光裡，也許是因為他的雙重個性，他發生了傾覆，他的家族的一個男孩死在甲板上纏繞的纜索中。這給他留下了很深的傷痕。在那以後，他又有過數次傾覆，淹死了船上所有的人。只是因為一艘活船價值非凡，他才會每一次都被找回來，重新扶正，經過維修之後又再次啟航。但他的厄運之船名號早已聲名遠播，人們都嘲諷地稱他為『派利亞號』（注：Pariah，被遺棄者之意。）有一次，他出海之後連續失蹤多年。當他回到繽城的時候，只剩下了自己。人們發現他底朝天地逆流漂浮在港口外的海面上。他被扶正以後，人們才看到他的臉被故意損毀了，眼睛被砍掉，胸前被刻下一個標誌。許多人都認識，那是伊果之星。」

「海盜伊果。」船長夫婦的故事和琥珀向我講述的一切正好相互印證。我向前傾過身子，艾惜雅壓低了聲音，彷彿是害怕有人在偷聽我們的交談。

「正是。」貝笙的聲音是如此肅穆沉鬱，讓我無法再懷疑這番交談的嚴肅性。

「派拉岡遭到了殘暴的虐待。他所遭受的痛苦，不擁有繽城血統的人很難理解。」艾惜雅的聲音變得僵硬。貝笙插嘴道：「我相信，也正是出於同樣的原因，派拉岡本身也很難被外人理解。而琥珀是一個特例。她重新為派拉岡雕刻了面孔，讓他恢復了視力。他們在那些日子裡漸漸變得親近。派拉岡顯然非常想念她，對她有著很強烈的……依戀。」

我點點頭，卻依然對他們嚴肅的樣子感到困惑。

「他們已經在一起共度了太長的時光，」艾惜雅突然說，「我不知道他們在討論些什麼，但派拉岡每一天都在變得更加不安。這一點貝笙和我都能感覺到。這麼多年生活在他的身上，我們兩個都已經和他……」

「協調一致了。」貝笙用了這個詞，一個很合適的詞。我想要告訴他們，我對這種狀態是多麼理解，但最終還是控制住了自己。在他們的眼裡，我已經夠特別的了，沒有必要再讓他們知道，我血脈中的魔法能夠讓我觸及其他人的思想。

我是否也能與活船進行精神上的溝通？我和柏油人的確有過這樣的經歷。自從我和派拉岡號發生過那一次意外之後，我一直緊緊約束著自己的精技，唯恐自己會放下牆壁，解讀他的意識。派拉岡號不僅明白這一點，而且對這件事感到相當氣惱。我已經惹他發過很大的火了。所以，「我能夠想像這樣的聯繫。」我對他們說。

艾惜雅點了一下頭，算是接受了我的說法，然後又給我們的杯子裡倒滿了葡萄酒。「這種聯繫是雙向的。我們知曉這艘船，這艘船也知曉我們。自從琥珀上船之後，派拉岡的情緒就變得更加強烈了。」

「在這種時候，派拉岡也會變得更加肆意妄為，」貝笙說，「我們已經在他的航行中注意到了這種跡象。就連船員們也都注意到了。在今天早些時候，我們經過了相當危險的一個河段。那裡以分布密集，而且變化頻繁的淺灘而臭名昭著。我們通常會在那裡放慢速度。但今天，他完全不顧我們的命令，以前所未有的速度通過了那裡。為什麼派拉岡要如此匆忙？」

「我不知道。」

「你們要去哪裡？」

突然間，我覺得自己非常衰弱，完全沒有力量提起這件事。我再也不想重複這個故事了。

「我相信，麥爾妲女王一定已經用鴿子給你們送來了一封信。」

「是的，她請求我們幫助你，因為你救治了他們的許多孩子，消除了雨野原對他們造成的影響。」

「是巨龍對他們造成的影響。」我糾正了她。這番對話讓我很不舒服。很顯然，他們對於他們活船的態度感到很不安，甚至有些氣惱，而且他們認為這都是琥珀的錯，並要求我為了糾正琥珀的錯誤而採取行動。我提出了最直接有效的建議：「也許我們應該一起去找船首像，問問是什麼在讓你們的船感到困擾？」

「請壓低你的聲音。」艾惜雅警告我。

貝笙用力搖搖頭。「相信我們，我們瞭解派拉岡。儘管他已經相當古早了，但他到現在也沒有接受作為成年人的邏輯。他更像是一個青春期的少年。有時候具有理性，有時候又極度衝動。如果我們試圖介入他和琥珀之間的事情，我相信那結果只可能是……」他的聲音低了下去，眼睛愈睜愈大。

艾惜雅猛地站起身。「這是怎麼了？」她彷彿在向我們發問，彷彿又不是。

我也感覺到了，就好像一陣令人感到刺痛的高熱突然湧過我的全身。我發現自己在片刻之間無法呼吸，當我抓牢桌子邊緣，穩住身體的時候，才意識到並不是自己頭暈。不是。杯子裡的酒在抖動，紅色的液體形成了小小的漩渦。「地震。」我高聲說道，同時竭力讓自己保持鎮定。地震在六大公國並不罕見。我聽說過一些強烈的地震甚至撕裂了公鹿堡的塔樓。弄臣在公鹿堡的第一個房間就位於這樣一座遭到破壞的塔樓裡。我還沒有親身經歷過這樣的災害，但那些城市崩塌、巨浪摧毀港口的恐怖故事也曾經給我帶來過不少驚嚇。而我們現在正拋錨停泊在一片紮根於泥濘裡的高大森林旁邊……

「不是地震，」貝笙說，「是這艘船。快來！」

我懷疑他不是在對我說話，不過我還是緊跟著艾惜雅衝出船艙。甲板上並非只有我們。一些水手正在驚愕地看著樹林或者河岸。樂符正跑在前面。我放慢了腳步。我不會再次冒險落入派拉岡號的手中了。我突然感覺到腳下有些細微的凹凸不平。我低下頭，在船上燈光模糊的照明中，甲板彷彿突然鋪上了一層鵝卵石，而不再是那種光滑緊致的巫木紋理。不，不是鵝卵石，是鱗片。

我急忙追上艾惜雅。貝笙和樂符已經在船首像的安全距離以外停住了腳步。琥珀一個人站在前甲板上，脊背挺直，高昂起頭，顯得堅定剛強。船首像轉過身，將一樣東西扔給琥珀。琥珀看不見那東西，任由它落在甲板上，發出玻璃碎裂的清脆聲音。「還要更多！」派拉岡號喊道。

「現在我只有這些。但如果你幫助我，我承諾會盡力給你再找一些。」

「我需要更多！這些不夠！」

第一眼瞥過去，我以為自己只是在昏暗的光線中眼花了。但派拉岡號的臉的確和我的不一樣了。他的臉頰上就像年邁的雨野原人一樣布滿了鱗片。在我的注視中，他的眼睛轉動了一下。那雙眼睛還是藍色的，但現在藍色的眼眸中有白銀紋路在旋轉。是龍的眼睛。他向琥珀伸出的手指尖生出了黑色的爪子。

「弄臣！快躲開他！」我高聲喊道。派拉岡號抬起眼睛，死死地盯住了我。

「不許叫她弄臣！」活船向我咆哮道。他張大的嘴裡露出鋒利的牙齒，「她比你們所有人都更睿智！」

「琥珀，妳幹了什麼？」艾惜雅用低沉而顫抖的聲音喊道。貝笙一言不發地看著發生異變的船首像，臉上只有赤裸裸的恐懼。

「她讓我得到了真正的自我，至少是一部分！」回答他們的是派拉岡號。就在我的眼前，他面容的變化還在繼續。各種色彩如同漣漪般在和我相同的五官上泛起。在黑暗中，他開始閃耀起青銅一般的亮黃色光芒。他的一雙爪子握住了琥珀，將她從甲板上提起，讓琥珀貼在他的胸前，彷彿是要完全佔有她。「她知道我是誰，是她毫不猶豫地將我一直需要的東西給了我！」

「求你，活船，冷靜一下。把她放回到你的甲板上。向我們解釋一下到底發生了什麼事。」貝笙彷彿是在勸解一個十歲大的叛逆男孩：冷靜、控制住自己——我希望自己至少還能保持住這種狀態。

「我不是一艘船！」船首像凶猛的吼聲嚇得樹上的鳥雀紛紛振翅而起，飛進黑暗的森林中。「我從來都不是一艘船！我們是龍，被困在這裡！受到奴役！但我真正的朋友讓我明白，我可以擺脫這個牢籠。」

「真正的朋友。」艾惜雅用難以察覺的聲音說道。她顯然對這樣的說法充滿了懷疑。

貝笙向他的妻子靠近了一些。這位船長身上的每一束肌肉都繃緊了，就像是一條被繩索勒住的獵犬，急切地等待著繩索鬆開的那一刻。他回頭向聚集過來的船員們瞥了一眼，「這件事我來處理。你們去做自己的事吧。」

船員們慢慢散開了。樂符卻沒有動。他站在原地，神情異常嚴肅。我看了機敏一眼，他伸手按在火星的肩膀上，將火星拉到身邊，同時用臂肘頂了一下堅韌不屈，便將這兩個孩子都帶走了。只有我留了下來。派拉岡號繼續將琥珀抱在自己的胸前。琥珀只是用一雙失明的眼睛盯著水面。「我必須這樣做。」她說道。我不知道她是在對我說話，還是在對她曾經的朋友們說話。

「她讓我踏上了恢復真身的道路！」派拉岡號向黑色夜空中剛剛亮起的星星高聲說道，「她給了我巨龍之銀。」

我掃視了一下甲板，終於看到一只玻璃瓶的碎片。我的心沉了下去。難道是她在我的背包裡發現了這只瓶子，沒有問過我就使用了它？她完全沒有和我提起過她的計畫。她到底有什麼計畫？

艾惜雅的聲音遠比平時更加高亢：「你的真身？」

「妳已經看到了，只是很少一點巨龍之銀就讓我發生了什麼樣的變化？如果有足夠的巨龍之銀，我相信我一定能甩掉你們固定在我身上的這些木板、丟下這些風帆，展開我自己的翅膀！我們會成為我們命中注定應該成為的巨龍！」

艾惜雅完全被驚呆了。她結結巴巴地說著話，卻彷彿是在說著一種自己也不明白意思的外國

語言：「你們會成為巨龍？你不再是派拉岡號了？怎麼可能？」然後，她用更加難以置信的語氣說：「你們會離開我們？」

派拉岡號完全沒有理會艾惜雅聲音中受傷的情緒，反而將她的話當做是一種冒犯。「你們對我做了什麼？你們怎麼能要我一直是這種樣子？永遠都只能任人擺布？只能去你們要我去的地方，在人類的港口之間運送沉重的貨物？還沒有性別？就這樣被困在一個根本不是我的形態裡？」幾乎是從一開始，他的聲音中就帶著怒意。我以為他鋒芒畢露的言辭會傷害艾惜雅，而艾惜雅卻彷彿對他的怒火無動於衷。

艾惜雅毫無畏懼地走向船首像，在微弱的光線中抬起頭看著他。「派拉岡，不要裝作你不知道我的心意和我對你的感受。」

活船瞇起自己的一雙龍睛，盯住艾惜雅。那雙眼睛就像是被高溫烤裂的牆壁上跳動的兩團藍色火焰。慢慢地，他張開自己的雙臂，把琥珀放回到甲板上。那兩隻手臂仍然像人類的一樣，只是上面也布滿了鱗片。然後，他一言不發地轉過身，背對著我們。琥珀稍稍踉蹌一下，隨即便站穩了身子。我試著去觀察她的神態，想要從她身上看到一些我的老友弄臣的影子。但我只看到了琥珀。我心中不由得再次升起疑團，不知道面前的這個女人到底是誰。

還有她到底能做些什麼。

派拉岡號已經轉過身不再看我們，只是盯著黑色的河面。但這個船首像所散發出的緊張情緒還在一陣陣湧過巫木船殼和龍骨。我愈來愈清晰地認識到，他說的全都是事實。他不是一艘船，而是龍，只是形體發生了變化，被人類困住了。無論他對於生活在他身上的水手們有多少關愛，在某種程度上，他還是會對他們有所怨懟，甚至是仇恨。

而我們完全處在他的威力之下。

當我因為這個想法不寒而慄的時候，艾惜雅向琥珀走去。她的身姿讓我想到了一隻貓在逼近另一隻大小相仿的貓，準備展開一場戰鬥。那細碎的步伐、精準的平衡、犀利的目光。她用低沉而輕柔的聲音說：「妳到底對我的船做了什麼？」

琥珀將失明的雙眼轉向發出聲音的艾惜雅。「我做了應該對每一艘活船做的事。如果有機會，你們也應該對薇瓦琪號這樣做。」

聽到薇瓦琪號的名字，艾惜雅握起雙拳，全身的每一束肌肉都繃緊了。

我見到過女人戰鬥——身穿華服的女士彼此抽打抓撓，同時還不停地哭泣尖叫；賣魚婦抽出匕首相互戳刺，想要剝了對方的皮，剖開對方的肚子，就像她們給魚刮鱗剖腹一樣。艾惜雅不是滿身蕾絲的嬌柔女士。我親眼見過她指揮船員、攀爬纜索。對於她那雙手臂中所蘊含的力量，我有著充分的認識。而弄臣從來都不是一名戰士。現在他雙目失明，身上的無數創傷也還沒有恢復。我不相信他羸弱的身體能夠禁受任何戰鬥。

我疾步衝過去，擋在她們兩個之間。

這不是一個好地方。艾惜雅本來還可以壓抑對於一位老朋友的憤怒，但對於一個橫加干涉的陌生人，她更是爆發出了十倍的怒火。她堅硬的掌根一下子撞在我胸口正中的位置上，口中喊了一聲：「躲開。」如果不是我已經為這一擊做好了準備，我肺裡的空氣都會被她壓出來。

「不要這樣。」我勸告她。

「這與你無關。除非你也想要插一腳！」但還沒等我想好要如何應對，貝笙突然橫在我面前，將艾惜雅推到了一旁。在黑暗中，我們四目相對，彼此的胸膛幾乎抵在一起。

「你在我的甲板上。」貝笙低吼道，「你要按我和她說的去做。」

我緩慢地搖搖頭，平靜地說：「這一次不行。」在我身後，琥珀一直保持著沉默。

「你想要用拳頭解決問題嗎？」貝笙問道。他更加向我逼近了一些。我感覺到他的呼吸吹在我的臉上。我比他高，但他的肩膀更寬，也許體力比我更好。我真的想要用拳頭解決問題嗎？是的。突然間，我厭倦了這一切。甚至厭倦了琥珀。我感覺到自己噘起上唇，露出了牙齒。該是打一仗的時候了，該是殺人的時候了。「是的。」我告訴他。

「不要這樣，你們都停下！蜚滋，你的情緒是派拉岡給你的。是龍的情緒傳染了你，蜚滋！」弄臣在我身後喊道，「是龍的情緒！」他狠狠拍了一下我的後腦，讓我的頭一下子朝前面撞去。我的眉毛撞到了貝笙的臉上。我聽見艾惜雅也在叫嚷著什麼。她抓住了貝笙的襯衫，正在將她的丈夫向後面拉過去。而我則抓住了貝笙，不願意就這樣丟掉我的獵物。在我身後，弄臣用肩膀狠狠撞在我的背上。艾惜雅失足向後跌倒，將貝笙也絆倒了。我差一點摔在他們身上，不過總算是在最後一刻滾到了一旁。弄臣壓在我身上，在我的耳邊說：「蜚滋，是這艘船影響了你。真正發怒的是它。不要再盲從不屬於你的情緒了。」

我竭盡全力甩掉弄臣，從他的糾纏中掙脫出來。然後我爬起身，努力站穩，立刻又打算衝回去，一腳踢碎貝笙的肋骨。我大口喘著氣，聽見這喘氣聲迴蕩在一頭巨獸體內，顯得格外粗重雄渾。那是一頭非常巨大的猛獸。

白晝殘餘的光亮也幾乎全部消失了，船上燈火散發出的黯淡光暈完全無法照亮船首像。即便如此，我還是能夠看到他正在迅速失去人類的特徵。曾經和我一樣的下巴、嘴和鼻子逐漸延長，變成了爬蟲類的長吻。我盯著他不斷旋轉、閃閃發光的藍色眼睛。片刻間，我們的目光鎖定在一起。我在那雙眼睛裡看到了同樣在我胸中咆哮的憤怒。我感覺到弄臣戴著手套的手按在我的手臂上。「豎起牆壁。」他在懇求我。

遮住怒火就像是一場驟然颳過的夏季風暴，只給我的情緒留下了一片巨大的空曠。我抓住弄臣的手腕，將琥珀拉起來。她搖動了一下自己的裙子，讓裙襬恢復整齊。

「跟我來，」貝笙命令我們。我的額頭把他的鼻子撞出血來。流得不多，不過我喜歡。無論如何，我還是服從了他的命令。在昏暗的光線中，他的臉看上去憔悴又蒼老。我們拖著腳步向他的房間走去，經過樂符身邊時，貝笙對那名水手說：「告訴所有人，遠離船首像，直到我給出下一步命令，然後你要回到這裡盯著他。如果你覺得我需要過來，就馬上來找我。」樂符點點頭，快步跑開了。

我們到了船長的艙房，機敏和跟著他的兩個年輕人正站在這裡，機敏的臉上帶著探詢的神情。「我們沒事。」我對他說，「暫時帶小堅和火星去琥珀女士的艙房。稍後我會告訴你們事情的原委。」我示意他馬上離開。他的目光則告訴我，他不想像那兩個孩子一樣被趕走。但他終究還是帶著他們離開了。貝笙正等在敞開的門口。我跟隨琥珀走進去，船長在我們身後把門關上。

我們剛向房間裡走了兩步，艾惜雅就用緊張而且充滿怒意的聲音質問琥珀：「妳到底幹了什麼？」

「別著急。」貝笙對妻子說道。他從放杯子的托盤裡拿出酒杯，又從架子上拿起一瓶看上去很烈的酒，給我們所有人都倒了一大杯。那不是精製的葡萄酒或者是柔和的白蘭地，而是扎喉嚨的廉價萊姆酒。他沒有講究什麼禮節，端起杯子就喝了一大口，再次倒滿杯子，重重放回到桌子上，自己則一屁股坐進椅子裡。「坐下，你們都坐下。」這是一位船長的命令。琥珀服從了。過了一會兒，我也坐了下去。

「為什麼她要這麼做？這才是真正的問題。」貝笙盯著琥珀。在他的眼睛裡，我看見了憤怒、絕望，和只有遭受朋友的背叛才會受到的深深傷害。

我無話可說。琥珀的行為也讓我感到大惑不解。我可以發誓，這一次遠征，我們的這個任務，已經成為了弄臣唯一的人生目標，而琥珀卻在半路上向外人顯示出我們攜帶著一種禁品，她還用這種禁品對一艘船……動了手腳。她背叛了熱情招待我們的朋友，並將我們全都置於危險之中。這根本沒有道理。我感覺自己就像身陷困境的艾惜雅一樣滿腔怒火，卻又完全無力對現實狀況做出任何改善。

琥珀最後說道：「我必須這樣做。對於這艘船，對於派拉岡，這樣做才是正確的。」她深吸一口氣，「我給了他巨龍之銀。這是克爾辛拉人對這種物質的稱呼。那裡有一口井，裡面全是這種銀色的液體。它是一種魔法源質，是打破人和龍之間障壁的神奇物質。它能夠治療受傷的龍，延長古靈的生命，向各種物品之中注入魔法。對於那些出生時就受到魔法碰觸的人，比如蜚滋，它能夠強化他們的力量……我相信，如果派拉岡得到足夠多的巨龍之銀，他就能完全變化為他生來就應該成為的神奇生物，成為繭殼被盜、被切割成『巫木』來建造成這艘船的巨龍。」

琥珀說出了大量重要的資訊——弄臣極少會和別人進行這樣的智慧分享。我看到貝笙和艾惜雅在努力理解她所說的一切。琥珀似乎已經把要說的都說完了。貝笙只是眉頭緊鎖。艾惜雅將手伸過桌面，握住丈夫的手。片刻之後，琥珀又不情願地開了口。

「但我還有另一個原因。一個可以被稱作是自私的原因。我需要和派拉岡定下一個契約——我知道你們絕不會同意。我必須前往克拉利斯，而且愈快愈好。派拉岡能夠帶我們去那裡，哪怕只是為了得到更多的巨龍之銀，他也會帶我們去那裡。」她低頭看著桌子，拿起了面前沉重的陶製酒杯，「這是我唯一的選擇。」她喝下一大口萊姆酒。

「我們要去繽城，然後去遮瑪里亞，不去克拉利斯。我們還有貨物要運輸，有契約需要履行。」艾惜雅小心地做著解釋，但恐懼已經在她的目光中滋生。她開始理解自己的人生將會有什麼樣的變化了。

「不。我們要直接前往克拉利斯。」琥珀輕聲對艾惜雅說道，我能聽出她的呼吸在微微顫抖，「我知道，這會改變你們的人生。如果還有別的辦法，我不會這樣做——也許不會。不管這件事會對我們產生怎樣的影響，派拉岡應該得到巨龍之銀。所有活船都應該得到它！但如果不是我如此急迫……這是讓我能夠盡快到達克拉利斯的唯一辦法。我只能這樣做。」

「我甚至不知道那座港口在哪裡。」貝笙說道。他向艾惜雅揚起眉毛，艾惜雅也只是搖搖頭。

「派拉岡知道，他曾經去過那裡。當他受到伊果的奴役，他們曾經揚帆遠行，四處劫掠，將香料群島也遠遠甩在身後。他們駛過了許多群島──伊薩博姆、金奈圖、斯特林，甚至更遠。派拉岡號知道克拉利斯，他會帶我們到那裡去。」

「我們還有契約要履行……」艾惜雅虛弱地說。

貝笙完全沒有試圖偽裝自己聲音中的怒意。「我們的契約都只存在於過去了。我相信，一個外路人不可能明白，貿易商的承諾就是他的一切。現在這些承諾全都變成了一紙空談，無論是我的還是艾惜雅的。沒有人會再信任我們。沒有人會再和我們做生意了。」他吸了一口氣，眉頭皺得更緊，「在派拉岡將你們帶到克拉利斯之後，你們會完成緊急任務，還會給他更多的『巨龍之銀』。然後呢？」貝笙繼續追問道，「你們真的相信派拉岡能夠……不再是一艘船？而是變成一頭龍？」

琥珀顫抖著吸了一口氣。「他會成為兩頭龍，擺脫彼此之間非自然的糾纏，變成牠們應有的樣子。是的，如果能有足夠的巨龍之銀，我希望他會有那樣的變化。牠們能夠做到。」她的眼睛逐次掃過面前那兩個感到不可思議的人，「你們愛他。自從他作為一艘被遺棄的空船被拖上海岸之後，這麼多年裡，一直深愛著他。艾惜雅，妳還是一個小女孩的時候就在他的腹內玩耍。貝笙，當沒有人願意給你一片屋簷的時候，你得到了他的庇護。你們瞭解他，知道他曾經遭受過怎樣的虐待。他所說的都是真的。你們不會希望他永遠都是這副樣子。」

「我的確愛他，」艾惜雅虛弱地說，「當我的家人冒著巨大的風險買下他的時候，他逃過了被拆解的劫難，也讓我們有辦法拯救薇瓦琪號和我的侄子。自從那以後的這麼多年中，貝笙和我一直在保護他。妳認為還會有其他船長願意駕駛這樣一艘船嗎？」艾惜雅緩慢地吸了一口氣，「但妳毀了我們。妳明白嗎？毫無疑問，妳會認為我們很自私，只想著我們的未來。但沒有了活船，貝笙和我就一無所有了。沒有家，沒有倚仗，沒有生意。什麼都沒有。我們的一切都依賴著派拉岡，沒有人相信他的時候，我們對他悉心關照，沒有讓他被零碎瓜分，作為珍奇商品被賣掉。妳似乎以為他的生活很悲慘，但這是我們能給他的最好的生活。我們是他的一部分，他也是我們的一部分。如果他成為了一頭龍，或者是兩頭龍，我們又會成為什麼？還能給我們的兒子留下些什麼？」

艾惜雅停頓了一下，我看出她是在盡量恢復一些自制能力。「如果巨龍之銀沒有產生預想的效果，他永遠都只能是現在這種樣子呢？這也許甚至會更可怕。難道妳不記得，我們最初讓他復活的時候，他的樣子有多麼淒慘？雙目失明、飽受虐待、心中充滿憎恨。妳一定記得，因為妳自始至終都參與了這件事。妳認為從那時起的這麼多年裡，我們過得很輕鬆？是我們重建了他，給他一顆心，讓他感到平靜和快樂。他帶領我們穿過暴風雨，朝著我們的畏懼放聲大笑！在平靜的海面上，他將我們的孩子捧在手心，讓他浸泡在海水裡，惹得他咯咯直笑。現在所有這些都不復存在了。他再也無法享受作為一艘船的快樂。我們為他辛苦建立起來的所有聲譽、我們在一起的全部歲月……全都被毀了。全都沒有了。」

艾惜雅緩緩地倒伏在桌面上，將臉埋進抱起的雙臂之間。我彷彿看到她變得更加瘦小。直到現在，我才發現她黑髮中灰色的紋路，還有強壯的手背上那些彎彎曲曲的血管。貝笙俯過桌面，伸出滿是風霜痕跡的手，按住了妻子的一隻手。一段時間裡，桌子旁邊只剩下了沉默。我為了我們帶來的災難感到慚愧。我無法解讀琥珀僵硬表情後面的心緒。這讓我再一次想到，儘管我和弄臣有著長久的羈絆，但我從來都無法預料到琥珀會做什麼，不會做什麼。

貝笙一邊輕撫妻子粗糙的頭髮，一邊輕柔地說道：「艾惜雅，我們還會繼續前行，無論有沒有派拉岡號的甲板在我們腳下，妳和我都會繼續向前走。」他嚥了一口唾沫，「也許歐仔會一直留在薇瓦琪號上。他和派拉岡一樣，都是那個孩子的家人。就連莎神都知道，柯尼提的兒子對海上生活根本沒有什麼興趣……」

我聽到貝笙的聲音遲疑了一下。他的臉色在慢慢發生變化，好像已經明白了什麼。如果派拉岡號能夠再一次成為巨龍，那麼薇瓦琪號一定也可以。任何活船都會是這樣。琥珀所摧毀的不僅是他們。當她將巨龍之銀交給派拉岡號的時候，就已經顛覆了繽城貿易商用活船建立起來的貿易帝國。繽城本身，這個偉大的商業中心一直都是依靠活船進行雨野原的寶物貿易。現在活船將在歷史中隱退，隨之消失的將是那些古老的活船家族所擁有的財富。

艾惜雅抬起頭，盯著琥珀，「為什麼？」她有些口齒不清地問道，「為什麼不先問一下我們，為什麼不告訴我們妳打算怎麼做？為什麼不給我們一點時間，籌畫一下該如何應對如此巨大的改變？妳以為我們會拒絕讓派拉岡實現自己最大的心願嗎？難道妳不認為這件事應該在一個更安全的地方，以更穩妥的方式慢慢讓他知道？」

艾惜雅提起自己的船時，就像是在說自己的孩子，一個被毀掉的孩子，但仍然被她全心全意地愛著。而現在，這個孩子發瘋了，艾惜雅將永遠失去他。見證這種可怕的損失是一種巨大的痛苦。但琥珀依然只是無動於衷地坐著。

「我必須這樣做，」她終於開了口，「不只是為了派拉岡號。」她轉頭看著我，「但這的確是派拉岡號開始的。蜚滋，我很抱歉。我本想告訴你我的計畫。這正是我想要巨龍之銀的原因。我並沒有打算就這樣把巨龍之銀給他。只是當我今晚和派拉岡號交談的時候，他問我回到船上會不會感到高興，即使天生就應該成為水手的我無法再從事這個工作。我告訴他，我不認為自己天生就應該成為水手。他說他也不是天生就應該成為一艘船。他應該是一頭龍……突然間，他的話讓我想起了蜜蜂夢境日誌中的一段。我立刻明白了蜜蜂的夢意味著什麼。蜜蜂早就預見到了自己會活下來。我現在確信無疑，蜜蜂還活著，而且可能還在綁架者的手裡，他們會帶她去克拉利斯。我們無法知道他們會以何種路徑去那裡，但我們知道道路的終點。我們還知道，絕不能讓蜜蜂一直留在那些人的手中。我們不能循常規路線慢吞吞地趕往那裡，我們不能停下來尋找其他船隻，把時間浪費在和船長們的談判，浪費在從一個港口到另一個港口的漫長旅程中。我們必須盡快趕到克拉利斯。而一艘認識航路的活船是我們能夠拯救她的最好機會。」

希望總是會出現，卻又總是如幻影般破滅。這樣的希望已經成為了我的敵人。我清楚地聽到了琥珀的話，卻無法讓自己的心臟歡快地跳動一下。恰恰相反，我只是感到了灼熱的憤怒。她怎麼敢這樣？她怎麼敢在陌生人面前說出這種話，怎麼敢用這種毫無根據的幻想來嘲弄我？就在這時，如同一道無從躲避的浪濤，希望重重地拍擊在我的身上，抓住我，將我拉過一片片鋒利的藤壺，進到海底深處。我忘記了這一天發生的所有事情，只是質問道：「蜜蜂還活著？怎麼可能？為什麼妳會相信這種事？」

琥珀轉向我。她的手摸過桌面，找到了我的手。她緊緊抓住我，冰涼的手指纏繞住我的手指。我無法從她蒼白空洞的眼睛裡看到任何情緒。她的聲音卻顯得極為小心：「就在她的夢境日誌裡，蜚滋。是的，她沒有明確寫出來，但她的夢是真實的，最有可能變成未來的現實。她相信會發生的事情要比其他所有事情都更有可能發生。她用畫面表達的訊息要更多過用文字表達的。我用了一生時間來解讀夢境。她的夢能夠完美地拼合在一起，就像碎裂的陶片可以重新被拼成一件藝術品。」

「一本夢境日誌？」艾惜雅問道，「莎神的豐乳啊！夢境日誌又是什麼，為什麼它會讓妳毀掉我們？」

琥珀轉向他們。「這需要一點時間來解釋……」

「我想，妳應該有幾天時間。現在就開始吧。」艾惜雅完全無法抑制自己的憤怒。

「很好。」琥珀鄭重地接受了女船長的譴責，完全沒有要為自己進行辯護的意思。她捏了一下我的手。當她再次開口的時候，聲音中充滿了遺憾。「蜚滋，我知道你會因為我提出這樣的要求而怨恨我，但請拿蜜蜂的夢境日誌來，好讓我向艾惜雅和貝笙解釋，那到底是什麼，為什麼她的每一個夢會如此重要。」

我一直都能感覺到燒灼自己的怒火，紅色的火焰遮住我的眼睛，讓我難以視物。而現在，我覺得肚子裡彷彿塞滿了冰塊，全身都在隨之而慢慢凍結。一陣寒意幾乎凝固住了我的心。我盯著琥珀，因為她的冷酷而感到全身僵硬。她一直在盯著我。她看到了什麼？一個影子？一個形體？

「蜚滋，求你。」貝笙沒有看我，只是看著他自己的手，「如果你能夠幫助我們理解現在到底發生了什麼……」

他沒能把話說完。我一言不發地站起身，用腿將椅子向後推去，離開了艙室。我沒有去琥珀的房間拿背包，而是穿過有無數小蟲飛舞的黑暗，一直走到前甲板上。

派拉岡正俯首在船頭。他肌肉糾結的肩膀是人類的，但脖子現在變得更長了，如同爬蟲一般的頭部低垂在胸前。在我的一生中，極少有像他這樣的生物讓我感到困擾和不安。我清了清嗓子，他轉過長脖子，看著我。他的眼睛還是藍色的，這是我在他臉上唯一能識別出的舊日特徵了。

「你想要什麼？」他問道。

「我不知道。」我承認。我對他並非沒有畏懼，但我還是走過去，靠在船欄杆上。琥珀已經喚醒了我心中的希望，伴隨著希望，她也喚醒了我的疑慮。我曾經堅信我已經失去了蜜蜂，曾經只想復仇。除了復仇以外，我更想要自己死掉。如果我能夠到達克拉利斯，殺死盡可能多的人，

並死在戰鬥中，那當然是最好。我也有充足的時間來一絲不苟地安排復仇的計畫。但現在，我想要蜜蜂活著，讓我能夠把她救出來。如果她死了，我也想死，這樣我的一切錯誤終究會有一個了結。我現在還想要復仇嗎？我決定，今晚還不必。所有這些事讓我實在是太累了。如果我能夠衝到克拉利斯，找到蜜蜂，帶著她逃走，找一個安全的地方，和我的孩子一起過上平靜的生活，那就足夠了。「你認為我的女兒還活著嗎？」我問這艘船。

派拉岡的藍眼睛旋轉著，彷彿有光芒從兩片旋轉的藍色玻璃中透出來。「我不知道。但這也和我們定下的契約沒有關係——琥珀和我的契約。我會帶你們去克拉利斯，以我能達到的最快速度。我知道去那裡的路。我被伊果俘虜的時候，曾經去過那裡。如果你們的女兒活著，你們就會救她出來；如果她死了，你們就會摧毀那些怪物的巢穴。然後我們會回來這裡，逆流而上，琥珀會為我找到巨龍之銀。足夠多的巨龍之銀，讓我變成我生來就應該成為的巨龍。」

我想要問他，如果我們死在那裡，他又會怎麼做。我相信他還會前往克爾辛拉，要求得到巨龍之銀。那麼，為什麼他不現在就這樣做？

因為你們的復仇也是巨龍的復仇。他停頓一下。我等待著，但他只是對我說，如果變成巨龍，我就無法載你們去那裡。只有作為航船，我才能把你們送到那樣遙遠的地方。所以，我們一起去那裡，去進行屬於我們的復仇。然後我們將恢復自由，成為我們生來就應該成為的樣子。

慢慢地，我察覺到派拉岡號的蜥蜴嘴唇沒有動作，沒有吐出這些言辭。我聽到他在說話，知道他每一個字的意思。他在直接回答我的思想，彷彿他直接變成了我的話語。這種感覺很像精技，也很像原智，但兩者都不是。我從船欄杆上緩緩抬起雙手。

我現在瞭解你了。如果我想要對你說話，你躲不開我。不過現在，我只說這些。不要違拗她的意志，也不要違拗我的。我們去克拉利斯，消滅掉那些折磨她，偷走她的孩子的人。然後我們就返回克爾辛拉，讓我成為巨龍。現在，走吧。去拿她要你拿的東西。盡你的可能讓貝笙和艾惜雅不要擔心。

他說最後這句話的語氣彷彿是在要我答應他不在的時候，不要讓他的小貓捱餓。他怎麼會那樣小看他們兩個？

你更希望我恨那些讓我像奴隸一樣去侍奉的人嗎？

我用力豎起了牆壁。他真的能隨心所欲進入我的意識？在他的想像中，我們又會進行什麼樣的復仇？如果我們發現蜜蜂活著，想要救出來以後就立刻逃走，他會反對嗎？我將這些問題都推到一旁。也許現在我只需要知道，他會帶我們去克拉利斯。

我來到琥珀的小艙室。這裡很黑，但我不想再回去拿燈。我的背包就塞在床下的一個角落裡。我摸索著找到它，把它從琥珀和火星的衣服堆中拖出來──她們兩個的衣服已經充滿了這裡的每一個空間。在我翻找夢境日誌的時候，手指摸到了用來包裹巨龍之銀的襯衫。那是拉普斯卡冒險贈送給我的禮物。琥珀將它們從我的背包裡偷走，這是她對我做出的一點小小背叛。我早已習慣了這種小背叛，只是仍然會禁不住有些氣惱地推開那件襯衫，好拿出蜜蜂的日記。我感覺到了襯衫中古靈將軍送給我的沉重玻璃瓶。慢慢地，我拿起那個襯衫結成的包裹，將它解開，取出其中的瓶子。最早升起的星星將微弱的光線射進小舷窗，讓瓶中的液體泛起了不屬於塵世的光彩。瓶子裡的巨龍之銀正在緩緩轉動。兩只瓶子都還是滿滿的，被緊緊塞住，密實地封好，就像拉普斯卡把它們交到我手中時一樣。液態魔法，精技最純粹的形態，完全沒有混入人類或巨龍的血液。我傾側過這兩只玻璃瓶，看著瓶子裡緩慢旋繞的液體。琥珀給派拉岡喝了多少巨龍之銀？這些是否足以讓他完成變身？如果他變得狂悖危險，我能否用這兩瓶液體安撫他？它們非常珍貴，也非常危險。

我用襯衫將它們重新包好，塞進背包深處。我誤會了琥珀。她自己想辦法獲得了巨龍之銀，只是沒有告訴我。就像我也向她隱瞞了自己的收穫。想到我對她也許就像她對我一樣不誠實，我只是感到更加憤怒。我希望她能夠離開，這樣……

這樣弄臣就會回來嗎？我的這個奇怪的想法突然在我的腦海中一圈又一圈地旋轉。不得不承認，我與琥珀之間的關係和我原先的想像完全不同，更不同於我對弄臣的感覺。我想要甩甩我的頭，就像狗甩掉浸透毛髮的水。但我知道，這樣做不會有任何用處。我將蜜蜂的日記牢牢夾在手臂下面，又把我的背包妥當地推回到原來的角落裡。

「你用了不少時間。」當我重新走進艙室時，貝笙這樣說道。我注意到樂符也出現在這裡。他沒有坐在桌邊，而是蜷起身子坐在角落裡的一張矮凳子上，雙手捧著一只酒杯。他看我的眼神一點也不友善。我對他也沒有特別的好感。毫無疑問，他已經看見我和派拉岡說話，並且過來告訴了貝笙。

「我去和派拉岡談了談。」我承認道。

貝笙下巴上的肌肉隆起，艾惜雅直起身子，彷彿要撲向我。我提防地抬手擋在身前。「他告訴我，他已經和琥珀定下了契約，並暗示他和其他巨龍有著他們自己的原因，希望我們能夠認真完成這個任務。」我看著琥珀，「我想要知道這些原因都是什麼。我還想知道，妳是如何在被雷恩和麥爾妲嚴詞拒絕之後，弄到巨龍之銀的。」

艾惜雅發出一點驚駭的呼聲。貝笙則一動不動。

「我沒有偷竊。」琥珀用低沉的聲音說道。我等待著。她喘了一口氣，繼續說：「是有人送給我的，這件事做得非常隱祕，因為那個人明白，如果這件事被其他人知道，一定會造成巨大的麻煩。我不想說出那個人是誰。」她用力抿緊了嘴唇。

「我們也不在乎，」艾惜雅挖苦地咕噥了一聲，「讓我們看看你們的孩子還活著的『證據』。這樣我們至少能知道，你們也不是平白無故要摧毀我們的人生。」很明顯，她可能對我們有過的一切同情都被怒火燒光了。對此我無法責備她。但聽到她這樣說蜜蜂，我的胸中還是不由自主地升起了怒意。

我小心地將那本日記放在桌子上，坐下來，雙手擺在它的兩側。除了我以外，沒有人能碰它。我強迫自己用平靜的聲音對琥珀說：「那麼，妳想讓我閱讀書中的哪一段？」

我想，琥珀一定很清楚我現在有多麼怒不可遏。我一直在任她擺布，在任由這些陌生人和他們這艘喜怒無常的活船擺布。而他們現在竟然要求我「證明」我的孩子是足夠特別的，值得將她

從以殘忍折磨為樂事的人們手中拯救出來。如果這條河有「河岸」，我會立刻要求上岸，大步從他們面前走開。

「請閱讀那個有兩個頭的人給你一瓶墨水，讓你喝下去的那個夢。你喝下它，甩掉碎木片，成為兩頭龍。我認為這個夢對於我們這裡所有的人都是最容易理解的。」

片刻之間，我只是僵硬地坐在椅子裡。我曾經不止一次指責弄臣「曲解」他的夢境預言，只為了讓它們符合真正發生的事實。但至少這個夢的確再清晰不過地向我呈現出現實的場景。我翻開蜜蜂的夢境日誌，找到那一頁，立刻看到了蜜蜂繪製的插圖——一隻戴手套的手舉著一個小玻璃瓶。畫面中的我充滿渴望地向玻璃瓶伸出雙手。而在蜜蜂的筆下，我的一雙眼睛裡閃爍著藍色的光芒。她將玻璃瓶中的「墨水」塗繪成黃色和灰色，不是銀色，但我明白這其中的含義。我提高聲音，緩慢地閱讀這一頁的文字，然後將書翻轉過來，讓艾惜雅和貝笙看到上面的插畫。艾惜雅看著這幅畫，面色陰沉。貝笙則靠進椅子裡，雙臂抱在胸前。

「我們怎麼知道這不是妳在昨晚寫出來的？」貝笙問。

這是一個愚蠢的問題，這一點就連貝笙自己也明白。但我還是做出了回答：「我們之中有一個人是盲人，無法書寫繪畫。如果你懷疑是我做的，我的行囊中沒有這樣的畫筆和墨水，我更沒有這樣的繪畫才能。」我又輕輕翻動蜜蜂的日記，「這裡還有許多她關於夢境的紀錄和描畫，筆法都和這幅畫大致相同。」

貝笙知道。他只是不想承認蜜蜂預見到了琥珀女士會將一瓶巨龍之銀送給一艘和我相貌相同的活船，讓他成為巨龍——而且是兩頭巨龍。

「但……」貝笙又開了口，但艾惜雅低聲打斷了他，「就這樣吧，貝笙。我們全都知道，琥珀身上總有一種特殊的魔法氣息。現在我恐怕事實遠不止於此。」

「是的。」琥珀對艾惜雅表示認同。她面容嚴肅，語氣莊重。

我不想在陌生人面前提出我的問題，但想要知曉事實的衝動如同潰瘍的傷口讓我痛苦難耐：「為什麼妳認為蜜蜂還活著？」

琥珀深深吸了一口氣，又長歎一聲，引得她的肩膀也隨之一起一落。「恐怕這一點就不是那樣清晰了。」

「我會認真聽妳解釋。」

「首先，她有一個自己變成了堅果的夢。其次，在那個夢中，她稱自己為一粒橡果。你是否還記得那個夢？她很小，很緊實，被扔進一股洪流之中。我認為她已經預見到了自己會穿過精技石柱。」

「穿過什麼？」貝笙問。

「我是在告訴蜚滋。如果你想知道，我稍後會進行解釋。」

貝笙恢復了沉默，但臉色很難看。他向椅子裡一靠，雙臂抱在胸前，面孔如同一塊鐵板。

「這算是一種可能。」我承認道，但我也像貝笙・德雷一樣毫無耐心。

「還有那個關於蠟燭的夢。蜚滋，我知道你隨身帶著一些莫莉的蠟燭。對於一個盲人來說，那種氣息非常明顯。我甚至知道你什麼時候將它們拿出來在手中把玩。你有多少根蠟燭？」

「只有三根。一開始我有四根。其中一根在熊攻擊我們的時候丟失了。在妳和火星逃過精技石柱以後，我們盡量收集了物資，但還是有許多東西被丟掉或損壞了。我只找到了三根……」

「你是否還記得她關於蠟燭的夢？請在書中找到那一段。」

我照弄臣的話做了，緩慢地高聲將那一段讀出來。一抹微笑漸漸浮現在弄臣的臉上。狼和小丑。這一句是如此明顯，就連我都知道它指的是弄臣和我。

「三根蠟燭，蜚滋。『他們不知道他們的孩子還活著。』她的夢指明了她的一個命運連接點。當你丟失了一根蠟燭的時候，就對她的命運造成了一種改變。一種意味著她能夠生存，而不是死去的改變。」

我木然坐在日記前。這太荒謬了，完全無法相信。一種情緒湧過我的全身——不是希望、不是安慰，而是一種無以名狀的情緒。我覺得自己的心彷彿再一次開始跳動，彷彿空氣在長時間的窒息後重新充滿了我的肺葉。我是如此瘋狂地想要相信蜜蜂也許還活著。

信念炸碎了一切理性和冷靜的牆壁。「三根蠟燭。」我虛弱無力地說。我想要哭泣、想要大笑、想要吼叫。

三根蠟燭意味著我的女兒還活著。

貿易商愛珂麗

玩偶在舞蹈。它跳躍轉動，輕快地踢踏地面。紅色油彩畫出它微笑的臉，讓它看上去很快樂，但它正在嚎叫，因為它的舞臺是紅熱的煤塊，木頭雙腳已經開始冒煙。一個男人拿著一把閃亮的斧頭走過來。他揮起斧頭，我以為他會砍斷玩偶燃燒的雙腳，但斧刃卻割斷了繫住玩偶的吊線。玩偶跳開去，獲得了自由，而那個揮斧頭的人也同樣迅速地栽倒了。

——《蜜蜂．瞻遠的夢境日誌》

「為什麼妳以為我會幫助一個像妳這樣衣衫襤褸的人？」那個女人吮了一口茶，盯著我，「妳正是那種我一生都在極力避免的麻煩。」

她的臉上沒有笑容。我不能告訴她，我接近她是因為她是一個女人，我希望她會有一顆柔軟的心。我認為這種話只會冒犯她，而不是感動她。我的肚子空空如也，這讓我很想把自己的膽汁吐出來。我竭力不要顫抖，但我已經快筋疲力盡了，現在體內所剩的只有意志力，連一點勇氣也

找不到了。我試著讓自己的聲音保持平穩。「在這次航行的早些時候，我看見妳將那位能夠讀寫的老人賣掉了。當時他寫下了自己的出售單據。妳把他賣了一個好價錢，儘管他已經很老，也許無法再工作多少年了。」

這個女人點點頭，但微微皺起了眉。

我盡可能站直身子。「也許我很矮小、很年輕，但我強壯而且健康。我能夠讀寫，還能描摹插圖，或者繪製妳要的任何東西。我也懂得計數。」我在這些事上的技藝不像我所希望的那樣強，不過我認為我的話算不上虛假。如果我要將自己賣做一名奴隸，我最好能給自己簽一份理想的契約。

那個女人將臂肘靠在餐桌上，俯過身。要找到她單身一人的時機實在是太難了。我盯了她整整一天，躲在一個又一個角落裡，一直在跟蹤她，直到發現當其他貿易商都吃飽離開之後，她才來到餐桌旁。我懷疑她是想要一個人安靜地用餐，好躲開那些狼吞虎嚥、相互推擠的男人。我一直等到那些吃過早餐的人全部離開之後才溜進了廚房。站到正在用餐的她面前。我努力不去盯著桌上的食物，但它們已經給我留下了深刻的印象。她剩下的麵包皮上還有奶油的痕跡，沾在碟子上的油脂讓我很想用麵包皮，甚至用我的手指刮下來。她的碗裡還剩著一點麥片粥。這些都讓我不由得嚥了一下口水。

「我需要從誰的手裡把妳買下來？」

「不需要從任何人的手裡。我將自己交給妳。」

片刻之間，她只是靜靜地看著我。「妳要把自己賣給我。真的？妳的父母在哪裡？或者，妳的主人在哪裡？」

我已經盡可能仔細地準備好了我的謊言。我有三個飢餓、冰冷和乾渴的日子來準備它。這三天裡，我潛伏在船中，竭力躲避所有人的視線，同時還在尋找食物、水和能夠休息的地方。這是一艘大船，但我能夠找到的所有藏身之地都是冰冷潮濕的。我蜷縮成很小的一團，一天大部分的時間裡都在打哆嗦。我有足夠的時間籌畫我的策略。儘管這是一個不算太好的策略。將我自己當做一名奴隸出售給某個人。那個人會重視我所擁有的一點技藝。我會跟隨那個人下船，遠離德瓦利婭，最終找到方法給父親或姐姐送去一封信。我告訴自己，這是一個確實可行的計畫，然後又奇怪自己為什麼不計畫修建一座城堡，或者是去征服恰斯國。這兩個目標似乎和我的計畫一樣可行。不過自始至終，我都在小心地重複著自己杜撰的謊言。

「我的媽媽帶我去恰斯國，她新丈夫的家。那個男人和他年長的孩子對我很不好。有一天，我們走在市場上時，他的一個男孩開始戲弄我，又追趕我。我就躲到了這艘船上，並留在這裡，遠離故鄉和母親。我曾經想要自行謀生，但到現在為止都做得很糟。」

女人不疾不徐地喝著茶。我能夠清楚地嗅到茶香味。那茶水裡有蜂蜜，也許是火草蜜。那茶水很熱，冒著蒸氣，聞起來就令人愉悅。為什麼我從不曾好好珍惜過清晨的一杯熱茶？這個想法促使我的腦海閃過一連串記憶。肉豆蔻廚娘在廚房裡，我坐在餐桌上，也許是餐桌旁的椅子裡，面前是簡單的餐點，周圍是忙碌的僕人。醃肉，啊，醃肉。被烤熱的麵包，上面是融化的奶油。

淚水刺痛了我的眼睛。不能這樣。我嚥了一口唾沫，將身子站得更直了一些。

「吃吧。」她突然說道，將碟子推給我。

我盯著碟子，幾乎無法呼吸。這是一個騙局嗎？但我已經在恰斯國學到，只要有機會，就絕不能放過任何食物，即使是撲倒在街道上的時候。我努力讓自己回憶起應有的禮儀，必須讓她認為我是一份有價值的資產，而不是一個不懂禮貌的小娃娃。我坐下來，小心地拈起麵包皮。咬了一小口，仔細咀嚼。她一直在看著我。「妳很懂得自制，」她說道，「妳的故事不算糟，儘管我對其中的每一個字都表示懷疑。在今天之前，我都沒有在船上見過妳。妳的氣味表明妳一直都躲藏起來。所以，如果我讓妳成為我的財產，會不會有人興師問罪，說我是一個賊？或者一名綁架犯？」

「不，女士。」這是對我而言最困難的謊言。我不知道德瓦利婭會做什麼，或者會說什麼。我狠狠地咬了她，我希望她能一直躲在小屋子裡養傷。科爾夫只有在文德里亞的操縱下才會抓我回去。我不認為這樣的事情會發生，但我最好的防禦方式就是盡可能躲開他們的視線。我又咬了兩口，吃完麵包皮。我很想舔舔盤子，或者用手指把剩下的麥片粥刮起來。但我只是小心地將雙手放在膝頭，安靜地坐著。

她將桌子中央的粥鍋朝向自己，用一支大木勺將碗邊和碗底的剩粥刮到她的碗裡。那些粥的邊緣有一點被燒糊了。她將碗推給我，又將用過的木勺也遞給我。

「哦，謝謝您，女士！」我幾乎無法呼吸，但還是強迫自己坐直身子，一點一點把粥吃光。

「我不是『女士』，也不是天生的恰斯國人。不過我發現這裡有最適合我做的生意。我在繽城附近長大，但沒有貿易商的血脈，所以，我很難在那裡維持自己的生活。當他們禁絕了奴隸貿易之後，我在那裡的生意也變得難做了。我不是妳以為的那種奴隸商人。我會尋找有價值的罕見貨物。購買它們，然後以很高的利潤出售它們。我並不總是急於牟利，有時候，我會耐心等待最高的價格。有時，我則發現有價值的貨物會是能力被低估的奴隸，比如妳看到的那位抄寫員。在奴隸市場上，他只是一個年邁衰弱的老者，但在另一些買家的眼裡，他擁有豐富的經驗和廣博的智慧。站起來。」

我立刻服從了命令。她上下打量著我，彷彿我是一頭待價而沽的母牛。「很髒，有一點破爛。但妳站得很直。妳懂得禮儀，為人直率。在恰斯國的市場上，他們不會在意妳的這些特質。我會帶妳去一個重視僕人性格特質的地方。我懷疑妳沒有錢為自己付旅費，所以在這趟旅程結束之前，妳可以待在我的房間裡。如果妳弄亂那裡的任何東西，我都會將妳交給船長。我會讓妳吃飽。我們到達農工灣之後，則把妳賣給一個我認識的家族，讓妳成為他們家孩子的侍女。妳的任務將是照料他們家的小男孩。妳要為那個男孩洗澡、給他穿衣服、幫助他吃飯、聽從他的吩咐，用自己的一言一行，讓他學會妳向我展示的這些特質。他們是一個富裕的家庭，也許會好好待妳。」

「是，女士。謝謝您，女士。我希望我能夠為您帶來一個理想的價格。」

「妳會的，如果我把妳洗乾淨一點。而妳要向我證明自己，讓我確認妳懂得讀寫和繪畫。」

「是，女士。我迫不及待想要這樣做。」突然間，成為一個小男孩的私人奴隸在我看來，並不比作為公鹿堡的一個私生公主要差。他們也許會好好待我。我能夠吃飽，能在房間裡睡覺。我也會好好對待他們的小男孩。我會是安全的，儘管我將不再是自由的。

「我不是女士。我早已明白自己的身分。我的出身讓我不可能擁有女士的資格。我是貿易商愛珂麗。妳的名字？」

「蜜……唔！」我應該告訴她我的真名嗎？

「碧兒。很好。把麥片粥吃完。我也要喝完我的茶。」（編注：蜜蜂的名字原文為Bee，因此愛珂麗誤認為同為B開頭的姓名。）

我依從她的吩咐去做，速度不要太快，要表現出最好的禮貌。我覺得自己還能再吃上三碗這樣的粥，但我決定不要顯露出任何飢不擇食的樣子。所以我喝完粥以後，便小心地將勺子在粥碗旁邊放好。然後我掃視了一下這張一片狼藉的餐桌，竭力回憶細柳林的僕人們會做些什麼。「您希望我清理餐桌，擦拭乾淨嗎，貿易商愛珂麗？」

她搖搖頭，給了我一個有些疑惑的微笑。「不，船上的廚工會做這些事。跟我來。」

她站起身。我跟在她身後。她穿著整潔的藍色羊毛長褲，上身是一件色調比褲子更淺一些的短上衣。從擦得發光的黑靴子到盤捲整齊的褐色髮辮，全身都顯得那樣整潔乾淨。耳環、戒指和插在她髮絲間的珠寶髮梳，無不顯示出她是一位成功的商人。她邁出的每一步都透露出絕對的自信。我們走進大船艙，經過成串的吊床和煙氣繚繞的住宿艙室。她讓我想到了一隻趾高氣揚的穀倉貓從一群土狗面前走過。對於睡在大船艙裡的那些低等商人的瞪視，她從不會迴避目光。而對於他們竊竊私語的議論，她卻彷彿完全沒有聽到。她的艙室位於大船前方，我們上了一段短臺階才到達那裡。她從一條沉重的鏈子上拿下一把鑰匙，打開鎖住的艙門。「進去。」她對我說。我很高興地服從了命令。

走進這個船艙，我吃了一驚。這個房間和我的綁架者們居住的房間差不多大，有一個圓形的小舷窗。愛珂麗的隨身行李打開放在下鋪。她的衣服如同準備完成精細工作的工具一樣，整齊地疊放著。我見過深隱的行李，但這件行李還是讓我有些驚歎。一眼就能看出，她為這次航行做了精心準備。在上鋪是一副邊緣帶著流蘇的藍白色被褥。地上鋪著同樣色彩的地毯。房樑上掛著的小油燈來回搖晃，散發出一股玫瑰花的香氣。房間中還掛著幾只香囊，裡面一定放著香柏和松木片。但它們也無法完全遮住這艘船的焦油臭氣。這裡的小舷窗下面還有一只小置物架，頂部有著護欄。一只錫水罐和臉盆就放在護欄中。一條濕毛巾被整齊地摺疊起來，擺在它們旁邊。

「什麼都不要碰，」她一邊關門，一邊警告我。然後她在原地站了片刻，打量著我，又指指臉盆，「脫光衣服，把自己洗乾淨。妳會縫紉嗎？」

「一點。」我承認道。縫紉從不是我喜歡的工作。不過我的母親堅持要我至少應該知道如何縫邊和做最基本的刺繡。

「洗乾淨身子以後，把髒衣服放到門旁邊的地上。」她走到自己的衣櫥前，手指拂過摺疊好的一件件衣服，抽出一件簡單的藍襯衫。又從一個小櫥格中拿出剪刀、線和針。「把袖子改短，讓妳自己能穿，還要把下襬裁一條下來，重新滾邊。剩下的衣襬要能遮住妳的身體。把剪下來的下襬做成腰帶。然後坐到那個角落裡，等我回來。」

說完這番話，她就轉身出了門。我聽到她鎖門的聲音。我又等了一會兒，然後試了試門鎖。是的，我被鎖在房間裡了。我的心中立刻湧起一陣寬慰的情緒，這讓我吃了一驚。我成了一名奴隸，被鎖在主人的房間裡。而我卻感到快樂？是的，這是我被劫持以來第一次感到快樂。我按照愛珂麗的吩咐脫光衣服，小心地將我的斷蠟燭放到一旁。這時我發現自己在哭泣。當我將主人的盥洗用水變成一盆渾濁的濃湯時，我還在不停地抽噎。我抱住我骯髒、破爛、散發臭氣的外衣，和它道別。這是我和細柳林最後的聯繫了。不，還不算。我還有母親的蠟燭。

突然間，即使我現在是一絲不掛，也只想要蜷起身好好睡一覺。但我還是堅持完成主人吩咐的任務。這件襯衫用厚實的羊毛料子做成，針腳很細密，只是被洗過以後有些縮水。它是深藍色的，我有些好奇這是不是愛珂麗喜歡的顏色。我把它剪裁好，又上了兩道邊，以免它會散開。然後我又以同樣的方式為剪下來的布條縫上邊，讓它成為邊緣整齊的腰帶。我又剪好袖子，縫好袖口。幾個月以來，我第一次穿上了溫暖、柔軟和潔淨的衣服。然後我迅速將剪下來的袖子封在襯衫前襟內側，做成口袋，很不情願地將斷開的蠟燭折起來，藏在那裡。最後，我把擦洗用的布巾摺疊好。既然我的主人已經將我藏好，我就坐到這個房間的角落裡，很快就在那裡睡著了。

愛珂麗回來的時候，我醒了過來。舷窗外已是一片漆黑。她一走進門，我就站起身。她又將我上下審視了一番，然後朝房間中環顧了一圈。「做得很好。不過妳應該把縫紉工具收好。如果妳夠聰明，這種事不需要吩咐妳就會做好。」

「是，貿易商愛珂麗。」我以為她會想要我嚴格按照她的命令做事。所以我曾經猶豫過是否要打開她的行李的櫥格。現在我知道了。「您希望我去把髒水倒掉嗎？」

「把水放到門外就好。空水罐也一樣。這是妳應該自覺完成的另一件事。我會把妳需要做的事情一件件告訴妳。」她坐到下舖邊緣，向我伸出一隻腳。「脫下我的靴子，先給我揉揉腳。」

以我的出身，不應該做這種事。真的嗎？難道我不想活下來，逃脫德瓦利婭的魔爪？我很想。我想起了我的父親。以他的出身，他本應該成為六大公國王位的繼承人。但他只是一個馬僮，後來又成了刺客。我也許曾經是一位公主，但現在我是一名奴隸。就是這樣。

我彎下腰，脫下她的靴子，將那雙靴子放到旁邊，然後開始為她揉腳。我從未做過這種事，但她微弱的呻吟聲為我提供了引導。過了一段時間，她說道：「夠了。把髒水放在外頭，再放好我的靴子。衣櫥裡有軟鞋，把它們找出來。」

於是，我和女主人一同居住的日常生活開始了。我確保任何事情她都不必和我說第二遍。她是一位非常講道理的主人。她喜歡安靜。我就避免多嘴，但我不必害怕問她與我的工作相關的簡單問題。

我一直待在那個房間裡。船到達港口的時候，她就把我一個人留在這裡，鎖住門，但也確保我有食物和水。而且我可以使用她的夜壺。房間的舷窗朝向背對城鎮的一面，所以我看不見岸上的景色。當我從舷窗口向外倒夜壺的時候，也不會有人看見。我們在港口停留了幾乎十天——海上風暴對這艘船的破壞比我所知道的更嚴重。每當我感到焦躁不安，想要離開這個小房間的時候，我就會想像德瓦利婭因為我失蹤而驚慌失措的樣子。我希望她遇到各種災難，希望我咬她的那一口能讓她得到敗血症，把她殺死。或者她可能會離開這艘船，再也不會回來，可能以為我從船上掉進海裡淹死了，就此放棄尋找我。我不知道自己的這些願望是否能夠成真，我只能待在這個小房間裡，為未來制定計畫。

我決心要好好對待我那位還不曾謀面的小主人。不管他可能受到了什麼樣的溺愛。我不會讓我的新主人們有任何理由對我不好，或者不信任我。最終，我也許會將我真正的故事告訴他們，讓他們知道我的父親和姐姐會很高興把我從他們那裡買回去，甚至付給他們一大筆贖金。那樣的話，我終有一日能夠回到家，回到親人中間。回細柳林嗎？我不知道自己是否還想要回到那個地方，去面對所有曾經因為我而飽受傷害的人。有那麼多人都死了。

每當這樣的想法折磨著我，我就常常會拿出母親的蠟燭，將它放到臉旁邊，呼吸它的芬芳，告訴我自己，我的父親曾經去過那片森林中的廣場。我不明白他怎麼會在我之前到了那裡，他又從那裡去了什麼地方。但我緊緊抓住了一個信念——這根斷掉的蠟燭意味著他在尋找我。他想念我，會竭盡全力帶我回家。

日子過得很快，一天緊接著一天。有時候，貿易商愛珂麗會和我說一些事情。在那場風暴中，艙底汙水氾濫，淹沒了一部分底層甲板，導致她存放在那裡的一些用於貿易的紡織品被毀了。她認為這艘船的船主應該分擔她的損失。但船主不同意。她覺得船主很不明智，畢竟她已經是第六次搭乘這艘船了。如果船主不賠償她的損失，這將是她最後一次搭乘這艘船。

她曾經結過一次婚，但丈夫對她不忠，所以她便從他們通過貿易積累的財富中拿了她的那一份，逕自離開了。在她發現丈夫姦情的那一天，她就採購了貨物，乘上一艘船，再也不曾回頭看過一眼。她的經營很成功。聽說那個男人混得相當潦倒。她完全不在乎那個男人會有什麼樣的下場。在他們共同做生意的時候，她就總是更加聰明的那一個。在恰斯國的市場上，作為一名女性商人是很艱難的事。她有一次不得不刺傷了一個男人，好教會他什麼是禮貌。她沒有殺死那個男人，但那個男人流了大量的血，所以當他向愛珂麗道歉之後，愛珂麗還派人去叫來了治療師。後來她沒有再聽說過那個男人。那只不過是又一個她不感興趣的男人而已。

當我們要啟航前往下一座港口的時候，愛珂麗回到船上，為我帶來了兩條寬鬆的長褲，還有一些短筒的鞋子、一件符合我的尺碼的軟布藍色襯衫。那天晚上，她給了我一塊肥皂，讓我把頭髮洗乾淨，又把她的髮梳給我，讓我能夠梳理纏結在一起的頭髮。我這才驚訝地發現我的頭髮竟然已經這麼長了。「這些黃色的鬈髮清楚地表明了妳的恰斯人血統。」她這樣對我說。聽語氣，這句話應該是一種恭維。我讓自己點了一下頭，算作是對她的回應。

「關了妳這麼久，妳是不是已經無聊得感到厭煩了？」她問我。

我謹慎地挑選著回答的言辭：「我的厭倦遠遠比不上得到食物和庇護的感激。」

她露出一絲非常淺的微笑。「那麼，我們就要測試一下妳說自己所擁有的技藝了。在岸上的時候，我為妳買了一本書。妳可以朗讀它。另外還有紙、筆和墨水。妳要讓我看到妳能夠處理數

字和繪製圖畫。」

我做了所有事。她對我感到很滿意。對於我的繪畫，她更是讚譽有加。她先讓我畫了她的鞋，然後是描摹一朵刺繡在她買來的手帕上的花。看到我的作品，她點點頭，喃喃地說道：「也許我應該把妳當做書記員賣掉，而不是一個孩子的保姆，這樣妳就能賣出更高的價格。」

聽到這句話，我便向她低頭行禮。

我們就這樣乘船遠航。這段時間裡，我的世界變得非常小。我們又在另外兩處港口停泊。我相信德瓦利婭一定已經放棄了我，離開這艘船了。所以我非常希望在第二次停泊之後，貿易商愛珂麗能讓我在這艘船上自由行動。但她沒有這樣做，我也沒有提出這個要求。她只是讓我看了她的帳本。那上面記錄了一連串紡織品的購入和賣出價格。另外還有一類帳目是她每一次長途旅行的花費。她把這些單據向我展示，又讓我添上為我購買的衣服、書籍、紙張、墨水，甚至是這枝筆的價錢——儘管買這些東西只是為了證明我的價值。她向我解釋，這是她的投資。我必須被賣到這筆錢的兩倍以上，才能讓她滿意。我看著這些數字。原來是這樣。這就是我在這一段新的人生中所具備的價值。我深吸一口氣，決定要讓自己值更多錢。

有一天，她要我趕快為她收拾好行李箱。因為我們要在天黑之前進港，並且要在這裡登岸。這座港口被稱作賽維斯拜，因為它位於舍爾的賽維河旁邊。我沒有問任何問題。我知道，我們已經遠遠走出了我見過的任何一張地圖。她顯得很高興。當我將各種物件放進她的衣櫥兼行李箱中的時候（每一樣東西在箱子裡都有專門的擺放位置），她一直在自顧自地哼著歌。她給了我一只肩背包，讓我收好我的衣服。然後她一邊仔細梳理頭髮、挑選耳環，一邊告訴我，她省下了不小的一筆花費，因為我們的船避開了海盜群島的徵稅船。藉由這一點，我判斷我們已經過了海盜群島。我能知道的也只有這些了。

船隻到達了港口，降下風帆。一些小船從港口中駛出來，接過我們的船上拋下的纜繩。奴隸們彎腰弓背地划著船槳，將我們拖進港口。這個過程緩慢而沉悶，但貿易商愛珂麗已經將我留在了鎖住的艙室中，所以我無事可做，只能踮著腳尖向舷窗外觀看。當我們終於穩穩地停在碼頭旁邊的時候，她便回到船艙裡，吩咐我跟著她。我已經在這個小房間裡被關了很長時間，現在突然要出去，不由得感到了一陣怪異的頭暈眼花。

我的兩條腿帶著驚訝的感覺走過大船艙，爬上通向開闊甲板的梯子。一陣清新的風吹過我的臉龐，明亮的夏季陽光灑落在我沒有戴帽子的頭頂上，又照得海上的波浪閃閃發光。哦，我終於聞到了各種新鮮的氣味，看到了波浪翻捲的水面，還有這艘船和附近的城鎮！這裡有青煙嫋嫋的煙囪，在陽光下滿身汗水的馬匹，還有一股陳舊的尿臊味。彷彿人們已經在這片土地上生活了太長時間。「跟我來，」貿易商愛珂麗清楚明白地向我說道，「我總是會住在同一家旅店。我的箱子會被送到那裡去，貿易貨物則被運往我的庫房。我必須見一些人，安排發售一些貨物。所以現在妳就留在我的身邊，直到我決定好如何安排妳。」

她說的是「安排我」，而不是賣掉我。這讓我很高興。這兩種說法只有很小的區別，但我告訴自己，這意味著在她眼裡，我有著比賺一筆錢更大的價值。她沒有付給過我任何薪酬，對我的

投資也不過是一些衣服和紙張，但我還是希望她能夠因為對我的仁慈而獲得豐厚的利潤。

她高傲無畏地走過忙碌的石子路街道。「跟上！」她警告了我一聲，便突然快步橫穿過一條熙熙攘攘的街道，穿行在兩個方向的馬拉大車和騎馬的人中間。當我們來到大街另一邊時，我已經快要無法呼吸。而她還是那樣精神煥發、無所畏懼。她繼續大步前行。我不得不小跑著才能跟上她。我的頭髮很快就貼在頭皮上。一滴滴汗水沿著髮梢流到脊背。這時她突然轉彎，踏上三層石臺階，穿過了一道木製拱門。我抓住門板。它非常重，我用盡全力才沒有讓它關上。

這家客棧和我這輩子唯一見過的另一家顯然很不相同——那家客棧已經在遙遠的水邊橡林了。這裡的地板是用白色石塊鋪成的，上面還有閃亮的金色條紋。我以為所有客棧都應該是溫暖的，瀰漫著一股食物氣味。但這裡顯然不是如此。呈現在我面前的是一個寬闊而平靜的房間，擺放著舒適的座椅和小桌子。和外面的街道相比，這裡顯得相當清涼。厚實的牆壁擋住了街上的噪音和氣味。我感覺一陣輕柔的微風吹過，風中還帶著一點花香。我驚訝地抬起頭，看見一把巨大的扇子正輕輕地前後擺動，推動空氣給我們帶來涼意。我的目光沿著扇子上的繩索看過去，發現一名女子正站在角落裡，有節奏地拉動那根繩索。我從未見過這樣的情景，甚至想都沒有想過。就在我張口結舌地站在那裡傻看的時候，貿易商愛珂麗又高聲叫我跟上她。

一個全身白衣的男人走過來迎接我們。他將頭髮梳成了六根辮子，每一根都繫著一條不同顏色的細繩。他的皮膚顏色好像是陳舊的蜂蜜，頭髮色澤更深。「一切都準備好了。船一進港，我就在等待妳了。」他的臉上帶著那種幾乎可以算作是朋友的商人微笑。

愛珂麗點數了一些錢幣放進他的手中，口中說著也很高興能再見到他。他遞給愛珂麗一把鑰匙。我強迫自己不要再盯著這座廳堂，而是跟隨貿易商登上同樣為白色的岩石臺階，進入一條走廊。愛珂麗在一道門前停下，用黃銅大鑰匙打開門。我們走進了一個非常精緻的房間。這裡有一張大床，蓬鬆的枕頭堆放在厚實的白色被褥上。房間中央的一張桌子上擺放著一碗水果、鮮花和一只盛著淺黃色液體的玻璃瓶。在兩扇敞開的門後，是一個能夠俯瞰街道和遠處港口的小陽臺。

「關上陽臺門！」貿易商向我下達命令。我立刻依令行事，將街道上的聲音和氣味都關在了外面。然後我向房間裡轉回身，發現她已經給自己倒了一杯金黃色的酒漿，坐進一張軟墊椅裡，歎了口氣，又緩慢而小心地吮了一口酒。

「我的箱子很快就會被送過來。打開它，拿出我的白色涼鞋、紅色長裙，還有鑲著紅邊和紅色袖口的白罩衫。把髮刷和珠寶放到那個架子上，旁邊再放好鏡子和香水。做完這些以後，妳可以隨便吃桌上的水果。那道門後應該是僕人間，我以前從沒有帶僕人出行過，不過妳可以讓自己舒服地待在那裡，直到我回來。」她歎了口氣，「恐怕我必須馬上出去了。我要確保貨物全部被運進了倉庫裡，並讓我的三位買家知道我已經帶著他們需要的貨物回來了。」她又拿起那只酒杯，喝光了杯子裡的酒，最後警告了我一句：「不要離開這個房間。」然後就快步走了出去。當她關上房門之後，整個房間裡重新歸於平靜。我吸進一口氣，顫抖著吐了出去。我安全了。

我在這個套房中漫步，查看一件件精美的家具。又看了一眼我的僕人間。那個房間布置很簡單，不過也很乾淨，有一張矮床和一條毯子，還有盥洗架、闊口水壺和洗漱盆、一只夜壺和兩個

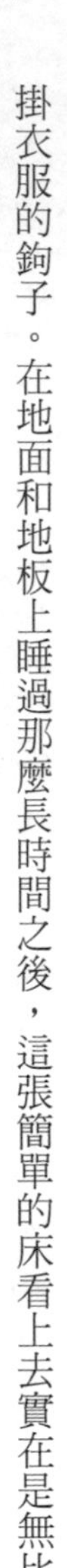

掛衣服的鉤子。在地面和地板上睡過那麼長時間之後，這張簡單的床看上去實在是無比奢華。

一陣響亮的敲門聲告訴我，愛珂麗的箱子被送過來了。我打開門，兩名大漢將箱子抬了進來。把箱子靠牆放好以後，他們就鞠躬出去了。我關上門，嚴格按照貿易商愛珂麗的吩咐去做。箱子裡的幾樣東西在搬運的過程中移動了位置，我將它們一件件擺回原位。又將她的梳妝工具和珠寶首飾按照要求拿出來放好。

在完成所有工作之後，我才來到桌子上的果盤前面。這其中有一些水果我不認識。我嗅了嗅一顆淺綠色的水果，不知道是否該咬它，還是剝掉它的皮，或者割開它。我的身邊放著一把小刀和一只碟子。不過我先將碗裡明顯是漿果的果子挑出來吃了。在以前的許多天裡，我能吃到的只有麵包和麥片粥，偶爾能吃一些肉。所以這些果子在我的口中顯得如此鮮美多汁，讓我驚訝得眼睛裡甚至湧出了淚水。這裡還有好像李子一樣個頭更大的水果，只不過是橘紅色的。我將它拿到陽臺上，盤腿坐下，看著欄杆外面的風景，慢慢地品嚐它。太陽非常溫暖，這是一座充滿了活力的海港，溫和的風帶來了異域國度的各種奇特味道。我逐漸感到有些睏倦。又過了一段時間，我回到屋裡，躺在小床上，沉沉地睡了過去。

我在昏暗的光線中醒來，聽見開門的聲音，便立刻跳下了床。我還很睏，但還是讓臉上帶著微笑，走出我的房間並說道：「希望您一切順利，貿易商愛珂麗。」

她困惑地看了我一眼，眼神顯得很模糊。

「找到妳了！」德瓦利婭喊道。

「不！」我尖叫著。噩夢的手指越過愛珂麗，伸進這個房間。科爾夫全身骯髒不堪，臉上掛著鬍鬚，蓬亂的頭髮貼在頭皮上。他站在那裡，肩膀隆起，大張著嘴，目光無比灰暗。文德里亞也好不了多少。我能明顯看出來，他們的船上生活比我艱難得多。那個操縱魔法的人臉頰下垂，一雙眼睛陷進眼窩裡，其中盡是疲憊。他從不知道要梳梳頭髮，現在變成了一團團細長油膩的鬈髮。但德瓦利婭是他們之中樣子最可怕的，她根本就是一頭從午夜中冒出來的怪獸。她的臉頰高高腫起，變成了黑紅的顏色。那個傷口閉合了，但上面沒有再生出皮膚。當她放聲獰笑的時候，我看見她臉上的一束束肌肉在扭結繃緊。她的手中拿著一條黑色的鐵鍊，我知道那是為我準備的。

我尖叫著，一聲又一聲地尖叫著，說不出一個字，只能像落進陷阱的野獸那樣尖叫著。

「關上門，你這個傻瓜！」德瓦利婭朝文德里亞吼道。當文德里亞這樣做的時候，一點靈光重新出現在愛珂麗的臉上。

「逃！」我向愛珂麗尖叫，「他們是殺人犯和賊！快逃！」

愛珂麗照做了。她的肩膀撞上了剛剛被文德里亞關上的門。文德里亞用力頂住門，但愛珂麗的頭和一側肩膀已經從門縫中鑽了出去。同時她也恢復了喊叫的能力。貿易商愛珂麗在高聲求救，我在尖叫，德瓦利婭則徒勞地指揮科爾夫：「殺死這個女人！抓住那個女孩！把門關上！文德里亞，你這個沒用的白癡，控制住他們！」

在外面的走廊裡，我聽到有人在叫喊：「哦，甜美的莎神啊！」然後是奔跑的腳步聲。但那個人跑遠了，而不是跑向我們。我聽見遠處傳來喊聲，彷彿那個人又驚動了旅店中的其他人。但德瓦利婭的喊聲讓其他聲音都變得毫無意義。

「文德里亞！讓科爾夫殺死她！」她嚎叫著。

「不！」我哭喊道。德瓦利婭似乎不敢親手來抓我。我衝過正在房間裡漫無目的地晃蕩的科爾夫，跳到門前，竭盡全力想要撬開門。我的力氣無法和文德里亞相比，所以只能使盡全力用穿著軟鞋的腳踢他的脛骨，用握緊的拳頭打他。門縫又變大了一點，愛珂麗向外倒去。文德里亞狠狠關上門。門板夾住愛珂麗的腳踝，關節碎裂的聲音響起，她的尖叫聲給我帶來一陣耳鳴。

「忘了她吧！控制住科爾夫！科爾夫！抓住蜜蜂，我們離開這裡！」

文德里亞遲鈍地搖晃著頭，就像是一條撞上馬蜂窩的狗。然後，科爾夫突然開始了目標明確的行動。文德里亞放開門板。愛珂麗拖著自己的腿進了走廊，一邊還在不停地高聲呼救。科爾夫伸出他的左手抓住我，又用右手拔出劍。「你在最前面，離開這裡！」德瓦利婭命令他。

他照做了，一邊還拉著我的上臂。我則繼續語無倫次地尖叫著。「殺死她！」德瓦利婭又吼了一聲。我恐懼地尖叫，以為自己就要死掉了。但身中利劍的是愛珂麗。科爾夫將雙腿分立在愛珂麗身體兩側，一遍又一遍地用劍刺她。最後德瓦利婭不得不咆哮道：「夠了！我們離開這裡！住手！」文德里亞的臉像冰塊一樣慘白，在一邊無助地拍打著雙手。我不知道是不是這場血腥殺戮分散了他的注意力，一直受到控制的科爾夫在胸中淤積的怒火得以爆發出來，讓他將強烈的恨意全部發洩在愛珂麗身上。人們出現在走廊末端，驚恐地喊叫著，又轉頭逃走。有人在召喚城市衛隊。但沒有人，始終都沒有人來幫助我和愛珂麗。我扭動身體，抓撓踢蹬。科爾夫抓住我上臂的手卻像鐵鉗一樣。我覺得他甚至完全察覺不到我的存在。他的另一隻手不斷地揮劍、揮劍、再揮劍。我看見愛珂麗變成一團紅色的血肉和破布，才明白自己已經變得多麼在意這個人。

「我們要逃了！」德瓦利婭叫嚷著，狠狠抽了文德里亞一個耳光。

科爾夫開始沿著走廊大步前行。一隻手拿著滴血的劍，另一隻手拖著我。德瓦利婭和文德里亞彎腰縮背地跟在他身後。如果一頭咆哮的山獅從樓梯上撲下來，人們的反應可能也不過如此。那些簇擁在樓梯下面的人本來還相互抓握著，彼此訴說他們看到的恐怖景象，現在突然就一窩蜂地散開了。我們走過漂亮的大廳，科爾夫在白色的石板地面上留下一個個血紅的腳印。我們就這樣走進旅店外的暮色中。

喊聲和奔跑的腳步聲傳入我們的耳朵。「是衛兵！」德瓦利婭驚慌地喊道，「文德里亞，快把我們藏起來！」

「我做不到！」文德里亞喘息、嗚咽著，竭力跟上科爾夫凶狠的腳步。「我做不到！」

「你必須做到！」德瓦利婭發出怒吼，手抬起又落下，一遍又一遍地用鐵鍊抽打文德里亞。我聽見文德里亞的哭喊聲，回頭看見鮮血從他的嘴裡噴出來，「快點！」德瓦利婭命令他。

文德里亞發出無言的尖叫，那聲音中充滿了痛苦、恐懼和挫敗感。在我們周圍，驚愕的圍觀者們紛紛倒在地上。一些人扭動著身體，彷彿在痙攣。另一些人則一動不動。科爾夫跪倒下去，又側翻過來壓住了我。就連德瓦利婭也踉蹌著閃到一旁。我從科爾夫身下爬出來，搖搖晃晃地站起身。就在我想要拔腿逃跑的時候，德瓦利婭抓住了我的腳踝。我重重地跌倒在石子路面上。膝蓋遭到撞擊的劇痛，讓我從被撕裂一般的喉嚨中又扯出一連串的尖叫。

「用鏈子拴住她！」德瓦利婭在朝某個人高喊。文德里亞走上前，跪倒在我身邊，將鐵鍊纏在我的喉嚨上，叩地一聲扣緊。我雙手抓住鐵鍊，但鐵鍊的另一端緊緊抓在德瓦利婭的手裡。她惡狠狠地一扯，衝我吼道：「站起來！站起來快跑！快！」

她沒有再多看我一眼，而是立刻邁著笨重的步伐在街道上小跑起來。我跌跌撞撞地跟在她身後，抓緊鎖住喉嚨的鐵鍊，想要將它從德瓦利婭的手中扯下來。而德瓦利婭只是在躺了一地的人們中間奔跑著。我不得不跳過一個又一個人，或者直接踩過他們。這些人似乎都暈了過去。有一些人還在抽搐，另一些就像死了一樣癱軟在路面上。德瓦利婭突然轉向，我們鑽進了兩幢高大建築之間的一條巷子裡。在巷子中跑過一段路之後，德瓦利婭突然停住腳步，還在哭個不停的文德里亞撞到了我們身上。「安靜！」德瓦利婭嘶聲說道。我張開嘴想要尖叫，她立刻凶狠地一拉鐵鍊，讓我的頭撞到身邊的牆壁上。我看見一道刺眼的閃光，膝蓋彎了下去。

一定是又過了一段時間——這一點我還能知道。德瓦利婭扯動鎖住我脖子的鐵鍊。文德里亞在揪扯我，想要把我拉起來。我靠著牆壁艱難地站起身，在暈眩中向周圍看了一眼。巷子的另一端有燈光在跳動，還有陣陣驚恐困惑的喊聲，以及發號施令的聲音。「這邊，」德瓦利婭低聲說著，又狠狠拉了一下鐵鍊，讓我再次跪倒。文德里亞還在輕聲抽噎著。德瓦利婭轉過身打了他一巴掌，就像在打一隻蚊子。然後她就向前走去。我及時站起身，沒有再一次被她拉倒。我就小跑著跟上她，感到噁心又虛弱。

文德里亞鬆開一直捂住嘴巴阻擋哭聲的手，鼓起勇氣問：「科爾夫呢？」

「沒用了。」德瓦利婭凶狠地說道。然後她又用惡毒的語氣說：「就讓他們抓住他吧。他會讓他們忙上一段時間，我們剛好趁機找個地方躲起來。」她回頭看了文德里亞一眼，「你幾乎就像他一樣沒用。下一次，我會把你也丟給那些暴徒。」

德瓦利婭加快了步伐。但我還是能跟上她，讓她沒辦法扯緊鐵鍊，這似乎讓她很生氣。我摸索著鐵鍊上的扣鎖。我的指頭找到了它，但沒辦法打開它。德瓦利婭又扯了一下鐵鍊，我只能踉蹌著跟上她。

德瓦利婭帶領我們走過一條街道，登上一片山坡。我們距離港口邊上那些高大的建築物愈來愈遠了。她總是選擇人煙稀少、燈光黯淡的街巷，而從我們身邊經過的人似乎都不覺得她用鐵鍊牽著我有什麼不妥。文德里亞跟隨在我們身後，走快幾步追上我們，又被落在後面。他在不停地抽泣，或者是喘息。我沒有去看他。他不是我的朋友。從來都不是。無論德瓦利婭命令他對我做什麼，他都會做。

我們走進一條黑暗的街巷，這裡的照明只有從兩側房子裡滲出的燈光。這些人家看上去都不富裕，燈光映出了他們牆壁上的裂縫。這裡的街道也都崎嶇不平，滿是泥濘。德瓦利婭彷彿是隨機選了一戶人家，便停住腳步，指著那幢房子命令文德里亞：「敲門。讓他們想要歡迎我們。」

文德里亞壓下自己的嗚咽。「我做不到，我的心很痛，我覺得自己病了，我一直在發抖。我需要……」

德瓦利婭用鐵鍊的另一端抽他，結果把我扯倒在地上。「你什麼都不需要！趕快去做！馬上。」

我用微弱卻清晰的聲音說：「逃走，文德里亞。趕快逃走。她抓不住你。她其實沒有辦法逼你去做任何事。」

文德里亞看著我。在那一瞬間，他的小眼睛變得又大又圓。然後德瓦利婭發狠地用鐵鍊的末端抽了我兩次。文德里亞立刻跑上那幢破房子的臺階，用力捶門，彷彿是要警告住在裡面的人發生了火災或洪水。一個男人打開門問道：「是誰？」隨後他的表情突然變得柔和。他改口說道：「進來吧，朋友！不要站在外面的黑夜裡！」

聽到門後的人這樣說，德瓦利婭急忙向那道門跑去，我不得不跟上她。站在門裡面的人為我們讓開路。當我跟隨德瓦利婭跑過門檻的時候，我發現了她的錯誤。握著門把向我們點頭的年輕人並非孤身一個。兩個年長的男人正坐在一張桌子旁邊，瞪著我們。一名成年女子攪動著掛在壁爐火苗上的一只鍋子，一邊回過頭問門旁邊的年輕人：「你在想什麼，為什麼要大半夜讓這些陌生人進來？」一個和我年紀差不多大的男孩警惕地看著我們，並立刻拿起了一根木柴。那名婦人在看到德瓦利婭的臉時愣了一下。「惡魔？那是一個惡魔嗎？」

文德里亞滿臉哀戚地轉向德瓦利婭。「我沒辦法再影響這麼多人了。我沒辦法！」他又哭了起來。

「控制他們！」德瓦利婭發出淒厲的吼叫，「馬上！」

我剛剛要踏過門檻。這時我用力抓緊喉嚨下面的鐵鍊，盡可能向後退去。「我和他們不是一夥的！」我發出絕望的呼喊。這個小房子裡的每一個人都盯著我們，顯得又驚又怕。我的喊聲震醒了他們。

「殺人犯！惡魔！賊！」婦人突然發出尖叫。男孩舉起手中的木柴向文德里亞撲了過去。文德里亞抬起手護住頭臉，但還是被男孩重重地打了幾下。德瓦利婭匆忙退出屋門，但還是沒能及時避開一個男人擲向她的沉重酒杯。杯子砸在她的臉上，啤酒潑了她一身，讓她發出一聲怒吼，然後她就逃進巷子裡，手中還拽著鎖住我的鐵鍊。文德里亞跟在我們身後，不停地叫嚷著。那個男孩還揮舞著木柴痛打他的肩膀和後背，直到他的父親和叔叔喚他回去。

我們不停地跑著。其實那一家人根本沒有追上來，但剛才的喊聲和雜亂的噪音早已將周圍房子裡的人們驚醒了。跑了一段路之後，德瓦利婭就拖著腳步慢了下來，最後不得不改成快步行走。她不停地回頭觀望。文德里亞追上了我們。他雙手抱頭，一邊哭泣，一邊斷斷續續地說著：「我不行，我不行，我不行……」他的絮叨，連我都想要打他。

德瓦利婭領著我們又回頭向城鎮走去。我一直等到街道兩旁的房屋變得整潔牢固，牆壁上出現了玻璃窗，外面圍繞著木製門廊時，才用雙手抓住鐵鍊，站定腳跟，用力把鐵鍊向後拉。德瓦利婭沒有鬆手，但她不得不停下腳步回頭瞪著我。文德里亞站在我身邊。他的下頜鬆垂著，不住地顫抖，兩隻手仍然抱著被打破的頭。

「放我走，」我堅定地說道，「否則我就會尖叫，尖叫再尖叫，直到整條街上都是人。我會告訴他們，你們是綁架犯和殺人犯！」

片刻間，德瓦利婭瞪大了眼睛。我以為我贏了。然後她俯身貼近我。「來啊！」她用挑釁的口氣對我說，「來啊。我絲毫不懷疑，會有許多人認出我們。而他們都會相信妳是我們的同黨。是妳這個奴隸女孩放歹徒進屋，殺死了那個女人。我們都會這麼招供。文德里亞會讓科爾夫也這樣說。我們會一起被絞死。叫吧，小騙子！叫啊！」

我盯著她。事情會變成這樣嗎？沒有人會證明我的說法。愛珂麗已經死了，被砍成了碎塊。突然間，強烈的失落感擊中了我，就像狠狠在我的肚子上打了一拳。她是因我而死的，就像文德里亞警告過我的那樣。我離開了文德里亞所說的真實之道，這一次，又有人因此而死掉了。我逃出德瓦利婭手心的那些聰明主意，全都破爛地掛在我的周圍。我不想相信文德里亞那些關於真實之道的迷信說法。我只有一條度過人生的正確道路，這很愚蠢，也很荒謬。但我再一次遇到了這樣的事情——我還活著，而那些幫助過我的人已經死了。我想要為愛珂麗哭泣，但我的哀痛太深，因而流不出一滴眼淚。

「我想妳就沒有這個能耐。」德瓦利婭嘲諷地對我說道。然後她就轉過身，狠毒地扯了一下鐵鍊。鐵鍊從我滿是擦傷的手中彈起，我發現自己又跟上了她，被她牽著，一直走進黑暗中。

海盜群島

我曾經夢到偷竊一個孩子。不，這不是夢。連續六個晚上，這個夢魘都在我入睡後向我咆哮。這是一個可怕的警告。那個孩子被奪走，有時候是從襁褓中，有時候是在慶典上，有時候是從清晨新雪中的遊戲裡。無論這件事是如何發生，那個孩子都被高高舉起，又掉落下去。被偷走的孩子落地時，就會變成一頭滿身鱗甲的怪獸，有著一雙光芒璀璨的眼睛和一顆充滿憎恨的心。「我前來毀滅未來。」

我在夢中只聽到了這句話，永遠都是這句話。我知道我只是一名核校者，在我的血管裡沒有一滴白者的血液。一次又一次，我試圖讓人們明白這個夢，但我總是被推開，被告知這只是一個普通的噩夢。美麗的西姆菲，您是我最後的希望，請傾聽我的呼籲。這個夢值得被記錄在檔案中。我向您講述它，不是要為自己贏得榮譽，或者被承認是一名能夠做夢的白者，而只是因為……（文字被燒毀）

——發現於西姆菲的文件中

在派拉岡號上的漫長日子讓我有如骨鯁在喉。每一天都和前一天完全一樣，全都是看不見盡頭的一天，全都卡在我的心頭，像鐵鍊一樣鎖住我的腳步。

現在船員們絕大部分的敵意都集中在我和琥珀的身上。他們的怒火讓我們每天短暫而貧乏的三餐變得如同一種折磨。琥珀摧毀的不僅是艾惜雅和貝笙的生活，還有這些船員的。能夠在活船上找到一份工作，往往會被視作一個人終生的職業。這些船員都能得到豐厚的薪資，工作環境也比普通船隻更加安全。他們幾乎已經組成了一個家庭。現在，這一切都將結束了。這些船員中最年輕的在六個月以前剛剛上船，最年長的一位已經在派拉岡號上生活了幾十年，而他們賴以為生的活船將不復存在。琥珀將會向這艘船提供足夠多的巨龍之銀，讓他變化成巨龍，所以現在派拉岡號的船員們都被這艘活船的野心綁架了。就像我們一樣。

火星和小堅的日子更加難過。不過樂符似乎仍然一心一意要完成對小堅的教育，讓他成為一名甲板水手。這樣總算還能讓這個孩子不必一直像我們一樣感覺到自己和這些水手們格格不入——對此我多少也會感到一點安慰。機敏繼續和樂符共同進行對這兩個孩子的教育。樂符總是將小堅帶在身邊，這讓小堅躲開了不少船員們的怨恨。我很想為此向他表達感謝，卻又擔心如果我和樂符交談，也會將船員們對我的敵視傳染給樂符。為了避免和船員們的矛盾進一步加深，我一天大部分時間裡都待在與琥珀和火星同住的艙房中。火星變得寡言少語，經常會陷入沉思之中。她已經不再努力學習打繩結和攀援纜索的技巧，大部分時間都在甲板上和機敏一起散步。春季正變得愈來愈溫暖，漸漸有入夏的感覺。狹小的船艙裡常常會讓人感到悶熱。一天傍晚，當機敏、小堅和我們擠在一起上語言課的時候，汗水不住地從我的背上滾落，使得頭髮貼在頭皮上。即使是這樣，我也很高興能有一些事情分散那種難熬的無聊感覺。

在這段漫長的日子裡，每當我們獨處時，弄臣和我就會不厭其煩地細讀蜜蜂的日記。弄臣從蜜蜂的夢中尋找出更多的線索。我則不顧一切地想要相信蜜蜂還活在這個世界的某個地方，哪怕想到我的小女兒落進那些殘忍暴徒手中所遭受的折磨，我總是整夜無法合眼。弄臣要我將蜜蜂的生活日記也讀給他聽，我照做了。我不知道他是否能察覺到我有意略過了一些段落甚至章節。如果要告訴別人那些部分，實在會讓我太過痛苦。但即使弄臣知道，他也沒有提過。我相信他明白，我已經被逼到了極限。

而弄臣遠不像我這樣嚴格約束自己的行動。作為琥珀，她會自由地在甲板上走動，完全無視船員和船長的不悅，因為這艘船喜歡她。派拉岡經常要求和她聊天，或者聽她演奏音樂。我很羨慕琥珀的這種自由，只能嘗試著讓自己不會為此而心生怨恨。但這也讓我的夜晚變得更加漫長而孤寂。

一天傍晚，當琥珀離開房間去找船首像的時候，我再也無法忍受這個狹小的房間了。我開始隨意翻揀火星和弄臣帶上船的那些大包袱，甚至幾乎不會為此而感到良心不安。我找到了那件神奇的古靈斗篷，它被摺疊成一只非常小的小包，蝴蝶花紋向外。我抖開它。古靈的個子都很高，這件斗篷和相當寬大。我猶豫了一下。不，這曾經是蜜蜂的寶物，她將這件斗篷送給了小堅，為的是能夠救小堅一命。後來，小堅又毫不遲疑地將它交給弄臣。現在，它又回到了我的手中。

我將它披在身上，蝴蝶花紋的一面向裡。它很合身。古靈衣服總是能以一種不可思議的方式適應穿著者的身材。這件斗篷的前襟上固定著一排從我的喉頭直到雙腳的釦子，還有袖口能夠讓我伸出雙臂。我找到袖口，伸出手將斗篷的兜帽戴在頭上。兜帽向前落下，一直遮住了我的臉。我本以為它同樣會遮住我的視線，但我的視線能透過它。我看著彷彿脫離了身體的手臂向門把伸過去。打開門，我將手臂收回到斗篷裡，走了出去，然後一動不動地站了一會兒，讓斗篷與陰影中的艙壁融為一體。

我很快就發現，穿著這種垂到腳面的衣服是一件麻煩的事情。我的移動速度很慢，卻還是不止一次踩到了斗篷的下擺。如果我要以這種隱身狀態探索派拉岡號，那麼我在攀上任何階梯之前都要等待一段時間，確認過附近沒有其他人，然後才能提起斗篷，登上階梯。我不知道這艘船是否能察覺我的行動，不過我不想測試這種事，所以我一直都盡量避免過於靠近船首像。

我像幽靈一樣移動。當附近有船員的時候就停下腳步，同時謹慎地選擇每一個站立的位置。隨著夜色漸濃，我的行動也愈發大膽。我發現小堅正在甲板上，和樂符坐在一片黃色的燈光中。我便站到了燈光以外的陰影裡。「這被稱為馬林針工，」樂符正在向那個男孩做著解釋，「你可以用馬林魚鼻子上的魚槍做這件事。我只是用一根木釘。做這種活兒，你可以使用已經沒有其他用處的舊繩子，用它們來編織繩結，做成小墊子或者你想要做的其他東西。看到了嗎？這是我最早時做的。很有用，也很漂亮。」

我悄無聲息地站在一旁，看著樂符向那個男孩講解從繩結中心開始的編織。他們所做的事情讓我想起了蕾細擺弄針線鉤子的樣子。蕾細能做出很漂亮的手工——袖口、領口還有布墊。但極少有人知道她是耐辛的保鏢，鋒利的鋼針正是她手中靈巧的武器。我悄悄從他們身邊溜走，心中希望小堅能夠放棄對蜜蜂堅定的忠誠，成為一名年輕的水手。這肯定要比做一個刺客更好。

我去找機敏。自從船員們對我們產生惡感之後，我對機敏就有了我不願向自己承認的擔憂。如果任何一名船員想找一個發洩怒火的目標，那麼最有可能就是機敏。他很年輕，身體強健，向他挑戰不會被視為懦夫之舉。我不止一次警告他要小心船員們的敵意。他也向我承諾會小心行事。但他眼睛裡不以為然的神情在告訴我，他完全相信他能照顧好自己。

我發現他正站在昏暗的甲板上，靠著船欄杆眺望河面。現在的風勢很好，派拉岡號正輕快地划開水面。甲板上幾乎看不到人影。火星陪在他身邊。他們兩個在低聲交談。我悄悄向他們靠近。

「求妳，請不要這樣。」我聽到機敏在說話。

但火星還是從欄杆上抬起機敏的手，靠進他的臂彎裡，將頭枕在他的肩膀上。「因為我的出身低賤嗎？」她問機敏。

「不。」我能看出機敏抽回手臂、離開火星時是多麼困難，「妳知道根本沒有這回事。」

「我的年齡？」

機敏倚在船欄杆上，抱住肩膀。「妳並不比我小很多。火星，求妳。我已經告訴過妳了。我要完成父親給我的任務。我現在還不是自由之身……」

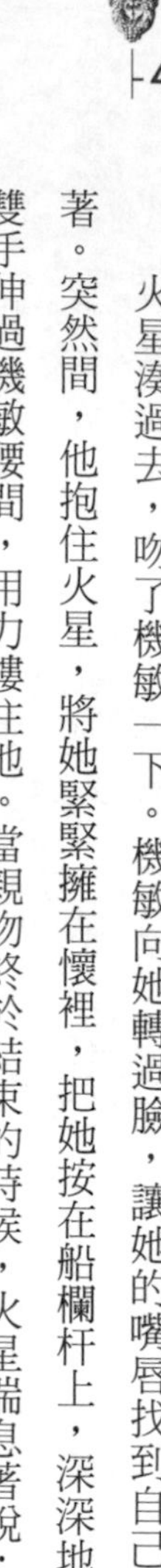

火星湊過去，吻了機敏一下。機敏向她轉過臉，讓她的嘴唇找到自己的，卻還在低聲懇求著。突然間，他抱住火星，將她緊緊擁在懷裡，把她按在船欄杆上，深深地親吻她。火星白皙的雙手伸過機敏腰間，用力摟住他。當親吻終於結束的時候，火星喘息著說：「我不在乎。我只想得到現在我能擁有的。」

我驚愕地站在一旁。

機敏再次親吻火星，然後以一種令我羨慕的自律態度按住火星的肩膀，輕柔地推開她，並用沙啞的嗓音說道：「火星，我的家族已經有太多私生子。我不會再製造一個。我也不會破壞父親對我的信任。我已經向他做出承諾，我擔心那將是他最後聽到我說的話。在這件事上，我必須有始有終。同時我也不會冒險丟下一個沒有父親的孩子。」

「我知道有辦法能防止……」

但機敏只是搖了搖頭。「就像妳被『防止』那樣？就像我那樣？不。妳把琥珀對妳說的話告訴了我，很有可能她和蜚滋都會犧牲。而我是被派來保護蜚滋的，這意味著我會在他之前死去。如果不能保護妳，就這樣把妳丟棄，這將是我的恥辱。不過我希望小堅到時還能陪著妳。無論如何，我不能冒險丟給妳一個孩子。」

「要說是我保護小堅還更有可能！」火星想要握住機敏的手，但機敏只是緊緊握住了船欄，於是火星只能將手按在機敏的手背上，「也許在你為了保護蜚滋而死之前，我就會因為保護你而死掉。」女孩發出的笑聲沒有半點快慰。

我悄悄離開他們。滂沱的淚水讓我幾乎無法呼吸。在被眼淚噎住以前，我甚至沒有意識到自己已經在哭了。因為我的父親無法控制自己的欲望，這麼多人生都被扭曲了。或者那是愛情？如果切德沒有出生，如果我沒有出生，會有其他人代替我們的角色嗎？弄臣有多少次對我說過，生命就像一個巨大的車輪，不斷轉動，沿著軌跡向前行進。而他的任務就是讓車輪彈出原有的軌道，進入一個更好的軌道。今晚我見證的事情就是這樣嗎？機敏拒絕延續瞻遠家族的傳統，不再造就不幸的私生子了？

我溜回到空無一人的艙室中，關上門，除掉蝴蝶斗篷，小心地將它按原樣疊好。我希望自己沒有穿過它。我希望不知道我所知道的一切。我將那件斗篷放回原位，決定不再使用它。我知道，我對自己說了謊。

現在我們的行進路線完全由派拉岡來決定了。他絲毫不在意艾惜雅和貝笙有什麼想法。繽城被他遠遠甩在身後。在海面上，他毫不停頓地向前行駛著。我們沒有在繽城卸下貨物，也沒有在那裡補充食水，我們沿著遍布沼澤的蜿蜒海岸一直進入了海盜群島的水域。這些島嶼中有一些有人居住，另一些則是無人佔據的荒島。對派拉岡號而言，這些都沒有任何區別。我們也許還在期盼著能看到小型港口城鎮的燈光在夜晚亮起，讓我們能夠靠過去補充淡水和食物，但派拉岡從不做任何停留。我們不斷地行駛著，就像大海本身永不停頓地掀起浪花。而我們的補給卻日漸稀少。

「我們變成了囚犯。」

在熱得讓人出汗的小艙室中，正躺倒在下鋪上的弄臣一下子坐了起來，向前探出身子，看著我，「你是說艾惜雅和貝笙關押了我們？現在你知道他們為什麼會提醒你要盡量留在船艙裡了吧。」

「不是他們。我們是現實狀況下的囚犯。我認為他們對我們已經非常容忍了。是派拉岡囚禁了我們。」我壓低聲音，苦惱地意識到自己完全無法確定這艘活船對於他木製船體內部的事情到底能察覺多少。「現在他已經完全不在乎艾惜雅和貝笙的契約以及生意，同樣也不在意我們的舒適和安全，不在意如果我們不能在繽城進行補給，就根本沒有足夠的物資能夠完成這次遠航。補給不足對於他沒有任何影響。他只是不停地向前走，無論黑夜還是風暴來襲。當艾惜雅命令收帆的時候，他就會猛烈地搖晃船身，迫使艾惜雅不得不召喚船員們從桅杆上下來。」

「他已經找到了合適的洋流，」弄臣說，「即使沒有船帆，我們也能夠順利通過海盜群島與遮瑪里亞，直到遠方的香料群島。他很清楚這一點。船員們也都知道這一點。」

「船員們會把現在的困境全部歸罪於我們。」我緩慢地從緊挨天花板的頂鋪上坐起來，小心不讓自己的頭撞上艙頂。「我要下來了。」我警告過弄臣，就起身離開了上鋪。我的身體因為缺乏活動而感到痠痛，「機敏和那兩個孩子出去太久了。我要去看看他們。」

「小心。」弄臣說道，彷彿我真的需要警告一樣。

「我什麼時候不夠小心了？」我問他。他朝我揚了揚眉毛。

「等等。我和你一起去。」弄臣一邊說，一邊伸手去拿丟在地上的琥珀的裙子。隨著一陣布料摩擦的「窸窣」聲，他將裙子套上了腰間。

「你一定要這樣嗎？」

他向我皺了一下眉。「我遠比你更瞭解艾惜雅和貝笙。如果出現任何麻煩，我想我更知道該做些什麼。」

「我是說你的裙子。你一定要繼續偽裝成琥珀嗎？」

弄臣的表情變得僵硬。裙子垂在他的手上，他壓低聲音說道：「我認為，現在如果要逼迫船員和船長再去接受任何難以理解的事實，都只會讓我們的任務變得更加困難。他們認為我是琥珀，所以我就必須繼續是琥珀。」

「我不喜歡她。」我突兀地說。

弄臣發出一陣沙啞的笑聲。「真的？」

我實話實說：「真的。我不喜歡你是琥珀的時候。她……她不是那種我願意與之成為朋友的人。她……總是鬼鬼祟祟的，總是在騙人。」

一絲微笑讓弄臣翹起嘴角。「身為弄臣，我就從沒有騙過人？」

「方式不一樣。」我說道。但我也不知道自己是不是在說謊。弄臣曾經公然偽裝成我，只不過是因為他認為這樣能獲得政治上的便利。他還會引誘我去做他需要我做的事情。但我每次都沒辦法變得更聰明一些。他向我側過頭，輕聲說：「我還以為我們已經不會再計較這些事了。」

我什麼都沒有說。他低下頭，彷彿能看見自己的雙手一樣緊緊了裙子的腰帶。「根據我的判斷，現在最好的選擇就是讓他們繼續把我看做琥珀，而且如果你要離開這個船艙去尋找其他人，我認為我最好和你一起去。」

「就依你好了。」我僵硬地說道。然後，我又孩子氣地加了一句：「但我可不會等你。」我離開那個小房間，關上屋門——我關門的聲音不大，但的確將門關得很牢。憤怒在我的胸中沸騰，一直頂到了我的喉嚨口。我在走廊裡站定，告訴自己這只是因為我在那個封閉的房間裡被困得太久了，而不是真正在對我的朋友生氣。然後我深吸一口氣，走上了甲板。

一陣清新的風吹過來。太陽正在天空中閃耀，在水面上灑下一片銀光。我站了一會兒，讓眼睛適應室外的光線，享受一下吹在臉上的風。和那個擁擠的小艙室相比，我在這裡覺得整個世界都環繞著我。跳動的水面包圍著我們，遠方點綴著一些綠色的島嶼。它們突兀地立在水面上，像是森林地面上長起來的蘑菇。我深吸一口氣，沒有理會停下手中工作，陰沉著臉瞪視我的蔻德，逕自去尋找我的侍從們。

我發現火星和小堅正和機敏一起靠在船欄杆上。火星的手只差一點就和機敏按在欄杆上的手碰在一起。我暗自歎了口氣。他們三個都在愁眉不展地看著水面。我一站到他們身後，機敏就回頭瞥了我一眼。「一切都好嗎？」我問他。

他揚起一道眉弓。「我很餓。沒有船員和我說話。我晚上睡得也不好。你呢？」

「差不多。」我說道。船長已經減少了每一個人的每日伙食。

當派拉岡繞過前往商人灣和繽城的航路之後，船長和船員們就曾經和他進行過交涉。「我可不會被拴在碼頭上，」派拉岡宣布道，「我不會上你們的當，讓你們用繩子把我拖到岸上。」

「我們不想阻止你，」貝笙說，「但我們只是需要補給一些水和食物，把貨物運到岸上去。再送信到繽城、崔浩城和克爾辛拉。派拉岡，對於其他人而言，我們現在是突然失蹤了！他們會以為我們遭遇了災難。」

「哦，災難？」派拉岡的聲音變得狡詐起來，「那麼他們會不會以為那艘瘋船又翻過來，淹死了船上所有的人？」他的聲音中帶著一股酸意，一雙龍眼睛在飛快地旋轉，「你不正是這個意思嗎？」

憤怒讓貝笙臉上的肌肉一陣陣抽動。「也許。或者也許我們的繽城商人和雨野原客戶以為我們變成了賊，偷走了他們的貨物，跑到別的地方去賣掉了它們。也許我和艾惜雅會丟掉我們唯一的財產，我們的好名聲。」

「唯一的財產？」活船問道，「那麼你們把伊果的財富都花光了，一個銅子兒都不剩了？那可真是你們的一筆橫財，是我帶你們去找到的！」

「那筆財富的確還剩下很多，足夠買下一艘船來代替你。一艘能夠讓我們過上簡單生活的木船——如果還有人願意再和我們做生意的話，而你正在讓我們變成騙子和賊！」

「代替我？哈！不可能！我是你們能夠獲取大筆財富的唯一原因。你們這些揮霍無度的混……」

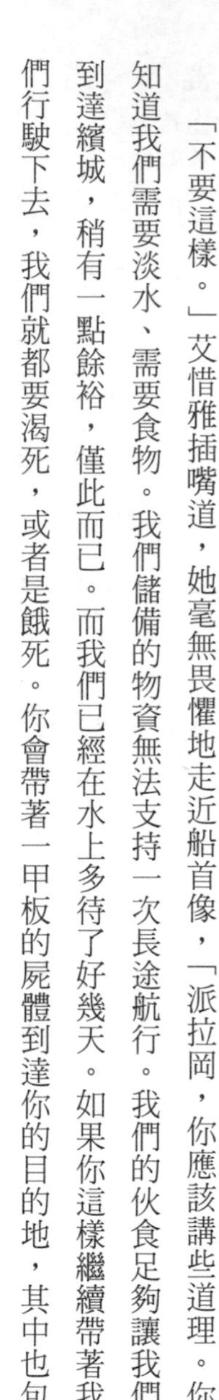

「不要這樣。」艾惜雅插嘴道，她毫無畏懼地走近船首像，「派拉岡，你應該講些道理。你知道我們需要淡水、需要食物。我們儲備的物資無法支持一次長途航行。我們的伙食足夠讓我們到達繽城，稍有一點餘裕，僅此而已。而我們已經在水上多待了好幾天。如果你這樣繼續帶著我們行駛下去，我們就都要渴死，或者是餓死。你會帶著一甲板的屍體到達你的目的地，其中也包括琥珀的屍體。那樣的話，你又該如何得到你的巨龍之銀，成為巨龍？」

但那雙旋轉的藍色眼睛裡毫無道理可言。派拉岡轉頭望著水面，「這裡有足夠的魚可以讓你們吃。」

於是我們只能這樣繼續航行下去。艾惜雅和貝笙減少了伙食配額。確實，在這裡的水中有魚，魚肉裡也有淡水可以滋養我們。每天船員們都能捕到一些魚，作為對殘存的餅乾和鹹肉的補充。我們遇到了兩場春季暴風雨。艾惜雅命令拿出乾淨的帆布，把雨水收集到木桶裡，以增加已經見底的淡水儲備。我們就這樣持續不斷地航行，穿過被稱為天譴海岸綿延沙洲和有毒水域。漸漸地，我們的視野中出現了愈來愈多的零星島嶼，最終我們來到了海盜群島。

小丑在天空中盤旋，突然落到我的肩膀上，把我嚇了一跳。「嘿，妳去哪裡了？」我向這隻烏鴉問好。

「船。」小丑急切地說，「船，船，船。」

「我們正在船上。」我告訴牠。

「船！船，船，船！」

「另一艘船？」小堅問牠。牠用力地上下點頭，表示同意，「船，船。」

「在哪裡？」我用原智和聲音同時向牠發問。像以往一樣，我覺得自己彷彿在向一面牆壁叫喊。

「船！」牠堅持著說道，又從我的肩頭飛了起來。風托住牠，把牠帶往高空。我抬眼去追蹤牠飛行的軌跡。牠愈飛愈高，很快就越過了船上的桅杆，然後停在那裡，在風中顛撲。「船！」牠的喊聲傳入我耳中的時候已經很微弱了。

安黛已經爬到了桅杆一半的位置。隨著烏鴉的喊聲，她向四周瞭望，搜索著地平線，同時愈爬愈高。到達桅杆頂端的瞭望臺上之後，她再次環顧地平線，然後朝遠處一指，高聲喊道：「船帆！」

眨眼間，貝笙和艾惜雅已經雙雙出現在甲板上。他們順著安黛手指的方向朝遠處望去。貝笙的面孔變得格外嚴肅。

「出了什麼事？」我輕聲問琥珀。

「也許沒什麼事。」琥珀回答，「但曾經有一段時間，穿越海盜群島也許會要你的命。或者至少會讓你失去自由和貨物。柯尼提劫掠來往船隻，建立起自己的帝國，從海盜船長變成了國王。他捉住一艘船的時候並不只是簡單的進行搶劫和勒索贖金，而是會任命一個忠於他的人作為船長，率領那艘船去幹海盜的勾當。無論搶到什麼樣的財富，新船長都能得到一份。他會在新船上塞滿逃亡奴隸，有時候甚至就是被他打敗的水手。他從一艘船發展到兩艘船、六艘船，然後是一支艦隊。他成為了領袖，並最終登上王位。」琥珀停頓了一下，「結果證明，他是一位相當不錯的國王。」

「但也是一個邪惡的雜種。」艾惜雅在琥珀說話的時候無聲地來到我們身邊。

琥珀轉過身，絲毫沒有表現出驚訝。「根據一些傳聞表明，這一點也是真的。」

「我就可以證明這是真的。」艾惜雅直率地說，「但現在海盜群島自己反而飽受海盜之苦。而且，如果你在這裡沒有被海盜船抓住，就會有一艘徵稅船來跟你要『過路稅』。就像海盜一樣，只不過會給你一張收據。」她轉向小堅。「你們的那隻烏鴉。牠會說話。牠有沒有可能告訴我們牠看見的是什麼樣的船？」

小堅搖搖頭。船長竟然會和他說話，這件事讓他感到頗為驚訝。「牠的確會說話，但我不確定牠是不是知道自己在說什麼，也不知道是否懂得區分不同的船隻。」

「明白。」艾惜雅陷入了思考。

「妳是不是在擔心，如果那是薇瓦琪號或者其他活船，又會發生什麼事？」琥珀丟出這個問題，就好像將小石塊丟進一潭平靜的池水。

艾惜雅的回答非常平靜，甚至讓我有些懷疑她是不是已經原諒了琥珀。「我的確有過這種想法。是的，這很讓人擔憂。我們還不知道巨龍之銀是如何影響他的，甚至不知道他會不會真的完全變成一頭巨龍。在這種時候，我不願意讓悲劇落在每一艘活船和每一個活船家族上，除非我們知道了派拉岡的遭遇最終會產生什麼樣的結果。」

我感覺貝笙來到我們身邊，而此時我甚至還沒有看見他。他的身上散發著捕食猛獸的氣勢，我對於他的原智知覺顯示出猩紅色的憤怒。我努力放鬆自己的雙手，低垂肩膀，但這並不容易。

艾惜雅的嘴唇動了動，彷彿把想要說的話又嚥了回去，然後又改口說道：「琥珀，現在妳和派拉岡的關係比貝笙或我和他的關係更好。我只能請妳盡量使用可能影響到他的一切力量。」

「妳想讓我做什麼？」

「如果那是一隻活船，我們認為遠離他才是最好。不過，如果那只是一艘普通的木船，我們就很想過去看看能否從他們那裡購買一些補給。無論能夠從他們那裡買到什麼都好，不過我們最需要的還是淡水。」她將目光轉向我，「在雨野原，我們能夠從樹上的木製水箱裡取得雨水。那種水很昂貴，我們都會盡量只取所需的量。那條河和它的支流中的水通常都是無法飲用的。」她歎了口氣，「削減食物配給已經很糟糕了。但很快，我們就不得不減少飲水配給，除非派拉岡允許我們在海盜群島的一座島嶼停靠，上岸取水。或者我們遇到一艘船擁有足夠淡水，願意向我們出售一部分。」

我看著她的肩膀因為深深歎息而抬起又落下。然後她又昂起頭，挺起那雙肩膀，我對她的敬佩油然而生。她擁有那種無法被摧折的勇氣，這是我很少能夠從人們身上見到的特質。儘管她正在面對自己人生的終結，當她能夠想像的生活都已經離她而去，她所想到的依然不僅僅是她的船員，還有其他那些依靠繽城活船生活的人，甚至還有她依舊深愛的這艘船，儘管這艘船已經打定主意要拋棄她。

雕刻巨龍的惟真。這就是她讓我想到的人。

琥珀高聲說出了我的問題：「那麼，妳已經原諒我了嗎？」

艾惜雅搖了一下頭。「就像我不會原諒柯尼提強姦了我；不會原諒凱爾從我手中奪走薇瓦琪號。對於某些事，並不存在原諒或者不原諒。這就像是來到一個十字路口，就必須決定走下去的方向，無論我是否願意。已經有其他人將我的腳放在了這條路上。我能控制的就是在那以後邁好我的每一步。」

「很抱歉。」琥珀輕聲說。

「妳會抱歉？」貝笙難以置信地問道，「現在妳會說妳抱歉？」

琥珀抬起一側的肩膀。「我知道我所做的事情不應該被原諒。我不想讓你們覺得我希望發生這種事，畢竟我無法忘記我們的舊日友誼。但我必須讓你們知道，這才是事實。我很抱歉自己必須這樣做。艾惜雅是對的。各種事情已經將我的雙腳放在一條道路上。我所能做的就是邁好下一步。」

「它有海盜島的旗幟！」安黛低頭朝我們喊道，「它正要截住我們，速度也很快。」

「很有可能是一艘徵稅船。」貝笙說道。他向地平線皺起了眉頭。「如果是那樣，它肯定會阻攔我們，要求檢查我們的貨物，並監督我們在這片水域的通行。」

「我們還帶著崔浩城和克爾辛拉的古靈寶物——這些物品本來是要送往繽城的。他們會給這些寶物定出很高的價格，相應的稅金是我們完全無法支付的。我們會被囚禁在海盜群島上，送出訊息去籌集贖金，或者交出部分貨物作為稅款。但這並不是我們的貨物，我們沒辦法用它們來還我們的債。這是我們要送到繽城的貨物。」艾惜雅似乎覺得自己說出的每一個字都生滿了荊刺。

貝笙發出沒有絲毫愉悅感的笑聲。「如果我們拒絕讓海盜島的人上船，或者拒絕在稅金繳清之前跟隨他們前往港口，他們就會設法殺上派拉岡號，奪取對它的控制權。我們可不知道派拉岡對此會有什麼樣的反應。」

「實際上，恐怕我已經非常清楚他會如何反應了。」艾惜雅說，「我相信他會竭盡全力撞沉那艘船，對那上面的水手沒有絲毫憐憫。」她苦澀地搖搖頭，然後轉回頭看著琥珀，「所以，我要請妳利用妳的每一點影響力勸說他要保持理智。讓他們過來和我們對話。我們一定會遇到稅務上的麻煩，但至少讓我們進港，有機會補充食物和淡水，或者是釋放我們的船員。」

「釋放船員？」琥珀的聲音中流露出一絲警覺。

艾惜雅則顯得十分堅決。「盡可能讓大家離開這艘船。無論派拉岡會變成什麼樣子，無論我們會有怎麼樣的下場，我相信不應該把他們也都捲入其中。他們愈早離開派拉岡號的甲板，就能愈早找到別的工作、別的人生。」

「沒有了船員，派拉岡號該如何駛往克拉利斯？」琥珀問道。

「只留下精幹船員就好。」艾惜雅上下打量著琥珀，「妳必須脫下這身裙裝，回憶起妳是如何在甲板上工作的。」她又向我點了一下頭，「他也是。還有機敏和那兩個孩子。」

我張開嘴想要回應，但琥珀立刻說道：「我是個瞎子。不過凡是力所能及的事，我都會做。

我們全都會幹活。我會盡我所能鼓勵派拉岡更理智一些。除非是迫不得已，我不希望情況再有任何惡化了。」

「任何惡化。」貝笙低聲說道。他的聲音中帶有一種可怕的疑問，「還怎麼可能更加惡化？」

彷彿是在回答他的問題，一股力量衝過我，讓我像風向標一樣旋轉起來。它有如一陣實質的風，但我知道衝擊我的不是空氣，而是精技和原智。這兩種魔法絞纏在一起，以一種我能夠察覺，卻無法理解的方式穿過這艘船的巫木。我知道這種方式，我也這樣做過——不假思索，也完全不理解。那還是在我最初試圖掌握魔法的時候。我那樣做是因為不知道該如何將它們分開。我被告知，我的精技遭到了原智的汙染。而我也知道，我的原智中蘊藏著精技的流轉。我曾竭盡全力想要分開它們，正確地使用精技。我成功了，幾乎。

但現在，我感覺到這樣混雜的力量如同漣漪般蕩漾開來，湧過了整艘船。但感覺上它並沒有什麼錯誤，反而非常純粹。彷彿分成兩半的魔法重新融為一體。它非常強大。片刻間，我無法集中精神去注意任何事情，只是在為我對它的感覺而驚訝不已。

「哦，不！」艾惜雅壓低聲音說道。這才讓我知道，其他人也感覺到了這股魔法。他們全都站在原地一動不動，面容僵硬。彷彿正在傾聽餓狼從遠方發出的長嚎。除了堅韌不屈以外，所有人都是如此。只有小堅看著一張又一張面孔，然後問道：「出了什麼事？」

「有什麼東西正在發生變化，」火星悄聲說道。我被這股魔法能流完全釘死在原地，不過在我意識的一個小角落裡，還是察覺到火星的手伸出來，抓住了機敏的前臂；機敏按住火星的手，好讓她安心。的確有什麼東西正在發生改變，不只是這艘船。我感覺到琥珀抓住了我的袖子。

艾惜雅和貝笙開始移動，彷彿有什麼東西控制住了他們，讓他們大步向前甲板走去。在我們頭頂上方，小丑還在天空中盤旋，叫喊著：「船、船！」我們跟隨在船長夫婦身後。樂符從我們身邊衝了過去。而這股魔法就像衝擊過來時一樣，突然又消失了。艾惜雅和貝笙這時已經上了前甲板。

派拉岡緩緩地扭過頭，看著他們，「怎麼了？」他不疾不徐地問道，同時還挑起一側眉弓，露出疑問的神情。

我愣了一下，才意識到那個令我感到震驚的事實——他正在用我的臉看著我們，只有那雙淡藍色的眼睛和我不同。「蜚滋駿騎親王在感到困惑的時候就是這種表情。」小堅說道——他回答了一個還沒有在我的腦海裡完全成型的問題。慢慢地，派拉岡轉回頭不再看我們。他抬起手臂，讓手腕的背面朝向天空。小丑盤旋而下，落在他的手腕上——這更是讓我大惑不解。

「船！」牠對他說。

「我看見了。那是一艘徵稅船。我們最好停船，讓他們知道我們會跟隨他們前往分贓鎮繳納稅金。」他回頭瞥了一眼，給了他的兩位船長一個孩子氣的笑容，「薇瓦琪號就在分贓鎮外，對不對？我有一種感覺，她就在那裡。能再次見到歐仔實在是太好了，不是嗎？還有依妲女王的王宮也在那裡。也許到時候派拉岡・柯尼提終於會願意走上我的甲板了。我們還能在那裡增加更多的船帆，這樣我就能走得更快。」

「派拉岡，你在玩什麼花樣？」貝笙低聲問道。

船首像沒有轉向他。「玩花樣？你是什麼意思？」

「為什麼你又恢復了自己曾經的面孔？」貝笙問。

「因為我這樣做了。你不是也喜歡這樣嗎？這張讓我看上去更像是人的臉？」

「你是人類，」琥珀用微弱卻清晰的聲音說，「人類和巨龍。你同時擁有這二者的記憶。許多人曾經站在你的甲板上，流血、死去，你便浸透了他們的血和記憶。一開始，你是兩頭龍的軀殼，這一點毫無疑問。但你現在已經不僅僅是巨龍，同時也被注滿了人性。」

派拉岡沉默了。

「你改變了容貌，」琥珀繼續說道：「這樣歐仔就會看到他所熟悉的你，而不會心生警惕。」

我有些好奇這些是琥珀的猜測，還是她明確地知道。

「我改變容貌是因為我覺得這樣做比較好。」派拉岡帶著挑釁的意味這樣說道。

琥珀的反應則很溫和。「你覺得這樣做比較好是因為你在意歐仔。派拉岡，成為你自己並不是羞恥的事情。你只是同時擁有兩個世界，而不是一個。」

派拉岡轉頭看著她，藍色的眼睛又變成巨龍的樣子。「我會再次成為龍的，一定會的。」

琥珀緩慢地點點頭。「是的，我相信你會的。薇瓦琪號和其他活船一定也都會如此。但你們將成為前所未有的巨龍，帶有人性的龍。你們能理解我們，甚至也許會在意我們。」

「妳不知道妳在說什麼！受到人類碰觸、被人類改變的龍？妳知道這是什麼嗎？是異種！那是他們，是那些在異類島上孵化並成長的傢伙。那些傢伙是海蛇，也是人，所以牠們什麼都不是！牠們永遠也無法成為龍。而我則會成為龍！」

對於派拉岡在盛怒中說出的這番話，我完全不明所以。但琥珀似乎是明白的。「是的。是的，當然，你會成為巨龍。但你身上會銘記人性的那一部分不在你的翅膀、牙齒或眼睛裡。它會在你的記憶之中。就像大海中的海蛇擁有牠們前輩海蛇的記憶，巨龍也擁有牠們先祖的智慧，這都是牠們所需要的。而你還會有另一種記憶：你的人類記憶。這些記憶將給予你其他巨龍所無法擁有的指揮。你是曾經身為活船的龍，也將是非同尋常的龍，一種全新的巨龍。」

派拉岡轉過頭，不再看我們。「妳根本不知道妳在說什麼。看著吧，他們很快就會向我們打招呼了。難道你們不應該去做好自己的事情嗎？」

徵稅船的船長是一個年輕人。他下巴上的紅色鬍鬚和他的面容很不協調。儘管他戴著一頂插上了幾根大羽毛的漂亮帽子，但我相信，當貝笙向他高喊，我們會前往分贓鎮接受稅務檢查的時候，他肯定是鬆了一口氣。「那我會跟著你們。」他高聲宣布，彷彿剛剛是他向我們發出訓令，而我們乖乖服從了。

「那就一起來吧，」派拉岡向他提出殷切的邀請。但實際上，當我們再次啟航的時候，派拉岡立刻展示出一艘活船和一艘普通木船之間的區別。在風力和海流條件相同的情況下，我們穩定地拉開了和那艘徵稅船的距離。很明顯，如果派拉岡號真的想要逃走，那艘徵稅船完全無可奈何。

沒有人要求我們離開甲板，所以我一直站在船欄杆後面，身邊是我的那一小隊隨員。我一邊享受著吹拂在臉頰上的風，一邊問琥珀：「他是怎麼做到的？」我感覺小堅也向我們靠近了一步，他顯然很想聽聽答案。

「說實話，我不知道。我覺得他能夠讓自己的船殼更加平滑。和其他船隻不同，活船絕不會讓自己的身上出現一根水草或一片貝殼。他的船殼從來都不需要刮洗和上漆，也沒有任何管蟲能夠在他的船板上鑽洞。」

在那天下午隨後的時間裡，我們看到島嶼距離我們愈來愈近。很快，就連派拉岡也不得不減慢速度，逶迤穿過許多小島，一直行駛到一座曾經深藏不露的城市前。這裡曾經是海盜們分配贓物、飲酒賭博、竭盡所能尋歡作樂的地方；也曾經是逃亡奴隸能夠作為自由人開始新生活的地方。在我聽到過的許多故事裡，這個地方都被描述為一個汙水淤積，只能看見簡陋茅屋和破爛碼頭的地方。

但派拉岡號卻駛入了一條標記清楚的航道，來到一座嚴整有序的小港口中。在這裡，一些大型帆船在海灣中落錨停泊，它們明顯都是商船。另外一些小船和漁舟都被整齊地繫在碼頭上。網格狀的大街小巷從港口一直向內陸鋪展開去，形成了一座繁榮的小城。街邊排列著我不認識的樹木，樹梢上開滿了黃色的花朵。這座城市的主街通向一座和細柳林莊園差不多大小的建築。不過它和細柳林的相似之處可能僅止於它們的規模。依妲女王的宮殿是用厚木板建成的，塗著白漆，前面有著長長的開放式門廊，周圍被蔥翠的綠色環繞。所以即使是站在港口的人也能越過成排的倉庫和店鋪，一眼就看見那裡。經過觀察，我發現這些房屋的高度實際上是受到了嚴格的限制，目的就是要讓王室居所能夠凌駕於整座城市之上，從那裡的陽臺和塔樓，一定能絲毫不受阻礙地眺望整片港灣。

「那是薇瓦琪號嗎？」機敏問。

我轉過目光。「我不知道，但她肯定是一艘活船。」那艘船的船首像彷彿是依照一位女王的樣子雕刻的——一位年輕女子，高昂著頭，柔美的雙臂和手腕在腰間交叉。她有著一頭純黑色的鬈髮，一直垂到裸露的肩膀上，覆蓋在胸前。我發現她高傲的面容和艾惜雅很相像，彷彿她們有著血緣關係。火星悄聲向琥珀描述那艘船。琥珀點點頭。「薇瓦琪號。」她彷彿在向火星做出確認，「維司奇家族的活船。因為殘酷而奇異的命運轉折，指揮她的權力被從艾惜雅手中奪走了。現在指揮她的是艾惜雅的侄子溫特羅。貝笙曾經擔任艾惜雅父親的大副，在那艘船上服役多年。對於那艘船，他們一定有著苦甜參半的回憶。」

薇瓦琪號已經在港口中定錨，正在水面上輕柔地晃動。派拉岡號的船帆慢慢捲起。當一隊小船從港口中駛出，來接過我們拋出的纜繩時，他沒有任何異動，完全聽從人們的擺布。對於其他事情，我都沒有多留意，只是盯著不斷靠近的薇瓦琪號。她將臉轉向我們。一開始，她就像是一個正在獨自冥想卻遭到打擾的女人，然後，當她認出我們的船，一抹微笑出現在臉上。薇瓦琪伸出雙臂，對我們表示歡迎。儘管艾惜雅身處危難之中，至今仍然前途未卜，但我還是聽到我們的船長發出喜悅的喊聲。

小船將派拉岡號一直拖到正好面對薇瓦琪號的地方。他的船錨落進了海中。一艘長划艇從碼頭中駛出，來到我們旁邊。一個女人戴著極盡華麗的帽子，身穿剪裁精緻的短上衣和黑色馬褲，高聲宣布她將很樂意將船長和貨物清單載往稅務局。艾惜雅則回應說她很樂意陪同前往，並詢問稅務官是否願意上船來檢查貨物，並聽取他們關於此次異常事件的解釋？

那名官員很願意合作。不過我此時正在注意派拉岡號甲板上發生的事情，並開始為此感到擔憂。船員們都聚集了過來，他們的臉上顯露出不同程度的不願意和憤怒。其中大多數人都拿著本來放在他們艙室中的行李袋。這些帆布袋子都不大，但裡面裝著每一名船員的全部財產。安黛在無聲地哭泣。她向大家告別時，淚水不斷從臉頰上滾落。蔻德將自己的口袋扔在安黛身邊，陪著那個女孩一起蹲在甲板上。她看著我們的目光裡充滿了敵意。

我做出了一個讓自己感到驚訝的決定，我甚至沒有意識到自己會有這樣的想法。「機敏，和你說句話。」我和他走到了遠離其他人的地方，然後我靠在船欄杆上，看著分贓鎮。機敏站在我身邊，微微皺起了眉頭。我懷疑他已經知道我要說什麼了，不過他可能不會想到我打算怎麼做。我向那座城市一揮手，「這裡不是一個壞地方。看上去很乾淨，是一個做合法營生的城市。這裡會有許多貿易和運輸往來。」

機敏點點頭，皺起的雙眉間出現了深深的溝壑。

「你和火星能夠在這裡生活得很好。如果你們也能帶走小堅，我會非常感激。再帶著我們在克爾辛拉得到的禮物。如果你們選擇賣掉，一定要小心，要賣出它們應有的價值。那些錢應該足夠供你們過些時日，也足夠能讓小堅返回公鹿堡。」

機敏沉默了片刻，然後轉過頭來盯著我，他的眼睛裡閃爍著堅毅的光芒。「你為我做出了一些我完全不會接受的設想。」

「是嗎？」我冷冷地問他，「我看到了她是如何追隨你的。我看到了她的手按在你的手臂上。」我應該感覺到義憤的怒火，但這股怒意卻突然融化成深深的疲憊。「機敏，我希望你真的在意她，她不是一個可以隨意玩弄再丟到一旁的女僕。切德挑選了她，她和我們一起來到這裡，我從沒有想到會發生這些事。我希望她仍然待在切德身邊，但她已經在這裡了。我希望你……」

「你在侮辱我。還有她！」

我閉上了嘴。現在我做的應該是傾聽。沉默在齧咬著他，直到他的話語將沉默填滿。

「我們的確……相互吸引。我不知道你是如何看待這件事的，也許這只不過是因為我們一同待在這樣一艘擁擠的船上。無論她對我有怎樣的心意，她對琥珀的忠誠才是更加堅定的。她絕不會拋棄琥珀。」

我低下了頭。

「我懷疑你不會輕易相信我將要對你說的話。我的父親請我完成一個任務，我承諾會以我最大的力量去完成它。如果你不能接受我對你有著忠誠之心，那麼你也要知道，我是父親的兒子。我也許無法滿足你的期待，但我會留在你身邊，直到這件事最終有一個結果，無論是何種結果。」他的聲音忽然變得沙啞，「我沒有能好好對待蜜蜂。無論是當我嘗試教導她的時候，還是當你讓我保護她的時候。她是一個奇怪又難於應對的孩子。不要對我發火！你一定知道我說得沒有錯。但我應該對她更好一些，即使我從沒有想過還需要用刀劍來保護她。她是我的親人，是一個要我來照顧的孩子，我辜負了她。難道你以為我不會因此而感到痛惜嗎？去為她復仇也是我的使命，這一點要比對你和對我父親的一切責任更重要。」

「弄臣認為蜜蜂也許還活著。」

機敏轉過頭來看著我。我能看出他那雙眼睛裡的憐憫。「我知道他會這樣想，」他說道，

「但是為什麼？」

我吸了一口氣。「蜜蜂將她的夢都記錄在一本日記裡。我已經將上面的內容都讀給弄臣聽。他認為這些夢擁有超出我理解的意義。他相信蜜蜂能夠預見到未來，相信她的一些夢已經預言了她會活下來。」

機敏的面孔凝滯了片刻。然後他搖搖頭。「蜚滋，這是掛在你面前的一個殘忍的希望。但如果我們能夠活著找到她，帶她回家，那麼也能夠不必再背負那一份沉重的愧疚。」他停了一下。我想不出該如何回答他。他又繼續說道：「我是以朋友的身分對你說這些話，如果你也將我當做朋友的話。你應該將注意力放在復仇上，而不是救援。對於後者，我們無法予以保證。甚至僅僅是前者，我們也不一定能夠成功。但我決心要讓他們知道，我們至少竭盡了全力。」

朋友。我的意識聚焦在這個詞上。我不知道自己是否在心中認定他是一位朋友。我知道，我正在愈來愈依賴他。而現在我又不得不承認，他和火星可能的關係之所以會讓我感到憤怒，是因

為我知道自己不得不丟下他們兩個。儘管如此，我還是問出了可能是最糟糕的一個問題：「那麼，你和火星並沒有……？」

他緊緊地盯著我。「我不認為你有權利向我們兩個之中的任何人提出這個問題。你也許還沒有注意到，但我是一個擁有貴族血統的成年人。也許我比不上你，但我也不是你的僕人。火星同樣不是你或者其他任何人的僕人。她是自由的，能夠像我一樣選擇她的道路。」

「她處於我的保護之下，而且她非常年輕。」

機敏搖搖頭。「她要比看上去的年齡更大。實際上，在面對這個世界的時候，她比許多年紀兩倍於她的女人更有經驗。較之深隱，她肯定看過更多生活殘酷的一面。蜚滋，她會做出自己的決定。如果她想要得到你的保護，自然會向你提出要求。但我懷疑她不會請求我的保護。」

我不認為我們的討論就此結束了，但機敏已經轉身走開。當我不情願地跟上他的時候，我發現只有小堅在等待他。「琥珀和火星在哪裡？」

「琥珀女士去換衣服了。艾惜雅請她陪同他們上岸。火星則去協助琥珀女士。很明顯，艾惜雅和貝笙認為琥珀應該隨同他們一起與溫特羅．維司奇海軍上將坐下來認真談一談，以討論我們的未來。船員們都得到了『上岸許可』。我想這應該是在邀請他們加盟這裡的船隻。有三分之二的船員已經接受了。」

許多小艇從城中駛出來。上面的商販們賣力地兜售著從新鮮蔬菜到羅絲阿姨淑女屋免費門票的各種商品。我看著我們的船員離開，一個個背著他們的行李袋，翻過欄杆，沿著繩梯下到正在等待他們的小船上。還有幾名船員簇擁在前甲板上，向派拉岡道別。這艘船對他們都很友善，但顯然決心不會動搖。薇瓦琪隔著水面，帶著期待的神情看著我們，看到了每一艘離開我們的小船。安黛站在樂符身邊，看著她的夥伴們離開。吉特爾留了下來。蔻德走了。特萬拿著他的行李袋來到船欄杆後面，又轉過身，罵著髒話將他的袋子踢到甲板上，回到艙口，鑽進船員艙室。西普洛走過去抓住他的手臂，他們兩個一同站到了安黛身邊。

「跟琥珀和火星一起去。」我命令機敏。

「我沒有受到邀請。」

「琥珀看不見，而所有人都能像你一樣看出來，火星是一個非常漂亮的女孩。分贓鎮是一座海盜城，我相信這裡還有許多人揣著海盜的心腸。我知道艾惜雅和貝笙不會有意將她們引向危險之地，但如果真的出了危險，我希望她們身邊能有一個一心一意保護她們的男人。」

「為什麼你不自己去？」

「因為我派遣了你。」我簡單地回答道。看到憤怒的火光在機敏的眼睛裡跳動，我修正了自己刻薄的回答。「我希望能夠留在船上，觀察這裡發生的一切。我還想要交給你另一個任務。尋找一個有信鴿的人，最好是一名富有的商人，能夠用信鴿接力將裝有密信的管子一直送到公鹿堡。我想要告訴他們，我們還活著，平安無事，正在繼續我們的旅程。」

機敏沉默片刻，然後問道：「你會告訴切德、晉責和蕁麻，琥珀女士相信蜜蜂還活著嗎？」

我搖搖頭。「當我真正確定有好消息可以告訴他們的時候，我會告訴他們。在那以前，不應該讓他們因為不確定的事情而忐忑不安。」

機敏緩慢地點點頭。突然間，他又說道：「這件事我會做好。但……你能不能為我多寫一封信？如果這艘船上有信紙的話？」

「我還有雷恩給我的一點信紙。是品質上乘的紙。你不想自己寫嗎？」

「不。我更希望由你來寫。我想給切德大人一封信。只需要告訴他……我正在按照他的要求去做。而且……做得很好。當然，如果你認為我配得上這樣的評價。不過無論你對我做出怎樣的評價，我都接受。我不會看信，只要告訴他，我還在你身邊，在為你做事就好。」他將目光從我身上轉開，「如果你願意的話。」

「我很願意這樣做。」我緩緩地說。

我回到琥珀的艙室，小心地用細小的文字寫了一張給切德的紙條。這種專門供信鴿使用的超薄信紙幾乎是半透明的。即使是這樣，它也幾乎無法容下我對蜚滋機敏的讚美之詞。我不止一次提及，正是因為機敏，我才能活下來。我將這張紙條又吹又甩，讓上面的字跡變乾，然後將它捲起來，塞進能夠在一路上妥善保護它的中空骨管，又在這根骨管上寫下六大公國，公鹿公國，公鹿堡，還有切德的名字。這封信將跨越漫長的旅途。當我將它交給面露窘迫的機敏時，我不知道我們從這裡發出的信是否能有一封被送回家鄉。我沒有用蠟封住給切德的信。機敏知道，這是在邀請他閱讀我寫的內容。但現在已經沒有時間做過多討論了。其他人正迫不及待地要前往分贓鎮。我決定讓機敏去寫那封將會由大家一起閱讀，告訴他們我們身處何方，以及我們所乘的活船

發生了何種狀況的信。

我已經盡量加快速度，不過我還是讓準備上岸的人們等了一段時間。艾惜雅友善地向薇瓦琪揮揮手，然後才轉身下了繩梯，來到等待已久的長划艇上。活船薇瓦琪號看著我們的團隊逐一在划艇上找好自己的位置，她的微笑變得更加燦爛了。直到她看見那艘划艇徑直駛向了分贓鎮，臉上的笑容才變成了困惑的表情。

漫長的黃昏裡，小堅和我坐在廚房餐桌旁，無聊地丟著一套本屬於船員們的骰子，在一塊棋盤上移動木栓棋子。我完全不在乎自己的輸贏，所以我玩得很糟，這一點讓小堅很不高興。現在大部分船員都走了，在我的原智中，這艘船變得非常空曠，就像一座巨大的洞穴。樂符和幾名年長的船長聚集在桌子另一端。吉特爾正在廚房中煮飯。能夠再一次聞到烤肉的香味，讓我的精神也振作了不少。當她叫我們去吃飯的時候，船員們的肚子紛紛發出了欣喜的咕嚕聲。而比裝在大淺盤裡，正滋滋作響的烤肉條更加誘人的，則是那一大碗新鮮的綠色。那是韭蔥和扁豆莢，還有一種我不認識的青翠菜莖，再加上還不如我的拇指大的胡蘿蔔，和一種帶著辛辣氣味的紫色小蘿蔔。我們每個人都在自己的盤子裡裝滿了食物。烤肉很硬，味道有一點重，不過沒有人抱怨。被船員們當做主食的是一種白麵糊。我試著喝了一口，結果被燙得涕淚橫流。但沒有人因為我的失態而哄笑，也沒有人開任何玩笑。

小堅和我坐在桌子末端吃著食物，和船員們保持著距離。那些船員瞥向我們的目光清楚地告訴我們，他們並沒有忘記這一切問題都是誰造成的。樂符看到明顯被孤立的我們，皺了皺眉，走過來坐到我們旁邊，填補上了和船員之間的空隙。

吃過飯之後，安黛收起碗碟。樂符和我們一同玩起了遊戲。我丟出骰子，移動棋子，但樂符和小堅知道，這一局棋只是他們兩個之間的較量。在他們專心博弈的時候，我開始用一隻耳朵偷聽起那些船員壓低聲音的交談。那些老水手們不停地提起「以前的日子」。他們之中還有人曾經親眼見證過派拉岡號從他被遺棄多年的海灘上拖進海中，重新漂浮於深水之上的情景。另一些人說起了這艘船對抗一支由普通航船組成的艦隊，幫助遮瑪里亞的大君奪回權力的戰鬥。他們回憶起死在甲板上的船員夥伴們——他們的記憶全都被灌注到了派拉岡的巫木船板之中。洛浦從來都不是最耀眼的一個，但他總是任勞任怨地做好他的那一份工作；賽摩伊曾經是船上的大副，直到有一年，他完全沒有了力氣，全身只剩下筋和骨架，他是在盤捲一根纜繩的時候死去的。他們還提到了海盜柯尼提。派拉岡號曾經是他的家族活船。但在柯尼提還活著、四處劫掠的時候，這個祕密無人知曉。而知道伊果的人就更少了。那個聲名狼藉的殘忍海盜曾經同時偷走了派拉岡號和還是男孩的柯尼提，並對他們兩個都做了很多壞事。即使在派拉岡和柯尼提重新聚首，並發現了對方是自己的家人之後，柯尼提仍然想要用火焰將派拉岡送入海底。但到最後，當柯尼提即將死亡時，派拉岡將他帶了回來，溫柔地接受了他。直到現在，這仍然是一個經常讓船員們竊竊私語的不解之謎。這樣一艘任性妄為的船怎麼會變得那樣深沉？那麼是不是柯尼提的記憶正在影響他，讓他回憶起分贓鎮是他的城市？

我則在暗自沉思，是誰的記憶能夠引領派拉岡返回克拉利斯？我相信是伊果的。那個邪惡老

海盜的心思和言行是否還潛藏在這艘活船的巫木骨骼深處？派拉岡的人類家人和船員們的記憶又在他的巨龍身軀中沉浸得有多深？

我不知道艾惜雅該如何指揮這艘船——這艘船裡永遠都收藏著強姦過她的那個人的記憶。那些還藏在這艘船裡的海盜，又有多麼想要成為兩頭龍？

這些問題都毫無意義。

小堅贏得了棋局。樂符從桌邊站起身。他看上去疲倦又悲傷，比我們第一次上船的時候蒼老了許多。他看了周圍的人們一眼，舉起手中的一杯清水，朗聲說道：「同舟共濟，直到最終。」其他人紛紛點頭，和他一同舉杯。這是一個奇怪的祝酒詞，而它讓我的負疚感變成了一堆白熱的火炭。「我去值夜看守船錨了。」他又說道。我知道這通常不是他的責任。我懷疑他是打算在船首像旁邊過夜。我心中的間諜人格開始思忖，是否能夠去聽聽他會和船首像說些什麼。當小堅提議再下一盤的時候，我搖搖頭，告訴他：「我吃完飯以後要去散散步。」然後我就留下小堅一個人去收拾棋盤了。

我靠在船欄杆上，看著遠方夏季暮色中的海盜城市。天空正在從蔚藍一點一點變成黑色，琥珀和其他人還沒有回來。小堅來到我身邊，和我一起看著分贓鎮漸漸亮起的燈光。那是一個充滿活力的地方。樂聲飄過水面，一直傳入我們的耳中，隨後又是一陣街頭鬥毆的憤怒叫喊聲。

「他們也許會在城裡過夜。」我對小堅說。他點點頭，彷彿完全不在乎，也不擔憂。

我們回到琥珀的船艙裡。「你想念細柳林嗎？」小堅突然這樣問我。

「我並不經常想到那裡。」我對小堅說。但我的確不會忘記那裡，不會忘記那幢房子、那些人，還有曾經的生活。那段時光實在是太短暫了。

「我很想念那裡。」小堅低聲說，「有的時候會特別想。我曾經那樣確信我會一直生活在細柳林，會長得比我父親更高，變成至高塔曼，等到他年老之後就接替他在馬廄裡幹活。」

「你還是會有那樣的人生。」我說道。但他搖了搖頭。片刻之間，他一言不發，接著向我講述了一個又長又複雜的故事，是他第一次為一匹馬進行刷洗。那時那匹馬比他高很多，他根本搆不到馬背。我注意到現在他提到自己的父親時能夠不再落淚了。他講完之後，我繼續透過舷窗注視著覆蓋城市的星空，慢慢打起了瞌睡。當我醒來時，這間船艙已經完全暗了下來，只有一輪接近渾圓的月亮透過舷窗灑進來一點朦朧的光線。小堅在一旁睡得很香，而我則完全醒了。我不知道是什麼驚醒了我，只是發現自己已經踢掉了靴子，便穿上它們，離開了船艙。

在甲板上，月光和分贓鎮依然明亮的燈光讓夜幕變成了深灰色。我聽到有人在說話，便悄無聲息地向船頭走去。

「你在拉起船錨。」樂符正在言之鑿鑿地發出質問。

「潮水很強，海底又太軟。船錨抓不牢不是我的錯。」派拉岡的語氣像極了一個任性的男孩。

「我會叫醒還在船上的每一名水手，把你固定在原位，把錨升起再重新落下。」

「也許不必。我覺得它還抓著海底。也許它只是有一點滑動。」

我一動不動地站著，氣息也很輕微。我的目光轉向城市，想要藉以確定這艘船是否在移動。

但對此我無法確認。當我轉頭去看薇瓦琪時，我相信派拉岡一定是動了。這兩艘活船的距離靠近了一些。

「哦，天哪，又滑動了。」派拉岡的話裡帶著歉意，但聲音卻流露出掩飾不住的歡快。我們又向薇瓦琪號靠近了一些。她似乎沒有察覺到我們在向她貼過去，只是向前低垂著頭。她睡著了嗎？一艘用巫木建成的船也需要睡眠嗎？

「派拉岡！」樂符警告他。

「又滑了。」活船高聲說著。現在無論是誰都能看出我們在接近另外那艘活船。

「所有人！」樂符突然高聲叫喊，同時吹響了哨子。尖利的哨音刺穿了平靜的黑夜，「所有人立刻上甲板！」

我聽到喊聲和雜亂的腳步聲從甲板下傳出來。這時派拉岡說道：「薇瓦琪！我在拉船錨。抓住我！」薇瓦琪猛然醒了過來。她抬起頭，睜大了雙眼。派拉岡向她伸出手臂，彷彿在懇求她，她也向派拉岡伸出手。

「小心我的船首帆！」薇瓦琪喊道。他們險險避開了相撞的災難。派拉岡抓住薇瓦琪的一隻手，用驚人的力量將自己拉到她身前。兩艘船全都在劇烈地搖晃。我聽到薇瓦琪號的船員們發出驚慌的呼喊聲。片刻之間，派拉岡就用一隻手臂抱住了薇瓦琪，而薇瓦琪卻努力想要把他推開。

「不要動！」派拉岡警告薇瓦琪，「否則妳會讓我們完全纏在一起。我想要和妳說話，我想要碰到妳。」

「把他推開！」薇瓦琪向她跑過來的船員們喊道。她不斷推擠著派拉岡的胸膛，卻完全徒勞無功。樂符在向他的船員們呼喊命令。薇瓦琪號的甲板上有人在憤怒地咒罵他，並質問他到底是什麼樣的白癡。樂符一邊向自己的船員發號施令，一邊竭力高喊著做出解釋。

派拉岡洪亮的笑聲壓倒了一切雜音，讓所有人都安靜下來，只有薇瓦琪除外。「把他趕走！」薇瓦琪吼叫著下達命令。但派拉岡只是抓住了她頭後的鬈髮，迫使她的頭向後揚起，讓她赤裸的胸脯向他暴露出來。在我驚愕的注視下，派拉岡俯下頭，親吻了她的一邊乳房。薇瓦琪憤怒地尖叫著，用自己帶著指甲的雙手抓住派拉岡的臉。派拉岡則只是更加用力地抓緊了薇瓦琪的頭髮，又抬起另一隻手，抓住繫在薇瓦琪船首帆斜桅上的一把纜繩。對於薇瓦琪的拍打，他根本毫不在意。

「不要試圖抵抗我！」他警告薇瓦琪的船員，「從前甲板上退開。你們所有人都退下去。樂符，命令所有人後退。還有你們，薇瓦琪的船員，都回到你們的舖位上去，除非是歐仔在你們中間。如果他在這裡，就讓他來見我。如果他不在，就不要來打擾我們！」他又低下頭，想要親吻薇瓦琪的臉。但薇瓦琪也抓住了他的頭髮，彷彿拚命要將他的頭髮扯下來。派拉岡任由薇瓦琪抓扯，隨後突然讓被她碰到的地方變成堅硬的木頭。「妳認為木頭會感覺到痛嗎？」他問薇瓦琪，「不會，除非我想要那樣。但當我吻妳的時候，妳有什麼樣的感覺？妳還記得艾惜雅被柯尼提壓在身下時的憤怒嗎？妳是否保留著那段記憶？還是它只屬於我？由我來吸收了她的痛苦，讓她能夠得到治癒？就像我接受了柯尼提從伊果那裡得到的全部痛苦。妳只剩下人類的記憶了嗎？妳有

什麼樣的感覺？就像木船一樣？妳的體內還潛伏著巨龍嗎？妳曾經給自己取名為閃電。還記得嗎？是否還記得那位怒火張揚的巨龍女王飛起在晴空，挑戰所有妄想主宰牠的公龍？妳現在又是什麼，薇瓦琪？一個在男人懷中掙扎的女人？還是一位挑戰牠配偶、不服從任何強勢的巨龍女王？」

突然間，薇瓦琪停止了抗爭，只露出高貴冰冷的輕蔑。她完全不理會自己被抓住的頭髮，探向前，用充滿恨意火光的眼睛瞪著派拉岡。「瘋船！」她怒吼一聲，「你這沒人要的船！又在發什麼瘋？你打算直接沉沒在港裡嗎？你根本不配做我的配偶，無論我是女人還是龍。」

我用眼角的餘光看到一艘小艇從薇瓦琪號上降下來，四個人在上面拚命划槳，向分贓鎮疾駛而去。毫無疑問，他們是去報警和求援的。我不知道派拉岡是否也察覺到了那些人。他對此沒有任何表示。

「你確定？」派拉岡這樣問的時候，我感覺到變化湧過了這一整艘活船。

「我確定。」薇瓦琪號高傲地說道。她從派拉岡面前轉過臉，又壓低聲音問道：「你到底想要對我做什麼？」

「我想要妳回憶起妳是一頭龍。不是一艘船，不是站在妳身上的那些人的僕人，不是被困在一個女人形態裡、沒有性別的生物。妳是一頭龍，就像我一樣。」隨著他的話語，他發生了改變，恢復成半龍的形態。我發現自己將雙臂緊緊抱在胸前，升起了我的牆壁。精技和原智，我竭力縮起身子，就像面對食肉獸威脅的獵物。我看到派拉岡頭上黑色的鬈髮變成了巨龍的鱗甲尖脊，看到他的脖子變長、彎曲。

但最讓我感到驚訝的是薇瓦琪的臉。她的表情彷彿石雕一般，眼睛裡閃耀的光芒變得明亮刺目。她親眼見到了派拉岡的變化，但沒有絲毫畏縮。

派拉岡的變化完成了。我感覺到魔法仍然在增長。這時薇瓦琪說道：「你怎麼會以為我忘記自己是一頭龍？但這又有什麼用？你要我將我所嚮往的生活拋在一邊，只為了已經逝去的歲月？我又能得到什麼樣的生命？變成一艘瘋船，被鐵鍊拴在岸上，遭到遺棄，人們對我避之唯恐不及？」她打量了一眼面前這個變形的船首像，「或者假裝自己是一頭龍？可憐。」

對於薇瓦琪的輕蔑，派拉岡絲毫不以為忤。「妳可以成為一頭龍。成為妳注定要成為的生靈。」

沉默。然後，以一種可能是憎恨，也可能是充滿了可憐的聲音，薇瓦琪說道：「你瘋了。」「不，我沒有。把妳的人類記憶丟到一旁，把妳作為一艘船的歲月丟到一旁。向回追溯，在妳被封錮於囚籠的漫長歲月之前，在作為一條海蛇的歲月之前，是否還能回憶起自己是一頭巨龍？妳還能嗎？」

我相信自己感覺到魔法的再一次湧動。也許這一次魔法是從一艘船流向另一艘船，從派拉岡流向薇瓦琪。我抓住飄散的記憶邊緣，彷彿在嗅著一種奇異的食物。我伸展雙翼，在森林上空翱翔。風鼓滿了我的船帆，我劈波斬浪，在綠意盎然的山谷中翱翔，但我的雙眼無比犀利。我還能感覺到林中野獸散發出的熱量，牠們的血肉能夠填飽我的肚子。我在水中穿行。這裡的水又深又冷，但我能夠感覺到身下的陰影中傳來的動靜。那是其他生物，像我曾經那樣全身鱗甲，像我曾經那樣自由。我發現自己正在一點點陷進那個振翅翱翔、充滿奇蹟的世界。馬上離開，不要被捲進去。我的心中產生出這個模糊的想法，讓我差一點以為夜眼還藏在我的心裡，給了我這個狼的警告。這時我又向前走了一段路，已經能夠清晰地看見薇瓦琪的臉和一部分派拉岡的側臉。那兩張臉是屬於人類的，卻又那樣奇異。

「不，」派拉岡說道，「向更遙遠的過去追溯，盡妳的可能伸展回去。這裡，就是這個，回憶起這個！」

我再一次感到魔法的波動。原智和精技組合成一件比任何劍刃都更加鋒利的工具。

在鹿角島的戰鬥中，一個人用劍柄擊中了我的頭側。但這沒能阻止我。我的斧頭已經在同時落在他的肩膀和頭顱之間。那個人的劍柄沒有多少力道，不過我一時還是感到了強烈的耳鳴，整個世界都在我面前搖晃，變幻出怪異的色彩。我知道自己有過這樣的經歷，卻從來都無法具體地回憶起它。但是當我跳進巨龍的記憶中，就好像蕁麻將我拉進一個精技夢境裡。這種感覺和我在那場戰鬥中的經歷是如此相似，讓我一下找回了那段舊日的記憶。我覺得自己的頭顱彷彿又被狠狠打了一下，一陣暈眩籠罩了我，讓我看到一片銀光閃爍的池塘，周圍環繞著黑色和銀色的沙粒。在沙粒以外，是一片從黑暗中生出的銀色草原，更遠處是掛滿黑色樹葉的白色大樹。我眨了眨自己的人類雙眼，竭力想要將它們恢復成熟悉的色彩。但我看見了一頭龍，如同翡翠一般的綠色，像寶石一樣閃閃發光。

牠從地平線飛來，一開始很小，隨後愈來愈大，直到變成我所見過的最大的生物——比婷黛莉雅更大，甚至比冰華更大。牠降落在銀色的池塘裡，激起大片銀色液體，拍擊在黑色的沙子和岩石上，讓它們在片刻之間鍍上了一層銀色。這頭龍像天鵝一樣彎曲長長的脖子，低垂下頭，又來回打滾，清洗身體，牠的鱗片彷彿在吸收池塘中的銀光，讓滿身的綠色變得更加耀眼奪目。洗淨自己的身體之後，牠將嘴探進水中，開始痛飲池水。

牠從池塘中走出來，倒臥在岸邊的草叢中休息。我久久地看著牠漩渦般的雙眼，在那裡看到了漫長的歲月、浩瀚的智慧，還有一種我在人類眼中從未見過的榮耀。在這一刻，我感到自慚形穢。我知道自己正在看著一個自己絕不可能與之媲美的生物。

「主人？蜚滋駿騎親王？」

我猛然從夢中醒來，心中充滿了遺憾與怨恨。是小堅在揪扯我的衣袖。他的眼睛在昏暗的光線中顯得又大又黑。「出了什麼事，孩子？」我想讓他離開。我想要跳回到那個世界裡，瞭解那頭龍，並因為能夠瞭解牠而使得自己變得更加完美。

「我以為你想要知道，我們的小船回來了。它的速度很快，艾惜雅和貝笙船長、琥珀、火星和機敏都在船上。還有另一艘船上的人也過來了。」

「謝謝你，孩子。」我轉過頭不再看他，想要找一條路回到那個魔法夢境中。但它可能已經結束了，又或者就是我不可能再找到那條路了。我感覺到魔法仍然在兩艘活船之間流動。但我無法進去分享他們的夢，只能看見兩個船首像雖然有船首帆的阻礙，卻還是親密地擁抱在一起，彷佛是一對分離已久的愛侶。薇瓦琪的頭倚在派拉岡布滿鱗甲的胸膛上。她睜大了雙眼，卻像是什麼都沒有看見。派拉岡變長的脖子繞在薇瓦琪的身上，如同一條圍巾。他的龍頭靠在她的肩膀上。薇瓦琪優美的雙手按住了派拉岡的肩頭。她的臉上沒有了敵意，也沒有任何猶疑。我無法解讀派拉岡巨龍面孔的表情，更無法揣測他的感覺。在我的注視中，他又一次發生了變化。那就像是看著河面上的寒冰被河水迅速侵蝕、消融。慢慢地，他的五官收縮，恢復成人類的樣子。他的雙手抱住艾惜雅，臉上寫滿了溫柔。不，在他溫暖懷抱裡的是薇瓦琪。突然間，我看到我自己擁抱著莫莉。這是我此生再難擁有的時刻，我感覺到世界安靜下來，心中充滿愛意，卻又難以抹去那可怕的失落和渴望。

我癡癡地看著這奇異的情景，直到貝笙的聲音在我耳邊響起。「出了什麼事？」他問道，「派拉岡怎麼到這裡來了？」

「他拉起了船錨，船長。」樂符的回答異常嚴肅，正如同大副向船長報告情況。

「潮水沒有什麼異常，船錨也下得很穩，」艾惜雅說，「是派拉岡自己幹的，一定有什麼原因。」她的語氣表明，她懷疑這個原因不是什麼好事。

貝笙和艾惜雅全都遠遠站在派拉岡雙手活動的範圍之外，看著這一幕靜謐的情景。琥珀從他們兩個身邊走過，甩開了火星和機敏，彷彿她也是一艘在拖著錨鏈的船。

「琥珀。不要這樣，求妳，」艾惜雅懇求著，但琥珀沒有停下。她就站在派拉岡觸手可及的地方，等待著。

薇瓦琪從派拉岡的肩上抬起頭，重重地歎息一聲。「我們過去是什麼、我們應該會成為什麼。現在這些都已經不屬於我們了。那些年輕的龍，那些在崔浩城孵化的海蛇，現在牠們居住在克爾辛拉。牠們會成為那種神奇輝煌的生物，也許就在一個世紀以後。但我們不會了，永遠都不會。」

「妳錯了。」派拉岡的聲音中帶有一種非人類的雷鳴，「琥珀能夠幫助我們獲得巨龍之銀。有了它，我相信我們就能找回足夠多的過去，讓我們變成早就應該成為的生物。」

兩艘船稍稍分開，兩個船首像不再擁抱，而是同時轉向了琥珀。「這一點還不能肯定，」琥珀說，「我不會做出沒有十足把握的承諾。是的，我承諾會竭盡全力為你們獲取巨龍之銀。但它是否足以將你們變為龍？我不知道。」

「然後呢？」薇瓦琪突兀地問。

「然後什麼？」琥珀似乎吃了一驚。

薇瓦琪的面容罩上了一層更加像是人類的陰影。「然後妳會向我們要求什麼作為回報？是貿易商造就了我。他們的血液和思想浸透了我的甲板，滲入到我的每一絲一縷之中。和人類打交道不會有免費的好處。妳想要我做什麼？」

「沒……」琥珀剛一開口，派拉岡衷心的呼喊就淹沒了她的聲音。

「歐仔！我想要歐仔站在我的甲板上，陪我完成最後一次航行。」他再一次顯現出我的面孔。我感到一陣椎心的疼痛，不知道我在為了奪回我的孩子而戰時，會不會也是這樣的表情？現在的派拉岡在說話的時候清楚地表露出一顆人類的心。「把真正屬於我的還給我。還有派拉岡．柯尼提！我也想要他。柯尼提還是個孩子的時候，曾經在我的甲板上無數次答應過我，會把他給我。他說他會有一個兒子，會用我的名字給他的兒子取名！我為他的家族做過那麼多事、受過那麼多苦！沒有我，他根本就不會存在！我想要他。我想要他看見我，知道我是他們家族的船。在我成為龍，永遠離開他之前。」

「永遠……」我聽見艾惜雅絕望的囈語。我知道，到現在為止，艾惜雅還在幻想著派拉岡能夠改變自己的心意，或者至少在變成龍以後，還能與她和貝笙保持一定的聯繫。

「派拉岡！」一個喊聲在薇瓦琪的甲板上響起，那是一個男人渾厚的聲音，裡面充滿了喜悅。我看到一個大約二十多歲的年輕人。他有一頭濃密的黑色鬈髮，臉上一直帶著笑容。他的皮膚被太陽曬成了紅褐色，身上的襯衫緊緊綳住了寬闊的肩膀。任何見過貝笙和艾惜雅的人都會立刻就知道，他是他們的兒子。他高舉著一盞油燈。很明顯地一點也不知道剛剛發生了什麼，現在只是喜悅地看著被他視為故鄉的活船。

「德雷維司奇！」有人在他身後高喊。但歐仔已經放下油燈，爬上了薇瓦琪號的船首帆，在向前傾斜的短桅杆上輕鬆地跑了幾步，毫不猶豫地飛身撲向派拉岡。派拉岡立刻放開薇瓦琪，伸手接住了跳過來的年輕人，把他高高舉起，就像我舉起晉責的小兒子們一樣，然後也像我一樣假意將他拋入空中，又安全地接住他。歐仔敏捷得就像是雜耍藝人。他大聲笑著，輕鬆地落進派拉岡號的手心裡，又讓派拉岡號鬆開他，在活船的手心中站穩，向後翻騰，在空中轉了一圈，輕巧地落回到活船伸出的大手上。很明顯，這是他小時候就已經熟悉的遊戲，是他們兩個共同的快樂回憶。我很少見到兩個生物之間能夠建立這樣的信任。派拉岡的一雙木質大手能輕易地將歐仔撕裂，但他只是捧著那個年輕人，他們兩個彼此對望著，年輕人抬頭看著活船，臉上盡是笑容。

我沒有注意到，也許派拉岡號也沒有注意到，一些纜繩已經被拋給許多小划艇上的人們。他們正在將派拉岡號拉開，薇瓦琪號也同時被帶往另一個方向。兩艘船被拉開了一段安全距離，又各自被錨鏈拴住，在水波間輕輕地搖晃。我不知道歐仔是否參與了這個計畫。不過我有些懷疑派拉岡對此根本就不在乎。他已經向薇瓦琪發出呼籲，又實現了自己的一半心願。歐仔的臉上只有對他的船毫無畏懼的愛，怪不得派拉岡會這樣想念他。

「蜚滋駿騎親……」

「噓。」我制止了小堅。我正在看著艾惜雅和貝笙。他們的矛盾心情清晰地寫在他們的臉上。對於兒子的愛，因為他落在這艘船的手中而感到害怕，卻又因為看到他們兩個重逢而倍感溫馨。歐仔對派拉岡說了些什麼，船首像昂起頭，發出洪亮的笑聲。看著他們，我幾乎無法相信同樣是這艘活船，曾經對他的船員安危漠不關心。我以為貝笙或者艾惜雅會對他們的兒子發出警告。但他們只是保持沉默，等待著。我不知道他們是相信那個年輕人，還是相信這艘船。

當派拉岡號轉身將歐仔放到甲板上時，我聽到這個年輕人對他說：「我是那麼想你！薇瓦琪是一艘非常好的船，但她總是那麼嚴肅。溫特羅表兄是一位優秀的船長，但他也總是板著臉。媽！爸爸！你們都來了！你們怎麼會來分贓鎮，為什麼不先派一隻信鴿來告訴我們？他們來找我的時候，我正在帆篷工匠那裡！如果我知道你們會來，我一定會準備好歡迎你們！」

「只要能看到你，就是對我們最好的歡迎了！」他的父親在歐仔從派拉岡的手中下來的時候由衷地說道。船首像正回過頭看著他們三個，現在他的臉上全是燦爛的微笑，讓我幾乎無法相信自己所看到的一切。

琥珀已經被眾人遺忘，默默地下了前甲板。我伸手碰碰她的袖子，輕聲對她說：「是蜚滋。」她來到我身邊，顫抖而又寬慰地歎了一口氣，抱住我的手臂，彷彿我是暴風雨中海面上的一根浮木。然後她喘息著對我說道：「他們全都安全嗎？有沒有人受傷？」

「全都安全。歐仔和他的父母在一起。船上還有樂符和另一些船員。」

「我很害怕。」

我看到她竭力讓自己鎮定下來的樣子，便安慰地對她說：「派拉岡號已經平靜下來了，他現在的樣子很親切。」

「他是兩個，蜚滋。是兩頭龍。我覺得他正是因為這個原因才會瘋的。有時候，我能感覺到他有雙重性格。一個很孩子氣，拚命地希望用惡作劇贏得別人的關愛和友情。另一個幾乎能做任何事。」

「我想，今晚這兩種性格我都見到了。」

「那麼我們都很幸運，歐仔引出了他友善的天性。如果他被激怒，那麼沒有人能知道一艘活船會對另一艘活船做些什麼。」

「他們會發生戰鬥嗎？活船能夠被殺死嗎？」

「活船能夠被火焰摧毀。或者像派拉岡曾經那樣被損毀容貌。」琥珀側過頭，想了一下，「我從沒有聽說過活船之間發生戰鬥。活船會相互嫉妒和競爭，發生爭吵，但不會有肢體打鬥。」

我知道小堅就站在旁邊聽我們說話。在他身後的陰影裡，火星正和機敏站在一起。

「我們是否應該回船艙去？」我提議說，「我很想聽聽岸上發生的事情。」

「請帶路吧。」琥珀回答說。當我們轉身離開時，她更加沉重地倚靠在我的身上。但還沒等我們到達船艙，樂符又找到了我們。

「船長想要你們去他們的艙室。還請過去一下。」他用了敬語，不過這顯然不是一個邀請。

「謝謝，我們會直接過去。」

樂符點了一下頭，就無聲地消失在黑暗裡。港口已經完全陷入了黑夜，附近航船的桅杆上全都掛出了油燈。更遠處的分贓鎮中閃耀著數不清的燈火，但和散布在無盡夜空中的點點繁星相比，它們也只是更加明亮一些的火星。我抬起頭，突然強烈地渴望起繁茂的森林、腳下肥沃的土壤，和能夠被我獵殺、填飽我肚皮的野獸。正是這些簡單的東西才會讓生活變得美好。

17 海蛇涎液

我的國王和王后、尊貴的珂翠肯殿下，

我已經到達預定地點，並與巨龍貿易商的雷恩國王和麥爾妲女王進行了數次會晤。

貿易商庫普魯斯，即雷恩國王的母親，也代表雨野原貿易商出席了會議，於是我又多了一個意料之外的參與者需要應對。

隨我同來的兩位精技治療師能夠為這裡的居民解決一些小的身體問題。我提醒他們不要進行深度治療，他們也都說這裡的精技能流非常強大，很可能會帶走他們的意識。也許會有人認為更大幅度的治療能贏得他們的更多好意和回報，但恐怕我沒有預見到會有這種情況發生。

國王和女王都已向我說明，他們對於這裡的巨龍影響力很小，無法命令牠們停止對於我們畜群的襲擊。實際上，此地的統治者似乎對他們的臣民也幾乎沒有什麼權威，所有重要決議都必須得到他們的一致同意才能通過。我不確定該如何應對這樣的局勢。貿易商庫普魯斯也只能代表她的家族。也就是說，我們所期待的任何契約，比如以治療換取貿易商品，都必須經過貿易商議會的投票才可能實現。

我記得你們建議我要在這第一次會談中盡可能表現出慷慨的一面。但以我看來，如果我們過於隨意地將這些人深切渴望的東西送給他們，我們就將失去很多議價空間。

你們派遣給我的精技使用者提議，也許我們應該在六大公國建立一個治療中心，讓雨野原人去那裡接受治療。畢竟在六大公國，精技能流的可控性會更強。

在克爾辛拉，精技的影響會變得如此強大，所以我不得不用信鴿將這些訊息向你們報告。

我們會在三天後乘船返回。

忠於你們的，
迷迭香女士

我們不敢在賽維斯拜停留太久。德瓦利婭不知道這裡有多少人能夠認出我們就是那個流血之夜的元凶。她一遍又一遍地問文德里亞——科爾夫能夠回憶起來多少，又會招供出多少。「他不會忘記，」文德里亞嗚咽著說，「我沒來得及告訴他要忘記，妳那時只讓我們逃跑。他會感到困惑，但不會忘記所做的一切。只要他們讓他足夠痛苦，他就會說出來。」文德里亞一直哀傷地搖晃著遲鈍的腦袋，「無論是誰，只要受到足夠多的傷害，都會開口說話。這是妳讓我知道的。」

「而你只知道哭鼻子和尿褲子，就像一個被踢了一腳的軟腳蝦。」德瓦利婭惡毒地反唇相譏。她沒有再讓文德里亞用魔法掩護我們住進旅店或者民居。那一晚，我們就睡在一座橋下，以躲避窺探的眼睛。陽光剛剛照亮天空時，她讓我們走進一條冰冷的河裡，洗掉衣服上的血。很快，河邊就不只是我們了。男男女女從城鎮中出來，提著裝滿亞麻和棉布織物的籃子。這些洗衣服的人在岩石河岸邊分別有他們自己的地盤。他們豎好晾衣架之後，就用凶狠的目光把我們從河岸邊趕走了。

德瓦利婭領著我們又向城裡走去。我覺得這是因為她所熟悉的環境只有城市和繁忙的街道。如果是我，就會在森林中待上一段時間，讓人們忘記我們。但她只是嘶聲對文德里亞說：「讓我們不那麼惹眼。恢復我的容貌。不要讓我的臉上有任何會被注意到的傷口。快。」

我知道文德里亞在盡力去做。我感覺到他的魔法在拍擊我的知覺。不過我覺得他做得並不好。幸好在一座港口裡會有很多窮人，我們看上去還沒有那麼奇怪，不曾惹來太多的視線。我們有意避開愛珂麗死去的那家華麗旅店和那條繁忙的街道。德瓦利婭帶領我們去了港口旁一個很破陋的街區。這裡的旅店招牌全都因為日曬雨淋而變成了灰色，上面布滿裂縫。街邊的排水溝裡淤積著發臭的綠水。

德瓦利婭和我蹲在巷子深處，或者是坐在街邊，伸出手向過往的行人乞討，卻沒有任何收穫。文德里亞緩慢地在街上來回走動，尋找容易下手的獵物——一些人會更容易受到他的影響。他能夠從這樣的人那裡拿到一點小錢，每次大約幾枚硬幣。如果只是這樣一點錢，人們就會心甘情願地送給他，哪怕以後回想起來，也不可能記得為什麼會給他錢。到了晚上，我們已經得到了足夠吃一頓熱飯和能夠睡在便宜客棧裡的錢。

這家客棧和愛珂麗帶我去的那一家完全不同。這裡的臥室只是大廳上面的一個閣樓。我們自己找到空地，和衣而臥。我禁不住要將這個夜晚和我本以為能夠獲得的那個未來相比。當我相信另外兩個人都睡著以後，我允許自己流出了眼淚。我試著去回想細柳林、我的家和我的父親。但那些似乎都很遙遠，比我的夢更加虛幻。

那一晚，我做了夢，一個個夢境如同冰雹一般砸向我。每做完一個，我都會猛然驚醒，迫不及待地想把它告訴某個人，或寫下來、唱出來。這種衝動就如同要嘔吐的感覺一樣強烈，但我用力將之壓抑。如果德瓦利婭知道我做的夢，一定會很高興，我不能讓她得逞。我在夢中看到一隊緩慢行走的公牛將一個孩子踩進泥濘的街道裡；看見一位睿智的女王種下銀色的種子，收割金色的小麥；看見一個男人騎著高大的紅馬走過寒冰，到達一片新的土地。我將這些夢都隱藏起來。如果這些夢關係到未來，就絕不能讓德瓦利婭知道。把夢束縛在體內讓我覺得很不舒服，但無論用什麼方法，只要能與德瓦利婭對抗，就都會讓我滿意，甚至可以讓我克服那種不舒服的感覺。

第二天，我感到非常衰弱，幾乎無法走路。文德里亞擔心地看著我。德瓦利婭則顯然是在盤算著什麼。她對文德里亞說：「我們需要離開這座城市，繼續趕路。查看一下他們的意識，看看是否有人要去克拉利斯，或者有沒有人去過那裡。」文德里亞已經讓一名麵包商販給了他一塊麵包。德瓦利婭掰開麵包，一半歸她自己，一半給了文德里亞。文德里亞帶著飢餓的眼神看著那塊麵包，然後不情願地將他那一半又掰了一半給我。我得到的這一塊還沒有我的拳頭大，但也只能一點一點地把它吃下肚。

我聽到文德里亞低聲對德瓦利婭說：「我想她是病了。」

德瓦利婭看著我，微微一笑，「她的確是病了。我很高興。這意味著我至少有一部分是正確的。」

我完全不明白她是什麼意思。那一天裡，我的情況愈來愈糟。我蜷縮起身子，在鐵鍊允許的範圍內盡量遠離她，試著讓自己睡去。文德里亞從過往的行人那裡一次又一次接下一點小錢。德瓦利婭像蟾蜍一樣坐著，看著這座喧鬧的城市。儘管她早就告訴過我，沒有人會幫助我，但我還是決定試一試。我呼喊求救。有幾個人轉過頭，但德瓦利婭只是扯了一下我的鐵鍊，輕鬆地解釋說：「一個新奴隸。」我急忙申辯說她是在說謊，我不是奴隸，而是被她綁架了。但沒有人理我。我只是一個來自異鄉的奴隸而已。

一個男人停住腳步，用通用語對德瓦利婭說話，問她是否願意賣掉我。他的眼神很不和善。德瓦利婭回答說，他能夠付錢讓我陪他幾個小時，但他不能買走我。那個男人若有所思地看著我。恐懼刺激著我，我開始嘔吐，強迫自己吐出一點膽汁，灑在我的衣服上。那個男人搖搖頭，快步走開了，顯然是不想被我傳染上什麼疾病。

第二天，折磨我的疾病緊緊抓住了我。在這個本應該令人喜悅的晴朗夏日裡，我蜷縮著，因為感到寒冷而不住地顫抖。明亮的陽光無法讓發高燒的我暖和起來，只能在我閉起的眼睛上打出兩片粉色的陰影。

在客棧閣樓破裂的地板上，我抖動著，文德里亞翻過身來，用手臂摟住我。他身上的氣味讓我噁心——不是那些汙垢和汗水的味道，而是他本身的氣味在引起我的反感。狼的知覺告訴我，必須小心他。我嘗試著要甩掉他的手臂，但我實在太虛弱了。「兄弟，讓我給妳一些溫暖，」他悄聲說道，「這不是妳的錯。」

「我的錯？」我聽到自己在低聲嘟囔。這當然不是我的錯。所有這一切都不是我的錯。

「是因為我。我製造了一道裂隙，讓妳能夠逃走。這是德瓦利婭告訴我的。我明明知道她希望我做什麼，卻沒有聽她的話，這就為妳打開了另外一條道路。而妳走上那條路也帶著我們遠離真實之道了，所以我們現在才必須承受艱難困苦，穿過荊棘返回真實之道。再次走上前往克拉利斯之路以後，我們所面對的困難自然會得以化解。」

我竭力要甩掉他的手臂，但他卻將我拉得更近。他的臭氣包裹著我，讓我每一次呼吸都會感到窒息。「兄弟，妳應該學會這一課。一旦妳接受了真實之道，生命中的一切都會變得更加輕鬆。德瓦利婭在引領我們。我知道她看上去很殘酷。但那些憤怒和嚴厲全都是因為妳將我們拖到了如此遠離真實之道的地方。幫助我們回到真實之道上，那時我們全都會感到很輕鬆。」

這些話不像是他說的，也不像是德瓦利婭說的。也許他只是在重複自己以前在課堂上學到的訓誡。我凝聚起自己的每一點意志力，強迫自己開口說道：「我的真實之道是回家！」

他拍拍我的肩膀：「是啊，妳是對的，妳的真實之道會帶妳前往真正的家。既然妳已經承認了這一點，事情就會變得容易多了。」

我恨他。我蜷縮在地板上，感到噁心、憤怒，又無能為力。

德瓦利婭帶著我們轉移到了這片濱海街區的另一個地方，開始不住地向路過的人詢問是否有船前往克拉利斯。大多數人都聳聳肩，另一些人則完全不理睬她。我困頓地蜷縮在一旁。文德里亞一直和我們保持著距離，在街上來回走動，進行「乞討」。我知道，被他選中的人都會順從地接受他施加給他們的意念。我看到他們伸手到荷包或衣袋裡時不情願的樣子，看到了他們在離開文德里亞之後顯示出的困惑。這個地方的有錢人並不多。我覺得文德里亞在從每一個獵物手中拿走錢幣時都有手下留情，而德瓦利婭總是因為他沒有從獵物那裡榨取到更多錢幣而責罵他。

有一天，文德里亞沒有弄到足夠的錢能夠讓我們睡在客棧裡。我本以為自己不可能感覺更糟了，但隨著夜晚的寒涼浸透身子，我開始劇烈地顫抖，直到牙齒都在不停地相互撞擊。

德瓦利婭通常都不會太注意我的病情。不過那天晚上，我認為她開始擔心我會死掉。她沒有做任何能夠讓我稍微感到舒服一點的事情，反而將滿腔的怒火拋在文德里亞的頭上。「你到底是怎麼了？」當街上沒有了行人，不會有人聽到她說話以後，她便惡狠狠向文德里亞罵道，「你曾

經是那麼強大。現在一點用處都沒了。你曾經能夠控制一整隊傭兵，讓其他人完全看不見他們。現在你卻幾乎沒有辦法從農夫的口袋裡騙出一個銅板。」

這麼多天裡，我第一次聽見文德里亞的聲音中顯露出一點精神：「我又餓又累，遠離家鄉，我看見的所有事都讓我不快樂。我已經非常努力了。我需要……」

「不！」德瓦利婭用吼聲打斷了他，「你什麼都不需要！你只是在癡心妄想！我知道你想要什麼。你以為我不知道那東西能讓你得到多少快樂？不。它只剩下一個了。我們必須留著它，以應對最緊急的狀況。然後你就再也沒有了，文德里亞。它不會再有了，自從那個九根手指的奴隸男孩放走了那條海蛇以後，它就變得愈來愈少了！」

這些話讓我感到非常奇怪，就像是一段我從不曾經過的回憶。九根手指的奴隸男孩，我幾乎能看見他，黑色的頭髮，身材纖弱，只有意志無比堅強。他有強大的決心，去做正確的事。「那條海蛇是在一個岩石池塘裡。」我悄聲自言自語。原來那個夢中不是一條在碗裡的蛇，不是。

「妳在說什麼？」德瓦利婭厲聲說道。

「我病了。」我說道。過去這幾天裡，我不斷地重複著這樣的話。我閉上眼睛，轉開臉。但在閉上雙眼的時候，我更無法控制充滿在意識中的影像了。那個奴隸男孩來到岩石池塘，用力扳動圍繞池塘的鐵柵。終於，他為那條畸形的海蛇打開一條路，讓海蛇從池塘中爬出來，沖入水中。是的，沖入水中，一片洶湧而來的浪潮。我怎麼會回憶起我從未見過的東西？那高高的潮頭撲進池塘，充滿了池塘，卻沒有將它淨化。奴隸和海蛇都消散無形。我什麼都看不見了。

我睜開眼睛，發現天已破曉。我們睡在街上，不過我已經不感覺到冷了。我的全身都在隱隱作痛，是那種睡在堅硬的地面上，或者因為重病而長時間無法移動所產生的疼痛。我緩緩坐起身，或者是試圖如此。德瓦利婭翻身時壓住了鐵鍊。我雙手抓住鐵鍊，用力把它從德瓦利婭的身下拉出來。她睜開眼睛瞪著我。我也向她露出凶狠的表情。

她從鼻孔中哼了一聲，就好像是說她不害怕我。這時我決定，下一次她睡著的時候，我會再一次讓她有理由害怕。我的目光掃過她臉上那塊已經腐爛的咬傷，不由感到一陣得意，又急忙低垂下雙眼，以免她猜到我的計畫。

她站起身，踢了文德里亞一腳。「起來！」她說道，「該走了。不要等到有人開始懷疑，他們昨天為什麼會把自己身上一半的錢都給了一個乞丐。」

我蹲下身，在一條排水溝中小便，同時不由得暗中思忖，我是在什麼時候丟掉了自己的禮節，甚至是文明意識？我的母親絕不可能想到我的頭髮會糾纏成一片毛氈，身上會滿是汙泥，就連指甲都變成了黑色。愛珂麗給我的好衣服根本禁受不起我現在這樣的生活。一想到她，淚水立刻湧進了我的眼睛。我抹掉它們。手上的汙泥一定讓我的臉變得更髒了。我看了看自己的雙手。我的手指上沾著脫落的皮膚。我甩掉它們，抬起頭，發現德瓦利婭正露出滿意的冷笑。

「真實之道知曉她，哪怕她不知曉真實之道。」她這樣對文德里亞說道。文德里亞只是敬畏有加地看著她。然後她用力扯了一下鎖住我的鐵鍊，我不得不踉蹌著跟上她。我的手臂很癢。我伸手去抓它們，我的皮就如同輕薄的蛛網，隨著指尖的碰觸而捲了起來。這不是烈日曝曬造成的褪皮。掉下來的表皮輕如無物。在它下面，我的皮膚不再是粉色，而是變得更加蒼白，就像白堊一樣。

到了海邊，我們躲開一輛輛手推車、驢車和肩頭扛著大包的人們。德瓦利婭引領我們來到一串商舖攤販前。我聞到了食物的氣味，感覺自己的胃都頂在喉嚨上，讓我幾乎無法呼吸。我已經有連續幾天不曾感覺到餓了。但現在，飢餓感無情地襲擊我，直到我感覺頭暈目眩，雙腿發軟。

德瓦利婭放慢了腳步，我希望她也像我一樣餓，並且能有些錢購買食物。但她只是拽著我一直向前走。最後，我們站到了一群人中。這群人愈聚愈多，人群正中央是一個高大魁梧的大漢。他正站在一輛大車上，戴著一頂有許多彩色條紋的高帽子。他的斗篷領子豎起，遮住了耳朵，上面同樣有許多彩條。我從未見過這樣的衣服。在這個人身後的車門裡放著一個木箱。木箱上有一排排的小抽屜，每一只抽屜都被塗成了不同的顏色，而且都雕刻著一枚徽章。那個人的頭頂上有一個木棍搭成的框架，懸掛著許多彩色絲巾和小鈴鐺。海風幾乎是持續不斷地吹過來。絲巾隨風飄擺，鈴鐺也不停地發出響聲。就連拴在車轅上的那匹溫馴的大灰馬也在鬃毛上繫滿了緞帶和鈴鐺。這些我都從來沒見過！

這一刻，我忘記了飢餓。這個商人會出售什麼樣的神奇商品？這裡所有的人似乎都在思考這個問題。彩色商人正在用一種我不知道的語言說話，然後，他突然講起了通用語：「這是你們的幸運，它們能引領你們的腳步踏上一條好運之路！我把它們從很遠的地方帶到這裡來！你們不願意用一個銀幣來換取這樣的智慧嗎？真是一群傻瓜！在這個市場上，你們還能從誰那裡得到智慧和運氣？一切只需要你們掏一個銀幣！你應該結婚嗎？你的妻子會懷孕嗎？今年你是應該種根莖菜還是種葉菜？來吧，來吧，你們不需要遲疑！將一枚銀幣壓在你們的眉心上，然後帶著你們的問題把它給我。這枚銀幣會告訴我該打開哪只抽屜！來吧，來吧，誰願意試試？誰是第一個？」

德瓦利婭的喉嚨裡發出一點聲音，就像是一隻貓在低吼。我回頭瞥了一眼文德里亞。他的眼睛睜得老大。他看見我的目光，便悄聲說：「那個人是在效仿克拉利斯的小先知。但小先知是四聖親自委任的。他在這裡做的事情是被禁止的！他是個騙子！」

有兩個人轉頭瞪著文德里亞。文德里亞立刻低垂下目光，閉上了嘴。大車上的那個人還在賣力地用兩種語言吆喝著。突然間，一個女人向他舉起了一枚銀幣。他向那個女人點點頭，女人便將銀幣用力按在額頭上，又遞給那個人。那個人微笑著接過女人的銀幣，把它按在自己的額頭上，又問了女人一個問題，女人回答了。然後，他對著人群，用通用語宣布說：「她想要知道，如果她經過漫長的旅程去探訪母親和妹妹，她們是否會歡迎她。」

他將硬幣再一次按在自己的眉心處，然後舉起銀幣。他的手在不住地搖晃、畫圈，看上去真的好像是銀幣在引領他的手，落在他選中的那個小抽屜上。他打開抽屜，從裡面拿出一粒堅果。我不由得吃了一驚。那是一粒金色的堅果，可能是被塗了一層金漆。他突然將那粒堅果在自己的額頭上磕了一下，就像是敲開一個雞蛋。然後他把堅果遞給那個女人。女人猶豫著接過，把它打開。堅果平整地裂開了，就像是被刀子割開一樣。她歡喜地讓堅果攤開在自己的手掌心裡，從裡面拿出一張小紙條。紙條是白色的，邊緣則裝飾著黃色、藍色、紅色和綠色。她將紙條看了又看，不過她顯然看不懂上面寫了什麼。然後她將紙條遞還給彩色商人，似乎是請商人告訴她。

「讀出來！讀出來！」人群一同高喊著提出要求。

商人收回紙條。以優雅而又誇張的動作打開紙條，仔細審視上面的文字。隨著他盯住紙條的眼珠來回轉動，圍觀的人群也更加密集地向他聚攏過來。「啊，這是一個好訊息，真正的好訊息！妳想要得到關於一次旅行的建議，這裡就是妳要的答案！『走在陽光下，大路平又寬。在妳要去的地方，滿桌香噴噴的飯菜和一張乾淨的床正在等妳。妳將走進一幢充滿了喜悅的房子。』就是這樣！收拾起行囊上路吧！現在，誰是下一個？誰想要聽聽正有什麼樣的運氣在等著你？難道這樣的訊息不值得一枚銀幣嗎？」

一個年輕人揮舞著一枚硬幣。商人接下它，並再一次以不輸於任何木偶戲演員的華麗動作將藏在金堅果中的訊息交給那個年輕人。年輕人知道了自己的求婚將大獲成功，便笑著從大車前離開了。現在有更多人舉起了銀幣。有些人完全是一副急不可耐的樣子。德瓦利婭看著這一幕，瞇起了眼睛，就像貓盯住了老鼠洞。商人接受了愈來愈多的錢，不斷念出預言。並非所有預言都是好事。一個男人詢問該種些什麼莊稼，得到的答案卻是警告他應該留下自己的錢，不要去購買他想要的東西。他驚得目瞪口呆，對人們說：「我今天來市場本來是打算買一匹犁地的馬！但現在我可要等等了。」

一對夫婦想要懷孕、一個人想要賣掉他的土地、一個女人想要知道他受傷的父親是否能恢復……有這麼多人都想知道明天會發生什麼。有那麼一兩次，商人接過銀幣，按在自己的額頭上，然後又揮舞著它，皺著眉頭說：「它無法引導我，我需要一枚更大的銀幣，才能為你的問題找到答案。」

讓我感到驚愕的是，人們真的會給他一枚更大的。似乎他們一開始走上這條路，就再也不會回頭了。有人自己大聲讀出了紙條上的預言。另一些人則只是悄悄記下了上面的內容。兜售預言的商人會為不識字的人讀出紙條上的文字。他打開了自己的一個又一個小抽屜。而圍觀的人絲毫不見減少。就連那些購買了預言的人也都會留下來，想要聽聽其他人都有什麼樣的預言。

德瓦利婭帶領我們來到人群邊緣。但在這裡，她突然停住腳步，悄聲對文德里亞說：「控制他。」

「他？」文德里亞甚至沒有把聲音壓低。

我看得出，德瓦利婭很想打文德里亞一巴掌，但她控制住了自己。很明顯，她不希望惹來人群的注意。

「是的，他。那個販賣假預言的人。」德瓦利婭咬著牙說。

「哦。」文德里亞仔細審視那個人。我能感覺到他絲絲縷縷的魔法逸散出來，向那名商人伸展過去。但我知道，文德里亞做不到。那個人的自我太過強大，不可能被這種虛弱的絲線束縛住。我能感覺到那名預言商人在這個世界上產生的形態。讓我驚訝的是，我發現他的身上也有著一種魔法閃光。他沒有像文德里亞這樣伸展出自己的魔法。他的魔法只是包裹住他，就如同那一身色彩鮮豔的衣服。這種魔法會吸引人們注意並靠近他。我向他的魔法伸展，輕輕推了一下。片

刻之間，他顯得有些困惑。我立刻移開自己。他能做的只是吸引人群。他甚至有可能根本不知道自己正在使用魔法。

我回頭看向文德里亞。發現他也正在怪異地看著我。我扭過頭，撓了撓鐵鍊下的脖子。我並沒有故意要去碰觸他的魔法。我這樣做完全是不假思索的。但文德里亞感覺到了，現在他的心中已經有了懷疑。

那名預言商人正搖動著一枚銀幣，讓它指引自己的手伸到一個雕刻著飛鳥的小抽屜上。我假裝只是興致勃勃地看著他表演。

「我做不到，」文德里亞對德瓦利婭說。甚至不等德瓦利婭瞪他，他的臉已經皺縮在一起，「我沒辦法進入他。」

「找到辦法。」

「我不能。」文德里亞慢慢吞吞地說道。

德瓦利婭在惱恨中沉默了片刻，然後一把抓住文德里亞肩膀處的襯衫，把他拉到自己面前。她距離文德里亞這樣近，讓我覺得她好像是要咬他一口。我聽到她惡狠狠地悄聲說道：「我知道你想要什麼。我知道你在渴望著什麼。但是聽我說，你這個可憐的、未成形的、既不是人也不是白者的東西！我只剩一劑了。一劑！如果我們現在就用了它，等到你真的必須擁有力量的時候，我們就沒了。所以，想辦法進入他。現在就做，否則我就殺了你。這很簡單。如果你連這個都做不了，你就沒用了。我會把你丟下，任由你爛掉。」然後她又將文德里亞一把推開。

我看著文德里亞的臉。德瓦利婭說出口的每一個字都像拳頭一樣打在他的臉上，像箭一樣插進他的腦子裡。他完全相信德瓦利婭的話——我也相信。如果他在今天讓德瓦利婭失望了。德瓦利婭會殺死他。我沒有費心去想她會怎麼動手、如何動手，因為我知道她一定會這麼做。

然後，我就只能一個人面對德瓦利婭了。這個念頭像一把斧頭砍在我身上。

我看到文德里亞的肩膀抬起、落下，再次抬起、落下。他慌亂的呼吸變得愈來愈快。我不假思索地伸出手，握住文德里亞的手。「努力，」我懇求他。他睜大了眼睛瞪著我。「努力，我的兄弟。」我進一步壓低了聲音。我不願，也不能去看德瓦利婭。她是否看出了我們的恐懼，是否在向我們冷笑？是否在因為迫使我們結成聯盟而感到得意？我不想知道。

文德里亞肥胖的手握緊了我的手。那隻手溫暖而且潮濕，彷彿我把手放進了某個人的嘴裡。我希望能抽回手，但現在不能讓他產生任何疑慮。文德里亞顫抖著吸了一口氣，然後我感覺到他安定下來。不僅如此，我還感覺到他在凝聚自己的魔法。突然間，我知道不管德瓦利婭是怎樣認為的，這正是瞻遠魔法。這個傢伙竟然偷竊了這種能力，為此我感到一陣憤怒。然後我就察覺到他的魔法向那名商人噴薄而出。

我有多少次感覺到我的父親和姐姐使用這種魔法？在他們的控制下，這種魔法變成了人類能夠想像出的最鋒利的匕首，箭一般向他們所指定的那個人射去。文德里亞噘起嘴唇，將魔法聚攏，努力射向那個商人，彷彿在向他噴水。我有些好奇他用這種粗陋的魔法怎麼可能控制住埃里克大公和他的手下。也許那時他比現在更強大，強大到他根本不需要精細地使用自己的力量。也許這其中的區別就像是用磚塊拍死螞蟻和用指尖碾死螞蟻。

魔法遲緩地向那名商人移動，碰到商人，湧過他的全身。但那名商人心中充滿了強烈的情緒。他正熱情似火地兜售著商品，根本沒有感覺到文德里亞的觸碰。文德里亞吹過去的魔法力量一下子就滾到了一旁。從文德里亞握住我的手中，我感覺到他的信心在衰落。隨著絕望的情緒愈發強烈，他的魔法變得軟弱無力，失去焦點。

「你能做到。」我悄聲對他說，同時希望他能夠感覺到自信，能夠再試一次。

有一次，當我從一棵樹上掉下來，拖著流血的手肘跑向母親時，我並不知道還有更多血從我的鼻子裡流出來。現在魔法就和那時一樣，從我體內流出，穿過文德里亞，我一直都沒有發現有什麼重要東西離開了我的身體，直到我察覺到它的效果。文德里亞再次聚集起他能找到的魔法，把它向那名商人推過去，就像滾動起一塊石頭。而我的魔法正在引導著文德里亞。那是一種與我的父親和姐姐完全一樣的魔法，所以我知道它是我的。突然之間，被推出去的魔法不再像是一塊緩慢滾動的石頭，而是一塊被擲石索甩出的飛石。

我看到它準確地擊中了那名商人，看到正在微笑交談的他突然睜大了眼睛，張開的嘴裡也沒有了聲音。我感覺到文德里亞在指揮他。你想要做德瓦利婭要你做的所有事。文德里亞所表達的「德瓦利婭」是德瓦利婭的外表，以及對她的感覺——重要、睿智，是一個必須服從的女人，一個應該畏懼的女人。商人的目光掃過人群，發現了德瓦利婭，面帶敬畏地看著她。德瓦利婭向商人點點頭，又輕聲對文德里亞說：「我知道你能做到。只要你真的想做。」

文德里亞鬆開我的手，用雙手捂住嘴，對自己做到的事情感到驚愕。那名商人還在做著他的生意，將金色堅果和神奇的運氣出售給一位又一位買家，直到他的大箱子上的每一只抽屜都空了。然後他對人群宣布，今天沒有幸運可以再出售了。人們紛紛散去，一邊還在不住地交頭接耳。有一些人還在一遍遍端詳著自己的紙條上書寫的種種未來。

我們站在原地，看著商人的顧客們紛紛離去。商人逐一合上他的神器箱子的抽屜，然後緩步走下大車，並一直不停地瞥著德瓦利婭。他的馬轉過頭，詢問地打了個響鼻。但商人徑直走向了我們，臉上充滿了困惑。德瓦利婭沒有一絲笑容。文德里亞退到她身後，我也在鐵鍊允許的範圍內跟著文德里亞一起退開了。

「你做了一件壞事，」德瓦利婭說道。這是她對商人說的第一句話。商人停下腳步，盯著她。德瓦利婭扭曲嘴唇，彷彿是覺得噁心。「你將運氣堅果走私到克拉利斯境外。你知道這是被禁止的。在克拉利斯購買運氣堅果的人都知道，他們必須將這樣的堅果擺放在家中尊貴的地方。他們知道絕不能將這種堅果出售或者送給別人。但你透過某種方法獲得了數十枚運氣堅果。你虛張聲勢地敲開那些堅果，但那騙不了我。它們已經被打開了。裡面的啟示本來是屬於那些為它們付出大筆錢的人。你是怎麼得到它們的？偷來的？」

「不！不，我是一個誠實的商人！」面對德瓦利婭的指責，這名商人露出驚恐的表情，「我購買貨物，再將它們出售。我有一個水手朋友，他會帶來很多奇異的商品。他並不經常到這座港口來，不過他每次來到這裡時，都會給我帶來堅果和放在裡面的運氣紙條。我做這個營生已經相當有名氣了。我知道這是那些白色皮膚的人說出的預言。這些年裡，我一直在這個地方販賣它們。如果這件事中有人犯罪，那也不是我！我只是收購了它們，再出售給需要它們的人。那些人都知道，用一枚銀幣買下這樣罕見的東西是相當公道的價格！」

德瓦利婭向文德里亞瞥了一眼。文德里亞睜大了眼睛，我感覺到他正在將魔法推向這個人。魔法浸透了他，就像浸透了一塊布。文德里亞向德瓦利婭微微一點頭。德瓦利婭微微一笑，讓我在她臉上留下的咬痕變得如同一條恐怖的爬蟲。「你知道你做了錯事，」德瓦利婭繼續指責他，「你應該將那些銀幣給我，因為我代表了那些白色皮膚的人，他們是白者和四聖。將你欺騙來的錢給我，我會懇求他們饒恕你。你還要告訴我你朋友的名字，以及那艘帶他來這裡的船。我也要替他向四聖請求寬恕。」

商人盯著德瓦利婭，將他掙得的一袋銀幣遞給她。我已經數過他的箱子上的小抽屜。一共是四十八個。四十八枚銀幣，其中有一些是他花言巧語從買家那裡騙來的大銀幣。以公鹿公國的標準計算，這是一筆很可觀的錢。他盯著德瓦利婭，歪過頭，突然又用力搖了搖頭。「妳真是個奇特的乞丐。妳指責我偷竊，又想要搶劫我。我甚至不知道為什麼要和妳說話。不過我明天就要結婚了。俗話說，在結婚之前還掉一筆不是你欠的債，你就永遠不會有還不清的債。所以，給妳一個銀幣，這可不是我欠妳的。」他一邊說，一邊從錢袋裡拿出一枚銀幣，用兩根手指捏住，又一下子把它彈到半空中。德瓦利婭伸手去抓，但銀幣從指縫中滑出來，落在地上。文德里亞蹲下去為她撿拾。德瓦利婭卻用腳趾牢牢踩住了那枚銀幣。

那名預言商人已經轉回身，向他的大車走去。他頭也不回地又說道：「妳應該為自己感到羞愧。給那個孩子吃些東西。如果妳還有一點良心，就解開她脖子上的鐵鍊，給她找一個家。」

德瓦利婭狠狠踢了文德里亞一腳，讓他喘息著倒在地上。「那艘船的名字！」她同時在向文德里亞和商人發問。我感覺到文德里亞在惶恐與絕望中投出的魔法。

商人正在坐到他的大車的馭手座位上。他依然沒有回頭看我們。「海玫瑰號。」他挽起韁繩，抬手一甩。他的馬穩穩地向前走去。我不知道他是否意識到自己向我們說出了這個詞。

德瓦利婭彎腰撿起她的銀幣。直起身的時候，她看見文德里亞也正在爬起來，便又一腳踢倒他。「不要以為這樣你就沒事了。」她一邊警告文德里亞，一邊凶狠地扯了一下鎖住我的鐵鍊。我不由自主地哭了起來，淚水流出了眼睛，讓我感到無比羞愧。我拖著腳步，抽泣著跟在她後面。文德里亞笨拙地亦步亦趨地跟著我們，就像是一條被主人踢了的狗。

德瓦利婭終於購買了一些食物——乾麵包給文德里亞和我，她自己則吃著塞滿了肉和蔬菜的薄餅。她用鷹一般犀利的目光盯著小販點數找還給她的硬幣，然後將那些錢塞進衣兜裡。她一邊走一邊吃，我們也是一樣。我希望能有一些水幫我把乾麵包沖進喉嚨，但她在經過公共水井時沒有片刻停留。她一直將我們帶到海邊。這裡的港口是一大片圓形的平靜水面，碼頭如同手指一般伸向水中。最大的船隻都在波瀾不興的港灣中拋錨，小船像有許多條腿的水上昆蟲一樣來往滑行，運送乘客和貨物。在更加靠近我們的地方，碼頭上繫著一些規模稍小的船隻。它們形成了一道木牆和一片桅杆叢林，隔開我們和開闊水域。我們這三名乞丐混跡於一片喧鬧忙碌的世界中，周圍全是往來不斷的大車和碼頭工人，還有富裕的商人在相互邀請去喝茶品酒，或者討論他們最近做成的買賣。

我們不知所措地在這些人中間挪動。周圍的人彷彿根本看不見我們，對我們毫不在意，只有當我們阻礙交通，擋住其他人的時候，才會招來一陣陣咒罵和責備。德瓦利婭不斷地叫嚷著：「海玫瑰號？它停在哪裡？海玫瑰號？我正在找海玫瑰號！」她就像是一個麵包商人在吆喝叫賣一般。

沒有人回答她。至多只會有人向她搖搖頭，對她說他們不知道那艘船。終於，文德里亞扯扯她的袖子，一言不發地朝兩艘船之間指了指。我們透過那道縫隙向港灣裡望過去。那裡有一艘很漂亮的船。在它船首像的位置上是一大簇燦爛的花朵，花束的正中央有一朵很大的紅色玫瑰。那艘船又長又寬，是港灣中最大的船。「可能是那艘船嗎？」文德里亞膽怯地問。儘管周圍不斷有人推擠，德瓦利婭還是猛地停住腳步，盯住了那艘船。那艘船高高地漂在水面上，裸露的桅杆直指天空。它的船員全都在甲板上快步移動，做著我不知道的各種水手工作。在我們的注視中，一艘六人划槳的小艇靠在那艘船旁邊。一只大箱子被放到了小艇上，然後又有一個人從船上下到小艇中。

有人重重撞了我一下，用我聽不懂的語言說了些狠毒的話。我縮到文德里亞身邊，他則躲到了德瓦利婭身後。德瓦利婭沒有動，也似乎完全沒有注意到我們阻礙了交通。「我們需要知道他們要去哪裡。」她壓低聲音說道。隨著小艇離開那艘大船，她突然跑了起來。我不得不緊跟著她。我們的視線經常被停泊在碼頭旁的船隻或者大堆的板條箱和包袱擋住，所以很難確定那艘划槳小艇的方位。我們不停地奔跑著。我赤裸的雙腳在凹凸不平的石子路面和多刺的木板碼頭上吃盡了苦頭。我腳趾上的一片指甲裂開，正在流血。德瓦利婭一頭衝過一隊馬車，被拖在後面的我感覺到揚起頭的馬噴在我身上的熱氣。憤怒的馬車夫向我們喊出了一連串髒話。

終於，我們站在一座高大的碼頭上。頭頂的藍天無比寬廣，盤旋著許多不住鳴叫的海鷗。風從我身邊吹過，撩起衣服和頭髮。我伸手摸了摸頭頂，驚訝地發現自己的頭髮已經變得很長了。父親和我為了哀悼母親的去世而剪掉頭髮，已經是那麼久以前的事情了？那彷彿只是在幾天以前，卻又好像已經距離我有許多許多年了。

文德里亞和我肩並肩地站在一起。德瓦利婭則來回踱步，每一步都會稍稍扯動鎖住我的鐵鍊。那艘小艇一靠近我們，她就喊道：「你們是從海玫瑰號來的嗎？你是它的船長嗎？」

一名衣著講究的男人沒有划槳，只是高傲地站在木箱旁邊。他抬起頭，厭惡地看著德瓦利婭，同時噘起了嘴唇，彷彿已經嗅到了我們身上的臭味。水手們迅速上了碼頭，將小艇繫好，而那名船長依舊站在小艇裡，完全不在意艇身的劇烈晃動。一根吊臂轉到了小艇上方，在確認木箱被安全吊上碼頭之後，船長才沿著一道梯子登上碼頭，根本不理會德瓦利婭焦急的問題，彷彿她只不過是一隻嘎嘎叫的海鷗，我們三個根本不值得他多看一眼。他用雙手撣了撣自己的黑色長褲和筆挺的深綠色短上衣。這件上衣的前襟有兩排白銀鈕釦。他的袖口上也釘著同樣的銀鈕釦。在他的外衣裡面是一件淺綠色的襯衫，衣領上閃耀著寶石領釦。他是一個非常英俊的人，或者更像

是一隻英俊的松雞。他從自己的衣袋中拿出一只小罐子，打開它，用手指舀了罐中的一些東西，抹在嘴唇上。與此同時，他的目光一直越過我們的頭頂，望著繁忙的岸邊市集，彷彿我們根本不存在一樣。

他的水手們則遠遠沒有那麼矜持。看到我們時，他們發出的那種幸災樂禍的喊聲無論是屬於哪種語言都不可能被誤解。一個女人走到德瓦利婭身後，不停地嘲諷她的形貌和面孔，說她無論長相還是行為都像是一個傻子。另一名年長的水手帶著責備的意味將那個女人推開，又從衣兜裡掏出一把銅錢遞給文德里亞。文德里亞看了看德瓦利婭。德瓦利婭則只是繼續不停地叫嚷著她的問題。於是文德里亞雙手合攏，接過了這些銅幣。這之後，水手們就不再理睬我們。他們自顧自地笑鬧著，邁著那種海上老手的流暢步伐走開了。只有一個人被孤零零地留在划艇上，顯然他要負責看守那艘小船。

德瓦利婭朝那些水手的背後尖聲咒罵了一陣，然後又猛然轉向文德里亞，狠狠抽了他一耳光，甚至讓一些銅錢從他的手裡掉了出去，掉在碼頭的木板上，又滾進木板間的縫隙裡，一直落入水中。我不顧脖子上的鐵鍊，彎腰揀起兩枚銅錢，將它們緊緊握在手中。我總會有辦法把它們變成食物，總會有辦法的。

德瓦利婭繼續讓自己的拳頭和腳尖落在文德里亞身上。文德里亞將身體蜷縮成一個球，頭藏在手臂裡，每捱一下都只會發出一點痛苦的哭聲。我雙手抓住鐵鍊，用力從德瓦利婭的手中甩出來，用鐵鍊抽了她兩下。德瓦利婭踉蹌著退到一旁，卻沒有像我希望的那樣落入水中。我轉身就跑，鐵鍊落在木板上，發出一連串叮噹的響聲。

我知道這樣做的結果，但是當有人用力拉住鐵鍊的時候，我還是感到很痛。我猛然被拉住，哭泣著用雙手捂住被擦傷的喉嚨，轉過身準備攻擊德瓦利婭。但用身子壓住鐵鍊的是文德里亞，他的臉頰已經因為德瓦利婭的毆打而變得通紅，然而他還是遵循著德瓦利婭的意志。德瓦利婭得意洋洋地走到文德里亞身後。文德里亞看著她，臉上全都是哀憐的忠誠。鎖住我的鐵鍊被他捧到德瓦利婭面前。「不！」我尖叫著，但德瓦利婭已經彎下腰，抓住鐵鍊，用力甩起，抽在我的頭上。我看到刺眼的白光，仰身倒在碼頭上。她踢了我兩腳，在盛怒中喘著氣命令我：「站起來！」她要殺死我。不是馬上，而是用持續不斷的虐待要我的命。我很清楚這一點，就像是清楚我的夢。我會死在她的手中，本應發生的未來也會隨我一起死去。他們的目的就是抓住並控制意外之子，以摧毀應該發生的未來，我就是那個未來。這個意念讓我差一點昏厥過去。它是不是一直潛藏在我的意識裡，直到現在才終於被德瓦利婭的虐待釋放出來？這一點知覺讓我感到噁心。這不是一個因為我盯著太陽而閃耀在我眼前的夢。這是一個未來。我必須找到路徑實現這個未來。我要找到它，否則我就會死在路上。

「起來！」德瓦利婭重複了一句。我用雙手和膝蓋撐起身體，搖搖晃晃地站起身，仍然感到一陣陣暈眩。德瓦利婭的面孔扭曲著，她將手伸進襯衫前襟裡，抽出手的時候，握緊的拳頭裡似乎有一樣東西。文德里亞全身都在顫抖。他的注意力完全集中到了德瓦利婭的手上。德瓦利婭用嚴酷的眼神瞪視著他，慢慢鬆開手指。我看見她手心裡有一根玻璃管，裡面盛著一種雲霧狀的液體。她緩慢地向文德里亞搖搖頭。「你很弱，實在是太弱了。但如果一個人挖洞的時候手裡只有一把破鐵鍬，那也只能修補一下，再繼續用它。所以，我最後一次補滿你的力量。這是我給你的最後一個贖罪的機會。但如果你再一次讓我失望，哪怕是一點點失望，我都會了結你。不，我不會把它放進你的手裡。坐下，仰起頭，張開嘴。」

我從未見過有任何人能夠這麼快地服從命令。文德里亞在碼頭的木板上坐起來，拚命向後仰頭，閉緊眼睛，將嘴張大到遠超出我的想像。他就那樣坐著，一動不動地等待著。德瓦利婭則吃力地撬開那根小管子的玻璃瓶塞，非常非常緩慢地在文德里亞的嘴上傾斜過玻璃管。一點夾雜著銀絲的黃色液體慢慢從玻璃管中流出來。一看到它，我就感覺到一種由衷的厭惡。它的氣味飄進我的鼻孔中，讓我只想嘔吐。我張大了嘴，驚駭地看著那液體流進文德里亞的嘴裡，被他迅速吞入腹中。片刻之後，就如同一塊石頭被投入池塘，激起層層水浪。他全新的力量波瀾觸及了我。我以前是不是覺得我的父親就像是盛滿了沸水的罐子，不斷有魔法的熱氣從他體內噴發出來？而現在我覺得文德里亞不是在噴出熱氣，而是爆發出滾燙的魔法能流。我的身體和意識全都緊緊地縮成一團，就像是一粒緊密的堅果在對抗洶湧而來的浪濤。

文德里亞的眼皮瘋狂地抖動著，他的整個身體都在一種癲狂的狀態中劇烈顫抖。那點滴液體繼續落入他口中，看上去是那樣濃稠厚重，讓人噁心。文德里亞不停地吞嚥著。他的魔法對我的衝擊還在變得愈來愈強大。我將身體和意識都縮得更緊更小。德瓦利婭小心翼翼地監視著流入文德里亞口中的液體，當管子裡還剩下大約四分之一液體時，她將管子豎起來，塞好了塞子。

我緊閉雙眼，努力讓自己什麼都感覺不到，聽不到、嗅不到也嚐不到——無論哪一種感官，如果沒有完全關閉，都會讓文德里亞的力量直接衝擊我的意識。片刻之間，我什麼都不是。沒有感覺，沒有意識，我幾乎已經不復存在。

不知道過了多長時間。但最終，我感覺到來自文德里亞的壓力減輕了，也許是他的注意力已經轉移到別處。我這時才敢張開我的意識。我嗅到了塗了焦油的木板和海草的氣味，聽到了遠處海鳥的叫聲。還有德瓦利婭的聲音——也像那些海鳥一樣遙遠而持續不斷：「等那個船長回來到時候，他會將我們看做尊貴的人物，對我們充滿敬意。我們正是他要竭盡全力討好的人。他會迫不及待地取悅我，只想得到我的看重。他的船員們也都會這樣看待我們。他會接受這些銅幣，就好像它們是純粹的黃金。他會以最快的速度揚帆起航，並且會為我們提供一切舒適的條件。你能做到嗎？」

我的視野在晃動，但我看見了文德里亞快樂的微笑。「我能做到。」他說話的時候，如同身處美夢之中，「我現在能做到任何事。」

我很害怕他的能力。

我的恐懼觸動了他。他向我轉過頭，他的微笑就像太陽一樣，讓我無法直視。「兄——弟，」他拉長了聲音，滿懷喜悅，就像是在對著一個藏在椅子後面的小孩子說話，「我看見妳了！」

我向後退去，愈來愈小，緊緊封閉自己的軀殼。但他毫不費力地追上了我。「我可不認為妳現在能躲開我！」他溫柔地和我調笑著。我的確躲不過。一層、一層、又一層牆壁，他全都能夠

看穿，無數祕密從我身上剝除下來，就像是撕開生著水泡的皮膚。他愈來愈逼近我本質的內心。現在他知道了深隱和我是如何逃走的，他知道了我在鎮裡和父親度過的那一天，那條鮮血淋漓的狗，還有我和我的教師的爭吵。

狼父親已經那麼久沒有和我說過話了，但突然間，我知道了牠會對我說什麼。被逼到了絕境？戰鬥。

我將我的盾牌甩到一旁。「不！」我吼道，「是你在我面前無所遁形！」

我站了起來，但這不是我與他對抗的方式。那該如何形容？他距離我太近了。他一直逼進，而現在，我已經包圍了他。我不知道自己做了什麼、是怎樣做的。是我記起自己曾這樣做過？還是我記起了父親或姐姐曾經做過？我用自己的知覺包裹住他，把他困在其中。他驚訝得忘記了戰鬥。我相信他從沒有想到過會有人這樣對他。我更加用力地擠壓他。突然間，我覺得這就像是用我的一隻手握緊煮熟的雞蛋。他的外殼裂開了，那一層外殼沒有多厚。我懷疑他根本沒有守護過自己的意識、對抗其他人的經驗。

我知道了他。這些資訊並非以任何順序落進我的手中，它們已經全部屬於我了。我知道他出生時有一顆外形古怪的頭。這一點就足以讓他被和其他人分開。在他們的眼裡，他幾乎算不上是一個白者，只是一個帶有瑕疵、毫無用處的嬰兒。他被交給了德瓦利婭。在那一個季節出生了幾個有缺陷的嬰兒，他不過是其中一個。

因為知道了他的命運，我也瞭解了德瓦利婭。因為正是德瓦利婭將他從嬰兒一直養育成人。

德瓦利婭曾經深受眾人的尊敬。她是一名侍女，曾經侍奉過一位地位很高的白者。她追隨她的女主人在世界各處做了許多偉大的事情。但是當那個女人戰敗身亡之後，德瓦利婭的幸運也隨著她一同灰飛煙滅了。她飽受恥辱，並且只能去承擔一些低賤的工作，成為了克拉利斯助產士和治療師的僕從。克拉利斯的首要任務是繁育白者，以收穫他們的預言之夢。德瓦利婭希望能夠養育一位擁有最純粹的血統、命中注定將要承擔大任的白者，得到他的信任。但她在那裡已經不再受到信任了。所以她只得到了一對因為存在缺陷而被丟棄的雙胞胎。不過她用一頭豬給他們哺乳，讓他們活了下來。她希望他們並不完美的身體內能隱藏著強大的心智。

日復一日，她不斷提醒他們，全都是因為她，他們才能活下來。她沒辦法像其他人那樣得到完美的嬰兒進行撫養，只能努力培養她的被鄙棄的孩子。對此，她的確也很是盡心。文德里亞清楚地記得那些特殊的飲食和催眠藥草。有時候，他被禁止入睡，有時候他又會被餵下催眠藥劑，連續沉睡幾個星期，以此迫使他做夢。但隨著文德里亞和他的妹妹奧黛莎逐漸長大，他們並沒有顯現出特別的能力。

我立刻就知道，所有這些只能導致更加悲哀的結果。文德里亞無法為德瓦利婭做夢。至今為止，他只做過可憐的一個夢，就是他曾經告訴過我的那個。奧黛莎能夠做夢，但她的夢只有一些不成形的影響，沒有什麼用處。而德瓦利婭仍然使用各種冷酷的手段強迫她的被監護人為她做夢。文德里亞知道，德瓦利婭成為了費洛迪的助手，進行刑訊審問的工作，因為文德里亞在每次用刑之後都要負責善後工作。但他不知道為什麼西姆菲會帶著一種罕見的藥劑來找德瓦利婭。這

種藥劑用海蛇身上的液體做成，據說能夠讓任何服下它的人得到強烈的預言性的夢，隨後便會在劇烈的痛苦中死去。這些都是文德里亞偷聽到的。

德瓦利婭第一次將這種藥餵給文德里亞的時候，不得不用鐵鍊把他鎖在桌子上。這種藥嚴重地燒蝕了文德里亞的舌頭和嘴，讓他在那一天中都無法嚐到食物的味道。但在短暫的痛苦過後，文德里亞就體驗到一種強烈的喜悅。他的意識也隨之極度擴張，讓他能夠與其他人分享自己的想法。當他身邊的一些囚犯倒在地上，不停地抽搐和尖叫，用力捂住了嘴巴，德瓦利婭就發現他們是感覺到了文德里亞的痛苦。從那時起，通過一系列謹慎的嘗試，德瓦利婭發現文德里亞能夠讓其他人相信他推給他們的想法。只有那些擁有白者血統的人極少會服從他的操控。數年之中，文德里亞在德瓦利婭的祕密監護下開發出了自己的能力。他曾經相信德瓦利婭對於他的這種能力是免疫的，並且從來不敢在德瓦利婭的身上嘗試他的能力。德瓦利婭禁止他提起那種藥劑。對於其他人，德瓦利婭只是堅稱文德里亞有著非凡的能力，能夠以微妙的手段讓其他人相信他、服從他。

在我們兩個的牆壁都碎裂之後，我知道了那麼多事。我對他思想的入侵讓他感到驚駭。我用自己的力量對他造成重壓，讓他只能掙扎著想要知道自己到底遭遇了什麼。然後，我開始行動，幾乎是完全憑藉直覺使用瞻遠家族血脈中的魔法。「你不能主宰我。」我對他說，同時用自己的全部力量將這個想法推向他，「你不能打破我的牆壁。」

然後，我對自己緊緊地關閉了大門。

當我再一次知道我是我的時候，德瓦利婭正在用腳尖推我。她的力氣相當大。「起來。」她用一種虛假的和善口氣對我說，「起來，我們該上船了。」

整個世界都在我的眼前晃動。我看到她身著華服，低胸緊身衣的領口鑲綴著蕾絲花邊，帽子上堆滿了豔麗的花朵。她很年輕，差不多和深隱一樣。她弄捲的黑色長髮閃動著芳香的髮油光澤，眼睛是一種罕見的深藍色，眼瞼上垂下了長長的睫毛。她的皮膚完美無瑕，而衣冠楚楚的僕人就站在她身邊。

然後我眨眨眼，她又變成了那個被咬掉一塊臉、衣衫破爛的德瓦利婭。文德里亞也還是文德里亞。我不知道那些聚集過來的水手認為我是什麼樣子。我不情願地站起身，我的頭仍然在感到一陣陣暈眩。腹內的飢餓感已經開始讓我噁心。我用深呼吸將噁心的感覺壓下去。那些水手都沒有在看我。所以我不過是一個女僕或者奴隸，而且相貌一點也不吸引人。德瓦利婭則帶著虛偽的微笑接受那些人對她不停的偷瞥。海玫瑰號的船長也回來了，正帶著癡迷的表情和德瓦利婭說話。他命令立刻準備好一副轎椅，以免德瓦利婭在行走時會弄亂自己的裙子，並且親自指揮吊臂將德瓦利婭放到划艇上。德瓦利婭回頭看了我們一眼。「快一點！我們上船之後，很快就要前往克拉利斯了。」

我伸手去摸自己的喉嚨。文德里亞扯了一下鎖住我的鐵鍊。「快一點！」他用冰冷的聲音命令我，臉上沒有絲毫笑容，這時他已經開始順著梯子朝那艘小艇爬下去。鐵鍊變得愈來愈重，將我拖向碼頭的邊緣，拖向一個我無法避免的未來。

銀船和龍

我無法否認他特別的樣子，不過他看上去是一個聰明人。我相信，他對我不會有危險。你怎麼能想像他是敵人派來殺死我的？這種想法讓我感到驚訝。這個小子帶在身上的字條，說明現在有許多君主都會用小丑來娛樂他們的宮廷。也許我應該歡迎這樣一個聰明的雜耍藝人。他的滑稽可笑實在是令人心神愉悅。我承認，昨天晚上，當他鋒利的小舌頭將亞特利大人切成碎片的時候，我的確感到很是爽快。畢竟亞特利大人實在是一個浮誇狂妄的粗野之人。

當他最初來到我面前，呈上那份被水浸透的紙卷，紙卷上雖然寫著要將他作為一份禮物送給我，但贈送人的簽名卻被水洗去無從分辨，那時我的弟弟就警告過我，甚至建議我立刻除掉他。切德在這樣說的時候完全沒有避諱他。而那個孩子對此一言不發。所以我們以為他可能是一個聾啞之人，或者是一個智能不足者。但那個孩子很快就向我們高聲說道：『親愛的國王，無論是什麼事，如果你還無法確定做出之後會產生什麼樣無可挽回的後果，那麼就不要做！』

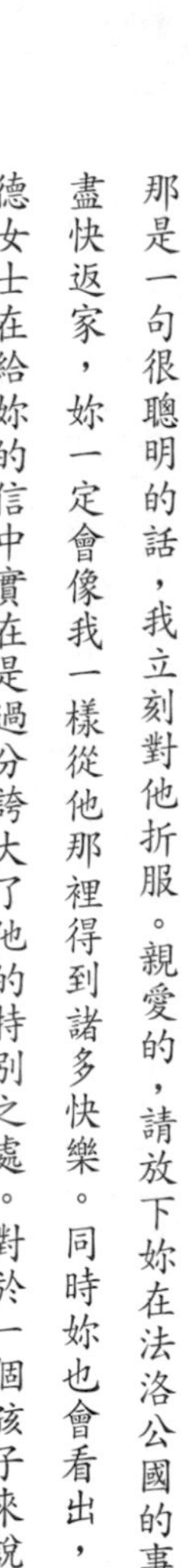

那是一句很聰明的話，我立刻對他折服。親愛的，請放下妳在法洛公國的事情，盡快返家，妳一定會像我一樣從他那裡得到諸多快樂。同時妳也會看出，格萊德女士在給妳的信中實在是過分誇大了他的特別之處。對於一個孩子來說，他真是骨瘦如柴。我相信只要他的飲食能夠更豐富一些，看上去就不會那樣怪異，皮膚上也能夠有一點血色了。我認為格萊德女士不喜歡他，只是因為那個孩子唯妙唯肖地模仿了她飽食過度、步履蹣跚的樣子。

我是那樣想念妳，我的欲念，我期待著妳回來。為什麼妳一定要那樣頻繁地離開公鹿堡，這令我百思不得其解，也倍感悲傷。我們已經結婚，是丈夫和妻子。為什麼我每晚只能孤單地躺在床上，而妳還要滯留在法洛公國？妳現在是我的王后，已經不需要再為統治法洛而殫精竭慮了。

——點謀國王寫的信，收信人為他的第二任王后，法洛公國的欲念

這場會議看上去更像是一次家族聚會，而不是為了阻止災難發生而緊急召集相關人士進行討論。我想到了自己的家族，意識到這種聚會通常都具備這樣的雙重功能。依姐女王的海軍上將在我們忙著對付那個船首像的時候已經登船了。溫特羅．維司奇早已在桌邊坐好。當我們走進船長艙室時，艾惜雅正在煮茶。

溫特羅．維司奇是海盜群島依姐女王的首相，同時兼任女王艦隊的海軍上將，他看上去是那

樣像艾惜雅，不認識他們的人很可能會將他們當做一對姐弟，而不是姑姑和侄子。他們身高大致相仿，我判斷他們的年齡差距不會超過二十歲。溫特羅．維司奇是麥爾姐的兄長。琥珀已經告訴了我一些關於他的悲慘經歷——他和薇瓦琪號一同被海盜俘獲，被迫在薇瓦琪號上為海盜柯尼提服役。奇怪的是，琥珀告訴我他鼻子旁邊的奴隸刺青，和他失去的那根手指，實際上都是他父親幹的。知道這些以後，我完全沒有想到他是這樣一個衣著樸素、神情鎮定的人。

歐仔快步走進艙室，顯然很熟悉他父母的這個房間。畢竟這是他度過了整個童年的船。很快他就和這裡重新融為一體了。我看到他從架子上拿下一只杯子，朝它笑了笑，又將杯子放回到架子上。他的身高和他父親差不多，但他的眉毛和眼睛肯定來自於維司奇家族，簡直就是艾惜雅和溫特羅的翻版。他的動作就像貓一樣優雅。

溫特羅的舉止風度則相當嚴肅。艾惜雅給他倒了一杯熱氣騰騰、混和著萊姆酒的檸檬水。他接過杯子，無聲地向姑姑表達了謝意。我引領琥珀坐到桌邊的椅子裡，自己也坐到她的旁邊。機敏站到我們身後，跟著我的兩個孩子則站到牆邊，保持著沉默。所有人都就位之後，艾惜雅重重地坐到貝笙身邊，長歎了一口氣。然後她看著溫特羅的眼睛說道：「現在你明白了。當我說我們在這裡的停泊不僅會改變你的人生，還會改變千百個人的生活時，我相信你還沒有理解我在對你說什麼。我相信你現在應該懂得了我的意思。你已經看到了派拉岡的改變。也許薇瓦琪也會發生同樣的改變。」

溫特羅舉起酒杯，緩慢地吮了一口酒，以此來整理自己的思路。然後他把酒杯放下，說道：

「這是我們無法改變的。在這樣的情況下，我們最好接受莎神的意志，努力去搞清楚這會導致怎樣的後果，而不是與無可避免的未來對抗。所以，如果派拉岡是正確的，在這最後一次航行之後，他將返回雨野原，得到足夠的巨龍之銀，成為兩頭巨龍。」他搖搖頭，臉上掠過一絲微笑，「我很想成為那一刻的見證人。」

「我認為你將不可避免地見證薇瓦琪的改變。如果琥珀和派拉岡是正確的，那麼這種變化就完全有可能發生。」

「對此，我完全確定，」琥珀輕聲說，「你們已經見到了，只要很少量的一點巨龍之銀，他就能夠任意改變外表。如果量夠大，他一定能將自己的巫木身軀改變成任何他所希望的形態。而他很想要變成一頭龍，或者是兩頭。」

樂符說話了，似乎在場沒有人認為他提出問題有什麼不妥之處。「但那會是一頭真龍嗎？有血有肉的巨獸？或者只不過是一頭木頭龍？」

房間裡陷入一片沉寂，我們都在思考這個問題。「只有時間會給出答案。」琥珀說，「他會從巫木變成龍，這與一頭龍的身軀在孵化時吸收了作為繭殼的巫木並沒有什麼不同。」

歐仔又向他的父母靠近了一些。他看看他們兩個，開口問道：「這是真的？這樣的事情真的會發生？這不是派拉岡狂野的幻想？」

「這是真的。」貝笙向他確認。

貝笙的兒子在盯著一個只有他能看到的未來，一個他從沒有想像過的未來。然後他悄聲說：

「他一直都有一顆巨龍之心。當我小時候，他將我握在手中，讓我在水面上飛行的時候，我就能感覺到……」他的聲音漸漸變小了，然後他問道：「他的身體有足夠的巫木能夠產生兩頭巨龍嗎？牠們會不會都很小？」

琥珀微笑著說：「我們現在還不知道。但小龍會長大。根據我的瞭解，龍只要還活著，就會不斷長大。幾乎沒有什麼東西能殺死龍。」

溫特羅深吸了一口氣。在認真思考之後，他將目光從琥珀那裡移開，轉向貝笙和艾惜雅，嚴肅地問道：「你們在財政上有問題嗎？」

貝笙不置可否地晃晃頭：「我們還有些資源。伊果的寶藏相當豐厚，我們沒有浪費我們的那一份。但金錢本身既不是財富，也不是我們兒子的未來。除了派拉岡，我們沒有其他的家，除了在雨野原河和繽城之間進行貿易，我們也沒有其他生活和事業。所以，是的，我們有足夠的資金，能夠保證我們餘生都不用為衣食和住所擔憂。但我們將只能住在房子裡。這絕對不是我們想要的生活！而我們又有什麼能留給歐仔？至於說我們自己的生活……我們很難去細想那些事。」

溫特羅緩緩地點點頭。我感覺他是一個只有在經過思考之後才會開口的人。正當他吸了一口氣，準備說話的時候，我們聽到外面傳來一陣喊聲：「請求登船！」

「拒絕！」溫特羅命令道。

貝笙兩步走到艙室門口。「拒絕！」他向黑夜中喊道，然後轉向溫特羅，「那是誰？」

但門外的聲音又喊道：「你不能拒絕我登上這艘船，畢竟我擁有這艘船的名字！」

「派拉岡・柯尼提。」溫特羅在船艙裡短暫的寂靜中說出這個名字。這時活船突然發出洪亮的吼聲：「許可！派拉岡！派拉岡，我的兒子！」

艾惜雅的臉色立時變成了青白色。我聽到這艘船的聲音中帶著一種奇怪的韻律，就連他的音色都改變了。

「甜美的莎神啊，」溫特羅在隨後的寂靜中呼出一口氣：「他的聲音幾乎就像柯尼提一樣。」

貝笙回頭看了妻子一眼。艾惜雅的表情如同石雕一般。然後，貝笙將目光轉向溫特羅，壓低聲音說：「我不想讓他和這艘船說話。」

「我根本不想讓他上這艘船。」溫特羅表示同意。他大步走向艙門。貝笙退到一旁，讓他過去。「派拉岡！」溫特羅喊道。他的聲音中帶有命令的意味，「到這裡來，馬上。」

回應溫特羅召喚的人不是男孩，也不是年輕人，而是一名成年男子，留著黑色的頭髮，有一個鷹鉤鼻和兩片精緻的嘴唇。他的眼睛無比湛藍，令人感到驚訝，衣著完全配得上那副英俊的面容。在他的耳朵上戴著兩只碩大的翡翠耳環，碧綠的寶石周圍還閃耀著細小的鑽石。我判斷他比歐仔更年長，但他們年歲相差應該不大。而且他沒有歐仔那樣強壯，海上的艱苦工作能夠讓一個男孩擁有與眾不同的男子氣概，歐仔正是這樣的男子漢，而這位王子只是一隻家貓。柯尼提的兒子在微笑中露出了平整雪白的牙齒。「我自告奮勇過來了。」他一邊說，一邊帶著嘲諷的意味向溫特羅鞠了一躬。然後他探身朝艙室裡看了一眼。「德雷維司奇？你也在這裡？看樣子，你們正在舉辦一場聚會，卻沒有邀請我。好吧，你可真是冷酷，我年輕的朋友！」

歐仔輕聲說：「不是這樣，柯尼提。完全不是這樣。」

「你們已經彼此認識了？」艾惜雅輕聲問，但沒有人回答她。

溫特羅壓低聲音，用強自克制的語氣說：「我希望你離開這艘船。我們全都知道，你的母親不贊同你來這裡。」

柯尼提側過頭，又笑了一下：「但我知道，我的母親不在這裡。」

溫特羅沒有回應他的笑容。「女王不必親身駕臨，我們自當奉行她的命令，尤其是她的兒子。」

「啊，但這並不是一位女王的意志，只是一個平白為我擔心的母親的心思。現在我應該擺脫她的擔驚受怕了。」

「就此而言，她的擔心不是沒有理由的。」溫特羅反駁道。

「我們不歡迎你上這艘船，」貝笙冷冷地說道，他的聲音中沒有憤怒，卻蘊含著危險。片刻之間，柯尼提的臉上只剩下了驚訝和茫然。就在這時，我們都聽見了活船派拉岡急不可耐的咆哮。

「讓他過來！讓他來見我！」

柯尼提恢復了鎮定。他的面容從驚訝變成王者的傲慢。這麼多年以來，我第一次如此清晰地回憶起了帝尊。他說話的速度很快，其中帶著明顯的怒意：「我相信，這艘船在屬於你們之前是屬於我父親的。我相信即使我在這裡沒有繼承權，我作為海盜群島王子的權威也要高過你們身為

船長的權力。我會去我想去的任何地方。」

「在這片甲板上，沒有人的權威能夠凌駕於船長之上。」貝笙對他說。

派拉岡的咆哮震動著我們的耳膜：「除了這艘船的意志！」

柯尼提向貝笙一側頭，微笑著說：「我相信他在召喚我。」然後他優雅地鞠了一躬，以完美的動作舞動他裝飾羽毛的帽子，緊接著就轉過身，信步走開了。貝笙發出一點聲音，但溫特羅站到了貝笙和艙門之間，讓船長無法出來。

「請別著急，」海軍上將說，「讓我和他談談。他從八歲時起，就一直都對派拉岡充滿了好奇。」溫特羅又轉向艾惜雅，「他從來沒有見過柯尼提，而他周圍會有數十個男人向他講述他父親的英雄故事。這肯定會讓他對這艘船癡迷不已。這是他無法抗拒的。」

「要求登船！」有人在高聲呼喊，隨後那個人又喊道，「柯尼提！你也許是王子，但你不能無端藐視我和你的母親！」

「索科，」溫特羅長吁了一口氣，「哦，天哪，真是太好了。」

「有時候柯尼提會聽他的話。」歐仔的聲音中有了希望。

在我身邊，琥珀悄聲說：「原先是柯尼提的大副。」

「是的。」溫特羅表示贊同，然後就轉身去迎接索科。我聽到他們匆忙的交談聲。索科的聲音中帶有指責的意味，溫特羅在為自己辯護，向索科陳述道理。但我的耳朵已經因為另一種聲音而繃緊了——我聽見那艘船在喜悅中呼喊「小派拉岡」，那個年輕人則以更加冷靜的口吻做出回應。

「他怎麼能這樣？」歐仔在凝滯的氣氛中說，「在柯尼提對你們做過那些事以後，在你們和貝笙為他做了那麼多之後，他怎麼還能夠那樣喜悅地接納柯尼提的兒子？」我有些好奇，歐仔氣憤的聲音深處是否還有一絲嫉妒。他咬緊了牙，突然間，他看上去非常像他的父親。

「他是派拉岡。他永遠都能做一些讓我們無法想像的事情。」艾惜雅緩緩站起身，向前挪動腳步。她彷彿突然變老了，全身每一個關節都變得僵硬。

「我不是我的父親，」貝笙突然說，「他也不是他的父親。」

「他看上去就和柯尼提一樣。」艾惜雅有些不確定地說道。

「就像歐仔很像妳，也很像我。但他不是我們之中的任何一個。他也不必為我們一生中所做的任何事情負責。」貝笙的聲音低沉而且平靜，充滿了理性。

「歐仔，」那個年輕人輕聲說道，「我已經有一段時間沒有聽過這個名字了。現在我幾乎已經習慣被人稱作德雷維司奇了。」

「我不是……我並不恨他。我說的是柯尼提。我也不會以他的父親來判斷他。」艾惜雅努力想要找到合適的詞彙來表達自己的心情，她只是繼續著自己的話題，彷彿她的兒子剛才並沒有說話，「我相信自己不會對他有所偏見。他父親的錯與他無關。但我就是對他沒有一點好感。」她向身邊的貝笙看了一眼，將腰桿更加挺直了一些。堅定的心意又回到她的臉上和聲音中，「我很擔心他會從派拉岡的心中喚醒一些什麼。正如同薇瓦琪號——維司奇家族的活船中有我的父親，

有我的祖母。」她緩慢地搖搖頭，「我一直都知道，柯尼提一定已經成為了派拉岡的一部分。他是大運家的人。許多個世代以來，派拉岡一直是屬於大運家的。我們全都知道，派拉岡吸收了伊果施加在柯尼提身上的全部虐待，那是數不清的深深傷害和侮辱。在伊果奴役派拉岡的日子裡，他的甲板上流了那麼多的血。那麼多殘忍、痛苦和恐懼隨著那些鮮血一起滲進他的軀體。當柯尼提死去時，我們的船又完全接受了自從柯尼提拋棄他之後的全部人生。我以為派拉岡已經……消除了它的影響，在成長中度過了這道關口，就如同小孩子們長大之後拋棄了自私，學會同情他人。我以為……」她沒有把話說完，便停了下來。

「我們全都會將各種事情埋在自己的心底。」琥珀說道。她的這句話讓我打了個哆嗦。她正直視前方，沒有看著艾惜雅，但我感覺到她是在對艾惜雅一個人說這番話，「我們以為控制好了，直到它們突然爆發出來。」琥珀的手按在我的襯衫袖口上，我感覺到那隻手在顫抖。

「無論如何，過去的已經過去了。」艾惜雅突兀地說，「該是面對的時候了。」她握住貝笙的手臂。看著這對夫婦，我彷彿看到了兩位戰士背對背地屹立在戰場上。他們離去的時候，歐仔和樂符跟隨在他們身後，像是要去參加某個重要的儀式。

「為我領路。」琥珀說道。我們跟在那四個人後面。機敏、火星和小堅跟著我們。不顧一切留在派拉岡號上的幾名船員遠遠地走在最後。

油燈照亮了停泊在港口中眾多船隻的桅杆和船首。月亮正緩緩升起。在昏暗的光線中，眾人的面孔似乎都被罩上了一層陰影。不過月光直射在派拉岡的臉上，清晰地顯示出他滿臉的慈愛。

那情景就像是來到了一幕正在表演的木偶戲前。派拉岡號的船首像正扭過身子，低頭看著站在他甲板上的柯尼提之子。我們都能看到他在微笑。和他同名的年輕人背對我們站立著，雙腿岔開，雙手鬆弛地背在身後。他的身姿讓我更多想到的是忍耐，而不是敬畏。

在柯尼提的身後，溫特羅和一名身材魁梧的大漢站在一起。那個人頭頂沒有剩下多少頭髮，卻有一臉茂盛的灰色鬍鬚。他穿著一條寬鬆的長褲，褲腳塞進了高筒靴裡。一條寬腰帶裡插著一把彎曲的長劍，勒住了他的大肚子。他的襯衫非常白，幾乎能夠在月亮下面閃閃發光。這個人正緊皺著眉頭，雙臂交叉在胸前。我突然想起了布雷德。一些老戰士就像是優秀的武器。他們身上的傷疤如同經驗和智慧的銘文。

派拉岡正在說話：「那麼你會與我一同航行嗎？在我最後一次揚帆出海的時候跟隨我，在我恢復巨龍之身以前陪伴我？」

柯尼提似乎覺得他的問題很有趣。「我當然會的。我想不出有什麼更好的辦法能夠打發時間了。我已經厭倦了幾何、航海和語言課程。如果我不能在星空下揚帆遠航，他們為什麼還要教我星星的位置？是的，我會跟你走。而你要告訴我關於我父親的故事。他在我這個年紀時的故事。」

一絲機警的巨龍眼神閃過活船的眼睛。我覺得他會拒絕這個男孩，但他清楚地回答道：「也許吧。當我認為你已經準備好聽到那些故事的時候。」

柯尼提笑了。「活船，我是海盜群島的派拉岡王子！難道你認不出柯尼提的兒子了嗎？我可

是王位的繼承人。」在那個年輕人臉上煥發出的光彩，映襯著他微笑中堅硬的線條，「我只會命令，不會請求。」

派拉岡轉過頭，對著水面說道：「在我的甲板上不行，柯尼提。在我的甲板上永遠都不要發號施令。」

「而且你不乘這艘船去任何地方，派拉岡．柯尼提，」溫特羅堅定地說，「索科來帶你回住所。現在你應該穿上晚間玩牌的衣服，去會見來自香料群島的達官顯貴。你的母親，依妲女王希望我們兩個都在那裡，如果我們現在不過去，就肯定要遲到了。」

柯尼提緩緩地把臉轉向溫特羅，「我真的很可憐你，首相，你只能單獨去面對她的怒火了。另外還請記住，當我今晚回到宮殿時，我要準備好航海的一應所需。我不會穿上玩牌的衣服，去應付一個笑起來像馬匹嘶吼的女士。」

一陣沉默之後，索科對溫特羅說：「我正在試著回憶上一次把他打到哀號求饒的時候，我認為他也許又要挨一頓打了。」

王子將雙臂交叉在胸前，挺直了身子，「碰我一下，我就要在天亮之前把你們用鐵鍊鎖住。」他輕蔑地哼了一聲，「我本以為你們在許多年前就應該已經厭倦了扮演保姆。我也不需要保姆跟在我的屁股後面。我不是一個任性的孩子，會任由你們嚇唬。不再是了。」

「不，」那個年老的人哀傷地搖搖頭，「你比那個更糟。你是一個被寵壞的孩子，只不過套上了一身男人的好衣服。如果我認為你的母親會同意，我就會向她建議，對待你最好的方式就是讓你跟著德雷出海，去當一名水手，學一點你的父親還只有你一半大的時候就已經熟知的生意。」

貝笙．德雷說道：「恐怕他的年紀已經太大，學不了這個了。你們錯過了機會，你們兩個都是。」船長的臉上掠過一種奇怪的神情，「我覺得他很像一個被寵壞的商人的孩子，卻又自以為是一名貿易商。」

如果一個男孩被一番話準確地擊中內心，卻又不願意承認，他的站姿就會形成一副特別的樣子。現在的柯尼提就是這樣——身子有一點太直，肩膀有一點太過僵硬，他說出的話也變得明確簡單：「我現在應該回到宮裡去了。但不是穿好衣服去和香料群島的猴子們玩骰子。活船！我們早晨的時候再見。」他將目光轉向貝笙和艾惜雅，「我相信等我回來時，你們會將我的寓所準備好。我上船時看到的那個房間應該就可以。另外請為我儲備好適當的食物和飲料。」

他從我們身邊走過，但我看到他選擇的路徑不需要任何人為他讓路。於是我知道，他沒有信心真正和我們中間的任何人對抗。我們聽到他的靴子響亮地敲在甲板上，然後他就翻過欄杆，爬下了一道繩梯，同時向正在小船上等著他的可憐僕人們大喊大叫。很快，黑夜裡就傳來了輕微的划槳聲音。

「你真的這樣想？」索科渾厚緩慢的聲音裡帶著驚慌的情緒。片刻之間，我還不太清楚他在向溫特羅問什麼，但他在黑暗中盯住的其實是貝笙。

派拉岡號的船長低頭盯著甲板。「不，並不真的是這樣，」他承認說，「不過我的父親將我

扔出家門，讓我的兄長成為他的繼承人時，我比他更年輕。那時要找到我自己的路是非常困難的，但我做到了。現在對柯尼提的兒子來說也還不算太晚。」他重重地歎了口氣，「但這不是一個我想要的任務。」

索科抬起頭向月亮望去。月光灑在他的臉上。他在沉思中咬住嘴唇，眉毛絞擰在一起。然後，他用粗啞的嗓音說：「這艘船是對的。他應該和你們一起出海。這是他最後的機會了，是他能夠感知腳下這片甲板唯一的機會。他應該乘上這艘船，這艘曾經塑造過他父親的船。」他轉過頭，盯著雙眼圓睜的貝笙，「你應該帶著他。」

溫特羅愣了一下：「什麼？」

但索科已經用一隻筋骨糾結的大手拍了拍他，阻止了他的反對。這位老人清了清喉嚨：「我辜負了這個孩子。當他年紀還小的時候，我太過於珍惜他父親留下來的這一點血脈。我溺愛他，讓他遠離一切傷害。我從沒有讓他因為自己的錯誤而感覺到痛苦。」他搖搖頭，「他的母親同樣在溺愛他，讓他予取予求。但這不是他母親一個人的錯。我想要他成為王子。我想要他穿著美麗的衣服，一雙手潔淨無瑕。我想要讓他盡情享受他的父親為他贏得的一切，過上他父親所希望的生活。」老人又搖搖頭，「但我們沒有能讓他擁有作為男人的另外一面。」

「他一直都不必成為一個男人。」貝笙乾巴巴地說。這句話很冷酷，但他的語氣絕非如此。

「也許一場遠離他母親的航行能夠做到這一點？」索科探詢地問道。

艾惜雅突然走到索科面前。她的目光從索科又轉向溫特羅。「我不想要他。這次航行中已經有夠多的問題要我應付了。對於我們要去的地方，我只有一個模糊的概念。我也不知道在那裡會遭遇到什麼，琥珀的這個小任務到底要用多長時間才能完成，我們什麼時候會回來。也許你還不知道，索科，我們此行是要去殺人和復仇。我們最終很可能會為了活命而逃亡，或者直接死在那裡。我不會為海盜群島王子的安危負責，我可能連他的生命都無法保護。」

「但我會。」派拉岡說話了。

我們全都同時聽到並感覺到了這個回應。活船的聲音如同雷鳴湧過他全部的骨骼，衝進我們的耳朵，不像一聲吶喊，而更像是一個不容置疑的論斷。我也不想在這次遠征中再添加任何人，更不要說是一個被寵壞的王子。於是我吸了一口氣，想要表達我自己的反對，卻突然感覺到琥珀握緊了我的手腕。她低聲對我說：「就像恰斯人說的那樣，你不必當一條狗去和他們咬在一起。」

自從我們登上派拉岡號以來，我一直感覺到局勢已經愈來愈脫離我的控制。這已經不是我第一次希望自己能毫無牽絆地一個人上路了。

「去我們的艙室吧，」貝笙用緊繃的嗓音說道。他的視線掃過了我們。「跟我來。」然後他瞥了一眼他的船員們，又說道：「請去完成你們的工作吧。」我感覺到船長最後這句話是許可了這些水手繼續留在派拉岡號上。他們的人數並不多。如果我們還要讓這艘船能夠行駛，的確還需要最低限度的一些船員。但現在對於這次遠航能否成行，我已經開始有一點懷疑了。

派拉岡的聲音在安靜的港灣裡隆隆作響：「我會得到我想要的，貝笙，我會的！」

「是啊，對此我毫不懷疑。」貝笙苦澀地回答道。艾惜雅已經轉身前行。貝笙也轉過身，跟隨妻子為我們領路。

這個房間對於一艘船而言算是很寬大了，但它絕不是為了同時容納這麼多人而設計的。我讓琥珀坐下，自己站在她身後，我的兩隻手搭在她的椅背上。在這個位置上，我能夠觀察到房間裡的每一個人。

索科是一個非常惹人矚目的人。我判斷他已經年過半百，在年輕時經歷過艱苦而危險的生活。他的衣著像是一名小貴族，但臉上和手上的傷疤表明他實際上是一名戰士和水手。他腰間的佩劍做工極其考究，一看就是一件頂級武器，衣服的做工和身上的珠寶顯示出一個早已熟悉了貧困的人突然有機會穿戴金銀時的品味。如果換做另一個人，這身衣著也許會顯得很可笑，但卻很配得上他的氣度。

貝笙將兩只瓶子重重地放在桌子上。是白蘭地和萊姆酒。艾惜雅緊接著叮噹作響地放下了幾個杯子。「請自便。」她疲憊地說了一聲，就跌坐進椅子裡。片刻之間，她只是將臉埋在雙手之中。貝笙伸雙手按住了她的肩膀。她便抬起頭，挺直脊背，只是她的眼睛裡流露出一種聽天由命的神情。

溫特羅說話了：「依妲女王不會喜歡這種事。當她得知一艘活船因為尚未繳納稅金而被帶入港口的時候，就已經心生警覺。這樣的事情根本就不應該發生。貿易商們都很清楚這裡的稅務制度，沒有人想要因為耽擱納稅而被課以罰金。我知道那是派拉岡以後，就立刻去找了女王。她很害怕……」海軍上將突然停住口，又換了一種說法，「她認為我們最好能夠確認王子的行蹤，監管他與父親的活船相見。就我所知，應該是這樣。」他向旁邊的索科瞥了一眼。

「他還是一個年輕人！」索科反對說，「他知道我的工作是什麼，所以一直在躲著我。我懷疑他是賄賂了守衛，讓那些守衛對他睜一隻眼閉一隻眼。明天我會狠狠抽他們一頓鞭子。無論如何，事已至此，我們現在該怎麼辦？」

「我要上船！」這是一個女人的聲音，專橫而且怒不可遏。

溫特羅和索科交換了一個眼神。「依妲女王並不是……一個採取行動時會有所顧慮的人。」索科哼了一聲，看向貝笙。「這句官話的意思是她也許已經把劍拔出來了，你們可要小心些，不要多事。」他一邊說，一邊從頭頂摘下了帽子，在我眼前自然而然地變回一名戰士。

貝笙從艾惜雅身邊移開，靠向艙門口，彷彿要保護妻子一樣。但艾惜雅的黑眼睛閃閃發光。她也站起來，走到丈夫身邊。依妲女王的聲音再一次傳入我們耳中。

「讓開！我早就告訴過你們，我不需要你們這樣。你們真讓我丟臉，我的首相應該來好好聽一聽。我既然下了命令，就沒有什麼必須遵守的規矩！如果你們一定要留在這裡，就在小船上等我，但不要擋我的路。」

「她只是在趕走我替她安排的衛兵。」溫特羅輕聲說道。

片刻之後，艙室門口出現了一位非同尋常的女子。她的個子很高，臉上稜角分明，長相不算美麗，但異常耀眼奪目。閃亮的黑色長髮鬆垂在肩頭，而那一對肩膀在大紅色的短上衣裡面顯得

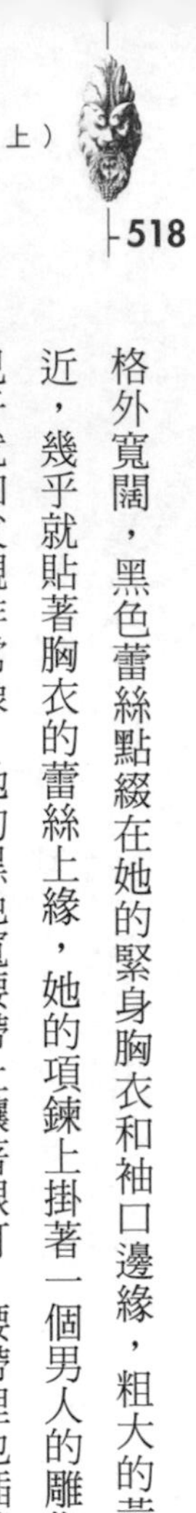

格外寬闊，黑色蕾絲點綴在她的緊身胸衣和袖口邊緣，粗大的黃金耳環掛在耳垂上。在喉嚨附近，幾乎就貼著胸衣的蕾絲上緣，她的項鍊上掛著一個男人的雕像。柯尼提？如果是這樣，他的兒子就和父親非常像。她的黑色寬腰帶上鑲著銀釘，腰帶裡也插著一把劍。不過劍刃還留在劍鞘裡。她將手指一直按在工藝精湛的劍柄上，用遠勝過劍刃的犀利目光掃過整個房間，然後問道：「你們在進行密謀嗎？」

溫特羅向她一歪頭。「當然。而且我們很歡迎妳的加入。我們討論的問題是妳那個脾氣驕橫，完全被慣壞了的繼承人。他剛剛見到了他父親脾氣驕橫，也被慣壞了的活船。他們似乎正打算齊心協力，遠航到克拉利斯去。我已經知道，這次航行的目的是向那裡的僧侶們復仇，因為他們綁架並殺害了一個孩子。在那以後，那艘船會以魔法將自己變成兩頭龍。」

依妲的下巴在驚訝中稍稍垂了下來。溫特羅又看著艾惜雅問道：「我說得大概沒錯吧？」

艾惜雅聳聳肩。「基本就是這樣。」兩個女人這時交換了冰冷的一瞥。

依妲女王什麼都沒有說。溫特羅又謹慎地開了口：「香料群島的使團呢？」

「有足夠的人陪他們一起耍錢。我在不在牌桌旁邊都不重要。而且現在那些事對我一點也不重要。」她將怒火中燒的目光轉向艾惜雅和貝笙，「為什麼你們要將這艘船帶到這裡？你們想要對我們做什麼？對柯尼提做什麼？我的兒子不會去任何地方！他是這個王國的繼承人，這裡需要他。他應該和來自香料群島的商人們一同享用晚宴，與他可能的新娘把酒言歡，而不是計畫什麼遠洋航行。」女王的目光掃過我們所有人，眼神寒冷如冰，「無論你們要進行什麼樣的復仇，那都和我們無關。所以，為什麼你們要到這裡來？你們要在這裡撒下什麼樣的災難種子？為什麼要將這艘船，還有它的厄運和壞名聲帶到我們的港口來？我只希望我的兒子永遠也不要見到這艘船，更不要踏足到這艘船上！」

「這也是我們的希望。」艾惜雅平靜地回答。

我感覺到這位海盜女王正強迫自己緊盯住艾惜雅。「但我們的理由不一樣，」她僵硬地說，「我的兒子自從明白他的父親是如何去世時起，就對這艘船著了魔。柯尼提最後的血浸透了這片甲板。他的記憶，他的……人生……都被這艘船所接受，被它吸收了。自從我的兒子漸漸長大，聽說了這些事情，他就對這艘船有了狂熱的好奇，總想要看看它，搭乘它，他希望能夠透過這艘船對他的父親說話。我們一遍又一遍地告訴他，派拉岡號不是他的父親。他的父親只不過成為了這艘船生命群體的一部分。但這樣的事情很難和一個人說明白。」

艾惜雅用刻板的聲音說道：「我懷疑任何天生沒有繽城貿易商血脈的人，都無法理解這意味著什麼。」

依妲女王冷冷地盯著她。「柯尼提是擁有繽城血脈的人。他的兒子同樣有這份血脈，即使他的名字是柯尼提。」女王抬起手，抓住自己的項鍊，「也許我對於這艘船的理解要比妳以為的更多。派拉岡曾經親自和我說過這些事。更何況，」她朝溫特羅一側頭，「你們的侄子就是我在這些事情上的參謀。」

「那麼也許妳會理解派拉岡都承受了什麼。當他受到伊果的控制時，曾經吸收了許多死亡，也許比任何其他活船都更多。甚至在那以前，當他還屬於大運家族的時候，他可能就已經遭受了詛咒。他從來都不曾……安穩過。有一段時間，繽城人都稱他為『派利亞號』，被遺棄的船。他還被視作瘋船，被認為會殺死任何想要駕馭他的人。」

「這個我知道。」依妲的聲音中充滿了女王的蔑視。然後她側過頭，突然用充滿理解，讓人感到安慰的聲音說，「艾惜雅，妳以為麥爾妲和雷恩不曾來拜訪過我嗎？妳以為我沒有聽說過這艘船的歷史、他的每一點細節？」她低頭看著被自己握在手心中的項鍊掛墜，用更加輕微的聲音說：「有可能我對這艘船的理解比妳更多。」

兩個女人都陷入了沉默。我感覺到命運懸在了一個細小的平衡點上，正在等待有人推動，以選擇前行的方向。這就是弄臣告訴我的那種可能通向無數個未來的關鍵時刻嗎？那些未來都在靜靜地等待著，其中只有一個會成為現實。我們全都在見證這個時刻？

這時貝笙說話了：「過去的歲月在折磨這裡的每一個人。請不要再理會它了。現在爭論誰對活船或者派拉岡理解更多是沒有意義的。這不是我們迫在眉睫的問題。在我們談論未來的時候，我覺得我們應該著眼於現在，因為現在的情況才對艾惜雅和我，還有我的船員們造成了影響。」他的目光掃過房間裡的所有人。沒有人說話，他便繼續說道：「艾惜雅和我之前登岸和溫特羅進行了會商，他同意幫助我們，滿足我們最基本的需求——派遣信鴿向我們在繽城和雨野原的交易夥伴送去訊息，告訴他們，我們沒有在繽城和遮瑪里亞停泊，但我們絕對無意偷竊他們的財產。依妲女王，我們想要請求您選擇值得信任的船隻和船長，詢問他們在前往繽城和遮瑪里亞時，是否願意將我們的貨物送往正確的目的地，這樣我們至少還可以保住貿易商的榮譽。如果妳能在這件事上幫助我們，我們會認為這是我們兩個家族能夠得到的巨大榮幸。」

依妲看著溫特羅，點點頭。

「這件事沒有問題。」溫特羅輕聲說道，「我認識幾位值得信任的船長。」

貝笙顯然是鬆了一口氣。「讓柯尼提陪同我們，參與這場派拉岡的瘋狂航行，我認為我們全都同意這是個巨大的錯誤。我們必須確保他在我們離港時不會上船。所以必須讓他遠離港口和船隻，至少派拉岡不可能在陸地上把他找出來。」船長舉起一隻手，「如果我們能夠將他們隔離，派拉岡有可能會一直停留在港口中，一心想要得到柯尼提，放棄這次任務。不過我認為這不太可能。我相信他正迫不及待地想要讓自己變成巨龍。這個願望要比讓柯尼提陪伴他進行最後一次遠航的願望強烈得多。」

「我同意……」溫特羅剛一開口，又閉上了嘴。他的目光和貝笙的對在一起，兩個人都顯露出驚訝的神情。艾惜雅猛地站起身。索科嚴厲地悄聲問道：「出了什麼事？」

他們全都是水手，能夠比我更早察覺到船隻的一切輕微變化。只是間不容息的一刻，我也感覺到了這艘船的異常。艾惜雅喊道：「他正在引水進來！」

貝笙兩大步邁到門邊，抓住門把。但門已經被卡死在變形的門框裡。這艘船的每一根木料都在發出呻吟。舷窗的窗框隨著整艘船的變形而發出一種無法形容的尖叫聲。派拉岡雷鳴般的聲音裹挾著激蕩的水聲，迴蕩在整艘船中：「我把你們都殺了！把你們淹死在這港口裡！你們怎麼敢站在我的甲板上，策劃陰謀來對付我？」

琥珀的手指突然按進我前臂的肉裡。我安慰她：「我會打破一扇窗戶。」

火星抓住小堅。就像是一個姐姐要把弟弟從危難中拉出來。機敏抱住他們兩個的肩頭，把他們向我推過來。我們簇擁在一起。這時船艙已經開始慢慢傾斜。索科來到依姐身邊。他讓我想到了一條老邁的看門狗還在努力履行著自己的職責。依姐則彷彿根本沒有察覺到索科。她緊咬著牙，心中顯然在盤算著什麼計畫。我看著貝笙。如果他採取行動，我也會跟上。就在這時……

「但我不會。」活船洪亮的聲音再一次震盪我的胸口，「現在不會！這只是因為歐仔也和你們一起被困住了。」

歐仔正面色蒼白地抓著桌沿，他的眼睛周圍完全變成青白色。我意識到，他相信活船說的是真話。冰冷的感覺充滿了我的脊椎和腸胃。

「派拉岡，讓我出去。讓我們認真討論一下這件事，不要把整個海盜群島都捲進來。」貝笙的語氣就像是一位父親在對孩子說話，他的聲音平靜而穩定，手還按在門把上。

「我可不會！」派拉岡隆隆的聲音從外面傳來。我毫不懷疑，現在港口和岸邊所有的人都能聽到他的喊聲。「如果他們攔住他們的王子，不讓我得到他，這就和他們所有人都有關！他成為王子之前就已經是我的骨血了！如果沒有我，柯尼提就不會有這樣一位王子！」

「他瘋了，」依姐悄聲說道：「我很高興能死在這裡，淹死在他裡面，只要他得不到我的兒子！」

「妳不會淹死在這裡的，依妲女王。」索科拿起一只萊姆酒瓶，若有所思地舉著它，看著舷窗。

「我不會游泳。」依妲虛弱地說。

「派拉岡不會沉下去。」艾惜雅堅定地宣布道。我不知道她是不是能夠僅憑決心保護我們。艙門外響起了安黛的聲音，「船長，我有斧頭！我要不要把門砍開？」

「還不必！」貝笙的命令讓我吃了一驚。

就在這時，讓我更加驚訝的是，另一名女子的聲音傳了過來。那聲音充滿威嚴，就像派拉岡的聲音一樣洪亮強大，「如果你傷害我的家人，我會把你燒成渣滓，你這個沒有良心的瘋船！」

「薇瓦琪！」艾惜雅驚呼了一聲。

「燒了我？」派拉岡咆哮道，「為了救妳的家人？妳以為妳的家人之於妳，會比我的家人之於我更重要嗎？把火炬扔到我身上吧，他們會在我的身體裡被燒熟，就像爐子裡的烤肉！」

「派拉岡！」歐仔呼喊著他的名字，「你真的會這樣對我嗎？對付一個生在你的甲板上，在你身上學會走路的人？」他顫抖著將空氣吸進自己的肺裡，「你給了我名字！你叫我歐仔，你的歐仔，因為你不會叫我德雷維司奇！你說過，我是你的，這個名字不適合我！」

這番話換來了一陣深沉的寂靜。這種寂靜膨脹起來，淹沒我們。然後，一陣深沉的、充滿痛苦的呻吟聲震動著我們腳下的船板。我不知道其他人是否像我一樣感覺到了一種無可承受的愧疚劇烈地湧起，隨著呻吟聲一起衝過我的全身。我憶起自己的每一樁蠢事、每一件惡行和每一次自私——我一生中無數的悔恨。強烈的恥辱瘋狂衝擊著我的身體。我只想要死掉，在人所不見的地方孤獨地死掉。

在我的腳下，地板慢慢恢復到了正常的位置。我聽到周圍全都是船板和樑柱移動時的輕微囈語。隨後艙門被猛地打開，露出了手持斧頭、惶恐不安的安黛。她的身邊還有另外幾名船員。「危險過去了。」貝笙對安黛說。但我卻不敢苟同。船長又說道：「所有留下的船員都去檢查我們的貨物。如果有箱子被打濕了，就搬到甲板上去。我知道、我知道——我們只能摸黑工作了。沒辦法，我想要在明天盡快卸貨。」一陣短暫的停頓之後，他又說道：「把所有艙蓋都保持在打開狀態。」

「是，船長。」安黛聲音顫抖地做出回應，然後就跑掉了。

貝笙出了艙門，向前走去，艾惜雅跟隨在他身後。歐仔走在母親身邊。我們全都跟上了他們。「我不喜歡這樣。」我低聲對琥珀說。

「我們都不喜歡。」琥珀喃喃地說道。

「這種感覺就好像我們的整個未來都不在掌控之中。我想要離開這艘瘋船，離開這些人。我現在就想離開！」

在甲板上，我引領琥珀來到船欄杆後面，望向海盜城中逐漸稀疏的燈光。「我們可以要求到岸上去，用我們的雨野原禮物僱用另一艘船去克拉利斯。這樣我們至少對這次旅程還能有些控制。我們還可以送機敏和那兩個孩子回家，讓他們脫離危險。」

「我們又要討論這個話題嗎？」機敏搖搖頭，「蜚滋，這種事想都不要想。我不會回家，除非你跟我一起回去。而讓那兩個孩子跟著我們不認識的人走過那麼漫長的一段路顯然是愚蠢和危險的。無論我們要面對什麼樣的境況，我相信還是讓他們跟著我們會更安全。」

「對我而言，這不是『安全』的問題。」小堅陰沉著臉嘟囔道。

我沒有理會他們，只是盯著遠處的燈光。我想要甩脫這一切，就像狼甩脫滿身的雨水，孤身衝進黑暗之中，去做我必須做的事情。我感覺到責任就像牢籠一樣捆住我。怎樣做對我們才是最好的？「那我們今晚就應該離開這艘船，我們所有人，去找另外的辦法前往克拉利斯。」

「我們不能這樣。」弄臣說道。說話的不是琥珀。我轉過頭看著他。他是如何做到的？他怎麼能如此輕易就卸下一副面具，再戴上另外一副？儘管臉上還有胭脂和脂粉，我的朋友卻已經將他的面孔轉向了我，「我們必須乘這艘船去那裡，蜚滋。」

「為什麼？」

「我告訴過你。」他的聲音中有耐心，也有惱怒——這也許只有弄臣才能做到，「我又開始做夢了。我的夢不多，但每一個都非常清楚……無可逃避。如果我們去克爾辛拉，就必須乘這艘船。這是一條很窄的航道，我必須竭盡全力精心領航才能到達目標。只有派拉岡能夠帶我們前往一個我必須創造出來的未來。」

「但你在此刻之前從沒有打算將這件事告訴我？」我沒有費力掩飾自己聲音中的指責。這到底是真正的事實，還是弄臣想要達到目的的遁詞？我對琥珀的不信任已經開始滲透進我和弄臣的

友誼了。

「我邁出的每一步引領我們到達克爾辛拉，然後是崔浩城，讓我們上了這艘船，到達分贓鎮……如果我提前告訴你這些——這些我做到的事情和我小心翼翼不去做的事情，你就會受到影響。只有借助你對未來一無所知時所採取的行動，我們才能到達這裡。」

「什麼？」機敏困惑地問。

我無法責備弄臣，只能細細品味他的話。「所以，這也意味著你理所當然不能將其他你做的夢告訴我，並警告我，下一步我們必須做什麼。一切都只能留在你的手心裡，由你去掌控。」

弄臣將戴手套的手放在船欄杆上。「是的。」他低聲說道。

「吥！」堅韌不屈清楚地說道。火星驚駭地看了他一眼，帶著責備的意味用力推了他一下。他也瞪了火星一眼，「是的，這樣就是不對。朋友之間不應該這樣對待彼此。」

「堅韌不屈，夠了。」我低聲說道。

機敏歎了口氣，「我們是不是應該到船頭去，看看那裡發生了什麼？」當他轉身走開的時候，我們都跟在他身後。我不是很想去船頭。船首像正在哀傷地哭泣，他的悲苦穿透了整艘船。我停住腳步，強化自己的精技牆，然後才和琥珀繼續向前走去。

弄臣又低聲開了口。其他人都遠遠地走在前面，我懷疑他們聽不到我們在說什麼。「我不認為我對此感到抱歉。我不能因為我必須做的事情而抱歉。」

「我不知道我是不是完全同意你的話。」我回應道。我還記得許多我不得不做的事情，但那些事仍然讓我感到深深的後悔。

「如果我更在意你的心情，更少關心該如何到達克爾辛拉，援救蜜蜂，我只會更後悔。」

「援救蜜蜂。」他的話對我就像是在一條即將餓死的狗面前掛上了一塊肉。派拉岡號的愧疚和哀痛已經讓我疲憊不堪、心煩意亂。「我以為你的偉大野心是摧毀克拉利斯，能殺掉多少人就殺掉多少人。或者讓我盡可能多地去殺死他們。」

「你很憤怒。」

當他高聲說出這句話的時候，我立時感到一陣慚愧，甚至變得更加憤怒了。我停下腳步，在原地站定。「是的，」我承認，「這……不是我做事的方式，弄臣。我殺人的時候，總會做得非常有效率。我知道如何接近獵物，我知道如何找到他們，如何了結掉他們。而這……太瘋狂了，我要進入一個不熟悉的地區。對於我的目標，我所知甚少，而我還要保護其他人，這更拖累了我。現在，我發現我在按照你的旋律跳舞，而這首舞曲是我從沒有聽過的……回答我，弄臣，我最後能活下來嗎？那個男孩呢？機敏能不能回到切德身邊，那時他的父親是否還活著？火星能活下來嗎？你呢？」

「一些事情比另一些事更有可能發生，」弄臣輕聲說道，「而所有這些事都還在不停地舞動、搖擺，就像是一枚旋轉的硬幣。隨風飄散的灰塵、一個下雨的日子、一次比預料中更低的海潮——所有這些事情中的每一件都有可能改變一切。你必須知道，這才是真實！我能做的只是向一片迷霧中窺看，得到一個結論：『這個方向看上去是最清晰的。』我告訴你，如果我們想要尋求活著救出蜜蜂的最大可能，那我們就要留在派拉岡號上，直到他到達克拉利斯。」

我的驕傲希望我反駁弄臣，但作為父親的我比驕傲的我更加強大。如果能夠讓我更有可能救出蜜蜂，能夠抱著她、保護她，告訴她辜負她讓我感到多麼痛心，我又有什麼不會去做？我要向她承諾，讓她再也不會離開我的保護！

其他人正在等待我們。琥珀的手握緊了我的手臂，我領著她走上船頭。我的衛士們在我的身後站好。我必須保護他們，因為正是我帶領他們走進了我自己也一無所知的地方。

琥珀輕聲問道：「我們左側是不是有一道明亮的光？」

「薇瓦琪號上有一盞油燈。它非常明亮。」薇瓦琪號的甲板上傳來爭執的聲音，但我聽不清那些話語的細節。我聽到了「起錨」，然後是一陣號令聲，一定有人從他的床上被叫起來了。

琥珀已經向那段燈光轉過臉，睜大了她淡金色的眼睛，一點微笑出現在嘴角。她蒼白的面孔讓我想到了天上的月亮。這時她說道：「我能夠看到它了。我的視力正在慢慢恢復，蜚滋。它恢復得那麼慢。但我相信，它一定能夠復元。」

「這樣就太好了。」我這樣說道。但在內心裡，我有些懷疑她在欺騙自己。

船頭前方的聲音起伏不定。我聽出艾惜雅在高聲質疑，但沒有聽清她在說些什麼。我們只是站在人群的周邊。船員們擋在我們和船首像之間。這時派拉岡號做出了回答。「不，你們全都應該知道，我不是柯尼提，柯尼提也不會這樣懇求妳。薇瓦琪是妳的父親或者祖母嗎？當然不是！提出這個要求的不是柯尼提，是我，派拉岡。一艘由兩頭巨龍形成的船，這兩頭龍被一個繽城貿易家族接納，也受到他們的奴役。我、我們，完全無法決定我們的命運！我們別無選擇，只能關注主人，我們無法選擇要去愛誰，只有大運家的人將他們的鮮血、靈魂和記憶傾注到我們甲板的骨骼上！我沒有在哀告，我是在要求！難道我對他沒有這樣的權利嗎？就像他的祖先對我那樣？這樣難道不公平嗎？」

「這很公平！」一個清晰的女性聲音從遠處傳來。是薇瓦琪號。我一下子從剛才聽到的話語中理清了現在的情況。薇瓦琪號升起她的船錨，向派拉岡號靠近。她不僅是要聽到派拉岡在說什麼，還要發出自己的聲音。「艾惜雅，這一點妳很清楚！如果我要進行最後一次遠航，妳會拒絕讓歐仔陪伴我嗎？聽聽他們的話！他們有權利要求得到柯尼提。因為一直以來，他們都是大運家族的船。」

「你們那裡到底發生了什麼？」溫特羅在薇瓦琪號發言之後的片刻安靜中問道。

「必須發生的事！」不等船員回答船長的問題，薇瓦琪號已經再次開口，「你以為我聽不出派拉岡所說的事實嗎？我是活船，許多個世代裡，我都是屬於你的家族的一艘神奇航船。但派拉岡是對的。在內心深處，我們全都知道自己本來並非如此。甚至在那些所謂『巫木』的本源被發現之前，我們就已經知道了。溫特羅，我將再次成為一頭龍。我知道，沒有任何活船不希望騰起在空中，再次翱翔。所以，在這次航行中，我將追隨派拉岡。我們不僅要去克拉利斯，還要在雨野原河逆流而上，去取得每一頭龍都有權得到的巨龍之銀！」

「妳要跟隨派拉岡去克拉利斯？」

「妳想要成為龍？」艾惜雅和溫特羅不約而同地問道。

「我正在考慮這件事。」薇瓦琪審慎地回答道。

「為什麼要去克拉利斯？」貝笙提高了聲音，他感到完全困惑了，「為什麼不直接去克爾辛拉？」

「因為一段記憶正在我的心中攪動。那是一段巨龍的回憶，一段讓人類的思想和情緒都黯然失色的回憶，因為人類的所作所為，我在這段回憶中傷痕累累，甚至讓我無法找到任何確定的線索，只是我一聽到克拉利斯這個名字，心中就會充滿憤怒，感覺自己遭受了背叛。關於身為海蛇的歲月，龍能夠保留的記憶非常稀少，但……我記得這一點，這個我無法容忍的罪行。」

「是的！」派拉岡昂起頭，向夜空中吼出這個詞。

得意的狂喜沖刷了整艘船，也影響到我。我努力壓抑綻放在自己臉上的微笑。他的精技是這樣強大，我暗自驚歎，又駭然意識到這意味著什麼，不由得感到一陣冰冷，雙腿也有些發軟。我拿下琥珀擱在我前臂上的手，對火星說：「請幫我引領琥珀女士。我需要一個人思考一下。」

琥珀抓住我的襯衫前襟。「你要走了？你不想留下來聽聽他們說什麼嗎？」

我握住她的手腕，拉開她——這個動作比我所希望的更加粗魯。我無法遮掩聲音中的不安和氣憤——這都是針對我自己的，因為我竟然沒有察覺到如此明顯的事實。「就算聽到他們的話也改變不了什麼。我們的命運只能由他們來決定。我們何時可以啟航、誰會留在船上，這些都是他們的事情。我還有別的事情需要思考。火星會陪著妳，還有機敏和小堅。現在，我需要的是思考。」

「我明白。」但她在用語氣告訴我，她不明白。

我看出了這艘船操控人類情緒的能力，但這件事太過重大，我不能告訴她。我大步走到船員的居住區。這裡只有空蕩蕩的吊床，不多的幾張水手鋪位和幾只行李袋。我坐到某個人的箱子上，在這個悶熱黑暗的地方陷入了沉思。我感覺到自己彷彿正在將一只破碎茶杯的殘片拼合起來。活船所渴求的和巨龍們嚴加看守的那種銀色液體，正是惟真在雕刻他的石龍時，我在他手臂上見到的精技。那是魔法的原質，是最精純的力量。我親眼見到過它如同泥漿一樣一層層黏附在我的國王的手上，看到惟真國王用它的力量將岩石塑造成一頭龍。在一個惟真的精技奇夢中，我看見了一條河中有一股寬闊的銀色，與河水一同奔流。我見到了巨龍之銀在一瓶龍血中絲絲縷縷地旋轉，見證了那龍血是如何療救了弄臣的身體，就如同精技治療並改變了克爾辛拉的孩子。

所以，巨龍之銀就是精技，精技就是我依靠自己的意識所使用的魔法。它讓我能伸展自我，碰觸到切德的意識。弄臣曾經暗示我的血管中流淌著龍血、柏油人號說我已經被一頭龍佔有，那是我碰觸的石龍嗎？還是我對於巨龍惟真的回憶？我重新整理這些想法。我是否在血液中繼承了什麼，某種真正的巨龍之銀的痕跡？正是這樣的痕跡讓我有能力將意識推給其他人？在精技石柱中也有巨龍之銀的痕跡，讓我能夠利用它們穿越空間。惟真雕刻的岩石中也有一根根銀絲。岩石中沉睡著巨龍，而我的血液和我的精技碰觸喚醒了牠們。記憶石中巨龍之銀的痕跡記錄了古靈留給我們的智慧。

那麼，我用來傳向蕁麻和晉責的精技能流又是什麼？那是一種存在於我體外的力量，對此我非常確定。那種力量絕不簡單，它存在著強大的知覺，不斷吸引著我，甚至可能將我完全吸收。那些知覺是誰？我真的在那裡感覺到了惟真嗎？還有黠謀國王？它們是如何與巨龍之銀融合的？

我有太多的想法。我的意識從對精技能力的好奇，跳向思考如果我喝下拉普斯卡給我的那兩瓶巨龍之銀，又能夠操縱什麼樣的魔法？誘惑和恐懼在我心中激烈地交戰。那樣會讓我得到偉大的力量？還是痛苦的死亡？一個人的身體能夠承受多少巨龍之銀？派拉岡得到了琥珀提供的巨龍之銀，變得強大了許多。我背包裡的那兩瓶巨龍之銀，任一瓶的量都超出琥珀弄到的兩倍。現在派拉岡所爆發出來的情緒已經強大到我幾乎無法抵抗了。他是否已知道他對人類都做了什麼？我是否因為接受過精技訓練，所以受到的影響更深？如果派拉岡懂得自己的力量，並且有意引導這股力量，我還能夠抵抗嗎？

還有誰能夠抵抗？

當那些石龍飛上天空，惟真率領它們與紅船劫匪作戰的時候，它們影響了那些人類戰士的意識，噴吐出強酸，用有力的翅膀和尾巴揮打抽擊，徹底摧毀了我們的敵人。但更可怕的還是它們對於敵人心智的壓迫。遭受石龍心靈衝擊的人都失去了記憶，狀況和外島人冶煉他們的俘虜一樣。當惟真以石龍形態出現，將壓迫心智的力量施加在公鹿堡守衛者身上的時候，就連我們的戰士也感覺到了這種影響。他們都想不起王后和椋音是如何回到公鹿堡的。即使是親眼見到那一幕的人，那一段記憶也如同沉陷在一團濃霧之中。最普遍的說法是惟真駕馭著一頭巨龍，將她們送到了安全之地。沒人知道國王自己變成了一頭龍。

這就是精技的力量，是巨龍之銀的力量。它讓人們困惑、混亂、偷走記憶，也許還會偷走人性。我的僕人在蜜蜂被擄走的那個晚上完全陷入昏聵。他們是否利用巨龍之銀或龍血來操縱魔法，才讓我的人全都忘記了他們是如何闖進細柳林，偷走了我的孩子，甚至徹底忘記了我的孩子？

我能夠用同樣的魔法來對付我的敵人嗎？

我鼓起勇氣去想像自己喝下巨龍之銀的結果。不用喝下全部，一開始不必太多。只要一點點，看看我能做些什麼。只要能讓我強大到可以抵抗這艘船的情緒，能夠治療弄臣，讓他恢復視力，同時也不必以消耗我的視力為代價。這有可能嗎？讓我能夠技傳回公鹿堡，向切德求取建議，也許還能夠治療他被歲月摧殘的肉體，恢復他的意識。我能做到嗎？蕁麻是否能知道更多什麼是可以做的，什麼是不能做的？

如果我喝下全部，我是否能走進克拉利斯，命令那裡的人全部自殺？摧毀那些惡人，救回我的女兒，這件事會不會其實很容易？

「你在這裡做什麼？」機敏問我。我轉過頭，看到他向我走來。小堅和火星跟在他身後。

「琥珀在哪裡？」

「她在船首像那裡。她要我們先離開。你在幹什麼？」

「思考。其他人呢？」

「溫特羅回薇瓦琪號上去了。我想，那艘船需要被安撫。女王和索科返回了分贓鎮。我認為他們會去找柯尼提，和他把道理說清楚。貝笙和艾惜雅去了他們的艙室，一進屋就把門緊緊關上了。琥珀讓火星去拿了她的排簫，她要為派拉岡號演奏。」機敏深吸一口氣，向船員居住區掃視了一圈。「你來這裡思考？」

「是的。」

「你在工作的時候能思考嗎？」樂符的聲音讓我又轉回頭。甲板下面的這個艙房很潮濕，樂符的臉上淌著汗水。他從陰影中走出來。「我正好要找你們。我們現在需要搬運貨物，但缺乏人手。一些箱子已經被搬開了。有幾個箱子看起來浸了水。船長希望把這些箱子搬到甲板上去。你說過，你願意幫忙。現在就是我們需要幫忙的時候了。」

「我去。」我說道。

「我也去。」機敏也說道。小堅點了點頭。

「還有我。」火星說，「我是這支團隊的一員，無論是現在還是直到最終。」

直到最終，我憂鬱地想著，站起身跟上他們。這時一陣眩暈感突然向我襲來，讓我不得不再次坐回到那只箱子上。你在這裡！一股洋洋自得的情緒裹挾在這個聲音中，衝擊著我的頭腦。我來找你了，準備好迎接我吧。

「蜚滋？」機敏問道。他的聲音中充滿了關切。

我緩緩站起身。我的微笑壓制了內心的恐懼和困惑，我告訴他：「婷黛莉雅來找我了。」

19 另一艘船，另一段旅程

向四聖報告：

名為小親親的蟄伏者繼續在其他蟄伏者之中製造騷動。當潮水即將漲起，其他蟄伏者已經整隊準備返回自己的小屋時，他卻被發現企圖留在村子裡。他散播假想的恐怖災難。前來求取預言和幸運的客人們因此而深感不安。他告訴一位客人，說那位客人的兒子會娶一頭驢，但來自於這場婚姻的孩子會給整個家族帶來巨大的喜悅。在另一位客人面前，他只是說：「你想要給我多少錢，讓我對你說謊？我最好的謊言可是非常昂貴的，不過這個是免費的。妳是一個非常聰明的女人，所以才知道來這裡，給我許多錢，讓我對妳說謊。」

我已經打了他兩次，一次用手，一次用皮帶。他懇求我用力打他，好打碎他背上的紋身。我相信他是真心希望如此。

當他傷口癒合，返回市場工作時，他立刻就爬上一堆箱子，向所有人宣稱他是這個世代真正的白色先知，並高聲控訴他被囚禁在克拉利斯。他請求人們立刻聚攏並幫助他逃走。當我抓住他用力搖晃，讓他閉嘴時，一些圍觀者用石頭打了我。直到另外兩名衛兵介入，我才能把他拖回到圍牆裡面。

我相信自己一直恪盡職責，任何人都不可能比我做得更好。在此請求解除我看守蟄伏者小親親的責任。以最誠摯的敬意，我要在此發出呼籲，我認為此人對我們是一個麻煩，更是一種危險。

魯提烏斯

我的生活得到了改善，至少我是這樣告訴自己的。我們被安排在一間高等艙室裡，能夠按時吃到飯菜，德瓦利婭也沒有多少機會打我了。實際上，我們的好運氣似乎讓她的態度溫和了不少。夏季的陽光曬熱了大海。海風很清新，很少會有暴風雨。我不知道文德里亞到底對我們施展了什麼樣的魔法，那些船員對於我從來沒有任何興趣。如果只看這一段時間，那麼我過得應該還不算很糟。

我在船上沒有多少事情要做，只需要將德瓦利婭的食物送到艙室，再拿走空盤子。當她下午和船長一起在甲板上散步的時候，我會跟在他們身後一定距離以外，裝作是那位女士的侍女，以證明她與男人接觸時仍然堅守貞潔美德。

不過現在，做這種偽裝也沒什麼意思了。我坐在船長艙室門外。當船長將他的艙室提供給奧布蕾蒂婭女士時，我不認為德瓦利婭已經看出這個船長也想繼續住在他的房間裡。我聽到房間裡發出一陣有節律的撞擊聲，便衷心希望那是德瓦利婭的腦袋撞上了艙壁。撞擊聲愈來愈快，這讓我不由得有些傷感。多菲爾船長佔有德瓦利婭的時候，是我的囚禁生活中最平靜的時間。現在德瓦利婭正喘息著發出微弱的尖叫聲，隔著厚實的艙壁幾乎無法聽到。

我聽見拖曳的腳步聲從舷梯上下來。我正想著大海和起伏的浪濤、陽光在浪花頂端閃耀。我想到了高高飛翔在我們頭頂上的海鳥。牠們在高空中盤旋，看上去卻還是那樣大。那些鳥如果落在甲板上又會有多大？會像我一樣高嗎？牠們吃什麼？在哪裡的陸地上築巢和休息？畢竟我們已經離開陸地很多天了。我讓那些寬大的羽翼充滿了我的腦海，心中只想著這些白色的鳥。當文德里亞在我身邊蹲下時，我不由得想到，如果他是一隻鳥，看起來會是什麼樣子？我想像他生出長喙和光滑的羽毛，還有橙紅色的爪子，以及足跟處像公雞一樣的巨刺。

「他們還在那裡？」文德里亞用沙啞的嗓子悄聲問道。

我沒有看他，也沒有回答。長長的、閃光的灰色羽毛。

「我不會闖進妳的思想了。」

我不相信你，我不信任你，我不相信你，我不信任你。我只是這樣想著，但我並沒有放下自己的牆壁。他已經不像剛服下海蛇涎液時那樣強大了，但也絕對不弱。我開始明白了我父親的魔法和他的不同之處。文德里亞的魔法要依靠那種藥劑。我不知道藥劑的效果什麼時候會完全消失。在那以前，我必須對自己的計畫嚴格保密。不要想那些事。我不信任你，我不相信你，我不信任你。

「妳不信任我。」他哀傷地說道。我幾乎感覺到他是在譴責我，而他還把我的想法直接大聲說了出來。他不值得被信任，一點也不。我從骨子裡清楚這一點。我非常需要一個盟友，但文德里亞不是。我不相信你，我不信任你，我不相信你，我不信任你。

「可憐的德瓦利婭，」文德里亞盯著緊閉的艙門，臉上盡是沮喪的表情，「他來了一次又一次。德瓦利婭一定要怪罪我了。是我讓多菲爾船長把她視為他能夠想像出來的最美麗的女人。」文德里亞撓了撓腦袋，「讓他相信德瓦利婭充滿魅力其實並不容易。我必須一直感知到所有看見德瓦利婭的人。這樣做十分費力。」

「當他看德瓦利婭的時候，他都看見了什麼？」該死的好奇心！等我想起絕不能和文德里亞說話的時候，這個問題已經溜出了我的唇邊。我再一次竭盡全力只去想鳥。

文德里亞露出微笑。我終於和他說話了，這讓他很高興。「嚴格來說，我沒有告訴他們要看見什麼。我讓他們看見了自己喜歡的東西。對於德瓦利婭，我告訴船長，他會看見一個他想要幫助的美麗女人。其實我並不知道德瓦利婭在他的眼中是什麼樣子。」

他看著我，等待我的問題。我將所有問題都留在心裡，只想著在浪尖上閃爍的陽光是那樣明亮，甚至讓我沒辦法很長時間地看著它們。

「對於我，我讓他們看見了『一名僕人』，沒有任何威脅。沒有人會對我感到擔心。」

他又等待著。我還是保持著沉默。

「我告訴他們，妳長相平凡、反應遲鈍，而且氣味很糟。」

「氣味很糟？」我又一次不由自主地說出了口。

「這樣他們就會遠遠躲開妳。之前那艘小艇上有人在盯著妳，想要……想要對妳做他正在對可憐的德瓦利婭做的事。」他將短促的手臂交叉在胸前，「我在保護妳，蜜蜂。即使妳恨我、不信任我。我保護了妳。我希望妳能睜開眼睛，看到我們正在帶妳去安全的地方，去一直以來都應該屬於妳的地方。德瓦利婭為妳受了那麼多苦，妳卻只是給了她各種困難和身體上的傷害，這就是妳的報答。」

彷彿德瓦利婭聽到了文德里亞的話，還希望得到更多同情，我們聽見房間裡傳出來一連串高亢的呻吟聲。文德里亞的目光從我轉向艙門，又轉向我，「我們應該進去嗎？她是不是需要我們？」

「他們已經快完事了。」我知道他們正在交配，但不太清楚具體細節。為他們站崗的工作讓我知道了這件事會發出很多撞擊聲和呻吟聲，還會讓整個艙室充滿汗臭味。然後德瓦利婭會打上幾個小時的瞌睡，沒興趣再來折磨我。所以我並不在乎那個船長會在他的午後拜訪中對她做些什麼。

文德里亞以愚蠢又自作聰明的態度對我說：「她必須容忍這些。如果她拒絕，我就更加難以讓船長相信自己是愛她的。她承受這些只是為了讓我們能夠安全到達克拉利斯。」

我想要告訴文德里亞，我對此表示懷疑。但我還是咬住了自己的舌頭。我們之間說話愈少，對於我就愈好。浪花上的陽光。灰色大鳥在飛翔。

呻吟聲的音調和頻率都變得更高了，然後又突然降低成一陣歎息。緊接著又是一陣「砰砰」的撞擊聲，房間裡的聲音就突然徹底消失了。

「我一直都很好奇，那是什麼樣子，我永遠都無法那樣做。」文德里亞的語氣像是一個充滿渴望的孩子。灰色大鳥滑過藍色的天空。風吹在我們的船帆上。波浪在閃閃發光。「我幾乎不記得他們對我做了什麼。只有疼痛，但他們必須那樣做。他們很快就看出，我不應該為克拉利斯製造孩子。他們會殺死像我一樣的女孩，還有大多數我這樣的男孩。但德瓦利婭為我和我的妹妹奧黛莎求了情。我們是雙胞胎，來自於一個最純粹的白者血脈，只是……有些缺陷。當所有人都認為我應該去死的時候，她讓我活了下來。」聽文德里亞說話的語氣，我彷彿應該讚歎德瓦利婭的善良。

「你根本看不出她的真實面目。你這個蠢貨！」憤怒摧毀了我的自制力，「她像閹割牛犢一樣閹割你，你卻匍匐在地，對她感恩戴德。她是什麼人，憑什麼說你絕不應該有孩子？她毆打你、輕蔑地呼喝你的名字，你卻搖著尾巴跟在她屁股後面，就像一條狗滿心歡喜地去嗅另一條狗的小便！她向你餵食汙穢，給你力量，給你她完全不理解的魔法，你卻讓她來決定該如何使用這種魔法！文德里亞，她從沒有考慮過你！一點也沒有！但你只是太愚蠢了，看不出她在如何利用你，看不出當你沒有用處時，她會如何拋棄你。她打你、罵你，但當她向你微笑，你就原諒，甚至忘了這一切！你稱我為兄弟，但無論她如何傷害我，甚至殺死我，你都不在乎。這一點你像我一樣清楚。你本可以幫助我。如果你在意我，早就應該幫助我了！我們應該在上一艘船停泊在港

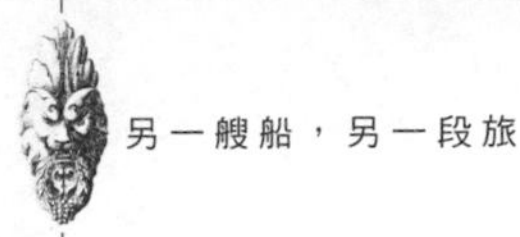

口的時候就逃走。那樣我就能回到家，和親人團聚，你就能為自己選擇人生！但你幫助她殺死了一個女人。她與你沒有任何瓜葛，而且對我非常好。你又拋棄了那個恰斯人，在你強迫他殺死那個女人之後，又讓他為你而死！你是個懦夫，是個蠢貨！」

但真正愚蠢的其實是我。在遙遠的黑暗中，我聽見一聲悠長的狼嚎漸漸隱去。然後文德里亞出現在我的意識裡。平靜下來，我不會傷害妳，只要讓我看看妳的祕密。妳害怕什麼？平靜下來，我的兄弟，我不會傷害妳，只要讓我看看。他興奮地說著，如同旋風一般在我的腦海中搜掠，攪動拋起一段段回憶，彷彿它們是堆積的落葉，而他是秋季的強風。我對他豎起一道又一道牆壁，每一道牆壁都被他輕易撕開，就好像它們是一片一片的紙。對我的記憶的進攻讓我感到暈眩和噁心，每一個記憶都將一種新的情緒壓在我的心頭。我的母親倒下、死去；我的嘴在被抽打時裂開；一隻貓發出輕柔的「嗚嗚」聲，我在撫摸牠時感到了溫暖；我在冬季的廚房裡，看到燭光和爐火的光亮，嗅到醃肉和新鮮麵包的香氣；蜚滋機敏羞辱我；堅韌不屈被一支箭射穿，掉落在地上。文德里亞就像是一個貪婪的孩子在一只裝滿了甜點的大盤子裡來回翻找，嚐一口這個、舔一舔那個。在他貪婪的品嚐中，弄髒了我一段又一段的記憶，彷彿只要瞭解了我，他就能夠擁有我。妳會做夢！他快活地歡呼道。

我感覺自己被推出了我的意識。我找不到聲音向他尖叫，也沒有拳頭能捶打他。我正在書寫我的夢境日誌——不，絕不能讓他看到，絕不能讓他讀到！突然間，我只感覺到長而鋒利的牙齒和一張噴吐出灼熱呼吸的嘴。一位父親喊道：「小心！妳根本不知道他有多麼危險！」突然間，我被關在一個籠子裡，無處可去，一個滿身惡臭的人類用棍子狠戳我的肋骨。我卻完全無法躲避。我從來都沒有想到過會有這樣的痛苦！這持續不斷的痛苦。那個男人一次又一次地向我喝罵，發瘋一樣的用棍子戳我，就好像要戳穿我的身體。我嚎叫、尖叫、吼叫著，我跳起來，和籠子的柵欄戰鬥，但那根棍子不斷將我戳倒，永遠都戳在我身上柔軟的地方——肚子、喉嚨、肛門和性器上。我終於倒下了，吠叫著、嗚咽著，而對我的戳刺依然沒有停止。

突然間，文德里亞離開了。我的意識重新屬於自己。我在抽泣中全身顫抖，但我也在同時豎起了一道又一道牆壁。痛苦的回憶撕裂了我的身體，我的淚水如同湧泉般流下。透過眼淚，我能看見文德里亞四肢攤開躺在地上，張大了嘴，眼睛彷彿無機質的玻璃，看上去，他好像是失去了知覺。

為了對抗他，我才將這種痛苦給妳。但不要再想我了。絕不能讓他找到我。絕不能讓他知道妳能夠寫字，更不能讓他知道妳夢到的任何事情。妳不能等待別人來救援。妳必須拯救自己。逃走，回家去。但現在不要想家，只要想如何逃走就好。

狼父親隨後就消失了，彷彿從不曾存在。彷彿牠是我想像出來的，只為了能讓自己有一點勇氣。就像我真正的父親一樣離開了我。我突然知道，我也絕對不能再想他了。

文德里亞坐起身，但就算是坐在地上，他也顯得搖搖欲墜。他將雙手撐在身子兩側的地板上，哀傷地看著我。「那是什麼？妳不是一頭狼，不可能有那樣的回憶。」他的下唇在顫抖，好像在說我在一場遊戲中欺騙了他。

我感覺到一陣恨意在心頭湧起。「我當然記得這些！」我將德瓦利婭在那一晚對我進行的毆打盡數甩給他，那一晚，我的肩膀脫臼。他開始向後退縮。我又說道：「還有這個！」我發現我的牙齒緊緊咬在一起，因為我正在向他回憶我咬住德瓦利婭的臉頰。德瓦利婭的血流過我的下巴，那味道還真是很香。她拚命想甩掉我，而我完全不理會她對我的毆打。

文德里亞將雙手捂在臉頰上，不停地搖著頭：「不……」他的聲音愈來愈小，猛地睜大了眼睛盯著我，「不要再讓我看了！不要再讓我覺得我在嚼她的臉！」

我冷冷地盯著他。「那麼就離我的意識遠一點！否則我會讓你看到更恐怖的事。」我不知道自己還能夠找出什麼更恐怖的，但他已經離開了我的意識。只要能讓他出去，我會對他做出任何可能的威脅。我想起了他是如何背叛我、如何幫助他們找到和殺死了愛珂麗。我想起當我在碼頭上想要逃走時，他是如何用鐵鍊卡住了我的脖子。我聚集起自己能夠找到的全部恨意，將這股情緒以前所未有的方式指向他。我厭惡你！他瞪大了眼睛，將身子向後靠去，努力想要躲避我。我知道他的恐懼。在這一刻，我比他更強大。當我放下心防的時候，他闖進了我的意識，但我憑藉自己的力量把他趕了出去。他用全部的力量來攻擊我，但我贏了。

就在這時，艙門打開，英俊的船長從艙室中走出來。他的衣著一如既往地一絲不苟，只是臉頰微微有點泛紅。他低頭瞥了我一眼，又看看文德里亞。我看到他的目光中流露出困惑，彷彿我們不是他預料中的樣子。然後，感覺到文德里亞的思維湧進他的意識。他的眉頭舒展，臉上那一點陰沉的顏色變成了鄙夷之色。「奧布蕾蒂婭女士，妳的這個女僕……嗯，我發誓，當我們到達

克拉利斯的時候，我們會找一個乾淨而討人喜歡的女僕取代她。滾開，可憐蟲！」他用靴子的側面推了我一下，我從他身邊爬開，站起來。

「如您所願，長官。」我禮貌地說道。當我聽見德瓦利婭的聲音時，已經向遠處走了五、六步。

「不，親愛的，非常感謝你的好意。到這裡來，蜜蜂！馬上把這個房間收拾整齊。」

正要跑掉的我停下了腳步。

「妳聽到主人的命令了！快去做。」

「是，長官。」我服從地低垂下目光。但是當我轉頭從他身邊走過時，他還是狠狠拍了一下我的後腦，差一點把我打倒在地上。我撞上門框，急忙跑進門中。文德里亞緊跟在我身後。

「這個傢伙看上去也做不了妳的保鏢。應該用懂得自己責任的強壯男人取代他。」船長搖搖頭，歎了口氣，又說道：「今晚我們再見，親愛的。」

「在那以前，時間都會流淌得像蜜一樣緩慢。」德瓦利婭說道，她的聲音顯得沙啞又慵懶。然後，她又用完全不同的另一種聲音吼道：「把房間弄乾淨！」隨後就關上了屋門。

這間船長艙室非常寬敞，就像這艘船一樣高大又牢固，房間三面都有能夠看到外面景色的舷窗。牆壁上鋪著紋理細膩的紅色壁板。房間其餘的部分都被塗刷成奶油色或金色。這裡有一張大床，上面堆滿了奶油色的羽毛枕，還有一張鐵鏽和苔蘚顏色的木桌。這張桌子寬大到足以在它的周圍擺放六把高背椅。在這裡的一扇舷窗旁邊放有一張鋪有厚實軟墊的椅子。一張獨立的海圖桌被摺疊起來，緊貼住艙壁。大房間旁邊還有一間廁所，排泄物可以從那裡直接落進大海。每天晚上，德瓦利婭就會將我鎖在那個狹小騷臭的地方，以免我會在她睡著時攻擊她。

光亮的地板上零散丟棄了幾件衣服。它們全都有著過多的緞帶褶邊和蕾絲裝飾。這些衣服是船長在我們最後離開港口之前的兩天裡，為奧布蕾蒂婭女士購買的。我慢吞吞地將那些衣服一件件揀起來，其中一件胸衣的硬質蕾絲在我的手臂中沙沙作響。它散發著一股可愛的香水味——這是船長的另一件禮物。我將這些衣服抱到一只蓋子上雕刻著玫瑰花的箱子前，小心地將它們一件件放進去。這只箱子也散發出香氣，就像是生滿香草的森林。

「快一點！」德瓦利婭命令我。接著對文德里亞說道：「收拾那些杯子和盤子，送到廚房去。船長不喜歡看到他的房間這麼亂。」她走到軟墊椅前，坐了下去，望向窗外的海面。在她的紅色薄絲短袍下面，露出了一雙瘦骨嶙峋的腳和顯露出肌肉線條的小腿。她的頭髮被汗水浸濕而黏在一起。我在她臉頰上留下的咬痕變成了一片發光的粉色深坑。她正皺緊了眉頭自言自語：「我們走得太慢了！船長告訴我，現在不是向克拉利斯航行的好季節，洋流適合向北向西航行，不適合向南向東。我覺得他是有意耽擱時間，這樣就能和奧布蕾蒂婭女士多廝混一些日子。」

我不知道她是在抱怨還是在吹噓，不過我什麼都沒說。漂亮的衣服、甜美的香水、雕刻玫瑰的箱子。我只是專心地想著眼前的一切，用最大的力量鞏固我的牆壁。

「她從妳那裡偷走了魔法！」文德里亞根本沒有去收拾盛著殘羹的杯盤，而是用一隻顫抖的手指著我，發出控訴。

德瓦利婭從窗口轉過身，氣惱地瞪了他一眼。「什麼？」

「她用我們的魔法對付我，就在剛才，我們在門外的時候。她讓我想到咬妳，還有她是多麼恨我！」

德瓦利婭將惱怒的目光轉向我。「這不可能。」

「她就是那麼做的！她偷走了魔法，所以我沒辦法照妳的吩咐讓她做任何事。」文德里亞又深吸了一口氣，就像是一個剛剛說出重大祕密、馬上就要哭出來的孩子。我滿懷恨意地盯著他，他哆嗦了一下，立刻又說道：「她又在這麼做了！」他哀號著將雙手捂在臉上，彷彿這樣就能夠擋住我向他射去的意念。

「不！」德瓦利婭高喊一聲，從座位中跳了起來。我縮緊身子，舉起拳頭打算自衛，但她完全沒有理睬我，而是衝過房間，跑到那只雕花箱子前，掀起箱蓋，完全不在意我用心疊好的衣服，把它們全都從箱子裡丟到身後的地板上，找出她已經洗淨，卻相當破舊的旅行衣服，從裡面掏出一只皮口袋，朝裡面看了一眼，拿出那根玻璃管。剩餘的海蛇涎液就凝聚在瓶子底部。

「不，它還在這裡！她沒有偷走它。不要亂找理由了。」

很長一段時間裡，我和文德里亞全都盯著德瓦利婭。文德里亞緩慢地開了口，他的聲音中充滿了無助的渴望。「我現在就需要剩下的那些。難道妳不想讓我能夠做到妳所想的一切事情嗎？」他最後的這個問題中帶著貪婪的懇求。

「現在你不能得到它。我能給你的都給了。」德瓦利婭看了他一眼，又紮緊那只皮口袋，將袋口的細繩繞在脖子上，讓口袋掛在她的乳房之間。「現在只剩下一點了。我們必須留下它以應對緊急情況。」

「她不信任你，文德里亞。她教你渴望海蛇的涎液，現在她又不信任你，害怕你會將唾液偷走。」我將這番愚蠢的話拋給他們兩個人。

「海蛇……是誰告訴妳的？文德里亞！你把我的祕密告訴她了？你竟敢出賣我？」

「不！不，我什麼都沒有告訴她！什麼都沒有！」

他的確什麼都沒有告訴我，是在他的意識對我不設防的時候，我從他的腦海中查找出來的。我不會輕易透露掌握的資訊，只不過現在這樣，似乎能在他們的聯盟中造成一道縫隙。

「說謊！」德瓦利婭向文德里亞吼叫著，一步步朝他逼近，並高舉起了自己多肉的手掌。文德里亞向後退縮，在德瓦利婭面前弓起身子，將頭藏在自己的雙手後面。德瓦利婭揮手去抽他的耳光，但是當她打在文德里亞的指節上時，她卻惱怒而又痛苦地哼了一聲。隨即抓住了文德里亞頭頂的一把頭髮，瘋狂地搖晃他。文德里亞則只是尖叫著大喊自己是清白的。我靠到門邊，尋找一切可以當做武器的東西。現在我非常害怕這兩個人會同時轉向我，與我為敵。但德瓦利婭只是用力將文德里亞的頭甩到了一旁。文德里亞踉蹌著倒在地上，蜷縮在那裡，不住地抽泣著。德瓦利婭怒氣衝衝地盯著他，又轉頭看向我。

「關於海蛇藥劑，他都和妳說了什麼？」

「沒有。」我實話實說。然後，為了誤導德瓦利婭，我可憐地搖著頭說了謊，「在我的家

鄉，所有人都知道。不過沒有人會愚蠢到去使用它。」

這讓德瓦利婭愣了一下。然後她高喊道：「不，不，這是我的發現！我的新魔法，一種只有具備白者血統的人才能掌握的新能力。就算是白者也不全都能使用。」她盯著我，眼睛裡燃燒著憎恨，「妳以為自己很聰明，對不對？妳想要讓他反抗我，他全都告訴我了，妳這個愚蠢的小妞！妳是如何誘使他幫助妳、如何讓他背叛我，這樣的事情不可能再發生了——妳大可以相信我的承諾。而且不僅如此：我還會向妳承諾，妳在克拉利斯會有一段漫長而痛苦的生活。妳以為和我走這一路就讓妳受夠了苦？哦，不。妳會經歷妳的父親所知道的一切，而且只會更多。」

我盯著她。她一步步向我逼近，愈來愈近。我沒有武器。在這艘船上，一切都被固定住了，以免壞天氣會讓各種物件亂飛。她要抓住我，狠狠地打我，讓我說出所知道的一切。我甚至不確定自己到底知道些什麼，或者能夠用自己新找到的能力做些什麼。這就是精技嗎？就像我父親所擁有的一樣？一定是的！這不是德瓦利婭讓文德里亞喝下海蛇涎液之後所產生出的那種骯髒魔法。這是我的魔法，是我家族的魔法，但我沒有接受過訓練。我從父親的紀錄中讀到過，一個人要使用這種魔法，必須先經過許多訓練。

但我已經使用過它了，不是嗎？

我知道，我讓文德里亞感受到曾經的痛苦，以及我的恨意。也許我能做到這一點只是因為他正在努力進入我的意識，或者也許是我從他那裡偷得了魔法。我有什麼能對德瓦利婭做的？我緊盯著她，聚集起自己對她的恨意，同時強自壓抑恐懼。我的目光聚焦在她的臉上，凝神注視那個被我咬出來的傷口，全神貫注地想著她有多麼臭、我是多麼厭惡她。這些似乎根本無法成為武器。我能對她做什麼？我能讓她感覺到什麼？我能夠影響她的感覺嗎？還是這只對文德里亞起作用，因為是他先進入了我的意識？

我因為恐懼而開始喘息。*控制住自己。*我的父親的卷軸中說過，*我必須控制住自己。*我緩緩地呼出一口氣，然後又是一口氣。她在看著我。我怎麼可能集中自己的意識？現在她隨時都有可能向我爆發出怒火，瘋狂地攻擊我！

成為獵人，而不是獵物。

狼父親！這聲音微弱得就像遠方的鳥鳴。

我從喉嚨深處發出一聲咆哮。德瓦利婭睜大了眼睛，同時我注意到文德里亞已經挺身坐了起來。我看著他們兩個。她最脆弱的地方在哪裡？在這段旅程中，她變得更加瘦削，也更加剛硬。我試著去想像毆打她，我能這樣想，但我無法想像這樣做能夠給她造成足夠的痛苦，從而阻止她。只要她抓住我，就會傷害我，會是很嚴重的傷害。我需要集中力量對她發動攻擊，但要攻擊她的什麼地方？

她的意識。

小心，一條路有出必有入。

我沒時間去擔心狼父親的意思。我將全部憎恨和厭惡都推向了她，希望她能因此而受傷。但這樣做就像將油潑在爐火上。我感覺到她對我的憎恨洶湧撲來，就如同熊熊烈火要吞噬我。她撲向我，就像貓撲向老鼠。我則像老鼠一樣向旁邊閃避，恰好躲開了她揮舞過來的爪子。她的速度沒有我快，不過也沒有因此而撞在牆上，只是踉蹌著退到一旁。我鑽到桌子底下，從另一頭鑽出來。她敲打著桌面，使得盤子都震了起來。她在大聲向文德里亞吼叫：「抓住她，按住她！」文德里亞站起身，卻顯得猶疑又笨拙。我凶狠地給了他一個提醒，讓他記起我是怎樣咬了德瓦利婭的臉。當文德里亞用雙手捂住臉頰的時候，我感到非常滿意。

但德瓦利婭還在不知疲倦地追趕我。我圍繞桌子奔跑，讓桌子擋在我們兩個之間。而她追著我繞了一圈又一圈，絲毫沒有感到勞累的跡象。我又鑽到桌子下面去喘一口氣。她立刻就抬腿來踢我，又將椅子從桌邊拉開，扔到身旁。我再次鑽出來時，桌邊的椅子成為了我們兩個的障礙。我繼續用一團亂的桌椅掩護自己。她的喘息比我更粗重，但她還是一邊喘氣一邊叫嚷著：「這一次我會殺了妳，妳這個小害蟲！我會殺了妳！」

她突然停住腳步，手掌撐在桌面上，不停地喘著粗氣。在喘息之間，她努力說道：「文德里亞，你這個沒用的廢物！抓住她，幫我抓住她！」

「她會咬我的臉！她的魔法說她一定會這樣做！她會咬我的！」文德里亞站起身，前後搖晃著，雙手還是用力捂住了臉。

「你這個白癡！」德瓦利婭喊道。她用超出我想像的力量舉起一把沉重的木頭椅子，向文德里亞拋了過去。文德里亞尖叫著向後一跳，躲開落下的椅子。「你去抓住她，讓她不要動！有點用處，否則我就讓船長把你扔到船外去！」

我向艙門瞥了一眼，但我知道，如果我跑到那裡去扭動沉重的門閂，她一定會抓住我。即使我逃進了走廊，遲早還是會被找到、送到她面前。我不應該再向她輸送憤怒。我應該讓她在認真想要殺死我之前打我一頓。該怎麼做，該怎麼做？現在她的呼吸已經平緩，再過不久，她就會再次追趕我。她不會停下來，除非她贏得勝利。

給她想要的。

讓她殺死我？

讓她贏，讓她以為自己贏了。

怎麼做？

沒有回答。一種奇怪的戰慄感湧遍我的全身。我感覺到文德里亞正在觸碰我的意識，想要進入我的存在，彷彿他剛剛注意到我的臉上長出了一個奇怪的東西。他只是在猶豫地進行嘗試，我幾乎能感覺到他的恐懼。我又用咀嚼德瓦利婭臉頰的記憶狠狠打開他。他退了回去，但這也讓我一時分了神。德瓦利婭完全不在乎桌上的盤子，撲到了桌面上，伸過手來抓住我的襯衫。上一次我被她痛打的回憶鮮明地閃過腦海，向她流過去。她眼睛裡閃起了滿足的光亮，那種表情幾乎讓我無法承受。

我明白了。

我讓她知道我嘴裡的血腥味、我的口中被牙齒刮破的皮肉及牙齒鬆動的劇痛。突然間，我從她的角度看見了我自己。我面色慘白，短髮浸透了汗水，血從下巴上留下來。我用盡自己的一切

控制力，將體重掛在她的手上。她仍然緊緊抓住我的襯衫，沒有鬆手。我朝地面墜下去。為了抓住我，她的身子也一點點滑過了桌面。有幾只盤子落在地上。我歪著頭，彷彿昏過去一樣，嘴也大張著。她用另一隻手來打我，但她所處的角度很不好，手在碰到我的時候也失去了力道。我連聲喊叫，彷彿非常痛苦。我不再給她恨意，而是給她我的恐懼、痛苦和絕望。她則像是乾渴過度的馬撲倒在水槽上，拚命地痛飲。

她終於滑下桌面，開始踢我。我又喊叫了一聲，借助她踢過來的力量滑到桌子下面。她又一腳踢在我的肚子上，但她受到桌子邊緣的限制，這一腳踢得不算狠。我再次發出尖叫，讓她清楚地知道我有多麼痛。她喘息著舔了舔嘴唇。我躺在地上呻吟著。哦，她傷害了我，她已經打得我幾乎失去了意識。這一腳會讓我連續幾個星期痛苦不堪。我把所有這些想法都灌輸給她，她想要的一切，只要我能夠想像出來，都向她拋過去。

她在我面前轉過身，用鼻子重重地呼吸著。她已經得到了想從我身上得到的一切，她的憤怒得到滿足，已經不必再理睬我了。但文德里亞這時愚蠢地靠近了她。她轉向文德里亞，握起拳頭，狠狠一拳砸在他的臉上。文德里亞向後倒去，喘息著、嗚咽著，雙手緊緊捂住自己的鼻子。

「你真沒用！甚至抓不住一個小女孩！讓我只能親自動手！看看你讓我做了什麼！如果她被打死了，那全都是你的錯。她只會撒謊，你也一樣！偷走了我的魔法？這算是什麼謊話，你編造出來是為了向我解釋為什麼無法控制她？」

「她會做夢！」文德里亞從自己的手上抬起臉來。他的臉頰顫抖，變成了紫紅色，小眼睛裡

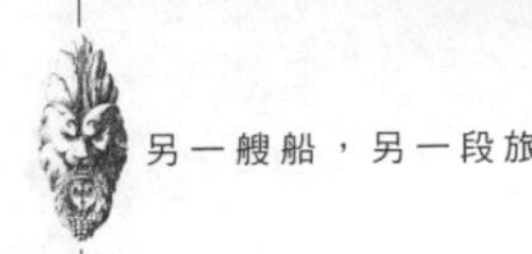

全都是淚水。血從他的鼻孔中流出來。「她才是說謊的人！她會做夢，卻沒有把它們寫下來，甚至沒有告訴妳！」

「你這個愚蠢的白癡。每一個人都會做夢，不只是白者。她的夢毫無意義。」

「她做過那根蠟燭的夢！她把它寫成一首完整的詩！我在她的意識裡看到了！她能夠讀書寫字，她做了那個蠟燭的夢。」

我感覺到一陣恐慌。那個蠟燭的夢！我差一點回憶起它。不！我不顧一切危險，急切地向德瓦利婭推過去一個念頭。他在說謊。我是一個蠢女孩，根本不認識字。他只是在找藉口，想要逃避懲罰。妳知道他在說謊，妳才是正確的，他就是個說謊的傢伙。妳很聰明，不可能被他的謊言愚弄。

我在慌亂中推出這個想法。我認為德瓦利婭能接受它，只是因為她已經對文德里亞感到怒不可遏，很高興能夠找到理由證實自己的憤怒。

德瓦利婭繼續毆打文德里亞。她從盥洗架上拿起沉重的金屬水壺，把它變成了一件武器。文德里亞沒有抵抗，我也沒有再做什麼。只是蜷縮在桌子下面。我的嘴唇裂開，血流到下巴。我將這些血塗得滿臉都是。我感覺到德瓦利婭每一次對文德里亞的重擊，在我每一次瑟縮的同時都將這種感覺收藏起來。我在文德里亞的意識中告訴他，德瓦利婭把我打得更狠。文德里亞不斷遭受痛打，心慌意亂。我感覺到他接受了我灌輸過去的感覺，並對此完全信以為真。他很清楚德瓦利婭能夠施加給他人怎樣的痛苦。他比任何人都清楚這一點。從他的心中如同鮮血噴湧一般爆發出

的情緒，讓我也完全知道了。那一股如同洪流一般的記憶讓我感到噁心，我的牆壁在這股記憶的衝擊下完全坍塌了。

一條路有出必有入。

隨著狼父親智慧的話語沉入我的意識，我向文德里亞關閉了自己的思想，一心一意築起我的牆壁。我將它們愈築愈厚、愈築愈緊，直到我雖然能察覺到文德里亞遭受的捶打，卻已經不再會因之而瑟縮。喝下那種藥劑的文德里亞很強大，在操縱這種魔法時，遠比我更強大。但我現在明白了，一條路有出必有入。當我伸展出去碰觸文德里亞或德瓦利婭的意識時，就像是我向他們敞開了自己的大門。文德里亞也知道這一點嗎？他是否知道，當他入侵我的思想時，他也向我提供了一條進入他意識的道路？我懷疑他不知道。但在我瞥到過他的意識之後，我再也不想去看那裡的景象了。

我蜷縮在桌子下面的地板上，淚水從眼睛裡流出來，喉嚨深處發出斷斷續續的抽噎聲。我努力控制住，告訴自己，我必須認真考慮自己所學會的這一切。我有了一件武器，但這件武器沒有經過淬煉，我也不知道該如何使用它。當文德里亞操縱海蛇藥劑的力量時，關於他的各種資訊和他淒涼的童年都被灌入了我的意識裡。我割斷了可能對他產生的一切同情，只集中精神處理這些資訊所表達的情報。

我在他的記憶中看見了一座高高矗立在島嶼上的城堡。城堡周圍的高塔頂部如同怪物的顱骨，空洞的眼窩俯視著港灣和大陸。我瞥到了一座美麗的花園。皮膚白皙的孩子們在那裡遊戲。

但那裡永遠都沒有文德里亞的影子。那些孩子都由充滿耐心的僕人照料。他們只要能夠走路，就會被教導讀寫。他們的夢被收穫並精心保存，就如同柔軟的水果。

我看到一個有許多攤販和鮮豔雨棚的市場。燻魚、蜂蜜蛋糕和某種特殊的香料氣味瀰漫在空氣中。面帶微笑的人們在貨攤之間走動、購買各種商品，將它們放入網編的兜子裡。幾乎還沒有長出毛的小狗四處亂跑，用尖細的聲音吠叫著。一個女孩將花朵編織在自己的頭髮裡，正捧著一只托盤，叫賣托盤中亮黃色的糖果。我看見的每一個人都很乾淨，穿著很好的衣服，顯得很高興。

這裡就是克拉利斯，是他們要帶我去的地方。但我懷疑等待我的不會是那片高牆內的美麗花園和那些溫和耐心的僕人，更不會是那片溫暖陽光下的漂亮市場。

想到此，我只會心懷恐懼地回憶起跳動的火把光芒，和被火光照亮的石壁。沿著那面石壁擺放了幾排高長椅。一個血肉模糊的怪物被鐵鍊綁在一張桌子上，不斷發出可憐的尖叫。德瓦利婭將一把精緻的匕首交給一個面孔冷硬如同岩石的男人。她身邊的一張高桌上擺放著紙筆和墨水。只要那個怪物的尖叫聲中有任何能夠識別的字句，德瓦利婭就會走到一旁，把它們記錄下來，再加上自己的註釋，也許她是要寫明在怎樣何等痛苦之下，那個被拷問的人才有了這樣的招供。德瓦利婭的樣子很愉悅，行動很有效率。她的頭髮被結成長辮，盤繞在頭頂，如同一頂冠冕，穿著一件帆布圍裙，保護她一身柔和藍色的衣裙。

文德里亞站在這個舞臺的邊緣，如同一道受人鄙夷的影子。每當受刑的人發出嘶叫聲時，他

都會轉開眼，渾身不停地顫抖。他並不懂得為什麼要折磨這個不停掙扎蠕動的生靈。刑房中還坐著另外一些觀看的人。他們有的圓睜雙眼，張大了嘴巴；有的在捂著嘴竊笑，又因為怪異的羞愧感而面色通紅。他們之中的一些人皮膚、頭髮和眼睛的顏色都很淺，另一些人有著像我父母一樣的黑色頭髮和充滿血色的皮膚。他們之中有的年老、有的正當壯年，還有四個看上去比我還小的孩子。所有這些人都在看著這場用刑，彷彿在觀賞一場餘興節目。

就在這時，令我無比驚恐的事情發生了——桌子上的那個可憐人全身僵硬，指尖不住流血的手指張開到最大限度，頭頸瘋狂地擺動著。然後，他一動不動，就連喘息聲都停止了。我以為他死了。就在這時，他發出恐怖而悠長的喘息聲，突然尖叫出一個名字：「蜚滋駿騎！蜚滋！救救我，哦，救救我！蜚滋！求你，蜚滋！」

德瓦利婭面色一變。她抬起頭，彷彿聽到了神明的召喚，一抹恐怖的微笑出現在她的臉上！她興致勃勃地用花體字在紙上寫了一段話。她停下來，抬起筆，提出一個要求：「再讓他說一遍，」她對行刑者說道，「請再讓他說一遍。我想要得到確認！」

「確定無疑。」那個人回答道。他膚色很白，頭髮也沒有顏色，不過華美的衣服彌補了皮膚的蒼白。就連他用來保護一身翠綠長袍的橄欖色圍裙也很美麗，上面繡著我看不懂的語言。他的耳朵上綴著翡翠。他向那四名年少的白者舞動了一下手上那件可怕的小工具。那些孩子都瞪大了眼睛，聽他說道：「你們都太小，肯定不知道小親親還像你們一樣大，是一名蟄伏者時候的事。但我知道。就算是在那個時期，他也是一個桀驁不馴、性情莽撞的年輕人。他打破了所有規則，就像你們自作聰明地打破規則，還以為我們一無所知。看看他現在的下場。你們應該記住，如果不學會控制自己，並一心只向僕人效忠，很容易就會落入同樣的下場。」

最小的一個孩子嘴唇不停地顫抖。她急忙用手捂住了嘴。另外一個孩子用雙臂抱住自己。而個子最高的兩個孩子只是將脊背挺得更直，緊緊閉上了嘴。

一名有著淡金色長髮，皮膚如同凝脂的美麗女子站起身，開口說道：「費洛迪。」她的聲音顯得很不耐煩，「以後再向你的小寵物們演講吧。快讓小親親再把那個名字說一遍。」然後她轉向旁觀者，她的眼睛直盯著一名老婦人。在那個老婦人身邊還坐著一個男人，他的黃色長袍和蒼白的面孔形成了鮮明的對比。「聽聽吧！這個名字他隱瞞了這麼久。費洛迪和我說得沒有錯，他的催化劑還活著，他們還在合力對抗我們。意外之子被藏了起來，我們還沒有找到他。難道小親親不是已經做了很多壞事，對我們造成了巨大損失？妳必須允許我們派遣德瓦利婭去為她的主人復仇，並為我們奪取意外之子，否則我們將因此而一敗塗地！那些夢已經一遍又一遍地警告過我們，他是存在的！」

那個老婦人站起身，用犀利的目光也盯住這名女子。「西姆菲，妳正在這些人面前談論只有四聖應該關心的事情。注意妳的舌頭。」隨後老婦人提起自己淺藍色的長裙，避開地上的鮮血，邁著莊重的步伐走過滿是血腥的地面。

她身邊的黃袍人看著她離去，有些猶疑地站起身，又坐下來，向西姆菲和行刑者點點頭，示意他們可以繼續。於是他們又開始了用刑。

我父親的名字。他們強迫那個身體破爛的人叫出他的名字，不止一次，而是一遍、一遍、又一遍。當這重複的慘叫聲停止以後，他們將那具失去知覺的軀體翻下桌子。衛兵拖走了那個可憐人。文德里亞在自己的記憶中將一桶桶水潑在地面和桌子上，然後開始把它們擦洗乾淨。

他並不在乎那個飽受折磨的人。他的心思全在自己的工作和恐懼上。一小塊肉黏在地板上，他用指甲把它刮下來，扔進他的擦洗桶裡。他知道，如果忤逆德瓦利婭的意思，他就會是下一個被鐵鍊鎖住，在這張桌子上接受教訓的人。直到現在，他依然知道自己有可能難逃這種厄運。德瓦利婭做這種事的時候從不會猶豫。但他依然沒有逃走或者抵抗德瓦利婭的意願。我從自己內心的最深處認識到，我的「兄弟」不會冒險從這樣的命運中拯救我。

這段回憶讓我不住地顫抖。那個桌子上的可憐人尖叫著我父親的名字，乞求父親能夠來救他。我缺失了太多環節，無法整理出一條完整的邏輯鏈，但我的直覺已經在黑暗中進行了一次縱躍——那就是德瓦利婭贏得許可、出發前往細柳林的日子。是我的命運被鎖定的日子。現在我看著她，彷彿和她間隔了一段極其遙遠的距離。

桌上的那個可憐人呢？看樣子，他已經不可能活下來了。他肯定不可能是水邊橡林的那個乞丐。不可能是我的父親弄臣。殘缺不齊的情報如同鋸齒一般戳刺著我的意識。德瓦利婭提起過一個我不認識的父親，這些訊息的殘片沒辦法拼合起來，但她曾經對我發出的威脅，仍然表明這些殘片屬於同一張拼圖，而那張桌子就是她承諾我的下場。

德瓦利婭還在踢著文德里亞，但她已經在因為用力過度而喘氣了。每踢一腳，她都會哼一聲，屁股也會晃動一下。文德里亞在角落裡縮成一團，不住地哭泣，她終於轉向了我。她打算也踢我一腳，但我已經仔細為自己選好了庇護所，她在這個小空間裡沒辦法發揮出自己的力量。她將那只已經血跡斑斑的大水罐擲向我。水罐只是擦了我一下。我令人信服地哀呼一聲，躲到一旁，可憐兮兮地抬頭看著她，臉上全是鮮血。我讓自己的下巴不住地顫抖著，帶著哭音對她說：「求妳，德瓦利婭，不要再打我了。不要再打了。我會服從妳。妳沒有看到嗎？我會努力工作。請不要再傷害我了。」

我從桌子下面鑽出來，拖著一條腿，弓起身子，在房間裡一跛一跛地走著，收拾起被德瓦利婭扔出箱子的衣服。每彎一次腰，我都乞求她原諒我，承諾一定會服從她，為自己贖罪。她看著我，懷疑和得意的神色在臉上交戰不止。我站在衣箱旁邊哭泣，讓痛苦和恐懼滲流出來，向她和文德里亞灌注。現在我對這種方式已經漸漸熟練，於是我又向其中添加了一點絕望和氣餒。我拿起每一件衣服，抽噎啜泣著說：「我會把它們全都疊得整整齊齊，我會非常有用。我能做很多事。我已經學到了教訓。求妳，不要再傷害我了。求妳，求妳。」

這樣做並不容易，我也無法確定這有多大的效果。不過德瓦利婭給了我一聲充滿勝利意味的冷笑，然後就回到了那張蓬鬆的大床旁邊，一頭栽倒下去，滿足地歎息了一聲。她的眼睛正好看到文德里亞。這時文德里亞正蜷縮在地板上，就像是趴在一根原木下面的肥胖白蛆，用雙手捂住臉，不斷地抽泣著。「我說了，把這些盤子收拾好！」她向文德里亞吼道。

文德里亞翻身坐了起來，同時還在不停地吸著鼻子。當他將自己飽受毆打的臉從手掌上抬起的時候，我不由得打了個哆嗦。他的一雙眼睛已經開始腫脹，下巴上全都是血。血沫和唾液還在不停地從他鬆弛的嘴裡流出來。他可憐巴巴地看著我，我不知道他是否感覺到我無意中對他的同情。我加厚了自己的牆壁。我想他一定是感覺到了，因為他立刻皺起眉毛，表情也變得陰沉。「她正在那麼做。」他用低沉含混的聲音說道。腫大的嘴唇讓他的聲音變得更加模糊不清。

德瓦利婭向他側過頭。「好好想想，閹人。她已經得到了教訓。看看她現在對我是多麼恭敬和順從！這就是我對她的要求，至少暫時是如此。如果她能夠使用魔法，如果我能教會她，讓她為我做事，那麼我還要你幹什麼？你至少應該像她一樣有用，這樣對你才是最好的。」然後她看著我，向我露出虛偽的微笑，讓我的靈魂都感到寒冷。

我聽見文德里亞帶著鼻涕的吸氣聲，便向他瞥了一眼。我看見了比德瓦利婭的微笑更加令人恐懼的東西——他正在瞪著我，臉上充滿了嫉妒。

信念

我真心希望能夠知道得更多，將它們告訴妳。我覺得我應該這麼做。但他在談及早年生活時，總是多有隱晦。我將能夠確定的事情都迅速記錄了下來。切德大人因為自己意外的出身，被平白剝奪了權力和榮耀，使得它們都歸於他的兄長和妹妹。黠謀成為了國王。有人說，正是他的妹妹導致了其母親的死亡。因為堅媜王后在生產時遭遇了巨大的困難，之後再也不曾恢復健康。儘管被作為公主養育長大，但她也未能頤享天年，在生下名為威儀的兒子之後，也隨之去世。威儀的可悲結局妳已經知道了。當惟真嘗試利用精技去找到他未來的王后時，他在無意中燒毀了自己這位表兄的心智。自那以後，威儀無論是從口中還是從自己的意識裡，都再不曾發出過任何聲音。可憐的他含糊不清地被安排去細柳林享受「退休」生活，年歲不算很大就去世了。耐辛，我父親的妻子和曾經的王后一直都很照顧他，直到他在冬季的一天死在自己的睡夢中。我相信，正是因為我父親的「意外」死亡和威儀的悄然離開使得耐辛返回公鹿堡，意圖收養我。

不過妳想要瞭解的是切德。他從未細談過他的早年生活。他的母親是一名士兵。她怎麼會懷了國王的私生子，我們永遠都無法知道。對於他母親的過世和他是如何被送到公鹿堡，我也幾乎一無所知。他曾經向我提過，他的母親留下了一封信，在她死後不久，她的丈夫就將這封信和一只行李袋給了切德，讓他騎上一頭騾子去了公鹿堡。那封信是寫給國王的，出於一些非同尋常的機緣，這封信真的到了國王手中。於是切德的王室家族發現了他，也許這是他們第一次知道他的存在，但這樣的細節又有誰能真正知道呢？無論如何，切德被王室接納了。

儘管切德對我進行了多年教導，但我還是不知道他是如何接受教育。我只知道他的導師非常嚴厲。儘管他的身分從不曾被承認，外人甚至連他私生子王子的身分都不知道，但我相信他的兄長待他很好。根據我的個人觀察，他和黠謀是一對彼此關愛的兄弟。黠謀在讓切德成為刺客和間諜首腦的同時，也將他視作自己的參謀和顧問。

根據我搜集到的情資判斷，切德在年輕時曾經是一名英俊的男子，享受過不多的幾年快活歡樂的時光，隨後才有了事故留下的傷痕，躲藏進了城堡的厚牆之中。我認為他讓自己從人們的視野中消失，理由絕不簡單，但這其中的細節我們可能也無從知曉了。

我知道他迫切地希望接受精技測試，從而得到關於家族魔法的教育。但他對此未能如願。我懷疑他還有其他魔法天賦，比如水中占卜。不止一次，我無法相信他的「間諜」能夠那樣及時地向他報告遠離公鹿堡之處發生的事件。但沒能接受精技訓練讓他無比怨恨和痛心。我認為這也許是我們的王室祖先做出過的最愚蠢的決定之一。

所以，親愛的，當現在他證明自己至少擁有不算穩定的精技能力之後，他就開始接觸精技圖書館存留下來的資料。為了掌握這些智慧，他更是不顧一切地肆意而為。他一生都在進行各種試驗。任何危險都不可能阻止他將自己和學徒們投入其中。

我不知道這一點訊息是否能幫助妳勸阻他有所收斂，尊重妳作為王后精技女士所發布的禁令。我在這裡請求妳，如果能夠避免讓他知道這些情報是我提供的，我會感激不盡。他將我訓練成一名間諜，但如果知道他的舊日學徒在刺探他的情報，一定會感到痛心疾首。

——寄給精技女士蕁麻的未署名信箋

「婷黛莉雅找你做什麼？」貝笙問我。

我擦了一把臉上的汗水。「我們在克爾辛拉的時候，我問了牠一些問題。我希望知道龍族是否和僕人有仇。」

「好讓牠們參與你的行動？」

「也許吧，或者能夠獲得一點可以用來對抗僕人的智慧。」

他在褲子上抹了抹雙手，重新抓住水桶，同時又說道：「讓一頭龍去援救一個孩子，這也許不是聰明的作法。」

「我那時還沒有想過這個問題。我只想毀掉克拉利斯。」

「但如果你的孩子在那裡……」

這正是我最想避免的問題。蜜蜂處在遭受巨龍攻擊的戰場上？我完全拒絕這樣去想。

貝笙側過頭盯住我的臉：「你不認為她還活著，是嗎？」他的聲音變得異常低沉。

我聳聳肩。這也是我最不想去思考的問題。「讓我們先應付好眼前的事情吧。」我說道。他嚴肅地點點頭。

這時我們全都停下來想要喘口氣。我們正在搬運一桶清水。這本應該是一項簡單的任務，但派拉岡決心讓它變得無法完成。當小船將水桶運送過來時，他就將船身朝遠離小船的方向傾斜。然後，當我們將水桶用起重機吊上甲板，他又開始朝另一個方向傾斜。

這是我們和這艘船進行搏鬥的第二天了，派拉岡已經阻止了我們卸下貨物的嘗試。而今天，當我們想要將新鮮的水和食物運上船，又耗費了兩倍於平時的力氣。就是在這些艱苦的工作中，艾惜雅和貝笙得到了我關於婷黛莉雅的訊息。這顯然無法讓他們興致高昂。就像貝笙說的：「一頭龍的到來會讓局面變得更糟嗎？」

艾惜雅回應說：「我會把訊息告訴溫特羅。他會讓依姮知道。他們能夠盡量做好準備。」然後她又神情黯淡地說：「一頭龍的到來也許會帶來各種問題。現在我只能說，很高興這些不會是我們的問題。」

貝笙嚴肅地點點頭。「我們自己的問題已經夠多了。」他的這句話結束了這場交談。

派拉岡以我難以想像的方式延遲著我們的啟航。他前後搖晃、左右傾斜，緊緊關閉自己的艙門。艾惜雅和貝笙都咬著牙和他們所剩不多的船員一起在甲板上拚命工作。樂符在第一天就徵召了小堅和火星，隨後很快又用上了機敏和我。「也許你們天生不是幹這種活的，但我需要你們。從今天開始，只要我們還在港口裡，你們就都要負責值班。」於是我們都被安排了工作。

貝笙和艾惜雅想要僱用更多船員，或者說服老船員回來，但他們的努力徹底失敗了。我倒是很高興能幹一些沉重的體力活，這樣至少能讓我不必一直都在想著我的女兒可能還在那些瘋狂的怪物手中。這個念頭更加讓我的心中充滿怒火。我只能透過向這艘船挑釁來發洩——在他的甲板上拖動箱子，把貨物從他的艙房中搶出來。每一刻的延遲都是一種充滿痛苦的折磨。我已經不再關心婷黛莉雅會帶來怎樣的訊息。我只想立刻再次上路。

琥珀和弄臣全都因為擔憂蜜蜂的處境而痛苦不堪。琥珀為此說出的每一個字都如同插進我的肚子裡、再狠狠扭動的匕首。我的焦慮已經讓我無法承受，而他那一份焚心的憂痛更讓我困苦難

耐。有一天我走進她的船艙，發現弄臣正用膝蓋勾住上鋪，倒掛下來。我立刻停住了腳步。

「我知道是你，」他說道，「其他人都會先敲門。」

「你在幹什麼？需要我幫你下來嗎？」

「不必。我正在讓身體恢復柔軟。他們用鐵和火將我的心智變得一團混亂，也讓我的身體殘破僵硬。我正在努力恢復他們想要摧毀的能力。」

弄臣向上彎起腰，雙手抓住床鋪邊緣，哼了一聲，讓膝蓋離開床鋪，雙腳落向地板。他站到地上，姿勢不輕盈，也不優雅，但對於一個幾個月前走路還一瘸一拐的人來說，這種穩定和從容也足以值得驚歎了。

「在寬敞的甲板上練習這些技巧不是更好嗎？」

「如果琥珀能夠看見，她一定會高興地在帆索上奔跑，高掛在空中，在新鮮空氣裡恢復我失去的全部技巧。但她看不見，所以我也做不到。在這個狹小的空間裡，我還可以做些力所能及的事情。」他彎下腰，抓住自己的膝蓋，緩慢而悠長地呼出一口氣。「有任何訊息表示我們能夠出發了嗎？」

「如果有，你應該都已經知道了。」我打起精神，準備接受他習以為常的抱怨。

「每過一天，蜜蜂就要在他們的手裡多捱一天。」

難道我不知道這一點！「派拉岡不是這座港口中唯一的船。我們能夠把那些古靈寶物在這裡賣個好價錢，僱一艘新船直接前往克拉利斯。」

不等我把話說完，弄臣就不停地搖頭。「在我對未來的預見中，派拉岡是唯一載我們前往克拉利斯的船。」

「你的預見，」我說了半句話就閉上了嘴，然後我又咬著牙說：「那我們就只能等待了。」

「你在懷疑我。」弄臣苦澀地說，「你拒絕接受蜜蜂還活著。」

「有時候，我相信你，」我低頭看著甲板，「但大部分時間都不是。」擁有希望太痛苦了。

「我明白了，」弄臣嚴厲地說道，「那麼你也應該耐心等待。因為如果蜜蜂死了，我們的耽擱不會讓她再死一次。她也不會承受他們施加在我身上的折磨。」

我也用同樣嚴厲的話語說道：「不是我選擇等待。是你在選擇等待——等派拉岡號決定啟航的時候。」

弄臣雙手抓住自己的頭髮，面孔完全扭曲了。「難道你不明白我遭受的折磨嗎？我們必須乘坐派拉岡號。我們必須如此！即使我知道她還活著，被他們抓在手心裡。」

「怎麼會？」我向他咆哮道，「這怎麼可能？當蕁麻派遣她的精技小組穿過石柱去尋找蜜蜂的時候，沒有找到任何痕跡。雪地上連一個腳印都沒有，什麼都沒有！弄臣，他們從沒有走出過那根石柱。他們已經消亡在其中了。」

弄臣瞪大了失明的雙眼，顯得那樣急切和瘋狂。他的面孔比平時更顯蒼白。「不！這不可能。蜚滋，你也曾經遲滯在精技石柱裡，迷失了許多天，而你仍然……」

「是的，最終我神智昏聵、半死不活地走了出來。如果當時我不能召喚援助，恐怕就要死在

那裡了。弄臣，如果他們從那根精技石柱裡出來了，一定會留下一些痕跡，哪怕是篝火的灰燼、散落的殘渣。但那裡什麼都沒有。她已經走了。即使他們是耽擱了一些日子才出來的，我們抵達的時候也應該能看到一些蛛絲馬跡。你在那裡有任何發現嗎？」

弄臣發出一陣狂笑。「我什麼都看不見！」

我壓抑著自己的脾氣。「實際上，那裡除了熊的痕跡以外什麼都沒有。所以他們可能真的是完全消失在精技石柱裡了。至少肯定沒有前往克爾辛拉，無論是徒步還是通過精技石柱，他們都沒有到過那裡。弄臣，求你。讓我接受蜜蜂已經離去的事實吧。」我的話近乎於哀告。我渴望著回到那種徹底失去一切的麻木中，只去尋求那純粹的復仇。

「她沒有！」

弄臣頑固的否認激怒了我。於是我開始攻擊他：「這都沒有關係。關於克拉利斯和那裡的人，你只給了我那麼一點情報。現在無論她是死了還是活著，我在找到她以前肯定早就被克拉利斯人殺死了！」

弄臣驚駭地張大了嘴。然後，愧疚和氣憤讓他的聲音變得格外尖利。「我已經盡全力了，蜚滋！我以前從沒有計畫過暗殺。你盤問我的時候，我的記憶總是在躲著我。而你問的問題都太傻了！寇爾崔是否賭博，和西姆菲起床時間是早還是晚又有什麼關係？」

「沒有精確的情報，我暗殺他們的計畫就只會變成一場滑稽的戲碼！」

「滑稽的戲碼？」他將這個詞甩回給我，「那麼你又期待一個專門演出滑稽戲碼的弄臣會做些什麼？」他憤怒地摸到琥珀的衣服，聲音也在憤怒中變得尖細起來，「我根本就不應該找你幫忙。必須要做的事情，我應該自己去做！」他莽撞而匆忙地穿上衣裙，用彎曲的手指摸索著繫好蕾絲，扣上鈕釦。

「如果你沒有回來找我，這一切就都不會發生了！」這句話中的每一個字都是一把瘋狂的匕首，「你不需要再將自己偽裝成琥珀了。反正我已經要走了。」我站起身，這時她正在努力固定住一邊袖口，「就像所有在盲目與匆忙中做出的事情一樣，你做得非常糟糕。如果我是你，就不會這樣到甲板上去。但你似乎很願意做許多我不會做的事情，比如在沒有情報支援的情況下就去實行刺殺。」

我摔上了艙門，我的心劇烈地跳動著，憤怒和懊悔在那裡拚死交戰。我竟然說出了那樣的話！但這些話中又有多少不是真實的？

我靠在船欄杆上，盯著分贓鎮，感覺到胸中燃燒的怒火。海面上的風也不能讓那火焰有絲毫冷卻。

貝笙找到了我。「溫特羅來了。他問你是否知道婷黛莉雅何時會到。」

「我不知道。你知道我們什麼時候能夠離開這裡嗎？」

船長和我一樣做出簡單的回答：「我不知道。溫特羅已經為巨龍的到來做好了準備。如果可以，他想讓你告知巨龍，畜欄就在碼頭上。」

我還沒能控制住自己的怒火，但至少我還能壓抑它。我站直身子，將弄臣的話語和我在憤怒

中對他的傷害都清出腦子。「我會盡力讓牠知道，但我無法承諾牠會聽我的話。」「我也不能向你要求更多了。」貝笙說。

我閉上嘴，看著貝笙走開，然後我又轉頭望向海面，嘗試與巨龍取得聯絡。婷黛莉雅，我在海盜群島的分贓鎮。他們已經在碼頭上的畜欄裡準備好牲畜歡迎妳。如果妳吃掉那些牲畜，他們將倍感榮幸。

我沒有感覺到巨龍的回應。在內心深處，我希望婷黛莉雅找不到我。無論牠想要什麼，那絕對不會是好事。

在第三天早晨，索科和依妲女王很早就乘著一艘平底小船來到派拉岡號旁邊，請求登船。睡眼惺忪的溫特羅也跟隨著他們。看上去，他們三個昨晚全都失眠了。船長夫婦歡迎他們上船，並為他們準備了熱氣騰騰的咖啡。索科頗有先見之明地帶來了一籃新鮮糕點。讓我驚訝的是，溫特羅也邀請琥珀與我和他們共進早餐。

今天的依妲在女王威儀之外，更加表現出剛強的氣勢。她精緻的短上衣有不少皺紋，顯然昨晚根本沒有脫下這件衣服。在她的嘴唇周圍有許多紋路，那應該是酷烈陽光的長期曝曬所造成的。她的頭髮沒有紮起來，在微風中隨意飄散。索科看上去就像是一條哀傷的獵犬，當其他獵犬成群飛奔、追逐獵物的時候，他卻單獨被拴了起來。我們坐到桌邊，艾惜雅為我們逐一倒了咖啡。房間裡一片寂靜。依妲女王在玩弄著脖子下面的那枚小雕像。然後，她直起身子，盯住艾惜雅，用發布命令的口吻說道：「派拉岡．大運，海盜群島的王子，將與你們同行，前往克拉利斯。我知道你們不歡迎他，我也不願讓他參與這次遠行。但他必須去。我可以為他的旅行提供資金，以及八名可靠的隨員。他們在行船和用劍方面都有豐富的經驗。不過我將祈禱你們不會需要後面這項技巧。」

激憤的言辭從艾惜雅口中噴發出來：「不！他想要上船的時候，我趕走了他。妳說過，妳正想要我們這樣做！正因為如此，我們的船才不願離港，甚至因此變得非常危險。派拉岡已經開始阻撓我們必須做的每一件事了！而現在，在經歷過所有這些麻煩和危難之後，妳竟命令我們允許他上船？」

貝笙伸手按住艾惜雅的肩頭，又深吸了一口氣，平靜地向依妲問道：「為什麼？」

海盜女王瞪著他，抿起嘴唇。

溫特羅清清嗓子。「因為他的父親會希望如此。這就是我們得到的建議。」依妲按在脖子下面的手放到桌上，瞪了溫特羅一眼。溫特羅繼續解釋：「依妲女王有一枚雕刻成柯尼提形貌的巫木護身符。柯尼提一直將它戴在自己的手腕上，緊貼著皮膚。它吸收了柯尼提的靈魂，最終醒來。這是它提出的建議。」

我盯住了依妲喉嚨上的護身符，完全不在意這樣做是否失禮。我甚至開始有些期待那個小雕像會有動作，或是說出幾句話，不過它看上去只是一枚冰冷的雕像。

艾惜雅向海盜女王傾過身子，開口說道：「柯尼提想要這樣？那麼這就是我另一個拒絕如此的原因！」

「但妳還是會帶著他。」依妲女王胸有成竹地說，「如果妳想要駕駛這艘桀驁不馴的船，就只能將他想要的給他。拒絕我，妳甚至連駕船的人手都不夠。現在全分贓鎮的人都已經見識過他的力量和脾氣。妳需要我提供的一切，否則就只能停泊在這裡，待在一艘每天都變得更加危險的船上。」

艾惜雅緊緊抓住自己的杯子。我甚至以為她會將那只杯子捏碎。貝笙開口了，聲音依舊保持著平靜：「艾惜雅和我需要商量一下。我們很快就會到甲板上去找你們。」他指了一下艙門，等待我們全部站起身，逐次走出去。然後他就在我們身後緊緊關上了艙門。

索科和依妲肩並肩地站在一起，眺望分贓鎮。溫特羅站在距離他們稍遠之處，雙臂抱胸。沒有人說話，直到派拉岡轉回頭朝我們喊道：「問題解決了嗎？我要得到柯尼提的兒子了嗎？」

我們都沒有回答。

船長夫婦終於來到甲板上。「就這樣，」貝笙平靜地說，「他的旅行資金和八名水手。」艾惜雅的臉像石頭一樣毫無表情。貝笙繼續說道：「但他要住在普通水手艙裡，並接受船上的一切紀律監管。」艾惜雅依舊保持著沉默，貝笙伸出了手。依妲發出一點氣惱的聲音，但索科點點頭。最後是溫特羅走上前，以貿易商的方式握住了貝笙。「我會擬好契約。」溫特羅承諾道。貝笙點了點頭。

琥珀悄聲說道：「這就是貿易商的方式，一份對所有人都有利的契約。」然後她又將聲音壓得非常低，「艾惜雅不高興，但她也知道她需要這份契約，只有這樣，我們才能離開分贓鎮。」

溫特羅在握手之後向後退去。「我們會立刻開始裝載物資。」他提高了聲音，「你對此滿意嗎，派拉岡？你贏了，得到了想要的一切。柯尼提會隨你一同遠航。我們現在能夠卸下貨物，裝載補給了嗎？」

「可以！」派拉岡的聲音在港灣裡隆隆作響。滿足感從甲板上湧起，沖刷著我們所有人，就連艾惜雅也彷彿鬆了一口氣。

貝笙在經過我身邊的時候拍了拍我的肩膀，「準備好工作吧，」他警告我。

我們立刻開始了工作。一桶桶淨水、啤酒、鹹魚和車輪乾酪很快就被運送過來。另外還有許多麻袋的根莖蔬菜、蘋果乾和李子乾、一箱又一箱的硬麵包。我們的新船員也到了——七名水手和一名領航員。樂符毫不怯懦地派遣他們去完成各種工作，指揮他們沿著桅杆上下攀爬、盤捲纜繩，向他們演示應該在這艘船的各個地方如何打結。就連領航員也無法逃避這些繁重的雜活。不過她總是能以高超的技巧向測試她的樂符表達輕蔑與嘲笑。

天氣變得相當炎熱。機敏已經將他的襯衫掛在船欄杆上。小丑落在那件襯衫上，卻被襯衫纏住了爪子，幸好我及時抓住那件襯衫的袖子，才沒有讓牠連同襯衫一起掉進海裡去。「小心一點！」我一邊抓緊襯衫，一邊警告那隻烏鴉。牠張開翅膀，不停地跳動掙扎，直到一雙腳完全離開襯衫，牠才喊道：「婷黛莉雅！婷黛莉雅！看上面，看上面，看上面！」

牠來了，全身閃爍著明亮的黃玉和藍寶石的光芒。牠在遠方的時候還很小，只有烏鴉那麼大，一次心跳以後，牠已經變得像老鷹一般大。我從未見過任何生物能夠飛得這樣快。半數船員都在向天空指指點點、大聲喊叫。在岸上，街道中的人們紛紛駐足，望向天空。「牠知道碼頭上的那些牲畜嗎？牠會在哪裡降落？」我問烏鴉。

「牠喜歡的任何地方。」小堅低聲說。

「看上面，看上面，看上面！」烏鴉又連續不停地叫著。我將注意力集中在婷黛莉雅身上，但火星喊道：「看啊，一頭紅龍！離我們還很遠，但我相信那是另一頭龍！」

那頭龍的飛行速度慢很多。看上去，身子似乎很沉重。牠能夠安全著陸嗎？還是會淹死在波濤中？

「荷比！閃耀的荷比！」小丑高喊著，抖開自己的一身黑羽毛，向紅龍飛去。我焦急地看著婷黛莉雅圍繞依妲女王的宅邸盤旋。這裡有為妳準備的牲畜！就在碼頭上的畜欄裡！有食物在這裡等妳！我將思維向婷黛莉雅射去。牠盤旋下降的路線卻沒有任何改變。

王室宅邸前大片綠地上的人們全都發瘋般的四處亂竄，尋找掩蔽。那頭龍完成最後一次警告性的盤旋，徑直落了下來，同時伸出了自己的四隻利爪。對於如此巨大的一隻生物，牠的降落姿勢卻顯得非常優雅。一雙巨翼撲打空氣的聲音掠過水面，一直傳入我的耳中，聽上去就像是被雨水浸透的船帆在遭受風暴的吹襲。

婷黛莉雅甩動的尾巴在綠地上鑿出一道深溝。一些旁觀的人向巨龍跑去，另一些人則遠遠地逃開。混亂喧鬧的人聲就像是岸邊啼叫不休的鳥雀。婷黛莉雅抬起前腿，坐在後腿上，就像是一頭討要東西的狗。牠緩緩轉動頭顱，開始尋找。儘管距離如此遙遠，牠卻一眼就看到了我。「蜚滋駿騎，我來了。我要和你說話。」

牠的聲音同時是巨龍的咆哮和迴蕩在我頭腦中的命令。牠在命令我，幾乎就像惟真的精技命令一樣讓我不得不服從。「你要去嗎？」機敏驚駭地問我。

「我別無選擇。」我對他說。

「去哪裡？」小堅問道。

「那頭龍在召喚他，小堅。我要和他一起去。」

「還有我！」小堅說道。

我不想讓他們兩個之中的任何一個人陪我。我嚴肅地對小堅說：「記住，你現在是船員中的一員了。你的行動要由船長來決定……」

「兩位船長都允許他去。」艾惜雅衝到我們面前。她的頭髮被汗水浸透，臉頰上還蹭了一點柏油。「也帶著琥珀。貝笙已經為你們備好小船。不要耽誤時間了。我不想讓一頭龍因為我甲板上的某個人感到不快，尤其是那一頭龍。」

火星跑去從船艙中接出琥珀。我們匆匆上了小船，快速駛向岸邊。碼頭上已經沒什麼人了。但是當我們靠近王室宅邸時，不得不從密集的人群中擠過去。所有人都呆呆地看著這頭偉大的藍龍。依妲女王站在她的宅邸門口，身邊站著她的兒子。武裝衛兵圍繞在他們周圍。這些衛兵是否知道盔甲和利劍在這頭巨龍的強酸噴吐前會變得多麼不堪一擊？一隊城市衛隊趕到了，他們推開

圍觀的人群擠進去，又把人們從綠地上向外趕開。我只希望自己能夠在這些喧鬧的人們過分激怒巨龍之前趕到牠面前。

當我們還在人群中擁擠時，婷黛莉雅的目光落在我身上。「讓開！」牠命令道，「讓那個人進來！」隨著混亂的人群不住地相互推擠，牠高聲說道：「我毫不停留地飛行了一夜又一天才到達這個地方。瞻遠！我有話要對你說。快點到我的面前來，我的飢餓讓我毫無耐心！」

「讓開！」我吼叫著衝過人群，其他人都跟在我身後。「不要過來，」我警告同伴。一走進婷黛莉雅面前的開闊地面，我就感覺到自己彷彿全身赤裸一般。

「我來了。」我對巨龍說道，同時強迫自己又向牠邁出一步。

牠的頭向我低垂，咧開大嘴，掀動鼻翼。我隱約看到了牠猩紅的長舌頭。因為剛剛進行過激烈的運動，牠的身上散發出滾滾熱氣，讓我覺得自己像是站在一座熔爐前。我的鼻孔中充滿牠呼出的爬蟲生物和腐肉的臭氣。「我沒有瞎，就算我瞎了，也知道你的氣味。」

「牠在說話嗎？」小堅在我身後問道。

「噓。」機敏警告他。

「我很餓，也很虛弱，沒有多少時間可以給你。」聽牠的語氣，這都是我的錯。

我深鞠一躬：「碼頭上的畜欄裡已經為妳準備好了牲畜。」

牠又甩了一下尾巴。「我知道。你已經和我說過兩次了。」這語氣暗示著人類對牠的冒犯。

牠又嚴肅地說道：「碼頭上沒有足夠的空地容納我降落。」

我想到要嘗試和牠進行精技接觸，但馬上又打消了這個念頭。我可不願意讓一頭龍在無意中燒毀我的精技。這時牠還在說話：「首先，你要知道，冰華是一個懦夫。一個寧可將自己埋進冰層也不願意復仇的懦夫。牠竟然會擔心自己的安全，牠幾乎不配當一頭龍！」

我不認為對此進行評價是明智之舉。所以我只是靜靜地站在原地，等待著。

婷黛莉雅從鼻翼中長長地噴出一股氣息，喉嚨裡隨之發出一陣沉悶的震響。牠抖動了一下滿身鱗甲，收好翅膀，向我發出命令：「帶我去碼頭。我們邊走邊說。我要好好吃一頓。對區區一個人類說話很困難，在我餓肚子的時候，這幾乎是不可能的。」

牠的這個命令讓我安心了不少。我提高了嗓音，讓周圍所有人都能聽見：「我相信已經很久沒有過像妳這樣宏偉的巨龍降臨此地了。海盜群島的依妲女王為妳提供了充足的食物。」

「我們對此深表榮幸，最華美的女王！碧藍如同蒼空的妳是如此令人驚歎！」溫特羅衝過女王衛兵，跑下臺階，來到被犁出深溝的綠地上，以華麗誇張的姿勢向婷黛莉雅鞠了一躬。「也許妳還記得我，尊貴的巨龍？我的姐姐是克爾辛拉的巨龍貿易商，麥爾妲女王。我的弟弟瑟丹過去經常向我唱起妳的頌歌。」

「瑟丹。」婷黛莉雅的漩渦雙眼中突然閃過喜悅的光芒，「是的，我記得這個名字。他真是個甜美的巨龍歌者！他在這裡嗎？」

「我只能哀傷地告訴妳，他不在。而聽說我們的降落區域不適合妳，我更是倍感恥辱！」

依妲女王已經領悟了溫特羅急迫的語氣。她向前邁出一步。「衛兵！為我們非凡的客人清出道路，護送牠前往畜欄。這是你們的榮耀！還要確保水槽裡已經灌滿了清水！」她彈了一下手指，私人衛兵立刻魚貫而出，跑過綠地，拔劍出鞘，開始驅趕人群，開闢出一條寬敞的道路來。

婷黛莉雅的脖頸從上至下閃過一道光華，下巴上的皮褶掀動，如同泛起的漣漪。我希望這代表牠感到喜悅。「這樣的歡迎不錯。」她說道。「我很喜歡。」

溫特羅再次優雅地鞠躬，同時側目瞥了我一眼，便向後退去。

婷黛莉雅的注意力回到我身上。巨龍的知覺如同沉重的毯子覆蓋住我。我緊緊守住自己的牆壁，對抗牠的魅力。這時牠已經邁步朝衛兵們開闢出的大路走了過去。

走在巨龍身邊完全是一種挑戰。牠的步伐比人類大步行走要快，卻又比全速奔跑要慢。我已經很久不曾如此匆忙的小步快跑了。我回頭瞥了一眼，看見機敏和小堅跟隨在安全距離以外，火星正引領著琥珀向王室宅邸的門廊走去。

「你，」婷黛莉雅雖然在說話，卻幾乎沒有發出聲音。牠一邊前行，一邊用尾巴拍打著地面，就像是一隻慵懶的貓在甩動尾巴。「你可真是放肆，竟然在克爾辛拉要我提供情報。不過，我狠狠逼了冰華一次，用羞辱和威脅，逼牠說出多年以前就應該告訴我們的事情。就連荷比也比牠更有勇氣！

「你的推測是正確的。白者和他們的僕人曾經對龍族造成了巨大的傷害。一想到他們竟然在那麼多個世代裡都以為能夠如此殘害我們，卻不必承擔任何後果，我就感到怒火中燒！這種恥辱全都是因為冰華的懦弱。我相信牠不會對此採取任何行動，所以我將採取行動。」

我們到達了倉庫區。這是分贓鎮的一片老街區，街道相當狹窄。我緊靠在婷黛莉雅身邊，感覺很不舒服。不止一次，我聽到牠甩動的尾巴撞上了街邊的建築物。如果這些房屋裡還有人居住，在前面開道的衛兵一定也都已進行疏散。

「你要知道，瞻遠，這一場復仇是屬於我的。克拉利斯罪有應得，要向它施加懲罰的不僅僅是人類。等我們飛到那裡，會推倒它的每一塊石頭，吃光那些竟敢殺死巨龍的人，就像我們在恰斯國做過的那樣。殺死那些惡人的滿足感是屬於我們的！」

「如果我先到那裡，就不是了。」我喃喃地說道。

婷黛莉雅突然停住腳步。片刻之間，我為自己不夠謹慎的話語感到異常後悔。但牠已經揚起頭，嗅了嗅空氣。我也聞到了。畜欄的氣味。將要被運上船或從船上運下來的牲畜都在那裡。我們已經很近了。

各種情緒在我的心中交戰。我想要實現我的復仇。而如果弄臣是對的，我的女兒還活著，我完全不希望她身陷於遭受憤怒巨龍攻擊的克拉利斯城中。我能勸阻婷黛莉雅嗎？派拉岡是否有機會比復仇的巨龍更早到達那裡？蜜蜂還活著，只是我也許根本就不知道。我的懷疑被一掃而空，現在心中只剩下了恐懼。「妳會對那些僕人進行復仇？」

「我剛剛不就是這樣告訴你的？這就是人類，一切事情都必須不斷重複！」巨龍的話語中充滿了蔑視。「現在認真聽著，在我去進食之前，我會將這些一點一點說出來，讓你那個渺小的頭腦能夠接受。是的，我允許你去克拉利斯。正如同你那無禮的主張，如果你在我之前到達，你可

以隨心所欲地在那裡進行殺戮。我不會認為你偷走了我的獵物。你明白我賜予你的這個恩惠嗎？」

「是的，是的，我明白。但我們現在認為我的女兒可能還活著，也許正被囚禁在克拉利斯。」

婷黛莉雅已經不再關心我說什麼。對牠而言，我也許只是一隻在糞堆上嗡嗡叫的蒼蠅。畜欄就在我們面前。成群的牛已經吸引了牠的注意力。現在這些肥美的牲畜正擠在圍欄上。婷黛莉雅發出銅號一般的吼聲，這猛烈的吼聲沒有隻字片語，卻清楚地向我傳達了牠的飢餓。牠向前撲去。拯救我的不是運氣，而是我的敏捷。我迅疾閃身，躲開了抽過來的粗壯龍尾。

牠已經撲到那些可憐牲畜的身上。巨大的龍爪踩住這些被困於圍欄內的牛，利齒開始撕扯牠們的皮肉。婷黛莉雅叼住一頭牛，將這隻還在哞哞叫的生物高高舉起。機敏抓住我的袖子，將我向後拖去。此時殘破的死牛摔在街道上，非常靠近我曾經站立的地方。小堅的臉上滿是驚恐和癡迷。清理道路的衛兵們發出一陣陣狂熱的呼喊，就像是在親身經歷一場殘暴的屠殺。如果是我，就不會那樣靠近進食的巨龍。現在他們都已經被巨龍的野蠻情緒所感染了。

「我們應該暫時離開，讓牠先在這裡吃飽。」我對機敏和小堅說。

我們轉過身，向來時的路上走去。街道兩旁不止一幢房屋被婷黛莉雅的尾巴抽壞。我們繞過一座已經變成廢墟的裝貨碼頭。我的腳步比我預料中的更加遲緩，同時還在努力調勻自己的呼吸。

「主人，你能不能告訴我那頭龍都說了些什麼？」小堅問道。

因為剛才向畜欄的奔跑，我的喉嚨現在乾得要命。「牠說，我們已經得到了牠的許可，能夠去克拉利斯殺人了。牠也打算去那裡進行復仇。」

小堅點點頭，但他的表情在告訴我，他不明白我說了什麼。「為了什麼復仇？因為什麼？」他問道。

「婷黛莉雅沒有告訴我細節。很明顯，克拉利斯人曾經傷害過龍族。牠很生氣冰華竟然從不曾為此懲罰那些人。牠警告我，那些人本來都應該由牠來殺死。但牠允許我們也進行復仇，只要我們先行抵達。」

「也許那頭黑龍認為挖掉半個艾斯雷弗嘉已經足以復仇了。」機敏猜測道。

我搖搖頭。「婷黛莉雅對此不同意。」

「但主人！」堅韌不屈抓住我的手臂。「如果那頭龍在我們之前到達該怎麼辦？琥珀說，蜜蜂就在那裡！她可能會受傷，甚至會被殺死！巨龍似乎不太會用心區分我們。你有沒有警告牠蜜蜂就在那裡？你有告誡牠一定要小心嗎？」

「我提過了。」

機敏讓到一旁。小丑突然落到小堅的肩膀上。

「荷比！」這隻鳥高聲宣布，「閃耀的荷比！來，來，來！快！」然後牠又如同降落時一樣突然從小堅的肩頭躍起，朝王室宅邸飛去。

「我都忘記荷比就要到了。」我承認說。

小堅嘟囔了一句：「只有你會忘記一頭龍。」然後他又低聲說道：「我們能快一點嗎？」我的自尊迫使我不要加快腳步。王室宅邸前的綠地上已經重新聚集起了一群人。小堅擠過人群，大膽地喊道：「為蜚滋駿騎親王讓路！讓路！」我的氣息還很不均勻，無法出言制止他。這片缺少人工痕跡的綠地現在就像是一片剛剛被犁過的農田。荷比就站在一片被翻起來的泥土中央。牠的身上綁縛著一副用光亮的紅色皮革和閃耀如鏡的黃銅製成的華麗輓具，在背上彷彿固定著一只箱子。那是騎手的座位。飢餓和疲憊的感覺從牠身上放射出來，就像是火爐中放射出的熱氣。牠在呼吸的時候從喉嚨裡發出一陣聲音，好像一只大水罐裡的水沸騰了。

在王室宅邸的門廊處，依妲女王、柯尼提和溫特羅站在一起，琥珀和火星和他們保持著一段距離以示敬意。另外一隊衛兵手持棍棒，擋在女王和不請自來的客人中間。在門廊靠近地面的臺階上站著一名古靈。他穿著一身大紅色覆甲皮衣，因為身材很高，他不必仰視就能看到海盜女王。「拉普斯卡來了！」小堅的喊聲中夾雜著驚訝和恐懼。那位古靈儀態莊重。我們遠遠繞過荷比向宅邸走過去，我在這時聽到他在說話：

「……一夜又一天，直到此地，我們飛行了很遠，從克爾辛拉一直越過雨野原。我的龍和我為蜚滋駿騎．瞻遠親王帶來了重要的訊息。如果能為牠找一些活的牲畜，我將感激不盡。」

我從未聽過拉普斯卡將軍說話如此謙恭有禮。看樣子，只要是為了荷比，他能夠不計較任何尊嚴地低頭懇求。溫特羅靠近到依妲女王身邊，輕聲說了些什麼。依妲女王看上去不太高興，但她還是命令道：「替牠牽三隻山羊來。就讓牠在這裡吃吧，畢竟綠地已經被毀掉了。」

「您很睿智，依妲女王，知道牠進食的時候要和婷黛莉雅保持一段安全距離。我非常感謝。」拉普斯卡回過頭看了一眼他急躁不安的龍，表情中流露出溫柔與關愛。「牠實在是太餓了。我要牠馱著我飛過那麼遠的距離，實在是太過苛刻。但我們還有更遠的路要走，要去異類島，然後是克拉利斯。」他看見了我，便從依妲面前轉過身，高喊道：「蜚滋駿騎，你終於來了！我給你帶來了重要的訊息！」

我急忙向他走過去。「婷黛莉雅已經將訊息告訴了我，拉普斯卡將軍。很驚訝在這裡看到你。」

「我們全都很驚訝。」依妲女王冷冷地說，「尤其是你至今都沒有告知我你們這次……來訪的原因。」她的聲音中無疑充滿了不悅。但同樣令我感到不安的是柯尼提盯著荷比的眼神。他突然走下臺階，走過驚訝的衛兵，甚至走過了拉普斯卡，徑直走向紅龍。

我的呼吸卡在喉嚨裡。那頭龍現在非常飢餓。而柯尼提對牠只是一個陌生人。但荷比只是向他扭過頭，用緩慢旋轉的眼睛看著他。

「為這頭神奇的龍搬一個洗浴桶的水來！」女王突然命令道，「牠一定已經渴壞了！如此輝煌的生物不應該承受這樣的困苦！山羊在哪裡？牠們應該要立即被送過來！再給牠牽一頭褐色小牛來！牠一定也餓壞了！」而那個白癡還在向那頭飢餓的龍靠近，甚至向牠伸出了一隻手。

一陣惶恐不安的竊竊私語聲從人群中響起。依妲稍稍張開了嘴，彷彿因為恐懼而難以呼吸。

「不！」溫特羅高喊著向前衝去。我以為拉普斯卡也會跳過去拯救王子。古靈將軍確實開始

行動了，但他是在向我走來。我注意到索科飛快的腳步，但他也無法跟上柯尼提的動作。荷比就要吃掉這個王子了。

但荷比只是探出頭，讓自己覆蓋著鱗甲的長吻碰到了柯尼提的手。我屏住了呼吸，不知道柯尼提的表現是出於真正的勇敢，還是只因為被這頭龍的魅力俘獲。

王子抬起另一隻手，放在荷比的臉上。「真可愛！」紅龍向他低垂下頭，讓他抓撓自己的眉毛。

許多圍觀的人都長吁了一口氣，又紛紛發出讚歎的議論聲。這讓我明白了以前我從不曾想到的一件事：海盜群島的人們都很愛戴他們的王子。我只看到他是一個被寵壞的大孩子，但他優雅的風姿和這種勇敢的表現卻讓他在人眾面前獨具魅力。隨著咩咩叫的山羊從宅邸旁邊牽過來，荷比揚起脖子，轉頭看向那些羊。

「去吧！」王子對牠說，「去填飽肚子，妳這個美麗的傢伙！」當紅龍縱身躍起時，柯尼提仍然只是毫無畏懼地站在原地。我在今天第二次看見龍捕殺獵物，聽到人群中發出狂熱的歡呼。

「小心！」機敏低聲嘟囔著來到我身邊。小堅迅速站到了我的另一邊。此時拉普斯卡已經走到我的面前。他伸出手，握住我的手腕。隨著他燦爛的微笑，從嘴唇間露出的白牙齒在他布滿鱗甲的臉上顯得格外顯眼。我也握住他的手，但他沒有急於放開我的手腕，反而拉了我一下，彷彿我有什麼失禮之處。「不要站在這裡，蜚滋駿騎！我必須先和他們的女王打個招呼。」他提高聲音喊道，「好好享用美餐吧，荷比，我的光榮！王子，謝謝你對牠的友善！現在我的龍已經得到了很好的照顧，我要和蜚滋駿騎談一談了。他還有許多事需要知道。」

他握住我的手臂，我沒有試圖掙脫他。我們一同走過被龍攪翻得一塌糊塗的草地。機敏和小堅緊緊跟隨著我。這時我聽見一頭小公牛警惕的叫聲。我轉過頭，看到那頭可憐又慌亂的牲畜正被拉向紅龍。

「放開牠！」柯尼提喊道。牛童們立刻放開小牛，勉強躲開了衝過來的紅龍。小牛和這頭食肉巨獸又翻亂了半畝花園。這頭小牛的反抗頗為有力。牠的牛角沒有被割去，數次試圖去頂荷比。荷比便躍入半空，四爪戟張撲擊而下，如同貓撲老鼠。小牛的叫聲隨著一陣恐怖的骨肉碎裂聲而終止。小堅驚呼了一聲。而圍觀的人群則又一次歡呼起來，彷彿這真的是一場海盜的餘興節目。拉普斯卡也不會想到，荷比的捕食竟然成為了女王花園中前所未有的一場精采表演。王子高舉起雙臂，發出勝利的呼喊：「不要害怕牠，我的臣民！這頭美麗的紅色巨獸為我們帶來了友誼！」

人群中贊許的歡呼聲震耳欲聾。

依妲女王和她的衛隊稍稍後退到了門廊臺階的頂端。溫特羅站在女王身前，正在向我們招手，邀請我們過去。拉普斯卡和我登上寬闊的白色臺階，走向依妲女王。女王正僵硬地站立著，緊盯著兒子的壯舉。我聽見她悄聲說道：「他像他的父親一樣懂得如何贏得人心。這樣很好。」

我們一直來到溫特羅面前，他向我們露出僵硬的微笑。琥珀和火星也在這裡等待我們，琥珀的臉上盡是猶疑。

溫特羅以親切的姿態迎上我，卻壓低聲音向我問道：「這是怎麼回事？蜚滋駿騎，你到底要在我們的大門前搞什麼事？一艘瘋船偷走了我們的王子，要求他和你們一起完成復仇任務。現在又把龍引到了王宮前的草地上？」

依妲仍然只是看著她的兒子。「鎮定，溫特羅。我們要表現出正在和雨野原建立外交關係的模樣。」她瞥了一眼她的首相，「我認為王子和巨龍的友善關係，抵得上一個帶來大筆嫁妝的新娘。」女王從腰間的劍柄上抬起手，微笑著轉向拉普斯卡，聲音中帶著一絲輕快的愉悅感，「你好，我是海盜群島的依妲女王。這位是我的首相和海軍上將，溫特羅．維司奇。」

「我早就聽說過兩位的大名。」拉普斯卡向他們鞠了一躬，「我是克爾辛拉巨龍貿易商的拉普斯卡將軍。最仁慈的女王，恐怕我不太懂得外交事務，我只不過是巨龍一族的忠誠信使。」他仍然緊握住我的手臂，這時又親切地拍了拍我。「蜚滋駿騎親王前來探訪我們時，希望找到龍族的歷史是否和那些白色的僕人們有任何關係。我們已經從冰華那裡得到了相關情報。這些情報非常重要。現在牠應該可以明白，牠的復仇和我們的息息相關，但我們對這個敵人有著各自不同的仇恨。」拉普斯卡又轉向我說道：「我向你保證，和婷黛莉雅相比，我能夠更加清楚明白地向你講述這些情報，而且絕不會像牠那樣缺乏耐心。」

「這太讓人安心了。」我回答道。讓我驚訝的是，我的回答惹來依妲女王一陣輕柔的笑聲。

「毫無疑問，你能夠迅速而明確地告訴我，龍族會如何強行介入這個男人救援他女兒的任務。」

「這完全是命運的巧合！」拉普斯拉向女王保證。「不過我懇求您，是否能在我開始講述之前先給我一些食物和水？」

溫特羅微笑著說：「請進，我馬上就會去找你們。我必須先給衛兵們幾個命令。他們之中沒有人瞭解龍。不過我和龍打過不少交道，知道一時疏忽的言辭和行動就有可能造成死亡。」

「要我的兒子來找我。」依妲命令溫特羅。

「哦，他不會想要離開荷比的。」拉普斯卡一提到他的紅龍，聲音中就充滿了家人般的關愛。「我已經看到了他的表情，也感覺到荷比對他的認同。荷比吃東西的時候，他大可以留在荷比身邊，也許荷比睡覺時，他還是可以陪著牠。」

溫特羅點點頭。「很可能情況就像這位將軍說的一樣。他們對彼此都很有好感。荷比對於王子很像是對我的弟弟瑟丹。牠不會傷害柯尼提。而且大家都很高興看到他們的王子和巨龍交朋友。」女王的表情沒有任何變化。溫特羅又向女王保證：「無論如何，我會請王子回來。」隨後他就轉身離開了我們。拉普斯卡用力勾住我的手臂，儘管我很不喜歡這種行為。我們跟在依妲女王身後。我也不喜歡女王的衛兵緊緊包圍住我們。但我什麼都沒有說。對於龍要謹慎，對於女王也同樣要謹慎。一時疏忽的言辭或行動都會招來嚴重的後果。

王室宅邸內部要比外面更加陰涼。我看到的每一個地方，從織錦畫面到雕像，從來自異域的裝飾刺繡到外國珍寶，無不彰顯著海盜劫掠的輝煌歷史。不過這裡明顯缺乏莊重嚴肅的王庭秩序。女王親自引領我們到了一間客廳。「拿食物和飲料來。」她命令一名僕人。

「哦，感激不盡，」拉普斯拉說道。他又將注意力轉回到我身上，「荷比很努力飛行，但還是追不上婷黛莉雅。我們都知道，婷黛莉雅不會等待我們。我們的使命非常緊急，沒有半點時間可以耽擱。所以我們首先就要盡快把這個訊息送給你。」

女王已經在一張很長的桌子一端落座。這裡的椅子足夠讓我們每一個人坐下來。我讓拉普斯卡坐在依妲的左手邊，我坐到他的身旁，將我另一邊的位子留給琥珀。機敏坐在下一把椅子裡。火星和小堅猶豫了一下，也都坐了下來。然後他們交換了一個眼神，感歎自己竟然和一位海盜女王坐在同一張桌子！

依妲女王的目光掃過我們，說道：「歡迎蒞臨寒舍。」

她聲音中挖苦的意味對於這名古靈完全沒起作用。

「您真是個大好人，」拉普斯卡滿臉天真地回答道，「而且比我想像中要美麗多了！哦，您還會為我準備食物。我實在是餓壞了，也渴壞了。」女僕剛一為他斟滿面前的杯子，他就舉起杯子痛飲了一口。

片刻之間，女王只是看著拉普斯卡。我等待著依妲女王出言責備他的失禮。但她突然向後靠在椅子的一側扶手上。我彷彿看到了那位成為女王的女海盜。這時依妲說道：「你比我想像中的使者直率和簡單得多。」

「是的，我就是那樣。」拉普斯卡快活地表示同意，同時舉起自己的杯子，讓侍女斟滿，「不過我算不上使者。我是將軍，我在克爾辛拉負責指揮軍隊。但在這次任務裡，我只是為我的龍做事，應該是為全體龍族做事！我會讓克爾辛拉的所有巨龍都知道妳對我的熱情招待！」

「你真是太好了！我應該對此感到高興嗎？還是應該要畏懼？」依妲的目光掃過整張桌子，然後她大笑起來。很明顯，她並不認為拉普斯卡的話是對她的冒犯，而是覺得這個古靈很有趣。

溫特羅走進來，坐到女王的右手邊。「我的兒子呢？」依妲問他。

「正在和紅龍在一起。他還命令再牽三頭母牛過去。」溫特羅看了我一眼，又說道：「你的烏鴉也在他們那裡。」

「牠喜歡那頭紅龍。」我說道。各種問題和憂慮在我的腦海中翻滾著，但這是女王的會議桌。

「也就是說，我的兒子將會和你們一同揚帆遠航，去拯救你們的女兒。而且他還會在這次行動中與巨龍為伍？」依妲女王緊盯著我。但做出回答的是拉普斯卡。他已經吃光了盤子裡的食物，現在正雙眼放光地盯著僕人端過來一大盤切成薄片的肉。

「我來把事情說清楚吧。我們來這裡是為了告訴蜚滋駿騎和琥珀女士，龍族已經贊同並允許他們執行復仇任務。實際上，我們的這次信使任務一結束，就會跟隨全體巨龍前往克拉利斯，徹底摧毀那個地方。我們要夷平城市，把那裡的鄉村變成一片廢土。」他喝了一大口葡萄酒，顯然沒有察覺到依妲女王瞪大的眼睛。

拉普斯卡重重地歎了一口氣，將酒杯放在桌上。「受到那些僕人傷害的不僅僅是蜚滋駿騎。我們受到的傷害更深！他們與異種結盟，洗劫了築巢海灘，偷走龍蛋，殺戮囚禁孵化出的海蛇！明天，我們會迅速飛往異類島去保護埋在那裡的龍蛋，直到夏季的孵化時節。婷黛莉雅會在窩巢旁邊站崗，並引領孵化出的海蛇進入大海。荷比和我則會獵殺在那個地方肆虐的異種。」

「異種？」琥珀輕聲問道。在此之前，她一直都保持著沉默，默默傾聽他人的發言。

「這是我們對牠們的稱呼。如果一頭龍在人類之中生活太久，牠生出的卵就會孵化出這種怪物。牠們不是海蛇，既非海蛇，也不是人或古靈，而是怪異而且邪惡的生物。我們會消滅牠們。只有冰華知道牠們曾經如何侵害我們！牠們是如何從窩巢中挖出龍蛋，獵捕尚未進入大海的小海蛇！一些海蛇被牠們殺死、成為食物，或者屍體被賣給白者的僕人！有一些海蛇的下場更糟。異種會將牠們囚禁幾十年，只為了收集牠們身上分泌出的液體，用來製作各種藥劑！」古靈將軍布滿鱗片的嘴唇厭惡地扭曲起來，「那些異種會吞吃海蛇的分泌物，牠們聲稱這能夠幫助牠們預見未來，回憶遙遠的過去！」

溫特羅重重地將玻璃杯放在桌子上。「依妲，」他壓低聲音說，「我們去過那個地方。就在寶藏灘。那些怪物。我釋放的那些海蛇……」

「我記得。」依妲低聲回應。

溫特羅對拉普斯卡說道：「柯尼提帶我去過那裡，為的是看看那些異種對我會有什麼樣的預言。我相信他以前就曾經去過那個地方，應該是伊果帶他去的。這是一種傳統，如果你在寶藏灘上找到一樣被海浪沖上來的東西，將它獻給生活在那裡的怪物，牠們就會預言你的未來。但我沒有找到財寶，只看見一條巨大的海蛇被囚禁在一個牢籠水池中。海潮能夠帶給那條海蛇新鮮的海水，但因為被困在那個狹小的空間裡，那條海蛇顯然發育不良，身體已經畸形。牠對我說了話……我便釋放了牠。雖然和牠的接觸剝掉了我的皮膚，讓我差一點淹死在那裡。」

「我記得，」依妲說道，「索科也曾經提起柯尼提曾經去過那個地方。」一點淡淡的微笑浮現在依妲的唇邊。「他沒有將在那裡發現的東西獻給那裡的怪物，而是摧毀了它。」

「這是柯尼提會做的事。」溫特羅表示贊同。我不知道他聲音中流露出來的是喜愛或沮喪。片刻之間，客廳裡陷入一陣奇異的沉默。

「英雄！」拉普斯卡喊道。他的拳頭敲在桌子上，把我們全都嚇了一跳。他的眼睛裡閃爍著淚光。「我會將這個故事告訴荷比，告訴所有巨龍！」然後他便一言不發地望向了遠方。

溫特羅和依妲交換了一個眼神。我是唯一感覺到古靈將軍正在與他的龍進行精神交流的人嗎？從碼頭的方向上，我聽到了婷黛莉雅銅號一般的吼聲。

拉普斯卡突然站起身，摘下手指上的數枚戒指，將這些古靈珠寶從桌面上推向溫特羅。他的眼睛裡飽含著淚水。「這是一份小禮物，儘管它們並不足以報答從異種的奴役下拯救海蛇的功績！龍族的感激絕對不容小覷！同時你也得到了所有古靈的感激。」他將目光轉向依妲，「荷比告訴我，妳派遣兒子參與蜚滋駿騎的行動，幫助他完成這次復仇？荷比很高興。牠對那個男孩做出了最高的評價。牠承諾，當牠到達克拉利斯時，一定會去找那個男孩！」然後他提高聲音喊道：「那個男孩將會騎在荷比的背上，狠狠打擊敵人！」

房間裡變得鴉雀無聲。

琥珀打破了沉寂：「那麼巨龍會和我們一同前往克拉利斯，去進行牠們的復仇？」她的聲音

到底是希望還是恐懼？

拉普斯卡放下酒杯，搖搖頭。「我們不會立刻前往那裡。我們現在更加緊迫的任務是保護即將孵化的龍蛋。當孵化季結束，我們殺光了所有異種之後，才會去那裡。」

「上次談話時，我們以為我的女兒已經死了。現在我們則相信她也許還活著，蜜蜂也許正被囚禁在克拉利斯。」我說道。

琥珀插嘴道：「如果她在那座城市裡，巨龍又對那裡發動攻擊，她可能會受傷或被殺死。」

拉普斯卡點點頭，承認道：「更有可能會被殺死。我們在恰斯國造成的毀滅非常徹底；建築物完全坍塌，巨龍的強酸吐息燒焦了無數人和動物。」說到這裡，古靈將軍滿意地對自己一點頭。「我估計那個大公的宮殿裡沒有人能活下來。」然後，他掃視了一眼我們恐慌的面孔，突然又說道：「確實，我能看出你們很擔心。」

「你能夠對婷黛莉雅和荷比說一說嗎？請牠們提供協助？或者至少讓我們能夠在牠們摧毀城市之前先進行援救？」琥珀喘息的話語中帶著希望。

拉普斯卡將自己的長手指搭成尖脊，看著那些鱗片指甲。我們在沉默中等待著。終於，他低聲說道：「我會和牠們說。但是，」他抬起頭，直視我的眼睛，「我不能做任何承諾。我認為這一點你們很清楚。巨龍不是……牠們不認為人類……」他終究沒有能把話說完。

「牠們不認為人類有多重要。」我的話語如同死去的鳥兒掉落下來。

「確實。我很抱歉。」拉普斯卡擺弄著自己的餐叉，又說道：「你們最大的希望是搶在牠們之前到達那裡，在巨龍攻擊城市以前將女兒救出來。我真的很抱歉。」

我不知道他是否真的感到抱歉，也不知道他會不會其實也像是一頭龍，完全無法理解一個孩子是多麼重要。

拉普斯卡揚起頭，彷彿在傾聽著什麼。「荷比已經吃飽了。你們招待得很好，我很感謝。」然後，他的臉上再一次出現了沉思的神情，直到一段時間以後，他才露出微笑，「我相信婷黛莉雅也吃飽了。現在牠們要睡一覺。這樣的飛行讓牠們兩個都很疲憊，荷比的體力已經接近於耗竭了。」他看著我，向我挑起一道被鱗片覆蓋的眉弓，彷彿在提醒我，我們之間還有一個祕密。然後他說道：「很幸運，我在荷比的鞍囊裡放了一份……恢復藥劑。明天，牠會喝下那份藥。不過在今天和今晚，牠要好好睡一覺。我也是。」他又面帶微笑地轉向溫特羅和依妲，「你們能為我準備一間臥室嗎？我還想洗個澡。我承認，我真是累壞了，渾身肌肉都在痠痛。距離地面那麼遠的地方非常冷！我能夠在我的坐鞍裡稍稍睡一下，但那根本算不上是休息。」

依妲女王瞇起了眼睛，她顯然很不習慣被當做女僕一樣使喚。我預料她會手按劍柄站起來，不過溫特羅已經急匆匆地起身離席了。他知道他的女王是有忍受極限的。「請隨我來，拉普斯卡將軍，你可以盡請使用我的房間，這是我的榮幸。我相信這也是讓你安然入睡的最快捷的方法。先生們，女士們，請原諒我們先行離開。」

說完這番話，溫特羅就帶領拉普斯卡走出客廳，只留下依妲女王和我的團隊。女王突然站起身。「你們需要盡快離開。唯有如此，才有機會搶在巨龍之前到達克拉利斯，去拯救你們的孩子。」

「正是如此。」我努力控制住自己的聲音。直到此刻，我還在努力接受拉普斯卡那一番無可逃避的宣告。我本來所希望的盟友，現在卻成為了另一個可怕的威脅。

「而且你們會將我的兒子帶入一個遠超出我預料的巨大危險。」

「我認為的確有這種可能。」

女王緩慢地點點頭。「他是他父親的兒子。與龍同行，完成牠們的復仇……這只會讓他的心志更加堅如鐵石。」這時，女王又若有所思地盯住我，「這樣看來，蜚滋駿騎親王，你已經給分贓鎮帶來了許多興奮、災難和困擾，足夠我們享用許多年了。」

我聽到靴子敲擊地板的聲音，柯尼提走進了客廳。他的眼睛裡跳動著一種我從不曾見過的火焰。「母親，我是來告訴您，我決定明天就乘著第一陣潮水揚帆起航。我們愈早到達克拉利斯，就能愈早開始那場耽擱已久的復仇。」他掃了一眼我們，就轉身離開了。

依妲久久地盯著自己的兒子，只說了一句：「那麼像他的父親。」然後她轉向我，「我本來還希望盡量延遲你們出發的時間。現在，我會下令在今夜就為你們的船完成補給。」當她離開席位的時候，又用冰寒刺骨的聲音說道：「瞻遠，你失去了你的孩子，不要再失去我的。」

啟航

群山第一次燃起大火是在夏季。有人說，是大地的震動折斷了遠方的山脈。還有人說是山脈甦醒，才導致大地震顫。

這已經不是大地第一次在我們的腳下震動了。這裡一直都有地震發生。所以我們總是用富含銀色紋理的石塊建造房屋。這樣的房屋能夠記住它們出現在這個世界上的目的，如同有魔法一般地在大地上牢牢站穩腳跟。但在那一場地震中，儘管我們的大多數建築仍然屹立不倒，大地本身卻出現了一道裂縫，從河道一直延伸到匠人街區。匠人街區很快就被河水灌滿了，我們只能接受城市所發生的這種變化。

一場大雨落在我們的城市中。從天空灑落的不僅是水，還有黑色的沙子。它們充斥在街道中。一些人和三頭巨龍因為吸入沙粒而不斷咳嗽。黑雲聚集在克爾辛拉上空。連續十二天，白晝就如同黑夜一般不見光亮。失去生命的鳥掉落在地上。魚被憤怒的河水沖上岸邊。

與此同時，在遙遠的地方，曾經終年積雪的希瑟福克高峰光芒閃耀，如同一口盛滿鐵水的大鍋。

——九四一號記憶石柱，發現於艾斯雷弗嘉的一條走廊中，切德．秋星抄錄

第二天拂曉時分，巨龍離開了。

依姐也言而有信。我們整晚工作，接收補給輜重，為迎接第一陣海潮做好準備。我相信巨龍沒有再給任何人警告，也沒有向任何人道別，逕自飛上了高空。我們的烏鴉在牠們身下打轉，發出不高興的叫聲，而巨龍此時已經愈飛愈高，在分贓鎮上的高空中盤旋了兩圈，便向東南方飛去。我低下頭，看到薇瓦琪號也鼓滿了風帆。貝笙正從我身邊大步走過。我指著薇瓦琪號讓他看。

「昨晚有訊息傳來。薇瓦琪號決定和巨龍一起去異類島，看看那裡到底發生了什麼。然後，她也許會跟隨巨龍一起前往克拉利斯。」

我盯著那艘活船，不知道這對於我的任務到底會有何種影響。這時貝笙拍了一下我的後背，「麥酒桶可不會自己堆放好。」他朝旁邊指了一下，我便朝正在操作起重機的樂符走了過去。

不久之後，海盜群島的王子就乘著一艘小艇過來了。划槳的是索科。對於一個像他這樣年紀的人，他划出的船槳還相當有力，也很有技巧。小艇正中央放著兩只雕花箱子和一只帆布水手袋。柯尼提站在船頭，頭頂帽子上的羽毛在風中不住地點著頭。一個衣著華美的年輕人坐在一只

箱子上。

樂符發現了他們，便大步向船長艙室走去。片刻之後，艾惜雅和貝笙出現在甲板上。艾惜雅緊緊抿著嘴，瞇起一雙眼睛，就像一隻發怒的貓。貝笙則看起來比較輕鬆，顯示出一副鎮定自若的樣子。

柯尼提第一個上了甲板。那個年輕人跟隨在他身後。最後一個上來的是索科。兩名依妲的水手爬下船舷，將箱子運上來。柯尼提還在環顧派拉岡號的時候，索科語音沉重地說道：「好吧，我們來了。」

「派拉岡．大運！到我這裡來，年輕人，到我這裡來！」活船高喊著。柯尼提沒有與艾惜雅和貝笙說一句話，甚至沒有瞥他們一眼，就逕自朝船首像走去。他走到一半的時候又回過頭向那個年輕人喊道：「芭爾拉，安排好我的東西！把我的艙室布置成我喜歡的樣子。快一點。」

索科看著柯尼提走開，一張老臉漲得通紅。他沒有看貝笙和艾惜雅，只是低聲說：「我打算和你們一起去。」

「我們這艘船上已經有足夠多的船長了。」貝笙竭力想要用一點幽默，讓自己的決定顯得溫和一些。「如果你要上船，不僅是柯尼提，而是你們派遣的每一名水手都會先看你的眼色，才會服從我或者艾惜雅的命令。」

「的確如此。」索科承認。我們看著柯尼提第一只沉重的箱子被吊起來，送到派拉岡號的甲板上。索科的視線一直跟隨著這只箱子，然後他微微歎息一聲。「你們想要對這個小子有完全的指揮權，對不對？你們不想讓我覺得，你們對待我們年輕的王子太過粗暴，因此而插手干預管束。」

「是的，」貝笙承認，「我沒辦法把他看作是一個孩子，更不要說是王子了。這艘船想要他，你們則希望他能夠學會一些水手的技藝。但唯有我像對待其他人一樣對待他，他才能真正學到東西。」

「昨晚當他的母親將那枚護身符掛在他的脖子上時，我也是這樣告訴他的。我覺得他一個字也沒聽進去，但我還是把他交給你。」索科表示了讓步，隨後他便陷入沉默。這名老海盜轉向芭爾拉，看著她指揮水手將沉重的箱子放到甲板上，他低聲說道：「小姑娘，讓他們把箱子放回去。應該被送上船的只有那只帆布口袋。」他挺起肩膀，「每當薇瓦琪號停泊在港口中時，柯尼提和德雷維司奇都能相處得很好。溫特羅總是會盡可能讓他們待在一起。他希望你們的孩子能夠對我們的政治有所瞭解，同時也能夠被打磨得光滑一點。請原諒，這是溫特羅的話，不是我說的！」

貝笙撇了撇嘴。「被打磨光滑？我要說，歐仔已經像任何一樣貿易商一樣光滑了。不過我不覺得這話有什麼冒犯。」

「如果你們的孩子能夠陪著柯尼提，我將不勝感激。德雷維司奇能夠教給他許多東西，當然，他也能夠從柯尼提那裡學到許多東西。柯尼提必須瞭解這片甲板上下的每一個角落。我知道，在他能夠適應這裡之前，免不了會吃一些苦頭。他從沒有在船上生活過，更是從不曾……」

索科搖了搖他的大頭，嗓音沙啞地說：「這都是我的錯。」

「我會教他。」貝笙壓低聲音，「他必須學會能讓自己彎曲起來。但我不會故意折斷他。他要學會的第一件事就是服從命令。」說到這裡，船長清了清嗓子，給了索科一個帶有歉意的眼神，「咬住牙，站到後面去吧，索科。」貝笙深吸一口氣，高聲吼道：「柯尼提！你的東西已經上船了。過來收拾好。歐仔，帶他去看他的吊床，幫他安頓下來。」

歐仔滿臉笑容地跑過來。當他看見雕花箱子又被送到船舷外面的時候，臉上的笑意就消失了。芭爾拉聳聳肩，跟著箱子下了船。片刻之後，一名水手爬上舷梯。她的肩膀上正扛著那只帆布水手袋。她將袋子放到甲板上時，柯尼提正大步走過來。他沒有故意耽擱時間，但腳步也不算快。他挑起眼眉看著貝笙，開口問道：「我的『吊床』？」他的唇邊帶著一點微笑，彷彿是篤定船長一定是說錯了。

「就在我的吊床旁邊！」歐仔插嘴道，「拿著你的水手袋，我們下去。」我不知道柯尼提是否聽出了朋友聲音中警告的意味。

「下面？柯尼提又問道。」他的眼眉幾乎要碰到了髮際線。他向索科瞥了一眼，等待那名老海盜進行干預。

貝笙緩慢地將雙臂抱在胸前。索科的臉上寫滿了不情願，但這位老海盜沒有挑戰船長的權威。「一路順風，德雷船長，願你面前的大海平靜安穩，海風永遠都在你背後鼓起船帆。」

「在這一年中的這個時節向東南航行，我懷疑肯定遇不到這樣的大海和海風，不過很感謝你的祝福。請轉達我對依姐女王的敬意。我再一次感謝她為我們這次航行準備的全部物資和為我們增添的旅伴。」

「我會確保讓她知道你的謝意。」我能看出索科是多麼不願意離開。在他身後，柯尼提的臉上正迅速積聚起難以置信又怒不可遏的神情。歐仔已經拿起了那只水手袋。

「我的箱子在哪裡？」柯尼提問道，「我的僕人呢？」

「你的水手袋在德雷維司奇的手裡。那是我親自為你準備的。你需要的一切都在那裡。」索科緩緩轉過身，向船舷走去。那艘平底小船正在大船下面等待他。芭爾拉從船舷外面探出頭，索科向她搖搖頭，示意她回到小船上。困惑不解的芭爾拉服從了命令。索科抬腿邁過船欄杆，一隻腳踏在繩梯上的時候又說道：「不要辜負你父親的榮譽，成為一個男人。」

柯尼提盯住老海盜，雙頰變成了緋紅色：「我是一個男人！」他朝爬下去的索科吼道。

貝笙用平靜的聲音說：「歐仔，放下。」他的兒子服從了命令。他又轉向海盜王子，「你能拿起自己的水手袋嗎，船員？如果有需要，我會讓蜚滋駿騎親王幫你一把。」他的聲音中沒有任何感情。他是一位船長，正在確認一名新船員的界限。

我靠在不遠處的船欄，像看戲一樣欣賞著這一幕情景。聽到貝笙·德雷的提示，我便走過去要拿起那只水手袋。對於船長的要求，我感到有一點困惑。這只帆布口袋不算很大，無論誰要拿起它應該都不會很難。不過我已經做出承諾，會在這次航行中幫忙做事，我至少要履行自己的承諾。

「讓開！我自己可以拿！」柯尼提宣布道。德雷船長稍稍一側頭，我便讓開了路。柯尼提當然有足夠的力氣拿起這只口袋，不過他一路都陰沉著臉，像極了一個被寵壞的孩子。我提醒自己，他不是我的問題，於是我向琥珀的艙室走去。

我在那裡發現弄臣正盤腿坐在下鋪，蜜蜂的一本書被攤開放在他的腿上。

我開口道：「我一直在想你是否改變了主意，和其他人去了分贓鎮。」

「觀光遊覽嗎？」他指了指自己失明的雙眼。

我坐到他身邊，低下頭以免撞到上方的鋪位。「我希望你已經恢復了一點視力。你正在看書。」

「我在撫摸書，蜚滋。」他歎了口氣，將蜜蜂的書遞給我。我感到一陣慌張。這是蜜蜂的生活日記，而不是她的夢境日誌。現在這本書正攤開著，顯露出了我從不曾告訴過他的內容。他知道嗎？我輕輕合上書，找到我一直用來包裹它的襯衫，小心地重新裹好，把它放回到我的舊背包裡。我還很擔心他可能在無意中發現了巨龍之銀。不過我只是說道：「我們對待我的背包必須非常小心。雷恩贈送的火磚就在這裡。它必須始終正面朝上放置。」

我小心地把背包放到床鋪下面，又對弄臣說：「柯尼提上船了。我們會在漲潮時出發。」

「機敏、小堅和火星還沒有回來？」

「他們不會遲到的。機敏要送出信鴿。小堅想要給他的媽媽寫幾句話。火星則想要給切德送一封信。」

「所以我們今天終於可以繼續航程了。」弄臣有些顫抖地呼出一口氣，「我們還有很長的路要走，而現在耽擱的每一刻，對於落到他們手中的她都太長了，每一刻都有可能是她的最後一刻。」

我的心中湧起一陣慌亂。我壓抑下去，否認它的存在。我必須堅定心志，熄滅一切希望。我嘗試讓他明白我不得不提防的事情。「弄臣，無論你是怎麼相信的，無論你夢到了什麼……如果我將這次行動想像成一場救援，而不是刺殺，我就會失去專注，而這是現在我所剩的一切了。」

弄臣的臉上顯露出警惕的神情。「但她的確還活著，蜚滋。我的夢讓我確信這一點。真希望我能夠讓你看到我的那些夢！」

「這麼說，你做了不止一個暗示蜜蜂還活著的夢？」我不情願地問道。我能夠再承受得住他那些一廂情願的證據嗎？

「是的，」弄臣回答道，然後他側了一下頭，「不過，也許只是我在以這種方式詮釋。我確信這些夢和蜜蜂有關，更多是因為我對它們的感覺，而不是它們呈現出的圖景。」他停頓一下，又進行了一番思考，「也許我能夠讓你感覺到我的夢？只要你在碰觸我的時候不要去想治療，而是只想著和我分享，也許這樣就可以？」

「不。」我試圖讓拒絕更溫和一些，「弄臣，我們連繫在一起的時候會發生什麼事並不由我的意願來決定。那時有些事會無可避免地發生，就像一條大河一定會將我們沖走。」

「就像你所說的精技河流，就像一條魔法河流？」

「不，那不一樣。」

「那又是什麼？」

我歎了一口氣。「我該怎麼解釋我自己都不明白的東西？」

「嗯，當我提起這樣的事情時，你總是會向我發火。」

我回到原來的話題上。「你說，你做了更多關於蜜蜂的夢。」

「是的。」

對於這個不曾被他說出口的祕密，我的反應非常直率。我追問道：「是什麼樣的夢？弄臣？你夢到她在哪裡？她在做什麼？」

「你知道我的夢不像是能夠看到她的窗口。那些夢中只有提示和預兆。比如關於那些蠟燭的夢。」他側過頭，「你還記得蜜蜂是如何寫下它的。我要告訴你一件事。那是一個很老的夢，它曾出現過許多次，可能意味著很多事情。但我認為它在我們身上得到了實現。蜜蜂做過的這個夢是我聽說的最清晰的一個，其中將我們展現成狼和小丑。」

「怎麼可能會有很多人做同一個夢？」我對他那些令人困惑的話語沒有什麼興趣。在無意中，我的聲音變得更加低沉，如同狼發出警告的吼聲。弄臣失明的雙眼稍稍睜大了一點。

「我們的確會這樣做夢。這也是僕人們用來考慮某件事發生概率的一種衡量尺度。每一個人的夢都會稍有不同，但能夠被識別出來是同一個。我做出的這個夢是在一個岔路口。道路在這裡分為兩條，其中一條岔路上排列著四根蠟燭，那條路的盡頭是一幢石砌的小房子，沒有窗戶，只有一道低矮的門。那裡是放置死人的地方；另一條路上點亮了三根蠟燭，道路盡頭燃起了一團火，有許多人在喊叫。」他微微吸了一口氣，「我站在那裡，看著這一切。然後一隻蜜蜂從黑暗中飛出來，嗡嗡地在我頭頂繞著圈子。」

「這讓你想到了我的蜜蜂的夢？」

弄臣緩慢地點點頭。「但不只是因為那個夢裡有一隻蜜蜂。最重要的是那個夢的感覺。它並不是我唯一做過的有相同感覺的夢。」

「這些夢意味著什麼？」儘管依舊懷疑他最近做的夢可能和我的一樣毫無意義，但我還是提出了這個問題。當我將他從死亡中帶回來的時候，他曾經告訴我，他完全沒有看見過我們製造的這個新的未來。現在他的意識會不會是在玩弄他，讓他夢到了迫切希望成真的東西？

「我可以說：『你不會想知道。』但我這是在說謊。實際上是我不想告訴你。但我知道我必須這麼做！」不等我開口，他匆匆加上了最後這句話。他清了清嗓子，低頭看著自己的雙手，將它們握在一起相互揉搓，彷彿在回憶非常痛苦的事情。現在他沒有戴手套的手上已經有了幾枚指甲，其餘的指甲似乎也正在生長出來。我將頭轉向一旁，不願去看那些苦難留給他的痕跡。他的肉體也許能夠恢復，但那些精心設計的酷刑會永遠留在他的意識裡，不斷分泌有毒的膿汁。我伸出手，將他戴著手套的手握進手心裡。

「告訴我。」

「她沒有被好好對待。」

這一點我早有預料。如果她還活著，俘虜她的人也不可能溫和地待她。但聽到弄臣說出這樣的話，我還是覺得自己彷彿被狠狠打了一拳，肺裡的空氣也全被打了出來。

「具體是如何？」我問道。那些只是夢——我提醒自己，也許它們並不是真實的。

「我不知道。」弄臣的聲音如同沙啞的耳語，「我夢到一頭小狼舔著自己的傷口，緊緊蜷縮在嚴寒中。我夢到一株纖細的白色樹苗被剝奪了花朵，上面的細枝全都扭折了。」

我無法呼吸。弄臣發出一點痛苦的聲音，我這才意識到自己捏痛了他的手指。我鬆開手，同時努力讓自己吸進一口氣。

「但我還夢到了一隻手握著一個黑暗的火把。那是一個令人困惑的夢。火把落在地上，又有一隻腳踩滅了。我聽到一個聲音說：『在黑暗中摸索也好過跟隨虛假的光。』」弄臣停頓片刻，又說道：「令人困惑的就是，那火把本來就沒有光，周圍一片黑暗。而當它被踩滅，立刻有一大片明亮的光出現了。」

「你怎麼知道這個夢是關於蜜蜂的？」

弄臣的樣子有些窘迫。「我不能確定，但那有可能是關於她的。那種感覺……令人振奮。就好像會發生美好的事情。我很想也讓你感覺一下這個夢。」

一陣急切的敲門聲響起。片刻之後，火星用力打開了門。「哦！」看到我們十指相扣，她驚呼一聲。我立刻放開了弄臣。她也恢復鎮定，並高聲說道：「德雷船長希望每一個有力氣的人都到甲板上去。我們要升起船錨，揚帆出發了。樂符派我來找你。我們一回到船上，他就叫走了小堅和機敏。」

終於能夠不再討論那個黑暗的夢境，這讓我長吁了一口氣。但弄臣的話語在隨後的一整天裡都在困擾著我。我開始學習操作纜繩和瞭解這艘船是如何行駛的——我很高興能夠利用這些事來暫時壓抑對於女兒的焦慮心情。但無論我讓自己的腦子去思考什麼，那兩個念頭總是會突然刺進我的意識——蜜蜂死了，在精技洪流中散落無蹤；蜜蜂還活著，遭受到種種非人的折磨。

我拚命工作，只想讓自己筋疲力竭，然後躺倒在船員艙房中的一張吊床上，讓他們的閒聊、咒罵和嘻笑趕走我的夢。

我們離開分贓鎮一天之後，神情沮喪的小堅找到了我：「你看到小丑了嗎？」

在他提出這個問題之前，我一直沒有注意到那隻烏鴉不見了。「沒有。」我承認，然後我又違心地說：「烏鴉都是陸生鳥類，小堅，牠在分贓鎮有足夠的食物可以吃。但在大海之上，牠就找不到食物了。我知道你會把口糧分給牠，但也許牠現在更喜歡自己找食物吃了。」

「我剛剛重新替牠塗黑了羽毛。如果牠羽毛上的黑色掉落了，又會發生什麼事？」

「不知道。」我不情願地承認。小丑在內心中仍然是一隻野鳥，並且永遠都會是如此。牠已經清楚地表明，不想和人類建立原智牽繫。我只能盡力讓牠選擇自己的生活。

但是到了第二天，當烏鴉叫聲從遠方傳來時，我還是由衷感到寬慰。那一天，小堅和我正在船纜上。我們的身子靠住桅杆，雙腳撐住纜索。一開始，小丑只是遠方的一個黑點。就在我們的注視下，牠穩定地拍著翅膀距離我們愈來愈近。最後，牠發出一連串啊啊的叫聲，落到小堅的手臂上。「累了。」牠說道：「很累。」然後牠走上小堅的肩膀，蹲伏在小堅的下巴下面。

「我發誓，有時候我堅信牠明白我們說的每一個字。」我說道。

「每一個字。」小丑重複了一句，用一隻明亮的眼睛看著我。

我也注視著牠。牠的喙尖是銀色的。「小堅，」我竭力用平靜的聲音警告堅韌不屈，「不要讓牠碰到你的臉。牠的喙上有巨龍之銀。」

我看到那個男孩的身子一僵，他猶疑地說：「我完全無法感覺到魔法。也許我對巨龍之銀也是免疫的。」

「也許不是。請將牠從你的脖子旁移開。」

小堅抬起手腕。那隻鳥跳到了他的手上。「妳去做了什麼？」小堅問牠，「小東西，妳怎麼會讓嘴沾上了巨龍之銀？妳還好嗎？有沒有覺得難受？」

小丑只是轉過頭梳理翅膀上的飛羽作為回應。那些羽毛沒有變成銀色，但它們的確閃耀著比以前更加漆黑的光澤。「荷比，」牠用烏鴉的聲音說道，「荷比給的，荷比教的。」

看起來應該是拉普斯卡在分贓鎮餵荷比吃的補藥。我早就應該猜到了。牠和巨龍共處的時間讓牠的語言能力又加強了嗎？「小心妳的喙。」我叮囑牠。

牠閃亮的眼睛轉過來看著我。「我很小心，蠢蜚滋。但我好累，帶我去找派拉岡。」牠攀住小堅的袖子，又到了小堅的肩膀上，同時沒好氣地看了我一眼，然後就閉上了眼睛。

我聽到德雷在向我們喊叫，要我們動起來，不要像海鷗一樣傻站在桅杆上。小堅沒有理會船長，只是看著我。「我要帶牠去見派拉岡嗎？」

「我懷疑你沒辦法讓牠離開你。不管牠有多麼小心，我希望你能夠更加小心一些。同時還要警告其他所有可能被牠碰到的人。」

貝笙又發出一陣吼聲，小堅開始匆匆爬下桅杆，一邊高喊著小丑回來了。當小堅帶著肩頭的烏鴉一起靈巧地沿纜繩滑下去的時候，火星從甲板上跑了過來。我也開始以更加謹慎的動作向下爬去。

「你真的是親王？」柯尼提向落在甲板上的我問道。

我猶豫了片刻。我是私生子還是親王？晉責已經加封我為親王了。「是的，」我平靜地說，「但我沒有合法血統，沒有王位繼承權。」

柯尼提對此只是聳了聳肩。「那個被稱作小堅的小子，他是你的馬僮？」

「是的。」

「你和他一起工作，他完全不尊敬你。」

「我相信他很尊敬我，只是不會明顯地表露出來。即使在其他人看不到的地方，他仍然對我充滿敬意。」

「哦。」

這一聲更像是在思考，而不是鄙夷。雖然作為一名普通水手不過幾天時間，柯尼提已經發生了改變。他很聰明，知道自己既然與安黛和小堅一樣住在普通水手艙裡，也就不應該再擺出那種高人一等的架勢。他也脫下了華貴的衣服，穿上和我們一樣的寬鬆帆布長褲和棉質襯衫。當安黛警告他鬆散的鬈髮很容易和纜繩糾纏在一起，會讓他的頭皮上整片拔下來，他就將自己的頭髮結成辮子，繫在腦後。他還用皮革包裹住手掌。我懷疑那雙手上磨出了血泡，麻繩不會輕柔地對待任何人的手掌。

他沒有再和我說話，於是我便匆匆跑去接受下一個命令了。

我上一次在甲板上工作已經是幾十年前的事情，而且以前的那些工作都不像在派拉岡號的甲板上這樣勞累。這艘有生命的船會成為航行的積極參與者。他沒辦法升起或降下自己的船帆，不過他能夠告訴舵手更好的航向，感覺到哪裡的洋流速度最快，警告我們有哪一條纜繩需要繫緊。對於水深和航道，他有著良好的感知力——當他指引水手們駛出分贓鎮港口時，曾經驕傲地展示了自己的這種能力。而當我們小心地駛過海盜群島的複雜水路，進入開闊水域的時候，他再一次充分利用了這項能力。在他衝破一道道巨浪奮勇前行時，我們這些數量依然不足的船員則只能奮力追上他的步伐。

對於這艘活船驚歎不已的並不止我一個。我們在分贓鎮得到的船員全都因為能夠與這樣一艘船共同遠航而倍感興奮。那名領航員很快就開始謙恭地請求船首像將掌握的海圖知識與她分享。只要是心情好的時候，派拉岡也會變得和藹可親，尤其是當歐仔和柯尼提都在他的船上時。

即使是這樣，我從乘客到船員的轉變也不容易。我一直都隱藏著一份對自己的驕傲——在我

人生的第七個十年裡，我的體力仍然不輸年輕人。過去我接受治療的時候被注入體內的精技能流仍然在全身奔湧，不斷修復我的身體，維持著青春狀態。不過這並不代表我可以從容應對艱苦的工作。重新成為水手的最初幾天，對我而言非常漫長。因為揮劍掄斧而在手上生出的胼胝，和作為水手被麻繩勒出的老繭並不相同。而隨後的日子裡，我的腿、背和手臂都開始變得痠痛。不過我能察覺到自己四肢上的肌肉正慢慢恢復粗壯，腹部也逐漸變得平坦。我的身體在進行自我治癒，但這治癒的過程簡直就像受傷一樣充滿痛苦。

儘管我們在分贓鎮得到了新的船員，但還是非常缺乏人手，更何況曾經在活船上幹過活的人就更少了。現在我已經不必分擔值夜的工作，但這並不能讓我在晚上不受打擾地安心入睡。任何時候，一聲「全體上甲板！」的喊聲都會將我們從床上驚醒。就像貝笙預言過的那樣，我們這次向東南方的航行完全得不到友好洋流的幫助。漸漸地，只有我們背後一點隱約可見的低矮雲團還能顯示出陸地所在。當我第二天醒來的時候，那一點雲彩也徹底消失了。

火星和小堅全都士氣高昂。他們快活地和安黛一起沿著帆索上下攀登。樂符是一名很好的導師。現在他們這一群人裡又加上了經驗豐富的歐仔。機敏一直留在我身邊，努力讓自己男人的身體去學會男孩們才更喜歡學習的技巧。我有些可憐他，但他沒有一句抱怨。我們全都盡可能放開肚子吃飯，然後抓住每一點時間睡覺。

這樣的日子自然有一種健康向上的節奏。如果我更年輕，生命中也沒有比填飽肚子更重要的目標，我會對此感到非常滿足。在一天又一天同心協力的努力工作中，這艘活船上原來的船員也漸漸忘卻了對我們的怨恨，不再因為我們摧毀了舊日的生活而對我們充滿仇視。我竭力避免一切可能讓他們想起這件事的話題。關於在這次旅程的終點，派拉岡將會化為巨龍的事情，我們都絕口不提。

貝笙對柯尼提的耐心讓我感到相當驚訝。不止一次，船長讓他和我結伴工作。蜚滋駿騎親王——貝笙總是這樣稱呼我，我終於明白，他是要以此來讓這個男孩看到，就算是一位尊貴的親王也會毫不猶豫地肩負起最辛勞的工作。不過我覺得，柯尼提會努力掌握水手技巧的根本原因並不是德雷船長的命令，而是他內心中不願輸給任何一名船員的渴望。他會和更有經驗的水手競爭一份任務，並高聲宣稱：「這個我能做！」那種情形看上去實在會讓人有些心痛。有時候，他還會輕蔑地拒絕別人的幫助和對他的糾正。他不是一個愚蠢的人，但他實在太過驕傲，不顧一切地想要證明自己是對的。而更讓人心痛的是看到歐仔被夾在自己的父母，和這個他真心想要成為朋友的人之間。柯尼提對待歐仔的態度就好像他是一隻可愛的小狗，有時候還會嘲笑這個比他年輕的男孩所表現出的水手技藝。我偶爾會看見歐仔悄悄在柯尼提身後重新捲起一條纜繩，或者將纜繩鬆開，再重新繫好。我什麼都沒說。但我相信，如果我都能發現這種事，歐仔的父親一定早就看得清清楚楚。如果貝笙對此不聞不問，那麼我也不應該多嘴。不過，看到柯尼提在一個渴望學習技藝的男人，和一名無法承認自己一無所知的王子之間來回搖擺，那種情形真是讓人感到怪異又擔心。我只希望這不會導致什麼災難。

大副樂符是親眼看著歐仔長大的，他們兩個的關係自然很親近。所以當我看到他和柯尼提成為朋友的時候，心中頗感吃驚。在柯尼提強姦了艾惜雅，又企圖讓派拉岡號葬身於海底的時候，樂符還是派拉岡號上的一個男孩。不過他似乎清楚地看到了柯尼提身上的優點。根據我的觀察，當樂符糾正柯尼提時，這位王子會比貝笙介入的時候更容易接受批評。我有些擔心小堅會因為失去樂符的關注而感到嫉妒，但他反而主動加入到他們之中。很快，他們就開始坐在一起吃飯了。當小堅在一天晚上與歐仔、樂符和柯尼提一起玩骰子時，我知道他已經完全被接納。我對此完全未加干涉。男孩們總是能自己找到他們需要的東西。

接連幾個晚上，我看到柯尼提從完全無視小堅，到和他開起了各種玩笑，我知道他們之間已經開始建立起真正的友誼。我看著柯尼提和小堅在玩牌的時候合謀欺騙歐仔，直到他輸光了用來代替錢幣的所有乾豆子。歐仔在發現他們的詭計之後，假裝出一副發怒的樣子。看起來，小堅加入這支團隊的努力已經徹底取得了成功。樂符開始讓柯尼提和小堅結伴完成一些工作。我不止一次看到小堅向王子講解做好某個工作的正確方法。他們成為了朋友。我認為這對他們兩個都很好。

但他們交往的過程中並非沒有出現問題。當歐仔和柯尼提決定讓小堅真正喝醉一次的時候，我沒有去管他們。每個年輕人都必須經過這樣一次試煉。我相信，儘管小堅會在第二天感到難受，但這不會對他造成什麼真正的傷害。歐仔尤其有一顆喜好惡作劇之心，但他的心裡沒有半點殘忍。我沒有想到的是，酩酊大醉的小堅竟然會邀請他們去我們的艙室，鑒賞雨野原人贈送給我們的神奇古靈寶物。當我恰好走進艙室時，那三個人都已經酒氣沖天。我的小子正舉著切德的一

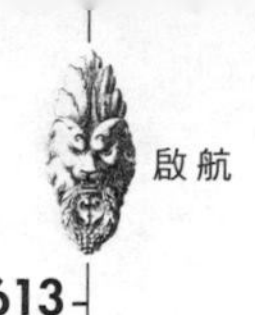

個火藥罐，努力按照自己的想法向他們做著講解。那塊古靈火磚正面朝下地放在我的鋪位上，被它壓住的毯子已經開始冒煙了。而最讓我心驚肉跳的是蜜蜂的日記就擺在被燒焦的毯子旁邊。

我把他們三個全都趕出艙室，不停地痛罵他們，還狠狠踢了小堅的屁股一腳。第二天，他不停地向我道歉，其間還不斷向船欄外吐出肚子裡的東西。歐仔和柯尼提後來也以更加鎮定的方式向我承認了錯誤。這進一步鞏固了他們之間的友誼。現在我可以放心地把小堅放到派拉岡號的甲板上去了。

一天晚上，火星將我從迫切需要的睡眠中叫醒，要我去琥珀的艙室。我睡眼惺忪地跟著火星走去。水手的高強度體力勞動，讓我每一天都疲憊不堪。「這件事很重要！」火星一邊悄聲說著，一邊以貓一樣的靈活在水手們熟睡的吊床之間來回遊走。

我來到艙室門前，發現機敏和小堅已經等在那裡了，看上去他們就像我一樣昏昏欲睡。走進艙室，我寬慰地看到迎接我的是弄臣，而不是琥珀。「我們需要討論一下營救蜜蜂的計畫。」他說道。

「你確定她還活著？」小堅問道。看上去，他已經迫不及待地想要再見到蜜蜂，這不由得讓我感到一陣瑟縮。

「是的，」弄臣輕聲確認，「我知道你一心只想復仇，所以可能很難相信這件事。但我確信她活著。所以我們的計畫全都要改變。」

小堅懷疑地瞥了我一眼。我很高興弄臣看不到他的反應，而我自己只是一直保持著面容的嚴肅與鎮定。

「你們全都研究過蜚滋繪製的地圖了吧？所以對於克拉利斯城堡，至少已經應該有最基本的認知了。」

他們點點頭。火星向弄臣確認：「我們都看過了。」

「我曾經告訴過你們，進入那座城堡唯一的路徑是在低潮時，我們混在願意付大錢求取預言的請願香客之中，由堤道進入。我要進行精細的偽裝，以免那裡有人認出我。我們還要考慮你們的角色。」

我屏住呼吸，壓抑下一陣歎息。直到現在，我都認為由我獨自進入那座城堡，在水中放毒，或者割開幾個人的喉嚨，才是最好的行動方案。

「我們進去以後，就必須離開香客的隊伍，躲藏起來。我們也許將不得不分頭行動。要記住，蜜蜂並不認識我和火星。所以，在天黑之後，我們在沒有人的洗衣房會合，然後我們要組成兩支小隊。蜚滋和小堅一隊，機敏、火星和我一隊。這樣每一支小隊裡就都有一名可以作戰的戰士，還有懂得撬鎖的人。」他朝火星所在的方向笑了笑。

情況真是愈來愈糟了。我什麼都沒有說，機敏看著自己的雙手。小堅專注地傾聽著。火星似乎早已知道了這個計畫，她看上去一點也不驚訝。

「蜜蜂可能被囚禁的地方最多只有四處。城堡頂部的舊宮殿已經被改造成監獄。那裡關押著有價值的囚犯，他們必須受到懲罰，但不能有永久性的損傷。蜜蜂也許在那裡，或者就是在豢養白者的小屋裡。」我知道弄臣隨後會說什麼，而他的話只會讓我更加恐懼。「但城堡地下還有兩層。第一層是有石板地面和鐵柵的牢房。那裡幾乎沒有光，環境相當嚴苛。我很擔心她會在那裡。」弄臣吸了一口氣，繼續說道：「城堡最底層是環境最惡劣的牢房，也是施加各種酷刑的地方。城堡全部的廢水都會流進那裡一座敞開的大水池中，然後再沖入海洋。那裡沒有光，空氣中充斥著糞便和死亡的惡臭。如果她在那裡，那將是最壞的一種情況。因此首先我必須去那裡找她。我的小隊會從最底層開始。蜚滋和小堅去城堡頂層。如果你們在那裡找到她，就直接去洗衣房。如果那裡沒有，就去查看小屋。」

小堅張嘴想要說話，我一擺手制止了他。

「無論是否在小屋裡找到她，都去洗衣房。」弄臣又吸了一口氣，「我們搜索過牢房之後，還會去尋找當初救我的人將我送出去的那條隧道入口。如果我們成功找到了蜜蜂，我們之中的兩個人會立刻將蜜蜂從那裡帶出去。剩下的一個去洗衣房與你們會合，讓你們知道我們的行蹤，並引領你們進入隧道。」

「如果我們沒有找到那個隧道入口呢？」機敏問。

「我們會給蜜蜂帶去偽裝的衣服，或者是那件蝴蝶斗篷。然後我們再次躲藏好。第二天，我們再混在香客的人群中離開城堡。」弄臣的兩隻手交握在一起——一隻戴著手套，一隻赤裸著。他知道自己的計畫有多麼糟糕。這一點我不需要告訴他。這是一個充滿渴望之人所制定出的不顧

一切的計畫。

「如果我們沒有找到她呢？」小堅有些猶豫地問道。

「我們繼續藏起來，第二天混在香客的人群中離開。這樣的情況是有可能發生的，我的夢並沒有告訴我她是否已經到達克拉利斯，或是仍然在半路上。我們也許還需要等待。」

「那麼那些龍呢？」機敏問，「婷黛莉雅和荷比全都一心只想復仇。如果牠們在我們救出蜜蜂以前就到了克拉利斯呢？」

弄臣舔舔嘴唇，將緊握在一起的雙手舉起來，頂住下巴。「我必須相信，如果這樣的災難時刻發生，我的夢一定會讓我看到。而我至今都沒有看到，也就是說它還不會發生。所以，我對於未來還有希望。」他飛快地搖了一下頭，彷彿是要將機敏的問題從自己的意識中甩出去，「所有人都明白自己的任務了嗎？我們是否同意這個方案？」

我沒有點頭。但房間裡的人彷彿都沒有注意我的態度。火星代替所有人說道：「我們全都同意。現在，也許你可以睡一下了。」

弄臣用雙手揉搓著臉頰，這時我才看到自己之前忽略的一些事——他正深陷在焦慮之中，為此而飽受折磨。我用盡了切德對我的每一點訓練，讓自己的聲音顯得溫暖而篤定。

「去睡吧，老朋友。小堅和我要回吊床去了。我們很快就要開始值夜，在情況允許之下，我們都需要盡可能抓緊時間休息。」

「盡可能休息。」弄臣表示同意。火星向正在走出小艙室的我們點點頭。機敏跟隨我和小堅

一同向吊床艙房走去。

當我們遠離弄臣的艙室之後，機敏抓住我的袖子，拉住我。「你相信蜜蜂還活著嗎？」他壓低聲音問道。小堅也向我靠近了一步，要聽到我的回答。我必須謹慎地選擇說出口的每一個字：「弄臣相信。他制定了一個計畫，將找到蜜蜂作為首要目標。我很高興能按照他的計畫行動。」這是一個謊言。然後我又說道：「但這並不妨礙我殺死那些惡人的計畫。」

說完之後，我們就分開了。我回到吊床上，卻已經毫無睡意。

一個又一個漫長的日子，地平線沒有任何改變。無論是我值夜之後去睡覺時，還是醒來去工作的時候，我能看到的只有茫茫無際的水面。天空一直都很晴朗，氣溫愈來愈高。除了琥珀女士，我們全都被太陽曬得黝黑。她的皮膚只是變成了非常淡的淡金色，比弄臣的膚色深一些，但要比黃金大人淺得多。弄臣曾經告訴我，人們相信當白色先知成功地完成任務時，他們就會褪去表皮，膚色變得更深。他的膚色曾經變得更淺。我懷疑這是否意味著僕人阻礙了他實現目標。琥珀女士一直在做著她力所能及的各種工作，從擦洗蘿蔔和馬鈴薯，到拼接纜繩。工作時，她只能摘下手套，露出銀色的手指。而那些纜繩彷彿會服從命令，按照她的指引自動結合在一起。這讓我想到了惟真讓雕成巨龍的岩石變得平整光滑。我只能盡量避免去看她工作，因為那會讓我感到很不舒服。

琥珀用了很多時間和派拉岡共處。這顯然讓我們的兩位船長都不太高興。派拉岡當然很歡迎

她。當她為派拉岡吹奏樂曲時，柯尼提和歐仔常常會陪在她身邊。小丑也經常會待在派拉岡那裡。因為我要忙於自己的工作，琥珀又總是陪著這艘船。所以我並不能經常見到弄臣，也沒有多少機會為他對我的冷漠而感到擔憂。

我們的航行速度非常緩慢。洋流總是對我們不利。天氣雖然晴朗，風向卻變化無常。有些日子裡風會完全停下來，帆篷只能無力地垂掛在桅杆上。有時候，看著無盡的水面，我甚至開始懷疑我們是否還在移動。愈向南方，天氣就愈炎熱。夏季完全籠罩了我們，黃昏夕陽落下得愈來愈晚。

有一天，我很早就躺到床上，閉上眼睛。我感到疲憊又煩悶，但睡眠總是在躲避著我。我竭力按照我的狼教我的去做：將自己集中到當下，拒絕憂慮未來或戀棧過往。這對我來說，從來都不是一件容易的事情。這個下午也不是例外。就在我一動不動地躺著，希望水面能找上我的時候，一點精技的耳語傳入到我的意識之中。爸？

我猛地坐起身，立刻失去了那一點精技聯繫。不，不，躺下，不要動，放慢呼吸，深呼吸，等待，等待。這就像是從樹上查看獵物的蹤跡。等待。

爸爸，你能感覺到我嗎？是蕁麻。我收到你的信鴿了。我有訊息要告訴你，爸爸？

我緩緩地呼吸著，竭力在睡眠和清醒之間細如刀刃的界線上保持著平衡，然後我進入精技洪流。這一點精技聯繫很微弱，幾乎無法捕捉。蕁麻，我在。妳一切還好嗎？妳的孩子呢？一陣戰慄湧過我的身體。蕁麻的孩子，我的外孫。對她們的回憶，已經有幾個星期都只能在我的心思以外徘徊。

還沒有出生，但是快了。蕁麻的回應如同風中的細語，但這一絲感覺中充滿了她喜悅的暖意——因為我首先想到的是她和她的孩子。她的話語飄向我，就像薊花絨一樣柔軟。我們看過你的信，但不是完全明白。我們已經派遣迷迭香女士作為使者前往克爾辛拉。為什麼你希望我們派遣精技治療師去那裡？

我相信這會對我們雙方都有益。我向她張開我的意識，讓她看到那裡遭到巨龍影響的人們，並將我對那些人的同情分享給她，然後我又讓她體會到我們正好可以借此和那些人建立一種有實際意義、不可動搖的聯盟；再者，如果我們深入研究克爾辛拉和精技在那裡造成的所有影響，就有可能對精技更加深刻理解。同時我又針對巨龍之銀向她發出警告，並表明我相信這正是惟真塗抹在自己的手臂上，藉以完成石龍雕刻的物質。這種物質擁有難以想像的強大力量和危險。不要讓切德知道它，否則他一定會迫不及待地找到它來進行試驗！切德怎麼樣了？我和機敏都很想念他。

噓！不要想他的名字！

蕁麻的警告來得太晚了。我感覺到一陣漣漪，就像是強風前一陣撩動船帆的微風。然後，切德闖進我的意識，完全壓制了我。他瘋了，得意忘形，完全陷入了對精技的狂喜。**蜚滋！**他雷鳴般的聲音將我的存在震入精技洪流，就好像在狂暴地攪動一鍋水。我感覺到精技的漩渦淹沒了我。**你在這裡，我的孩子！我好想你啊！到我這裡來，我有許多東西要給你看！**

晉責！召集全部精技小組，到我這裡來，到我這裡來！抓住切德大人，抓住他！

我被從自身剝離，從身體內被拉出來，意識攤得極為稀薄，就像是灑在桌面上的酒、被大風吹散的雪花、寒冷夜晚人們口中呼出的白氣。我聽到遠方的呼喊聲，感覺到發生在某個地方的爭鬥。然後，就如同一滴冰水落在我的頸後，我感覺到了另一個意識不確定的碰觸。

爸？你是一個夢嗎？爸？

我從沒有在精技洪流中碰觸到蜜蜂的意識。我沒有聽到她的聲音，沒有看到她的臉，但那份碰觸我的心意毫無疑問是屬於蜜蜂的。我絕不懷疑，那就是她。

那種感覺極為薄弱，就像一個孩子在大海和風暴中呼喚。我向她伸展過去。蜜蜂！是妳，妳還活著？

爸？你在哪裡？為什麼你不來找我？爸？

蜜蜂，妳在哪裡？我在瘋狂中終於問出了第一個問題。

在一艘船上，正在前往克拉利斯。爸？他們對我很殘忍。請救救我。為什麼你不來找我？

就在這時，如同一陣席捲世界的狂風，切德衝進我的意識，將我打得四分五裂。蜜蜂？她有精技？我的女兒也有精技，我的閃耀，她有很強的精技，但他們不讓我見她！

爸？**爸？**

切德是一股咆哮的颶風，凡是他經過的地方，小一些的精技能流都被他裹挾、扯碎。我現在只害怕蜜蜂會就這樣被撕成碎片。於是我只能將她推開。

蜜蜂，逃！醒過來，離開，讓自己清醒。趕快離開！不要讓妳的意識觸碰我的。

爸爸？蜜蜂緊緊抓住我，既絕望，又害怕。

現在沒有時間安慰她。我用力推她，就如同要將她從一匹狂奔的瘋馬前面推開。我感覺到她的恐懼和傷痛，但我還是將自己從她的擁抱中撕扯開來，轉身去面對切德，阻止他將蜜蜂燒毀。切德，停下！你太強了！你會將我們全部燒光，就像惟真燒掉可憐的威儀一樣！控制住你的精技，切德，求你！

你也要這樣，蜚滋？你也要壓制我？叛徒！你們全都是鐵石心腸。這是我的魔法，是我與生俱來的權利，是我的榮耀！

如果你必須這麼做，就把它灌進他的喉嚨去吧！快一點！已經有三個學徒在痙攣了！

是蕁麻的聲音，是從很遠的地方傳來的。她同時用自己的喉嚨和精技全力吼叫。我感覺到了切德的憤怒和受傷的心情。他認為我們全都在密謀對付他，確信我們全都在反對他，因為我們嫉妒他的魔法，想要得到他的全部祕密，我們之中沒有任何人真正愛過他，一個都沒有，只有閃耀除外。

就如同一場木偶戲的大幕最終落下，一切都消失了。沒有切德的精技咆哮，沒有蕁麻的低語，最可怕的是，當我摸索著尋找蜜蜂那不確定的精技時，什麼都沒有找到，什麼都沒有。

我發現自己躺在床邊的地板上，淚水無法抑制地從臉頰上滾落。

她就在那裡，我的蜜蜂，被捲進一場精技風暴中，被邪惡之徒抓住，飽受折磨。弄臣一直都是對的。我不能放棄。我一頭栽進精技洪流中，分辨篩選每一股精技，一個又一個，想要找到她。最終，我感覺到力氣耗盡，回到自己體內，發現身體正蜷縮成一個球，全身都在疼痛，頭部像是一下一下遭受著撞擊。老了，我感覺自己彷彿已經有一百歲了。我不僅辜負和拋棄了我的孩子，還有我的老導師。

我稍稍想到了他。切德，可憐的老切德，迷失在他那樣渴望的魔法之中。現在精技已經完全控制住了他，他騎乘在精技之上，就像是騎著一匹發狂的戰馬。今晚我們傷害了他，我知道這不會是他第一次感覺自己被拋棄，遭到迫害。我希望自己能夠坐在他的床邊，握住他的手，安慰他，告訴他有人愛他，一直都有人愛他。他對愛的渴望，幾乎像他狂野的精技一樣燒灼著我。

無論我多麼希望能夠回到切德身邊，但真正讓我感到憂心如焚的還是蜜蜂。她說她在一艘船上，正在前往克拉利斯。她還活著。絕對還活著！現在她的處境非常殘酷，但她還活著。她不知道我為什麼不去救她。擄走她的人對她非常殘忍。這一切對我造成的震撼，直到現在還迴盪在我的心中，如同一陣陣洪亮的鐘鳴。知道她還活著，巨大的喜悅不斷衝擊著我，與我為她感到的極度恐懼不斷發生猛烈的撞擊。這麼多個月，她是如何在那些惡人的手中活下來的？當她向我伸出手的時候，我卻只能推開她，這種痛苦像火一樣燒灼我。

但她活著！不容置疑地活著！這件事就像流進我肺中的空氣，像久旱之後嚐到的清水。我努力站起身。她還活著！我必須將這個訊息告訴弄臣。現在我們最重要的任務就是救她出來！

然後是向那些擄走她的人進行血腥的復仇。

「我已經告訴過你，她還活著。」

我還在不住地發抖，還在因為衝過船艙來找弄臣而喘息不定。而琥珀女士竟然對我的訊息如此不屑一顧，這幾乎讓我瘋狂。「這不一樣！」我喊道，「妳的夢有可能表明蜜蜂還活著，也有可能根本沒有那種意義。而我感覺到了她的精技。她對我說了話！我知道她還活著。她正在前往克拉利斯。那些俘虜她的人對她很壞。」

琥珀撫了撫自己的裙襬。我找到她時，她正站在船欄後面，用失明的眼睛眺望海面。海浪拍擊在船身上，但我完全看不出我們有移動的跡象。我需要這艘船動起來，要他斬斷波浪，奔向克拉利斯。急迫的欲望在我的胸中凝聚成痛楚。琥珀用空洞的眼睛瞥了我一眼，然後又轉頭朝向大海。「幾個星期、幾個月以前，我已經告訴你了！在我們沒有離開公鹿堡的時候我就告訴你了。我催促你趕往克拉利斯！如果你聽我的話，我們現在應該已經抵達，正在等待她的到達。那樣一切事情就都不一樣了。一切！」我不可能聽不出她聲音中嚴厲的譴責。她說話的口氣就像弄臣一樣，但她不是弄臣。

我原地不動地站立了一段時間，只是看著她。就在我打算默默地走開時，她又說話了，聲音非常輕：「這讓我感到疲憊，讓我氣惱。在我的一生中，人們都懷疑我不是真正的白色先知。但你，你是我的催化劑，親眼見證了我們所做的一切。你將我帶到死亡的大門前，又把我拉回來。我不否認，我的力量被嚴重削弱了。就連我對這個世界的視野都變得淺薄如同幻影。

「但是當我告訴你，我的夢回來的時候，當我說，我夢到了一件事，它是這樣，或者它將會變成這樣，蜚滋，你不應該和其他人一樣懷疑我。如果我說，我懷疑你的精技是否真實，如果我宣稱你只是做了一個夢，你不會氣惱嗎？」

「我想，應該會。」我承認。她不曾和我分享疑慮終於得以確認的喜悅，卻只是責備我對她的懷疑。我希望我不曾向她飛奔過來，希望我只將這個訊息留在心裡。她難道不明白，相信我的孩子還活著是一件多麼危險的事情？我是多麼害怕從這樣一座希望的高峰上跌落？難道她不理解現在我雖然飛上了天際，卻又是多麼痛苦嗎？我知道蜜蜂活著，卻又為她所處的環境而心膽俱裂。弄臣一定會明白這一點！這個古怪的想法突然讓我吃了一驚。難道弄臣和琥珀在我的腦海中真的是如此分裂的兩個人？

是的，的確如此。

琥珀從沒有救過珂翠肯，或者在大雪落下的寒夜將我背在她的背上。她從來都不知道夜眼。她從沒有遭受過酷刑的折磨，身軀殘破不堪。更是從不曾侍奉黠謀國王，幫助他抵禦各種危險和詭計。我咬緊牙關。我到底和琥珀有過什麼共同的生活？我發現非常少。

而琥珀還在殘忍地說道：「如果你相信我，我們就能提早趕到那裡，觀察、等待。我們能夠找到合適的地方，在他們將她帶進那座城堡之前就救她出來。而現在我們只能憑空揣測，他們是在我們前面，還是在我們後面？」

我努力想要找到一點論據證明她錯了，但我找不到。她的譴責讓我感到異常痛苦。我沒有告訴她，切德已經處在一種狂暴的精技狀態，蕁麻和她的精技小組幾乎沒辦法控制住一位老人。我認為我不應該告訴她這些。靠在船欄上的我站直了身子，對她說：「我要去睡一下。」也許再等一下，等到他是弄臣的時候，我會將我在精技中遭遇的恐懼，和我對蜜蜂的憂慮和痛心告訴他。再等一下，我也許會告訴他我是如何推開蜜蜂，為了讓她避開切德，但也因此而讓她離開了我。我來找琥珀時，曾因為和蜜蜂取得了聯繫而喜不自勝，又因為我無法維持這份聯繫、無法再找到她而痛心疾首，但現在，我發現沒有人能夠和我分擔這場情緒的風暴。我不能將這些告訴機敏，這只會讓他為了父親的安危而白白遭受煎熬。我也不希望火星為切德擔憂。現在我更不想讓琥珀和我發生任何新的爭吵。

「去吧，」琥珀用一種微弱而可怕的聲音說，「去吧，蜚滋。遠遠離開你不想聽的事情、不想感覺的事情、不想知道的事情。」

當她開口時，我停住了腳步，但是隨著她繼續說下去，我便按照她的話去做了。我走開了。她提高聲音在我身後呼喊，言辭中飽含著憤怒：「我只希望我能夠離開我所知道的！能夠選擇不相信我的夢！」

我一直向遠處走去。

一艘船永遠不會真正睡著。甲板上總會有水手值班，所有人都隨時準備著有事發生就立刻衝上甲板。但是當有人搖晃我的肩膀時，我的確睡得很沉。我立刻做好了戰鬥準備。只是從那盞被罩住的油燈放射出的微弱光線裡，我看見火星正帶著一種兼有警惕和有趣的神情看著我。「怎麼了？」我問道。火星只是搖搖頭，示意我跟著她。我輕輕翻下吊床，跟隨火星從熟睡中的水手中間走過。

我們來到甲板上。現在的風很輕，波濤也很平靜。頭頂上方，星星很亮，彷彿距離我們很近。月亮只剩下彎彎的一牙。我沒有穿襯衫和鞋子，但現在空氣很溫和，讓我完全不需要它們。

「出事了？」我問火星。

「是的。」

我等待著。

「我知道你不喜歡我，因為我將那兩本書拿給了琥珀、因為我刺探你，查看你將書放在什麼地方。你有權利不信任我。當我上一次想要和你說這件事時，你清楚地向我表明，你不希望知道任何祕密。是的，現在我又要背叛你的信任了。我知道你對我的評價會變得更低，但我已經沒辦法再隱瞞這個祕密了。」

我的心沉到了谷底。我立刻想到了她和機敏，我非常害怕她將要告訴我的事情。

「是琥珀。」她悄聲說道。

我吸了一口氣，想要告訴她我不希望知道任何琥珀的祕密。琥珀對我的憤怒是一堵我不想去打破的牆。對此，我只是感到憤懣和惱恨。如果琥珀有什麼不想告訴我的祕密，卻告訴了火星，好吧，我很歡迎她們繼續向我隱瞞。

但火星不在乎我是否想要知道。她快速說道：「琥珀夢到了你的死亡。當我們還在河上的時候，她只夢到過一次，至多兩次。而現在，她幾乎每晚都會做這個夢。她在睡夢中說話，向你呼喊示警。每當她醒過來，都會全身顫抖、哭泣不止。她沒有對我說過這些，但我知道，因為她總會在睡著的時候說：『意外之子會死？意外之子怎麼會死？絕對不會，一定有其他道路，其他的辦法。』但我覺得她沒能找到其他道路。這個夢正在毀掉她。我不知道她為什麼不把這個噩夢告訴你。」

「妳就這樣離開她？她知道妳來找我嗎？」

對於這兩個問題，火星都只是搖搖頭。「今晚她似乎睡得很好。就算是她哭醒的時候，我也會假裝在睡覺。有一次我曾經試圖幫助她，但她讓我不要碰她、不要理她。」火星看著甲板，「我不希望她知道我把這件事告訴了你。」

「她不會知道的。」我做出承諾。我開始思考是否應該讓弄臣知道我已經瞭解了他的噩夢。他曾經告訴過我，一個夢出現得愈頻繁，它就愈有可能成為現實。在我們共同生活的歲月中，他經常幫助我避開一次次死亡的危機。我還記得他在蓋倫擊敗我的那個夜晚，是如何召喚博瑞屈來到塔樓頂端。當我受到蓋倫的刺激，跳下高塔，他們合力將攀在高塔邊緣的我拉了回來。他在群山王國的警告讓我免於被毒死。當我被箭射倒時，是他將我背到了安全的地方。他經常對我說，在他的夢裡，我幾乎已經不可能存活，但他不得不保全我的生命，無論要付出什麼樣的代價。只有這樣，我才能幫助他改變這個世界。

我們完成了他的任務。他夢到了自己注定將會死去，而我們又同心協力改寫了那個預言。我相信他的夢。我必須相信，只除了當它們實在太過恐怖，無法去相信的時候。那時，我就總是假裝能夠無視它們。

而現在，他夢到了我的死亡。他已經不是第一次夢到了——是不是？我在他的眼中仍然是意外之子？或者意外之子是蜜蜂？他是否相信我們全身心投入的這場援救不會成功？對於我的死亡，我完全無動於衷。如果我的死亡是援救蜜蜂的代價，我將欣然付出。想到機敏和弄臣會平安地帶她返回公鹿堡，我突然感到一種前所未有的釋然。我知道，謎語和蕁麻會收留她，也許他們能夠做得比我更好得多。

但如果弄臣夢到的是我們前往克拉利斯，最終卻只是導致了她的死亡呢？——不，我不會這樣相信，我不能這樣相信。我不會允許這樣的事情發生。

當我將我的訊息和琥珀分享的時候，這就是她會對我如此失態的原因嗎？難道她相信蜜蜂就算是現在還活著，也不可能被我們活著救出來？

不！會死的一定是我。我才是意外之子。不是蜜蜂，天啊，艾達和埃爾啊，不要是蜜蜂。

火星依舊盯著我。在星光中，她的面色顯得格外蒼白。「這不是他第一次夢到我死亡了。」我告訴火星，同時努力做出一個虛假的笑容，「他是先知的時候，我是他的催化劑，是改變者。我可不打算去死，也不會讓其他任何人死掉。回去睡覺吧，火星。盡可能多休息一下。任何事都有可能發生，也可能不會發生！」

火星在沉默中站立著，我看到她的內心中正在經歷一場激戰。她抬起頭，看著我的眼睛，挑戰一般地說道：「她看到的要比她對你承認的更多。」

我點點頭，告訴火星：「他一直都是如此。」然後我就轉身走開了。

我讓我的目光掃過水面。一段時間之後。我聽見火星輕盈的腳步聲漸漸遠去。這時才終於吐出了久久憋在胸中的一口氣。我希望這一切都能就此結束。所有那些疑慮和不確定都能徹底消失。它們實在是要比和公牛搏鬥更讓我感到吃力和疲憊。我只想專心等待和進行準備。而無邊無際的海面鋪開在我的面前，在不確定的月光下就像一張滿是褶皺的紙。

在這水面上的某個地方，還有一艘船在移動，駛向克拉利斯。我的女兒就在那艘船上。在我們前面？還是在我們後面？我完全不得而知。

（上冊畢）

中英名詞對照表

A

A way in was also a way out
一條路有出必有入

Abominations　異種

Admiral Wintrow Vestrit
溫特羅・維司奇海軍上將

Alise　愛麗絲

Aljeni's List of Magical Places,
奧傑尼的魔法之地名錄

Alum　埃魯姆

Angar　安佳

Anrosen　安羅森

Ant　安黛

Apprentice Carryl　精技學徒卡利爾

B

baby's breath　嬰息花

Bar　巴爾

Barla　芭爾拉

Bea　碧兒

Bellidy　貝利迪

Bellin　貝琳

Big Eider　大埃德爾

Blood Plague　血瘟

Bolt　閃電

Bosphodi　柏夫笛

Boy-O　歐仔

C

Candral　坎達奧

Capra　卡普拉

Captain Dorfel　多菲爾船長

Captain Osfor　奧斯佛船長

Carot　卡羅特

Carson　卡森

Cartscove　卡特斯寇夫

Cauldra Redwined　寇達・瑞溫德

Chamber of Toppled Doors
傾頹門戶之廳

Changed　被改變者

Circle　教團

Clansie　珂蘭茜

Clef　樂符

Collator Jens　核校者延斯

Collothian Smoke　科洛仙煙

Cora　珂拉

Cord　蔻德

Cottersbay　農工灣

Coultrie　寇爾崔

Crupton　柯普敦

Cullena　庫倫娜

Cypros　西普洛

D

Dancer　舞蹈者號

Della of the Corathin lineage
克拉欣血脈的黛拉

Deneis　黛妮絲

Destroyer　毀滅者

District of the Tinkers　匠人街區

Divvytown　分贓鎮

F

Fellowdy　費洛迪

Ferb　費勃

Finblead　終畝

fireweed　火草

flame-jewels　火焰寶石

Four　四聖

free rides to Auntie Rose's Ladyhouse
羅絲阿姨淑女屋免費門票

G

Golden Dawn　金色黃昏號

Grimsbyford　古林斯比河灘

H

Haff　哈弗

Hall of Crystals　水晶大廳

Harke Rocks　哈克礁岩

Harrikin　哈里金

Heeby　荷比

Hennesey　亨納西

Highest One　至高聖者

Holder Cavala　領主卡瓦拉

Hope　琋望

I

ilistore　埃麗絲多

impervious ships　無損船

Isabom　伊薩博姆

J

Jerd　潔珥德

Jessim　傑西姆

Jock　喬克

Journeyman Shers　精技助手舍爾斯

Joy Chamber　愉悅廳

Judgment Chamber　政事大廳

junctions　連接點

K

Karrig　卡利戈

Karrigvestrit　卡利戈維司奇

Kells　科爾斯

Kendry　康德利號

Kennitsson　柯尼提

Kerl Bay　科爾灣

Kestor　克斯托

Kilp　奇爾浦

Kinectu　金奈圖

Kitl　吉特爾

Kyle　凱爾

L

Lady Aubretia　奧布蕾蒂婭

Lady Clement　溫和女士

Lady Fecund　豐饒女士

Lady Glade　格萊德女士

Lady Simmer　隱火女士

Lady Violet　紫羅蘭女士

Leftrin　萊福特林

Lingstra Okuw　靈思拓・奧庫烏

Lingstra Wemeg　靈思拓・維梅格

Lock of Four　四聖之鎖

Lop　洛浦

Lord Attery　亞特利大人

Lord Chance　機遇大人

Lord Grabandpinch　格拉班丕徹領主

M

Mage Gray　灰白先生

Marden　馬登

marlinspike　馬林針工

Marly the leatherworker　皮匠瑪莉

Maybelle　梅貝爾

Memory-cube　記憶石

Merchants Clifton　商人克利夫頓

Mersenia　梅森尼亞

mess　髒棚子

N

Nexus　樞紐

Nick　尼克

Nopet　諾派特

O

One　唯一聖者

Ophelia　歐菲麗雅號

Others Island　異類島

P

Pelia　佩麗雅

pollen bread　波輪麵包

Promise　允諾

Q

Queen Etta of the Pirate Isles
海盜群島的依妲女王

R

Rasri　拉絲莉

Reden Peninsula　雷登半島

Relpda　芮普妲

Rennolds　瑞諾德斯

Rewtor　瑞托

Ronica　羅妮卡

S

Sadric　塞德里克

Saha　薩哈

Samisal　薩米索

Sea Rose　海玫瑰號

Semoy　賽摩伊

Serchin the Baker　麵包商瑟辛

Serpent Spit　海蛇涎液

Sewel　賽維河

Sewelsby　賽維斯拜

Shale　舍爾

Sisal　西撒奧

Sisefalk　希瑟福克

Six Wisemen came to Jhaampe-town
六位智者來到頡昂佩城

Skalen Cove　斯卡倫峽灣

Skelly　絲凱莉

Skill-cubes　精技石柱

Smokey　煙霧

Sorcor　索科

Sparkle　閃耀

Sterlin　斯特林

Swarge　斯沃格

Sycorn　賽科恩

Sylve　希爾薇

Symphe　西姆菲

T

Tariff Fleet　徵稅艦隊

Tariff House　稅務局

Tatman　柏油人號

Tenira family　登尼拉家族

The trap is the trapper and the trapper is trapped.　陷阱就是設陷阱的人，設陷阱的人落進了陷阱。

thistledwon　薊花絨

Trader Akriel　貿易商愛珂麗

Treasure Beach　寶藏灘

Trellvestrit　德雷維司奇

true Path　真實之道

tubeworm　管蟲

Twan　特萬

Twice-lived Prophet　兩重人生的先知

V

vivacia　薇瓦琪號

W

White of the Porgendine line
珀根丁白者血脈

white prophet Gerda　白色先知葛爾妲

Woolton　羊毛集

Worum　沃魯姆

BEST嚴選 095
刺客系列〈蜚滋與弄臣〉3 刺客命運（上）

原著書名／The Fitz and The Fool Trilogy: Assassin's Fate
作　　者／羅蘋・荷布（Robin Hobb）
譯　　者／李鐳
校　　對／金文蕙
副總編輯／王雪莉

行銷業務經理／李振東
業務主任／范光杰
行銷企劃／周丹蘋
總 經 理／黃淑貞
發 行 人／何飛鵬
法律顧問／元禾法律事務所　王子文律師
出版／奇幻基地出版
城邦文化事業股份有限公司
台北市 104 民生東路二段 141 號 8 樓
電話：(02)25007008　　傳真：(02)25027676
網址：www.ffoundation.com.tw
e-mail：ffoundation@cite.com.tw
發行／英屬蓋曼群島商家庭傳媒股份有限公司城邦分公司
台北市 104 民生東路二段 141 號 11 樓
書虫客服服務專線：(02)25007718・(02)25007719
24 小時傳真服務：(02)25170999・(02)25001991
服務時間：週一至週五 09:30-12:00・13:30-17:00
郵撥帳號：19863813　　戶名：書虫股份有限公司
讀者服務信箱 E-mail：service@readingclub.com.tw
歡迎光臨城邦讀書花園　網址：www.cite.com.tw
香港發行所／城邦（香港）出版集團有限公司
香港灣仔駱克道 193 號東超商業中心 1 樓
電話：(852)25086231　　傳真：(852)25789337
e-mail : hkcite@biznetvigator.com
馬新發行所／城邦（馬新）出版集團
【Cite(M)Sdn. Bhd】
41, Jalan Radin Anum, Bandar Baru Sri Petaling,
57000 Kuala Lumpur, Malaysia.
Tel: (603) 90578822　Fax:(603) 90576622
email:cite@cite.com.my

封面設計／黃聖文
排　　版／極翔企業有限公司
印　　刷／高典印刷有限公司
■ 2017 年（民 106）11 月 7 日初版
■ 2023 年（民 112）12 月 27 日初版 2.6 刷

售價／ 699 元

圖書館出版品預行編目資料

客系列〈蜚滋與弄臣〉3 刺客命運（上）
／羅蘋・荷布（Robin Hobb）著；李鐳
譯. -- 初版. -- 臺北市：奇幻基地, 城邦文
化出版：家庭傳媒城邦分公司發行, 民
106.11
面；　公分. --（BEST嚴選：095）
目：The Fitz and The Fool Trilogy:
Assassin's Fate
BN 978-986-95634-2-0　（平裝）

.57　　106020244

N　978-986-95634-2-0

城邦讀書花園
ww.cite.com.tw

廣　告　回
北區郵政管理登
台北廣字第0007
郵資已付，免貼

104台北市民生東路二段141號11樓

英屬蓋曼群島商家庭傳媒股份有限公司城邦分公司 收

請沿虛線對摺，謝謝

每個人都有一本奇幻文學的啓蒙書

奇幻基地官網：http://www.ffoundation.com.tw
奇幻基地粉絲團：http://www.facebook.com/ffoundation

書號：1HB095　　書名：刺客系列〈蜚滋與弄臣〉3刺客命運（上）

15 Annual

奇幻基地15周年龍來瘋慶典

集點好禮獎不完！還可抽未來6個月新書免費看！

活動期間，購買奇幻基地作品，剪下回函卡右下角點數，集滿點數，寄回本公司即可兌換獎品＆參加抽獎！

集點兌換辦法

2016年6月起至2017年12月20日前（郵戳為憑），奇幻基地出版之新書，剪下回函卡右下角點數，集滿點數貼至右邊集點處，寄回奇幻基地，即可兌換贈品（兌換完為止），並可參加抽獎。

集點兌換獎品說明

5點：「奇幻龍」書擋一個（寬8x高15cm，壓克力材質）

10點：王者之路T恤一件（可指定尺寸S、M、L）

回函卡抽獎說明

寄回集滿5點或10點的回函卡，皆可參加抽獎活動！回函卡可累計，每次尚未被抽中的回函卡皆可參加抽獎。寄越多，中獎機率越高！

抽獎日：2016年12月31日（限額5人）、2017年5月31日（限額10人）、2017年12月31日（限額10人），共抽三次。

回函卡抽獎贈書說明

中獎後，未來6個月每月免費提供奇幻基地當月新書一本！

（每月1冊，共6冊。不可指定品項。）

特別說明：

1. 請以正楷書寫回函卡資料，若字跡潦草無法辨識，視同棄權。
2. 本活動限台澎金馬。

【集點處】

1	6
2	7
3	8
4	9
5	10

（點數與回函卡皆影印無效）

為提供訂購、行銷、客戶管理或其他合於營業登記項目或章程所定業務之目的，英屬蓋曼群島商家庭傳媒(股)公司城邦分公司，於本集團之營運期間及地區內，將以電郵、傳真、電話、簡訊、郵寄或其他公告方式利用您提供之資料（資料類別：C001、C002、C003、C011等）。利用對象除本集團外，亦可能包括相關服務的協力機構。如您有依個資法第三條或其他需服務之處，得致電本公司客服中心電話(02)25007718請求協助。相關資料如為非必要項目，不提供亦不影響您的權益。

個人資料：

姓名：＿＿＿＿＿＿＿＿ 性別：□男 □女

地址：＿＿＿＿＿＿＿＿

電話：＿＿＿＿＿＿＿＿ email：＿＿＿＿＿＿＿＿

想對奇幻基地說的話：＿＿＿＿＿＿＿＿

請剪下右側點數，貼於集點處，集滿5點以上，即可寄回兌換抽獎